PERDIDO

帕迪多街車站

STREET

CHINA MIEVILLE

柴納・米耶維 著
劉曉樺 譯

STATION

目錄

有那麼片刻，我甚至放棄了，駐足窗邊，遠眺房外的燈火與昏黃深邃的街道。
這也是死亡的一種形式，像這般失去與這座城市的聯繫。

——菲利普·迪克，《模擬造人》（We Can Build You）

從大草原到灌木林，到原野再到田地，地平線上終於出現小屋破敗的蹤影。夜暮深沉，環繞河岸的棚寮如叢生的蘑菇般在黑暗中包圍著我。

我們搖晃著，在深河中顛簸前行。

在我身後，男人不安地轉過船舵，校正駁船的方向。提燈擺盪，光束隨之傾斜。那男人懼怕我。我倚著小船船首，探出上身，黑幽幽的河水奔騰流逝。

引擎油稠的運轉聲和河水輕撫聲，房屋的聲響漸起。木頭沙沙作響，晚風吹拂茅草屋頂，屋牆豎立、樓層更迭，填滿了空間。房舍由十成百、由百成千，自河岸向後蔓延，點亮整座平原。它們包圍著我，源源增長，越來越高聳、越來越碩大、越來越吵雜。那些石板的屋頂與堅固的磚牆。河流蜿蜒轉向之後，城市突然躍入眼簾，巍然聳立於地表之上。城緣邊、岩山上，城市燈火暈泛，猶如斑斑瘀傷。骯髒的塔樓散發渺渺幽光。卑微的我不得不對這座屹立於兩河交界的恢弘大城心生敬畏。

它彷彿一個巨大無比的汙染物，惡臭熏天，噪音不絕。即便在如此深夜，粗大的煙囪仍朝著天空嘔吐煙塵。引領我們前進的不是河流，而是城市本身；是它的重量將我們給吸了進去。模糊的喊叫聲此起彼落，野獸的嚎哭自八方傳來。工廠中的巨大機器隆隆運轉，不祥的撞擊聲與敲打聲不絕於耳。鐵路如蔓延的血管追隨城市的肌理。紅磚、黑牆、如史前遺跡的低矮教堂、獵獵翻飛的殘破遮棚；古老城鎮裡的石子路迷宮、死胡同，還有如修道院墓園般錯綜複雜的下水道。眼前是一片前所未見的新景觀：荒地、殘石、收藏大量失傳書冊的圖書館、舊醫院、塔樓、船隻，還有把貨物自水中吊起的金屬爪。

我們怎會毫無所覺？這地貌是施展了什麼樣的戲法，讓這頭巨大的怪獸藏身於幽暗的角落中伺機偷襲旅人？

想逃也已然遲了。

男人喃喃低語，說明我們的位置。我沒有轉頭看他。

此處是鴉之門，周遭房舍櫛比鱗次，冰冷無情。腐朽的屋舍東倒西歪，彷彿筋疲力盡般斜倚著彼此。河水在磚堤上留下汙泥，城牆聳立於深川之中，將水流阻拒在外。這兒惡臭撲鼻。

（從上空俯瞰又會是什麼景況呢？這座城市便無所遁形了吧！假若乘風而來，我必定能在好幾英里外便看見這抹髒汙，這塊爬滿蛆蟲的腐肉。不，我不該有這念頭，但我無法停止。我想像自己乘著煙囪的上升氣流，高高飛越傲然林立的尖塔，朝地面排泄，乘著底下的混亂遠去，愛在哪兒落腳就在哪兒落腳。不，我絕不能這麼想。我必須停止，一定要停止。不是現在，不是像這樣。時候未到。）

放眼望去，四周的房屋都滴著蒼白的有機黏液，抹在牆角，或自高窗滲出。屋舍與死巷間的空隙塞滿了由冷白色糞泥堆築而成的違章建築。屋頂上彷彿覆蓋著一層突然凝結的融蠟，凹凸不平，醜陋難看。原屬於人類的街道如今已為其他智慧種族所占據。河面和屋簷上緊拉著一條條電線，以奶白色的黏液牢牢固定。電線發出低沉的嗡鳴，頭頂上有什麼匆匆掠過。船夫粗魯地朝河裡吐了一口痰。痰在水中消散，上方一棟棟覆蓋著黏液的建築退去，狹窄的街道浮現。

一輛火車在我們前方的高架鐵軌上呼嘯而過，南駛後復往東轉去。我看著那列微弱的燈光飛馳遠逸，吞沒於夜的領土，猶如一頭龐然巨獸吞噬它的居民。我們很快就會經過工廠。起重機聳立於幽暗之中，彷彿一隻隻細瘦鳥兒，運轉不休，累得骨瘦如柴的大夜班工人不得片刻清閒。鐵鏈如疲軟的四肢，被轉動的齒輪及飛輪帶動，沉沉搖晃，生硬如僵屍。

夜空中，龐大的掠食者黑影於雲層間徘徊。

巨響隆隆，餘音不絕，彷彿這座城市有個中空的核心。黑色駁船穿過一艘又一艘同伴，每一艘船上都載著沉甸甸的焦煤、木頭、鋼鐵與玻璃。河面上星光粼粼，懸浮著一道由雜質、垃圾、化學廢料組成的惡臭彩虹，顯得黏滯而不安。

（喔，我多想高飛天際，遠離這些骯髒、泥灰和屎糞，不要從這汙穢的茅廁入城。但我必須停止，一定得停止。我不能再繼續想下去了，絕對不能。）

引擎慢了下來。我轉身，望向身後的男人。他別開目光，轉過船舵，激動地望向我身後。我們朝著碼頭前進。倉庫後方，堆積的物資多到溢出扶牆之外，彷彿一座由巨大箱櫃組成的迷宮。駁船穿梭於船隻間，河面上竟浮出了屋頂。蓋錯邊的房舍沉沒水下，緊倚著河中的堤岸，水珠順著濡溼的煙煤黑磚滴落。

下方擾動陣陣，河底的漩渦攪得河面波紋起伏。放棄在這堆腐敗垃圾中求生的死魚與死青蛙，在駁船與水泥堤岸間瘋狂打轉，困於激流之中。靠岸了，船夫跳上岸，繫好他吃飯的傢伙。他緊繃的情緒明顯舒緩許多，得意洋洋地啞著嗓子粗聲叨絮，催促我趕緊上岸離開。我踏上陸地，動作慢得彷彿踩在煤塊之上，在垃圾和碎玻璃間小心翼翼前進。

我支付的珠寶讓他很是滿意。這裡是煙霧彎道，他說，並伸手指示方向。我順著他的手指看去，不想被他發現我的迷惘，發現這是我初次踏上這塊陸地，害怕這些如牢籠般的陰森建築，發現我因為幽閉恐懼症與不祥的預感陣陣作嘔。

南方不遠處有兩根巨大的石柱自河中升起，那是通往古城的城門。它也曾輝煌一時，但如今已殘缺斑駁，盤據在兩座方尖碑上的歷史為時間與酸性化學物質抹去，僅餘如老螺絲釘般的粗糙螺旋紋理依然可見。石柱之後是一座矮橋（那是「楚德渡口」，他說），我對男人殷切的解說置若罔聞，逕自穿越這片為石灰白牆包圍的區域，無視路旁敞開的屋門，不去想裡頭令人安心的黑暗以及阻擋河水惡臭的庇護。船夫的聲音變得細不可聞。一想到再也不會見到他，我心底不禁湧現小小的歡愉。

夜晚的空氣並不冰冷。東方，城市燈火輝煌。

我將循著鐵道，藏身於它們的陰影下，穿過屋舍、塔樓、兵營、辦公室與監獄，追隨那一座座將它們繫於地面的拱橋前進。我一定要進城。

身上的斗蓬（觸感陌生的粗重布料，磨得我皮膚陣陣發疼）緊扯著我，我感覺得到錢囊的重量。在這裡，它將是我的護身符，這個錢囊以及我懷抱的幻想，我悲傷與恥辱的源頭、痛苦，將我帶來這座擁擠的城市。這是一座將夢想搭建於屍骨和磚塊之上的骯髒城市，一個歷史悠久、能源充沛，結合了工業與暴力的陰謀，一片超出我理解範圍之外的不毛之地——

新克洛布桑。

第一部

委託案

1

市場上空一扇窗「碰」地打開，一只籃子甩了出來，在空中畫出一道弧線，朝著底下渾然不覺的人群飛去。吊籃在半空中抖了一下，轉個圈，速度趨緩，繼續忽快忽慢地下墜。以金屬線編織成的籃子顫巍巍地左右搖晃，擦過建築物粗糙的外牆，留下刮痕，剝落的油漆和水泥灰紛如雨下。

亮晃晃的灰色陽光穿透起伏的雲層。籃子下方，攤販和雙輪手推車有如溢了一地的汙水。這是座惡臭的城市，但今日是亞斯皮克坑的市集日，辣椒粉、新鮮蕃茄、熱油、魚、肉桂、燻肉、香蕉和洋蔥的香氣四散，難得在這幾個短短鐘頭內掩蓋附近幾條街的糞臭與腐敗味。

熱鬧的沙得拉街上滿滿排著食物攤；東側不遠處，雜亂散落著印度榕樹和水泥殘塊的賽奇特大道被書攤、手稿攤和畫攤擠得水洩不通。通往南方巴瑞克罕的路上擺著一只又一只陶器，西邊則是引擎零件。一條小街上賣著玩具，另外兩條賣衣飾。每條大街小巷都塞滿了各式各樣數不盡的商品。一排又一排的攤販彷彿破車輪的輪輻，歪七扭八地由四面八方朝亞斯皮克坑匯聚。

而在亞斯皮克坑內，各類攤位不再涇渭分明。舊屋牆與高塔危樓的陰影下堆著五花八門的工具，一張搖搖欲墜的桌上擺著破陶器與簡陋的黏土飾品，旁邊還有一箱陳舊的教科書。古董、性交易、跳蚤粉，什麼都有、什麼都賣。嘶嘶作響的機械人踏著沉重的步伐來回於攤販之間，廢棄的建築物內乞丐大聲爭執，形形色色的奇異種族採買各自所需。這就是亞斯皮克的市集，骯髒、油膩，到處都是令人眼花撩亂的商品與攤販。規矩很簡單：貨品售出，概不退換。

吊籃下方的小販抬頭望向漫天灑落的陽光和磚屑雨，抹了抹眼，拽住頭頂上的舊籃，拉過繩索接下。籃子裡放著一枚謝克爾黃銅幣和一張字條，紙條上仔細地寫著花俏的斜體字。食物攤的小販讀起紙條，搔搔鼻子，在面前成堆的商品中翻找一陣後，逐一根據購物單上的要求將蛋、水果和根莖類蔬菜放進籃內。

小販的目光停頓在其中一項物品上再次確認，臉上露出淫笑，接著切下一塊豬肉。打點好後，他將謝克爾收進口袋，摸索零錢，心裡默默計算運費，最後將四枚斯泰佛銅板連同豬肉放進籃內。

他雙手在長褲上抹了抹，沉吟片刻後用一截木炭在紙條上草草寫了些字，跟著丟進籃內。他拉扯繩索三下，籃子開始搖搖晃晃地升空，越過周遭房舍的低矮屋頂，乘著喧鬧聲上升。途中驚擾了棲息在廢棄樓層的寒鴉，在坑坑巴巴的牆上多留下一道傷痕，最後又消失於來時窗內。

以薩．丹．德爾．格寧紐布林察覺自己是在做夢。夢裡，他駭然發現自己再次受聘於大學，正在一面大黑板前來回踱步。黑板上寫滿了潦草的槓桿原理、力量、壓力的方程式；是材料科學導論課。當那名油腔滑調的混蛋福米斯漢克探頭進來時，以薩正焦慮地瞪著底下的學生。「我沒辦法上課，」他大聲抱怨，「樓下的市場太吵了。」他指向窗戶。

「不要緊。」福米斯漢克安撫的口氣讓他作嘔。「該吃早餐了。」他說，「早餐會讓你忘記那些噪音。」這句莫名其妙的話令以薩安心地自夢中甦醒。市集鬧烘烘的吵雜聲與飯菜香也隨之清晰。

他呈大字型賴在床上，沒有睜眼，聽著林恩穿過房間，感覺地板傳來輕微的震動。閣樓裡瀰漫著辛辣的煙霧，以薩嚥了口口水。

林恩拍了兩下手，知道他醒了——大概是因為他嘴巴乖乖闔著——以薩心想，而且還閉著眼吃吃竊笑。

「我還在睡，安靜一點，可憐的小以薩累壞了。」以薩低聲呻吟，像小孩一樣蜷著身體。林恩又挖苦地拍了一下手，轉身離開。

他嘴裡一面咕噥，一面翻了個身。

「臭婆娘！」他在她身後連珠砲似的喃喃牢騷，「凶巴巴的臭老太婆！好啦好啦，算妳贏，妳，妳……哼……最毒婦人心，妳這個小辣椒……」他搔搔頭，坐了起來，靦腆一笑。林恩沒有轉身，跟他比了句髒話。

她背對以薩，一絲不掛地站在爐子邊。平底鍋裡濺出熱油，她趕緊閃身後退。被子從以薩肚子滑落，露出他寬闊結實、灰色毛髮濃密的碩大身軀。

林恩卻是全身上下一根毛髮也沒有。她紅膚下的肌肉緊實，塊塊分明，彷彿一幅人體解剖圖。以薩色瞇瞇地盯著她直笑。

他的屁股突然一癢，他像條狗一樣毫不害臊，就這麼大刺刺地伸手到毯子下抓了抓。他感到有東西在指甲底下爆開，便縮手回來察看，只見一隻扁了一半的小蟲在他指稍無助搖晃。是隻甲蟲蝨，一種無害的甲蟲人寄生蟲。這小傢伙一定覺得我的血味道很奇怪；以薩心想，將蟲子彈開。

「有甲蟲蝨，林恩。」他說，「妳該洗澡了。」

林恩煩躁地踱步走開。

整個新克洛布桑就像是一個巨大的疫坑，一座充滿病菌的城市。寄生蟲、傳染病和謠言四處蔓延，無可遏制。甲蟲人如果不想痛癢纏身，就必須每個月接受化學預防藥劑的浸洗。

林恩將鍋子裡的食物倒進盤內，擱在她自己的早餐對面。她在桌邊坐下，示意要以薩加入。以薩下床，搖晃著龐大的身軀穿過房間，在一張小椅子落坐，小心不要被尖刺或碎屑扎到。

以薩與林恩兩人一絲不掛地坐在光禿禿的木桌兩端。以薩試著從旁觀者的角度檢視兩人的姿態，想像這是多麼美麗又奇詭的一幅構圖。閣樓內，浮塵在小窗邊上的金色陽光中盤旋飛舞；廉價的木製家具旁整整齊齊地堆疊著書籍、紙張與顏料。一名膚色黝黑的男人赤裸著碩大結實的身軀，那話兒垂掛著，手裡抓著刀叉，不自然地僵坐在一名甲蟲人對面。而甲蟲人嬌小的女性軀體藏在陰影中，只能看見她蟲頭的黑色輪廓。

兩人無視桌上的食物，只是凝視著彼此。一會兒後，林恩向以薩打了個手語：早安，我的愛人。然後開動，目光卻沒從他身上轉開。

進食是林恩最不像人類的時候，兩人一同用餐既是挑戰，也是一種關係的確認。望著她，以薩又感到那股熟悉的震顫。他的嫌惡之情立刻粉碎，也為了自己能粉碎這嫌惡之情而自豪；那是一種帶有罪惡感的情欲。

林恩的複眼內光芒閃耀，頭上的蟲腳微微顫動。她拿起半個蕃茄，用大顎夾牢，然後垂下雙手，用內口器接過緊夾於外顎間的食物。

以薩看著愛人那顆光澤流轉的巨大蟲頭吃下她的早餐。

他看著她吞嚥，看著她喉頭起伏。在那兒，蒼白的蟲腹平順地連接至人類般的脖頸……不過她不會接受這種說法就是了。她有一回說過：是人類擁有甲蟲人的身體和四肢，只是脖子上換了一顆長臂猿的光頭。

他莞爾一笑，將煎豬肉拎到眼前，用舌頭捲進嘴內，然後在桌上抹了抹油膩的手指，綻露笑顏。林恩揮揮蟲腳，用手語道：我的怪物。

我真變態，以薩想；她也是。

早餐的談話通常是單向的。林恩可以一面吃一面打手語，但若以薩邊吃邊開口，只會發出一堆意義不明的聲音，還會噴得一桌子食物殘渣。因此兩人索性不聊天，各自閱讀。林恩看的是藝術通訊報，以薩則來者不拒，有什麼看什麼。他一面吃，一面伸手朝書本和紙堆撈去，結果發現自己抓到林恩的採購清單。單子上的「一把豬肉片」幾個字被圈了起來，在林恩精巧的花體字下是一句字跡潦草的問句：家裡來了朋友？要開葷了嗎！

以薩舉起字條，在林恩眼前晃了晃。「這下流胚子是什麼意思？」他大聲質問，噴得食物滿天飛。雖然他氣憤之餘也覺得有些好笑，但怒火可是半分也不假。

林恩看向上頭的文字，聳聳肩。

他知道我不吃肉，也知道我早餐時有客人，就拿「豬肉」玩文字遊戲。

「對，謝了，親愛的，這我知道。奇怪的是他怎麼知道妳吃素？你們常這樣打情罵俏？」

林恩無言瞪了他好一會兒。

他會知道是因為我從來不買肉，她對這個蠢問題搖了搖頭；別擔心，我們向來只紙上說笑；他不知道我是隻蟲子。

她刻意的自嘲令以薩怒火陡地上揚。

「該死的，我沒有其他意思……」林恩搖搖手，這動作等同人類的挑眉。以薩不耐煩地怒吼道：「夠了沒，林恩！不是我說的每一個字都是在擔心我們的關係曝光！」

以薩和林恩在一起近兩年，打從交往以來，他們便試著不去深究兩人之間的相處模式。但在一起越久，這件事就越難技術性地迴避。至今不曾問出口的問題不時搖手吶喊，要求兩人正視。對方無心的一句話、一個疑問的眼神、在公開場合多停留一瞬的肢體接觸——或是雜貨攤老闆的一張字條——在在提醒他們，就某種層面來說，他們過著一種不為人知的祕密生活。風聲鶴唳，草木皆兵。

他們從來沒宣稱「我們在交往」，所以也從來不需明說「我們的事不能昭告天下，只能當祕密情人」。但好幾個月來，顯然事情就是如此。

林恩開始出言譏諷，酸溜溜地暗示以薩拒絕公開兩人關係的態度，說好聽一點是膽小，說難聽是心胸狹隘。林恩這種自私的想法令他忿忿不平，再怎麼說他也跟林恩一樣，與好友坦承了兩人的關係，而這件事對她來說實在容易許多。

她是個藝術家，交友圈淨是一些浪蕩子、金主和他們的食客、放蕩不羈的藝術家、不務正業的寄生蟲、詩人、小冊子作家和上流社會的癮君子，對醜聞和離經叛道的行為再歡迎不過。在薩勒克斯的茶館與酒吧裡，林恩的越軌戀情——經常暗示性地提起，但她從不否認也從不解釋——是八卦和影射的熱門主題。

她的戀情是一種前衛的反叛，一種藝術，如同上一季的「具像音樂」，或者前一年的「鼻涕藝術！」。

沒錯，以薩大可配合。早在與林恩交往前，他在那圈子裡便已小有名氣。畢竟他是個被科學界驅逐流放的怪人，腦子裡裝滿各種古怪的想法，寧願放棄待遇優渥的教職，也要堅持進行自己的研究。他的實驗對大學裡那些小鼻子小眼睛的管理階層來說太過於驚世駭俗，遠超出他們的理解範圍之外。傳統、禮俗，他放在眼裡嗎？他愛跟誰上床、愛跟什麼東西上床誰管得著？

這就是薩勒克斯眼中的他。在這裡，他和林恩的關係是公開的祕密；他也享受這種隱諱的公開。在薩勒克斯的酒吧裡，他可以摟著林恩，趁她吸吮海綿裡的糖蜜咖啡時在她耳邊軟語呢喃。這就是他的故事——至少其中有一半是真的。

他在十年前離開大學，不過是因為他慘痛地體認到自己是個糟糕透頂的老師。

他望著講臺下一張張迷惘的面孔，聽著學生驚慌瘋狂地抄寫筆記。有一天，他突然如醍醐灌頂般恍然大悟，儘管他自己可以隨心所欲在各種科學理論的長廊上摸索前進，在跌跌撞撞中獲取新知，卻不懂如何傳授他所深愛的知識，因此只好羞愧地夾起尾巴，逃之夭夭。造就今日局面的還有另一雙重要推手——他的系主任，那個外貌上不見一點歲月痕跡、噁心造作的福米斯漢克。他並非一名汲汲營營、只會東施效顰的蹩腳科學家，反倒是一名傑出的生物魔法師。他否決以薩的研究不全然因為那是旁門左道，而根本是條死胡同。以薩或許才智過人，但他就像一匹脫韁野馬，難以掌控。福米斯漢克將以薩玩弄於股掌之間，逼以薩不得不向他乞討自由研究的工作，薪資雖低廉，但能有限度地使用大學實驗室的資源。

就是他的事業，令以薩不得不謹慎隱藏他與林恩的關係。

這些日子以來，他和大學之間的關係岌岌可危。十年來他這裡偷一點、那裡偷一點，替自己打造了一間設備精良的實驗室。他大部分的收入來自為新克洛布桑城裡一些稱不上正派的市民執行地下合約，這類人士對於尖端科學的需求總是令他吃驚。

但是以薩的研究——這些年來他的目標始終如一、不曾改變——無法在孤立的狀態下進行。他必須出版、必須辯論、討論、參加研討會——成為科學家族中的搗亂反骨之人。離經叛道的行徑替他帶來不少好處。

然而學術界保守的那一面也不只是作作樣子。新克洛布桑大學開放招收非人學生只是這二十年來的事，以薩樂此不疲地招惹那些被他壞男孩氣質吸引的女人就算了，但公開他與林恩之間的跨種族戀情，絕對會立刻讓他身敗名裂。不過他恐懼的並非是他們的關係會被期刊編輯、研討會主席或出版商發現；他恐懼的是別人認為他無意隱瞞——若他有所遮掩，旁人就無法公然譴責他行為越軌。

但這一切林恩都無法接受。

你隱瞞我們之間的關係，只是為了出版論文給你打從心裡鄙視的人看；有次，兩人做完愛後林恩這麼表示。

有時候以薩也會酸溜溜地想，如果藝術圈威脅說要驅逐她，她自己又會作何反應。

這天早上，這對愛侶用玩笑、道歉、讚美和欲火澆熄一觸即發的爭執。以薩一面與他的襯衫奮戰，一面對林恩拋了個笑容。林恩頭上的蟲腳不禁輕顫。

「妳今天要做什麼？」以薩問。

先去蟲人區買些彩莓，之後到嗥塚看展覽。晚上要工作。她裝作悶悶不樂地補上最後一句。

「看來有段時間見不到妳了。」以薩咧嘴一笑，林恩搖頭附和。以薩扳起手指數日子：「要不然……我們改天到『時鐘與小公雞』一起吃個晚餐；嗯，迴避日好嗎？八點怎麼樣？」

林恩沉吟片刻，一面考慮，一面握住他的手。

真棒。她羞怯地打了個手語，模稜兩可地回答，也不知道她指的是晚餐還是以薩。

他們將鍋盤扔進角落邊上的冷水桶。林恩收拾她的筆記與素描，正要離開時，以薩又輕輕將她拉進懷裡，把她帶到床上，親吻她溫暖的紅膚。林恩在他懷裡轉身，用一隻手肘撐起身子，迎接以薩的目光。她頭上的蟲腳平攤，緩緩將頭上深紅色的兩半甲殼張到最大，微微輕顫。在甲殼的陰影之下，那對美麗而無用的小小蟲翅跟著展開。

她溫柔地拉起以薩的手，讓他撫摸那雙薄如蟬翼、不堪一擊的脆弱翅膀；這是甲蟲人愛與信任的極致表現。

兩人之間的空氣彷彿充滿電流。以薩的下體昂然挺立。

他的手指溫柔撫過輕顫雙翅上的細小血管，看著光線折射出珍珠貝母般的光澤。

他用另一隻手掀起她裙擺，手指滑上她大腿。林恩的雙腿開合，緊緊夾住男友的手，聽著他在她耳邊呢喃既淫穢又深情的挑逗。

日光流轉，在地板上拉出長長的窗影。雲影不安地掠過房內，這對愛侶渾然不覺時間的流逝。

2

以薩與林恩兩人交纏的軀體分開時已過中午十一點。以薩看了看懷錶，跌跌撞撞撿起衣物，心思早已飛到他的工作上。林恩沒問以薩是否要與她一同離開，替兩人省去尷尬的爭論。她彎下腰，用觸角輕輕撫摸以薩的頸背，令他渾身酥麻，起了一身雞皮疙瘩。林恩隨即趁著他還手忙腳亂穿靴時先走一步。

林恩的房間在九樓，她拾階而下，經過危險的八樓、鋪著黏鳥膠地毯和傳出寒鴉輕柔呢喃的七樓、六樓那從沒現身過的老太太，還有再樓下的小偷、鋼鐵工人、打雜女孩和磨刀師傅。

大門位於塔樓背對亞斯皮克坑的那一側。林恩踏上靜謐的街——說是街道，其實也就是一條通往市集攤販的小巷弄。

她穿過市場中吵鬧不休的爭論和買賣，走向索貝克羅伊克斯的花園。那兒的入口處總有成排的出租車等著，她知道有些司機（通常是再造人）觀念較為開放，要不就是想賺錢想瘋了，願意接受甲蟲人乘客。

她穿過亞斯皮克，走越遠，街景和房舍就越形殘破。地勢高低起伏，緩緩朝著西南方高起，而那兒也正是她前進的方向。索貝克羅伊克斯蒼鬱的樹冠如濃煙般，自她身旁頹圮的房舍石板間竄起，在那些綠葉之後，透出一小段雙桅荒原高聳的地平線。

在林恩那雙鏡子般的圓凸複眼中，這座城市就像由各種視覺雜訊組合而成的畫面。景物被分割成無數碎片，每一小塊六角形中都閃耀著鮮明的色彩與銳利的線條，對於各種光線極端敏感，但得雙眼使勁到微微發疼才能看清細節。在每一塊視區中，她不僅看不見腐牆上的死癬，建築物也只是各種色塊的組合，不過明確分辨樓層不成問題。每一項視覺元素、每一個零件、每一塊形狀、每一種色彩，都與周遭景物存在著細微差異，告訴她整棟建築的狀況。而且她可以透過品嘗空氣中的化學物質，分辨屋內住著哪些種族、多少人。還能準確地根據空氣裡的振動與聲音在擁擠的室內與他人交談，或者察覺火車在她頭頂上飛馳而過。

林恩曾試著向以薩描述她眼中的城市。

我看得和你一樣清楚，甚至更清楚。在你眼中，一切看來沒有分別。這裡是破敗的貧民窟，那裡是一輛活塞閃閃發亮的新火車，還有那艘死氣沉沉的古老飛船下站著一名濃妝豔抹的女士……你只看得見一幅畫面，多混亂啊！根本什麼也看不真切，所有細節相互抵觸、彼此矛盾。但是在我眼裡，每一塊細微視區都是完整的、每一塊資訊都不相同，將周遭一切的差異一步步合理呈現。

曾有一個半星期的時間，以薩對她的視覺運作瘋狂著迷。他發揮他的研究精神，寫了好幾頁筆記，到處搜刮有關昆蟲視覺的書籍，還要她做各種枯燥冗長的景深與距離實驗。其中最令以薩印象深刻的是林恩的閱讀方式；因為他知道閱讀對甲蟲人來說不像他那般簡單，她必須像半盲的人一樣凝神細看才看得清。

但他的興趣很快消退；人類終究無法理解甲蟲人的視覺。

林恩身旁的街道充斥著亞斯皮克的扒手與拾荒者，不是準備偷竊乞討、搜括他人財物，就是在散落馬路的垃圾堆中挖寶。孩童手裡抱著東拼西湊、奇形怪狀的引擎零件蹦蹦跳跳。偶爾會有幾名紳士與淑女帶著非議的眼神大步經過，前往「其他地方」。

林恩的木屐被街上的糞泥給弄溼了；對那些在下水道中鬼鬼祟祟、探頭探腦的傢伙來說，她可稱得上是頭肥羊。四周的房舍屋頂一片平坦，昏暗而陰森。屋子與屋子間架著木板，那是一條條逃脫路線、另類通道；是新克洛布桑屋頂國度的街道。

只有少數幾名小孩用不堪入耳的歧視字眼嘲笑她。這個社區已習慣了非人種族的存在，她嗅得出此處是個大熔爐，空氣中瀰漫各色種族的分泌微粒。但她只認得其中幾部分：有許多甲蟲人的分泌味、蛙族人的潮溼味，甚至不知何處還傳來了仙人掌人的芬芳氣味。

林恩轉過街角，踏上索貝克羅伊克斯的石子路。鐵欄杆旁排滿出租車，形形色色，五花八門：兩輪的、四輪的；拉車的牲口有馬、趾高氣昂的翼手鳥，還有履帶式蒸汽車……再造人隨處可見，這些悲慘的男男女女既是司機，本身也是出租車。

林恩停在車隊前，招了招手。幸運地，隊伍間的頭一名司機看見她招車，便駕著他暴躁的鳥兒上前。

「打哪兒去？」男司機湊上前，看向林恩小心翼翼寫在筆記本上的指示。「沒問題。」他說，偏頭示意她上車。

出租車是一輛兩人座拉車，開放的正面讓林恩得以一路飽覽城市南方的景色。這隻不會飛的大鳥搖搖晃晃、連滾帶跑地帶動車輪順暢前進。林恩放鬆倒向椅背，重讀一遍她給司機的指示。

以薩不會贊成的。絕對不會。

林恩**確實**需要彩莓，也真的是要前往蟲人區採買；這部分是真話。而她的朋友孔費德．戴哈特也的確正在嚎塚舉辦展覽。

但她並沒有要去看。

她已經和孔費德說好，若是以薩問起（她不認為他會，但還是小心為上，以防萬一），孔費德會替她掩飾。當時孔費德興沖沖地撥開散落臉前的白髮，裝模作樣地誇張起誓，說他若是走漏一個字，老天就讓他萬劫不復，永世不得翻身。他顯然以為林恩背著以薩偷情；他們兩人的性關係原本便已驚世駭俗，如今又出現全新轉折，能夠參與其中對孔費德來說簡直就是天大的殊榮。

林恩沒辦法去看朋友的展覽，是因為她在別處另有約會。

出租車朝河流前進。木輪駛過石子路，震得她不住搖晃。車輪轉上沙得拉街，市集現在位於他們的南方。這兒地勢較高，已不見蔬菜、蝦蟹和熟爛水果攤販的蹤影。

盤據眼前矮房上空的是胖墩墩的飛原民兵塔。那三十五層樓高的巨大樓柱骯髒肥胖，莫名透著一股邪惡之氣。塔樓各面布滿有如箭孔的窄窗，霧黑色的玻璃上映不出絲毫景色，水泥牆面斑駁脫落。林恩瞥見北方三英里遠外還聳立著另一座更高大的建築——民兵的中央總部「針塔」在新克洛布桑的中心地帶如水泥針般穿地而出。

林恩引頸顧盼。一艘半充飽氣的飛船軟趴趴地垂掛在飛原民兵塔頂上，模樣甚是難看。船身在風中翻飛，像隻死魚般逐漸膨脹。即便相隔甚遠，她仍能感到引擎的嗡鳴，彷彿那股振動不願消失在槍灰色的雲層裡。

又是一陣低鳴，但與飛船的頻率不同。附近有根支柱震動起來，一輛民兵機動車朝北飛馳而去，以危險的高速接近塔樓。

機動車懸掛於空軌之下，在高空遠處競速馳騁。空軌自塔樓兩面延伸而出，彷彿一根穿過巨大針孔的金屬絲般貫穿塔頂，消失在南北兩方。機動車在緩衝器突然停止，人影浮現，但林恩還不及多看，出租車便已駛離。

翼手鳥朝著河皮區的溫室大步奔跑。路途上，林恩今日第二次享受到仙人掌人芬芳的汁液氣味。受到族中長者鄙視、被拒於修道院外（它陡峭的玻璃圓頂聳立東方，上頭扭曲繁複的窗格標誌出該區的中心）的年輕仙人掌人三五成群，倚靠在門戶緊閉的建築物與廉價海報上，手裡把玩著小刀。他們身上的針刺被人以殘暴的手法砍斷，蔥綠色的肌膚上布滿猙獰的怪異劃痕。

他們冷冷看著出租車駛過，無動於衷。

沙得拉街突然下降。出租車停在最高點，眼前是一片陡峭的下坡，林恩與司機可以清楚看見白雪皚皚的灰色山脈在城市西方巍峨聳立。

出租車緩緩駛過焦油河。

微弱的喊叫聲與機器的低鳴自磚堤上的黝黑窗內傳出，有些窗戶甚至位於漲潮水位的記號之下。裡頭有監獄、有刑求室、有作坊——還有部分房間同時兼做三種用途——以及再造人接受刑罰的懲戒工廠。船隻噗噗作響，在黑色河水中顛簸前行。

富豪大橋的尖頂浮現眼簾。在尖頂之後，石板屋頂如寒風中緊縮的肩膀高高隆起，腐朽的牆壁搖搖欲墜，由扶牆和生物黏液支撐著，散發一種獨特的臭味。那兒，便是破敗的蟲人區。

過了河之後，古城裡的街道更是狹窄幽暗。翼手鳥不安地跑過一棟又一棟建築，屋牆因家蟲硬化的膠液變得滑溜。甲蟲人在改建過的屋舍門窗中爬進爬出，她們是這裡的主要種族，蟲人區是她們的地盤。街上隨處可見甲蟲人的女性軀體和昆蟲頭顱，群聚在洞窟般的門前大啖水果。

就連出租車的司機都嗅得到她們的對話，空氣裡充滿濃濃的化學分泌物。

有隻蟲子被車輪碾爆。八成是隻公甲蟲。林恩打了個冷顫，如此思忖。蟲人區每一個洞穴與裂縫之中都爬滿了笨頭笨腦的公甲蟲，林恩想像剛碾過的是其中一隻。碾得好。

翼手鳥停在一道低矮的磚造拱門前，門上垂著由甲蟲人黏液形成的石柱，鳥兒打死不肯穿越。林恩拍拍正在與韁繩角力的司機，振筆疾書，舉起她的記事本。

你的鳥不喜歡。在這裡等著，我五分鐘後回來。

他感激地點點頭，伸出一隻手扶她下車。林恩留下司機安撫那隻煩躁不安的牲口，轉過街角，踏進蟲人區的中央廣場。自屋頂淌落的白色黏液並沒有遮蔽廣場外圍的路牌，但蟲人區沒有任何一名居民會用路牌上的名稱「亞爾戴利恩廣場」稱呼此地；就連住在此地的少數人類和非甲蟲人也採用甲蟲人給它的新名字：由甲蟲人的嘶聲和氣嗝聲翻譯過來，就是「雕像廣場」。

廣場寬闊而開放，四周環繞已有上百年歷史的破屋。這些頹圮的矮房與森然聳立於北方的另一座灰色民兵巨塔呈現強烈對比。這裡的屋頂低矮，異常陡峭，骯髒的窗戶爬滿無以名之的紋路。林恩可以感到甲蟲人護士在手術時發出的治療嗡吟，甜膩的煙霧在廣場群眾之上裊裊飄盪。雖然這裡大多是甲蟲人，但也隨處可見其他種族的人佇立於雕像之前，細細端詳。十五英尺高的動物、植物、怪物塑像占據了全廣場，有些是真實生物，也有些出於想像。但不論真實或想像，都染有甲蟲人色彩鮮豔的唾液。

這些雕像代表了數小時的集體創作。成群的女甲蟲人一連佇立數日，口裡咀嚼黏土和彩莓，消化後打開蟲頭後方的腺體，擠出黏稠的甲蟲人唾液（顯然這名稱有誤）。唾液會在接觸空氣後的一小時內硬化，質地變為平滑、硬脆、散發珍珠般光澤。

對林恩來說，這些雕像代表了奉獻、代表了社群，還有想像力嚴重不足——退化到只能呈現男子英雄氣概式的浮誇。而這正是她離鄉背井，獨自吐液創作的原因。

林恩走過蔬果鋪用歪七扭八的字跡大大寫著「家蟲出租」的招牌，還有販賣甲蟲人腺體藝術家所需用具的藝品交換中心。

路上的甲蟲人紛紛對林恩投以注目。蓋在她腿上那件薩勒克斯風格的長裙色彩鮮豔——是屬於人類的服飾，而非這裡的貧民穿的傳統燈籠寬褲。她的身上標誌著某種記號：她背叛姊妹，遺棄自己的家巢和部落，已非這裡的一分子。

天殺的對極了，我就是數典忘祖、忘恩負義。林恩想著，叛逆似的揮動她的綠色長裙。

唾液藝術用品店的老闆認識她，兩人出於禮貌，敷衍地碰碰觸角。

林恩抬頭看向陳列架。店內覆滿家蟲的黏液，在牆上凝結成波狀紋路，邊角也精巧地包成鈍角。煤氣燈照亮架上的唾液藝術用品，它們突在架外，彷彿一具具自墓沼中冒出來的屍骸。窗上如作畫般抹上了各色彩莓，將日光阻擋在外。

林恩開口，夾動揮舞頭上的蟲腿，分泌絲縷氣味，表示自己要買緋莓、青莓、黑莓、白莓還有紫莓，同時噴散一股恭維，對店主商品的優秀品質讚不絕口。

林恩接過貨品，迅速離開。

蟲人區虔誠的社群精神令她作噁。

出租車仍在原地等待，她跳上司機後方的座位，朝東北方一指，吩咐他啟程。

紅翅巢、貓顱部；她想著，感到一陣暈眩。妳們這些偽善的婊子，我什麼也沒忘！妳們滿口部落、滿口偉大的甲蟲人家巢，卻冷眼看著溪畔區的「姊妹」以挖掘馬鈴薯為食，無動於衷。妳們其實什麼也沒有，不過被一群嘲笑妳們是蟲子的人類所包圍。他們一面賤價收購妳們的藝術，一面哄抬食物的價格。但因為還有其他更窮困的族民，妳們就把自己塑造成甲蟲人的守護者。我受夠了，不想再跟妳們同流合汙。現在我愛怎麼打扮就怎麼打扮，我的藝術只屬於我自己。

當周遭的街道少了甲蟲黏液的氣味後，她的呼吸終於也順暢了些。人群中唯一的甲蟲人也和她一樣，是個流放者。

她指示司機穿過口水市集站的磚造拱門，頭頂上一輛火車隆隆駛過，好似一名氣得七竅生煙的小孩，往古城中心駛去。林恩出於謹慎，指示出租車開上酒客大橋。雖然這並非跨越焦油河的姊妹河——瘡河的最快路徑，但最近的路線必須穿越獾沼，在那兒，兩條河將古城切割成扇形後匯聚成為大焦油河。而以薩也像許多科學家一樣，在獾沼擁有一間自己的實驗室。

以薩絕對不可能看見她，獾沼就像一座由各種可疑實驗組成的迷宮，在那裡進行的研究千奇百怪，甚至連建築都不可信任。但為了免除一切憂心，林恩讓出租車開往奇德站。左線的高架軌道從那裡開始往東延伸，越遠離市中心就攀升得越高。

跟著火車！她寫道。司機依言跟隨火車穿過西奇德的寬闊街道，開上古老恢弘的酒客大橋，跨越瘡河。瘡河源自貝許亞克峰，水質較為潔淨冰涼。她讓司機停車，付了車資，還附上一筆豐厚的小費。最後一英里路林恩想自己走，以免留下行蹤。

她匆匆往竊盜區的骨鎮之爪——巨肋陰影處走去，趕赴約會。在她身後，天空一時間擁擠異常：一艘飛船在遠處發出低沉的嗡鳴，周圍散落著亂糟糟的小雜點，時高時低、時左時右地移動；後方還有振翅的黑影追逐嬉戲，彷彿鯨魚旁的海豚。飛船前方是一輛進城的火車，正朝新克洛布桑的中心駛去。那兒建築物櫛比鱗次，是城市纖維的匯聚之處。民兵的空軌如蜘蛛網般自針塔呈輻射狀向外擴散，五大鐵路線也在此交會。而這一座巍然聳立於城市喧鬧中心，由黑磚、水泥、木頭、鋼鐵與石頭建築而成的巨大碉堡，就是**帕迪多街車站**。

3

火車上，以薩對面坐著一名小女孩與她的父親。父親衣著寒酸，頭戴圓頂禮帽，身上套著一件二手外套。每次和小女孩對上眼，以薩就擠眉弄眼地扮起鬼臉。

小女孩的父親在她耳邊悄悄說了些什麼，變戲法逗著她玩。他在女兒手裡放了一塊鵝卵石，飛快地在石頭上吐口口水，石頭立刻變成一隻青蛙。小女孩興奮地對著那黏糊糊的玩意兒大聲尖叫，然後怯生生地抬眼看向以薩。以薩裝出瞠目結舌的震驚表情，他離開座位，打開車門踏上史萊站的月臺；小女孩的目光一路跟隨著他。他步下車站，來到大馬路上，穿越川流不息的交通，前往獾沼。

科學區是這座古城歷史最悠久的一區，曲折蜿蜒的狹街上往來著幾輛出租車與動物。隨處可見各色種族的行人，烘焙坊、洗衣店、工會會所，任何一個社區所需的服務無一匱乏，酒吧、店鋪當然更是少不了。這裡甚至還有一座民兵塔，那座又矮又胖的小塔樓就座落於焦油河和瘡河交會的獾沼頂端。海報貼在搖搖欲墜的牆上，與城裡其他地方並無二致，宣傳著同樣的舞廳，警示同樣的末日，要求民眾為同樣的軍警黨派效忠。但在表面的常景之下，獾沼瀰漫著一股劍拔弩張的緊繃氣氛，一種危險的期待。

獾——由於傳統的緣故，大家對這種動物都很熟悉。一般咸信牠們對於祕密科學之中的危險電波具有某種程度的免疫力。牠們的牙齒間叼著採買清單，梨子形的身軀蹦蹦跳跳穿過大街，然後消失在店鋪口的特殊活板門中。在店家厚重的玻璃櫥窗之上是一間間閣樓，河畔聳立一棟棟改造過的老舊倉庫。為人遺忘的地窖中藏著神殿，供奉冷僻的小神。獾沼的居民們就在這些地方與房舍的夾縫中買賣、交易。

物理學家、基因嵌合家、生物哲學家、畸胎學家、化學家、屍體化學家、數學家、召喚師、鍊金術士、蛙族人的薩滿，以及那些像以薩一樣，研究項目無法歸類到任何一種理論中的科學家，全都聚集於此。

屋頂上飄散著詭異的氣體，兩條匯聚的河流懶懶流動，東一簇、西一簇地冒著蒸汽，代表該處的河水摻雜了無以名之的化學物質，形成強效的複合物。來自失敗實驗、工廠、實驗室、鍊金術士小屋的廢水胡亂攪和一氣，變成某種混合藥水。在獾沼，水的性質無法預測。大家都聽說過在河沼間撿破爛的流浪兒的故事；他們踏進某處褪色的泥巴後，不是開始說起失傳已久的語言，就是頭髮中出現蝗蟲，或者整個人逐漸變得透明，最後消失不見。

以薩在河岸邊的一條靜僻小路上轉了個彎，踏著棕土步道上的腐朽石板與頑強野草前行。瘡河對岸，巨肋高聳於骨鎮櫛比鱗次的屋頂上空，彷彿一根根巨大的象牙朝著百尺之上的半空彎曲。南方，河水變得湍急了些。半英里外，以薩看見史崔克島將河一分為二，與焦油河交會後畫出一道大大的弧線，朝東彎去。

國會大樓的古老石牆與塔樓豎立於史崔克島邊緣。崖壁陡峭，寸草不生，一層層粗獷的黑曜石突出於河面之上，宛若凍結的噴泉。

雲層漸散，晴空如洗。以薩可以看見他實驗室的紅色屋頂突出於周遭的房舍之上。他實驗室前方就是附近酒吧「瀕死之童」雜草蔓生的前院。院內的舊桌上長滿五顏六色的黴菌，就以薩的記憶所及，從來沒人坐在那兒過。

以薩走進酒吧，光線似乎放棄穿透一扇扇又厚又髒的窗戶，室內一片昏暗。除了灰塵之外，牆上沒有半點裝飾。店內的客人全都是死忠酒客，爛醉如泥的身影抱著酒瓶，兀自一口接著一口喝個不停。他們有些是毒蟲，有些是改造人，還有些兩者皆是；而瀕死之童來者不拒。一群瘦骨嶙峋的年輕男子軟趴趴地癱在桌上，同步抽搐：全都嗑藥嗑昏了——不是沙白、殘夢，就是極荼。一名女人用她的金屬爪拿著玻璃杯，爪子嘶嘶冒煙，濺落油滴到地板上。角落邊上一名男人靜靜舔舐著一碗啤酒，然後舔了舔移植在他臉上的狐狸嘴。

以薩低聲與門口的老人打了聲招呼。老人的名字叫做約書華，他的再造手術雖然細微，卻非常殘忍。

過去搶劫失手被捕後，他三緘其口，拒絕供出同黨姓名。地方官於是遂了他的心願，下令讓他此生再也無法開口。他們奪去他的嘴，用密不透風的肌肉將之封死。但約書華並沒有從此過著只能仰賴鼻管喝湯的生活；相反地，他替自己劃開了一張新嘴，但強忍令他渾身顫抖的劇痛得到的結果就是這樣——一個歪七扭八、破破爛爛，粗糙難看的半成品。一道鬆垮垮的傷口。

約書華對以薩點點頭，小心翼翼地用手指將嘴扶到吸管之上，貪婪地吸吮他的蘋果酒。

以薩走向酒吧後方。角落邊上的吧檯非常低，大約只有三英尺。吧檯之後，泡在一槽髒水裡的就是這兒的老闆，西爾克萊斯查克。

西爾無論生活、工作或睡覺統統不離這水槽，用長著蹼的巨大雙手和蛙腿將自己從水槽一端拉到另一端。他的身體如腫脹的睪丸般垂垂晃晃，猶若無骨。即便以蛙族人的標準來說，他也是又老又胖，脾氣更是暴躁。他就像一袋縫著四肢，裡頭裝滿古老血液的布囊。頭顱下面找不到像脖子的東西，凶巴巴的大臉就這麼從他身體的脂肪堆中冒出來。

他一個月會將水槽裡的水舀乾兩次，讓員工往他身上淋下新鮮的淨水，一面享受，一面舒服地放屁、嘆氣。蛙族人至少可以在陸地待上一天而不會出現任何不適，但沒有人可以讓西爾離開水槽。他全身上下散發著一種乖戾的憊懶，鐵了心不離這池汙水。以薩總忍不住認為西爾是刻意自貶，藉此挑釁他人；他似乎很享受這個噁心之王的寶座。

過去，以薩也曾年少輕狂，放浪形骸，時常在這兒喝得爛醉。但他現在成熟了，改造訪較為健康的酒館找樂子。會來西爾的小店單純是因為離他的實驗室很近。而且沒想到的是，他在不知不覺中發現自己開始為了研究而來，因為西爾會提供他實驗所需的樣本。

西爾搖晃著龐大的身軀靠近以薩，臭呼呼的尿色汗水自浴缸邊緣溢了出來。

「要喝什麼，以薩？」西爾吼問。

「金瓶。」

以薩扔了一枚硬幣到西爾手中。西爾從身後的架上拿下一瓶廉價啤酒。以薩喝了幾口，滑進一張高腳椅中，不料一屁股坐到某種可疑的液體，他忍不住皺了皺臉。

西爾靠在浴缸上，別開目光，開始有一搭沒一搭、言不及義地聊起天氣和啤酒，敷衍攀談。以薩也隨口應答，好讓對話繼續。

櫃臺上放著幾個簡陋的水塑像。以薩看著塑像的水漸漸滲入舊木頭的紋理之中，其中兩只迅速化為兩攤水。西爾懶洋洋地從水槽中重新舀起一把水，動手捏了起來。水在他手中彷彿黏土，他捏什麼形狀，水就維持那個形狀。水槽裡的灰塵和汙垢在塑像中團團打轉。西爾在塑像臉上掐了幾下，捏出個鼻子，再替它捏了雙小香腸般大小的雙腿，完成後放在以薩面前。

「你來就是為了這個吧？」西爾問。

以薩喝乾剩餘的啤酒。

「乾了，西爾。謝啦。」

以薩小心翼翼地朝小人像呵氣，讓它倒進他捧成杯狀的手中。水濺了些出來，但以薩感覺得到塑像的表面張力仍舊完整。西爾帶著嘲諷的笑容，目送以薩捧著人像匆匆離開酒吧，趕回實驗室。

酒吧外，風轉疾了些。以薩小心翼翼地護著他的寶貝，快步穿過連接瀕死之童與槳手街的小巷，回到他的實驗室住家。他用屁股頂開綠色大門，倒退走進屋內。以薩的實驗室幾年前原是工廠與倉庫，如今積滿灰塵的寬敞地板上東倒西歪擺著工作檯和蒸餾器，角落則被多面黑板占據。

倉庫兩頭傳來高聲呼喚；是大衛．薩瑞秦和路勃麥．戴斯凱特——他們兩人都是像以薩一樣的瘋狂科學家，一同分攤倉庫的租金與空間。一樓歸大衛和路勃麥使用，兩人的配備分別占據兩角，中間以四十英尺高的空心木板隔開，中央突起一只改裝過的抽水機。兩人共用的機械人轉動履帶來回移動，發出巨大的噪音，有一搭沒一搭地清掃灰塵。唉，這個他們捨不得丟掉的廢物啊，以薩心想。

舊倉庫的牆上突出一條寬闊的空中走道，以薩的實驗室、廚房和床鋪都在上頭。走道約二十英尺寬，環繞大廳，懸空那側釘著搖搖欲墜的木欄杆。是路勃麥釘的，打從他釘好後至今不曾倒塌，真是個奇蹟。

門在以薩身後重重關上，掛在門邊的全身鏡震了一下。真不敢相信那玩意兒到現在還沒破；以薩想，我們一定得把它移走。但一如往常，這念頭來得快，去得更快。

以薩邁開腳步，一次跨過三級階梯衝上樓。大衛看見他捧著東西的模樣不由得放聲大笑。

「又是西爾克萊斯查克的藝術傑作嗎，以薩？」他高聲問。

以薩咧嘴一笑。

「我只收集最好的！」

以薩多年前發現這間倉庫時，第一個挑選為他要的空間，結果證明他的眼光沒錯。他的床、爐子和便壺安放空中平臺的一個角落，同側另一頭就是他的大實驗室。架子上滿滿堆著各種玻璃與陶瓷容器，裡頭裝滿奇怪的合成物質和危險的化學物。牆上掛了許多膠版照片，以薩和他的朋友在相片中擺著各種姿勢，背景遍及新克洛布桑各地與蠻荒森林。倉庫背對棕土步道，他的窗戶遠眺瘡河和骨鎮的河岸，巨肋與凱爾崔利列車飛馳的壯觀美景一覽無遺。

以薩跑過巨大的拱窗前，在一個看不出功用的亮面黃銅機器前停下腳步。機器上布滿密密麻麻的導管與鏡片，亂七八糟插著各種測量儀。所有零件上都印著一個大大的標誌：**新克大物理系所有，請勿移動。**

以薩探頭察看，發現機器中央的小鍋爐尚未熄滅，不禁大鬆一口氣。他扔進一把煤炭，拴上鍋爐門蓋，將西爾的小人像放在玻璃鐘罩的觀察檯上，拉了拉正下方的幾根波紋管，吸出裡頭的空氣，再用一根細皮管將瓦斯灌進去。

他總算能放鬆了，現在蛙族人的水雕塑像可以維持久一些了。離開蛙族人的手後，如果不多加觸碰，塑像大約可以維持一個鐘頭，然後慢慢瓦解，恢復原本的性質。若嘗試干預，只會加快塑像溶化的速度；不過如果用的是惰性瓦斯，速度會減慢許多。以薩大約有兩個鐘頭的時間進行研究。

以薩是因為研究聯合能量理論，才開始對蛙族人的水魔法產生興趣。他之前想到，或許蛙族人形塑水分子的力量正與他不斷追尋的凝聚能量有關。在特定情況下，那種能量能將物質凝聚起來，但在其他情況下又會猛烈潰散。不過以薩的研究最後通常都會走上同一條路：原本只是附屬品的實驗占據他全副心神，他開始走火入魔，但沒多久又失去興趣。

以薩折彎幾根透鏡管，放好位置，點燃煤氣燈，照亮人像。科學界對水魔法的漠視至今仍讓以薩火冒三丈。他不禁想起有多少主流科學不過是滿嘴空話，有多少「分析」不過是事實描述——而且常常是拙劣的描述——藏在一堆令人滿頭問號的垃圾之後。他最喜歡的一個例子來自班錢伯格的《水分子物理非計量研究》。那是一本受到高度推崇的教科書，但他當初邊看就忍不住邊罵，還小心翼翼地抄寫其中一段，釘在牆上。

蛙族人利用他們所謂的「水魔法」操控水的塑性，保持水面張力。不管捏塑成什麼形狀，都能維持一段短暫的時間。而蛙族人是透過應用「短期延長的水凝／水態力場」來達成此目的。

換言之，班錢伯格與以薩、街上的流浪兒，甚至是老西爾克萊斯查克本人一樣，根本不知道蛙族人是如何形塑水分子的。

以薩拿出透鏡組，換上不同玻璃片，嘗試讓各色光線穿過塑像。塑像的邊緣已經開始垂垮，在超高倍數的放大鏡下，以薩看見小小的原生動物漫無目的地蠕動。不過水分子的內部結構並沒有改變，它只是不想遵守平常的物理特性。

水開始滲進木檯的縫隙之中，以薩把水收集起來，打算晚一點再檢驗。不過以往的經驗告訴他，他什麼也不會發現。

以薩在身旁的筆記本上寫下紀錄。他對水塑像做了許多實驗：用針筒從裡頭汲取一些水、拍下各個角度的膠版照片、在塑像內吹進小小的氣泡。氣泡緩緩上升，最後在頂端爆破。最後他把塑像放在火上加熱，任塑像消散在蒸汽之中。

不知何時，小老實——大衛養的獾——溜達上樓，嗅著以薩垂下來的手指。以薩心不在焉地摸摸她，小老實舔舔他的手，他便向大衛高喊小老實餓了。沒想到倉庫內一片死寂，無人回應。大衛和路勃麥都出門了，八成是去補吃午餐；自他返回倉庫後已經過了好幾個鐘頭。

他伸伸懶腰，大步走到他的食物儲藏室前，扔給小老實一條肉乾，小老實歡天喜地啃了起來。以薩的心思終於回到現實世界，聽著自牆後傳來的船聲。

樓下的大門「砰」地打開又關上。

他匆匆跑到樓梯頂端，以為是大衛和路勃麥回來了。

結果不是。佇立於大空房中央的是一名陌生人。空氣產生變化，氣流如觸角般悄悄打探來客，在他身旁激起一圈圈微塵。敞開的窗戶與破磚篩進點點陽光，卻沒有絲縷光線直接灑落他身上。以薩輕晃了一下，木頭走道「嘎吱」響了一聲。樓下的人影猛然扭頭，褪去兜帽，雙手交疊胸前，靜立原地，抬頭仰望。

以薩瞪大眼，駭然看著來客。

是一名鳥人。

以薩幾乎是連滾帶爬地摔下樓梯。他扶著欄杆，一路跌跌撞撞，視線無法從這名特殊的訪客身上轉開。終於，他來到一樓。

鳥人垂眼凝視他。因為驚奇，以薩把禮節統統拋到九霄雲外，就這麼大剌剌瞪視來客。

這個雄偉的生物身長超過六英尺，骯髒的斗篷之下探出一雙粗糙的腳爪。破爛的衣裳幾乎垂落地面，鬆垮垮地包覆他每一英寸肌膚。除了頭部之外，鳥人的身形樣貌全都藏在斗篷中。而那張不可思議的巨大鳥面正低垂注視以薩，臉上彷彿帶著傲慢的神情。他尖鉤似的鳥喙既像紅隼又像貓頭鷹，光滑的羽毛從赭色漸漸轉淡成灰褐色，最後轉為斑駁的棕色。深邃的黑眼凝神注視，虹膜只是瞳孔邊緣的一圈細微斑點。眼窩微微內陷，讓鳥人的臉上總是透著一抹嘲諷與冷傲。

而挺立於鳥人頭頂之上，蓋著粗麻布，交疊相扣的一定就是他那雙巨大的翅膀，那形狀絕對錯不了。

這雙自肩膀突起、由羽毛、肌膚與骨頭組合而成、足足有兩英尺高的翅膀如今優雅地彎曲收起。以薩從沒近距離看過鳥人展翅，但他曾在書上讀過，知道他們能夠掀起漫天塵土，並在地面的獵物身上投下巨大的陰影。

你千里迢迢、離鄉背井跑來這裡做什麼？以薩好奇地忖度。看看你的顏色，你可是打沙漠來的啊！你一定是從錫邁克跋涉千里而來。你這個驚人的混蛋心裡打的是什麼算盤？

他差點就要對這名偉大的獵食者敬畏地搔起頭來，但最後還是忍住了，只是清了清喉嚨，開口問：

「有什麼我能為你效勞的嗎？」

4

林恩驚恐至極，察覺自己快遲到了。

更糟的是她對骨鎮一點也不熟悉，根本分不清東西南北。這片化外之地的建築物風格混亂，無以名之，她困在其中，茫然不知所措。工業主義中摻雜著東施效顰的誇富俗豔，廢棄的港灣碼頭水泥層層剝落，貧民窟裡帳棚林立。在這片平坦的低地上，各種不同的景色混雜交錯，到處都是灌木叢與荒廢的空地，野花與粗莖植物穿破由水泥和瀝青鋪成的地表，恣意生長。

林恩有地址，但她身旁的路牌扭曲皺折，歪斜傾倒，不是指向莫名其妙的方向、字體被鐵鏽所掩蓋，就是彼此矛盾，完全派不上用場。她凝神察看，望向手中潦草的地圖。

巨肋可以幫助她辨別方位。林恩抬起頭，看見巨大的化石就在她頭頂之上，高聳入天。從她的角度望去，只能看到一側的化石，潔白的弧線彷彿一道道沖刷東方房舍的骨浪般懸浮空中。林恩朝它走去。

身旁的街道一下變得開闊，她發現自己來到另一片荒蕪的空地，只是這裡比其他地方大上許多倍。此處看起來不像廣場，反而像城市中一座未完工的巨大洞窟。四周的建築物沒有一棟正面朝向空地，放眼所及全是房舍的背面或側面，就像要讓鄰居永遠見不到那承諾中的華美面容。馬路與灌木林的接壤地帶令人不安，交界處嘗試性地圍起低矮磚牆，但沒多久便消失不見。

地上東一簇、西一簇髒兮兮的野草，拼裝出來的攤位與折疊桌隨意擱置，上頭一字排開廉價的蛋糕、舊畫，或從誰家閣樓裡掏出來的垃圾。街頭雜耍藝人懶洋洋地展現技藝，幾名信步瀏覽的路人四處徘徊。

散落一地的巨石上坐著各色種族，有人閱讀、有人吃東西、有人在乾泥土上塗鴉，也有人看著頭頂上的化石沉思。

巨肋就聳立於空地邊緣。

比古老神木還要粗的巨大泛黃化石殘骸衝破地表，朝著天際向外劃出一道大弧，攀升超過一百英尺，陰影森然籠罩四周屋頂，然後又大弧度朝內彎去，繼續向上拔高，直到兩側的肋骨頂端幾乎就要相觸，看起來就像一根根彎曲的巨大手指，又好像天神用來獵捕人類的象牙陷阱。

政府與商人過去曾計畫在廣場上添設建築，在這古老的胸骨之中增建辦公室或住屋，但最後依舊什麼也沒有。

工具不是迅速毀壞，就是消失不見，水泥也無法凝固。這副半掩半現的化石之中蘊藏著某種邪惡的力量，讓這座墳場永保安寧。

考古學家曾在林恩腳下五十英尺處發現有如房屋大小的脊椎化石，但在發生太多次意外後，它又被悄悄掩埋。沒有任何肢體、臀骨或巨大的頭骨曾經出土，沒有人知道在千年之前究竟是什麼樣的生物殞落於此。關於克洛布桑大怪物的各種駭人傳說，在巨肋下販賣骷髏版畫的小販最是熟稔於胸，說來如數家珍。

有人說牠長著四條腿，也有人說牠兩條腿；外貌似人，長牙尖利，背上生得一雙翅膀；性情殘暴、好淫縱欲。

林恩依循地圖來到巨肋南側的一條無名小巷，一陣左拐右繞之後踏上一條靜謐的街道，找到指示中的漆黑建築。這裡一整排廢棄房舍全都漆得黑黝黝，除了其中一扇門之外，所有門口都給磚頭堵死，窗戶也封得密不透風，還塗上一層濃墨似的焦油。

路上沒有其他行人，沒有出租車，沒有任何生物，只有林恩。

僅存的門板上有個用粉筆繪製的圖案，看起來像棋盤，一個大方塊中又分成九個小方塊。不過上面沒有圈也沒有叉，沒有任何記號。

林恩在屋前徘徊，不停擺弄她的長裙與襯衫，最後她終於受夠自己的怯懦，於是走到門口，飛快敲了敲門。

遲到已經夠糟了，她想，我最好不要再惹他發火。

她聽見上方傳來絞鏈和門桿滑開的聲音。頭頂突然閃過一道反光，是屋內的人用某種透鏡或鏡子查看，以便決定來人值不值得接見。

門打開了。

站在林恩面前的是一名身形龐大的再造人。她的臉仍是人類女性哀傷而美麗的面孔，膚色黝黑，頂著一頭長長的編髮，但身體卻被七英尺高的黑鐵與白鑞骨架所取代，立在一組堅固的伸縮金屬三角架上。這個新身體是用來從事粗重工作的，身上的活塞與滑輪令她散發一種無堅不摧的力量感。她的右臂平舉在林恩眼前，黃銅手掌中突出一根凶惡的魚叉。

林恩驚恐後退。

悲傷的女人面孔後方響起宏亮的聲音。

「林恩小姐？妳就是那個藝術家？妳遲到了。莫特利先生正等著妳。請跟我來。」

再造人退開，用中央那條腿平衡身體，另外兩條甩到後頭，騰出空間讓林恩過，但手中的魚叉文風不動。

妳能撐多遠，林恩？林恩暗忖，走進黑暗。

伸手不見五指的走廊另一頭守著一名仙人掌人。林恩可以嗅出他散發於空氣中的汁液氣味，不過非常微弱。他身高七英尺，四肢粗厚，身形壯碩，頭顱到肩部的線條如峭壁般陡斜。艱困的生活使他身上長滿大大小小的節瘤，輪廓凹凸不平。綠色的肌膚上傷痕累累，長著三英寸長的尖刺與小小的紅色春花。

他用歪曲的指尖召喚林恩上前。

「莫特利先生雖然有的是時間。」他一面說，一面轉身爬上身後的樓梯，「但他向來不樂於等待。」

他笨手笨腳地回過頭，雙眉挑得老高。

去死，你這個小嘍囉！她不耐煩地想，帶我去見你老大就是了。

仙人掌人用如殘幹般缺乏腿形的雙腳踏著沉重的步伐前進。

在她身後，林恩可以聽見再造人上樓時發出的蒸汽噴發聲與腳步聲。她跟著仙人掌人穿過一條一扇窗也沒有的曲折甬道。

這地方真大。林恩一面走一面想。她領悟這些人一定是把整排房屋的隔牆統統打掉，再按照需求重新改裝成一個巨大無比的複雜空間。他們經過好幾扇門，門後突然傳出令人膽戰心驚的聲音，像是機器所發出的窒悶哀嚎。林恩的觸角不住打顫。才剛走開，身後便響起一串「噗噗噗」的聲響，聽起來像是十字弓箭釘進軟木之中。

我的媽呀！林恩暗暗埋怨，蓋吉，你到底把我扯進什麼樣的渾水了？

一切都是從幸運蓋吉開始的；就是這名失敗潦倒的經理人把林恩帶到這個恐怖的地方。

蓋吉帶著林恩最新一組作品的膠版照片在城裡四處兜售；這是他的例行公事，試圖在新克洛布桑的藝術家與贊助人間打響名號。但他其實是個可悲的傢伙，只要有人肯聽，他就會吹噓起自己這輩子唯一的一項成就——十三年前，他曾替一名如今已辭世的女空氣雕刻家舉辦過一次廣受好評的展覽。林恩和她多數的朋友對他都是既同情又鄙夷。她認識的所有人都願意讓他替他們的作品拍照，然後塞給他幾枚謝克爾銀幣或一枚諾布爾金幣，當作是「經理費用的預付金」。然後他會帶著錢消失，幾星期後帶著長褲上的嘔吐物、鞋上的血跡和口袋裡的新毒品再次出現。週而復始。

但這次卻不一樣。

蓋吉真的替林恩找到一個買主。

先前他在時鐘與小公雞偷偷摸摸挨近她身邊時，林恩還抗議說這次該輪別人了。她的記事本上記得清清楚楚，大約一星期前她才「預付」過一枚基尼金幣。但是蓋吉打斷她，堅持要私下與她談談。林恩的朋友，也就是當時齊聚一堂的薩勒克斯知名藝術家哄然大笑，鼓譟著要林恩跟他離開。剩下他們兩人後，蓋吉遞給她一張硬梆梆的白色卡片，上頭印著簡單的徽紋：一只三乘三格的棋盤，棋盤上頭打印著簡短的文字。

林恩小姐，卡片上寫著；閣下的經理人曾給敝人的老闆看過您的作品集，他對您的創作十分讚賞。不知您是否有興趣與他會面，討論接案的可能。期盼您的回音。底下的簽名無法辨識。

蓋吉落魄潦倒，幾乎沒有一種毒品不上癮，錢財總是左手進右手出，被他拿去買毒品。但林恩左思右想，都不覺得這像場騙局。這對蓋吉一點好處都沒有——除非新克洛布桑真有富豪有意收購她的作品，讓他有利可圖。

林恩把蓋吉拖到酒吧外，發出恫嚇的聲響，質問他來龍去脈。蓋吉起初還字字斟酌，但他絞盡腦汁也編不出一套可以矇混過去的謊話，沒多久便如實招認。

「有個傢伙，我偶爾會跟他買東西……」他避重就輕地說，「總之他來找我的時候，妳雕像的照片被我扔在……呃……放在架子上。他愛死妳的作品了，想要帶兩幅走。然後……呃……我就回『可以啊』。過一陣子後，他說他把妳的作品拿給他上頭的供應商看——呃，就是我有時候會買的那種東西。結果那個人很喜歡，就把照片帶走了，又拿去給他的老闆，就這樣一路傳到頂頭老大手中。他對藝術非常有興趣——去年買過一些亞歷珊卓琳的作品——他很喜歡妳的創作，希望妳能替他做個雕像。」

林恩把這段又臭又長的廢話翻譯成一句重點。

你藥頭的大老闆想要我替他工作？她草草寫道。

「唉唷喂，林恩，不是那樣啦……我的意思是……對啦，但是……」蓋吉頓了會兒又說，「好啦，」他最後終於軟弱地說，「就……就……他想和妳見個面。如果妳有興趣的話，他想親自見見妳。」

林恩考慮起他的話。

這當然是個大好機會。從那張卡片看來，對方可不是什麼小角色，而是個大人物啊！林恩不笨，她知道其中一定有危險，但她就是無法控制內心的亢奮，畢竟這可能是她藝術生涯的一個重要轉捩點啊。她感覺得出這名有意雇用她的人可能是個罪犯，但雖然她夠聰明，知道自己這樣興奮很幼稚，卻也沒成熟到能在這種機會面前謹慎行事。

她才下定決心放手一搏，蓋吉又說出這名神祕買主願意提供的報酬。林恩頭上的蟲腳震驚地縮了縮。

我要先和亞歷珊卓琳談談。她寫道，隨即走回酒吧。

亞歷珊卓琳一無所知。她只知道她的油畫賣給了某個罪犯頭子，但和她接頭的最多只是個中間的信差。對方用極高的金額買下她剛完成的兩幅畫，她接受這筆交易，把畫交給他，從此音訊全無。就這樣。她到現在甚至連買主的姓名都不曉得。

林恩下定主意，她絕對不能這麼簡單就被打發。

她讓蓋吉幫忙傳話，他透過非法管道把訊息傳到鬼才知道的目標耳中，說林恩答應了，有興趣也會準備好與對方見面，但得要有個名字讓她寫進日記裡。

新克洛布桑的地下社會慢慢消化她的信息，讓她等了一星期後才傳來回應。另一張打印字條在她熟睡時從門縫下塞了進來，給了她一個骨鎮的地址、一個日期，還有一個名字：莫特利。

急促的劈啪聲和喀搭聲傳到走廊上。林恩的仙人掌嚮導推開其中一扇黑門，退至一旁。

林恩的雙眼適應光線後，看見眼前出現一片密密麻麻的打字機。門後是一間挑高的寬敞辦公室，就像這祕密基地的其他地方，放眼所及的一切全都漆成黑色。煤氣燈燈火通明，房內總共擺了大約四十張辦公桌。每一張桌上都有一臺龐大的打字機，每一臺打字機前都坐著一名祕書，看著身旁厚厚的一疊字條打字。祕書大部分是人類，而且大部分是女人。不過林恩也聞到、見到男人與仙人掌人的蹤跡，甚至還有兩名甲蟲人。其中一個蛙族人的打字機鍵盤還特地改造過，好配合她的一雙大手。

房間四周都有再造人守衛；同樣大部分都是人類，但也包含其他種族——這類非人再造人十分罕見。少數是有機再造，身上有爪、有角，或是片片移植上去的肌肉。不過大多還是機械再造人，從它們鍋爐中散發出來的熱氣令房內悶熱不已。

房間的盡頭是一間門扉緊閉的辦公室。

「妳終於來了，林恩小姐。」她一走進辦公室，門上的喇叭就傳出響亮的聲音。滿室的祕書依舊埋頭苦幹，沒有人抬頭。「麻煩妳到我辦公室來。」

林恩穿過桌陣，張大眼偷看祕書的打字內容。讀字對她本就不易，在黑牆環繞的奇異燈光下要看清楚更是困難。祕書的手指熟練飛舞，目光緊盯著字條上的潦草字跡，不用看向鍵盤就能把文字移轉到打字機上。

關於我們本月十三日的談話，其中一張寫著；我已決定接受你的生意，條件另行安排。林恩繼續向前走。

明天就是你的死期，你這個王八、廢物。到時你會恨不得自己變成再造人，你這個孬種混蛋，就算喊破喉嚨也不會有人來救你的。下一張寫著。

天啊……林恩心想，喔……誰來救救我。

辦公室的門打開。

「請進，林恩小姐，快請進！」喇叭再度響起。

林恩毫不遲疑地走了進去。

小房間內幾乎全為檔案櫃和書架所占據。其中一面牆上掛著一幅小小的傳統油畫，是鐵灣的風景畫。

黑木所製的大書桌後方是一面屏風，上頭繪有鯉魚的剪影。之後是幾幅規模小些的屏風，藝術家換了模特兒。大屏風中央有塊魚形的單向玻璃鏡，林恩在上頭看見自己的倒影。

林恩在屏風前不知所措地踱步徘徊。

「請坐，請坐。」屏風後傳來沉靜的聲音。林恩拉出桌前的椅子。

「我看得見妳，林恩小姐。那隻鏡鯉在我這側是面窗戶，我想出於禮貌應該知會妳一聲。」

發話之人似乎在等待她回應，於是林恩點了點頭。

「妳知道的，林恩小姐，妳遲到了。」

該死的！什麼時候不好遲到，偏挑今天！林恩焦急地想。她正要在本子上寫字致歉時，那聲音又打斷她。

「我會手語，林恩小姐。」

林恩放下她的本子，用手語急急道歉。

「別放在心上。」主人言不由衷，「這事在所難免。骨鎮對訪客並不友善，下回妳就知道要早點出門了，是不是？」

林恩保證她下次一定會提早出門，絕不再遲到。

「我非常喜愛妳的作品，林恩小姐。幸運蓋吉手上的膠版照片現在都在我這。他這個人可憐、可悲，充滿缺陷又愚蠢——不管對什麼東西上癮，大多時候都是非常悽慘的一件事——但奇怪的是，他對於藝術的確擁有敏銳的嗅覺。那個女人，亞歷珊卓琳．納芙蓋茲也是他經手的畫家，是不？雖然平淡無奇，不像妳的作品，但倒也賞心悅目。只要有機會能給幸運蓋吉嘗嘗甜頭，我向來不會吝嗇，畢竟他死了會是一大憾事。他肯定不會善終，不是為了幾枚零錢讓某把骯髒的小刀慢慢凌遲、從未成年妓女身上染了性病，就是因行竊民兵而被打斷骨頭——畢竟民兵的收入確實豐厚，讓人很難抗拒。而癮君子想賺錢可沒有多少選擇餘地。」

屏風之後飄來的聲音如歌般悅耳，他的話彷彿有種催眠的魔力，所有事從他口中說出似乎都變成了一首詩。不過那些語句雖然柔婉，卻字字殘酷。林恩嚇壞了，腦筋一片空白，一個字都擠不出，雙手靜止不動。

「我非常喜愛妳的作品，所以想要與妳談談，了解妳是否適合接受我的委託。妳的作品與其他甲蟲人的作品相比十分特出，妳同意嗎？」

同意。

「跟我說說妳的雕像，林恩小姐，別擔心自己會太鉅細靡遺——我知道妳會的；我向來尊重認真的態度。而且別忘了，是我找妳來的。妳在考慮答案時只需將幾個關鍵字謹記在心：『主題』、『技巧』和『美感』。」

林恩躊躇不決，但恐懼驅使著她。她不想惹這名男人不高興，如果這代表她必須談論自己的作品，那就這麼做。

我獨立創作。她開始打起手語；這是我……反抗的方式之一。我先是離開溪畔區，後來又離開蟲人區，背棄我的家巢與部落。我族生活艱困，集體藝術——像是雕像廣場——變成一種愚蠢的英雄象徵。但我想用我的唾液做些……汙穢的東西，玷汙他人齊心協力創作出的偉大雕像……我想激怒我的姊妹。因此我開始獨立創作，創作汙穢的作品，像溪畔區那樣的汙穢。

「這正是我預期中的答案，聽起來甚至有那麼點——請見諒——陳腔濫調。然而這並不影響作品本身的力量。甲蟲人的唾液是一種非常美妙的物質，光澤獨特，韌度與輕盈度都使它非常便於創作。我知道「方便」這個詞並不適合用來描述藝術，但我這人就是講究實際。無論如何，此等完美的物質被憂愁困苦的甲蟲人拿來當作實現平凡枯燥心願的工具，實在是種可怕的浪費。如今看到有人將它用在有趣又反叛的目的上，我倍感欣慰。而且我必須說，妳稜角分明的態度非常令人刮目相看。」

謝謝您。我的腺體創作技巧十分純熟。林恩樂得有這自吹自擂的機會；我原本是即時創作學派的一員，他們禁止成員對已泌出的唾液繼續進行修飾，這能讓你訓練出高超的控制力；即便我最後還是……變節了。現在我會趁唾液還沒完全硬化時再回去做進一步形塑，這讓我擁有更多自由，可以做出懸空的細節等等之類。

「妳使用大量的色彩嗎？」林恩頷首。「膠版相片上只看得出褐、白兩色，所以我很高興知道這一點。妳同時兼具技巧和美感，很好。現在，我非常想知道妳對於主題有什麼樣的看法，林恩小姐。」

林恩被問得措手不及，她突然想不起自己的主題是什麼。

「讓我幫妳一把。我很樂意告訴妳我感興趣的主題為何，然後我們就可以知道妳是否適合承接我的委託。」

那聲音等著林恩點頭後才繼續說下去。

「請妳抬起頭，林恩小姐。」雖然意外，但林恩仍舊依言抬頭。這個姿勢令她坐立難安，因為會暴露出蟲頭柔軟脆弱的下腹。她保持頭部靜止不動，任由鏡鯉之後的目光打量。

「妳的頸部擁有與人類女性相同的肌腱，喉嚨底部也有同樣深受詩人喜愛的凹陷。紅色肌膚使妳與眾不同，沒錯，但妳仍像人類。順著妳美麗的人類脖頸向上望去——我知道妳不接受『人類』這樣的描述，但請暫且包容——在那裡……就在妳細緻的人類肌膚與頭部下方蒼白柔軟的蟲腹交接之處，存在著一道狹細的區域。」

從林恩踏進這房間以來，這是她第一次發現對方似乎找不著適當的字眼。

「妳可曾創作過仙人掌人的雕像？」林恩搖搖頭。「但妳曾近距離看過他們？比方說，我那位為妳帶路的下屬。妳可曾留意他的腳、手指或脖子？這一個智慧種族的肌膚在某個部位以下只是毫無知覺的植物。妳在仙人掌人肥厚的渾圓腳底劃上一刀，他不會有任何感覺；但若在較為柔軟的大腿處戳上那麼一下，他就會放聲慘叫。在那一塊地方……情形截然不同……那裡的神經糾結交錯，屬於多肉植物；疼痛來得遙遠、遲鈍、分散，那種感覺與其說痛苦，不如說是困擾。

「或者妳也可以想想其他種族，像是岩蝦人或毛蟲人的身體，或再造人身上的突兀肢體，還有這座城市裡其他的種族或生物；全世界有許許多多以混種外貌生存於世的生物，數也數不盡。妳或許會說妳看不出自己身上有任何轉變過渡地帶，會說甲蟲人就是一個完整的個體，我用『人類』特徵來形容妳太過人類本位主義。但是先撇開這項指控的諷刺之處不談——這是妳現下仍無法體會的諷刺——我相信妳一定能從其他種族身上看見這種轉變地帶；或許甚至連人類身上也不例外。

「而這座城市本身呢？它位於兩河匯聚入海之處。在這裡，山陵漸成高原，南方樹林群聚——量由此轉質——轉眼變成一座森林。在新克洛布桑，住宅緊鄰工廠，華廈緊鄰貧民窟，地下社會連接空中世界，從舊至新，從七彩到單調，從豐饒到貧瘠……我想妳了解我的意思，我就不多說了。

「世界就是如此建構而成的，林恩小姐。我相信這就是推動世界運轉的根本動力：轉變——一個事物變成另一個事物的轉捩點。轉變造就了妳，造就了這座城市、這個世界。而這就是我感興趣的主題：不同的元素交會而成一個整體的所在處；那塊混種區域。

「妳對這主題有興趣嗎？妳意下如何？如果答案是肯定的……那麼我在此邀請妳接受我的委託。但在妳回答之前，請先了解這背後所代表的意義。

「我要妳以活物當作創作素材，製作真人大小的作品；一個我想像中的——我。

「很少人見過我的臉，林恩小姐。像我這樣地位的人必須格外謹慎，我相信妳能夠了解。如果妳接下這宗委託案，我將讓妳變得非常富有，但同時間妳部分的心智也將歸為我所有；與我相關的部分都歸屬於我，妳不能與他人分享。若是這麼做，妳將受盡極大折磨而死。

「所以……」屏風後傳來「嘎吱」一聲聲響，林恩察覺男人靠回他的椅背上。「所以，林恩小姐，妳對這混種地帶有興趣嗎？妳對這項工作有興趣嗎？」

我無法……無法推辭，林恩無助地思忖；我就是沒辦法。為了錢，為了藝術……天啊，幫幫我。我無法拒絕這個工作。喔……拜託不要讓我後悔。

她沉默片刻，然後用手語表示她願意接受他的條件。

「我太開心了，」男人吁了口氣，林恩心跳加速。「我真的非常高興。現在呢……」

屏風後傳來一陣窸窣聲，林恩動也不敢動，觸角簌簌顫抖。

「辦公室的百葉窗是拉下的，對嗎？」莫特利先生問，「因為我覺得妳應該看看妳的模特兒是什麼模樣。妳的心智屬於我，林恩，妳現在是我的人了。」

莫特利先生起身，將屏風推倒在地。

林恩駭然站起，身子僵在當場，頭上的蟲腳因震驚與恐懼不住顫抖。她瞪著眼前之人，無法轉開目光。

莫特利先生一移動，身上一撮撮肌膚、毛髮和羽毛便不住搖晃。細小的肢體緊蜷，眼珠在晦暗之處骨碌碌滾動，獸角與骨頭巍顫顫地突出，觸鬚抽搐，一張張嘴巴光澤閃耀；他的皮膚五顏六色，如牛羊般的偶蹄輕輕踩踏著木頭地板。一層層肌肉如波浪般激烈起伏，相互碰撞；奇異的肌腱將肌肉綁在無以名之的骨骼上，讓它們得以艱難卻和平地合作，動作緩慢而緊繃──他身上還有鱗片熠熠生輝，魚鰭顫抖；翅膀斷斷續續地拍動，蟲爪一張一合。

林恩踉蹌後退。看著他緩緩上前，她只能驚恐地摸索倒退，頭上的甲殼蟲身神經兮兮、不住抽搐，嚇得渾身打顫。

莫特利先生如獵人般步步逼近。

「所以，」他身上的其中一張人類嘴巴咧嘴一笑，問，「妳覺得我哪一面最好看呢？」

5

以薩望著他的客人，等他開口。鳥人佇立原地，一語不發。以薩看得出來他正在集中思緒，準備出聲。

鳥人的聲音粗嘎又平板。

「你就是那名科學家。你是……格寧紐布林。」

要說出以薩的名字對他而言似乎十分費力。像訓練鸚鵡說話一樣，少了精巧的雙唇幫助，他只能透過喉嚨形塑子音與母音，再震動聲帶傳出。以薩有生以來只和兩名鳥人說過話，其中一名是經過長時間練習，早已熟悉人類語言發音的旅人；另一個是學生，在新克洛布桑的小型鳥人社區中出生長大，因此滿口城市腔調和用語。他們的聲音聽起來都不像人類，但也不像這名雄偉的鳥人說得這麼掙扎、這麼陌生，這麼近似動物的鳴叫。以薩花了一點時間才聽懂他的話。

「我是。」他伸出手，緩緩說，「敢問閣下大名？」

鳥人倨傲地瞥了他的手一眼後才伸手相握，力道異常虛弱。

「雅格哈瑞克……」他的第一個音節當中藏著一股尖鳴般的重音。這隻巨大的生物頓了會兒，不安地變換姿勢，接著才又開口。他重複一遍他的名字，這次在後面加上更多複雜的音節。

以薩搖搖頭。

「這是你的全名？」

「全名……以及稱號。」

以薩挑了挑眉。

「所以站在我眼前的是一名貴族？」

鳥人凝視他，眼神空洞。最後他終於緩緩開口，目光仍直勾勾盯著以薩。

「我，雅格哈瑞克，一名太、太抽象、不值得尊重的個體。」

以薩眨了眨眼，又忍不住揉了把臉。

「呃……好吧。請見諒，雅格哈瑞克，我對鳥人的……呃……敬稱……並不熟悉。」

雅格哈瑞克緩緩搖了搖他巨大的鳥首。

「你會懂的。」

以薩邀請雅格哈瑞克上樓。鳥人如履薄冰般一步步謹慎邁開步伐，巨大的鳥爪踏著地板，在木梯上留下抓痕。但他回絕以薩的食物，也不肯坐下。

鳥人站在以薩的書桌邊。以薩坐在椅上，抬頭仰望客人。

「所以，」以薩問，「你來此有何貴事？」

又一次地，雅格哈瑞克花了一些時間準備後才開口。

「我在幾天之前抵達新克洛布桑；因為這裡聚集了許多科學家。」

「你從哪裡來的？」

「錫邁克。」

以薩無聲地吹了一聲口哨。他猜對了。這路程可遠了，起碼有一千英里遠，他的客人必須橫越灼熱的貧瘠沙漠、乾旱的荒原、大海、沼澤、草原才能到達此處。一定是有什麼異常強烈的熱忱在背後驅使雅格哈瑞克。

「你對新克洛布桑的科學家所知多少？」

「我們在書上讀過新克洛布桑大學，知道這裡的科學和工業日新月異，沒有其他地方比得上。還知道獾沼這個地方。」

「你都是從哪裡知道這些事的？」

「我們的圖書館。」

以薩瞠目結舌地看著鳥人，過了一會兒才回過神來。

「恕我直言，」他說，「我以為你們是游牧民族。」

「我們是。圖書館跟著我們一起遷移。」

雅格哈瑞克向以薩描述錫邁克的圖書館，以薩越聽越感驚奇。負責照料圖書館的偉大鳥人部族會將數以千計的卷冊綑綁裝箱，協力拖曳起它們一同飛行，在錫邁克永無止境的酷暑中跟著食物與水源遷移。他們在落腳之處搭起巨大的帳棚村落，只要一出現，附近的鳥人部族便會聚集在這廣袤的知識中心。

他們的圖書館已有上百年歷史，收藏無數種語言的手稿，無論是已失傳或至今仍為人使用的語言都有，包括瑞加莫爾語，新克洛布桑語屬於它的一種方言；還有刺蝟人的哈奇語、斐立蛙族語和南方蛙族語、高等甲蟲人語等等；其中甚至還包含了用手靈族祕密方言抄錄的聖典手稿；雅格哈瑞克說到這點時臉上流露明顯的驕傲。

以薩默不作聲，他對自己的無知感到羞愧。過去對於鳥人的認知逐漸崩解，他們絕不只是某種尊貴的蠻夷部落。該是去我們自己的圖書館好好認識鳥人的時候了，你這頭自大傲慢的混蛋豬玀。他斥責自己。

「我們沒有書寫的文字，但在成長過程中會學習讀寫其他語言。」雅格哈瑞克說，「我們與旅人和商人交易，獲取更多書籍。他們之中有許多人都曾造訪過新克洛布桑，有些甚至來自此地，因此我們對這座城市很熟悉。我讀過你們的歷史與故事。」

「你贏了，老兄，我對你的家鄉一無所知。」以薩洩氣地說。房內陷入短暫的沉默，以薩又抬頭看向雅格哈瑞克。

「你還是沒說你來找我做什麼。」

雅格哈瑞克別開頭，望向窗外。窗下，駁船漫無目的地在河面上漂蕩。

以薩很難從雅格哈瑞克粗嘎的聲音中辨識出情緒，但他覺得自己在其中聽見嫌惡。

「整整兩週，我像黃鼠狼般在黑暗的洞穴裡爬竄，尋找各種紀錄、傳言和訊息，而它們把我帶來了獾沼，獾沼又領我來此。引領我前來此地的問題是：『誰能夠改變物質的力量？』大家都回答：『格寧紐布林，格寧紐布林。』他們又說：『如果你有金子，他就是你要找的人。如果沒有金子，但能引起他的興趣，或者引不起他的興趣卻能引起他的同情，又或者他一時心血來潮，他就會幫你。』他們說你知道物質的祕密，格寧紐布林。」

雅格哈瑞克直勾勾地看著他。

「我有一些金子，我會引起你的興趣，並且讓你同情我；我懇求你伸出援手。」

「告訴我你需要什麼？」以薩說。

雅格哈瑞克再次別開目光。

「或許你曾搭乘過熱氣球飛行，格寧紐布林，在青空中俯瞰屋頂與陸地。自小到大，我一直馳騁藍天之上獵食。所有的鳥人都是獵人，我們帶著弓，帶著矛，帶著長鞭驅趕空中的飛鳥、地面的獵物。這是我們的天性。我的雙腳並非生來行走於你們的地面，而是要擄攫、撕裂獵物的身軀，在泥土與太陽之間緊攫枯樹與石柱。」

雅格哈瑞克說話彷彿吟詩，口條或許不甚流利，但是使用的字句卻是他讀過的史詩與歷史，只有透過古書學習語言的人說話才會這樣怪裡怪氣。

「飛行並非奢侈之事，而是我們鳥人的天性。當我抬頭望向禁錮我的屋頂，肌膚便陣陣發癢。離開這座城市前，我希望我能從天空俯瞰它，格寧紐布林。我想飛，不只是一次的重溫，而是隨心所欲，想飛就飛。

「我希望你能把飛行還給我。」

雅格哈瑞克解開他的斗篷，扔落地上。他帶著羞愧與挑釁的眼神注視以薩。以薩倒抽了口氣。

雅格哈瑞克的背上沒有翅膀。

他背上綁著一組複雜的木框與皮帶，轉身時，那對假翅膀便在他身後愚蠢搖晃。兩根巨大的雕刻木板自他肩下的某種短皮外套突出，高過他頭頂，長及膝蓋，偽裝成翅骨。骨架間沒有鋪著任何皮膚、羽毛、布料或皮革，那不是滑翔的裝備，只是一種偽裝、一套把戲，一項道具。木架上罩著雅格哈瑞克那件奇怪的斗篷，使他看起來就像是擁有一雙巨大的翅膀。

以薩伸出手，雅格哈瑞克身體一僵，但隨即轉身讓以薩觸摸。

以薩震驚地搖了搖頭，瞥見鳥人背上布有猙獰的傷疤。片刻後，雅格哈瑞克又猛然轉回身。

「為什麼？」以薩吁了口氣。

雅格哈瑞克閉上眼，面孔緩緩糾結。他的喉頭傳出一陣十分接近人類的細微呻吟聲，而且越來越響亮，最後化為禽鳥與敵人廝殺時的悲嚎，響亮又平板、淒厲又孤獨。悲嚎跟著又逐漸化為無意義的嘶吼。

以薩心生戒備，提防地看著鳥人。

「因為這是我的恥辱！」雅格哈瑞克怒吼。他沉默了一會兒，開口時聲音已恢復平靜。

「這是我的恥辱。」

他解下背上那堆笨重的木頭。假翅「砰」地一聲重重摔在地上。

鳥人上半身打著赤膊，身形纖細精實，削瘦卻不顯孱弱。少了那雙龐大的假翅，他看起來既渺小又脆弱。

雅格哈瑞克緩緩轉身。看見他背後的疤痕，以薩忍不住又倒抽一口涼氣。

鳥人的肩胛骨上裂著兩道長長的溝疤，鮮紅扭曲，彷彿皮肉因燃燒而沸騰。刀傷如微血管般自醜陋的巨大傷疤向外蔓延。背後兩側兩條壞死肌肉約有一英尺半長，最寬處大約四英寸。以薩同情地皺起臉，看見撕裂的傷口上交錯著彎彎曲曲的殘暴刀傷。他突然明白，雅格哈瑞克的翅膀是硬生生從他背上鋸下來的。那不是痛快的一刀，而是要細細地折磨他，讓他忍受漫長的煎熬，毀他外觀，從此殘缺。想到其中的殘酷，以薩忍不住縮了縮肩。

幾乎細不可見的骨瘤移動收縮，肌肉伸展，那景象甚為詭異。

「是誰做的？」以薩喘著氣問。那些故事都是真的。他心想，錫邁克真的是野蠻的化外之地。

雅格哈瑞克緘默許久後終於回答。

「我……是我自己做的。」

以薩一開始以為是自己聽錯了。

「什麼意思？你他媽的幹麼……？」

「是我自作自受。」雅格哈瑞克悲吼，「這是我應有的懲罰，一切都是我自找的。」

「這是他媽的懲罰？幹！怎麼會……你到底做了什麼？」

「你對鳥人的公理正義有什麼意見嗎，格寧紐布林？你讓我忍不住想起再造人……」

「少在那東拉西扯！你說得對，我同樣無法接受這座城市的法律……我只是想知道在你身上究竟發生了什麼事……」

雅格哈瑞克嘆了口氣，肩膀重重垂落，那姿態與人類驚人相似。開口時，他的語氣平靜而沉痛；他憎恨自己必須開口。

「我太、太抽象，不值得他人尊重。那時……有種瘋狂的感覺……我一定是瘋了，犯下一件天理難容的惡行……罪不可赦……」他的話語漸漸消散成禽鳥的呻吟。

「你做了什麼？」以薩做好心理準備，等著雅格哈瑞克說出殘暴的罪行。

「你們的語言無法描述我的罪行。在我的語言裡……」雅格哈瑞克沉默了會兒又說，「我會試著翻譯；在我的語言裡，他們說……他們說得沒錯……我奪走他人的選擇……二級選擇權竊奪罪……以及重度蔑視罪。」

雅格哈瑞克再度望向窗外。他昂起頭，不肯直視以薩。

「所以我才被認為是太、太抽象；所以我才不值得他人尊重。這就是現在的我。我再也不是一個具體的個人，也不是受人敬重的雅格哈瑞克。他已經不存在於世上了。我告訴了你我的姓名、我的稱號。我，雅格哈瑞克，一名太、太抽象，不值得尊重的個體。我誠實告訴你，這個身分將永遠跟隨我。」

雅格哈瑞克緩緩在床緣坐下。以薩搖了搖頭，鳥人的身影悲涼絕望，他凝視良久後才開口。

「我也必須老實告訴你……」以薩說，「其實我……呃……我大部分的客戶……這麼說好了，並不全然和法律站在同一陣線。現在呢，我不會假裝自己明白你到底做了什麼，但那不關我的事。正如你所說，這座城市的語言無法描述你的罪行，我想我大概永遠無法知道你究竟犯了什麼錯。」以薩緩緩地正色說道。

不過他的心思已迅速飄開，口氣開始激動起來。

「不過你的問題……很有趣。」各種力量的方程式、能線，以及微型的物理共振與能量力場接二連三躍入以薩腦中。「要讓你飛上空中很簡單，熱氣球、力操縱等都可以做到；甚至多幾次都不是什麼難事。不過要讓你用自己的翅膀隨心所欲地飛翔就不同了……這才是你想要的，對嗎？」雅格哈瑞克點點頭。以薩搓了搓下巴。

「該死……對……這下可有趣多了——也棘手多了。」

以薩心裡開始飛快盤算。他首先想到自己短時間內沒有其他預約，表示他可以暫時專心在研究上，同時開始評估手邊工作的重要性與急迫性：有幾個小學生都會的簡單複合物分析應該可以無限期延後，還有一、兩種靈藥得調配，不過只是隨口答應的，很容易推掉……除了這些之外，只有他自己對蛙族人水魔法的研究，這個他可先暫且擱置一旁。

不，不，不！他突然駁斥自己；不需要把水魔法擱置一旁……兩者是相關的，我可以整合研究！它們同樣都是要讓元素違背本質……一個要讓液體直立，一個要把重物送上空中……其中一定有某種……某種共通的特性……

以薩努力將心思重新拉回實驗室，發現雅格哈瑞克正冷冷地看著他。

「你的問題我很有興趣。」他簡單說了這麼一句。雅格哈瑞克立刻掏向錢囊，拿出一大把髒兮兮又歪七扭八的金塊。以薩的眼珠子瞪得快掉出來了。

「這……呃……謝謝你。我自然是要收費的，以小時計酬之類的……」雅格哈瑞克將一整個錢囊塞給以薩。

以薩將錢囊放在手中掂了掂重量，差點忍不住吹了聲口哨。他瞥向囊內，裡頭是一層又一層厚厚的金片。雖然有些丟臉，但以薩看恍了神。他這輩子從沒一口氣看過這麼多錢，這不僅足夠應付龐大的研究開支，還能讓他舒舒服服過上好幾個月。

顯然雅格哈瑞克一點生意頭腦都沒有。就算他只拿出錢囊裡三分之一、甚至四分之一的金塊，保證還是會讓獾沼的科學家喘不過氣。他應該先拿出一小部分就好，等以薩興趣消退時再把剩下的拿出來在他眼前晃一晃。

還是這其實只是其中的一小部分？以薩想，眼珠子瞪得更大了。

「我要怎麼聯絡你？」以薩問，無法將視線從黃金上轉開。「你住哪兒？」

雅格哈瑞克搖搖頭，緘默不語。

「呃，我必須要有你的聯絡方式……」

「我會來找你。」鳥人說，「每天、每兩天、每星期……我會確定你沒忘了我的委託。」

「這點不用擔心，我向你保證。不過你是認真的嗎，我不能主動跟你聯絡？」

「我也不知道自己會落腳何處，格寧紐布林。我必須躲藏，這座城市獵殺我，我必須不停移動。」

以薩無可奈何地聳聳肩。雅格哈瑞克起身，準備離開。

「你明白我的要求嗎，格寧紐布林？我不想喝什麼藥水，不想戴任何轡具，更不想爬進什麼新裝置之中。我不想只有一次輝煌的飛翔旅程，然後從此困於地面。我要你讓我離地飛行就像你在房內行走一樣簡單。你做得到嗎，格寧紐布林？」

「我不知道。」以薩緩緩道，「應該可以。我是你最好的機會，雅格哈瑞克。我不是化學家、生物學家，更不是魔法師……我只是個半調子，一個業餘愛好者。我認為自己是……」以薩沉默片刻，笑了笑，又眉飛色舞地說，「我把自己看作所有科學理論學派的中央車站，就像帕迪多街車站。你知道那個地方嗎？」雅格哈瑞克點點頭。「很難不知道它，是不？那個見鬼的龐然大物。」以薩拍拍肚子，表示他的比喻。

「所有鐵路都在那裡交會——蘇德線、德克斯右線、佛索左線、北首線和沉行線。所有火車都必須經過那裡；就像我一樣。這就是我的工作，我就是這種科學家；我老實跟你說。重點就是：雅格，我想這正是你所需要的。」

雅格哈瑞克點了點頭。他獵食者的面孔銳利而嚴肅，看不出一絲情感，說出的話艱澀難明。而以薩之所以看穿他的絕望，並非因為他的面孔、眼神、態度（同樣高傲不可一世）或者聲音。而是他的話語。

「半調子也好，郎中也好，騙子也好……只要你能讓我重回青天，格寧紐布林，我不在乎你是什麼樣的科學家。」

雅格哈瑞克起身，拾起他醜陋的偽裝。儘管難堪，他將木架綁上後背時並沒有流露明顯的羞愧。以薩看著雅格哈瑞克將巨大的斗蓬披上，靜靜走下樓梯。

以薩若有所思地倚在欄杆上，俯瞰底下髒兮兮的大廳。雅格哈瑞克經過靜止不動的機械人，經過狼籍一地的紙堆、椅子和黑板。自舊牆孔透進的光束已然消失，夕陽低垂，懸掛在倉庫對面的建築物之後，被一排又一排的磚牆所阻擋，在這座古老城市的邊緣悄悄西移，照亮舞鞋山與刺峰的幽暗山谷，以及贖罪者隘口的危崖。高低起伏的山影連綿數英里，籠罩新克洛布桑西側。

雅格哈瑞克打開門，走進陰暗的街道。

入夜，以薩仍埋首工作之中。

雅格哈瑞克一離開，以薩便打開窗，在磚牆的釘子上綁上紅巾。他將桌子中央那臺沉重的運算引擎搬到旁邊的地板上，不小心撞落架上的程式卡，散落一地。以薩咒罵一聲，彎腰撿拾，物歸原位。接著他又將打字機搬到桌上，開始列起清單。他三不五時會突然一把跳起，大步走到拼裝書架前，或在地上的書堆中一陣摸索，找出他要的書。他將書本拿到桌前，翻到封底，查閱參考書目。他認真抄下細節資訊，用兩指神功敲著打字機鍵盤。

手裡一面打字，計畫也開始在他腦中擴展。書越找越多，雙眼越瞪越大，他察覺這項研究的潛力遠遠超過心中預期。

終於，他放下書本，靠上椅背，陷入沉思。突然他又抓過幾張紙，開始畫下腦中的構思以及進行計畫。

一次又一次，他發現自己最後總是回到同一個模型：一個三角形，裡面穩穩安放著一個十字。他的笑容無法克制地蔓延開。

「很好，很好……」他喃喃自語。

敲窗聲響。以薩起身察看。

一張深紅色的愚蠢小臉在窗外對著以薩咧嘴大笑，寬闊的下頷長著兩根短角，額上的突脊彷彿是要模仿髮際線，但卻一點也不像。在那興高采烈的醜陋笑容之上，是一雙水汪汪的眼睛。

以薩打開窗，天光正迅速消失中。瘡河上，工業用船爭先取道，互不相讓，喇叭聲此起彼落。停在以薩窗臺上的傢伙跳進敞開的窗內，用歪曲的雙手抓住窗緣。

「老大你好！」他說話時帶著濃濃的古怪腔調，口齒不清地大聲招呼，「我看見那個紅色的……叫啥來著……絲巾是不？就對自己說：『老闆找我囉！』」他眨眨眼，爆出愚蠢的笑聲。「啥事需要效勞，老大？儘管吩咐。」

「晚安，雙人茶。你看見我的訊息了。」那東西搧了搧他紅色的蝙蝠翅膀。

雙人茶是個蝙蝠人，桶型的胸膛彷彿蹲踞的鳥兒，醜陋翅膀下探出的雙臂粗壯如矮人。蝙蝠人穿梭於新克洛布桑天際，他們的雙手同時也是雙腳，雙臂如烏鴉的雙足般突出於矮胖的身體底部。若在室內，他們可用手掌平衡，笨拙地走上幾步，但還是比較偏好徘徊於城市上空，對底下的路人咆哮嘶吼，大聲譏笑。

蝙蝠人比狗和人猿來得聰明，但智力遠遠不及人類。這個種族一天到晚愛拿人類的排泄物開玩笑、惡作劇，嘲笑模仿人類。他們勉強識得一些字，專從流行歌曲、家具目錄和不要的課本中挑認識的字替彼此命名，卻壓根不知道它們是什麼意思。比方說，以薩知道雙人茶的姊姊叫做瓶蓋，還有其中一個兒子叫做疥瘡。

蝙蝠人住在城裡成千上百、大大小小的隱蔽處，包括閣樓、建築物的加蓋處或廣告看板之後。大多數蝙蝠人選擇生活在城市邊緣，像是岩殼區與平蕪區的巨大垃圾場，以及葛里斯彎道的垃圾山，裡頭都擠滿了蝙蝠人。他們鎮日喧鬧作樂，大口喝著汙濁的運河死水，在空中、地上歡好交配。有些像雙人茶一樣，平時還會打打零工貼補生計。只要看到絲巾在屋頂翻飛，或閣樓窗戶附近的汙牆上出現粉筆記號，就可能是有人召喚蝙蝠人或其他生物，要他們幫忙跑腿。

以薩在口袋裡摸索一陣，掏出一枚謝克爾銀幣。

「想賺走這枚銀幣嗎，雙人茶？」

「當然，老大！」雙人茶高喊，突然又補上一句「下面的人小心！」說完便朝地上響亮地拉了一大坨屎。糞便「啪」地一聲如水花般濺了一地，雙人茶笑得東倒西歪。

以薩將剛列好的清單捲成一捆，交給雙人茶。

「把這個帶去大學圖書館。你知道圖書館嗎？河邊那個？很好，它開到很晚，你應該趕得上。把這張單子交給圖書館員，我已經簽了名，所以應該不會有什麼麻煩。他們會給你一些書，你能幫我帶回來嗎？還蠻沉的。」

「包在我身上，老大！」雙人茶像鬥雞一樣鼓起胸膛。「我很強壯！」

「很好。如果可以一次送完，我會再多給你些錢。」

雙人茶抓起單子像小孩一樣鬼吼鬼叫，轉身離開。不過以薩突然抓住他翅膀邊緣，蝙蝠人吃驚回身。

「怎麼了嗎，老闆？」

「沒有，沒事……」以薩盯著他的翅膀根部，陷入沉思。他用雙手輕輕張合雙人茶的巨大翅膀，在蝙蝠人粗糙生繭、坑坑疤疤，如皮革般堅硬的鮮紅色肌膚底下，以薩可以感覺到飛行專用的肌肉在脂肪下曲折蜿蜒，一路連結翅膀，以極高的效率運作。以薩彎折蝙蝠人雙翅，圍成一個圈，感覺底下的肌肉拉扯抗拒，最後化為拍打、劇舀的動作，將空氣推出蝙蝠人身下。雙人茶吃吃笑了起來。

「老大搔我癢！沒禮貌的壞蛋！」他大聲尖叫。

以薩伸手拿紙，極力遏制把雙人茶一把抓進房內的衝動。他可以在腦中看見該如何用數學算式表現蝙蝠人的翅膀，畫成一份簡單的要素平面圖。

「雙人茶……我告訴你吧。你回來後如果願意讓我替你拍幾張膠版照、在你身上做些實驗，我就再給你另一枚銀幣。大約只要半個小時，怎麼樣？」

「樂意之極，老大！」

雙人茶跳上窗臺，投身夜色之中。以薩瞇起眼，仔細觀察他拍翅的動作，看著空中生物獨有的強壯的肌肉將蝙蝠人足達八十多磅重的身軀送上天際。

雙人茶消失在視野外後，以薩坐回椅上，又列了一張單子，但這次沒用打字機，改執筆飛快地在紙上書寫。

研究計畫；他在紙頭寫下四個大字，接著繼續在下方寫道：物理；重力；力量／平面／向量；統一力場。寫完後，又在下方不遠處寫上：飛行 i）自然 ii）魔法 iii）物理化學 iv）綜合 v）其他。

最後，他用大寫字母寫下最後一行字，還重重畫上底線：**飛行相貌學**。

他倒回椅背，但不是因為放鬆，而是準備從椅上一躍而起。他口裡喃喃哼著旋律，心情激動不已。他到處翻找一本先前從床底下撈出來的厚重古籍。找到後將書扔在桌上，享受那沉甸甸的砸撞聲；書封上甚至還不切實際地鑲著金。

《可能智慧的寓言集：巴斯－拉格的智能物種》

以薩撫摸著薩克斯修奇特經典名著的封面。此書最初由勒波克蛙族語翻譯過來，一百年前又由班克比．卡奈汀重新編譯。卡奈汀來自新克洛布桑，是名集商人、旅人和學者於一身的人類。雖然經過一次又一次的重新印製與模仿，但至今仍沒有其他作品能超越它。以薩將拇指按在頁邊索引的字母「G」上❶，

---

❶ 鳥人的原文為 garuda。

不停翻頁，直到他找到錫邁克鳥人的精緻水彩畫及文字介紹。

光線漸暗，以薩打開桌上的煤氣燈。屋外夜涼如水，在東方某處，雙人茶正沉沉拍動翅膀，腳上緊緊抓著書袋。他可以看見以薩實驗室中煤氣燈的明亮光芒，在那之後，窗外的象牙色街燈忽明忽滅。一群小蟲子在燈旁來回盤旋，彷彿環繞原子核的電子。若意外找到玻璃罩上的裂縫，牠們便鼓起小小的爆發力撲向燈火，碳化的骨灰灑落在玻璃底部。

那盞街燈猶如燈塔，在險惡的城市中指引蝙蝠人方向，帶領他飛越河川，飛入危機四伏的夜晚。

在這座城市中，與我擁有相同外貌之人卻非我同路中人，我竟因懷疑這點而犯了一次大錯（當時我疲憊、恐懼、絕望，只想找到根浮木）。

我在暗夜中找尋藏身之處，尋覓食物與溫暖，讓自己暫時避開那些目光——我一踏上街頭就立刻招引而至。我看見一名年輕鳥人大方自在地跑過兩棟平凡屋宇間的窄巷，心臟幾乎就要爆炸。我呼喊他，用沙漠的語言呼喚這名我族的男孩……他回頭望向我，展開雙翅，打開鳥喙，轟然嘩笑。

他的聲音嘶啞，喉間奮力擠出人類的聲音，用粗鄙的語言辱罵我。我呼喊他，但他不懂我的話。他對著身後發出幾聲高喊，一群人類流浪兒從各種孔洞湧現，彷彿怨恨生靈的亡魂。他對我打了個手勢，那隻有著明亮雙眸的雛鳥。他嘴裡爆出成串髒話，速度快到我無法理解。而他的同伴，那群蓬頭垢面、危險殘暴、沒有一點教養、面黃肌瘦、衣衫襤褸的小無賴，全身上下沾滿鼻涕、黏液與城市的塵土。女孩穿著髒兮兮的連身裙，男孩穿著過大的外套，不斷撿拾地上的石子，扔向躺在腐朽門檻陰影中的我。

至於那名男孩——我不會稱他為鳥人，他只是一個長著詭異鳥翅和羽毛的人類——那個再也非我手足的男孩和他的同伴一起扔石頭、譏諷辱罵，打破我頭後方的窗戶，用難聽的字眼嘲笑我。石頭打碎了我用來當作枕頭的舊畫。這時候，我明白了，我只能孤軍奮戰。

諸如此類的事情讓我明白，我必須孤絕度日，無時無刻。我再也不會用我的語言與其他生物交談。夜幕低垂，當城市安靜下來，沉斂省思時，我便獨自外出採集食物。我如入侵者般行走於這座城市的唯我夢境之中，出沒於黑暗，生活於黑暗。沙漠那蠻橫的光明如今彷彿只是久遠的傳說，我變成夜行性的動物，信念再不相同。

我現身於街道。這些巷弄彷彿黑河般蜿蜒穿過洞窟似的磚牆，月亮和她耀眼生輝的女兒們閃爍著蒼白的冷光。寒風如糖漿般自山陵滲流而下，垃圾飄散空中，阻滯這座夜城。我和這些茫然飄盪的紙屑與揚起的塵土共享街道，塵埃如躡足的偷兒穿過屋簷、溜進門縫。

我還記得沙漠的風：卡姆辛猶如無煙的大火般燒過蒼茫大地；佛恩毫無預警地自炎熱的山坡爆發；狡猾的錫姆鬼祟穿過擋沙皮牆與圖書館的門扉。

這座城市的風悲傷許多，如失落的靈魂般四處探索，窺視亮著煤氣燈火的骯髒窗戶。它們才是我的同胞，我和城市的風。我們並肩遊蕩。

我們發現沉睡的乞丐如低等動物般緊緊相摟，尋求溫暖；是貧困迫使他們退化，拋棄尊嚴。

我們看見夜晚的工人從河裡撈起死屍。身穿黑色制服的民兵用勾子和棍子拉起眼珠被挖走的腫脹屍體，血液在眼眶中凝固成濃稠的黑湯。

我們看著變種生物爬出下水道，來到冷冽的星光之下，怯生生地交頭接耳，在糞泥上畫出地圖與信息。

我和風並肩而坐，冷眼旁觀這些殘酷，這些邪惡。

傷疤和骨根陣陣發癢。我逐漸忘卻翅膀的重量與振翅的動作和滋味。如果我不是鳥人，我會祈禱；但我是，所以我不會對傲慢的魂靈卑躬屈膝。

有時候我會去格寧紐布林閱讀、寫字、畫圖的倉庫。我悄悄爬上屋頂，仰躺在石板之上。想到他全神貫注思索飛行的問題——我的飛行、我的解放，總能減緩我爛背上的癢。在這裡，風更使勁地拉扯我，它覺得自己被背叛了。它知道，如果我再度完整，它便會失去夜晚的同伴，在新克洛布桑的磚沼和垃圾間，將只剩它一人。因此，只要我躺在這裡，它便譴責我，突然緊攫我的羽毛，威脅要把我從棲息之處拉進惡臭薰天的大河之中。那躁怒的氣流警告我不許離開。但我用爪子緊攀屋頂，讓那縷彷彿具有療效的振動從格寧紐布林的思緒向上傳遞，穿過搖搖欲墜的石板，進入我悲慘的肉體中。

高架鐵軌隆隆作響，底下的古老拱橋就是我的床。

所有不會致我於死的活物都是我的食物。

我像寄生蟲般在這座古城的肌膚下躲躲藏藏，聽著它打呼、放屁、發出隆隆聲響，看著它撓癢、腫脹、長疣，越老越是暴躁。

有時候我會爬上那座巨大無比的塔頂，它搖搖晃晃，如針尖般刺穿城市的肌膚。在高空的稀薄空氣中，夜風不再像在底下街道時那樣滿懷悲傷的好奇，也拋開在低矮屋頂上的暴躁。聳立於城市燈火之上的塔樓喚醒了它們——那些刺眼的白色碳光、染著煙的紅火燃油、閃爍生輝的獸脂燭光和瘋狂明滅的瓦斯火焰；它們統統都是對抗黑夜的無主守衛——風重獲欣喜，自在玩耍。

我將爪子深深嵌進建築物的頂緣，張開雙臂，感受氣流的猛烈撞擊，閉上眼，回憶飛翔。在那短暫的片刻。

第二部

飛行學

6

新克洛布桑是個不受重力限制的城市。

飛船在雲層之上往來穿梭，彷彿包心菜上的蛞蝓。民兵的機動車在城市中心呼嘯而過，朝城郊飛馳，吊艙的電纜猶如懸於高空數百英尺的吉他琴弦，振動嗡鳴。蝙蝠人盤旋城市上空，所經之處必留下喧譁與屎糞。鴿子、寒鴉、老鷹、麻雀與脫離牢籠的鸚鵡同在青空展翅飛翔。飛蟻、黃蜂、蜜蜂、蒼蠅、蝴蝶、蚊子在空中與數以千計的獵食者廝殺奮戰，獅龍與達里狠狠攻擊獵物的翅膀。醉醺醺的學生拼湊組裝而成一些魔像，它們無意識地拍擊以皮革、紙張或果皮做成的簡陋翅膀，邊飛邊解體。即便是將無數男女與商品運送至新克洛布桑各地的火車，彷彿也害怕地面的腐敗與墮落，奮力待在建築物之上。

就像受到聳立於西方的高大山脈激勵，這座城市不落人後地巍峨挺立。十層、二十層、三十層樓高的房宅一棟棟突出於地平線上，像肥胖的手指，又像拳頭般直指天際，更像在周遭低矮起伏的建築上方瘋狂搖晃的殘肢。古老的地貌被一噸又一噸的水泥與焦油覆蓋，只有山丘、高地、邊境的高低起伏依稀可見。破敗的舊屋如碎石般散落於佛杜瓦丘、飛原、旗丘和聖喋喋塚的山坡。

議會大樓被濃煙燻黑的外牆聳立於史崔克島之上，猶如鯊魚的尖齒和魟魚的毒刺，或某種刺穿天幕的怪物武器。黑沉沉的鐵管與巨大鉚釘糾結密布，隨著內部深處的古老鍋爐震動。一間間功能不明的房舍自雄偉的主要建築四周探出，沒有扶牆也沒有任何支撐。在遠離天際的大會議室裡，路德高特市長與無數嗡嗡作響的鑿井通道氣勢昂然地鎮守其內。國會大樓就像一座隨時可能爆發雪崩的高山。

這棟高高在上、俯瞰城市中心的大樓並不比其他地方潔淨。煙囪林立，彷彿心懷怨恨般朝著天空嘔出一噸又一噸的毒煙。屋頂上方，惡臭的濃霧繚繞盤旋，碎屑殘骸自無數矮囪噴發，在煙霧中起旋打轉。心懷妒意的遺囑執行者在火葬場中焚化屍首，混雜著熱燙煤灰的骨灰裊裊而上，讓死去的愛人保持最後的一絲溫暖。如幽魂般不可勝數的汙濁黑煙用惡臭包圍著新克洛布桑，如罪惡感般令人窒息。

雲朵在骯髒的低空旋繞，彷彿新克洛布桑的天候都是形自一個盤據城市中心、不斷膨脹又膨脹的巨大龍捲風。在人稱鴉區的商業中心，蹲踞著一棟龐大的混種建築，五條綿延數英里的鐵路便交會於這結合多種時期建築風格與違章建築的大樓：帕迪多街車站。

一座工業碉堡，四周毫無章法地立著護欄。車站最西側的塔樓便是民兵的中央總部「針塔」。它突出於其他塔頂之上，七根緊繃的空軌自四面八方匯聚於此，其他塔堡相形之下顯得低平而矮小。但無論針塔有多高大，它都不過是這巨大車站的附屬品之一。

帕迪多街車站完工的七年後，建築師遭到監禁，瘋了。據說他是一名異教徒，意圖建造自己的新神。

車站敞開五張巨大磚口，一張嘴吞噬一條鐵路，鐵軌如巨大的舌頭般自拱門下伸出。建築物寬闊的腹腔內擠滿各種店鋪、刑求室、工作坊、辦公室與空房。從特定角度與光線望去，它就像是以針塔為重心，隨時準備一躍而起，撲向它不時恣意侵略的廣闊天際。

以薩的目光並沒有被浪漫情感所遮蔽。只要他舉目張望，就會看見各式各樣的飛行（他的眼睛已經脹得跟核桃一樣大；眼珠之後的大腦一刻也停不下來，塞滿各種企圖擺脫重力箝制的新算式和概念）。

他並不認為飛行是為了逃離汙穢的地面；它不過是一件尋常俗事，一種往來新克洛布桑的方法。

這個想法讓他心情一振；他是科學家，不是神祕主義者。

以薩躺在床上，凝視窗外，目光追隨一個又一個飛掠而過的黑影。書本、文章、由打字機打印出來的字條，還有寫滿興奮筆跡的長捆白紙如紙浪般散落一床，甚至滿溢到地上。經典專文下頭壓著其他異想天開的理論，生物學和哲學在桌上你推我擠，搶占空間。

他像獵犬般在錯綜複雜的參考書目中嗅尋獵物，有些主題他無法置之不理，像是《重力》或《飛行理論》；有些稍有關連，像是《蜂群的空氣力學》；也有些只是一時的突發奇想，他那些受人尊崇的同事看到肯定會皺起眉頭，像是《雲端之上的魔法生物及寓意》。不過他也照樣讀了。

以薩搔搔鼻子，用吸管吸了一口放在胸口上的啤酒。

雅格哈瑞克的委託案才開始兩天，但他看待這座城市的目光已不再相同，說不定以後也無法恢復。

他翻身側躺，在身下東翻西找，挪開那些扎人的紙張，攤開一捆深奧的手稿以及他替雙人茶拍攝的幾張膠版照片。以薩將照片舉在眼前，仔細研究他要雙人茶展現的複雜肌肉紋理。

希望不用花太多時間；以薩想。

他看了一整天的書，做了一整天的筆記；當大衛和路勃麥揚聲向他打招呼、問問題或問需不需要送午餐上去給他，他只是禮貌性地咕噥幾聲回應，吃了一些路勃麥丟在他桌上的麵包、起司和綠辣椒。氣溫逐漸攀升，各種設備的小型鍋爐又給屋內添加不少熱度，以薩一層層剝去外衣，襯衫和手帕在他桌旁散落一地。

以薩等著他的補給品送達。資料查沒多久，他就發現自己的科學知識中存在著一個巨大黑洞——在所有深奧知識裡，他最不擅長的就是生物學。無論是飄浮、反重力魔法或他深愛的統一力場理論，他讀來都如魚得水。但雙人茶的照片讓他明白，他對簡單飛行的生理機制有多不了解。

我需要一些蝙蝠人的屍體……不，要活著的，好讓我做實驗……以薩看著前一晚拍攝的膠版相片，懶洋洋地想。不……兩個都要，一具是用來解剖的屍體，還有一具是用來觀察的活體。

這原本只是一時突發奇想，但以薩驀然認真起來。他坐到書桌前，思索片刻，然後離開實驗室，踏入獾沼的黑夜之中。

焦油河與瘡河間最聲名狼籍的一家酒吧藏身在波多拉克大教堂的陰影中，就位於連結獾沼與骨鎮的丹契橋下幾條陰溼街道之後。

當然了，獾沼大部分居民做的還是烘焙師傅、清道夫、娼妓或其他職業，一生中不曾施展魔法或觀察試管的內容物。同樣地，骨鎮的居民在多數情況下，也不會比新克洛布桑其他地方的人更偏好大型或有系統的犯罪。但在世人心中，獾沼永遠都是科學城，骨鎮也永遠都是竊盜鎮。而在這兩勢力交會之處──那既神祕、狡詐、浪漫又危險的地方──就是**月之女**。

酒吧的正面漆成一片緋紅，招牌上將環繞月亮的兩枚小衛星畫成美麗清靈的年輕女子。月之女雖破舊，卻別有一番魅力。會造訪此地的都是一些性喜冒險犯難、放浪形骸的人士，藝術家、小偷、瘋狂科學家、癮君子以及民兵的線人，於此齊聚一堂，在老闆「紅凱特」的眼皮底下爭風吃醋。

凱特的綽號來自她的一頭紅髮，不過以薩一直覺得這是她老主顧創意破產的末日預示。她體魄強健，目光銳利，只消一眼就知道該賄賂誰、禁止誰、教訓誰，或替誰送上免費啤酒。由於這些緣故（以薩懷疑還要加上一些小小魔法帶來的小小好處），月之女打出一條不算穩固但算成功的路。她不受此區的高額保護費威脅。民兵鮮少抄查凱特的地盤，就算來了也只是敷衍地做做樣子。她的啤酒美味沁脾，而且對於角落桌上的竊竊私語從不過問。

這晚，凱特朝以薩飛快揮手，打了聲招呼，以薩也揮手回應。他環顧煙霧繚繞的酒吧，但他要找的人不在，於是來到吧檯。

「凱特，」他在震耳欲聾的喧譁聲中高聲問，「李謬爾有來嗎？」

她搖搖頭，主動遞給他一杯金瓶啤酒。以薩付了錢，轉身面向桌位。

他有些失望。月之女可以說是李謬爾．皮吉恩的辦公室，他晚上通常都會待在這裡「處理公事」——談判、交易、分贓。以薩猜想他八成是出去進行什麼見不得光的工作，於是漫無目標地穿梭桌陣間，看有沒有認識的人。

角落裡，一名身穿一襲黃色長袍，正對某人展露天使般聖潔笑容的，正是波多拉克拉克教堂的圖書館員，蓋德瑞賽修。以薩臉色一亮，朝他走去。

以薩瞥見那名與蓋德激動爭論的年輕女子前臂上紋著交扣的飛輪，心裡忍不住發笑。那是智慧機械教派的徽紋，毫無疑問，她正企圖說服一名非教徒皈依機器之神。以薩走上前，女孩的話傳入耳中。

「……如果你帶著分毫你口中所謂的嚴苛與分析去了解這世界與上帝，就會明白你所說的智慧形態主義根本毫無意義，完全站不住腳！」

蓋德對滿臉雀斑的女孩咧嘴一笑，正要回答，卻被以薩攔在前頭。

「打擾了，蓋德。我無意打岔，但我只是想跟妳說，小飛輪，我不管妳怎麼稱呼自己……」

這位智慧機械教徒想開口抗議，但以薩半點機會也不給她。

「不，妳給我閉嘴聽好了，我會說得很清楚……**滾蛋吧妳**！不要忘記把妳那什麼勞啥子嚴苛一起帶走。我有話要跟蓋德說。」

蓋德吃吃笑了起來。女孩嚥了口口水，不想滅了氣焰，但心裡又著實忌憚以薩高大壯碩的體型和玩笑挑釁的態度，最後只能摸摸鼻子，硬挺起胸膛，至少給自己個光榮退場。

她起身，張口想撂下一句顯然已在腦中盤算好的狠話，但以薩一樣不給她出聲的機會。

「再說我就打斷妳牙齒。」他和顏悅色地警告女孩。

女孩閉上嘴，趕緊溜之大吉。

等到她消失在視線範圍後，以薩和蓋德同時放聲大笑。

「你幹麼忍受他們的胡言亂語啊？蓋德？」以薩高聲問。

像隻青蛙般蹲在矮桌前的蓋德晃啊晃地甩動四肢，大舌頭在鬆垮垮的闊嘴中一進一吐。

「我只是替他們難過，」他吃吃竊笑，「他們好……緊繃。」

見過蓋德的人都一致公認他是個幽默感和脾氣都好到反常的蛙族人，在他身上完全看不見蛙族的暴烈性子。

「總之，」他又說，口氣總算冷靜了些，「我也不大把那些智慧機器教派的教徒放在心上，他們根本不如他們自認的嚴苛——半分都不到。但起碼他們對世間萬物認真以對，不像……我不知道……禱告徒或布魯德教之類的。」

波多拉克是知識之神，有時候被描繪為捧著書本在浴缸泡澡閱讀的矮胖人類，有時候則是瘦長蛙族人，但一樣捧著書本在浴缸泡澡閱讀；或者有時很神祕地，既是人類又是蛙族人。眾教徒中有人類也有蛙族人，比例約為五比五。這名神祇性情和藹開朗，智慧賢明，全心全意將自己奉獻於資訊的收集、分類與傳播。

以薩沒有宗教信仰，什麼神都不信。他不相信那些所謂全知或全能的聖靈，甚至認為其中大部分根本不存在。這世上當然還有其他種以不同方式存在的生物和物質，而且從人類的角度看來，有些力量甚至十分強大，這些他都不否認，但他認為崇拜偶像是一種懦夫行徑。即便如此，他心中還是替波多拉克留有一個柔軟的角落。他倒希望那胖子真的存在，不論是以何種形式。以薩喜歡想像世上有個擁有多種樣貌的個體，因如此熱愛知識，甚至連洗澡時心神都在各知識領域間遊蕩，喃喃念著任何浮現腦中的有趣事物。

波多拉克教堂的圖書館和新克洛布桑大學的圖書館旗鼓相當，藏書只會多、不會少。雖然書籍不得外借，但圖書館全天開放，禁閱的書籍也十分鮮少。波多拉克教徒致力於推動知識的傳播，他們認為信徒所習得的一切，波多拉克也會立刻知曉，因此帶著虔誠的熱忱拚命閱讀。但他們這麼做並非是為了光榮波多拉克，那只是次要的原因；他們主要服侍的還是知識的榮耀，因此才立誓接納所有讀者。

但這也正是蓋德略有怨言的一點。新克洛布桑的波多拉克圖書館擁有全巴斯－拉格最好的宗教手稿收藏，各種宗教傳統與教派的朝聖者莫不深受吸引，前來朝拜。全世界各門各派的信徒不分種族、湧入獾沼北端和唾爐，身穿長袍，臉戴面具、手持長鞭、牽繩、放大鏡等各種宗教裝備，五花八門，應有盡有。

有些朝聖實在令人不敢恭維，比方說極端排斥非人種族的布魯德教。在新克洛布桑，他們的信徒人數日益增長，在圖書館閱覽聖典時常辱罵蓋德，叫他「蟾蜍」或「河豬」，還對他吐口水，而蓋德只能將協助這些種族歧視者當作自己神職中的考驗與修練。

與布魯德教相比，信奉平等主義的智慧機器教算是相當溫和無害的一個教派——即便他們強烈主張世上唯一的真神來自機器。

以薩與蓋德這些年來有過多次冗長爭論，大多關於神學，但有時也論及文學、藝術和政治。以薩相當敬重這名和善的蛙族朋友，他曉得蓋德盡心盡力地在履行「閱讀」這項宗教責任，並汲取豐沛的知識，不管什麼主題都難不倒他。在發表意見之初，蓋德總是很謹慎——「只有波多拉克才擁有足夠的涵養與學識進行分析。」開始討論時蓋德總是這麼虔誠宣稱——但三、四杯黃湯下肚，酒精淹沒他不具任何教條的信仰，他就會開始大聲侃侃而談。

「蓋德，」以薩問，「你對鳥人知道多少？」

蓋德聳聳肩，笑容滿面地分享他的所知。

「不多。鳥人據說居住於錫邁克、修特克北方以及莫爾迪加西方；或許還分布於其他大陸。他們的骨骼中空。」蓋德目光直勾勾看著前方，專注回想他正在引述的非人種族研究。「錫邁克的鳥人信奉平等主義……徹底的平等主義及個人主義。靠狩獵與採集維生，沒有性別分工，不具金錢或階級制度，但存在某種非正式的階級劃分，不過也只是代表誰值得較多尊敬，諸如此類的。鳥人不信奉任何神祇，但相信世間存在一種邪靈，叫做達尼許，但是否真有其靈，不得而知。他們狩獵與戰鬥的武器有鞭、弓、矛、輕刀——不用盾牌，太重了，不便於飛行，因此有時會同時使用兩種武器。他們偶爾會與其他部落或種族發生衝突，可能是為了爭奪資源。你知道他們的圖書館嗎？」

以薩頷首。蓋德眼中散發一種極度飢渴的光芒。

「可惡啊，我真想去看看，不過這是永遠不可能的事。」他的臉蒙上一層陰影，「沙漠不適合蛙族人，太乾燥了……」

「真是的，原來你對他們的了解這麼少，那還是別說好了。」以薩說。

沒想到蓋德聞言臉色還真垮了下來。

「開玩笑啦，蓋德！我是在說反話取笑你啦！你知道很多了——至少比我了解得多。我最近在讀薩克斯修奇特的書，而你剛才說的已經遠遠超過我所知……那你知不知道任何關於他們……呃……律法的事？」

蓋德瞇起一雙大眼，瞅望以薩。

「你在打什麼主意，以薩？他們是極端的平等主義者……這麼說好了。鳥人社會存在的目的就是要使個體擁有最大的選擇權，因此實行共產制度，保證所有個體都享有最自由的選擇權。就我記憶所及，唯一被他們視為犯罪行為的，就是剝奪另一名鳥人的選擇自由。而罪行的嚴重程度則是依據犯人犯案時是否心存尊重所決定；而且我告訴你，他們愛死尊重這兩個字了……」

「可是你要怎麼偷走一個人的選擇權？」

「不知道。我猜大概是這樣：如果你搶走別人的矛，對方就失去使用這把矛的權力……或者你沒有老實告訴別人哪裡有好吃的地衣，就是剝奪了對方前往的選擇權……？」

「那我想大概某些選擇權的盜取就像我們律法規定的犯罪，有些則完全無法類比。」以薩說。

「大概吧。」

「那什麼又是抽象的個體和具體的個體？」

蓋德好奇地凝視以薩。

「我的老天啊，以薩……你是不是交了什麼鳥人朋友？」

以薩挑起單眉，迅速點了點頭。

「該死！」蓋德大吼，鄰桌的客人吃了一驚，轉頭看他。「而且還是錫邁克的鳥人！以薩，你一定要讓我和他見面、跟他談談錫邁克！他是男的還是女的？」

「我不知道，蓋德，他有點……沉默寡言……」

「喔，拜託啦，**我求求你了**……」

「好啦好啦，我會**問他看看**，但不要抱太大希望──你先告訴我那見鬼的抽象個體和具體個體到底是什麼東西。」

「喔，這可**有意思**了。我猜你不能透露他委託的工作內容……對吧？我想也是。好吧，簡而言之，就我所了解，鳥人之所以尊崇平等主義，是因為他們非常尊重獨立的個體──這算合理吧！而如果你用某種抽象且隔離的思考方式專注在自己的個人意識上，就無法尊重他人的個人意識。重點在於，你之所以能擁有個人意識，是因為在你存在的這個社會母體中，其他人尊重你的個人意識和你的選擇權。所謂的具體個體意識，就是一個人清楚認知到，自己的存在是源於其他所有個體的集體尊重，因此最好以同等的態度尊重他人。」

「所以抽象的個體就是指一個鳥人在某段時間內忘記自己屬於更大的集體社會，因此不尊重其他擁有選擇權的個體？」

兩人沉默了好一會兒。

「變聰明啦，以薩？」蓋德輕聲說，吃吃竊笑起來。

以薩可不確定。

「那聽著，蓋德，如果我告訴你有個鳥人犯了『二級蔑視他人選擇權竊取罪』，你會知道他做了什麼嗎？」

「不知道……」蓋德沉思，「沒辦法，我無從得知。聽起來很嚴重……我想圖書館應該有書可以查，不過……」

就在這時，李謬爾．皮吉恩大步走進以薩的視線。

「蓋德，聽著，」以薩匆匆打斷他，「很抱歉，但我有事要和李謬爾商量。我們可以晚點再談嗎？」

蓋德也不著惱，只是咧嘴一笑，揮手打發以薩離開。

「李謬爾……我有事和你商量。說不定可以讓你大賺一筆。」

「以薩！和科學家做生意總是一件樂事。你的研究工作還順利嗎？」

李謬爾靠在椅背上，一身打扮做作又誇張。酒紅色的外套配上黃色背心，頭戴小禮帽，從帽子底下炸出的黃色鬈髮紮成一大把蓬亂的馬尾。

「我的研究工作走到死胡同了，李謬爾。而現在，我的朋友，該是你上場的時候。」

「我？」李謬爾．皮吉恩歪嘴一笑。

「對，李謬爾。」以薩作戲般誇張地說，「你也同樣可以推動科學進步。」

雖然以薩愛和李謬爾說笑，但心裡同時也對這名年輕人有幾分忌憚。李謬爾性好投機，通風報信是他的專長；他從事許多不法交易……典型的掮客。他靠著奇高的仲介效率，替自己打出一小塊利潤優渥的事業版圖。包裹、資訊、提案、口信、難民、貨品，不管交易什麼東西，只要雙方不想碰面，李謬爾都可以居中牽線。對於以薩這種人——有意探訪新克洛布桑的地下社會，又不想弄溼自己一雙腳或弄髒自己一雙手——李謬爾可說是無價之寶。同樣地，其他地方的居民也可利用李謬爾遊走法律的灰色地帶，無須擔心落入民兵手中，求助無門。不過李謬爾並非所有的工作都牽涉黑白兩道，有些完全合法，也有些完全不合法，只是他特別擅長遊走邊界。

李謬爾是個危險的存在，毫無道德良心可言，冷血無情——必要時甚至心狠手辣。若局勢變得凶險，他一定會要你玉石俱焚、同歸於盡。所有人都知道這一點，李謬爾從不掩飾。就某種層面來說，他相當誠實，從不裝出自己值得他人信任的樣子。

「李謬爾，你這個年輕的科學狂……」以薩說，「我正在進行一項小小的研究，需要一些樣本，任何會飛的東西都行，而這就是你可以幫忙的部分。我想你明白：像我這樣的人沒時間一天到晚在新克洛布桑閒晃，就為了尋找幾隻該死的鳥……像我這樣的人應該只要放話出去，就會有長著翅膀的玩意兒掉到大腿上。」

「以薩大老爺，你可以在報上刊登廣告啊，為什麼找我？」

「因為我需要的數量**非常**、**非常多**，而且不想知道牠們的來源。除了數量之外，**種類更要豐富**；越五花八門越好，任何會飛的生物我都要，包括難以取得的，像是……這麼說吧，如果我想要一隻獅龍……我可以付大把大把的金銀珠寶給某處的海盜，弄來一堆身上長滿癬菌、半死不活的樣本……**或者**，我也可付錢給你，讓你安排一名優秀的同伴去東奇德或上環那兒，從珠光寶氣的籠子中偷偷放出一些不見天日的可憐小獅龍。**了嗎？**」

「以薩老友……我有點明白你的意思了。」

「李謬爾，你是個生意人，當然明白了。我想找些**稀有的**飛行生物、我從來沒見過的動物、稀奇古怪的動物。我可不想付了一大筆錢，結果收到一整籃黑鳥——不要誤會，我不是說我不要黑鳥；牠們我也歡迎。鶺鴒、寒鴉等等也一樣，什麼都好，鴿子也行，李謬爾，就像你的姓❷。只是我**更**歡迎——

❷ 吉恩的原文為Pigeon，原為「鴿子」之意。

呃——蛇蜻蜓那類的玩意兒。」

「嗯，稀有動物是吧。」李謬爾說，目光灼灼地看著手中的啤酒。

「非常稀有的。」以薩附和，「為了拿到真正的好貨，其中將會牽涉到龐大的金額；明白嗎，李謬爾？不管是鳥、昆蟲、蝙蝠……或者蛋、蟲繭還有幼蟲，任何會飛的東西我統統要；事實上牠們或許還更有用。任何會長到狗那樣大小的物種都好，不要太大，也不要具有危險性的。雖然能抓到楚德或風犀牛是很特別沒錯，但我可不要。」

「誰會要那種東西呢，以薩？」李謬爾附和。

以薩塞了一張五枚基尼金幣的欠款字據到李謬爾胸前口袋。兩人舉起酒杯，一同乾了。

那已是昨夜之事。現在以薩靠在椅背上，想像他的請託如蠕蟲般蜿蜒爬過新克洛布桑的非法巷弄。以薩過去也曾雇用李謬爾，請他幫忙尋找稀有或違法的複合物，或在新克洛布桑為數稀少的手稿副本，或某種非法物質的合成配方。現在，只要一想到新克洛布桑最難纏的黑道分子正在械鬥與販毒的空檔間抓鳥、抓蝴蝶，以薩就覺得非常有趣。

以薩突然想起明天就是迴避日，他已經好幾天沒見到林恩了，她甚至連他接了這個案子都不曉得。他想起兩人約好要共進晚餐，他可以暫時先把研究擱置一旁，告訴愛人近來發生的一切。他喜歡這麼做，把累積心中的瑣事統統清空，告訴林恩。

以薩這才察覺路勃麥和大衛都不在，倉庫內只剩他一人。

他像海象般扭動，紙張和相片散落一地。他關掉煤氣燈，抬頭望向黑暗的倉庫之外。透過骯髒的窗戶，他看見清冷的巨大滿月以及她的一雙女兒——那兩個古老的衛星正同時緩緩自轉與公轉，貧瘠的岩石如渾圓的螢火蟲般閃閃發亮。

以薩看著月亮規律旋轉，漸漸沉睡。他沐浴在月光之下，夢見林恩。夢裡愛欲高漲，暗潮洶湧。

7

時鐘與小公雞生意興隆，客人都滿到前院去了。院子旁就是分隔薩勒克斯與酒吟區的運河，院內滿滿餐桌與七彩燈籠，好不熱鬧。玻璃瓶的碎裂聲和說唱玩笑的喧鬧聲飄向仍在船閘工作的船夫，他們一臉陰鬱，乘著上升水位朝焦油河而去，將嘈雜的餐館留在身後。

林恩只覺頭暈目眩。

她坐在紫羅蘭燈籠下的一張大桌前端，身旁好友環繞，一邊坐著德克瀚．布魯黛，《燈塔報》的藝術評論家；另一邊則是孔費德，他正對著仙人掌人大提琴手泰絲．葛羅茵口沫橫飛，不知道尖叫些什麼。此外還有亞歷珊卓琳、貝拉琴．頌德、泰瑞克．賽提墨斯、纏人鬼史品特；都是些畫家、詩人，音樂家、雕刻家，還有一群她不熟的跟班食客。

這是她的生活，她的世界。但林恩從沒覺得像現在這般格格不入。

想到自己接下的**那份工作**——那份所有人夢寐以求、能讓她逍遙好幾年、名聲大噪的大案子，還有那位可怕的雇主，如何有效地把她隔離起來，林恩就覺得自己像是毫無預警地被扔進一個截然不同的世界，遠離那刻薄壞心、狡詐莫測，卻又生氣蓬勃、啟迪心智、珍貴難得的薩勒克斯。

她回來後沒見任何人，想到骨鎮那場不可思議的會面她還是會渾身發抖。她好想念以薩，但她知道他會利用這機會埋首研究，也曉得如果她大膽地擅自前去獾沼，他一定會火冒三丈。在薩勒克斯，他們倆是公開的祕密；但在獾沼，他們的關係就像是野獸柔軟的腹部，是他致命的弱點。

所以她沉潛了好些天，思考自己究竟接下了什麼樣的工作。

緩緩地，試探地，她將思緒一幕幕拉回莫特利先生那怪物般的外表。

見鬼的狗屎！她思忖；他究竟是什麼東西？

林恩腦中抓不住雇主的清晰外貌，只對他那殘破詭異的身軀留有隱約印象。視覺記憶的片段不斷逗弄著她：其中一隻手掌上長的不是手指，而是五根等長的蟹螯；一個眼窩之中竄出一根螺旋獸角；羊毛旁突出著彎彎曲曲的爬蟲類脊骨。她根本分辨不出莫特利先生原本是什麼種族，也從未聽說過如此劇烈、可怕、混亂的再造手術。他這麼有錢，一定可以找到最好的再造師，幫他或多或少修復回人形——或什麼生物都好。她唯一能想到的理由，就是這是他自己的選擇。

要不然，他就是托克的犧牲品。

林恩思忖，不知道是因為他的外貌造成他對轉變地帶的偏執，還是他的偏執造就了他的外貌？

她的櫃子裡塞滿描繪莫特利先生的素描草圖——她想以薩今天或許會在她家過夜，所以匆匆藏起，將所有跟那些瘋狂的生理構造有關的記憶先草草記在記事本上。

這幾天來，她的驚恐逐漸退去，留下洪水般的雜沓思緒和一身雞皮疙瘩。

她決定了，這件委託案可能會成為她此生的不朽之作。

她與莫特利先生約好隔天（也就是灰塵日的中午）開始創作。之後一週會面兩次，至少持續一個月；或許還要久一些，取決於她雕塑的進度。

林恩迫不及待要開始。

「林恩，妳這個無聊的賤貨！」孔費德高喊，朝她扔了一根胡蘿蔔，「今天幹啥這麼安靜？」

林恩在她的本子迅速寫下幾個字。

孔費德，親愛的，是你太無趣。

眾人哄堂大笑。孔費德又開始興高采烈地和亞歷珊卓琳調起情來。德克瀚的一頭灰髮湊到林恩面前，輕聲問：「說真的，林恩……妳幾乎一個字也沒說。出了什麼事嗎？」

林恩心裡大為感動，輕輕搖了搖她的蟲頭。

接了一個大案子，占去我很多心思。她用手語回答德克瀚。德克瀚熟悉手語，所以她不用寫下每一句話。這讓林恩輕鬆許多。

我想念以薩。林恩補上一句，裝出棄婦的模樣。

德克瀚同情地皺了皺臉。她真好；林恩心想。

德克瀚膚色蒼白、身材高䠷纖細——不過步入中年後小腹圓潤了些。儘管喜愛薩勒克斯超乎尋常的離經叛道，但她其實是名嚴肅而溫柔的女性，總是刻意避免自己成為注目的焦點。她的文章尖銳刻薄，若非她喜歡林恩的作品，林恩想兩人也無法成為朋友——她在《燈塔報》上的評論嚴苛到近乎殘酷。

林恩可以毫無顧忌地向德克瀚坦承她對以薩的思念之情；她知道他們兩人的關係。一年多前，林恩有天與德克瀚一塊兒漫步在薩勒克斯街頭，德克瀚替兩人買了啤酒，當她要掏錢付帳時，錢包不小心掉落在地。她趕緊彎腰撿拾，但林恩搶先她一步。一張破破爛爛的舊膠版照片從錢包裡掉了出來，林恩看到時微微僵硬了一下。照片中是一名穿著男人西裝的年輕女子，美麗而剽悍。照片下方用口紅橫寫著XXX，代表脣印。她將照片交還德克瀚，對方從容收回錢包之中，但迴避了林恩的目光。

「很久以前的事了。」德克瀚當時只留下謎般的一句話，沉浸在手中的啤酒裡。

林恩覺得自己欠德克瀚一個祕密。兩個月後，有一天，她和以薩起了愚蠢的爭執，負氣奪門而出。

等她一回過神發現自己正和德克瀚喝酒時，心情簡直是如釋重負。林恩趁此機會向德克瀚坦承她和以薩的關係，不過德克瀚也可能早已猜到。當時德克瀚點了點頭，什麼也沒說，只是對林恩的傷心流露關懷之情。

從那時開始，她們就變得十分親近。

以薩也喜歡德克瀚，因為她是個反動分子。

才想起以薩，林恩耳邊就傳來他的聲音。

「可惡！大家好，對不起我遲到了……」

林恩轉頭，看見愛人壯碩的身影穿梭於桌陣間，朝他們走來。她的觸角輕顫，曉得以薩一定知道那代表她在微笑。

以薩上前，招呼聲此起彼落。他對眾人揮手回禮，獨獨正眼看向林恩，暗暗對她一笑，輕撫她背心。

林恩透過襯衫，感覺他在她背上寫下我愛妳三個字。

以薩拉過一張椅子，硬擠進林恩和孔費德之間。

「我剛跑一趟銀行，把幾塊閃閃發亮的小金塊給存進去。」他放聲高喊，「一份報酬優渥的合約鐵定會讓科學家樂昏頭，做出糟糕的決定——所以我決定請大家喝酒。」眾人又驚又喜，鼓譟歡呼，隨即異口同聲大聲召喚服務生。

「展覽還順利嗎，孔費德？」以薩問。

「喔，棒極了，棒極了！」孔費德扯著嗓子回答，然後又怪裡怪氣地提高音量補上一句，「林恩星期五來看過了。」

「對啊。」以薩回答，不知該怎麼接腔，「妳覺得怎樣，林恩？」

林恩飛快打了個手語，回答說她很喜歡。

幸好孔費德現在唯一感興趣的，就是死盯亞歷珊卓琳暴露洋裝下的乳溝。以薩將注意力轉回林恩身上。

「妳絕對不會相信發生了什麼事……」以薩說。

林恩在桌子下伸出手，捏捏他的膝蓋。以薩也回捏她的。

以薩壓低音量，長話短說，將雅格哈瑞克造訪之事告訴林恩與德克瀚。他要兩人先別開口，自己則是每講幾句就抬頭環顧四周，查看是否有人偷聽。說到一半，他點的雞上桌了，他一面咂嘴大快朵頤，一面描述他去月之女找李謬爾的事，說現在實驗室等著隨時接收一籠又一籠的實驗動物。

語畢，以薩靠向椅背，對兩人咧嘴一笑。他臉上突然閃過一抹歉疚，怯怯地問林恩：「妳的工作還順利嗎？」

她淡淡地揮了揮手。

親愛的，我什麼也不能說。她心想：我們還是談談你的新研究吧。

只有自己一個人高談闊論，以薩臉上不禁流露明顯的罪惡感，但他就是關不上話匣子。他現在處於新研究開始的陣痛時期，林恩為他感到一陣熟悉的傷感與愛憐——為了愛人沉迷於研究及自己的可有可無而傷感，但他的熱忱和熱情也同樣令她傾心。

「妳們看看這個。」以薩突然急急地說，從口袋抽出一張折起的紙，打開後攤在桌上。

那是一張廣告單，上頭宣傳目前正在索貝克羅伊克斯舉辦的園遊會。廣告單背面因乾掉的膠水變得又硬又脆，顯然是以薩從牆上撕下來的。

龐貝佐瑞索先生最驚奇、最獨特的世紀博覽會！

保證神經再麻木也會大吃一驚，深深著迷。**愛之宮殿**、**恐怖廳堂**、**瘋狂龍捲風**，以及其他多種遊樂設施，價格保證老少咸宜，童叟無欺。還有千萬別錯過最驚人的怪胎秀──**怪奇馬戲團**。這些來自巴斯─拉格各個角落的**怪物與驚奇**一定叫你大開眼界！有來自**破碎之地的千里眼**、貨真價實的**織蛛爪**、**活骷顱**、妖冶淫蠱的**蛇女**、熊族的人類國王**熊龍**、迷你的**仙人掌侏儒**、荒漠的**鳥人**首領、貝許亞克的**石人**、禁錮的**魔鬼**、**會跳舞的魚**、從**水鬼王國**偷來的金銀珠寶，以及**無數不可思議的神祕生物**。部分展覽與設施不適合**易受驚嚇**的觀眾或**神經緊繃**的朋友。

入場費五文。地址：索貝克羅伊克斯。日期：雀月十四日至眉月十四日。時間：每晚六點至十一點。

「有沒有看到？」以薩大喊，拇指用力戳著海報。「他們有鳥人！我把消息傳遍全城，說我需要會飛的動物，不管有多稀奇古怪、來歷不明，統統來者不拒，但最後八成會收到一堆病懨懨的寒鴉。結果咧！在我自家門口就有個該死的**鳥人！**」

你要去嗎？林恩用手語問。

「當然！」以薩哼了一聲，「吃飽後就去！大家一起去。」他突然壓低音量，「其他人不用知道我的打算。反正園遊會本來就很有趣，不是嗎？」

德克瀚嘴角勾起一笑，點了點頭。「所以你打算變魔術把鳥人變走嗎？」她悄聲問。

「這個嘛，我想我可以想辦法拍張膠版照，甚至邀請他來我的實驗室幾天……我不知道，總之我們會想出法子的！妳說呢，想去園遊會看看嗎？」以薩問林恩。

林恩從以薩的盤子裡挑出一顆櫻桃蕃茄，小心翼翼地把上頭的雞肉湯汁抹乾淨，用大顎夾緊，小口小口吃了起來。

應該很好玩。她用手語回答。你請客？

「當然我請客！」以薩大聲回答。他注視林恩，細細端詳她一整分鐘，然後環顧四周，確定沒有其他人留意後，笨拙地打了個手語。

我好想妳。

德克瀚識趣地把頭別開。

先打破沉默的人是林恩，並確保自己搶先以薩一步。她大聲拍了拍手，等到桌邊每一個人都看向她後，她打起手語，示意德克瀚幫忙翻譯。

「呃……以薩急著想推翻科學家都是不懂玩樂的工作狂這句話。而既然像我們這般聰明又放蕩的藝術愛好者懂得如何享受生活，他提議我們不妨去這裡看看……」林恩揮了揮廣告單，扔到桌子中央，讓大家都可以看見。「雲霄飛車、世界奇觀、驚奇物種、射椰靶，總共只要五枚銅板，而且好心的以薩說要請大家……」

「不是**所有人**都請，妳這臭婆娘！」以薩裝出光火的模樣，大聲喝斥，但他的聲音完全淹沒在致謝的醉醺醺咆哮當中。

「幫大家付門票錢。」德克瀚頑強地接著說下去，「所以，我建議大家趕快喝乾酒，吃光食物，朝索貝克羅伊克斯前進。」

眾人亂烘烘地大聲附和。已經吃飽喝足的人開始收拾隨身物品，其他人則繼續津津有味地吃起生蠔、沙拉或炸芭蕉。林恩嘲諷地想：無論人數多寡，想把一群人組織起來集體行動簡直就是一場史詩級的戰鬥，看來他們還要好一陣子才能出發。

以薩與德克瀚在她對面脣槍舌戰。她抖動觸角，可以聽見他們部分的低談。以薩正激動地高談政治，將他對這社會滿肚子無所適從的批判和不滿，發洩在他與德克瀚的討論中。他裝腔作勢的模樣看得林恩又好氣又好笑，他根本不知道自己在說什麼，只是想在這言簡意賅的新聞人士面前賣弄一番。

她看見以薩謹慎地將一枚錢幣推過桌子對面，換回一只空白信封。無庸置疑，裡頭一定是最新一期的《自由叛報》。《叛報》是德克瀚編寫的一份激進非法報刊。

除了對民兵與政府說不上來由的厭惡之外，林恩對政治興趣缺缺。她靠向椅背，目光越過頭頂燈籠散發的紫色光暈，望向夜空中的繁星。她憶及自己最後一次去園遊會的情景，還記得那沸騰的熱鬧與喧譁，空氣中充滿濃烈的氣味、叫囂、尖叫，還有作弊的遊戲與廉價獎品，奇異的動物和鮮豔的服飾，全都齊聚一堂，粗俗野蠻，刺激興奮。

在園遊會裡可以暫時拋開俗世的規矩，銀行家與小偷不分你我，共享開懷的時光。就連林恩一些思想比較沒那麼極端的姊妹也會去園遊會開開眼界。

她記得大約二十年前，當她還小時曾去過一次高爾瑪奇的園遊會。那時她一個人悄悄溜過一排排花俏俗豔的帳棚，最後駐足在某個危險駭人、五彩繽紛的雲霄飛車旁。有人塞給她一顆太妃蘋果——她一直不知道是誰，可能是某個路過的甲蟲人或大方的小販——她虔敬地吃掉。林恩童年的快樂回憶並不多，這是其中之一，那加了糖的水果。

林恩靠著椅背，等待她的朋友收拾物品。她吸吮海綿中的甜茶，想著那顆糖蘋果，耐心等待出發的時刻。

8

「來唷，來唷，快來試試你的手氣！」

「女士們，小姐們，讓男伴替妳們贏束鮮花吧。」

「旋轉木馬轉啊轉！要你眼花撩亂暈暈然！」

「四分鐘出現另一個你！全世界最快的肖像畫！」

「快來體驗大魔術師錫立昂的神奇催眠術！」

「三枚金幣，三次機會！只要能面對『鋼鐵人』梅格斯三次不倒，就可以把三枚基尼金幣帶回家！

仙人掌人不得參加。」

夜晚的空氣嘈雜熱鬧，各式各樣的挑戰、嘶吼、邀請、誘惑、賭注如爆炸的氣球般在喧鬧的人群中迴盪。摻有化學物質的煤氣燈燃燒著紅、綠、藍、黃五顏六色的火焰。索貝克羅伊克斯的草坪與小徑被糖粒與醬汁弄得黏答答。黃鼠狼緊攫精挑細選的佳餚，蹦蹦跳跳地從攤販外圍鑽進公園的幽暗樹叢中。扒手猶如在海草間獵食的游魚，在人群中穿梭遊走，所經之處皆留下憤怒的咆哮與咒罵。

觀賞的群眾什麼種族都有：人類、蛙族人、仙人掌人、甲蟲人和其他稀少的種族，像是豪豬人、鷉人、矛手蟲人以及一些以薩不認識的種族。

園遊會幾碼之外的草坪與樹林如濃墨般漆黑。灌木叢和樹枝周圍散落著破破爛爛的紙屑，被人隨手一扔之後卡在枝葉間，緩緩被夜風扯裂。公園內小徑交錯，通往湖畔、花床、廣大的荒地，以及中央大廣場的古老修道院廢墟。

林恩、孔費德、以薩、德克瀚及其他人漫步經過以螺栓固定的巨大鋼架、漆成亮灰色鐵件，以及嘶嘶作響的煤氣燈。頭頂上方，纜車搖搖晃晃懸吊在簡陋的鐵鏈下，車廂中不斷傳來興奮的尖叫。上百種引擎與風琴響起成千上百瘋狂的歡樂旋律，雜亂喧鬧的樂曲此起彼落。

亞歷珊卓琳嘴裡嗑著蜂蜜堅果，貝拉琴大啖醃肉，泰絲葛羅茵啃著一片汁液充沛的樹葉，那對仙人掌人來說是最美味的食物。他們互朝對方扔食物，再用嘴巴接住。

園區裡擠滿玩遊戲的遊客：套圈圈、迷你弓，猜錢幣藏在哪個杯子下。小孩或興奮或氣餒地瘋狂尖叫。各色種族、性別和打扮的妓女搔首弄姿地在攤販間遊蕩，要不就是站在啤酒攤前對路人眨呀眨地拋媚眼。

一行人朝園遊會中心走去，漸漸走散。孔費德賣弄他的射箭技術時大夥兒還停留了會兒，他贏了兩個洋娃娃，大方地把一個送給亞歷珊卓琳，一個送給一名年輕貌美的妓女；她剛剛也在旁邊為他的勝利歡呼，然後三人便手勾著手消失在人群中。泰瑞克證明自己是釣魚遊戲的高手，他從一大缸漩渦中釣起三隻活跳跳的螃蟹。貝拉琴和史品特溜去算命攤，看到死氣沉沉的女巫接連翻出蛇牌和老嫗牌時失聲慘叫，立刻又找了一名雙眼像銅鈴一樣大的甲蟲占卜師重算一次。甲蟲笨手笨腳地在沙屑上爬行，占卜師裝模作樣地瞪著眼，死盯著飛掠過甲蟲背殼上的影像。

以薩和其他人扔下貝拉琴和史品特，逕自走了。

剩下的人轉進命運之輪旁的角落，一座搭著簡陋欄杆的園區映入眼簾。欄杆之後有一排小帳棚蜿蜒羅列，盡頭消失在前方。入口掛著一面粗糙的手工油漆招牌：**怪奇馬戲團**。

「嗯，我想看看這個……」以薩悶聲說。

「想探索人類淪喪的底線嗎，以薩？」一名以薩記不住姓名的年輕藝術模特兒說。除了林恩、以薩和德克瀚外，大多人都走散了，只剩寥寥幾人。以薩的選擇似乎讓他們感到微微吃驚。

「我是為了研究。」以薩正氣凜然地回答，「為了科學。一起去嗎，德克瀚？林恩？」

其他人聽懂了他的暗示，不是漫不經心地揮揮手，就是帶著惱怒離去。在他們走遠前，林恩飛快用手語說：畸胎學是你的領域，我沒興趣。兩小時後在入口碰面？

以薩頷首，捏捏她的手。她用手語向德克瀚道別，小跑步趕上一名以薩一直不知道姓名的音聲藝術家。

德克瀚和以薩互望一眼。

「……於是只剩兩隻。」德克瀚輕快地說。那是一首教小孩數數兒的兒歌，歌詞中，籃裡的小貓一隻接著一隻離奇死去。

參觀怪奇馬戲團需另行購買門票，以薩認命地付了錢。雖然同樣人滿為患，但馬戲團比園遊會場空曠了些。裡頭的遊客看起來越有錢，舉止就越遮遮掩掩。

怪胎秀不只能激發人性中的窺探欲，還能揭露彬彬有禮之下的偽善。

似乎正好有什麼導覽活動正要開始，代表馬戲團中的每一個展示他們都有機會看到。主持人扯開嗓子，請求觀眾靠攏，準備迎接凡俗之眼不該看見的奇景。

以薩和德克瀚落在後頭，跟著人群上前。以薩看見德克瀚已將記事本拿在手中，一枝筆也蓄勢待發。

頭戴長禮帽的主持人走到第一座帳棚前。

「各位女士，各位先生，」他的聲音宏亮粗啞，「在這座帳棚裡，藏著世人所見過最驚人、最可怕的一種生物——不論您是蛙族人、仙人掌人，任何種族都保證大開眼界。」他若無其事地補充，優雅地對少數幾名非人種族觀眾點點頭。接著又恢復誇張的聲調，高聲道：「十五世紀前，當新克洛布桑還只是古克洛布桑之時，此生物首次出現於賢者李賓托斯的遊記之內。李賓托斯在前往炎熱荒原的南下旅程中看見許多驚人的怪物，但是沒有一個比牠更可怕。各位觀眾，可畏的……蛇獅！」

以薩臉上原本帶著一抹諷笑，但就連他也忍不住跟著觀眾倒抽一口涼氣。

*他們真的抓到一頭蛇獅？*主持人揭開小帳棚的布幕時，他心裡這麼想著，跟著人群推擠前進。

一陣更為響亮的抽氣聲響起，前方的觀眾踉蹌退開，其他人爭先恐後地擠上前。

在粗重的黑色欄杆之後，沉重的鐵鏈緊緊禁錮著一頭驚人的野獸。牠躺臥在地，巨大的黃褐色軀體有如威猛雄獅。雙肩的濃密鬃毛間是一根比男人大腿還要粗壯的蛇頸，上頭的鱗片閃耀著油亮的血光。細緻的花紋順著彎曲的蛇頸一路蜿蜒而上，蛇頸頂端擴展成鑽石形狀的巨大蛇首。

蛇首垂落在地，巨大的分岔蛇信不斷吞吐，雙眼如黑玉般燦然生輝。

以薩一把抓住德克瀚。

「他媽的真的是一頭蛇獅。」他壓低音量驚嘆。德克瀚睜圓了眼，點點頭。

觀眾從牢籠前退開。主持人抄起一根帶刺的棍棒伸進欄杆內，對著那頭蒼涼的巨獸戳刺折磨。蛇獅喉間發出一聲深沉的怒吼，用碩大的前掌有氣無力地拍打棍棒，蛇頸悲慘地彎曲蜷縮。

觀眾間響起小小聲的驚呼，在欄杆前你推我擠。

「各位先生女士，請你們後退，拜託你們！」主持人用戲臺上的浮誇語調高喊，「各位都處於生死一線！千萬別激怒這頭野獸！」

蛇獅在他持續的折磨下再度嘶吼，貼著地面蠕動後退，想爬出邪惡尖刺的攻擊範圍。

以薩的敬畏之心迅速消散。

這頭筋疲力盡的野獸飽受屈辱，痛苦蠕動，想退到籠子後方。牠光禿禿的尾巴打在發臭的山羊屍體上，想來那就是牠的營養來源。牠的皮膚上沾滿糞便與塵土，汙穢不堪，鮮血自無數傷口汩汩湧出。當牠用頸上強而有力的肌肉抬起冰冷粗鈍的蛇首時，平癱的身體還微微抽搐了一下。

蛇獅嘶鳴，觀眾不甘示弱地回以威嚇。牠張開歪斜的下顎，試著齜露獠牙。

以薩的臉痛苦扭曲。

牠的牙齦上原該森然閃耀足足有一英尺長的凶猛獠牙，如今卻只剩殘破的齒根。以薩知道牠的牙齒是被敲碎的，因為馬戲團怕被牠致命的毒牙所傷。

他看著這頭殘缺的怪物用黑色舌頭笞打空氣，蛇頭再度頹然垂落。

「天殺的王八！」以薩低聲對德克瀚道，心裡又是同情又是厭惡。「從沒想過我會為了這種東西難過。」

「讓人不禁思索鳥人又會是怎麼樣的情況。」德克瀚回答。

主持人匆匆放下這頭悲慘野獸的幕簾，一面講述李賓托斯受蛇獅國王以毒藥試煉的故事。都是些騙小孩的故事。裝腔作勢，沒一句真話，只是為了作秀。以薩鄙夷地想。而且他發現主持人只讓觀眾短短瞥上一眼，甚至連一分鐘都不到。這樣才不會有人注意到這可憐的東西早已行將就木；他心想。

他忍不住想像一頭健康的蛇獅會是什麼模樣：那重如山岩的黃褐色身軀在乾熱的大草原昂首闊步，毒牙森然出擊，疾如閃電。

藍天之上鳥人盤旋，刀光冷冽。

主持人將觀眾趕到下一座帳棚前。以薩對他的喊叫充耳不聞，看著德克瀚在她的記事本振筆疾書。

「妳要把這刊在《叛報》上？」以薩低聲問。

德克瀚飛快掃視四周一圈。

「可能吧。看等一下還會見到什麼。」

「等一下還會**見到**的是，」他已經瞄見下一個展示物，把德克瀚拉到一旁，壓低音量火冒三丈地說，「純然的人類惡毒！我們他媽的沒救了，德克瀚！」

他停在一群悠悠哉哉、磨磨蹭蹭的觀眾後方不遠處；眾人正在看一名出生就沒有眼睛的小女孩。女孩骨瘦如柴，脆弱無助，無聲地啜泣，循著觀眾的聲音不停轉頭張望。**擁有心靈之眼的女孩！**她頭上的招牌這麼寫著。籠子前有部分觀眾正對著她又吼又笑。

「天殺的，德克瀚……」以薩搖頭，「妳看他們是怎麼折磨這個可憐的小傢伙……」

他說話時，一對情侶皺起眉、一臉嫌惡地轉身離開，還不忘回頭朝笑得最大聲的女人吐口水，以示唾棄。

「別擔心，以薩。**風水輪流轉**，」德克瀚靜靜地說，「報應總是來得很快。」

主持人大步穿梭於帳棚間，這停停、那停停，向觀眾介紹各種恐怖奇景。觀眾逐漸散去，三五成群隨意遊蕩。在部分帳棚前，觀眾被員工攔住，等到聚集足夠的人數後才揭露裡頭神祕的展示品。其他帳棚則讓遊客隨意進出，髒兮兮的帆布篷內不時傳出各種興奮、震驚或憤慨的尖叫。

德克瀚和以薩晃到一座長形帳棚前。入口上方的招牌龍飛鳳舞地寫著：**全世界最不可思議的奇觀！你敢進入神祕博物館嗎？**

「我們敢嗎，德克瀚？」以薩喃喃問，兩人一同走進灰塵瀰漫的溫暖黑暗之中。

臨時搭建的空間一角，燈光緩緩透進兩人虹膜。棉布帳棚內擺滿鐵櫃和玻璃櫃，在眼前一字排開。蠟燭和煤氣燈東一盞、西一盞，火光穿過鏡片，成為耀眼的聚光燈，照亮櫃中稀奇古怪的展示物。遊客一櫃櫃或閒逛、或私語，或神經質地笑。

以薩和德克瀚緩緩走過成排的玻璃罐，發黃的酒精中漂浮著支離破碎的器官，有雙頭胚胎、一截海怪觸手，還有一根閃閃生輝的深紅色尖刺，可能是織蛛的爪子，也可能是拋光的雕刻品；活生生的眼珠在充滿電荷的液體中痙攣抽搐；小瓢蟲背上畫著繁複精細的圖樣，要用放大鏡才能看見；一具下半身接著六條黃銅腿的骷髏在籠子裡奔竄；一窩尾巴交纏的老鼠輪流在小黑板上寫著下流的粗話；一本用羽毛做成的書，還有楚德的牙齒與獨角鯨的角。

德克瀚忙著記下所見一切，以薩用貪婪的目光觀賞身旁的騙局與祕密科學。

兩人走出博物館，右手邊帳棚是深海女王安格麗納；左手邊則是巴斯－拉格最古老的仙人掌人。

「我心情好差。」德克瀚說。

以薩深有同感。

「我們趕快去找狂沙大漠的鳥人首領，然後就閃人離開這裡。我請妳吃棉花糖。」

他們在帳棚間來回穿梭，看到各種稀奇古怪的生物，有的畸形肥碩、有的詭異多毛，還有的迷你袖珍。以薩突然指向上方，一面招牌映入眼簾。

空中主宰！鳥人之王！

德克瀚掀起沉重的布簾，和以薩交換眼色，大步走進去。

「啊！來自這座陌生城市的訪客！請進來一坐，聽聽無情荒漠的故事！與我這名來自遙遠國度的旅人作伴！」

昏暗中響起咕噥不清的話語。以薩瞇眼望進欄杆之後。一個幽暗凌亂的形體痛苦佇立，藏身在帳棚深處的幽暗中。

「我乃我族子民之首領，前來一窺傳說中的新克洛布桑。」

那聲音痛苦而疲憊，尖銳又刺耳，但完全沒有雅格哈瑞克那種從喉頭硬擠出來的古怪腔調。說話者自隱蔽處現身，以薩瞠目結舌，忍不住歡欣驚呼，但他的讚嘆很快變成驚駭的呻吟。

以薩與德克瀚眼前的人影簌簌顫抖，伸手搔了搔肚子。他的腹間肥肉沉沉下垂，看起來就像個胖嘟嘟、圓滾滾的學童。這名鳥人膚色慘白，布滿疫疾與凍瘡留下的凹陷疤痕。以薩絕望地上下打量，對方隆起的腳趾上爆著一顆顆古怪的組織瘤，看起來就像小孩畫的鳥爪；他頭上覆滿羽毛，但大小不一，什麼形狀都有，亂糟糟地從頭頂一路蔓延到脖子，形成厚厚一層凹凸不平的絕緣層。他那雙彷彿近視般瞪著以薩和德克瀚的眼睛，是人類的眼珠，正奮力與眼皮上乾硬成塊的黏液和膿汁對抗，努力睜大。鳥喙又大又髒，猶如老舊的白鑞。

這隻令人不忍卒睹的生物背後展開一對又髒又臭的翅膀，兩邊翼尖之間的距離不超過六英尺。那雙翅膀在以薩的注視下半張起，斷斷續續地抽搐，一抖動就有小塊小塊的有機腐屑灑落。

那玩意兒張開嘴，在他的鳥喙之下，以薩可以看見一雙人類的嘴唇掀動，嘴唇之上還有一對鼻孔。以薩定睛瞧去，發現這所謂的鳥喙不過是個像防毒面具一樣的道具，罩在他口鼻之上。

「讓我告訴你們我是如何攫捕獵物，直衝雲霄……」那可悲的東西一開口，以薩便走上前舉手打斷他。

「看到老天的分上，夠了！」以薩怒叱，「饒了我們吧……這太難堪了……」

喬裝的鳥人踉蹌後退，害怕地拚命眨眼。

三人一時沉默無言。

「怎麼了，大爺？」欄杆後的玩意兒終於開口，低聲問，「我做錯了什麼嗎？」

「我是來看該死的鳥人的！」以薩氣沖沖地咆哮，「你當我白痴嗎？你是再造人，老兄……智障都看得出來。」

男人不安地舔了舔嘴，死氣沉沉的巨大鳥喙「喀」地一聲闔起，一雙眼珠緊張地左右張望。

「看在聖者的分上，大爺，」他哀求道，「求求您別去申訴抱怨。我只能以此維生了。您顯然是位高貴的紳士……我是多數人所能見到最接近鳥人的人了……觀眾只是想聽聽一些沙漠的狩獵故事，看看鳥人的模樣。這是我謀生的方法啊。」

「該死的，以薩。」德克瀚低聲勸阻，「算了。」

以薩失望至極。他已經在腦中列好一長串問題，思考自己打算如何研究鳥人的翅膀，還有哪一種肌肉和骨骼間的互動關係是他所關注的。他已經準備好要為了研究付出大筆銀子，還有邀蓋德過來，讓他詢問關於錫邁克圖書館的事。結果，出現在他眼前的竟然是個膽小如鼠、一身傷病的人類，只會照本宣科，念著連最不入流的劇院都會覺得丟臉的劇本。沒有任何語言可以描述他此刻內心受到的打擊。

他注視面前這個可悲的人類，怒火之中同時摻雜著同情。羽衣下的男人不停緊張地用右手抓捏左臂，他必須張開那愚蠢的鳥喙才能呼吸。

「可惡。」以薩低聲咒罵。

德克瀚走到欄杆前。

「你犯了什麼罪？」她問。

男人先四周張望一圈後才開口回答。

「偷竊。」他飛快地說，「我在克奴姆時企圖摸走一個老婊子身上的鳥人古畫。值錢的玩意兒。法官說既然我對鳥人這麼有興趣，不如——」他的聲音一時哽咽，「不如自己去當。」

以薩可以看見他臉上的羽毛是如何粗暴地插進皮膚，毫無疑問絕對深及皮下，如果他嘗試自行拔除，肯定會痛不欲生。以薩想像當初移植的過程，一根一根都是折磨。當這名再造人微微轉身面向德克瀚時，以薩發現他背上的翅膀一定是從火雞或兀鷹身上扯下來的。與人類肌肉接合之處，硬化的死肉結成一塊塊醜陋的節瘤。神經只是雜亂無章地隨意連接，根本起不了任何作用。那雙翅膀壞死已久，只能抽搐抖動，在再造人背上日漸腐敗，散發出的惡臭令以薩不禁皺鼻。

「會痛嗎？」德克瀚問。

「不那麼痛了，女士。」再造人回答，「我算幸運了，還能擁有這些。」他指向帳棚和欄杆，「而且不用擔心餓肚子。所以我才願意透露這些我不該透露的事；只要你們答應別向老闆抱怨看穿了我。」

大部分人真的都能接受這個噁心又粗製濫造的假貨嗎？以薩想；觀眾有這麼好騙嗎？真的相信這種醜陋的東西飛得起來？

「我們一個字也不會說。」德克瀚回答，以薩敷衍地點頭附和。他心情五味雜陳，有同情、有憤怒，也有厭惡，只想趕快離開這裡。

在他們身後，簾幕一把掀開，一群年輕女子走進，交頭接耳悄聲說著粗俗的笑話。再造人的視線越過德克瀚肩後。

「啊！」他揚聲說，「啊！來自這座陌生城市的訪客！請進來一坐，聽聽無情荒漠的故事！與我這名來自遙遠國度的旅人作作伴！」

他從德克瀚和以薩面前退開，一面走一面用眼神乞求兩人。新來的觀眾間爆出震驚的尖叫。

「飛給我們看看！」其中一人大喊。

「可惜啊可惜。」聽見以薩和德克瀚離開帳棚後，這名假鳥人說，「這座城市的氣候對我族來說過於寒冷。我染了傷風，暫時無法飛行。但只要您們留下，我可以跟您們說說在錫邁克萬里無雲的晴空上所見到的壯麗景色……」

簾幕在兩人身後闔上，話語跟著模糊。

以薩看著德克瀚飛快在記事本寫字。

「妳打算怎麼寫？」他問。

「『法官酷刑迫使再造人成為馬戲團展覽品』。我不會指明是哪個展覽。」她頭也不抬地答。以薩頷首。

「來吧，」他喃喃道，「我請妳吃棉花糖。」

「他媽的，我現在心情有夠差。」以薩沉重地說。他咬了一口黏答答的棉花糖，幾根糖絲沾在他的鬍碴上。

「嗯。不過，是因為發生在那男人身上的事？還是因為沒看到鳥人？」德克瀚問。

他們離開怪物秀，一面專心啃棉花糖，穿越園遊會華麗俗氣的會場。德克瀚問得他措手不及，以薩無言思索了會兒。

「嗯，我想……可能是因為沒有看到鳥人……」他辯白解釋，「不過如果那只是一場騙局，隨便找個人穿上鳥人的道具服之類，我心情可能不會那麼差。是那種……那種該死的**恥辱行為**讓我如鯁在喉……」

德克瀚若有所思地點了點頭。

「我們可以到處看看，」她說，「一定能找到一、兩名鳥人——在城市長大的鳥人。」她抬頭望向夜空，但只是白費力氣。七彩繽紛的燈光中幾乎連星光都看不見。

「改天吧。」以薩說，「我現在沒心情，也沒勁兒了。」說完，兩人陷入漫長卻愜意的沉默之中。

良久，以薩終於又開口：「妳真的打算在《叛報》上刊載這裡的事嗎？」

德克瀚聳聳肩，飛快環顧四周，確定沒人偷聽。

「再造人的議題向來棘手。」她說，「世人心懷成見，鄙視他們、隔絕他們、控制他們。我必須嘗試喚醒人心中的共鳴，讓大家不再……把他們當成怪物……但這真的很難。而且明明所有人都知道他們的生活有多悲慘，卻一樣漠視他們的處境。不過最重要的是，很多人即便內心同情他們，或認為這是他們命中注定之類的鳥話，卻也隱隱認為那是他們活該——喔，該死的！」她突然搖了搖頭說。

「怎麼了？」

「幾天前我在法庭上看見一名女人被法官判處再造之刑。唉，她犯的罪是多麼殘忍、可悲又可憐……」她回想，五官忍不住痛苦糾結，「住在雙桅荒原巨石柱頂的一名女人殺了她的孩子……因為小孩不肯停止哭泣，她就把他悶死、晃死——或誰知道是怎麼殺死的。她坐在法庭上，眼神是如此……該死的空洞……她無法相信這一切，只是不斷低喚孩子的名字。法官下了判決：她當然得坐牢，大概十年吧我想；但我現在只記得再造。

「他們要將把嬰兒的手移植到她臉上，法官說『要讓她永遠無法忘記自己的罪愆』。」德克瀚模仿法官森然的口氣。

兩人無言走了一會兒，專心吃著棉花糖。

「我是藝術評論家，以薩。」德克瀚終於又開口，「你知道嗎，再造也是藝術，一種病態的藝術。你想想它需要多少想像力啊！我看過背著巨大沉重的螺紋鐵殼在地上爬行，每晚入夜就縮回殼中的再造蝸牛女。還看過有人原本該是手臂的地方卻長著巨大的烏賊觸手，站在河川淤泥之中將吸盤伸進水下抓魚。還有那些為了競技節目改造的再造人！當然他們是不會承認的……

「再造是一種失敗的創意；腐敗、**酸臭**的創意。我記得你問過我，要在藝術評論和《叛報》的文章間取得平衡是否很困難。」兩人穿過園遊會會場，德克瀚轉身看向以薩，「其實它們都是一樣的，以薩。藝術是讓你自由創造……將身邊的一切組合起來，集結成一個作品，而這個作品能讓你更貼近人性——或甲蟲人的人性，什麼都好；它會讓你更加完整。就連再造細菌，讓它繼續存活也是同樣的道理。所以那些鄙視再造人的人才也會同時對獨臂螳螂手傑克心懷敬畏，不管他是否真的存在。」

「我不希望自己住在一個將再造視為最高藝術的地方。」

以薩摸索口袋中的《叛報》（即便只是持有也是一件非常危險的事）。他拍拍它，心裡暗暗將矛頭轉向東北方的國會大樓，指向班森．路德高特市長，還有那些吵著瓜分好處的黨派，包括碩日黨和三羽黨；還有被林恩稱為「下三濫揹客」的異思黨，以及終啟明黨中的那些騙子。那群傢伙就像沙坑裡的六歲小霸王一樣，一天到晚只會大聲嚷嚷、爭執不休。小路盡頭灑滿一地的糖果紙、海報、票卷、被踩扁的食物、不要的娃娃和爆炸的氣球。林恩站在那兒，懶洋洋地倚在入口處。看見她，以薩嘴角綻放真摯的笑容。林恩看見兩人走來便站直身，對他們揮揮手，也漫步走上前。

馬戲團還精彩嗎，寶貝？她用手語問。

「別提了，一場徹頭徹尾的災難。」以薩悲慘又憤慨地道，「晚點再跟妳說。」

轉身離開園遊會時，他甚至大膽地偷握一下林恩的手。

三個小小的身影消失在索貝克羅伊克斯昏暗的街道上，即便點著煤氣燈，光線依舊黯淡。在他們身後，由色彩、金屬、玻璃、糖果、汗水組合而成的巨大會場仍裊裊傾洩噪音與光害至夜空。

9

城市另一頭，穿過陰暗回音沼的暗巷與劣原的棚寮，穿過泥沙阻塞的運河柵欄、穿過煙霧彎道和巴瑞克罕的灰濛房舍，穿過焦油河三角洲的高塔與狗沼的險惡水泥叢林，一句耳語輾轉傳開：有人高價收購會飛的動物。

像天神一般，李謬爾賦予了口信生命，讓它振翅高飛。毒販告訴混混、小販告訴沒落的士紳、兼差的保鑣告訴可疑的密醫。

以薩的要求掃過一區又一區貧民窟，飄越聳立於人類汙水池中的怪異建築。

腐朽的老屋陰影籠罩院落，木板條似乎能自我生長，將房子一棟棟連結起來，通往街道與隱蔽之處。在那兒，隨處可見疲憊的馱獸扛著沉甸甸的劣等貨物來回穿梭。小橋如綁著夾板的四肢橫跨溝壑之上。以薩的訊息就這麼循著野貓溜達的路線送達混亂的城市另一頭。

城市裡的探險家踏上小小的冒險旅程，搭乘沉行線的列車南行至費爾站，鼓起勇氣進入蠻荒森林。他們沿著廢棄的鐵軌前進，能走多遠是多遠，眼看石板路變成了木板路，走過森林邊緣空蕩冷清的無名車站。月臺不敵綠色植物，鐵軌上蒲公英、毛地黃和野玫瑰恣意生長，悍然衝破鐵道的石子地，使鐵軌扭曲變形。黑木樹、印度榕樹和長青樹悄悄欺近忐忑不安的入侵者，直到他們被團團包圍，困在蓊鬱的綠蔭陷阱中。

這些人攜帶布袋、彈弓和巨網，拖著笨重的都市身軀穿過糾結的樹根和濃密的樹影，一路咆哮，跌跌撞撞，折斷一根又一根樹枝。鳥鳴聲在四面八方此起彼落，叫得他們迷失方向。找不著聲音來源，只能遲疑且無用地拿城市來比擬這座如外星球般的叢林。「如果你能在狗沼找到方向，」一個人可能如此愚蠢又錯誤地宣稱，那麼「到哪兒都不怕迷路。」他們會像鬼打牆般不斷原地兜圈，苦尋不著消失在樹林之後的佛杜瓦丘民兵塔。

有些人就這麼一去不復返。

有些人歸來，帶著發癢的腫包、傷口以及滿肚子怒火空手而返，好像他們去抓的不是鳥，是鬼。

偶爾偶爾，有人成功了，在瘋狂的歡呼聲中用粗布袋裝著歇斯底里的夜鶯或蠻荒森林的野生雀鳥。大黃蜂被扔進罐裡，不忘將毒刺插進折磨者的皮肉之中。如果幸運，牠們的捕捉者會記得要在蓋上打洞通氣。

但多的是鳥兒和昆蟲就此一命嗚呼。倖存的，就被帶進樹林之外的黑暗城市。

城市裡，小孩爬上牆頭。腐朽的屋頂排水溝中藏著鳥巢，他們打算摸走裡頭的鳥蛋。收藏在火柴盒中的毛毛蟲、蛆蛆和蟲繭原本只能交換繩索或巧克力，現在突然變得值錢了。

不過也發生了一些不幸的意外。一名追逐鄰居賽鴿的女孩摔下屋頂，跌破了頭。一名捕捉蠐螬的老人被蜜蜂螫到心臟停止跳動。

稀有的鳥禽、會飛的動物接連遭竊，有些逃脫了，暫時成為新克洛布桑空中生態系統的最新獵食者與獵物。

李謬爾非常專業。有些人只是虛與委蛇、應付了事，但他不會。他確保以薩的訊息一路傳達至上城地區，包括奇德、瘡河三角洲、瑪法頓、鄰沼、盧德米德與鴉區。

所有人都聽到了這消息：書記、醫生、律師、議員、房東，各地有錢有閒的男男女女……甚至是民兵——李謬爾時常（通常是間接）與這些備受新克洛布桑人尊敬的市民交涉。經驗告訴他，這些人與城裡其他生活較為窘迫的市民最大的不同，就是能勾起他們興趣的金額數目，以及逃脫法網制裁的能力。

從起居室到餐桌，人人熱切而謹慎地竊竊私語。

在國會大樓的中心，一場關於商業稅率的辯論正如火如荼地展開。路德高特市長如帝王般坐在他的寶座上，朝副市長蒙特約翰・瑞斯邱點點頭，然後繼續對著碩日黨咆哮，手指威懾地指向雄偉的拱頂會議室另一頭。瑞斯邱不時停下來重新整理頸間的厚圍巾，儘管屋內頗為溫暖。

議員在飄蕩的浮塵間靜靜打盹兒。

在這棟宏偉建築的其他地方，走廊與甬道錯綜複雜，彷彿是設計來讓人迷路的。西裝筆挺的祕書和信差踩著忙碌的步伐，匆匆擦肩而過。窄小的通道和磨光的大理石樓梯自大長廊邊上展開，大多昏暗不明，沒有一絲光線，也少有人跡。一名老人拉著一輛破舊的推車走過其中一條甬道。

在他身後，國會大樓入口大廳的嘈雜聲逐漸微弱。老人拉著拖車爬上陡峭的樓梯，走廊只比推車稍寬一些。舉步維艱地走了好幾分鐘後，老人終於來到頂端。他停下腳步，抹去前額和脣邊的汗水，繼續沿著上坡費力前進。

陽光無聲無息地爬過轉角，前方的空氣亮了起來。老人轉身，任那光明與溫暖灑落臉上。金黃色的光芒自天窗與後方走廊盡頭那扇無門辦公室的玻璃窗洩流而入。

「早安，長官。」老人走到辦公室入口，啞著嗓子說。

「早安。」辦公桌後的男人回應。

辦公室是個小小的正方形房間，窄窗上鑲著煙灰色玻璃，遠眺葛里斯低地與蘇德線鐵路的拱橋。國會大樓主樓的陰影籠罩其中一面牆，牆上嵌有一扇小小的滑門，板條箱疊在角落邊上搖搖晃晃。主樓的上層外圍突出著許多間房間，高高懸浮於周遭的城市之上，這間小辦公室便是其中之一。五十英尺下，大焦油河奔流。

老人卸下推車上的包裹與箱子，安放在蒼白中年男子面前。

「今兒個東西不多，長官。」他口齒不清地道，揉揉身上大聲抗議的老骨頭，然後便緩緩循來時路離開，推車輕盈地在他身後上下顛簸。

收發員檢查包裹，用打字機打出紀錄短箋，翻開標有「查收」二字的巨大紀錄簿，在各分類間來回翻頁，填入每一項物品的收件日期。接著他打開包裹，將內容物登記至用打字機印出的每日清單與這本巨冊之中。

民兵報告：十七份。人類指節：三截。膠版相片（罪證）：五張。

他檢查每一項物品分別該送至哪一個部門，一堆堆分類放好。等到數量夠了後就收進板條箱內，放到滑門邊。滑門是個四乘四英尺的正方形，當他拉下開關的操縱桿，門後便會傳出吸空空氣的嘶洩聲，啟動某個隱藏的活塞，讓門打開。門旁還有個小小的程式卡插槽。

門後，一只金屬網籠垂掛於國會大樓的黑曜岩外牆下。籠口與滑門接合，籠子上方和各面都吊著鐵鏈，輕輕搖晃，發出喀答喀答的聲響，最後消失在四面八方伸手不見五指的黑暗中。收發員將板條箱搬進通道內，箱子順著通道滑進籠口，震得金屬籠一晃。

他放下籠門，門「砰」地一聲關上，將板條箱與裡頭的貨品封鎖在金屬格網內。收發員接著關上滑門，從口袋中掏出厚厚一疊程式卡，每一張上頭都清楚標示著：民兵處、情報處、國庫等字樣。他將適當的卡片插進門旁的插槽中。

運轉聲響起，敏感的微型活塞因為壓力產生反應。受到大地下室中燃燒鍋爐產生的蒸汽所驅動，小齒輪開始在卡片上轉動。裝有彈簧的輪齒找到厚卡上的孔槽，嚴密嵌合片刻，啟動另一個機械裝置的小型開關。齒輪走完短暫的旅程後，這些開關的組合被翻譯成二元指令，沿著管線與電纜，循著蒸汽與電流送至隱密的分析引擎。

籠子掙脫禁錮，快速掠過國會大樓牆內的通道，循隱藏的隧道上下左右或斜向移動，不停改變方向，轉移到新的鐵鏈之上。這段旅程可能五秒、三十秒、兩分鐘或更長，直到抵達目的地，撞上鳴鐘，宣布它的到來。另一扇滑門打開，取出送達的板條箱。遠方，又一只新籠晃呀晃地傳送至收發員的辦公室外。

收發員工作迅速，十五分鐘內幾乎就把面前所有物品記錄完畢並發送出去。這時候，他突然看見幾個剩下的包裹中有一個正奇怪地晃動。他停下記錄的工作，走到包裹前。

上頭的戳章顯示它來自某艘商船，而且才剛抵達，但姓名模糊不清。包裹正面整整齊齊印著它的目的地：研發部門，M．巴拜爾博士。收發員聽見箱內傳出爬搔聲，遲疑了會兒，最後下定決心，小心翼翼解開繩結，看向箱內。

箱子底部鋪著一層紙屑，而在紙屑中蠕動推擠的，是一群比他拇指還粗的肥胖幼蟲。

收發員大吃一驚，眼鏡後的雙睛瞪得老大。這些毛毛蟲色澤驚人，美麗的深紅色與綠色花紋散發如孔雀羽毛般的虹光。牠們跌跌撞撞，不停蠕動，努力用又粗又短又黏的小腳保持站立的姿勢。頭頂的小小口器上方探出圓粗的觸角，身體後部豎著五彩繽紛的剛毛，毛上似乎覆有一層薄薄的膠。

肥嘟嘟的幼蟲不停盲目蠕動。

不過收發員看見箱子後黏著一張破破爛爛的發票，在運送過程中毀去了一大半——太遲了。任何附有發票的包裹他都不能開啟，必須直接按照明細的內容登錄並發送。

狗屎！他不安地暗罵一句，打開只剩一半的發票，上頭的文字還能勉強辨識。

SM毛毛蟲X5。就這樣。

收發員坐回椅上，看著這些毛茸茸的小傢伙在紙團和彼此身上爬來爬去，沉吟片刻。

毛毛蟲？他突然想到，臉上閃過一抹焦慮的笑意，目光不斷瞄向前方的走廊。

稀有的毛毛蟲……而且還是外來品種。他想。

他記起酒吧裡的竊竊私語，還有那些心照不宣的頷首與眨眼。聽說某個當地人正大肆收購任何會飛的動物……越稀有越好；對方是這麼說的……

收發員的五官突然糾結了起來，貪婪與恐懼同時湧現。他的手在箱上游移，一下伸、一下收，拿不定主意。最後，他終於起身，躡手躡腳走向辦公室入口，豎耳傾聽。光可鑑人的走廊上鴉雀無聲。

收發員回到辦公桌前，開始在腦中瘋狂計算此事的風險與報酬。他仔細檢查發票，上頭的印章已無法辨識，但是實質上資訊是手寫的。他不給自己考慮的時間，立刻在桌子的抽屜中翻找，目光不時飄回門外的無人走廊，察看是否有人經過。他拿出一把裁信刀和羽毛筆，用鋒利的刀尖輕輕、慢慢地刮去數字5上方的那一橫與底下的彎勾。他吹了口氣，把紙屑和墨水屑吹開，用羽毛筆的羽毛小心翼翼將皺起的紙張撫平。接著他將筆轉了個方向，用筆尖蘸了蘸墨水，謹慎地將5下方的彎勾拉直，變成一個交叉的十字。大功告成。他站直身，瞇眼仔細檢查他的手工活兒。原本的5現在看起來像個4了。

最困難的部分完成了。他想。

他在身上拍了拍，找找看有沒有東西可以裝蟲，甚至把口袋內裡都翻了出來，但什麼也找不到。他搔首沉思，突然臉色一亮，拿出他的眼鏡盒，打開盒蓋，裝了些紙屑進去，然而五官又因為焦慮和厭惡皺了起來。他拉下袖子包住手掌，把手伸進箱內，手指摸到其中一隻胖毛毛蟲的柔軟身軀。他盡可能迅速、輕柔地拎起一隻，扔進眼鏡盒中，二話不說闔上盒蓋，困住那隻瘋狂蠕動的幼蟲，再把盒子牢牢扣緊。

他將眼鏡盒藏在公事包底部，埋在爽口糖、紙筆和記事本下。

收發員重新繫好箱上的繩結，迅速坐回椅上，動也不動地等著。他發現自己的心跳聲震耳欲聾，全身上下微微沁著一層汗水。他深呼吸，緊閉雙眼。

放輕鬆。他默默安撫自己；不用緊張。

兩、三分鐘過去，走廊依舊空蕩冷清，方圓幾里內只有收發員一人。沒人發現他不明所以的侵占行為，他的呼吸和緩了些。

最後，他再次看向親手偽造的發票，發現其實一點破綻也看不出來。他打開登記簿，在研發區下登入日期和資訊：新元一七九九年，雀月二十七日；來源：無名商船。SM毛毛蟲：4隻。

最後一個數字彷彿以紅筆書寫般熊熊燃燒。

他用打字機將同樣的資訊輸入每日清單，然後拿起箱子，搬到牆邊，打開滑門，上半身探出小小的金屬門檻後，將那箱毛毛蟲推進等待的金屬籠。帶著霉味的乾燥微風從國會大樓內、外牆間的黑暗密道撲面而來。

收發員將籠門牢牢關上，接著拉上滑門，翻找適當的程式卡。找到後，他用仍輕微發顫的手指——現在幾乎已看不出在發抖了——從一小疊卡片中抽出標示著「研發處」那張，插進資訊引擎中。

嘶嘶的震動聲與齒輪運轉聲傳來，指令循著活塞、錘釘和飛輪一路傳送。籠子垂直吊起，離開收發員的辦公室，越過國會大樓的下層，進入崎嶇的頂部。

毛毛蟲搖搖晃晃穿過黑暗，對這段旅程渾然不覺，只是在小小的牢籠內四處蠕動爬行。

引擎靜悄悄地將金屬籠從一個鉤子轉移到另一個鉤子，改變運送的方向，扔到生鏽的傳送帶上，然後又在國會大樓的另一處重新吊起，在看不見的地方沿著建築旋轉攀升，一路頭也不回地朝防衛森嚴的東翼前進，穿過機械的血管，到達塔樓和突臺。

終於，金屬籠悶聲掉落在一床彈簧上。鈴聲緩緩消散於死寂中。一分鐘後，傳送井的門板「砰」地打開，裝著幼蟲的箱子被粗魯地拉到刺眼的光線下。

長形的白色房間內一扇窗戶也沒有，只有煤氣燈的白熾光芒。房內如無菌室般一塵不染，給人巨大的壓迫感。

每個角落都窩著身穿白袍的人影，埋首於各自的工作中。

藏在潔亮白袍之後的人影之一解開箱上的繫繩，察看發票。女子輕輕打開箱子，望進箱內。她搬起紙箱，雙手打直平舉胸前，穿過房間。房間另一頭，她的同事——一名身材削瘦、針刺嚴密藏在厚重白袍下的仙人掌人替她打開巨大的門栓。女子出示證件，仙人掌人退開一旁，讓她走在前頭。

兩人踏著謹慎的步伐穿過長廊，這裡與他們來時的房間一樣潔白空曠，另一頭設有大型的格網柵欄。

仙人掌人看見女子手上費力地捧著紙箱，一個箭步趕到她前頭，將程式卡插入牆上的插槽。格柵門應聲滑開。

兩人踏進寬敞的漆黑房間中。

房間大到看不見天花板與四牆。詭異的哭泣聲與嗥叫聲遠遠自四面八方傳來。兩人的眼睛適應光線後，看見寬闊的大廳中散亂立著各種材質的籠子，黑木、鋼鐵、強化玻璃，統統都有。有些大如斗室，有些甚至不比一本書大。每一個都像博物館裡的展示櫃般安置在架臺上，前方放有相關資訊的圖表或書籍。

白袍科學家如廢墟裡的幽靈，穿梭於玻璃櫃組成的迷宮中，有人做筆記、有人觀察，有人則在安撫或折磨籠子裡的生物。

囚犯在昏暗的牢籠內聞嗅、呻吟、歌唱、變換姿勢，有如幻境。

仙人掌人快步離開，轉眼便消失不見。捧著毛毛蟲的女子小心翼翼地穿過房間。

經過牢籠時，裡頭的東西紛紛撲上前，她跟著玻璃一起害怕發抖。有個東西像油似的在一大池稀泥中旋繞，她只看見長著利齒的觸角朝她襲來，拍打水箱。生物散發的幽光如催眠般籠罩她。她經過一只蓋著黑布的小籠子，每一面上頭都貼著大大的警告標示以及處理內容物的方法。她的同事匆匆經過，有人手裡拿著寫字板，有人拿著小孩的彩色積木，還有人拿著腐爛的肉片。

前方矗立著臨時搭建的黑色木牆，二十英尺高的圍牆內是一個四十平方英尺的空間，頂部也釘了波浪狀的鐵板。房中房的入口處掛著掛鎖，旁邊站著一名白色制服的守衛。他頭上戴著一頂形狀古怪的沉重頭盔，身上配有火槍和彎刀，腳邊還有幾個像他頭上一樣的頭盔。

她對守衛點點頭，示意她要進去。守衛看向她掛在胸口的識別證。

「妳知道該怎麼做吧？」他沉聲問。

她點頭，小心翼翼地將箱子暫時放到地上。拉了一下繩結，確定依舊牢靠後，女子拿起警衛腳邊的一個頭盔，將那笨重的玩意兒套上頭頂。

由銅管和螺絲組成的籠子罩住她的頭，雙眼前約莫一英尺半的位置分別懸掛著兩面小鏡子。她調整下巴的繫帶，將沉重的頭盔固定好，轉身背向守衛，調整鏡子的旋轉關節與角度，讓自己可以清楚看見身後的制服人影。接著又調整兩眼的焦距，測試可見度。

她對守衛點點頭。

「好，我準備好了。」她邊說邊拿起箱子，解開繫繩。守衛打開她身後的門鎖，女子緊盯著眼前的鏡子。守衛別過頭，將門推開，一眼也沒看向裡頭。

女科學家藉助眼前的鏡子，快速倒退走進幽黑的房內。

看見門在面前關上，女子不由得冒了一身冷汗。她將注意力重新放回鏡子上，緩緩左右轉頭，察看身後的景象。

整個空間幾乎都被一只巨大的籠子占據。黑色的欄杆又厚又粗，藉著燭光與煤油深褐色的火光，她可以看見籠內滿滿都是凌亂的枯萎植物和小樹。腐敗的植被與黑暗之濃密，她看不見房間的另一端。

她飛快掃視一遍鏡子。毫無動靜。

她迅速倒退走到籠子前，欄杆之間卡著一只半在籠內、半在籠外的托盤。她手伸向身後，仰頭讓鏡子瞄準下方，以便察看自己手抓的位置。這個動作難看又費力，但她還是成功抓到把手，將托盤拉向自己。

她聽見籠子角落傳來沉重的擊打聲，像是厚重地毯快速彼此拍打的聲音。女子的呼吸急促起來，慌忙將幼蟲倒到托盤上。紙屑紛如雨下，四隻蠕動的毛毛蟲跟著一起落到金屬盤上。

空氣立刻起了變化。毛毛蟲聞到籠中物的氣味，馬上向牠嚎叫求援。籠中之物也發出回應。

人類聽不見牠們的叫聲，牠們聲波的波長與聲納也並不相同。女科學家覺得自己全身上下汗毛直豎，一股幽靈般的情緒如朦朧耳語謠言，竄過顱內。片段且異樣的喜悅感與非人的驚怖感如細絲般鑽進她的眼、耳、鼻中，引起共感聯覺。

她用發抖的手指將托盤推進籠內。

女科學家從欄杆前退開時似乎有什麼東西擦過她的腿，那觸感猥瑣而挑逗，她不由自主發出一聲恐懼的呻吟，一把扯過長褲，拚命壓抑內心的驚恐，抗拒回頭的衝動。

從架在雙眼前的鏡中，她看見濃密的灌木叢間伸出深褐色的肢體，以及發黃的齒骨，還有黑墨似的眼窩。

蕨葉與灌木叢一陣窸窣，那東西轉眼間又消失不見。

女科學家大大嚥了口口水，不斷瘋狂敲門，直到門打開才重重吐出憋住的氣，整個人幾乎跌進守衛懷裡。她解開下巴上的扣鎖，脫下頭盔，刻意別開視線，聽著守衛將門緊閉上鎖。

「好了嗎？」她終於開口問。

「好了。」

她慢慢轉過身，但仍不敢抬頭，視線緊盯地板，檢查門的底部，看他所言是否屬實。確認後她才安心地緩緩抬起視線，迎視他雙眼。

她將頭盔交還守衛。

「謝謝。」她囁嚅道。

「還好嗎？」他問。

「不可能有這一天。」她厲聲回答，轉身離開。

身後，她彷彿聽見木牆後傳來響亮的振翅聲。

她快步穿過關滿奇怪生物的房間，走到一半才發現手仍抓著原本裝幼蟲的空箱。她將箱子壓平摺好，收進口袋中。

她關上格柵門，將充滿暴力黑影的巨大房間留在身後，回到一白如洗的長廊，最後穿過沉重的大門，返回研發處大廳。

她關上門，拴好門栓，帶著愉悅的心情回到其他白袍同事身旁。有人忙著觀察微型顯微鏡、有人忙著讀論文，也有人在通往其他特殊部門的門邊低聲交換意見。每一扇門上都掛著紅、黑兩色的模版門牌。

瑪格絲塔・巴拜爾博士走回工作臺，準備填寫報告。她又飛快回望一眼，她方才穿過的那扇門上寫著大大的警告標示。

生物汙染。危險。務必高度戒備。

10

「妳有使用毒品的經驗嗎，林恩小姐？」

林恩已經告訴過莫特利先生許多次，她工作時很難分心說話。但他和顏悅色地解釋說，要他呆坐原地給人當模特兒，不管是她或任何一名藝術家，對他而言都是非常無聊的一件事。他說她無須回答，如果他真說了些什麼挑起了她的興趣，她可以留到結束後再與他討論。而且她真的不用理會他，他實在不可能靜止不動坐上三、四小時卻一句話也不說，這樣他會發瘋的。因此她只好靜靜聽，試著在心中記住一、兩個話題，以便稍後提起。跟他相處時林恩仍如履薄冰，就怕自己拂了他的意。

「妳應該試試。不過老實說，我相信妳一定試過了。像你們這樣的藝術家啊，一定對心靈有深刻的鑽研……諸如此類的。」她聽得出他語調裡有笑意。

林恩說服莫特利先生讓她在他骨鎮基地的閣樓工作，因為她發現這是整棟建築物中唯一有自然光的地方。不只有畫家或膠版攝影師需要光線，她的腺體藝術作品非常講究紋理和觸感，而這些細節在燭光下無法顯現，煤氣燈又過於放大。因此她帶著忐忑的心情，費盡脣舌游說，最後終於讓他接受她的專業意見。從此之後，那名仙人掌人手下就會等在門邊迎接她，領她至頂樓，那裡有道木製樓梯可以通往天花板上的活板門。

仙人掌人不會跟著林恩進出閣樓，每次都只有她一人上去。而不管林恩何時到達，莫特利先生總早她一步，在閣樓中等著。他佇立於寬敞的房內，離門口幾英尺遠，等著她走進視線範圍。這三角形的空間至少占了屋頂的三分之一長，遠遠延伸，而盤據中央的，就是莫特利先生那混亂的形體。閣樓裡空空蕩蕩，什麼家具也沒有。有扇門通往外頭的小走廊，但她從來沒看它開過。裡頭空氣乾燥，林恩走在鬆脫的木板上，每一步都有踩到尖刺的危險。不過大老虎窗上的灰塵彷彿透明一般，並沒有阻擋光線。林恩在篩落的陽光或雲光下輕輕打起手語，請莫特利先生擺好姿勢，然後她會在他身旁來回踱步，尋找合適的方位，繼續接著雕塑。

有一次她問莫特利先生，他之後打算把真人大小的雕像放在哪兒。

「這就不勞妳費心了。」他微微一笑，如此回答。

她站在莫特利先生面前，看著清冷的灰色光線勾勒出他的輪廓。每次雕塑前，她總是會花幾分鐘重新熟悉他一遍。

頭幾次來這裡，她很肯定莫特利先生的外表是會變化的，彷彿他趁著夜裡四下無人將身體的各個部位重新組合一遍。這個案子令她恐懼，她開始歇斯底里懷疑這是否就像童話中的考驗，她是為了某種不明的罪行受到懲罰，必須及時凍結一具不斷變換的形體。恐懼使她不敢透露隻字片語，只能日復一日重複同樣的煎熬。

但過沒多久，她就學會如何在莫特利先生混亂的形體上找出秩序。這方法說穿了一點也不特別，就是**細數**他犀牛般的厚皮上凸出多少片尖銳的鱗殼，好確定她的塑像上一個也不少。林恩莫名覺得這方法有種庸俗之感，就像他脫序的外表本不該遵從數字規則。然而一旦她以這樣的目光觀察莫特利先生，雕像便開始成形。

林恩會佇立原地凝視模特兒，快速轉換視覺細胞的焦距，眼中閃耀專注的光芒，觀察莫特利先生身上不停改變的各部位，測量他那詭異的身軀。她隨身帶著一種紮實的白色有機黏土棒，消化後便可用以創作。在抵達前她已經先吃了幾根，觀察時又會再快速咀嚼一根。黏土棒沒什麼味道又難吃，但林恩置之不理。咀嚼完後，她迅速將黏土送到位於蟲頭喉嚨後半部的囊袋，蟲腹因儲存物明顯膨脹起來。

接著她便轉過身，開始接續上次的進度——莫特利先生其中一條長著三根爬蟲類爪子的腳。她將上次完成的部分固定在一個低矮的托架上，然後轉身跪在塑像前，微微張開保護腺體的甲殼，輕輕發出一聲吸吮，將她蟲身後方的下唇固定在雕像邊緣。

林恩會先輕輕吐出一點酵素，分解已硬化的甲蟲唾液，將未完成的塑像邊緣恢復成濃稠的黏液狀態。接著她便將精神完全集中於正在雕塑的那隻腳上，凝神觀察，並在心中默默回想位於她視線範圍之外的模特兒特徵，包括那些鋸齒狀的外骨骼與肌肉上的窩穴。接著她開始輕輕從腺體中擠出濃稠的黏液，嘛起的唇不停張縮，調整位置，將黏液雕塑成形。

林恩把甲蟲人唾液的乳白色光澤發揮到極致。但莫特利先生詭異的軀體上有些部位色調過於驚人、搶眼，以單色呈現就太可惜了。這時林恩會低下頭，從面前的調色盤中抓起一把彩莓，仔細組合色彩，比方說用紅莓混合青莓，或是用黃莓同時混合紫莓與黑莓，然後將小心調配的色彩雞尾酒迅速吃進肚裡。

鮮豔的汁液穿過她的頭腸，沿著特定的小腸歧道進入大喉囊旁的副囊。短短四、五分鐘內，她便可以將調配好的色彩推擠進稀釋過的甲蟲人唾液，小心翼翼地將彩汁抹上正確的位置，用驚人的色彩勾勒出色塊或線條，轉眼凝結成形。

辛苦幾小時，工作暫告一段落，林恩的嘴因莓酸和霉味的黏土開始發臭，她才會轉過浮腫又疲憊的身體，看向自己的作品。這就是腺體藝術家的高明之處：她們必須在看不見作品的情況下工作。

她驕傲地看著塑像，莫特利先生的第一條腿完成了。透過天窗隱約可見上方雲層洶湧翻騰，消散後又在新的地方重新聚集。相較之下，閣樓中的空氣十分凝滯，塵埃動也不動地懸浮空中，莫特利先生背光靜立。

只要他的其中一張嘴能喋喋不休，他就能好好保持靜止不動的姿勢。今天他決定要和林恩談論毒品。

「妳的毒藥又是什麼呢？林恩？沙白？象牙對甲蟲人起不了作用對吧？所以不用考慮……」他沉思一陣後又說，「我認為藝術家對毒品都抱持著一種矛盾的情感；我的意思是你們的工作不就是要釋放內心的野獸——或是天使？什麼都好。你們必須打開那些旁人以為無法打開的門。若借毒品的幫助，不是會損壞藝術的價值嗎？藝術的目的不就在於溝通嗎？因此，若是妳仰賴毒品——我不管那些在舞廳裡和朋友一起嗑藥的皮條客和我說過什麼——這都是非常**私人的**經驗。妳打開了那扇無法開啟的門，但妳有辦法傳達這個在另一頭發現的東西嗎？

「從另一方面來說，假若妳堅持不走捷徑，循規蹈矩，妳是可以和他人溝通，因為你們都說著同一種語言……但妳打開那扇門了嗎，林恩？或許妳能做的，最多就只是從鑰匙孔窺探；或許那樣便已足夠……」

林恩抬頭察看他是在用哪一張嘴說話：是肩膀上那張女性化的闊嘴。她不禁好奇莫特利先生為什麼總能維持同樣的聲調？她希望自己能夠回答他，或者他可以閉嘴。在這種狀況下她很難專心工作，但她想這已經是他能做出的最大妥協。

「毒品牽涉到龐大的金額……這妳自然明白。妳知道妳的朋友幸運蓋吉先生將替他最新一批違禁品付出多少代價嗎？不騙妳，聽了保管妳大吃一驚。有空問問他，算我拜託妳了。這些玩意兒的市場非常驚人，讓幾名供應商小發一筆橫財不是問題。」

林恩覺得莫特利先生是在嘲笑她。他的每段話都會揭露一些新克洛布桑地下社會的祕辛，把她捲入一些她極力想避免的事情。*我只是個過客*，她瘋狂地想打手語回答，*不要跟我說這些！我偶爾會打幾針沙白提振心情，有時候再來些奎納恢復鎮靜，只有這樣……我對毒品的買賣一無所知，也不想知道！*

「法蘭西大娘壟斷了佩提小彎區的業務，她的銷售人員現在不只出現在蟲人區。妳知道她嗎？她和妳同為甲蟲人，是個厲害的鐵娘子。她和我必須做些安排，否則事情恐怕會變得難看。」莫特利先生的好幾張嘴同時笑了起來，「但是讓我告訴妳，」他柔聲接著說，「我很快就會收到一樣東西，而這個東西將大大擴展我的版圖。我或許也能建立一套自己的獨占事業……」

*我今天晚上一定要去找以薩。*林恩焦躁地決定；*我要帶他出去吃晚餐，在薩勒克斯找個可以和他腳碰腳的地方。*

一年一度的辛達寇斯特獎大賽很快就要來臨，即將在眉月底展開，而她必須想些藉口跟以薩解釋她今年為什麼不打算參加。雖然她一次也沒贏過——她高傲地認定是那些評審根本不懂腺體藝術——但是她和她的藝術家朋友在過去七年來沒有一次缺席，這已經變成一種儀式。他們會在公布得獎名單那天舉辦一場盛大的晚宴，派人去買一份剛出爐的《薩勒克斯地方報》——它們是辛達寇斯特獎的贊助商——看看是誰獲獎，然後開始醉醺醺地用各種難聽的粗話批評那些沒品味的評審委員。

以薩知道她今年不參加一定會很意外。她決定要暗示他，她現在正在進行一項大計畫，這應該能暫且消除他的疑心。

當然了，她又想；*如果他的鳥人計畫仍在進行，八成根本不會注意到我有沒有參加。*

她酸溜溜地想，又隨即察覺自己並不公平。她很容易吃這種醋，更糟的是，現在莫特利先生的怪物身影會不時浮現在她眼角餘光。以薩和她同時沉溺於工作中，這時機真是爛透了；她亂糟糟地想著。這工作正慢慢地吞噬她，她希望現在每天回家都有新鮮的綜合水果沙拉、戲院門票和床笫之樂等著她。

但天不從人願，以薩也埋首在他的實驗室中瘋狂工作。夜復一夜，亞斯皮克坑的閣樓中只有空蕩蕩的房間等著她。他們現在一週只能見上一、兩次面，匆匆吃頓晚餐，然後陷入一點也不浪漫的熟睡。

林恩抬起頭，發現打從她進入閣樓後影子已然移動了位置，覺得心裡彷彿蒙上了一層霧。她開始用小巧的前腳快速清潔她的嘴、眼和觸角，嚼起今天的最後一把彩莓。粉莓的甜中和了藍莓的酸，她小心翼翼地調和兩色，有時又加進一顆尚未成熟的珍珠莓，或者一顆將要發酵的黃莓。她知道那會帶來什麼樣的滋味：一種既噁心又油膩的苦味，鮮豔的灰橘色就是這味道，也就是莫特利先生小腿肚的顏色。

她嚥下彩莓，從蟲頭的腸道擠出汁液，最後噴在閃閃發亮、正在變乾的甲蟲人唾液上。彩汁有些稀，噴得稀稀落落。林恩趕緊修補，用抽象的線條與水滴形狀呈現肌肉紋理，即興發揮，彌補錯誤。

等到唾液乾涸，她準備從塑像上脫離。她將蟲頭自半完成的腿上扯開時，感到黏液逐漸拉長，最後終於斷裂。她偏過頭，繃起肌肉，將剩下的黏液擠出腺體，一節一節的蟲腹從鼓脹恢復成較為正常的大小。一大股白色的甲蟲人唾液自她頭上掉落，在地上捲成一團。林恩將腺體前端往前挺，用後腳清理，然後小心翼翼地闔起翅尖下方的小保護殼。

她起身伸展筋骨。莫特利先生和藹卻危險的冰冷聲音突然響起。他沒發現她收工了。

「這麼快，林恩小姐？」他裝出誇張的失望口氣高聲說道。

如果不謹慎一點會失去敏銳度。她緩緩打著手語；很費心神，必須停了。

「當然。」莫特利先生說，「大師創作得如何了？」

兩人同時轉身。

自己靈機一動，用過稀的彩莓汁成功創造出生動、暗示的效果，林恩看了心裡非常滿意。雖然不夠自然寫實，但她的作品從來就不走寫實路線；莫特利先生的肌肉看起來像是粗暴地黏附在腿骨上，不過或許這才接近事實。

在白色黏土凹凸不平的小洞中，五彩的透明唾液猶如貝殼內側般閃耀生輝。板狀的組織與肌肉彼此攀附，各式各樣的複雜紋理生動鮮明，栩栩如生。莫特利先生讚許地點點頭。

「妳知道嗎，」他沉聲說，「一想到作品光榮完成的那一刻，我就非常希望自己能忍到最後再看。到目前為止，我認為妳做得很好，林恩小姐，非常好。但過早的讚譽是很危險的，可能會導致自滿……或者恰恰相反。因此林恩小姐，若這是我在妳完成前的最後一句評語，讚美也罷批評也罷，都請妳別因此而消沉，好嗎？」

林恩頷首，她無法將視線從自己的作品上轉開。她用手指輕撫甲蟲人唾液硬化後的平滑表面，五指探索莫特利先生膝蓋以下的轉變地帶：毛髮先轉變成鱗片，鱗片又轉變成肌膚。她低頭看向模特兒的腳，然後昂首看向他的頭。莫特利先生用一雙虎目迎視她的目光。

你……你究竟是什麼？她用手語問。

他嘆了口氣。

「我才在想妳什麼時候會問這個問題，林恩。我希望妳不會問，但又知道不可能。這讓我不禁思忖我們是否真的了解彼此。」他厲聲說，語氣突然變得凶惡。林恩心裡一驚。

「這問題實在是太……陳腐了。妳還是沒用正確的眼光去看，完全沒有。妳能創造出這樣的藝術，真是一項奇蹟。妳看見的仍是這個——」他一隻猴掌揮了揮，指向他的身體，「——生理構造。妳的思緒依舊停留**在哪裡出了錯**、**怎麼出了錯**上。但這一切**無關錯誤**、**無關缺少**、**無關突變**：**這是一種形象與**

本質……」他的聲音在天花板間迴響。

他冷靜了些，放下許多條手臂。

「這是一個完整的整體。」

林恩點頭表示了解。她已疲憊到無法感受恐懼。

「或許是我對妳太嚴苛了。」莫特利先生沉吟，「我是說……眼前的這項作品清楚展現出妳**確實**能夠體會決斷的時刻，即便妳的問題恰好相反……」他緩緩又說，「我想，或許妳自身也**涵納**著那個時刻。即便妳的高階心智產生疑問，而那問題的形式又使它萬不可能得到答案，但部分的妳無須文字也能夠理解。」

他得意洋洋地看著林恩。

「妳也具有混種的特質，林恩小姐！妳的藝術來自了解與無知之間的模糊地帶。」

隨便。她一面收拾物品，一面用手語回答：*你說了算。抱歉我問了這個問題。*

「我也是，但再也不了，我想。」他回答。

林恩闔上木箱，收起她髒兮兮的調色盤、剩下的彩莓（不夠用了，還得去多買一些）還有黏土。莫特利先生仍喋喋不休地叨念著他的人生哲理，那些關於混種理論的啟發，但林恩一個字也沒聽進去。她別開觸角，感覺房間周遭的細小振盪與騷動，還有窗邊的空氣重量。

我希望我抬頭時看見的是一望無際的天空，她想，*而不是這些古老蒙塵的梁桁還有又髒又舊的屋頂。*

我要走路回家。慢慢走，繞去獾沼。

她想著，心意越來越堅定。

我會去趟實驗室，若無其事地問以薩要不要跟我一起回家。我今晚一定要偷走他。

莫特利先生仍未住口。

閉嘴閉嘴閉嘴！你這個被寵壞的死小孩！帶著你的妄想還有那些神經理論去死吧！林恩暗罵。

當她轉身用手語道別，只採取最低限度的表面禮貌。

11

有隻鴿子被釘在以薩書桌的黑木十字架上，鴿頭瘋狂搖晃。儘管恐懼侵襲，牠依舊只能發出軟弱的咕嚕哀嚎。

牠的翅膀被以薩拉開釘住，細細的鐵釘穿過羽毛之間的小空隙，用力彎折後固定翼尖。鴿腳綁在小十字架的下半部，底下的木頭濺滿骯髒的灰白色鴿屎。鴿子不停掙扎，想搧動翅膀卻動彈不得。

以薩傾身湊上前，手裡揮舞著放大鏡和一根長筆。

「不要動了，你這個混蛋。」他喃喃咒罵，用筆尖戳了戳鴿子肩膀。他透過放大鏡看見細小的骨頭和肌肉微微顫抖，頭也不垂地就飛快在紙上寫了起來。

「我受夠了！」

以薩聽見路勃麥煩躁的呼喊，抬頭四顧，離開桌前。

「怎麼了？」

路勃麥與大衛並肩站在一樓，兩人雙臂都交叉胸前，看起來活像迷你唱詩班，下一刻就要引吭高歌。

不過兩人都繃著一張臉，倉庫內沉默了幾秒鐘。

「聽著，」路勃麥開口，語調突然轉為勸慰，「以薩……我們向來同意，大家想在這裡進行什麼研究都可以，沒人會多問一句，而且彼此會相互支援等等之類……對嗎？」

以薩嘆了口氣，用左手的拇指與食指揉揉眼。「看在聖者的分上，老弟，我們就省了那套革命情感的廢話吧，」他咕噥了一聲，又說，「你們不用說什麼我們曾同甘共苦之類的屁話，我們熟到都可以換褲子穿了，我不會怪你們……」

「真的臭死了，以薩。」大衛打斷他，開門見山，「而且原本破曉才有的鳥鳴現在二十四小時不間斷。」

路勃麥說話時，那臺老舊的機械人正猶豫不決地在他身後徘徊。它停下來，轉轉頭，透過鏡片望向佇立的兩人，遲疑片刻後疊起粗短的金屬手臂，笨拙地模仿兩人姿勢。

以薩指著它。「你們看，你們看，這個蠢貨快不行了！一定是中毒！你們最好趕快把它扔掉，要不然它會開始自我組織，這樣一來不用到等到年底，這個機器僕人就會開始和你們討論存在主義了！」

「以薩，你別他媽的轉移話題，」大衛不耐煩地說。他左右張望，推了機械人一把，把它弄倒在地。「有什麼不便之處我們向來盡量互相包容，但你這次太超過了。」

「好啦！」以薩高舉雙手，緩緩環顧四周，「我想我是低估了李謬爾的辦事能力。」他懊悔地說。

環繞整間倉庫的高架平臺現在擠滿了大大小小的籠子，裡頭關著各種動物，不是拚命拍打翅膀、扯著嗓子尖叫，就是到處窸窣爬行，倉庫的屋頂都要掀了。此處充斥刺耳的氣流聲、鼓譟的振翅聲、屎尿的濺地聲；而其中最響亮的，就是囚鳥沒有一刻停止的慘叫。鴿子、麻雀和各種飽受驚嚇的動物用悲鳴宣洩內心的不安。雖然各別的聲音微弱，集結起來卻聲勢驚人。細碎的鳥鳴中點綴著鸚鵡與黃鶯的尖叫，刺耳到以薩也不禁皺臉。雞、鴨、鵝也不落人後地嘎嘎亂叫。一臉凶惡的獅龍在籠內東飛西竄，不停用小小的蜥蜴身軀衝撞雞籠，再用小巧的獅臉舔理傷口，發出惡鼠般的咆哮。巨大玻璃箱中的蒼蠅、蜜蜂、胡蜂、蜉蝣、蝴蝶和會飛的金龜子發出刺耳的嗡鳴，聽得人心驚膽戰。蝙蝠倒吊籠頂，用銳利的眼神緊盯以薩。蛇蜻蜓拍打優雅的長翅，大聲嘶鳴。

籠子底部尚未清理，刺鼻的屎臭異常強烈。以薩看見小老實搖頭晃腦地在房裡走來走去，大衛察覺以薩的視線，怒吼道：「沒錯，看見沒有？她都被臭得受不了了。」

「兩位老友，」以薩說，「我很感激你們的包容，真的。但我們誰沒有忍讓的時候？小路，還記得你那個聲納實驗嗎？你找人來敲了整整兩天的大鼓。」

「以薩，這將近一個星期了！你還要我們忍多久？你打算弄到什麼時候？至少先把鳥屎清乾淨吧！」

以薩低頭看向下方憤怒的臉孔，這才察覺他們兩人是真的氣瘋了。他得趕緊想個折衷的辦法。

「好吧，聽著，」他終於說，「我今晚就把牠們清出去——我保證。之後我就在外頭工作……我知道啦！我會先從最吵的開始，看能不能在……兩週內把牠們全部解決？」他心虛地扔出最後一句話。大衛和路勃麥還是不停碎碎叨念，他打斷兩人的譏諷和挖苦，「我下個月多攤一點房租！可以了吧？」

辱罵立刻安靜下來，兩雙眼睛開始打量以薩。雖然他們同為科學研究的戰友、獾沼的壞男孩，也稱得上是朋友，但三人的情誼並不牢靠。而且事情若涉及金錢，感性的空間更是有限。以薩很清楚這點，所以試圖阻斷他們另覓據點的念頭，畢竟他無法獨自負擔這裡的房租。

「你打算多攤多少？」大衛問。

以薩考慮著。

「兩枚基尼金幣？」

大衛和路勃麥交換眼色，這出手可大方了。

「還有，」以薩若無其事地說：「說到這些鳥，如果你們有人能幫忙的話，我感激不盡。其中有部分的……呃……科學實驗品我不知道該怎麼處理。大衛，我記得你好像研究過鳥類？」

「我沒有。」大衛直接嗆答，「我只是助手，從旁協助研究，那工作有夠無聊。還有你少來了，以薩，就算你把我拉進你的研究，我也不會比較不討厭那些又臭又吵的寵物……」他笑了，笑聲中流露一絲真誠的幽默。「你最近是在修什麼心理學導論還是怎樣？」

不過大衛雖然出言挖苦，仍是爬上樓梯，路勃麥也跟在他身後。

他在樓梯頂層駐足，左右環顧那些吱吱喳喳吵個不停的囚犯。

「見鬼了，以薩！」他低聲驚呼，咧嘴一笑，「這些傢伙花了你多少錢？」

「還沒和李謬爾講定。」以薩冷冷地說，「但是我的新老闆應該不至於讓我倒貼。」

路勃麥與大衛一同站在樓梯頂層，他指向走道對面角落的幾個七彩籠子。

「那些是什麼？」

「我把外來種都放在那兒。」以薩回答，「獅龍、雷西鳥……」

「你有雷西鳥？」路勃麥驚呼。以薩點點頭，咧嘴一笑。

「但是我不忍心拿那美麗的小傢伙來做實驗。」他說。

「我可以看看嗎？」

「當然，小路。就在蝙蝠籠子後面。」

路勃麥在密密麻麻的籠子間穿梭前進，大衛則興致勃勃地看向以薩。

「所以你碰上什麼鳥類學的問題？」他摩拳擦掌地問。

「在桌上。」以薩指向那隻被釘在十字上的可憐鴿子，「我要怎麼讓那傢伙停止掙扎？一開始我是想看牠動沒錯；我想觀察牠的肌肉系統。但現在我想要牠安分一點，由我來擺弄牠的翅膀。」

大衛直勾勾地看著以薩，好像在看個智障。

「殺了牠不就得了。」

以薩高高聳起肩。

「我試過了，可是牠死不了。」

「喔，你他媽真是夠了……」大衛又好氣又好笑，大步走到桌前，「喀啦」一聲扭斷鴿子的脖子。

以薩故意誇張地縮起身子，舉起一雙大手。

「它們幹不了精細活兒。我就手拙，心思又太細膩。」他輕快地說。

「最好是。」大衛半信半疑地睨了他一眼，「你現在在研究什麼？」

以薩的興致立刻來了。

「這個嘛……」他大步走到書桌前，「城裡的鳥人他媽的有夠難找，我到處碰壁。謠傳聖人塚和敘利亞克住了兩個鳥人，我便傳話出去，說我願意用好價格買點他們的時間和膠版相片，結果消息石沉大海，半點回音也沒有。我也在大學裡貼了海報，問看看有沒有鳥人學生願意過來一趟，但是我的消息來源告訴我今年沒有招收鳥人新生。」

「鳥人不……擅長抽象思考。」大衛模仿邪惡三羽黨發言人的譏諷口吻。他們去年曾在獾沼舉辦過一次集會，結果以災難收場。以薩、大衛和德克瀚結伴前去砸場，在臺下對演講人叫囂辱罵、朝講臺狂扔爛橘子，讓場外示威的非人種族樂不可支。以薩一面回想一面大笑。

「沒錯。總之呢，現在除了跑濺屎鎮一趟，我沒辦法實際研究真正的鳥人，只能先觀察其他動物的飛行機制，就像……呃……你身邊看到這些。種類多到令人驚奇，是不是？」

以薩在一疊筆記中翻找，拿出雀雀和繩豆蠅的翅膀圖。他鬆開鴿子的屍體，利用軋輥仔細追蹤翅膀的動作。他沒開口，只是舉手指向書桌周圍的牆壁。牆上滿滿釘著精心繪製的翅膀圖、可轉動的肩關節細部放大圖，簡單的力學圖解，美輪美奐的羽毛圖樣研究、飛船的膠版照片，上面用黑色墨水潦草畫著許多箭頭與問號；還有無思考能力的水母戰艦草圖，以及高倍率放大的胡蜂圖片。每一張都附有仔細的說明。大衛緩緩將目光移向以薩好幾小時的研究成果——各種飛行引擎的比較研究。

「我想我的客戶應該不大講究他的翅膀——或裝置——長什麼樣；只要能讓他隨心所欲在天空飛翔就好。」大衛和路勃麥都知道雅格哈瑞克的事，以薩要求兩人千萬要保密，也信任他們會守口如瓶。他怕雅格哈瑞克哪天過來時兩人也在，所以先告訴了他們。不過到目前為止，鳥人來去匆匆的造訪都成功避開兩人。

「以薩，你有沒有想過——呃，你知道的，把一對什麼翅膀黏回他背上就好？」大衛說，「像是替他進行再造手術？」

「怎麼沒有！那是我研究的主要方向，但是有兩個問題：第一，要用什麼翅膀？我必須替他打造一對新的；第二，你認識願意私下進行這種手術的再造師嗎？在我認識的生物魔法師中，最優秀的就是那該死的福米斯漢克。如果必要的話，我操他媽的會去找他。但除非真走投無路，我是不會那麼做的……所以我現在要先做一些初步準備，試著弄清楚我需要什麼大小、形狀、動力來源的裝置才能把他送上天——如果最後還是得用那法子的話。」

「你還想到什麼其他點子？物理魔法？」

「你也知道，還不就我的老相好：統一場理論……」以薩咧嘴一笑，自嘲似的聳聳肩，「我覺得他的背已經徹底毀了，就算我找到合適的翅膀，要再造也很困難。我在考慮是否能結合兩種不同的能量力場……唉，該死的，大衛，我不知道，這個想法還很模糊……」他隨手一揮，指向一張標示潦草的三角圖。

「以薩？」疲勞轟炸般的蟲鳴鳥叫中傳來路勃麥的呼喊。以薩和大衛轉頭看去，只見路勃麥穿過雷西鳥和一對黃金鸚鵡，指著一堆較小的盒子、箱子和桶子問：「這些又是什麼？」

「喔，那是我的育嬰室。」以薩咧嘴一笑，大聲回答。他拉著大衛大步走向路勃麥。「觀察這些動物是怎麼從不會飛到會飛應該很有趣，所以找來一堆剛出生的雛鳥、幼蟲和還沒孵化的卵蛋。」

他停在箱子前，路勃麥探頭看向其中一只小籠子，裡頭裝著一窩色澤鮮豔的藍蛋。

「不知道是什麼動物。」以薩說，「希望是漂亮的。」

那只小籠被放在一堆開口朝前的箱子頂端，每個箱子裡都擱著一只粗糙的小鳥巢，每個巢裡都放有一至四顆蛋，有些色澤驚人，有些則是平淡無奇的淺棕色。箱子後方接著一根小管子，彎曲著消失在欄杆之後，連接至下方的鍋爐。以薩用腳頂了頂這根管子。

「我想牠們應該喜歡溫暖一點……」他喃喃道，「但是我不確定……」

路勃麥彎腰看向前方的玻璃水族箱。

「哇……」他倒抽了口氣，「我覺得自己好像又回到十歲！我用六顆彈珠跟你換這些。」

水族箱底部爬著小小的綠色毛毛蟲。牠們有條不紊、狼吞虎嚥地啃著亂七八糟塞在身旁的葉子，小小的身軀在葉梗上不停蠕動。

「是不是？很有趣吧！牠們應該隨時都會結繭，我打算之後無情地在各個階段把繭剪開，觀察變態的過程。」

「當實驗助理就得要心狠手辣，是不是？」路勃麥對著水族箱喃喃低語，「你還有什麼其他噁心的幼蟲嗎？」

「我還有一堆蛆。很好養，但八成就是牠們的臭味讓小老實不舒服。」以薩笑了起來，「還有些蝴蝶和蛾的幼蟲、凶猛異常的水中生物，據說之後會變成花蠅，諸如此類的……」以薩指向箱子後一個裝滿髒水的水族箱。

「還有一個真的很特別。」他說，搖搖晃晃走到幾英尺外一個小金屬網籠邊，用拇指戳了戳。

大衛和路勃麥上前圍觀，驚訝地闔不攏嘴。

「這才叫驚人啊……」過了一會兒後大衛終於低聲說。

「這是什麼？」路勃麥也壓低音量問。

以薩從兩人頭頂望去，看向他的明星毛毛蟲。

「朋友們，老實說，我根本不知道這是什麼玩意兒，只知道牠很大、很漂亮，而且心情不大好。」

那隻幼蟲盲目地晃著牠的大腦袋，慢吞吞地在金屬牢籠裡移動牠龐大的身軀。牠至少有四英寸長、一英寸粗，圓滾滾的身體上散布著不規則的鮮豔色彩，臀上剛毛聳立。籠子裡放著快腐敗的萵苣葉、小塊小塊的肉丁，水果片和紙屑。

「看到了嗎？」以薩說，「我什麼都餵，差不多把全世界找得到的草藥和植物都丟進去了，但是牠什麼都不吃。我還試了魚、水果、蛋糕、麵包、肉、紙、膠水、棉花、絲線……但牠照樣飢腸轆轆、漫無目標地爬來爬去，滿臉怨恨地瞪著我。」

以薩湊上前，把臉擠進大衛和路勃麥之間。

「牠顯然是餓壞了，」以薩說：「顏色越來越黯淡，無論美感或生理上都令人擔心……我束手無策。我想那個美麗的小東西就快因我而活活餓死了。」以薩哼了一聲，實話實說。

「牠打哪兒來的？」大衛問。

「唉，你也知道啊，」以薩說：「某人轉手給某人，某人再轉手給某人……最後就交到我手上。我也不知道打哪兒來的。」

「你沒打算切開這玩意兒吧？」

「廢話咧。如果牠能活到結蛹——雖然我是不抱什麼希望啦——我當然非常想看牠會變成什麼；說不定我還會把牠捐給科學博物館。你們也知道我，最熱心公益了嘛……總之呢，這傢伙對我的研究沒什麼幫助，我連讓牠進食都沒辦法，根本不用想等牠結蛹變態，更不用說飛起來了。所以呢，這裡的其他東西——」他張開手臂，扭動手腕指向整間實驗室，「——都是我反重力磨坊的穀物原料。而這個小怪物——」他指向那隻無精打采的毛毛蟲，「——則是做公益。」他大大笑開了嘴。

樓下傳來「嘎吱」一聲，倉庫的大門給推了開。三名大男人同時擠向平臺一側，不禁教人擔心走道會不會崩垮。他們探頭往下看，以為會看見斗蓬下藏著假翅膀的鳥人雅格哈瑞克。

林恩抬頭仰望三人。

大衛和路勃麥大為吃驚，滿頭霧水。以薩突然尖起嗓子，焦躁地向林恩打招呼。兩名科學家一時尷尬，只能轉頭別開目光。

以薩匆匆跑下樓。

「林恩，」他高喊，「見到妳真好。」他來到林恩面前，壓低音量又說：「寶貝，妳來**這裡**做什麼？我以為我們約好了過幾天再見面。」

他說話的同時看見林恩的觸角正可憐兮兮地顫抖，想要平撫他的不安與焦躁。小路與大衛顯然對兩人的關係心知肚明——他們三人相識已久，毫無疑問，他對於自己愛情生活的處處迴避與暗示之多，他們得以做出非常接近事實的合理猜測。但獾沼畢竟不是薩勒克斯，這裡是科學研究重鎮，他可能會被看見。

但林恩的心情顯然十分低落。

看著，她飛快打起手語，我要你跟我一起回家。別拒絕。我好想你，而且好累。工作很棘手。很抱歉我不請自來，但我必須見你。

以薩感到怒火與愛憐同時拉扯著他。先例一開，以後可就危險了啊。他思忖，又忍不住暗罵一聲：幹！

「等等。」他低聲說，「給我一分鐘。」

他又跑上樓。

「小路、大衛，我忘了今天晚上跟朋友有約，他們派人來找我了。我保證明天一定會把這些小傢伙統統清出去，我發誓。牠們都餵過了，這點不用擔心……」他迅速環顧四周，然後強迫自己直視他們雙眼。

「最好是。」大衛說，「玩得愉快啊。」

路勃麥揮揮手，打發以薩離開。

「好。」以薩環顧四周，沉重地開口，「如果雅格哈瑞克來找我……呃……」他發現自己無話可說。

他抓起桌上的筆記本，一路頭也沒回地跑下樓。路勃麥和大衛刻意別開目光，他與林恩一同離開時別過不看。

他像疾風般捲走林恩，她只能無助地被拉出大門，踏進黑暗的街道。離開倉庫後，他總算能好好端詳她，這時他才發現自己的焦躁已減弱為溫吞的慍火。他看見了她是多麼疲憊、多麼沮喪。

以薩遲疑了一會兒，然後挽住林恩手臂，將筆記本塞進她的包包，「啪」地一聲闔上。

「我們今晚就好好享受一番吧。」他低聲說。

她點點頭，蟲頭在他肩上靠了一下，緊緊摟住他。

但兩人又迅速分開，深恐別人撞見。他們踩著情侶特有的緩慢步伐，小心翼翼保持距離，一同朝史萊站走去。

12

如果一名殺人凶手在旗丘或瘡河三角洲一帶的豪宅周圍出沒，民兵會花大把時間與多餘資源大肆搜查嗎？這還用問！獨臂螳螂手傑克的獵捕行動不就證明了這一點！但當奪眼殺手在煙霧彎道大開殺戒時，民兵卻不動如山！上週，焦油河才又撈出另一具無眼屍——死亡人數迄今已高達五人——而尖塔那些藍色制服的混帳仍是大氣也不吭一聲。我們說：有錢人和窮人的法律是不同的！

海報如雨後春筍般出現在新克洛布桑各地，要求居民投下神聖的一票——如果你幸運抽中選票的話！而我們有哪些選擇呢？以路德高特為首、只會對人民惡言恫嚇的碩日黨、終日不知所云的終啟明黨、屢屢欺騙飽受壓迫的非人種族的異思黨，還有拚命散播毒藥思想的三羽黨人渣。在這些可悲的「選項」之下，《叛報》呼籲各方的「中選者」放棄手中選票！由底層人民建立一個全新黨派，廢止選票樂透這項荒誕的政策。我們說：人人都有投票權！用選票改變世界！

在碼頭當局惡意削減薪資之後，凱爾崔利的蛙族工人開始商議罷工行動。而人類碼頭工人工會竟可恥地譴責他們的行為。我們說：所有種族齊結一心，共同對抗無良老闆！

一對夫婦走進車廂，德克瀚從報中抬起頭，裝出若無其事的模樣悄悄折起《叛報》，塞進包包。她坐在車廂最前排，面向後方。這個位置讓她能夠觀察車廂中其他乘客，又不顯得自己正在窺探。火車開動，駛離薩丁轉運站，方才走進車廂的年輕夫婦搖搖晃晃走過走道，迅速坐下。他們的打扮簡單、體面，與其他多數前往狗沼的旅人明顯不同。德克瀚猜想他們是斐洛靈的傳教士，盧德米德一帶的大學生，懷抱虔誠的聖潔之心，紆尊降貴深入狗沼，拯救窮人的靈魂。她拿出一面小鏡子，在心裡暗暗譏諷他們。

德克瀚再次抬起頭，確定無人窺探後開始細細檢查自己的打扮。她每分鐘就要調整一次頭上的白色假髮，壓好她的橡膠疤痕，確保它還牢牢黏著。她的喬裝十分謹慎，又破又髒的服裝沒有一絲錢的氣息，以免在狗沼吸引不必要的注意；但又不至於發出異味，在鴉區招人辱罵——她就是在那兒上的車。

她大腿上攤著一本筆記。車程中，德克瀚先花了點時間記下辛達寇斯特大獎的重點提要。首輪評選即將在本月底展開，她已替《燈塔報》想好了一篇報導，介紹預選階段入選與落選的參賽者。她打算寫得輕鬆幽默一些，但同時嚴肅點出評選委員的政治問題。

她看著自己平淡枯燥的開頭，嘆了口氣，心想：現在不是時候。

德克瀚看向左方車窗，遠眺城景。德克斯右線的這條支線分隔了盧德米德與新克洛布桑東南方的工業區，貫穿城市與天空的交界中心。獾沼、史崔克島與遠方飛原及沙克區的屋頂叢林之上矗立著一座座民兵塔。蘇德線在大焦油河後向南延伸而去。

一白如洗的巨肋由遠而近，又由近而遠地浮現鐵道旁，高高聳立於車廂之上。黑煙與煤灰在空中聚積，看起來好似火車乘著煙浪前進。工廠的轟隆運轉聲逐漸增強。列車飛馳，穿越桑特，窗外光禿禿的巨大煙囪彷彿一座焦炭森林。再往東方過去的回音沼是一片蠻荒工業區。蛙族工人大概正在鐵軌下的南方不遠處集結他們的示威隊伍。德克瀚突然想起；祝你們好運了，兄弟。

火車轉向，重力將她往西側甩去。支線離開凱爾崔利，轉往東方，加速駛越河面。轉向後，凱爾崔利上的高聳船桅桿突然映入眼簾，在水中輕柔蕩漾。德克瀚看見收起的船帆、巨大的船槳、打著呵欠的煙囪，還有緊縛著纜繩，在遠從邁爾沙克、申克爾和納爾凱特來的商船前興奮鼓譟的海龍。巨大鸚鵡螺殼雕刻出來的潛艇在水下攪得河面滾滾沸騰。德克瀚轉頭看著火車沿鐵軌畫出一道弧形路徑。

屋頂之後，大焦油河朝南奔騰而去。河面寬廣無情，擠滿船隻。在焦油河與瘡河交會的下游半英里處，古老的碼頭阻擋巨大及外來的船隻，將它們聚集在史崔克島外的碼頭區。一英里半外，大焦油河的北岸起重機蜂擁群聚，忙著裝貨卸貨，像正在餵食雛鳥的巨大母鳥般不斷搖擺。一艘艘駁船和拖船將貨物轉送至上游的煙霧彎道、大彎區與溪畔區的破舊工業區。它們拖曳板條箱，循著新克洛布桑的運河前進，經過小規模的商業區及快倒閉的店鋪，彷彿實驗室的老鼠般在這座迷宮中找尋出口。

大型碼頭、水庫，透過深水運河與河川相連、深入城市中心的巨大迴轉水道，吞噬了凱爾崔利和回音沼區的大片土地。河面上船隻穿梭往返，絡繹不絕。

他們曾試圖將凱爾崔利的碼頭複製到劣原，德克瀚看見當初留下的遺跡了：三個裝滿致病汙泥的巨大發臭水槽，殘骸和扭曲的梁木在水面載浮載沉。

蒸汽引擎拉著火車駛上大麥橋，從鐵輪底下傳來的振動聲突然改變。火車微微左右搖晃，向上攀升，像看不起狗沼似的在亂糟糟的軌道上減慢車速。

街道上矗立著幾塊灰色方塊，彷彿汙水坑中的雜草。建築物的水泥表面潮溼腐敗，許多都沒有完工，鐵架以屋頂殘骸為中心，呈放射狀突出。屋頂因雨水和溼氣氧化生鏽，滴著紅色的鏽水，玷汙外牆。蝙蝠人如食屍烏鴉般在這些人工巨石上盤旋，蹲踞頂樓，用糞便汙染鄰居的屋頂。德克瀚每次經過都會看見狗沼貧民窟的輪廓向外膨脹、爆裂、改變。城市底下鑿有隧道，廢墟、下水道，各種通道在新克洛布桑地底交織成一片巨大的網絡。遺棄在牆邊的梯子隔天就被釘住，之後再經強化，一週內就變成通往新樓層的樓梯，搖搖晃晃架在兩座破敗的屋頂之間。她每回經過，總能看見有人在屋頂上躺臥、奔跑、打架。

狗沼的氣味滲進放慢速度的車廂，德克瀚疲倦起身。

老樣子，車站出口沒人收她的票。如果不是因為被抓到的後果嚴重——不管機率多小——德克瀚也不會費事買票。她將車票扔在櫃臺上，走下樓梯。

狗沼站的大門永遠敞開。鐵鏽卡得門板動彈不得，還有藤蔓將它們牢牢固定在牆上。德克瀚走出車站，踏進銀背街的喧囂與臭氣中。兩輪手推車靠在因菌類和腐爛黏土變得滑溜的牆上。在這裡什麼都找得到——有些品質還意外地好。德克瀚轉身，步行走入貧民窟深處。喊叫聲不絕於耳，從四面八方包圍她，聽起來彷彿暴動的群眾，不過大部分其實都是食物的叫賣聲。

「洋蔥！誰要買上好的洋蔥？」

「蛾螺！買蛾螺喔！」

「快來買碗暖身的熱湯喔！」

每個街角都大方坦然地販賣著其他商品與服務。

落魄的妓女三五成群，大聲喧譁。她們身上的襯裙骯髒汙穢，用偷來的絲綢縫成俗氣的荷葉邊。紅白脂粉塗抹遮掩住瘀痕累累、青筋畢露的面孔，一張口大笑就露出滿嘴爛牙，吸著小撮小撮用煤灰和老鼠藥提煉的沙白。有些還只是小女孩，趁沒人注意時玩起小小的紙娃娃與擲木環，一有男人經過便挑逗地嘛嘴舔舌。

狗沼的路人是爛人中的爛人。追求頹廢、新奇、沉迷、戀物癖又肉體扭曲的墮落鑑賞家不會來這裡，他們會去鴉區和唾爐之間的紅燈區。在狗沼，你獲得的是最快速、最簡單以及最便宜的抒解。這裡的客人就跟那些娼妓一樣窮、一樣髒、一樣滿身是病。

還未入夜，就開始有昏迷不醒的醉漢被扔出俱樂部大門。這裡的保鑣多是工業用的再造人，他們惡狠狠地踩著獸蹄、履帶或者巨大異常的腳掌來回踱步，金屬利爪屈合伸張，神情殘暴戒備，目露凶光，死盯流露鄙夷之色的路人。但他們寧願被人在臉上吐口水，也不願意冒險丟了飯碗。他們的恐懼不難理解。在德克瀚左方鐵路下的一道拱門後是個如洞穴般的黑暗空間，裡頭傳出陣陣糞便與油臭味，以及機械的碰撞聲與人類的呻吟；那都是在飢餓、醉酒和惡臭中等死的再造人發出的氣味與聲音。

幾個年久失修的機械人蹣跚穿過街道，笨拙地閃躲丐童扔來的石頭和泥巴。每一面牆上都畫著琳瑯滿目的塗鴉，其中包括粗俗的詩句、摻雜《叛報》口號的低級圖畫及焦慮禱告：

獨臂螳螂手就要來了！

反對樂透！

焦油河與瘡河猶如敞開的雙腿／城市好奇她的愛人去向何方／如今她被奪去雙眼／凶手就是那叫做政府的混蛋！

就連教堂的外牆也沒能倖免於難。斐洛靈的僧侶三五結伴，緊張地擦洗出現在教堂外牆的色情圖畫。

路上也有非人種族。有些不幸受人騷擾，特別是少數甲蟲人。其他人則和鄰居或有說有笑，或互相咒罵。某個角落裡，一名仙人掌人與一名蛙族人吵得臉紅脖子粗，主要由人類組成的圍觀群眾對兩方都毫不留情地嘲笑譏諷。

一路上不斷有小孩向德克瀚大聲乞討。她沒理會，也沒有將包包拉進懷裡，昭告天下自己是頭待宰的肥羊。她踩著強悍的步伐，大步走向狗沼中心。

她走過搖搖欲墜的橋下和彷彿由聚積的汙物搭建而成的組合屋，四周的牆壁突然朝她頭頂收攏。陰影中的空氣潮溼陰森，充滿奇怪的聲響。德克瀚身後突然響起「嗖」的一聲，一道氣流擦過頸邊。原來是個蝙蝠人賣弄特技，俯衝穿過短短的隧道，又朝天際直撲而去，嘴裡發出瘋狂大笑。她一個踉蹌，看著蝙蝠人遠遁，停在一面牆上，所經之處皆留下粗俗的髒話餘音，她也不甘示弱地破口大罵。

身旁的建築物似乎遵從另一套截然不同的規則，與城市其他地方有著天壤之別，在它們身上看不出任何一絲功能感。狗沼似乎是在艱困與掙扎中出生，這裡的居民如螻蟻般微不足道。磚頭、木板和搖搖欲墜的水泥牆上布滿大大小小的凝結物，如惡性腫瘤般瘋狂生長、蔓延。

德克瀚轉進一條由霉磚搭建而成的死巷。她環顧四周，遠處佇立一匹再造馬，牠的後腿被一雙由活塞驅動的巨大槌子取代。在牠後方，一輛用布罩著的推車停在牆邊。任何一名在街上遊蕩、目光呆滯的路人都可能是民兵的線民，但這是她必須冒的險。

她繞到推車後。方才車上卸下了六頭豬，現在安置在一處拼裝而成的圍欄中，籠門在最靠近牆壁的那一側。兩名男人在狹小的空間中追捕豬隻，情景甚是可笑。豬群發出嬰兒般的尖銳慘叫，四處亂竄。圍欄通往牆上一個離地大約四英尺高的半圓形開口。德克瀚從洞口望向下方十英尺的臭坑，光線昏暗，只有微弱的煤氣燈光忽明忽滅地閃爍。洞穴中傳來陣陣轟隆聲與嘶洩聲，在煤氣燈的映照下暈散著紅光。在她下方，傴僂的人影來來去去，背上的物品滴滴答答滲落液體，好似煉獄中的受難靈魂。

德克瀚穿過左方一處無門的開口，步下陡峭的樓梯，朝地底的屠宰場走去。

地下室中，春日的溫暖像是被地獄之火烤炙過一樣變得炎熱異常。德克瀚滿頭大汗，穿過打轉的屍體和一灘灘正在凝固的鮮血。房間後方，一條空中傳送帶拉著沉重的肉鉤在天花板上冷冷旋繞，最後消失在漆黑如墨的藏骸所深處。

就連刀光似乎都閃耀著森然紅影。德克瀚將香料甜酒舉到口鼻前，滿室血汗與溫豬肉散發的濃烈酸臭味撲鼻而來，她試著讓自己別乾嘔出聲。

房間盡頭，三名男人聚集在她從街上看到的拱形開口下。這裡又黑又臭，狗沼的光線和空氣如漂白水般自頭頂流洩而下。

彷彿接收到某種無聲信號，三名屠夫同時往後站開。頭頂上，巷內的兩名男人終於抓到其中一隻母豬，在一波波逐漸增強的咒罵聲、牢騷聲和可怕聲響中，他們將沉重的母豬拖過空地，一把扔進黑暗的洞口內。母豬發出淒厲的慘叫，無情的屠刀等著她，她嚇得全身僵硬，動彈不得。

母豬重重摔在沾滿血汙和排泄物的石板上，僵硬的豬腿發出令人頭皮發麻的碎裂聲。鮮血自斷骨處汩汩湧現，母豬癱倒在地，不停掙扎慘叫，卻無法逃跑或反擊。三名男人上前，動作精準老練，一人壓著豬臀，以免她掙扎；另一人抓住下垂的豬耳，將豬頭往後拉起，第三人一刀劃開她喉嚨。

鮮血狂湧，母豬的慘叫聲迅速沉寂。三人將她仍在抽搐的巨大身軀拖到一張處理桌上，桌邊靠著一把生鏽的鋸子。其中一人看見德克瀚，用手肘頂了頂另一人。

「欸，班，人不可貌相啊，你這個壞小子！看，你那標緻的小妓女來找你了！」他大喊，音量大到德克瀚也聽見了，但他口氣中並無惡意。叫做班的那人轉身向她揮了揮手。

「等我五分鐘。」他大聲道。德克瀚點點頭，將甜酒擋在嘴前，硬把膽汁和乾嘔的衝動壓了回去。

巷內的豬一隻接著一隻給扔了下來，龐大的身軀驚恐抽搐，四條腿不自然地內彎抵在肚子上；然後又一隻接著一隻遭開膛破肚，在老舊的木檯上放乾豬血。豬舌和豬耳朵死氣沉沉地垂落，血珠滴滴答答落下。

一大灘髒血從屠宰場地上的水溝溢了出來，打在裝滿牛雜與煮沸過的慘白牛頭的桶子上。

終於，最後一頭豬也解決完畢。筋疲力盡的男人搖搖晃晃站在原地，滿身血汗，熱到汗水都蒸發成煙。他們飛快交頭接耳一番，爆出哄堂大笑。叫做班的男人轉身離開同伴，朝德克瀚走去。在他身後，剩下的兩名男人切開第一具豬屍，將內臟掃進一個大槽中。

「小德，」佛雷克斯沉聲說：「我就不親妳了。」他指了指自己身上溼答答的衣服和一臉血汗。

「悉聽尊便。」德克瀚說，「我們可以離開這裡嗎？」

兩人彎腰低頭，閃避頭頂上正在移動的搖晃肉鉤，朝黑暗的出口走去。他們循著階梯拾級而上，回到一樓。狹窄的走廊上，藍灰色的天光自頭頂遙遠上方的髒天窗篩落，空氣終於恢復了些生氣。

班傑明和德克瀚轉進一間無窗的房間，裡頭擺著一只浴缸、一個幫浦還有幾個水桶，門後掛著幾件粗布袍。德克瀚靜靜看著他褪下發臭的衣裳，丟進其中一個桶子，再倒了些水和肥皂粉進去。他抓抓癢，奢侈地舒展筋骨，然後猛力扳動幫浦，將水打進浴缸。他赤裸的身軀沾滿油膩的血汗，彷彿剛出生的嬰兒。

他在噗噗冒水的唧筒下灑了些肥皂粉，攪攪冷水，打出泡沫。

「你的同伴很體諒人啊，就讓你這樣上來摸魚。」德克瀚淡淡地說：「你是怎麼告訴他們的？我們互相偷走彼此的心？還是只是單純的金錢交易？」

班傑明吃吃笑了起來。他說話時帶著濃濃的狗沼腔，與德克瀚的上城腔調明顯不同。

「這個嘛，我最近多輪了幾班，早就超過我該做的工時。我跟他們說了妳會來。他們認為妳是個迷戀上我的妓女，我呢也一樣對妳念念不忘。喔，對了，趁我沒忘記前趕快告訴妳，這頂假髮太讚了。」

他歪嘴一笑，「很適合妳，小德，美翻了。」

他站在浴缸裡，緩緩坐下，冷水讓他起了一身雞皮疙瘩。水面上漂著厚厚的血塊，血漬與汙垢緩緩離開他皮膚，慵懶浮上水面。他閉上雙眼。

「等我一下，小德，保證不會太久。」他低聲說。

「慢慢來，不急。」她回答。

他將頭沉入肥皂泡下，留下少少幾綹髮絲在水面上逐漸捲曲，然後又被緩緩吸入水下。他憋住氣，大力猛搓浸在水裡的身體，隨即浮出水面，大吸了口氣後再度潛入水下。

德克瀚裝了一桶水，站在浴缸後。等班傑明浮上水面，她緩緩將水從他頭頂淋下，將他身上的血紅色泡沫沖個一乾二淨。

「喔喔喔，真舒服。」他喃喃道，「再來一次，求求妳了。」

德克瀚照做。

最後，他終於踏出變得像凶案現場的浴缸，將身上剩下的黏膩髒汙拍掃進釘在地板上的水槽。

兩人聽著水流流過牆後。

班傑明穿上粗布袍，對德克瀚晃了晃腦袋。

「要開工了嗎，親愛的？」他對她眨眨眼。

「小的會滿足您一切需求，大爺。」她回答。

兩人一同離開清洗室。來到通道盡頭，陽光自天窗傾洩而下，照亮的正是班傑明的小寢房。進房後，班傑明在身後鎖上門。房內像座井似的又窄又深，方形的天花板上另有一扇髒兮兮的窗戶。德克瀚和班傑明跨過破破爛爛的床墊，走到床腳一只搖搖欲墜的老衣櫥前。衣櫥雖朽，卻仍可見過去富麗堂皇的風華，在貧民窟裡顯得格格不入。

班傑明將手伸進衣櫥內，撥開幾件油膩膩的上衣，手指插進特意在木頭背板上鑽出的小洞，小小咕噥一聲，抬起背板，輕輕側轉後平放在櫃子底部。

德克瀚探頭看向班傑明打開的小磚門。班傑明伸長了手，從衣櫥的一個小架子上拿下一只火柴盒和一根蠟燭。火柴劃過，燭焰隨之點燃，他用手擋著火光，以免被密室洩出的涼爽空氣吹熄。德克瀚跟著他走進衣櫥內，燭火照亮《叛報》的辦公室。

德克瀚和班傑明點起煤油燈。房間很大，顯得隔壁的寢室更為狹小。裡頭的空氣沉重黏滯，不見一絲自然光。頭頂上方高處可以見到天窗的窗框，但玻璃全給漆黑。

辦公室內到處散落著傾倒的椅子，兩張辦公桌上亂糟糟地堆著紙張、剪刀和打字機。一張椅子上坐著一名處於靜止狀態的機械人，它的雙眼黯淡無光，其中一隻腳被壓壞了，裡頭的銅絲電線和玻璃碎片全暴露在外。牆上貼滿海報，地上堆著一疊又一疊的發霉《叛報》。一面潮溼的牆壁前靠著一臺笨重的印刷機，巨大的鐵身灑滿斑斑油漬和墨水印。

班傑明在大的那張辦公桌前坐下，又拉了一張椅子放在他身旁。他點起一根又長又軟的小雪茄，煙霧立刻瀰漫。德克瀚來到他身旁，拇指指向機械人。

「老傢伙還好嗎？」她問。

「他媽的白天的聲音太大了，我得等其他人走了之後再用；不過印刷機也安靜不到哪兒去，所以其實沒差。同樣麻煩的是每兩星期就要轉一次那該死的輪子，而且得轉上一整晚。我才剷了些煤炭進去，讓它工作了一會兒，這樣我就可以打個小盹兒。」

「最新一期準備得如何？」

班傑明緩緩點頭，指向他椅子旁的一捆報紙。

「還不賴，打算再加印一些，替妳在怪胎秀裡看到的再造人做個小小的報導。」

德克瀚搖搖手。

「那不是什麼重要的大事。」

「的確。但是妳知道的，這種文章……**很管用**……現在的報導重點是選舉，這篇就像是用比較委婉的說法說『去你媽的樂透』。」他咧嘴一笑，「我知道這跟上一期的內容幾乎沒兩樣，但是每年這時候就是這樣。」

「你今年該不會是其中一名幸運得主吧？」德克瀚問，「有抽中你的號碼嗎？」

「沒。我到現在只中過一次，好幾年前了。那時我還興沖沖地跑去投票所，得意洋洋地領取我的得獎單，最後把票投給終啟明黨。真是熱血青年啊！」班吃吃竊笑了幾聲，「妳該不會自動獲得投票資格吧？」

「見鬼了，班傑明，我才沒那麼有錢！如果有，我也會捐給《叛報》。沒，我沒資格，而且今年也沒被抽中。」

班傑班割開報紙的綑繩，塞了一疊給德克瀚。她拿起最上頭一份，瀏覽頭版。《叛報》是一張對摺再對摺的大紙，頭版的字體大小與新克洛布桑其他合法報社——像是《燈塔報》和《辯論報》——如出一轍。但在《叛報》的內頁中，各篇報導、口號和警告都用細小的字體擠得密密麻麻。不太美觀，但很有效率。

德克瀚掏出三枚謝克爾銀幣推給對面的班傑明。班傑明喃喃道謝收下，放進桌子前的一個錫桶。

「其他人什麼時候到？」德克瀚問。

「我差不多一小時後要去酒吧和一對夫妻見面，其餘的就是今晚和明天。」在新克洛布桑那動盪、暴力、詭譎、壓迫的政治氣氛中，除非萬不得已，《叛報》的記者絕不碰面。這是必要的防衛手段，可將民兵滲透的風險減至最低。班傑明是《叛報》的編輯，員工來來去去，只有他認識所有人、所有人也只認識他。

德克瀚發現她座位旁的地上疊著一堆粗糙印製的報紙，是其他像《叛報》一樣的反動報刊。他們彼此之間是敵人，也是朋友。

「有什麼精采的嗎？」她指向那疊報紙問。班傑明聳聳肩，回答：「這週的《吶喊報》簡直就是垃圾。《鍛鐵報》對路德高特處理船運公司一事查到不錯的線索──老實說我會派人跟著去查。除此之外，都是些無關緊要的瑣事。」

「你想要我去追什麼？」

「這個嘛……」班傑明在紙堆中翻找一陣，察看他的筆記，「多留意碼頭的罷工行動……徵詢選民的意見，看能不能拿到一些正面的回應或引述；妳知道該怎麼做。還有，再來一篇大約五百字的選舉樂透歷史，妳說怎樣？」

德克瀚頷首。

「我們現在手上還有什麼？」她問。

班傑明緊抿雙脣。

「有謠言說路德高特染上了什麼怪病，正在進行某種可疑的治療；我是有想深入追查，但是聽得出來這消息不知道傳了幾手，不過還是值得留意。還有另外一件事……現在還言之過早，可是很有意思。我跟某人談過了，他們宣稱有人想揭發國會與幫派犯罪之間的祕密關係。」

德克瀚讚許地緩緩點頭。

「聽起來非常誘人。關於什麼？毒品？娼妓？」

「他媽的，小德，妳能想到的一切我敢肯定路德高特都有分；國會裡的人統統有分。先炒熱商品、大賺一筆之後再讓民兵來收拾客戶，替箭鏃礦場多製造一批再造人或礦奴，保證監獄人滿為患……熱鬧滾滾。我是不知道這些告密者心裡打什麼算盤，但他們操他媽緊張得要命，顯然準備好隨時開溜。不過妳也了解我，小德，不能打草驚蛇。」他對她眨眨眼，「我不會讓這條線溜走的。」

「你保證一有最新消息會立刻通知我？」德克瀚說。班傑明頷首。

德克瀚將她那綑報紙塞進包包裡，藏在一堆精心挑選過的垃圾下，起身欲離。

「好，我知道我接下來的任務是什麼了。對了，那三枚銀幣包括我賣出的十四份《叛報》。」

「好樣的。」班傑明說。他在桌上的筆記本堆中找到他要的那一本，登記這筆收入。記好後他起身打了個手勢，要德克瀚先離開。她穿出洞口和衣櫥，在他的小房間內等他熄滅印刷室裡的燈。

「叫格寧什麼的那個傢伙還有在買嗎？」班傑明的聲音從洞後傳來，「就那個怪裡怪氣的科學家？」

「有。他人挺不錯的。」

「我前幾天聽到一些關於他的有趣傳聞。」班傑明說。他從衣櫥中現身，在一塊破布上抹了抹油膩的雙手，「就是他在大肆收購鳥類嗎？」

「喔，對啊。跟實驗有關之類的——你竟然跟不法分子打聽消息？班傑明？」德克瀚咧嘴一笑，「他最近在收集翅膀。我想這是他的原則之一：如果能透過非法管道取得，絕對不要合法購買。」

班傑明讚賞地搖了搖頭。

「嗯，看來那傢伙很擅長這檔事，知道該怎麼把話傳出去。」

他一面說話，一面將上半身探進衣櫥裡，把背板放回去，固定好後又轉身面向德克瀚。

「好了。」他說，「我們最好趕快上戲了吧。」

德克瀚粗魯地點點頭，將頭上的白色假髮弄得凌亂一些，解開腳上複雜的鞋帶。班傑明把上衣拉出褲頭外，屏住氣，左右甩動手臂，直到漲得滿臉通紅才重重吐氣，大口喘息，瞇眼看向德克瀚。

「拜託，」他埋怨道，「饒了我吧。這可關係到我的名聲啊！妳至少可以看起來筋疲力盡一點吧……」

她咧嘴一笑，嘆口氣，揉揉臉和眼。

「喔——班大爺，」她尖著嗓子大叫，語調十分荒謬，「你是我遇過最威猛的男人了！」

「這才像話……」班傑明喃喃道，對德克瀚眨眨眼。

他們打開房門，踏進走廊。只是方才的準備毫無必要，這裡只剩下他們兩人。

下方遠處，絞肉機的運轉聲隱隱可聞。

13

林恩轉醒，看見以薩仍靜靜躺在她身旁，不由得凝視良久。她任由觸角因他的氣息而顫抖，心想自己已經太久太久沒能像這般好好看著他了。

她微微側轉過身，溫柔地撫摸情人。以薩喃喃說了些什麼，嘴角的線條僵硬，雙脣隨著呼吸開合。她用手指滑過他身軀。

對於自己昨晚的舉動，林恩很開心——開心而且自豪。她心情原本十分低落，又覺得異常孤單，但她鋌而走險，明知會惹以薩生氣，仍擅自去他的地方找他。幸而她最後仍讓兩人度過了一個美好的夜晚。

林恩並不打算利用以薩的同情心，但她的言行讓以薩的怒火立刻轉為擔憂。她心底湧現一陣隱約的滿足，原來她流露的疲憊與消沉是如此明顯，即便隻字未提，以薩也能察覺她是多麼需要他的哄慰；他甚至能從她蟲身的動作分辨她的心情。

以薩不想被別人看出他們的情侶關係有個好處：當兩人走在街頭，他們總會保持距離，避免身體接觸，徐徐前行，彷彿人類少男少女曖昧時散發的羞怯。

甲蟲人缺少這樣的情感。他們蟲身的交配只是為了繁衍後代，是一種履行生育義務的可憎工作。公甲蟲不過是沒有思考能力的蟲子，外貌如同女甲蟲人的蟲頭，不具備人身。林恩慶幸自己已經許多年不用忍受牠們在她頭上爬上爬下、發情磨蹭。而女甲蟲人間純粹以享樂為目的的性愛是一種情欲的發洩、一種全族性的活動，但也變得相當儀式化，個人或群體間的調情、拒絕和接受如同舞蹈一般正式，完全不見人類少男少女間那種令人忐忑到舌頭打結的「性」奮。

林恩已十分熟悉人類文化，也接受了以薩每次與她一塊兒走在街上時總會保持距離的習慣。在這段見不得光的跨種族戀情之前，她也曾熱衷於同族間的性愛。每當聽見人類毫無意義、浪費時間、結結巴巴地談情說愛，也曾自以為理性地出言嘲諷。沒想到，她和以薩在一起時，也偶爾會感到同樣的羞怯與猶豫——而且她似乎還挺樂在其中。

前一晚，當他們一塊兒走在夜涼如水的街上朝車站前進，搭乘火車行經城市上空返回亞斯皮克坑，那感覺更加強烈。而其中最好的效果，自然是等到兩人終於有機會翻雲覆雨時情欲將更加高漲。

公寓的門一關上，以薩就把她拉進懷裡。她也用雙手圈著他，緊緊回抱。欲火迅速延燒，她將以薩微微推開，張開甲殼，讓他撫摸她的翅膀。他顫巍巍地伸出手，觸碰那薄如蟬翼的雙翅。她吊弄情人的胃口，細細體會他熾熱的情感，最後終於把他拉上床。兩人身軀交纏，一陣翻滾後，以薩仰躺床上，林恩褪去身上的衣物，拋落在地，隨即也將他褪得一絲不掛。她騎坐在以薩身上，以薩撫摸她堅硬的蟲身，雙手往下游移，經過頸、經過胸，最後緊抓住她光滑柔嫩的雙臀。

結束後，他替她做了晚餐，兩人一面吃一面聊。林恩隻字未提莫特利先生的事。以薩問起她今晚為何如此悲傷時，她心裡很不安。她在謊言中摻雜了部分真話，解釋自己目前正在創作一個十分龐大、困難，而且不能展現給他人觀賞的作品，所以無法參加今年的辛達寇斯特大賽。這份工作搞得她筋疲力盡、心力交瘁，但她不能告訴他地點在哪兒。

以薩專心聆聽——也或許只是裝個樣子；他知道林恩有時候很著惱他每次一沉迷研究，整個人就變得心不在焉。而以薩求林恩告訴他她在哪兒工作。

但她自然不可能透露。

他們擦乾淨床上的食物碎屑和精液，準備就寢。以薩緊緊摟著她入睡。

林恩醒來後好好享受了一段以薩在她枕邊的時光，然後才下床幫他準備炸麵包。以薩聞香而醒，逗弄似地親吻她的脖子與蟲腹，林恩用蟲腳輕輕撫摸他臉頰。

你今天早上要工作嗎？她坐在桌子另一頭，一面用大顎啃嚙葡萄柚，一面用手語問他。

以薩從麵包盤中抬頭看她，眼神流露些許不安。

「呃……對啊。我真的得去上工，親愛的。」他一面咀嚼一面回答。

什麼？

「唉……實驗室有一堆事要忙，那些鳥啊昆蟲啊還等著我處理。這說來實在荒謬。我研究了鴿子、知更鳥、灰背隼，一大堆玩意兒，但就是沒機會近距離觀察一個該死的鳥人，所以打算主動出擊。我已經拖了太久，但現在該去做了——我要去潑屎鎮。」以薩扮了個鬼臉，給林恩一點時間消化這個消息。他又咬了一大口麵包，一面吞一面吊眼看向林恩。「我想妳應該不……還是……妳想跟我一起去嗎？」

以薩，她立刻用手語回答，如果你不是真心的就不要問。因為我是真的想去，假如你不小心一點，我真的會答應；即便要去的地方是潑屎鎮。

「聽著……我真的……我是**真心的**、認真的！如果妳今天早上沒有要進行那項偉大的鉅作，就跟我一起去看看。」他每說一個字，心意就益發堅定，「來嘛，妳可以當我的行動實驗助理；不，我知道妳能做什麼——妳可以當我的膠版攝影師。帶上妳的相機，跟我一起去。林恩，妳需要喘口氣，休息一下。」

以薩膽子變大了。他和林恩一同離開屋子，而且沒有流露絲毫焦躁與不安。兩人沿著沙得拉街微微朝西北方走去，散步前往薩勒克斯站。不過以薩半途就失去耐心，招來一輛出租車。一頭亂髮的司機看見林恩，挑了挑眉，但沒有任何異議。他偏過頭，在馬的耳朵旁喃喃低語，指向車內的以薩與林恩。

「大爺想去哪兒呢？」他問。

「潑屎鎮，麻煩了。」以薩抬頭挺胸昂然道，像是為了他的目的地非得這麼虛張聲勢。

司機不可置信地轉過頭：「您別說笑了，大爺。我是不會進潑屎鎮的。我可以帶您到佛杜瓦丘，但之後就得靠您自己了。那地方不值得我去啊！在潑屎鎮那兒，我車還沒停輪子就會被他們給卸了。」

「好啦好啦，」以薩不耐煩地說，「看你最遠**敢**到哪兒就好。」

雙人馬車搖搖晃晃駛過薩勒克斯的石子路，林恩揮揮手，吸引以薩注意。

那裡真那麼危險嗎？她緊張地打起手語。

以薩環顧四周，跟著用手語回答。相較於林恩，他的手語打得比較慢，也沒那麼流暢，但他可藉此說司機的壞話，不怕他知道。

也還好啦……只是那裡的人窮到脫褲而已，有什麼就偷什麼，但也不特別暴力。前頭那混蛋只是沒種，看太多……以薩的手停在空中，五官糾結成一團，專注思索。

「我不知道用手語要怎麼說。」他喃喃道，「**聳動**；他看太多聳動的報導。」他倒回椅背，望向左方窗外隨著車行顛簸的嶂山稜線。

林恩從沒去過潑屎鎮，只聽過它狼籍的惡名。四十年前，沉行線朝西南方的李奇佛德擴展，途經佛杜瓦丘，最後進入突出於城市南緣的蠻荒森林山嘴。規劃者和出資者在那兒建起高大的住宅，雖然不是像雙桅荒原一帶的巨石建築，但也同樣壯觀。他們開通費爾站，之後又在蠻荒森林裡搭建新站，但除了在鐵道周圍清出一條狹窄地帶外，其他地區仍是一片荒蕪。當局本來還打算在下頭加蓋一座車站，將鐵道延伸進森林——甚至還有其他更荒謬傲慢的試探計畫，像是將鐵路朝南方或西方擴建數百英里，連結新克洛布桑與邁爾沙克、考渤海。

但是資金燒完了，財務危機逐漸浮現，投機泡沫破滅，貿易網絡也因為競爭壓力與囤積過多無人購買又產量過剩的廉價商品而崩解。計畫於是胎死腹中。火車至今依舊行經費爾站，依舊毫無意義地在站內等上幾分鐘後再返回城市。但蠻荒森林很快奪回空屋南方的土地，無名的空車站與生鏽鐵軌也跟著歸順臣服。兩年多來，費爾站的火車只是靜靜地空等，然後稀落的乘客開始出現。

華麗卻冷清的建築物開始熱鬧起來。來自轂塔和曼狄肯丘陵的貧窮村民開始悄悄潛入這座荒涼的城鎮。傳說這是一座鬼鎮，天高皇帝遠，國會管不著，法律及稅金和下水道一樣稀少。用偷來的木料搭蓋而成的簡陋骨架開始填滿空蕩蕩的樓層。死氣沉沉的街道上，水泥屋和瓦楞鐵皮屋一夜之間如雨後春筍般冒了出來。居民如黴菌般蔓延，原本夜裡沒有煤氣燈、沒有醫生、沒有工作的死城，十年內就布滿密密麻麻的拼裝屋。它因此獲得了一個名字：潑屎鎮。這名字貼切反映了此地雜亂無章的景色，這座臭氣熏天的貧窮小鎮就像是從天而降的鳥屎。

這個偏遠小鎮不歸新克洛布桑管轄，自有一套簡陋又不牢靠的制度：自我委派的郵政網路、衛生工程師，甚至法律。只不過這些制度既缺乏效率，也不完整。不管是民兵或任何人，大多不會造訪此地。僅有的訪客是火車，定期出現在狀況維持異常良好的費爾車站，以及偶爾在夜晚出現、屠殺居民的蒙面槍手。潑屎鎮的街童特別容易成為這些殘暴野蠻的謀殺部隊的犧牲品。

狗沼——甚至是劣原的貧民都認為潑屎鎮比他們還要低賤。它不屬於新克洛布桑，只是一個未經同意就擅自巴著他們不放的古怪小鎮，窮到沒有任何工業想進駐，無論合法、違法的都一樣。潑屎鎮的犯罪都不過是些出於絕望和求生的小手段。

不過潑屎鎮還有另一項特色，就是這項特色吸引以薩前來拜訪它拒人於千里之外的複雜巷弄：過去三十年來，那裡一直是新克洛布桑的鳥人貧民窟。

林恩望著雙桅荒原上的摩天大樓，可以看見小小的身影乘著背上翅膀製造出的上升氣流在空中來回盤旋。有蝙蝠人，或許也有一些鳥人。民兵塔聳立在不遠處，出租車穿過塔外優雅下降的空軌下方。車輪停止。

「好了，大爺，我就在這兒停車了。」司機說。

以薩與林恩下車。出租車一側是一排整齊乾淨的白屋，每棟屋子前都有塊小小的花園，大多都經過悉心照料。街旁種著毛茸茸的印度榕樹。在白屋對面，也就是出租車的另一側是一座狹長的公園綠地，寬約三百碼，陡峭地沉降，離街道遠去。這條窄細的斜坡草坪是分隔兩區的三不管地帶，一側是住著公務員、醫生和律師的佛杜瓦丘，而綠樹之後的山腳下就是潑屎鎮那片搖搖欲墜的亂象。

「難怪潑屎鎮這麼不受歡迎，」以薩低聲說，「妳看，它毀了上流人家的好風景……」以薩嘴角露出邪惡的笑容。

遠方，林恩可以看見山丘的輪廓被沉行線剖成兩半，火車跨越山丘西麓一條切進公園的深壑。費爾車站的紅磚建築就矗立於潑屎鎮的沼澤之間。在新克洛布桑的這個角落，只有部分路段的鐵軌高於屋舍之上。不過費爾站也不用多富麗堂皇就能鶴立於周遭的拼裝屋間。在潑屎鎮所有大大小小的建築中，只有那些被重新使用的摩天大樓空殼高眺些。

林恩感到以薩用手肘頂了頂她。他指向鐵軌附近的一塊街區。

「看到那個了嗎？」她點頭。「妳看它頂層。」

林恩順著他手指方向看去。那棟龐然大物的下半部似乎一片荒涼，但約從六、七樓以上，樹枝便以奇怪的角度從裂隙中伸出。窗口不像其他建築般空蕩蕩，全貼滿了牛皮紙。而且在平坦屋頂上空、約莫與林恩及以薩等高之處，可以看見幾個小小的身影。

林恩循著以薩的手指望向空中。一股興奮之情流竄而過。她看見一雙雙翅膀在天際飛翔、追逐。

「是鳥人。」以薩說。

林恩和以薩下山，朝鐵道前進。他們的路線微微偏右，走向被鳥人據為己用的高大巢穴。

「所有新克洛布桑的鳥人幾乎都住在這四棟大樓裡，總數可能不超過兩千人，也就是不到總人口數的……呃……百分之零點零三……」以薩咧嘴一笑，「看吧，我可是有做功課的！」

但不是全住在這裡吧。克雷克列基不是住其他地方嗎？

「對啦。我的意思是說，當然還有離開此地，住在其他地方的鳥人。我曾經教過一個，脾氣古怪，但人很好。狗沼可能有兩個，霧原三、四個，大彎區六個；聖人塚和敘利亞克也各有一些。而每個世代總會出現一、兩名像克雷克列基一樣出名的鳥人。喔對了，順道一提，我從來沒有讀過他的東西。他厲害嗎？」林恩點頭。「好吧，所以呢，鳥人中有像他一樣的人，也有其他的……妳知道，就那個混蛋，我忘了他叫什麼名字……異思黨那個傢伙……喔，夏亞爾，就是他。他們替他在黨內安插一個位置，藉此證明異思黨支持**所有**非人種族；」以薩罵了句髒話，「特別是有錢的非人種族。」

但是大部分鳥人都聚集此地。生長在這種環境，要離開一定很難……

「大概吧。事實上，這說法還算客氣了呢……」

他們跨過一條小溪，接近潑屎鎮外圍時放慢腳步。林恩盤起雙臂，搖了搖蟲頭。

我到底來幹麼的？她譏諷地用手語比道。

「妳來開拓視野。」以薩輕快回答，「了解其他種族在我們這個公平的城市中如何生活，可是非常重要的一件事。」

他拉拉她手臂，林恩裝出不情願的模樣，由著他將她拽出樹蔭之外，走進潑屎鎮。

要進入潑屎鎮，以薩和林恩必須先跨越一座搖搖欲墜的小橋；說是橋，其實不過就是塊木板，橫放在分隔小鎮與佛度瓦丘公園的八英尺深溝上。兩人一前一後魚貫前進，有時候還得張開手臂保持平衡。下方五英尺，糞便、廢料和酸雨填滿深溝，就像一鍋稠呼呼的惡臭大雜燴。水面冒著沼氣氣泡，腫脹的動物屍體載浮載沉，到處漂著生鏽的鐵桶和肉塊，看起來像是腫瘤或墮嬰。由於水面上浮著厚厚一層黏稠強韌的表面張力，因此石塊從橋上墜落竟激不起任何水花漣漪，只在一陣波浪起伏後便無聲無息吞沒於水裡。

即便一手掩在口鼻上阻擋惡臭，以薩還是覺得受不了。木橋才走到一半，他就忍不住厭惡呻吟，而呻吟又隨即變為乾嘔。他強壓下嘔吐的衝動，以免自己腳步不穩、失去平衡，跌下水溝。那念頭實在太可怕，他連想都不願去想。

空氣中的黏膩氣息讓林恩與以薩同樣反胃。等到兩人終於踏上對岸，好心情都已消耗殆盡，只能沉默無言地走進眼前的迷宮。

林恩發現要找到方向很容易，四周的房舍相當低矮，他們要找的建築就大大聳立就在車站之前。有時她走在以薩前頭，有時以薩走在她前頭。兩人一臉木然地循著蜿蜒於房舍間的水溝前行，再沒什麼能讓他們覺得噁心了。

潑屎鎮的居民紛紛現身，瞪大眼緊盯兩人不放。

板著面孔的男男女女以及上百名孩童，他們身上統統穿著用救生衣和布袋拼湊而成的古怪服裝。林恩經過時，無數小手和手指拉住她。她揮開那些乞討的手，趕到以薩前頭。四周開始響起喃喃低語，不多久便喧騰起來，大聲討錢，但沒人嘗試攔阻這兩名外來者。

以薩與林恩面無表情地在曲折的街道上踏步前行，目光緊盯摩天大樓。一小群人跟在他們身後。越接近目的地，在天空倏忽而逝的鳥人身影也益發清晰。

一名身材幾乎像以薩一樣龐大的肥胖男子攔在他們前頭。

「先生，等一等！」他粗魯地喊叫，對兩人點點頭，眼光飛快打量一圈。以薩用手肘輕碰林恩一下，要她停步。

「你想怎樣？」以薩不耐煩地問。

男人飛快回答。

「這個嘛，我們潑屎鎮很少有遊客造訪。我在想你是不是需要些幫手之類的？」

「少來這套，你這傢伙。」以薩咆哮，「我才不是什麼**遊客**。我上次來的時候還是野蠻彼得的貴賓。」他炫耀似的說。野蠻彼得這個名字在人群中掀起一陣竊竊私語，以薩頓了會兒，又說：「我這次來，是想要和他們談談。」他的手指猛然指向空中的鳥人，胖男人嚇得微微一縮。

「你來找這些小鳥人？請問有什麼事，先生？」

「關你屁事！重點是，你要不要帶我去他們的大樓？」

男人舉起雙手，彷彿想要安撫以薩。

「我不該多嘴的，先生，的確不關我的事。我很樂意帶你去鳥巢，只要你能給我一點小小的報酬。」

「得了，這你不用擔心，不會少了你的。」以薩突然提高音量，對周遭圍觀的群眾吼道，「但是你們可不要給我打什麼搶劫或偷竊的念頭。我身上的錢只請得起一個好嚮導，一文也不多。而且我知道，如果野蠻彼得的老友在他地盤上出了什麼事，他絕對不會善罷干休的。」

「求求你了，大爺，你這可不是在侮辱我們潑屎鎮人嗎？不用多說了，跟我來就是，好嗎？」

「帶路吧，老兄。」以薩說。

三人蜿蜒穿過滴水的水泥建築與生鏽的鐵皮屋頂，林恩轉頭看向以薩，問：剛才是怎麼回事？野蠻彼得是誰？

以薩一面走一面用手語回答。

都是我鬼扯的。我之前和李謬爾來過這裡一次，為了一件……還說不準的差事。我們跟野蠻彼得碰了面，他是這裡的一個大人物。不過我根本不知道他現在是不是還活著咧！而且他也不可能還記得我。

聽完他的解釋，林恩氣到沒力。她不敢相信潑屎鎮的居民竟然信了以薩這愚蠢又老套的鬼話，不過那名胖男人看起來的確是帶著他們往鳥人居住的大樓前進。或許她剛見證的場景比較像是一套儀式，而非真正的衝突——又或許恰好相反，以薩根本沒有騙到或嚇倒任何人，或許他們只是出於同情、伸出援手。

拼裝小屋猶如細碎的浪花聚集在摩天大樓底部。林恩和以薩的嚮導熱情呼喚他們，指向圍成一塊方形的四棟建築。大樓之間的陰影處有座花園，花園裡，樹木歪七扭八、死命朝陽光伸展枝幹。仙人掌與頑強的野草衝破灌木叢，鳥人在雲層下來回盤旋。

「就是這兒了，先生！」男人自豪地說。

現在卻換以薩躊躇了起來。

「我該怎麼……呃……我不想貿然闖進去……」他結結巴巴地說：「呃……我要怎麼吸引他們的注意？」

嚮導伸出手。以薩盯了他一分鐘，最後終於掏出一枚謝克爾銀幣。男人臉色一下子亮了起來，將錢幣收進口袋。他轉過身，稍稍從牆前退開，手指放進嘴中，吹了聲嘹亮的口哨。

「嘿！」他扯開喉嚨大喊，「你們這些鳥傢伙！這位先生有事要找你們！」

仍環繞在以薩與林恩周圍的群眾跟著熱心地大呼小叫。嘈雜的喧譁聲讓空中的鳥人知道有訪客上門。幾個飛翔的黑影聚集在潑屎鎮居民的頭頂上方，接著，也看不出他們翅膀有什麼動作或變化，其中三名鳥人就像特技般朝地面俯衝而下。

抽氣聲與歡呼的口哨此起彼落。

三名鳥人如屍體般筆直朝圍觀群眾墜落，直到離地二十英尺才掀動張開的雙翅，止住驚險的下墜。三人用力拍打空氣，激起強勁的氣流和塵土，撲得底下的人類灰頭土臉。他們就這麼不停上下盤旋，微微降落後又突然拔高，始終保持在人類觸碰範圍之外。

「你們在鬼喊些什麼？」左方的鳥人尖聲問。

「太厲害了。」以薩壓低音量對林恩說，「他的聲音是鳥類的聲音，但不像雅格哈瑞克一樣難以理解……他的母語一定是瑞加莫爾語，說不定根本從未說過其他語言。」

林恩與以薩仰望這些壯觀的生物。鳥人上半身打著赤膊，雙腿罩著薄薄的棕色寬褲。其中一名膚色黝黑，連羽毛也是黑的；另外兩名則是深棕色的肌膚。林恩凝視那些展開拍動的巨大翅膀；羽翼兩端距離至少有二十英尺寬。

「這位先生……」嚮導才開口就被以薩打斷。

「幸會幸會。」他對著上空高喊，「我有個提議，可以和你們談談嗎？」

三名鳥人對看一眼。

「你想要什麼？」黑羽毛那名喊答。

「呃，聽著——」以薩指向身旁的群眾，「——這實在不是我預期中的會面情況。有沒有什麼隱密點的地方可以去？」

「當然有！」第一名鳥人回答，「上頭見！」

三雙翅膀同時鼓振，鳥人轉眼消失空中，留下以薩在三人身後大聲呼喊。

「等等！」以薩大喊，但為時已晚。他轉頭東張西望，尋找嚮導。

「我猜裡頭的電梯不能用對吧？」以薩問

「裡頭根本沒有電梯呢，先生。」嚮導邪惡一笑，「您最好趕緊動身了。」

「唉唷喂呀老天爺，林恩……妳先走，不用管我。我不行了，我乾脆就在這裡躺下等死算了。」

以薩在六、七樓間的夾層躺下，上氣不接下氣地亂吐口水。林恩站在他頭頂前，雙手氣沖沖地按在臀上。

快起來，你這個死胖子！她用手語斥責道：沒錯，爬這樓梯累死人了，我也是。但是你想想那些黃金，想想你的科學。

以薩像受酷刑凌虐般呻吟一聲，搖搖晃晃站了起來。林恩將他推到水泥樓梯底部。他嚥了口口水，深呼吸，繼續拖著沉重的腳步蹣跚上樓。

樓梯間灰沉陰暗，除了從角落與裂縫中透進的陽光，一盞燈也沒有。不過等他們爬到七樓，發現這裡的樓梯好像從來沒使用過，腳邊開始出現一堆一堆的垃圾；雖然如此也沒有積著厚厚的灰塵，單純就是很髒。每樓有兩扇門，透過木頭隔板，兩人可以聽見鳥人粗啞的交談聲。

以薩拖著緩慢又悲慘的腳步拾級而上，林恩跟在他身後，對他滿口就要心臟病發的叨念充耳不聞。經過痛苦漫長的好幾分鐘後，兩人終於來到樓頂。

頭頂上方就是通往屋頂的門。以薩靠在牆上，抹了抹臉。他已經滿頭大汗了。

「給我一分鐘，親愛的。」他喃喃說，甚至擠出了個笑容，「喔天啊！這一切都是為了科學，對吧？準備好妳的相機……好，我們走。」

他緩緩喘息，站直身，然後遲緩地踏上最後一級階梯，來到門前。以薩打開門，走進屋頂的陽光下。

林恩跟在他身後，相機已拿在手裡。

甲蟲人不需要花時間適應光線的變化。林恩踏進滿地垃圾和水泥碎屑的粗糙水泥屋頂，看見以薩焦急地把手遮在眉上，瞇眼四顧。她則冷靜觀察周遭環境。

東北方不遠處矗立著佛杜瓦丘，蜿蜒的山脊線高聳，彷彿要阻擋市中心景色一般。針塔、帕迪多街車站、國會大樓、溫室的圓頂盤據在遠方隆起的地平線上，清楚可見。山丘對面，林恩看見綿延數英里的蠻荒森林消失在崎嶇的地面上，不時有小小的岩塊突破濃密的綠蔭。北方視野一望無際，從百里香和高爾瑪奇的中產階級郊區，再到聖人塚的民兵塔，以及更遠處切穿溪畔區和柴莫的左行鐵道線，都盡收眼底。林恩知道在那些煤灰斑斑的拱橋外兩英里就是蜿蜒的焦油河，運送來自南方大草原的駁船與貨物進入城市。

以薩的瞳孔終於適應明亮的光線。他放下手臂。

頭頂上，上百名鳥人如表演特技般展翅旋繞。飛翔的身影開始盤旋下降，整齊的隊伍一排接著一排落地，包圍林恩和以薩；從天而降的紛落身影宛如從樹上掉落的熟透蘋果。

林恩估計對方至少有兩百人，見到鳥人來勢洶洶，她不禁不安地微微靠向以薩。鳥人平均身高起碼有六英尺二，那還不包括他們雄偉高聳的交疊雙翅。男人與女人間體型並無差異，只是女鳥人身上穿著輕薄的連衣裙，而男鳥人穿的是纏腰布或以長褲裁短的短褲，此外無任何衣物。

林恩身高五英尺，所以只能看見包圍她與以薩的第一圈鳥人，他們站在約在一條手臂的距離外。不過越來越多鳥人自天而降，她能感覺圍住他們的人數越來越多，以薩心不在焉地拍拍她肩膀。還有幾個身影在周遭的天際遨翔、打獵、嬉鬧。鳥人停止降落，是以薩先開口打破沉默。

他高聲說：「好，非常感謝你們邀請我們上來，我有個提議想與你們商量商量。」

「跟誰商量？」鳥人之中有人問。

「呃，你們所有人。」以薩回答，「事情是這樣的，我現在正在進行某種研究，是關於……嗯，飛行的研究。而在新克洛布桑，你們是唯一能夠飛行的智慧種族；蝙蝠人的溝通能力我想大家是有目共睹。」以薩自以為幽默，但沒人對他的笑話有反應。他清了清喉嚨，接著說下去。

「好吧，總之呢……呃……不知道你們有沒有人願意到我的實驗室，跟我合作幾天，示範飛行的動作，讓我拍幾張翅膀的相片等等……」他舉起林恩拿著相機的手，朝四面八方揮了揮，「當然是有酬勞的……如果有人願意幫忙，在下感激不盡……」

「你究竟打什麼主意？」聲音從第一排鳥人之中傳來。那人開口時，所有鳥人的目光都集中在他身上。*這人是老大*，林恩心想。

以薩小心翼翼地看向他。

「我打什麼主意？什麼意思……」

「我的意思是你幹麼要拍我們的照片？你有什麼目的？」

「我想要……呃……研究飛行的原理。聽著，我是一名科學家，而且……」

「廢話。我是說，我們怎麼知道你不會要我們的命？」

以薩大吃一驚，瞪著他。圍觀的鳥人點頭如搗蒜，紛紛出聲附和。

「我他媽的為什麼會要你們的命……？」

「滾吧，你這傢伙，我們沒人想幫你。」

不安的低語響起，顯然鳥人中確實有人想參與，不過沒人敢反駁。說話之人身材高大，胸口還橫著一條貫連兩邊乳頭的長疤。

林恩看見以薩緩緩掀動嘴脣，試圖扭轉局面。他的手伸進口袋後又伸了出來。如果他當場掏出錢，只會讓自己看起來更像不安好心的騙子。

「聽著……」他遲疑地開口，「我真沒想到你們會這麼想……」

「你才給我聽好了，這位先生，誰知道你說的是真是假；說不定你其實是個民兵。」以薩嗤之以鼻，但鳥人置之不理，繼續用譏諷的語氣說下去，「說不定這是殺人部隊接近我們鳥人的手段，『只要過來做些研究……』哼，總之我們沒人有興趣，就這樣。」

「好吧，」以薩說，「我能了解你為什麼對我的動機存疑，畢竟你對我一無所知，而且……」

「這位先生，沒人會跟你走的，就這麼簡單。」

「聽著，我會付很多錢。只要來我的實驗室，我願意每人每天付一枚謝克爾銀幣。」

身形雄偉的鳥人上前，挑釁地戳了戳以薩胸口。

「你要我們去你的**實驗室**，好給你開膛破肚，看看什麼東西會讓我們發癢，是嗎？」他繞著林恩和以薩兜圈，另一名鳥人見狀識相地退開。「你和你下三濫的朋友打算把我們大卸八塊，對吧？」

以薩開口想要辯解，否認這項指控。他微微轉身，環顧圍觀的鳥人。

「現在是由這位**先生**代表你們全體發言？還是其實有人想一天賺一枚謝克爾銀幣？」

鳥人中傳來幾陣竊竊私語，不安地交換眼神。面對以薩的那名高大鳥人舉起雙手，一面說一面揮舞。

以薩這下真激怒他了。

「我的話就代表**全體！**」他轉身，目光緩緩掃視族人。「有人**反對**嗎？」

沉默片刻，一名年輕男子上前幾步。

「查理……」他對那名自以為是的領導直言：「一枚謝克爾銀幣可不是小數目……我們何不一群人下去看看，確認這不是什麼騙人的把戲，以保安全……」

他話沒說完，那名叫查理的鳥人便大步上前，狠狠一拳砸在他臉上。

尖叫聲四起，鳥翅掀動，羽毛紛飛。好幾名鳥人如爆炸般突然拔地而起，竄入空中。有些飛快盤旋了幾圈，又回來在旁警戒觀看；不過許多人不是消失在其他大樓頂層，就是飛進萬里無雲的晴空。

查理站在單膝跪地、震驚不已的挨揍者面前。

「誰是這裡的老大？」查理用刺耳的鳥鳴聲喝問：「說啊，誰是老大？」

林恩扯了扯以薩的上衣，將他朝樓梯門拉去。以薩心有不甘，抗拒林恩的拉扯。雖然他也為眼前景象震懾——這一切都是他提出的要求所致——但這衝突場面也讓他看得目不轉睛。林恩悄悄把他拖離現場。

倒地的鳥人抬頭望向查理。

「是你。」他喃喃回答。

「沒錯，**我**是老大，這裡我說了算。難道不是我照顧你們、保你們平安嗎？我一直以來是怎麼告誡你們的？不要接近陸上的蟲子，特別是人類！他們是最糟糕的！會把你們碎屍萬段，奪走你們的翅膀，殺死你們！**不要相信任何人！**包括那個荷包滿滿的有錢胖子。」從他激動開口以來，這還是他第一次正眼看向以薩和林恩，「你！」他指著以薩怒吼，「最好現在就給我滾！否則我會讓你親自嘗嘗飛行的滋味……從天而降、摔成肉泥！」

林恩看見以薩又張嘴……他居然還不死心，打算做最後的垂死掙扎。她忿然踱步離去，用力把他拉出門外。

他媽的學著判讀情勢，以薩！該走了！下樓時，林恩氣沖沖地用手語說。

「好啦，林恩，我知道了啦！老天！」他怒火中燒，雙腿撐著龐大的身軀忿忿下樓，這次一句牢騷也沒有，高漲的煩躁與困惑讓他忘了疲勞。

「我只是不明白，」他又說，「他們**敵意**幹麼那麼深，他媽的……」

林恩火冒三丈地轉身攔下以薩，不讓他繼續往前走。

你這個白痴，因為他們不是人類，而且又窮又怕。她緩緩打起手語；一個胖混蛋揮舞著鈔票跑來潑屎鎮——看在老天的分上，雖然這裡不是什麼好地方，但已經是他們僅有的了。你拚命說服他們離開，又不肯說明原因。在我看來，查理的反應他媽的合理。像這樣的地方需要有人挺身而出，照顧族人。我告訴你，如果我是鳥人我也會聽他的。

以薩冷靜下來，神色甚至似乎有些羞愧。

「有道理，林恩，我懂妳的意思。我應該先探探情況，向熟悉這地方的人打聽消息……」

對，而現在你搞砸了，什麼事都做不了。一切都太遲了……

「沒錯，謝謝妳告訴我……」他怒吼，「幹！該死！我全搞砸了，對不對？」

林恩默不作聲。

兩人一語不發地穿越潑屎鎮。居民站在用玻璃瓶做成的窗子或打開的門後，目送他們循來時路折返。

回程時，他們經過填滿排泄物和腐敗物的臭坑，林恩回頭望向那幾棟搖搖欲墜的高樓，凝視他們方才站立的平坦屋頂。

一小群年輕鳥人在頭頂盤旋，陰沉地在空中跟蹤她與以薩。以薩轉頭，看見他們時臉色立刻一亮，但隨即又恢復黯淡。距離太遠了，無法交談，而且他們正在高空上比著髒話。

林恩和以薩順著上坡回到佛杜瓦丘，朝市中心走去。

「林恩，」沉默幾分鐘後以薩終於開口，語調裡帶著幾分悲傷，「妳剛才說如果妳是鳥人，妳也會聽他的，對嗎？妳雖然不是鳥人，但妳是甲蟲人……妳離開蟲人區時一定有很多人阻止妳背棄族人，說人類不可信任等等……重點是，林恩，妳沒有聽進他們的話，對不對？」

林恩靜靜思索良久，卻沒有回答。

14

「好啦，你這個老骨頭、老混蛋、老頑固，看在聖者的分上，我求求你吃些東西吧……」

那隻毛毛蟲無精打采地側躺在籠子裡，鬆垮垮的皮膚偶爾起伏一陣，甩頭尋找食物。以薩發出各種奇怪的聲音，對牠喃喃說話，甚至還用棍子戳牠，但全都沒用。毛毛蟲不舒服地蠕動一下，接下來就又動也不動。

以薩挺直背，丟開小棍子。

「我死心了。」他對著空氣宣布，「至少我盡力了。」

小籠子裡到處都是一堆堆發霉的食物。以薩轉身走開。

倉庫的空中迴廊仍高高堆著各式各樣的籠子，屋內也仍迴響著由嘎叫、嘶鳴與鳥禽尖啼聲組成的刺耳交響樂。但是大部分的動物都已筋疲力盡，許多籠子和箱子也敞開著，裡頭空空如也。原先的動物如今只剩不到一半。

以薩的實驗動物有些病死，有些因打架受傷而死——不管同種或不同種間的打鬥都有；有些則因他的研究而死。已然僵硬的小小屍首被釘在走道各處的板子上，姿勢千奇百怪。牆上滿滿貼著各式各樣的圖解，翅膀圖和飛行草圖的數量高速增長。

以薩靠在書桌前，手指撫過凌亂散落桌面的圖表，最上頭那張潦草地畫了一個中心有枚十字的三角形。他閉上眼，對抗身旁不絕於耳的噪音。

「你們統統給我**閉嘴！**」他忍不住怒吼，但這些昆蟲禽鳥依然故我，持續鼓譟。以薩雙手捧住頭，眉越蹙越深。

他仍為了昨日潑屎鎮的災難旅程悔恨不已，腦中忍不住一遍又一遍想著他原該怎麼做、應該怎麼做才對。他太傲慢又太愚蠢，自以為是大無畏的冒險家，手裡揮舞金錢就能長驅直入，還以為自己帶的是什麼魔法武器。林恩說得對，他的舉動無疑激怒了新克洛布桑所有鳥人，沒人會再搭理他。他將他們看做一群離群索居的怪胎，以為他們可以被威脅、收買，把他們當作是李謬爾．皮吉恩的同類那樣對待。但他們不是。他們只是一群貧困落魄、擔心受怕的小老百姓，努力在艱苦的環境中求生，或許還期望在這座充滿敵意眼光的城市中保有一些尊嚴。他們看著自己的鄰居被志願維安者當消遣一樣殘殺，仰賴截然不同的經濟活動維生：打獵、以物易物，在蠻荒森林中採集食物，偷些小東西。

他們的信念或許冷血殘酷，但完全能夠理解。

現在整座城市的鳥人都跟他反目成仇了。以薩抬頭看向自己製作的圖片、膠版照片和圖表。就像昨天，他想，開門見山的方法沒有用。我的出發點沒錯，但這一切無關氣體動力學，我必須換個研究方法……囚犯的哭嚎打斷他思緒。

「夠了！」以薩一聲怒吼。他站直身，氣沖沖地瞪著籠裡的動物，彷彿要看牠們還敢不敢繼續吵下去——牠們當然敢。

「夠了！」他又咆哮一聲，大步走到最近的籠子前，拽起一籠鴿子到一扇大窗那兒，鴿群像爆炸般瘋狂拍翅、尖叫，東逃西竄。他把籠子正面面對玻璃，放好後又抓過另外一箱，這回裡頭裝著的是像響尾蛇般死命扭動的蛇蜻蜓。他將蛇蜻蜓放在鴿子之上，跟著又抓來關著蚊子和蜜蜂的兩只紗網籠，接著吵醒暴躁的蝙蝠和正在晒太陽的獅龍，將籠子拖來放在眺望瘡河的窗前。

他將剩下的動物統統堆到窗邊；窗外，遠方的巨肋朝東方天際畫出一道殘酷的弧線。以薩將所有還裝著活物的籠子疊在玻璃前，堆成一座金字塔，看起來就像獻祭用的柴堆。

終於大功告成。獵食者與獵物比鄰鼓譟，撲撲拍動翅膀，中間只隔木板或窄細欄杆。

以薩笨拙地將手伸進籠子與窗戶間的狹窄空隙，將大窗打開。那是一扇平推式的窗子，開口在五英尺高的頂端。窗子一朝著溫暖的空氣推開，城市的巨大聲響便隨傍晚的熱氣瀉入屋內。

「現在，」以薩大吼；他開始樂在其中了，「你們統統給我滾蛋吧！」

他環顧四周，走回桌前，帶回一根好幾年前用來指黑板的藤條。他將藤條朝籠子伸去，試圖撬開鉤鎖，扳開籠拴，並在細如蠶絲的金屬線間扯出破口。

金字塔的正面開始傾斜。以薩加快速度，打開所有籠門，藤條開不了的地方就用手指去撈。起初，關在籠內的動物一頭霧水，不知道發生了什麼事。其中許多動物已經好幾個星期沒飛行、沒好吃沒好睡，帶著無聊又恐懼的心情度過一日又一日。牠們無法理解突然出現在眼前的自由，以及傍晚的天空與空氣的味道。經過漫長的猶豫後，第一隻囚獸脫離禁錮。

是一隻貓頭鷹。

牠飛出敞開的窗戶，朝天色最為漆黑的東方遠颺而去，飛向鐵灣旁的森林。牠張開雙翅，在巨肋間滑翔，翅膀幾乎拍也沒拍一下。

牠的脫逃就像某種信號，突然間，許多雙翅膀同時撲振，窗前颳起一陣風暴。

老鷹、蛾、蝙蝠、獅龍、馬蠅、鸚鵡、金龜、鵲鳥；所有屬於天空的動物、水上的小生物、夜行性動物、晝行性動物或者黃昏才出沒的動物，全都一股腦兒飛出以薩窗外，各式各樣保護色與色彩在空中閃耀生輝。太陽在倉庫另一頭沉落，因此，唯一照亮這些羽毛、獸毛和甲殼的，是街燈與倒映在汙河上的粼粼餘暉。

以薩沉浸在這片壯麗美景中。他重重吐了口氣，彷彿觀賞一幅藝術傑作。他飛快環顧四周，尋找箱型照相機，但是沒多久又回轉過身。光是看著他就心滿意足了。

上千道影子消失在倉庫旁的空中。這些動物並肩兜圈，漫無目標地盤旋了會兒，然後感受空氣中的氣流，飄然遠去。有些乘風而行，有些和強風對抗，留在城市中徘徊。最初困惑的安寧時光已然消逝，獅龍撲向大群迷失方向的昆蟲，小小的獅頷「喀嚓」一聲咬碎肥碩的嬌小身軀。老鷹的利喙穿透一隻隻鴿子、寒鴉與黃鶯，蛇蜻蜓在熱氣中盤旋飛舞，撲咬獵物。

動物們重獲自由，飛行方式就如外形般各有特色。一道黑影亂糟糟地在天空飛舞，無法抗拒光線的誘惑，朝街燈撲去；是蛾。另一道黑影以簡單卻宏偉的姿態畫出一道弧線，沒入夜色中；是某種獵禽。還有一隻如花朵般綻放，又瞬間收攏，噴出一道白色氣流高速離去，那是小小的風螅。

疲憊的、瀕死的身軀微微顫動，自空中墜落。以薩突然想到底下的街道將會染滿鮮血和膿水。屍體落入瘡河，濺起細碎的水花聲，但存活的遠比死去的多。以薩心想，接下來的幾天、幾星期，新克洛布桑的天空將會變得多采多姿些。

他安心地嘆了口氣，環顧四周，跑向那幾箱裝著蟲繭、卵蛋和幼蟲的箱子。他將它們推到窗邊，只留那隻奄奄一息、色彩斑斕的大毛毛蟲沒動。

以薩抓起一大把鳥蛋，跟那些逃竄的身影一起扔出窗外。接下來是毛毛蟲，牠們在空中蜷曲蠕動，朝下方的水泥地墜落。以薩將裝著精美蟲蛹的箱子舉到窗外，開口朝下，倒個一乾二淨，隨後是水族箱裡的水生幼蟲。對這些幼小的生命來說，這短短幾秒的自由與疾風不啻是種殘酷的解放。

終於，當最後一個微小身影消失在下方，以薩關上窗，轉身打量倉庫。他聽到一陣微弱的振翅聲，看到一些飛影在燈旁盤旋；是一隻獅龍，幾隻蛾或蝴蝶，還有兩隻小鳥。好吧，他想，牠們自會找到路出去。要不也堅持不了多久，等餓死後我再清理牠們的屍體。

散落在窗前地上的都是些瘦小、瀕死、孱弱，在能夠展翅飛翔前便已墜落的動物。有些已經斷了氣，但大部分仍虛弱地東爬西竄。以薩將牠們統統掃了出去。

他一面清掃，一面對那隻巨大的毛毛蟲說：「你有什麼優勢呢？第一，你很美麗；第二，你很有趣；我的老友——不，不，不，不用謝我，就當我是**做好事**吧。還有，我不知道你為什麼就是不肯吃東西，你可是我的研究對象啊。」他說，將畚箕裡不住蠕動的孱弱幼蟲倒入夜空中。「我覺得你應該撐不過今晚，不過去他的，你挑起了我的同情和好奇，我會再試最後一次，看能不能拯救你。」

樓下突然傳來猛烈的摑門聲，倉庫大門碰地打開。

「格寧紐布林！」

是雅格哈瑞克。鳥人站在昏暗的大廳，雙腳張開，雙臂緊拽著斗蓬。那雙假木翅的高聳輪廓左右搖晃，有種超現實的詭異感，想來是沒有裝設穩固。以薩上半身探出欄杆外，皺眉問：「雅格哈瑞克？」

「你要棄我於不顧了嗎，格寧紐布林？」

雅格哈瑞克像隻受虐鳥兒般尖聲質問，很難聽懂他在說什麼。以薩打手勢要他冷靜。

「雅格哈瑞克，你他媽的在說什麼……？」

「那些鳥，格寧紐布林，我看到那些鳥了！你告訴過我、還拿給我看過，說要用牠們來做研究……發生了什麼事，格寧紐布林？你撒手不管了嗎？

「你的屋頂，格寧紐布林。」雅格哈瑞克漸漸安靜下來，鎮定了些，全身上下散發無比的哀傷。

「我一直棲息在你的屋頂上，夜復一夜，等待你幫助我，但我看見你放走了所有動物。你為什麼要放棄，格寧紐布林？」

以薩召喚他上樓。

「雅格老小子……該死的，我不知道該從何說起。」以薩抬頭望向天花板，「你他媽在我屋頂上做什麼？你在上面多久……算了算了。你大可下來睡覺休息啊，做什麼都可以……這太荒謬了。我只要一想到我不管工作、吃東西、拉屎——任何時候你都在上面，我就覺得渾身不對勁。還有——」他舉手阻止雅格哈瑞克插嘴，「——還有，我沒有要放棄你的研究。」

以薩住口片刻，等他的話發揮效用。他等著雅格哈瑞克恢復冷靜，從他替自己挖鑿的小小自憐坑洞中回到現實。

「我沒有放棄。」以薩重複一遍，「實際上呢，你剛看見的情況是**正面的**……我們現在進入了新的階段，我想。舊法子就別管它，那個研究方法已經……嗯……終止了。」

雅格哈瑞克垂下頭，雙肩微微顫抖，長長地吁了口氣。

「我不明白。」

「唉，好吧。你過來這裡，我給你看個東西。」

以薩將雅格哈瑞克帶到他書桌前。他在那兒駐足片刻，對那隻無精打采、側躺在箱子裡的巨大毛毛蟲發出嘖嘖逗弄聲。毛毛蟲虛弱地動了動。

雅格哈瑞克連瞥都沒瞥上一眼。

以薩指向成堆已逾期的圖書館書籍和散落書桌上的紙張，那些都是各式各樣的圖畫、公式、筆記和論文。雅格哈瑞克開始緩緩翻閱，以薩在旁解釋指引。

「你看……瞧瞧這些該死的草稿，大部分都是關於翅膀。我從翅膀著手，很合理不是嗎？所以我最近在做的事，就是試圖理解這個特別的部位。

「喔，還有，新克洛布桑的鳥人完全派不上用場。我在大學裡貼了布告，但顯然今年沒有招收任何鳥人學生。我甚至還嘗試和一名鳥人……呃……**一名鳥人社區的領袖**……爭辯科學的真理，但結果有些……這麼說吧：慘不忍睹。」以薩頓了會兒，回憶昨日之事，然後眨眨眼，將自己拉回現實，「所以呢，既然鳥人這條路行不通，我們就來看看鳥類。

「而這呢，把我們引導到一個全新的問題上。那裡的小傢伙，蜂鳥啊鷦鷯等等都很有意思，你知道的，如果研究的題目大一點的話也很有幫助……像是飛行物理之類的。但基本上我們的目標是那些大朋友，比方說隼、鷹、鷲等等——可惜當初沒拿到手；因為在那階段我腦子裡想的還是**相似性**。不過你可別以為我思想那麼狹隘……我可不是因為好玩才研究那些蜉蝣之類的小蟲子；我想試試看能不能做出什麼實際應用。

「我的意思是，我猜你應該不會對新翅膀太講究，對吧？雅格？我想就算我在你背上裝上蝙蝠或綑豆蠅的翅膀，甚至是風螅的噴射腺體，你應該都不會計較。或許不甚美觀，但只要能讓你恢復飛行能力就好，對不？」

雅格哈瑞克頷首。他一面專注聆聽，一面翻閱桌上的紙堆，認真想要理解。

「好。但即便如此，我們仍應以大型鳥類做為首要的研究目標，很合理，對吧？不過當然……」以薩在紙堆間東翻西找，從牆下扯下幾張圖片，將相關的圖表遞給雅格哈瑞克。「當然了，結果並非如此。我的意思是，沒錯，你可以藉此了解鳥類的氣體動力學，以及所有相關的有用知識，但這條路其實**錯得離譜**。因為基本上，有關你身體構造的氣體力學根本是他媽的另外一回事。你不單純只是一隻具有削瘦人類身體的老鷹；我可以肯定你從來沒這麼想過自己……我不知道你對數學和物理的理解到什麼程度，但在**這一張紙上**——」以薩找到他要的那張紙，交給雅格，「——這裡的圖表和方程式可以告訴你，為什麼大型鳥類的飛行模式不是我們該研究的方向。力場的線條都錯了；力量不夠強之類的。

「所以我把目標轉到其他動物的翅膀上。如果改用蜻蜓之類的翅膀呢？這個嘛，我們第一個碰到的問題，就是要怎麼取得夠大的昆蟲翅膀。那麼大的昆蟲不會乖乖自投羅網。我是不知道你啦，但我可不想跑去什麼荒山野嶺，就為了捉隻刺客甲蟲。那簡直就是自尋死路。

「那麼按造自己想要的規格打造呢？這樣一來，我們就可以掌握正確的尺寸和形狀，修復你那……你那尷尬的外貌。」以薩咧嘴一笑，繼續說：「問題是，物質科學有其局限，我們**或許**可以打造出夠正確、夠輕、夠強壯的翅膀，但老實說，我覺得很難。我正在設計一套說不定能成功的模型，不過最後也還是可能失敗；我認為成功的機率不大。

「還有，你別忘了，這項計畫的成敗與否，取決於我們是否能替你找到一名再造手術的大師。我必須很慶幸地說，我個人不認識任何再造師；這是其一。其二，那些再造師感興趣的，通常是羞辱他人、爭奪工業權或追求美感，而非像飛行這般複雜的事。這可關係到一大堆神經末稍、肌肉、斷裂的骨頭，還有你背上那堆傷疤。所有細節都必須百分之百準確，你才可能有那麼一點點機會重返天空。」

以薩讓雅格哈瑞克在椅子上坐下，自己拉過另一張凳子，坐在他對面。鳥人一語不發，目光灼灼地凝視以薩，然後再次看向手中的圖表。以薩領悟這就是他閱讀的方法：投入大量的專注力與思考力。不像那些光等著醫生提及重點的病人；他認真消化、吸收每一個字。

「我必須坦承我還沒有完成。我認識一個人，他十分精通在背上裝翅膀這類手術所需的生物魔法。所以我打算去請教他的意見，問問他覺得成功機會有多大。」以薩扮了個鬼臉，搖搖頭，「我告訴你，雅格老小子，如果你認識這個怪傢伙，就會明白我這麼做有多偉大。為了你，就算赴湯蹈火我也在所不惜……」然後，以薩沉默許久才又開口。

「那傢伙很有可能會說『好，翅膀？沒問題。帶他過來，我灰塵日下午就幫他動手術。』沒錯，這不是不可能，但你是因為我的科學智慧雇用我，我老實告訴你我的專業意見吧：這是絕對不可能發生的。我想我們應該另尋他法。

「第一步呢就是研究各種沒有翅膀卻能飛行的動物。細節我就不說了，大部分的計畫內容都在……**這裡**——如果你有興趣。其中包括皮下自動充氣的迷你飛船、移植變種風蝗的腺體、把你和飛行魔像結合為一，甚至是教你基本物理魔法這種了無新意的方法。」以薩一面說一面指向研究筆記，「但這些統統不管用。魔法既不可靠又耗費精力，雖然任何人或多或少都能學會些基本的實用魔法，但要長時間**隨心所欲**地抵抗重力，需要大量的能量和技巧，這只有少部分人才能做到。你們錫邁克那裡有什麼厲害的魔法或巫術嗎？」

雅格哈瑞克緩緩搖頭。「我們有些咒語可以將獵物召來爪下，還有一些符咒與手印可促使骨頭接合、血液凝結，僅此而已。」

「嗯，意料之中，所以我們最好不要依賴這一項。而且相信我，其他……呃……**異想天開**的構想都不管用。

「我這陣子就是在忙這些事，但一無所獲。然後我開始發現，只要我一停下來思索——就算只有短短一、兩分鐘——就有同樣一個念頭不斷出現在我腦中。那就是水魔法。」

雅格哈瑞克眉心深蹙，原本就濃密的眉毛現在更緊皺成陡峭的崖壁。他搖搖頭，表示不明白。

「水魔法。」以薩重複一遍，「你知道那是什麼嗎？」

「我讀過一些……那是蛙族人的一種技巧……」

「沒錯，雅格老小子。你有時可在凱爾崔利或煙霧彎道看見碼頭工人施展水魔法。他們只要結合群體之力，就可以替河川改頭換面。他們能在水裡鑿開一個洞，好讓起重機吊起傾覆河底的船貨。真他媽的驚人啊！在鄉下地方，他們會用水魔法在河中切出一道空渠，把魚趕進去。那些魚就這麼穿過垂直的水牆，在地上啪啪啪跳動，多高招啊。」以薩讚賞地抿抿嘴。「總之呢，現在大多水魔法不過是用來賣弄，做些小雕像，參加些小競賽之類的。

「重點是，雅格，在水魔法之中，水分子**不再遵循**它們的本質與原理，對吧？這不就是你想要的嗎？你想要讓一個沉重的東西——這個東西，這副身軀——」他輕戳雅格哈瑞克的胸膛，「——飛起來。你了解我的意思嗎？現在讓我們把思緒轉到另一個方向，想想要讓物質打破天性會碰上什麼樣的**本體論難題**。我們想要讓元素違反它們的習性，這可不是高等鳥類學，是**哲學**。

「去他的，雅格，這東西我已經研究好幾年，都快變成**嗜好**了！但是今天早上我重看一遍你這委託案開始之初我寫的一些筆記，並將它和我的舊想法連結起來，發現原來這才是我們應該進行的方向。我一整天都在思索這件事。」以薩拿起一張紙，在雅格哈瑞克面前揮了揮。紙上畫的就是中央有十字的三角形。

以薩抓起一枝鉛筆，在三角形的三個頂點草草寫了些字。他把圖轉向雅格哈瑞克，上方的頂點寫著**祕術／魔法**，左下方是**物質**，右下方則是**社會／智慧**。

「別被這個圖嚇到，雅格老友，它只是要幫助你理解、思考而已，沒什麼艱深的學問在裡頭。這張紙上畫的呢，是涵括所有學術與知識的三個頂點。

「下面這一點代表的是物質，也就是所有實際存在的物體，像原子之類的。從電子這類的基礎微型粒子到他媽的大火山，世上所有物質都包含在內。岩石、電磁、化學反應……統統都是。

「在它對面的是社會，也就是巴斯—拉格最不缺的智慧生物。這呢，可就不能直接當石頭一樣來研究。透過思考這個世界及對於自身的反省，人類、鳥人、仙人掌人種種智慧生物創造出一個截然不同的組織，對吧？所以它必須獨立研究——但同時顯然又與組成世上一切的物理元素脫不了關係。因此這裡就出現了這條線，把兩者連結起來。

「最上方的是祕術——重點來了：祕術，意即『神祕之術』，包括各種力量、動力——不只與物理元素互動有關，也不只是思想家的泛泛空想——或者你要說是靈魂、惡魔、神明也可以；還有魔法……總之你明白我的意思。而這就是上方頂點所代表的。但是它也和下方的兩點脫不了關係，首先，不管是咒術、召魂儀式、薩滿等等，它們都會影響周遭的社會關係——同時也反過來受到影響。接著是物理；魔法和咒語主要都是操控一種稱為**魔法物質**的理論性粒子——也就是所謂『中魔的粒子』。現在呢，有些科學家——」他用拇指指向自己，「——認為它們本質上其實是與質子和所有物理粒子相同的東西。

「而現在……」以薩故弄玄虛，慢了下來，「有趣的部分**才要開始**。

「所有你能想到的研究或知識都落在這個三角形中，但**不會**不偏不倚剛好落在某一個角落。拿社會學、心理學或非人種族學來說吧，這些都很好理解吧？它們會落在下面這裡，在『社會』這一角是嗎？這個嘛，是也不是。這當然是最接近的**落點**，但是你在研究社會的同時，不可能不考慮物理資源的問題，對吧？所以呢，這時候就該物理上場了。現在我們必須將社會學沿著這條底軸移動一下。」他將手指微微左移了些。「但是如果你想要了解——拿仙人掌人的文化來說好了，就不能不了解他們的太陽崇拜。如果不了解甲蟲人的神明或蛙族人的薩滿通靈，你還能了解他們的文化嗎？**當然不行**。」以薩得意洋洋地做出結論，「所以我們還必須將這一點往上朝祕術的方向移動。」他的手指跟著上移幾分。

「社會學、心理學之類大抵來說都是如此，落在偏左上方的右下角。

「那麼物理學或生物學呢？應該就在物質科學這裡，對吧？但生物學其實對社會具有深遠的影響，反之亦然，所以它實際上是落在『物質』角落的右方一點。那麼風蝘的飛行呢？靈魂樹的餵養呢？這些都屬於祕術，所以我們必須再往上移動一些。物理之中也包含了某些魔法物質的效力。你現在明白重點在哪裡了嗎？即便是最『純粹』的一個命題，事實上也都落在這三點之間。

「除此之外，還有一大堆定義就混合多種主題的學科。比方說社會生物學，它落在底線中央偏上；催眠學呢？右斜方的中央；它包含社會心理學和祕術，但又摻雜了些腦部的化學作用，所以應該偏這裡一點……」以薩的圖上現在布滿小小的十字，標記出各種學科。他看向雅格哈瑞克，並在三角形的正中央小心翼翼畫出最後一個整齊的X。

「這一點又是什麼呢？位於三角形正中央的這一點？

「有些人認為是數學。好。如果你認為位於中央的這一點是數學，那麼你研究的重點有哪些？數學在某種程度上完全是抽象的，像負一的平方根等等；但若非有嚴謹數學存在，這世界什麼也不是。所以我們可以把這世界看作一個集結所有力量的地方，包括心理、社會和物理三方面的力量。

「如果說世上所有學科都位於這樣一個三角形中，有三個頂點還有一個核心，那麼它們所研究的力量和動力也不例外。換言之，如果你覺得這種觀察方式有趣或有幫助，那麼基本上，我們要研究的其實是單一力場、某種力量的不同層面；所以它才被稱為『統一場理論』。」

以薩筋疲力盡地一笑。見鬼了，他突然察覺，我講解得還不錯嘛……十年的研究大大改善了我的教學能力……而雅格哈瑞克小心翼翼地看著他。

「我……明白……」鳥人終於說。

「很高興聽到你這麼說。不過還不只這樣呢，老友，所以抓好褲帶，準備好了——你知道嗎，統一場理論通常不被視為一種理論，它的地位就跟板塊碎裂假說差不多；不知道你有沒有聽過這假說？」雅格哈瑞克頷首。「很好，那麼你就懂我的意思。該假說同樣值得推崇，只是又有些古怪。接下來的話可能會摧毀我僅有的一點可信度，但我必須說，我對統一力場理論的觀點在這圈中算是少數意見；我認為重點在於力量的本質。

「我試著解釋得簡單一點。」以薩緊閉雙眼片刻，整理腦中思緒。「好，問題就在於，一顆被扔到空中的蛋掉落在地——這是正常的嗎？」

以薩頓了會兒，讓這畫面沉澱片刻。

「懂嗎？你想想這個畫面，這例子中的統一力量基本上是**靜止的**，然後物體開始墜落、飛行、滾動；不管是改變心意、施咒、老化、移動，基本上都是基本狀態的一種**偏差**。否則的話，你就是認為那些變動的狀態屬於本體的一部分，而問題就在於該怎麼將它組織成一套完善的理論。我想你應該分辨得出我偏向何者。靜力學家會說我詮釋錯誤，但我管他們去死咧。

「所以，我是一名MUFTI：動態統一力場理論學家，不是SUFTI，靜態統一……你知道我的意思。但是呢，做為一名動態統一力場理論學家，他所能得到的答案不比問題多；如果物質會**動**；它是怎麼動的？是以穩定的步調？還是間歇性的逆轉？

「當你拿起一塊木頭，把它舉離地面十英尺，它會比起在地面上時擁有更多能量；我們把它稱之為位能，對吧？這一點在所有科學家間都毫無爭議。位能讓這塊木頭具備砸傷你或地板的能量，而當它只是靜靜躺在地面上時，並不具備這種能量。只有在它能夠掉落時，才會在靜止不動的狀態下擁有這種力量。一旦開始墜落，位能就會轉變為動能，砸斷你的腳趾或其他東西。

「懂嗎？位能的重點在於把東西放到一個不穩定的情況中，讓它隨時可能改變狀態。就像如果你在人群之中添加足夠的壓力，他們就會突然爆炸，從煩躁平靜一下變得暴力瘋狂。物質會因為受到某種因素的影響——像社會群體、一塊木頭或一個咒語——而從一個狀態轉換成另外一種狀態，進入一個新境界。在那裡，它與其他力量的互動會產生一股**屬於自身的能量**，去對抗當前的狀態。

「也就是把物質引導到那個關鍵的轉捩點，讓它進入危機狀態。」

以薩倒回椅背上片刻。他沒想到自己竟能樂在其中。在解釋的過程中，他的想法也益發鞏固，讓他能夠用一種實驗性的嚴苛思辯組織他的研究取向。

雅格哈瑞克真是個模範學生，他的注意力不曾動搖，目光如匕首般銳利。

以薩深深大吸了口氣，接著說下去。

「我們面臨的情況非常棘手，雅格老友。這個危機理論我搞了**好多年**。總之呢，我認為進入危機狀態是**萬物的天性**，一種與生俱來的特質。事物只要存在，就會改變，你明白嗎？推動統一力場的力量就是危機能量。位能之類的能量只是危機能量的一部分，微不足道的一部分。現在，如果你想在任何情況下都能使用儲藏的危機能量，那將會需要**龐大無比**的力量。有些情況是比較容易出現危機，沒錯，但危機理論的重點在於**只要存在**，事物就處於危機狀態。生活周遭隨時隨地都有大量的危機能量流動，只是我們還不知道該如何有效運用，只能眼睜睜看著它不定時爆發，既不可靠又無法控制。真是太糟蹋了。」一思及此，以薩忍不住搖了搖頭。

「我想蛙族人就是懂得運用**危機能量**才能製造水魔法，不過只是稍微操弄。這似乎是種悖論：你操弄水中的危機能量，讓它維持它極力抗拒的形狀，這樣一來，你就製造了更多危機……但這些能量無處可去，危機於是自我化解，恢復成原來的型態。但如果蛙族人用的是已經……呃……施展過**水魔法**的水當作實驗成分，吸引不斷增強的危機能量……噯對不起，我說遠了。重點是，我試著替你研究出一套方法，讓你能藉由操控危機能量來飛行，懂嗎，如果我的理論無誤，這會是唯一能永遠……**取之不盡**的力量。你飛越久，就越深陷危機之中；越處於危機之中，你就能飛得越久……理論上來說是這樣……

「但是老實說，雅格，事情沒那麼簡單。如果我**真的**能替你解開危機能量之謎，你的案子將變得……坦白說，非常微不足道。這些力量與能量能夠**顛覆**……世上一切……」

這個驚人的想法讓空氣也為之凝結。相較於這番話，倉庫裡的骯髒顯得多麼微不足道、多麼無關緊要。以薩遠眺窗外，望向新克洛布桑汙濁的夜色。月亮與她的女兒們在天際跳著莊嚴的舞蹈。那兩個女兒——比母親小，卻比其他星體來得大——在他頭頂閃耀嚴峻的冷光。以薩不禁思索起所謂的危機。

最後，雅格哈瑞克終於開口。

「如果你的理論正確……我就可以重新飛翔？」

這個小眼睛小鼻子的問題讓以薩爆笑出聲。

「沒錯，雅格老小子。如果我的理論正確，你將能夠再度飛翔。」

15

以薩沒能說服雅格哈瑞克留宿倉庫。鳥人不肯解釋不願留下的原因，就這麼隱逝於夜色之中。他這個身心皆殘破的流放者為了尊嚴，寧可睡在水溝、煙囪或廢墟裡，甚至連食物也不肯接受。以薩佇立倉庫門口，目送他遠走。雅格哈瑞克的黑色斗蓬鬆垮垮地擺盪，遮掩底下的木框：那對虛偽的翅膀。

以薩終於關上門，回到窗臺前，看著光影掠過瘡河河面。他將頭抵在拳頭上，聽著時鐘滴答滴答作響。新克洛布桑的暗夜喧囂悄悄穿過牆板，以薩可以聽見機器、船隻和工廠的哀傷嗡嗚。樓下，大衛與路勃麥的機械人彷彿與時鐘唱和，發出輕微的咯咯聲響。

以薩收起牆上的圖，如果覺得還有用，就塞進一只爆滿的資料夾。其他的他瞇眼仔細檢查後就扔到一旁。他挺著大肚子趴到床底，拿出蒙塵的算盤和滑尺。

他心想：我必須去大學一趟，「帶」一臺差分機回來。這會是一項艱鉅的任務；這類設備的保全系統嚴密到幾近神經質。但以薩突然想到自己很快就有機會親自去學校調查保全系統：他明天就要去大學，和他恨之入骨的老闆福米斯漢克碰面。

這些日子福米斯漢克鮮少雇用他，以薩已經好幾個月沒有從那隻緊握的小手中收到通知信，說他們需要他研究某個既深奧而且（可能）毫無意義的瑣碎理論。以薩一直以來都無法拒絕這些「要求」。若是推辭，他很有可能會失去使用大學資源的特權，也代表他再也不能三不五時「摸」些貴重器材回家。儘管他與福米斯漢克之間的專業關係岌岌可危，但從這名系主任身上還看不出他打算限制以薩的特權，他似乎也沒發現消失的器材與以薩的研究時程之間的關連。以薩自己也不明就裡；他八成只是不想失去掌控我的權力，他想。

以薩發現這是他第一次必須求助於福米斯漢克的專業，但他還是必須去見他。即便他覺得自己應該全心投入新研究方向——也就是他的危機理論，但他也不能還沒請教過城中最有名的生物魔法師，就完全放棄較為普遍的技術——譬如再造；這樣就太不專業了。

以薩替自己做了一份火腿捲及一杯冷巧克力，不再去想福米斯漢克。以薩不喜歡他有許多緣故，政治立場是其一。畢竟所謂的生物魔法不過是種禮貌的說法，說穿了還不就是破壞、重建生物的肉體，再用不自然的方法加以組合，隨心所欲地操控。當然了，這類技巧可以運用在治療和修復上，但這種例子並不多見。雖然沒有人有證據，但如果哪天聽說福米斯漢克有部分研究被拿去用在懲戒工廠，以薩一點也不會驚訝；福米斯漢克絕對有能力成為一名傑出的肉體雕塑家。

敲門聲響，以薩訝異抬頭：現在都快十一點了。他放下晚餐，匆匆跑下樓，沒想到等在門後的是一臉不懷好意的幸運蓋吉。

現在是他媽的什麼情況？以薩心想。

「以薩，我的兄弟！我……自以為是、愚蠢天真……可愛可親的……」蓋吉一看到以薩立刻尖聲高喊，還想擠出更多B開頭的字❸。街道兩旁的路燈紛紛亮起，以薩趕緊把他拉進倉庫。

「蓋吉，你這該死的混蛋！你來**幹麼？**」

蓋吉來回踱步，腳步稍嫌急促了些。他眼珠子瞪得斗大，不住滴溜溜地打轉。聽到以薩的口氣，他臉上流露出受傷的神情。

「冷靜點嘛，大哥。放輕鬆、放輕鬆，沒必要把場子搞得難看嘛，是不是？我是來找林恩的。她在這裡嗎？」他突然咯咯大笑起來。

啊！以薩心裡警鈴大作。這可棘手了，雖然幸運蓋吉是薩勒克斯人，知道以薩和林恩間未曾公開的關係，但這裡不是薩勒克斯。

「不，蓋吉，她不在這裡。而且就算她為了某種原因出現在此地，你也沒有權力在大半夜闖進我家。你找她做什麼？」

「她不在家。」蓋吉轉身，順著樓梯上樓，頭也不回地說：「我剛剛去過，結果撲了個空。大概是在認真**創作**，是吧？她欠我錢，**佣金**；我幫她接了一筆**大生意**，讓她以後不愁吃穿。我想她現在應該就是在工作吧？但是我需要錢……」

以薩惱怒地拍了下腦袋，快步跟著蓋吉上樓。

「你在說什麼鬼話？什麼工作？她現在在做自己的作品。」

「喔，對，當然了。是，就是這樣沒錯。」蓋吉心不在焉地熱烈附和，「管她怎樣，反正她就是欠我錢。我他媽的快被逼死了，以薩……先借我個諾布爾金幣擋擋吧……」

以薩感覺得到體內怒火沸騰。他一把架住蓋吉，箍得他動彈不得。蓋吉的手臂就跟一般的毒蟲一樣骨瘦如柴，只能可憐兮兮地徒勞掙扎。

「聽好了，蓋吉，你這個沒用的癟三。你看看自己什麼樣子，醉到站都站不穩了，是想**嚇唬**誰啊你？你這個爛毒蟲，竟有膽闖來我家……」

「夠了沒！」蓋吉突然大吼一聲，冷笑著打斷以薩，「林恩雖然不在這裡，但是我非常需要某樣東

❸ 自以為是（bumptious）、愚蠢天真（bungling）、可愛可親（beloved）全都是英文字母B開頭。

西，而你必須幫我，否則我不知道自己出去之後會說些什麼哦！就算林恩不肯伸出援手，你也會的。因為你是她的白馬騎士，她的**心中所愛**；而她是你的情人……」

以薩將偌大的拳頭往後一拉，再狠狠砸在幸運蓋吉臉上。這瘦巴巴的傢伙在空中飛了幾碼遠。

蓋吉大駭，失聲慘叫，在光禿禿的木板上滿地亂爬，摸索樓梯口的方向，鼻血濺得到處都是。以薩甩去指節上的鮮血，走向蓋吉，怒火燒得他一臉冰寒。

「蓋吉，如果你不想脖子被我扭斷，最好現在就快給我滾！」

*你以為我會容忍你這樣說話嗎？你以為你可以勒索我嗎？你這廢物！*以薩心裡暗罵。

蓋吉爬起來，嚎啕大哭。

「你他媽的**瘋了**，以薩，我還以為我們是**朋友**……」

鼻涕、眼淚和鮮血滴滴答答落在以薩的地板上。

「是嗎？那我想你是搞錯了，老鬼，你什麼也不是，就是條毒蟲而已。而我……」以薩突然停止辱罵，震驚地看著前方。

蓋吉靠在空蕩蕩的箱籠前，裝毛毛蟲的箱子也在那裡。以薩看見那條肥滋滋的幼蟲不停興奮蠕動，身子屈了又伸，伸了又屈，用不知打哪兒來的力氣把身體抵在網籠正面，朝幸運蓋吉瘋狂擰扭。

蓋吉嚇呆了，手足無措地站在原地，等以薩說完。

「什麼啦？」他哭喊著問，「你想把我怎樣？」

「閉嘴。」以薩要他噤聲。

毛毛蟲比牠剛到時瘦了許多，原本驚人的孔雀色澤也變得黯淡無光，但顯然一息尚存。牠在小小的籠子內蠕動爬行，像盲人的手指般摸索空氣，跌跌撞撞爬向蓋吉。

「別動。」以薩要他保持安靜，自己緩緩上前。嚇壞的蓋吉不敢違背，順著以薩的目光望去，看見小籠子內一條巨大的毛毛蟲正嘗試爬向他，眼珠子差點沒瞪到掉下來。他微弱地哀嚎一聲，把手從盒前抽開，躡手躡腳地慢慢後退。但毛毛蟲立刻改變方向，試圖追逐他的行蹤。

「**太了不起了……**」以薩驚嘆。他目不轉睛地看著眼前的畫面，蓋吉突然舉手抱住腦袋，像頭上爬滿蟲子般瘋狂甩動。

「天啊，我的腦袋是怎麼了？」蓋吉結結巴巴地問。

以薩步步逼近；他也感覺到了。一陣陣異樣的感受如鰻魚閃電般竄過小腦。他眨眨眼，微微咳嗽一聲，然後突然間像被控制般，一股不屬於他的情感鯁在喉頭，稍縱即逝。以薩甩甩頭，緊閉雙眼。

「蓋吉，」他大吼，「慢慢繞過來。」

幸運蓋吉依言照做。毛毛蟲立刻調整方向，繼續跟著他、追著他，情急之下還不小心翻倒了。

「那東西為什麼會盯上我？」幸運蓋吉哀嚎。

「我也不知道，蓋吉。」以薩挖苦道，「我想那可憐的小傢伙是想**嚇唬**你。我不知道你身上有什麼，但總之牠想要就是了，蓋吉老友。慢慢掏空你的口袋；別擔心，我一個也不會拿。」

蓋吉從髒兮兮的外套和長褲口袋掏出紙屑和手帕，遲疑片刻之後，又從內袋拿出兩包圓滾滾的包裹。

毛毛蟲突然陷入狂暴。那種令人頭暈目眩的聯覺共感又開始在以薩和蓋吉腦中旋轉。

「那到底是什麼鬼東西？」以薩咬緊牙關怒問。

「這包是沙白，」蓋吉遲疑地說，朝籠子揮了揮第一包包裹，但毛毛蟲沒有反應。「這是殘夢。」蓋吉將第二包藥包舉在毛毛蟲頭上，牠立刻用尾部平衡身體，高抬起頭。那可憐兮兮的哭喊聲雖然細如蚊嗚，但兩人都可以明確感受到。

「找到了！」以薩說：「就是它！這傢伙要殘夢！」以薩一把抓住蓋吉，「給我！」

蓋吉猶豫了會兒，最後還是乖乖交給以薩。

「這分量可不少啊，唉……它們可值錢得很，唉……」他喃喃說道：「你不能就這樣**拿走**啊，唉……」

以薩掂掂重量，估計約有兩、三磅。他打開封口，毛毛蟲再次爆出激動的尖銳哭嚎，這種無以名之又強烈的乞求令以薩不禁微微一縮。

殘夢是一大團黏答答的棕色小球，聞起來很像燒焦的糖。

「這是什麼玩意兒？」以薩問蓋吉，「我聽說過，但完全不知道是什麼鬼。」

「新玩意兒，以薩，而且是貴得嚇死人的新玩意兒。問世一年多了，會讓你整個人……飄飄然……」

「有什麼功用？」

「沒有言語能夠描述。你要不要買些試試？」

「不要！」以薩厲聲回答，但隨即又遲疑了，「好吧……但不是為了我自己……這樣一包要多少錢，蓋吉？」

蓋吉猶豫了會兒，顯然是在考慮可以把價錢哄抬到多高。

「呃……大約三十枚基尼金幣……」

「**去你媽的**，蓋吉……你這個可悲的藝術家……我就付你……」以薩沉吟片刻，「十枚金幣。」

「成交。」蓋吉立刻回答。

該死，以薩心想：我被坑了。他本想討價還價，但轉念一想還是作罷。他謹慎地看著蓋吉，這傢伙又神氣活現了起來，雖然一張臉被血汗和鼻涕搞得又溼又狼狽。

「好吧，成交。你給我聽好了，蓋吉，」以薩冷冷地說：「我可能還需要更多殘夢，懂我意思嗎？如果我們合作愉快，我沒有理由不把你當作我的……獨家供應商，懂吧？如果我們之間發生任何**衝突**，像是失去信任之類的，我就必須琵琶別抱，明白嗎？」

「以薩，我的老友，你無須多言……我們現在是伙伴了……」

「當然。」以薩用沉重的口氣回答。他沒有笨到以為可以相信蓋吉，但這樣一來，起碼可以給那傢伙稍微嘗些甜頭。蓋吉不會反咬自己的金主——至少暫時不會。

雖然不是長久之計，以薩心想，但目前也只能先這樣了。

以薩從包裹中拿出一塊溼答答的黏塊，大小約同大橄欖，上頭覆著厚厚一層正迅速變乾的黏液。以薩將毛毛蟲的箱蓋掀開一、兩英寸，把那塊殘夢扔了進去，然後蹲下從網籠正面觀察幼蟲。

以薩的眼皮快速掀動，彷彿有股靜電在體內流竄。他的視線一時間無法聚焦。

「哇嗚……」幸運蓋吉在他身後呻吟，「有東西在我腦袋裡……」

以薩先是感到一陣倏忽即逝的反胃，然後是他這輩子體驗過最累人、最無法壓抑的狂熱，他覺得自己全身像著了火一樣。不到半秒，異樣的感受便消失無蹤，彷彿從他鼻孔流洩而出。

「喔，看在聖者的分……」以薩怒吼。他的視線晃動，但又突然銳利起來，變得異樣清晰。「這小混蛋是某種共感生物。」他喃喃道。

他緊盯著毛毛蟲不放，覺得自己就像個偷窺者。幼蟲在藥丸旁翻來覆去，宛如一隻要掐碎獵物的蟒蛇。牠的口器緊咬住殘夢頂端，貪婪地大口咀嚼，投入的模樣竟莫名有種淫穢之感。牠裂至兩側的下顎滲著唾液，狼吞虎嚥的模樣就像在聖者紀念節上大啖太妃布丁的小孩。殘夢飛快消失。

「見鬼了。」以薩說，「這些不夠。」他又扔了五、六顆小藥丸進籠子裡。毛毛蟲在黏答答的藥丸間開心翻滾。

以薩起身，瞇眼打量幸運蓋吉。蓋吉搖頭晃腦地看著毛毛蟲進食，臉上流露宛如天使般的純真笑容。

「蓋吉老友，看來你救了我的小小實驗品。感激不盡。」

「我是你的**救命恩人**，是不是啊？以薩？」蓋吉用醜陋的姿勢學芭蕾舞者緩緩轉了一圈，「救命恩人！救命恩人！」

「對，你要這麼說也行。你是我的救命恩人，老友，但現在給我安靜一點。」以薩看向時鐘，「我真的必須繼續趕工了，所以識相點，快滾好嗎？那個，你別往心裡去，蓋吉……」以薩遲疑了會兒，伸出手，「很抱歉打傷你的鼻子。」

「喔。」蓋吉一臉訝異，試探地戳戳自己鮮血淋漓的臉，「唉……算了……」

以薩大步走向書桌。

「等等，我給你錢。」他在抽屜裡東翻西找，最後終於找到皮夾，拿出一枚金幣。「等一下，別的地方還有，再讓我找一下……」以薩跪在床邊，把紙堆推到一旁，蒐刮床底下的謝克爾銀幣和零錢。

蓋吉偷偷伸手摸向以薩留在毛毛蟲籠上的殘夢，深思熟慮地瞄看以薩。科學家的臉仍貼在地上，在床底下四處摸索。蓋吉從黏成一大塊的藥丸掰下兩小塊，再偷瞥以薩一眼，看他有沒有發現。以薩隨口說了些什麼，但聲音給頭頂上的床給悶住了。

蓋吉緩緩走向床邊，從口袋掏出一張糖果包裝紙，將其中一塊殘夢包起來後又重新塞回去。他看向手裡剩下的那塊殘夢，嘴角揚起痴傻的笑容。

「你應該要了解一下自己買了些什麼，以薩。」他喃喃自語道，「這樣才有**道德**……」他樂得咯咯直笑。

「你說什麼？」以薩大聲問，正要從床底下爬出來，「找到了！我就知道長褲口袋裡還有些錢……」

幸運蓋吉飛快從桌上吃了一半的火腿捲撕下一塊麵皮，把殘夢偷偷塞進萵苣葉下的黃芥末醬，然後將麵皮放回去，從桌前退開。

以薩站直，轉身面向蓋吉。他一身灰塵，笑容滿面，手裡抓著一疊紙幣和幾枚零錢。

「這裡是十枚基尼金幣，該死的，你還真會講價……」

蓋吉收下以薩給他的錢，迅速下樓。

「謝了，以薩。」他說：「感激不盡。」

他的反應讓以薩有些吃驚。

「喔，好。如果我需要殘夢會再跟你聯絡，好嗎？」

「沒問題，有需要再找我，大哥……」

蓋吉一心只想趕快離開倉庫，他敷衍地揮揮手，關上大門。以薩聽見漸行漸遠的人影中傳來愚蠢的竊笑聲，咯咯不停的輕笑在黑暗中逐漸消散。

該死！以薩心想，我最痛恨和毒蟲打交道了。那傢伙簡直就是亂七八糟……以薩搖搖頭，走回毛毛蟲的籠子前。

毛毛蟲已經開始吃起第二塊黏答答的藥丸。一小波一小波的昆蟲歡愉浪潮瀉入以薩腦中，但那感覺一點也不愉快。以薩退到一旁觀看。毛毛蟲不吃了，開始仔細將身上的黏屑清乾淨，然後又吃了起來，把自己搞得髒兮兮後再清理一次。

「你這挑嘴又有潔癖的小混蛋。」以薩喃喃說：「好吃嗎？很享受是不是？太好了！」

以薩走回書桌前，拿起自己的晚餐。他轉身看著不停蠕動的彩色毛毛蟲，咬下一口變硬的火腿捲，又啜了一口冷巧克力。

「你之後到底會變成什麼鬼東西呢？」以薩對他的實驗品喃喃問道。他將剩下的火腿捲吃掉，麵皮已經不大新鮮，沙拉也走味了，以薩邊吃邊皺臉；至少巧克力很美味。

他抹抹嘴，回到毛毛蟲的籠子前，做好防衛，準備抵抗特殊又微弱的心電感應浪潮。以薩蹲下，看著那飢腸轆轆的小東西狼吞虎嚥。雖然難以確認，但以薩覺得毛毛蟲的鮮豔色澤似乎恢復了些。

「你這個小東西要阻止我過度沉迷危機理論，對嗎？對吧，你這個只會爬來爬去的小傢伙？教科書裡找不到你的存在，是不是啊？是因為你太害羞嗎？是這個原因嗎？」

一陣扭曲模糊的靈識如十字弓箭般襲向以薩，他一個踉蹌，後退跌倒。

「喔！」以薩慘叫一聲，痛苦逃離籠前，「我受不了你那些心電感應的鬼東西，老朋友……」他掙扎爬起，一面朝床邊走去一面揉頭。但是剛到床前，又一陣奇異的情緒在他腦中猛烈搏動。以薩膝蓋一軟，跌到床邊，雙手緊按太陽穴。

「該死的！」他心生警戒，「夠了，你的力量太強了……」

剎然間，以薩半點聲音也發不出來。第三波猛烈攻擊進攻他的神經突觸，他一時間動彈不得。這次不同，以薩突然領悟，這感覺和方才距離他十英尺遠的那隻古怪毛毛蟲發出的感應哀嚎不一樣，他突然變得口乾舌燥，嘴裡嘗到沙拉的怪味，還有樹葉、堆肥和陳年水果蛋糕的味道——以及結塊的芥末醬。

「喔不……」他喃喃道，突然間恍然大悟，發著抖說：「**不不不不不**，喔，蓋吉，你這**混蛋**，你這天殺的。我一定會他媽的**殺了你……**」

以薩用劇烈顫抖的雙手緊抓住床緣。他一身大汗，皮膚看起來像石頭一樣灰沉。

快上床。他急切地想，鑽進被子裡，咬牙忍過去。每天都有上千人為了找樂子這麼做，沒什麼大不了……

以薩像被下了藥的蜘蛛般爬過縐巴巴的毯子。他無法鑽進被裡，因為它們亂七八糟地在床單上疊成一團。床單和被單彷彿融為一體，以薩突然認為它們都屬於同一塊縐巴巴的布料，不可能分開，所以索性直接滾到被子上，在糾結的棉花和羊毛中游泳。他一下往上游，一下往下游，精神奕奕地擺動著幼稚的狗爬式，拚命揮動手臂，因為極度的乾渴不停乾咳、吐水、咂嘴。

看看你自己，你這個白痴。他有部分的大腦如此唾棄自己。這樣很光榮嗎？

但他置之不理。他心滿意足地在床上輕巧游泳，像瀕死的動物般粗重喘息，嘗試挺起脖頸，突出眼珠。

他感到大腦後方有一股壓力逐漸增強。眼前出現了一扇大門、一扇雄偉的地窖大門，就嵌在他小腦最不起眼的角落牆上。那扇門不住搖撼，有東西試圖破門而出。

快啊，以薩想，快撞破啊……

但是他感覺那股逐漸增強的莫名力量掙扎著想要逃脫。那扇門是個疔瘡，裡頭充滿膿汁，隨時就要爆炸。一隻肌肉賁結、面無表情的巨犬森然地靜靜鎖在鐵鍊上，浪潮無情擊打搖搖欲墜的海港。

以薩的腦裡有東西炸裂開來。

16

陽光如瀑布般傾瀉我欣喜若狂感受繁花在我的肩我的頭綻放葉綠素生氣勃勃地流竄我肌膚我舉起長滿棘刺的巨大手臂

別這樣摸我我還沒好你這隻豬

看看那些蒸汽錘！要不是它們讓我得這麼辛苦地工作，我一定愛死它們了！

這是

我很榮幸能夠親口告訴你令尊已同意參加我們的比賽

這是一場

我在汙水之下朝著那彷彿大片雲朵的巨大黑色船身游去我吸進髒水咳起嗽來長著蹼的腳往前推進

這是一場夢嗎？

光芒肌膚食物空氣金屬性愛悲慘火菇蕈綱船折磨啤酒青蛙尖塔漂白水小提琴墨水陡崖雞姦金錢翅膀彩莓諸神電鋸骨頭謎語嬰兒水泥蛤蠣支柱內臟雪黑暗

這是一場夢嗎？

但以薩知道自己不是在做夢。

腦中有盞神奇的燈籠忽明忽滅，不停用各種畫面轟炸他。但那並非像走馬燈，小小的畫面內永無止境地重複同樣的故事，而是各種數不盡的光陰片段連續震顫轟炸。以薩接受無數細微時光的砲火攻擊，生命的片段搖晃撼動，彼此相連。他偷聽到其他生物的生活：因為受到蟲母責罵，他用甲蟲人的化學語言哭喊，接著又化身一名領頭馬夫，不以為然地聽著新來的小廝鬼扯鳥蛋藉口；然後他滑入清新冷冽的山泉之中，閉上透明的內眼瞼，朝那對瘋狂交配的蛙人踢水游去；然後……

「喔天啊……」他聽見自己的聲音從那混亂的情感攻擊深處傳來。越來越多越來越多越來越多，來勢洶洶，以迅雷不及掩耳的速度彼此重疊，邊界越來越模糊，直到兩、三種生命片段同時出現。眼前一片光明。燈光亮著時，有些面孔很清晰，有些則模糊難辨。各種生命片段隨著一種不祥的、象徵性的焦點移動，全都由夢境的邏輯統治。以薩有部分的心智仍未失去分析的能力，他領悟這些不是、也不可能是歷史的爛泥，凝結、去蕪存菁後成為黏稠的樹脂。這些場景流動得太厲害了，知覺和現實緊緊交纏。以薩要掙脫的並非是他人的生活，而是他人的心智。他成了一名偷窺者，監視獵物的最後一個藏身處。

這些是記憶、是夢。

他人的心靈如潮水般潑灑了以薩一身，他覺得好臭。終於，沒有更多畫面湧入，也沒有一二三四五六更多的入侵回憶短暫停留，被他自我意識的光芒所照亮。相反地，他在泥沼中游著，一種黏稠的汙濁夢液流進又流出，殘缺不全，不分壽命、性別、種族，流淌各種邏輯和影像，直到他無法呼吸，泅溺在夢境與希望的爛泥之中，在那些不屬於他的回憶與省思裡。

他的身體不過是一只裝滿精神廢水的無骨皮囊。遠方某處，他聽見它在床上呻吟搖晃，水聲潺潺。

以薩蜷起身子。在情感與虛情的交錯攻擊中，他感到一股細微卻持續的厭惡與恐懼；他察覺那來自於他的內心。意識中，不斷重播的想像畫面聚積成一片泥濘，他掙扎前進，奮力穿越。以薩觸摸那涓涓滴淌的噁心感，毫無疑問，那正是他此時此刻的感受。他緊抓住它，將自己置於中央……以薩像發了瘋似的緊緊攀附它不放。

他緊抓住自己的意識，承受周遭夢境的猛烈襲擊。他感到自己飛過一座高低不平的小鎮，一名六歲的小女孩用他從沒聽過的語言開懷說笑，但在那瞬間他卻能夠明白話語的內容，彷彿那就是他的語言。他夢見青春期少男做的春夢，心裡充滿青澀的興奮。他游過大河河口、造訪陌生洞窟、參與儀式性的戰爭；他進入仙人掌人的白日夢，在平坦的大草原上漫步，在一種似乎由全巴斯－拉格的智慧種族所共享的夢境邏輯統治下，身旁的房屋紛紛變形。

新克洛布桑出現在各個地方，以夢中的姿態、記憶中或想像中的樣貌。有些細節異常鮮明，有些殘缺不全。街道上出現的巨大鴻溝轉眼間便已跨越。

夢裡還包括其他城市、其他國家與大陸。有些無疑是產生在顫動眼皮後方的夢境，有些似乎實際存在——都是一些像新克洛布桑般真實的地點、城市、城鎮和村落，充滿以薩未曾見過或聽過的建築和語言。

以薩領悟，他泅游其中的這片夢境之海，也包含了來自遠方異地的水滴。

不像是海，他在混亂的心智底層醉醺醺地想著，比較像是一碗清湯。他想像自己面無表情地啃食他人心智的肉屑與內臟，一塊又一塊酸臭的夢境物質在半真半假的稀薄回憶中漂浮。以薩的內心陣陣作嘔。如果我在這裡吐了出來，就得把腦子倒出來、清乾淨；他想。

回憶與夢境如怒濤般一波波襲來，形形色色的主題乘著潮水而至。即便漂流在紛雜無序的思緒之中，以薩也乘著熟悉的洋流橫越腦海中的景色。他屈服於財富之夢的吸引，在這波回憶中有斯泰佛銅板、有錢幣、有牛頭、有彩貝、有石板字據。

他在春夢中乘浪翻騰，仙人掌人的精液射過泥土，射過一排排女人栽種的蛋燈；甲蟲女人在友善的狂歡中替彼此抹油；禁欲的人類牧師在夢境中發洩內心不被允許的罪惡欲望。

以薩陷入焦慮的夢境，循著小小的漩渦盤旋而上。一名人類女孩正準備進入考場，他發現自己一絲不掛地走在上學途中；一名蛙族水魔法師心跳加速，感受螯人的海水從大海倒流回河川之中；演員呆呆站在舞臺上，一句臺詞都想不起來。

我的腦袋就像一只大釜，以薩心想，所有夢境都在沸騰。

想法來得越來越快、越來越密集。想到這點，以薩試著跟上節奏，集中注意力，投入更多畫面，讓它不斷重複——速度也越來越快、越來越密集，越來越快、越來越密集——同時努力無視那些惡臭心靈發動的猛烈攻擊。

沒有用。這些夢都在以薩腦中，他無處可逃。他夢見自己夢見其他人的夢，領悟所有夢都是真的。他只能用熱切而恐懼的專注，嘗試記住哪些夢屬於他自己。

附近某個地方突然傳來瘋狂的唧嗚聲。聲音穿透竄入以薩腦內的影像，不停增強，直到占據他全副腦海。

剎那間，所有夢境都停止了。

以薩太快睜開眼，光線和痛苦同時貫穿頭顱，他不禁咒罵出聲。他舉起手，感覺掌心有氣沒力地抵在頭上，彷彿一只模糊、巨大的船槳。他將手重重壓蓋在雙眼上。

夢境停止了。以薩從指縫間望出去。天亮了，四周一片明亮。

「見……鬼……了……」他喃喃咒罵，因為講話，他的頭又痛了起來。

這太荒謬了。他完全不知道過了多久，但其他一切都記得清清楚楚。真要說有什麼特別，就是他的即時記憶似乎變得更為鮮明。他能清楚感受自己在殘夢的影響下全身發軟、盜汗、哭嚎了大約半個小時

（應該不會比這更久），但還是一樣……他和眼皮奮戰，瞇眼望向時鐘……現在是早上七點半，距離他掙扎上床已經過了好幾小時。

他用手肘撐起上半身，檢查自己：黝黑的肌膚變得又溼又灰，嘴巴飄出陣陣臭味。以薩知道自己一定一整晚動也沒動，因為被子只有變縐一點點。

喚醒他的驚恐鳥鳴聲再度響起。以薩煩躁地甩甩頭，察看來源。一隻小小鳥在倉庫裡焦急盤旋，以薩知道那是昨晚不願順從離開的逃脫者之一：一隻鶺鴒，但牠現在卻明顯流露著恐懼之情。以薩環顧四周，想知道是什麼讓那隻鳥如此不安。一隻獅龍柔軟的爬蟲類身軀如十字弓箭般從屋簷一角掠至另一角，半途中攫住小鳥兒，鶺鴒的叫聲突然中斷。

以薩蹣跚下床，昏沉沉地在原地打轉。「筆，」他喃喃自語，「我得趕快記下來。」

他從桌上抓過紙筆，開始記錄使用殘夢的經驗。

「它究竟是什麼？」他一面寫一面念出聲，「有人成功複製出夢境的生化作用？或直接從源頭傳遞……」他又揉揉腦袋，「老天，誰會吃這種玩意兒……」以薩呆立了會兒，望向籠子裡的毛毛蟲。

他像石化般動也不動，雙唇傻傻張開，然後上下掀動，最後終於擠出字來。

「我，的，老，天，啊。幹。」

以薩拖著踉蹌的腳步緩緩上前，神色緊張地穿過房間，彷彿百般不情願，小心翼翼地看著眼前景像。他來到籠前。

籠內，七彩斑斕的大毛毛蟲正悶悶不樂地不停蠕動。以薩站在籠前，不安地俯瞰這隻巨蟲，感覺周遭的空氣傳來一種奇異、鬱悶又古怪的細微震動。

毛毛蟲在一夕之間大了至少三倍，如今身長約一英尺，也粗肥了不少。原本已黯然褪色的驚人色澤也恢復起初閃耀的光澤。有意思的是，牠尾端上看起來黏答答的剛毛現在根根豎立，散發一種邪惡感。籠子各面的空間都只剩不到六英寸，毛毛蟲虛弱地推頂四壁。

「你是怎麼回事？」以薩喃喃自問。

他退開，目不轉睛看著那生物。毛毛蟲的頭在空中盲目搖晃。以薩思緒飛轉，回想自己給牠吃了多少殘夢。他環顧房內，看見裝著殘夢的包裹仍躺在昨晚放置之處，沒有移動過；表示那隻毛毛蟲並沒有逃出來，自己飽餐一頓。以薩知道他昨晚留在籠內的藥絕不可能含有那麼多熱量，讓毛毛蟲一夜之間長大那麼多。就算牠吃多少長多少，也達不到如今的體型。

「不管你從晚餐中獲取到什麼能量，」他喃喃說：「都不是物質性的。你究竟是什麼？」

他必須把那隻幼蟲移出籠外。牠看起來太悽慘了，縮在狹小的空間內漫無目的地撞擊身軀。以薩遲疑了會兒。想到要碰那龐然大物他不免有些害怕，也有些作嘔。最後，他搬起一夕之間沉重許多的箱籠，搖搖晃晃走到一個較大的籠子前。這個細鐵絲網柵欄迷你禽舍大約五英尺高，空出來前原本住著一窩黃鶯。

以薩把小箱籠搬進禽舍，略為離地平舉，他打開箱籠正面的籠門，將肥碩的毛毛蟲倒到木屑上後迅速關上前柵欄，然後上鎖。

他退開，打量重新安置好的俘虜。

牠也直勾勾地回望他，以薩能感到牠正像小孩般苦苦哀求著早餐。

「唉，耐心點。」他說：「我自己都還沒吃咧。」

他不安地後退，轉身跑向起居室。

以薩啃水果和冰餐包當早餐時，察覺到殘夢的藥效正迅速消退中。這大概是全世界最痛苦的宿醉，他嘲諷地想，不過不到一小時就好了。難怪那麼多人一試成主顧。

房間另一頭，一英尺長的毛毛蟲在新籠子的地板上爬來爬去，可憐兮兮地在木屑中嗅啊嗅，然後再次抬起頭，朝殘夢的方向搖晃腦袋。

以薩忍不住拍拍自己的臉。

「媽呀，見鬼了。」他喃喃說，心裡同時浮現隱約的不安與想要一探究竟的好奇。這種興奮很幼稚，就像小男孩和小女孩用放大鏡聚光燒昆蟲一樣。他站起身，把一隻大木匙伸進包裹內，剷起一大塊黏成一團的藥丸送到毛毛蟲面前。牠一見到──聞到？或不管牠是如何察覺──殘夢靠近，就興奮得幾乎要手舞足蹈。以薩打開籠子後方的小小餵食口，把殘夢倒了進去。毛毛蟲立刻抬起頭，重重撞向那一大塊殘夢。牠的嘴巴現在夠大了，可以清楚看見牠是如何進食。牠張開嘴，在強烈的催眠狀態下狠狠大口嚙食。

「這個呢，」以薩說：「是最大的籠子了。所以長慢一點，可以嗎？」他從籠子前退開，準備更衣，但目光片刻不離正在大快朵頤的毛毛蟲。

以薩從散落一地的衣服間東撿一件、西撿一件來聞，最後挑了一套沒有臭味，而且汙漬最少的襯衫和長褲穿上。

有空最好列張「待辦事項」的清單，他冷冷想著；第一件要做的事就是「打死幸運蓋吉」。他大步走向書桌，畫給雅格哈瑞克的那張統一力場理論三角形圖就放在滿桌紙堆的最上方。以薩緊抿雙脣，瞪著那張手稿。他拿起圖，若有所思地看向正在盡情享受殘夢的毛毛蟲。他這天早上還有另一件事要做。

沒必要再拖延了。他不情不願地想著，還是我可以替雅格清一清這張桌子，順便了解一下這位毛毛蟲朋友……唉，或許。以薩沉重地嘆了口氣，捲起袖子，坐在鏡子前，難得而且草率地整理起外表。他笨手笨腳地撥了撥頭髮，找來另一件更乾淨的襯衫換上，發出怨恨的嘆息。

他給大衛和路勃麥寫了張字條。確定他的大毛毛蟲安全無虞，而且沒有逃脫的可能後，下樓將字條釘在門上，踏進陽光明亮如匕首的白晝之下。

以薩嘆了口氣，邁開腳步，準備招輛清早開工的出租車載他去大學，找他認識的那位最優秀、最傑出的生物學家、自然哲學家與生物魔法師；也就是那令人恨得牙癢癢的蒙太古・福米斯漢克。

17

以薩走進新克洛布桑大學，心情五味雜陳，懷念之中又摻雜著一絲忐忑。與他過去擔任教職時相比，校舍外觀幾無改變。盧德米德到處點綴著形形色色的大樓與學系，雄偉的建築令附近其他地區相形見絀。

科學大樓古老而恢弘，前庭花樹成蔭，落英繽紛。學生世代交替，來來去去，踩出一條條磨損的小徑。以薩依循足跡，穿過豔彩奪目的粉色花雨，匆匆踏上光潔的臺階，推開宏偉大門。

以薩揮了揮七年前就已過期的職員識別證，但根本沒必要。桌後的警衛是西吉，一名痴愚顢頇的老人。早在以薩任教之前他便已在此工作，而且看來會持續到天荒地老。他一如往常地用含混不清的招呼歡迎不定期出現的以薩。以薩和他握握手，問候他家人。以薩對西吉心懷感激不是沒有原因的，在他那雙白濁色的眼珠底下，以薩不知搬走了多少昂貴的實驗器材。

以薩大步走上臺階，與一群群學生擦身而過，有的在抽菸，有的在爭論，還有的正埋首寫字。學生大多是人類男性，不過偶爾還是有幾小群出於防衛性而結夥同行的非人種族青年——或女學生——或非人種族的女學生。有些學生用炫耀似的音量大聲爭辯科學理論，其他人偶爾低下頭在教科書的空白邊緣做筆記，順便吸口嗆鼻的捲菸。以薩經過一群蹲在走廊盡頭的學生，他們正在練習剛學會的生物魔法，用碎肝臟做成的小人像跌跌撞撞向前走了四步便癱倒在地，恢復成一團在地上抽搐的爛泥，看得他們樂不可支。越往樓上和走廊深處走去，學生也越來越少。他與前老闆辦公室的距離步步拉近，以薩一肚子煩躁與厭惡，察覺自己心跳急遽加速。

以薩穿過科學大樓行政區的豪華黑木嵌板長廊，來到盡頭的辦公室前。門上用金箔標示著：

系主任　蒙太古．福米斯漢克。

以薩在門外暫停腳步，緊張地這摸摸、那弄弄。他心裡一片混亂，想要表現出求和的態度，又壓抑不了十年來的憤怒和厭惡。他深吸口氣，轉身輕快地敲了敲門，推門而入。

「誰這麼大膽子……」辦公桌後的男人怒斥，發現是以薩後便突然住口。他沉默許久後才說：「喔，當然了，除了以薩還有誰呢？請坐。」

以薩依言就坐。

蒙太古．福米斯漢克正在吃午餐，蒼白的面孔和雙肩低靠在巨大的辦公桌上。他身後是一小扇窗戶，以薩知道窗外可見瑪法頓和克奴姆的寬闊大街與豪宅，只是窗前掩著骯髒的簾布，光線昏暗窒悶。

福米斯漢克的身材不算胖，下巴卻堆著一小層脂肪，宛若屍肉。他身穿一套過小的西裝，袖口下露出死白的肌膚，稀疏的頭髮彷彿以一種偏執的狂熱梳理得一絲不苟。他正喝著濃湯，饒富節奏感地先將麵包塊蘸了蘸湯，然後吮起吸飽湯汁的麵包，只是一個勁兒地嚼，卻不咬斷，一面啃一面擔心沾有臭口水的麵包會將淡黃色的湯汁滴在桌上。他用一雙了無生氣的眼珠凝視以薩。

以薩不安地看著福米斯漢克，暗暗感謝老天自己擁有結實的身材與炭木般的膚色。

「我本來打算大罵是誰沒敲門或預約就闖了進來，結果看見是你。當然了，常規在你身上起不了作用，是不是？你好嗎？以薩？你是來要錢的嗎？還是需要新的研究工作？」福米斯漢克沉聲質問，語氣冰冷。

「不，不，我不是為那些而來；事實上，我最近過得還不錯，福米斯漢克。」以薩硬擠出和善的語氣，「你的工作還好嗎？」

「喔，很好、很好。目前正在進行一篇關於生物點火的論文，我已經分離出火獅怪的火源。」說完，福米斯漢克陷入沉默，許久後才又低聲說：「很令人興奮。」

「沒錯，沒錯。」以薩連聲附和，但又想不到還能聊些什麼，只能和他大眼瞪小眼。他對福米斯漢克又敬又恨，這種複雜的情緒永遠也不可能排解。

「所以，呃……總之呢……」以薩說：「老實說，我今天過來是要請你幫忙。」

「是嗎？」

「對……聽著，我目前的研究有點超出我的專長範圍……你也知道，我向來偏重理論研究，而非應用研究……」

「沒錯……」福米斯漢克的口氣裡摻雜著些許不經意的嘲諷。

你這狗娘養的，以薩暗罵，算我免費送你這一次！

「嗯，」以薩緩緩說：「好吧，這件事……雖然我心裡存疑，但還是覺得有可能是……關於生物魔法的問題，所以想聽聽你的專業意見。」

「啊哈！」

「對。我想知道……再造人有可能飛嗎？」

「噢。」福米斯漢克倒回椅背上，用麵包塊抹了抹嘴邊的湯汁，一時間像長了圈麵包屑鬍碴。他交疊雙手，搖搖肥胖的手指。「飛行是吧？」

福米斯漢克的口氣裡多了幾分興奮，那是他之前那冰冷語調中所沒有的。他或許原想狠狠嘲諷以薩一番，傷害他的自尊，卻無法壓抑自身對於科學的熱情。

「對。以前有過類似的例子嗎？」以薩問。

「有……有過類似的例子……」福米斯漢克緩緩頷首，目光仍停留在以薩身上。以薩在椅中挺直背脊，從口袋裡掏出一本筆記本。

「喔，**真的嗎？**」以薩問。

福米斯漢克用力思索，眼神變得渙散。

「對……為什麼這麼問？以薩，有人去找你嗎？他想擁有飛行的能力嗎？」

「這我不能……呃，透露……」

「你當然不行了，以薩，你**當然**不行。你是專業人士，我尊重這一點。」福米斯漢克對客人揚起一抹慵懶的微笑。

「那麼……可以跟我說些細節嗎？」以薩大膽追問。他在開口前先冷靜心情，努力要自己管好嘴巴，控制心內亟欲爆發的憤慨。操你媽的，你這隻自以為是，只會玩弄他人的豬！他火冒三丈地在心裡暗罵。

「喔，嗯……這個嘛……」福米斯漢克抬起頭，陷入沉思，搜尋腦中的記憶。以薩在椅中不耐煩地扭動。「好幾年前，就在上世紀末，有個名叫考利吉尼的生物哲學家把自己變成一名再造人。」福米斯漢克臉上浮現既感動又殘酷的笑容，搖了搖頭繼續說：「非常瘋狂，但似乎成功了。巨大的機械翅膀如風扇般大大展開，他甚至還為這實驗寫了本薄薄的冊子。」福米斯漢克的頭在臃腫的肩膀上轉動，敷衍地朝占據牆面的擁擠書架瞥了一眼，疲軟無力的手隨意一揮，可能是要指出考利吉恩的小冊子收在哪兒。「你不知道接下來發生什麼事？沒聽過那首歌？」以薩困惑地瞇起眼，駭然聽見福米斯漢克用尖細的男高音唱了起來：

「卡利高飛／用那雙雨傘般的翅膀／朝藍天遠去／他深情地揮手道別／嘆息西飛／消失在充滿怪物的土地……」

「我當然聽過！」以薩說，「只是我從來不知道那是真人真事……」

「嗯，你從來沒上過生物魔法導論，不是嗎？就我記憶所及，你很晚才修過兩門中階課程。你錯過了我的第一堂課，我總是用這個故事激勵麻木的年輕知識獵人踏上這條崇高的科學之路。」福米斯漢克用絲毫不帶感情的冰冷口吻說。以薩感覺他的不屑再度湧現，而且分量加倍。「考利吉尼就這麼消失無蹤，」福米斯漢克接著說：「他往西南方朝惡魔之痕飛去，從此之後再也沒有人見過他。」

又是一陣冗長的沉默。

「呃……就這樣嗎？」以薩問，「他的翅膀是怎麼裝上去的？他有留下任何實驗紀錄嗎？那雙再造翅膀看起來是什麼模樣？」

「喔，我能想像那有多困難。在找出正確的方法之前，考利吉尼可能做過一些實驗……」福米斯漢克咧嘴一笑，「八成跟曼特高尼市長討了一些人情，我猜大概有幾名死刑犯因此多活了幾週。他的小冊子裡沒提到這部分，但想來有理，不是嗎？總不可能一次就成功吧！我的意思是，你必須要將完全不知道該如何發揮功用的骨頭和肌肉等組織與翅膀連結起來……」

「但如果那些肌肉和骨頭本來就知道它們該做什麼呢？如果說……把一個蝙蝠人或什麼的翅膀割下來之後，還可以用別的東西替代嗎？」

福米斯漢克面無表情地看著以薩，頭和視線動也不動。

「哈……」最後他終於輕聲說：「你覺得那樣就比較簡單嗎？理論上來說沒錯，但實際上更加困難。我在鳥類還有其他一些……嗯，有翅膀的東西身上做過類似的實驗。首先，以薩，就理論上來說，這完全是有可能的；理論上來說，幾乎沒有東西不能再造。只要能把各部位連接好，進行一些肉體鑄造就能完成。但是飛行非常困難，因為各種變數都必須精準無誤。你懂嗎，以薩，你可以改造一隻狗，把牠的一條腿縫回去，或用黏土咒術鑄造一條新的腿，那傢伙以後就可以歡天喜地地當隻跛腳狗。雖然外表上不甚美觀，但起碼能走。但翅膀卻不能這樣處理；你必須做得非常完美，否則無法成功。要教導原本就會飛行的肌肉以不同的方式進行同樣的動作，要比教導完全不會的肌肉更**困難**。你的鳥——或其他東西——只要形狀、大小或氣體力學有任何一點錯誤，牠的肩胛會被這雙翅膀搞得一頭霧水，最後根本飛不了；**即便你假設**所有部位都連接正確也一樣。

「所以答案呢以薩，我想我會說沒錯，這是能夠完成的。這個**蝙蝠人**或什麼都好，是可以經由再造手術再次飛行，但機率不大。太困難了，沒有任何一種生物魔法或再造手術可以保證成功。除非你能夠找到考利吉尼幫忙，」福米斯漢克斬釘截鐵地說出最後結論，「否則我不會冒這個險。」

以薩寫完筆記，「啪」地一聲闔上筆記本。

「謝了，福米斯漢克，我本來就多少猜到會聽見你這麼說。我想這就是你的專業意見了，對不？好吧，那我只好追求**另一種**方法，一條你不會贊同的路……」他像淘氣的小男孩般把眼睛瞪得老大。福米斯漢克幾乎是難以察覺地點點頭，唇邊閃過一抹軟弱無力的微笑，就像一朵蕈菇那樣冒出又凋落。

「哈。」他模糊地回應。

「嗯，好吧，謝謝你……我很感激……」以薩一面起身，一面慌亂地說：「抱歉我這麼快就得走了……」

「不打緊。還需要其他意見嗎？」

「我想想……」以薩頓了會兒，縮起半個手掌到外套袖子內，「這個嘛，你有聽過一種叫『殘夢』

的玩意兒嗎？」

福米斯漢克挑眉，靠回椅背上，拇指放進嘴裡輕咬，雙眼半睜半閉地看著以薩。

「這是一所大學，以薩，你以為當一種又新又刺激的非法藥物橫掃全城時，我們學校可以倖免於難嗎？我當然聽說過。不到半年前才發生第一起學生因販毒而遭退學的事件。他是一名非常聰明年輕的心靈感應師，將來肯定會追求什麼前衛的理論教派。

「以薩，以薩……在你那麼多，呃，**荒唐**的行為中……」就算是一抹微弱的假笑也掩飾不了他話中的侮辱，「——我從沒想過你也會……施用**藥物**。」

「你誤會了，福米斯漢克，我不會。不過，我選擇在那樣一個**腐敗的爛泥堆**中生活、工作，身旁被種種**低等生物**還有無恥的變態所包圍，出席各種下流、荒淫無度的歡宴，難免常會面對像毒品這類的東西。」既然繼續客套也不會再有更多斬獲，以薩決定拋開耐心，恣意譏諷；他還挺享受這把怒火的。

「總之，」他接著說：「我有個噁心的朋友正在服用這種古怪的毒品，我想要進一步了解。不過顯然我問錯人了，您心地這般高潔，怎麼會知道？」

福米斯漢克無聲輕笑，雙唇未啟，臉上依舊帶著挖苦的嘲諷。他雙眼緊盯以薩，唯一顯露他在笑的只有輕微抖動的雙肩，還有微微前後搖晃的身子。

「哈，」他最後終於出聲，「你脾氣也忒大呢，以薩。」他搖搖頭。以薩誇張地拍拍口袋，拉好外套，做出準備離去的動作，不想覺得自己像個笨蛋。他轉身朝門口走去，掙扎該不該拋下最後一句回馬槍。

他還在考慮時福米斯漢克先開口了。

「殘夢……，嗯，那個**物質**並不屬於我的專業領域，以薩。藥理學這類範疇屬於生物學的蠻荒地區，我相信你以前的同事中一定有人可以與你進一步解釋。祝你好運。」

以薩最後決定自己一個字也不要說，但手還是在背後怯懦地揮了揮，說服自己那是個輕蔑的動作——不過也很有可能被當成是致謝和道別。你這個該死的膽小鬼！他斥責自己，但實際上他也無計可施。福米斯漢克是個很有用的知識寶庫，以薩很清楚，如果他真堅持要對前老闆無禮，一定會付出極大代價。少了這條專業門路損失太大了。

因此以薩原諒自己不痛不癢的報復行動，想到自己對這樣一個爛人有如此掙扎心情，反而不禁咧嘴一笑。起碼他來這裡的目的達到了；現在他能夠確定，對雅格哈瑞克來說，再造手術並不在選項內。以薩很高興——而且心知肚明自己高興的理由有多卑鄙；這點誠實他還有。他的研究好不容易因為飛行一事重現生機，如果他的危機理論敗給應用生物魔法那乏味無趣的肉體雕塑手段，研究就必須推遲，而他並不想放棄這股新生的動力。

雅格老小子，他思忖，如我所料，我們兩個是彼此最好的機會。

城市出現前，是蜿蜒穿梭於岩堆間的河道，石壁崢嶸嶙峋，宛如一根根矽酸鹽象牙，薄薄的土層零星生長著玉米田。灌木叢出現之前，是好幾天路程的陰森石地。扭曲的大理石腫瘤自創世之始便盤據內陸，屹立不搖，薄薄一層的泥土皮肉在短短一萬年間便被空氣與水剝除殆盡。它們醜陋、可怕，一如內臟；那些岩石海岬，那些陡峭險崖。

我循河道行走，無名水流在有稜有角的山丘間逶迤綿延，再幾日腳程它便將成為焦油河。我可以看見真正的山脈聳立於西方幾英里之外，峰頂冰寒。岩石與霜雪組成的廊柱蠻橫地矗立於地衣與崎嶇的碎石堆上，聳立在我眼前的則是較為低矮的山峰。

有時候我覺得那些岩石的形狀彷彿高大的人影，有爪、有牙、有頭，有的則像棍棒或手。它們是一尊尊石化的巨人、文風不動的石神，這可能只是一時的錯覺，也可能真是強風無意吹蝕出的雕像。

我的形跡洩漏了。山羊、綿羊嘲笑我蹣跚的步伐，獵禽扯著嗓子尖聲表達牠們的鄙夷。有時候我會經過幾名牧羊人，他們注視我，眼神猜疑而無禮。

暗夜中尚有更漆黑的身影；河水下還有更冰冷的目光。

我在開鑿的山谷中走了好幾小時才發現，利齒般的岩石不知何時已狡詐地、緩緩地穿透地表。在那之前，是日復一日的綠草與灌木叢。

對我而言，泥土地較好行走，寬廣無際的天空也讓我的眼睛舒暢許多。但我不會被騙的，我不會受誘惑。這不是沙漠的天空，它只是一個偽冒者，一個替代品，試圖誘騙我。每當微風襲來，比家鄉還要茂密的乾枯植被就會撫過我身軀。我知道遠處的森林在視野之外繼續朝北延伸，與新克洛布桑的邊境接壤，往東通往大海。濃密的綠蔭深處散落著荒廢許久、功用不明的巨大機器、活塞、齒輪和鐵箱，就這麼在林間生鏽、腐朽。

我沒有靠近。

在我身後的河流岔口是一片荒涼的沼澤聚落，一片不知通往何方的內陸三角洲，曖昧不明地保證它終將消散入海。在那兒，我留宿於矛手蟲人架高的長屋中。他們是一支安靜而虔誠的種族，饗我以食物，並替我低吟搖籃曲。我與他們一同打獵，用長矛獵捕珊瑚人和大蟒蛇。我在溼地失去我的刀。某種來勢洶洶的凶猛幼獸霍然現身，從泥濘與溼蘆葦叢中朝我撲來。我一刀刺出，刀折斷在牠軀體中。牠用後腿站立，像沸騰的茶壺般尖聲慘叫，身影消失在爛泥裡。我不知道牠死了沒。

在溼地與河流之前，是好幾日的漸枯綠草與矮丘。旁人警告我那裡有逃脫司法制裁的自由再造人肆虐，強盜劫掠，但我一個也沒見到。

有些村落用肉和衣物賄賂我，懇求我以他們之名向豐收之神求情；也有村落用山峰、來福槍和刺耳的喇叭聲拒我於門外。我和牲畜——有時候還有放牧人——以及我視為親族的鳥類或我以為只存在於神話中的動物共享青草。

我隻身入眠，藏匿在嶙峋的岩石或樹林間。偶爾聞到雨珠味，我也會搭建臨時的營地。有東西趁我闔眼時前來探查我；來了四次，留下蹄印以及草藥、汗水或肉的氣味。

那些蔓延而去的青草丘陵，就是我的怒火與悲哀轉變之地。

我走著，溫馴的昆蟲調查我身上散發的陌生氣味，試著舔舐我汗水、品嘗我血液，還想在我斑駁的斗篷上授粉。我在蓊鬱的綠野中看見巨大的哺乳類動物，摘取我曾在書中見過的花朵；那花瓣綻放於高莖上，朦朧的色彩彷彿氤氳著一層薄煙。樹木的氣味令我無法呼吸，白雲遮蔽藍天。

我走著，一頭來自沙漠的動物走在肥沃的土地上。我覺得殘酷又骯髒。

有一天，我發現自己再也不幻想恢復完整後會做些什麼。我的意志燃燒到頂點，然後瞬間化為烏有。

現在的我，除了飛翔的欲望外什麼也不是。我在不知不覺中調適，在陌生的土地上進化，踏著漠然的腳步走向世界頂尖科學家與再造師聚集的地方。手段如今變成了目的。若重獲雙翅，我將會變成一個全新的我，不再擁有原本定義我的欲望。

我走著，無止境地向前走。在春日的潮溼氣息中，我明白了自己追尋的並非滿足，而是死亡。我將把身體交給新生的我，從此安息長眠。

我初次踏上山陵與平原時，性情還較為嚴苛。我離開邁爾沙克——我的座船靠岸之處——甚至沒有在那兒待上一晚。那是一個醜陋的海港城鎮，充滿我族之人，我倍感壓迫。我在城市中匆忙尋找補給品與安慰，想證明前往新克洛布桑是正確的決定。我替自己皮開肉綻、仍汩汩滲血的背部買了冷霜，還找到一名誠實的醫生，他坦白告訴我邁爾沙克沒有人能幫我。我將我的長鞭贈予一名商人，他讓我乘坐他的推車，跋涉五十英里路來到溪谷。他不願意接受我的黃金，只願意接受我的武器。

我急切地想把海洋拋諸身後。大海是這段旅程的間奏，整整四天，我藏在一艘穿越米格海的槳叉架船船艙下。船板油膩，船速緩慢。我不能走上甲板，只能透過船身的傾斜與水聲得知自己正在航行。比起躲在惡臭船艙裡的窒息日子，在甲板上面對無邊無際的海洋和天空只會讓我覺得更加局促。我遠離海鷗、鸕鳥和信天翁，緊鄰著海水，祕密而鬼祟地藏身在骯髒的木造避難所中。

漂蕩於大海之前，當我怒火依舊狂燒、傷疤依舊滲血時，我來到申克爾，仙人掌人的城市。這個城市擁有許多名字：日光寶石、綠洲、博羅多、鹽洞、螺旋堡壘、日光室。在申克爾，我一次又一次在肉搏競技場和勾網籠中戰鬥，把對手撕得皮開肉綻，自己也被撕得皮開肉綻。我勝多敗少，在夜裡如公雞般逞凶鬥狠，在白晝囤積報酬，直到有天我打贏了一名野蠻人族的王子。他想要用我的鳥首做頭盔，而我贏了——萬無可能地贏了。我渾身浴血，全身上下都是慘不忍睹的猙獰傷口，一手抓著自己的腸子，一手用利爪割斷他的喉嚨。我贏了他的黃金與侍從，人放走，黃金留下。我用這筆錢治療傷口，買了一張帶我離開此地的商船船票。

我跨越大陸，冀望能夠再次完整。

沙漠沒有一日離開我。

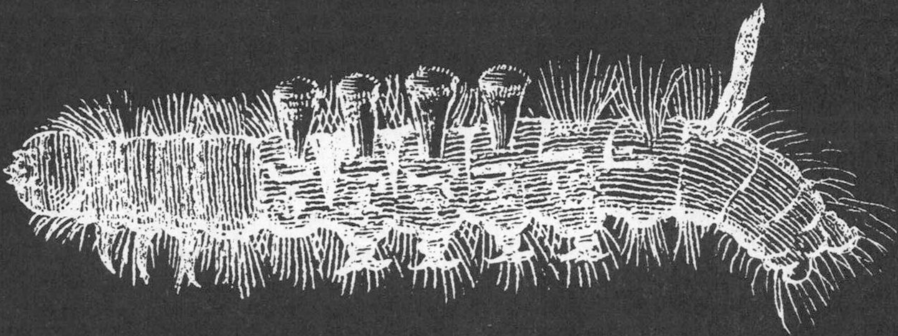

第三部

羽化

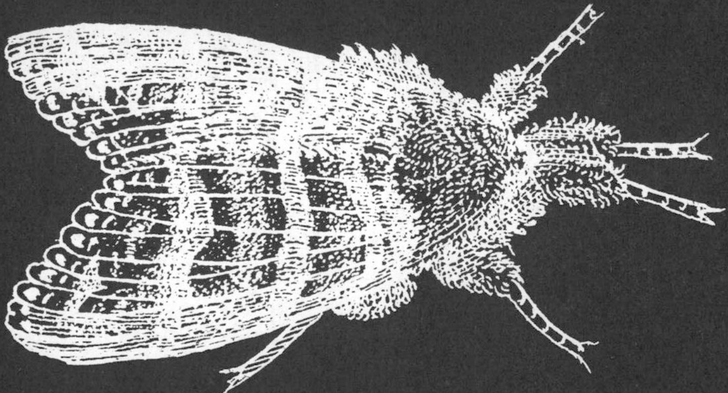

18

春風漸暖，新克洛布桑的骯髒空氣彷彿帶電，瀰漫著一股緊張氣氛。焦油河三角洲雲塔內的城市天象占卜師抄下不停旋轉的指針讀數，撕下大氣測量儀瘋狂吐出的圖表，緊抿嘴脣，搖頭嘆息。他們交頭接耳，談論籠罩全城的驚人熱浪，悶溼的盛暑即將來臨，並敲打塑氣引擎垂直豎立的巨管。

巨管高度直逼空塔，宛如巨大的管風琴，又像陸地與天空決鬥用的槍管。

「這該死的廢物。」他們一臉嫌惡，喃喃抱怨，不抱希望地嘗試發動位於地窖的引擎。但這些引擎已一百五十年沒有啟動過，而知道該如何修理它們的人也全死絕了。新克洛布桑如今只能聽憑由天神、大自然或運氣掌控的天氣宰割。

在瘡河三角洲的動物園裡，季節的轉換令動物坐立難安。發情季節即將結束，那些因性欲高漲及隔離囚錮而煩躁騷動的軀體平靜了些，管理員與他們看守的囚獸同樣如釋重負。麝香味凝聚成一片悶熱的布幕，隨風飄散籠間，動物們變得凶暴，行為難以預測。

白晝漸長，熊、鬣狗、憔悴的河馬、孤獨的雪狐與人猿都靜靜躺著不動——而且似乎緊繃身軀——一躺就是好幾小時，在破舊的磚牢內冷冷看著經過的遊客和籠前泥濘的溝渠。牠們在等待，或許是等待那銘刻於骨血之中，卻永遠不會到達新克洛布桑的南方之雨。若雨遲遲不來，牠們或許便這麼接受，換而等待同樣永遠不會降臨這新家的乾季。這樣的日子想必陌生又焦慮；管理員聽著那些萎靡、迷失的野獸咆哮，一邊如此思忖。

自從冬季離開後，黑夜少了近兩個鐘頭。雖然時間短了，卻似乎變得更為精華。越來越多非法活動必須擠進日落到黎明這段時間，氣氛似乎也變得特別緊繃。每一夜，位於動物園南方半英里的巨大舊倉庫都會吸引大批男女人潮。躁怒不眠的城市喧囂湧入古老的倉庫，偶爾幾聲獅吼傳來，在群眾之上迴盪，但大家只是充耳不聞。

倉庫原是由紅磚搭建而成，如今已被煤灰染黑，平滑細緻的表面就像上了一層手工漆。原本的招牌仍大大盤據建築物外：**凱德納霸肥皂與獸脂工廠**。凱德納霸在五七年的大蕭條中宣告倒閉，用來融化與提煉脂肪的巨大機器被搬個一乾二淨，當作廢五金賣掉。經過兩、三年低調的改造，以競技場的樣貌重生。

如同歷屆市長，路德高特喜歡拿新克洛布桑城邦共和國的文明與輝煌與其他野蠻國度相比，在那些國家中，有些居民甚至連直立行走的尊嚴也沒有。想想羅哈吉大陸上的其他國家吧！路德高特在演說與文章中如是說；新克洛布桑不是泰許、不是特洛葛羅都波利斯，也不是費龐或環石高地。這不是一座由女巫統治的城市，也不是神祕的原始洞穴，季節的遞嬗並不會帶來迷信的屠殺鎮壓。新克洛布桑不用僵屍工廠對付公民，國會也不像馬魯恩的政府，那座賭城的法律是建立於俄羅斯輪盤之上。

路德高特特別強調，新克洛布桑不像中克爾，我們不會把野獸般的廝殺當成運動遊戲。

當然了，凱德納霸不在此限。

儘管違法，但沒人記得看過任何民兵抄查競技場。許多頂尖戰士團的贊助者都是國會議員、工業鉅子與銀行家，有他們居中斡旋，政府與民兵無疑睜一隻眼、閉一隻眼。新克洛布桑當然還有其他競技場，大多同時也兼做鬥雞與鬥鼠場。在那些地方，你或許會看見勇士在中央戰鬥，一頭卻在鬥熊或鬥獾，另一頭則鬥蛇。但凱德納霸的傳奇地位無可動搖。

每一晚，夜間的娛樂在空地上拉開序幕，表演一場給常客觀看的鬧劇秀。一群群年輕愚昧、身材壯碩的農村男孩、村落中最剽悍的小伙子，遠從轂塔與曼狄肯丘跋涉數日而來，在評審前展示他們驚人的肌肉，以期能在城市中揚名立萬。兩、三名男孩雀屏中選，被推進觀眾面前的大競技場，鼓譟聲震響連天。

他們信心滿滿地舉起賜予的彎刀，但等到競技場的柵門打開，看見對手是巨大無比的再造人戰士或面無表情的仙人掌戰士，臉色便「唰」地一下慘白。接下來的血腥屠殺不會持續太久，不過是專業人士用來製造笑料的串場橋段。

凱德納霸裡的競技潮流受時尚所驅。在這年春季的最後幾天，時興的是兩名再造人和三名甲蟲戰士姊妹對戰。蟲人區與溪畔區的甲蟲人戰士團受到高額獎金誘惑而參賽，她們的隊伍是由模仿甲蟲人守護神——戰神三姊妹——的三名宗教戰士組成。三人接受長年的團隊訓練，武器也與戰神三姊妹如出一轍，一位手執網鉤與長矛，一位執十字弓與火槍，另一位則是使用被人類稱為毒刺箱的甲蟲人武器。

夏季在春日的肌膚下悄悄蔓延，賭注也跟著水漲船高。在狗沼的幾英里開外，班傑明．佛雷克斯眉頭深鎖，悶悶不樂地想著，競技這行的非法刊物——《凱德納霸之蠟》流通量竟比《叛報》還高了五倍。

奪眼殺手又在陰溝裡留下另一具殘破不全的屍體。是一名街童發現的。屍體掛在水溝邊，就像是從下水道排放至焦油河般。

在鄰沼區的外圍，一具女屍的脖子兩側出現巨大的穿刺傷口，彷彿被一把鋸齒大剪貫穿。鄰居發現時屍體上灑滿文件，證明她是民兵旅長的線人。「獨臂螳螂手」再度出擊的謠言傳開，被害者無人哀悼。

林恩與以薩一有機會便忙裡偷閒，趁夜私下幽會。以薩感覺得出來林恩有心事。有一回，他與她促膝長談，堅持要知道她有什麼煩心的，還有她今年為什麼沒有參加辛達寇斯特大賽（她對入圍標準的慣常賤嘴批評因此多添幾分苦澀）？她現在在創作什麼？地點在哪兒？因為她公寓的房間內完全看不出絲毫藝術創作的蛛絲馬跡。

林恩輕撫他手臂，顯然深受他的關心所感動，但她一樣守口如瓶，一個字也不肯說。她說雖然還無法肯定最後的成品會不會成功，但她目前非常自豪。那個地方可以讓她製作大型創作，但她不能也不想說，他更不能過問。不過林恩也沒有就這麼從世界上消失，約莫兩週一次，她會回到薩勒克斯的酒吧，與朋友一同開懷暢飲，只是與兩個月之前相比，她似乎少了些活力。

她取笑以薩對幸運蓋吉的滿腔怒火。蓋吉消失了，時機巧得可疑。以薩告訴林恩他無意間吃下殘夢，並帶著一肚子火到處尋找蓋吉，打算要給他好看；還提起那條仰賴毒品維生的神奇幼蟲。林恩沒見過那隻毛毛蟲，自從上個月悽慘的那天後她就再沒去過獾沼。不過就算以薩是誇大其詞，那條毛毛蟲聽起來還是很驚人。

林恩心裡對以薩湧起無限愛憐，同時熟練地改變話題。她問那隻毛毛蟲到底從那特別的食物中獲取什麼樣的養分，然後靠回椅背，看著以薩臉色一亮，心馳神迷、興高采烈地回答說他不知道，但他做了些推測。她接著會請以薩試著跟她解釋危機理論，問他說他認為這可以幫助雅格哈瑞克重返天空嗎？而以薩會開始口沫橫飛地解說，甚至在紙上畫圖說明。

以薩很好應付。林恩有時覺得以薩其實知道自己被女朋友牽著鼻子走，也對自己的擔憂這麼簡單就被轉移而感到愧歉。話題突然改變，她察覺到以薩流露一絲感激及懊惱。他知道身為男友，他應該要為她的消沉擔憂；他也的確是，真心誠意的。但當他的全副心神都被危機理論與毛毛蟲的食物所占據，擔憂林恩就變成了一種責任、一種義務。既然她特許他釋懷，他便滿心感激地接受。

林恩想要消除以薩的擔憂，就算只是暫時的也好。他的好奇會招致她無法承擔的後果；他知道越多，她的處境就越危險。她不曉得她的雇主究竟擁有什麼樣的力量；她不覺得他能心電感應，但她不願冒險。

她只想趕快結束創作，把錢拿到手，從此遠離骨鎮。

每次見到莫特利先生，不管她有多不願意，他總不由分說將她拉進他的世界中。他若無其事地談起大彎與劣原之間的地盤爭奪戰，暗示在鴉區中心發生的幫派火拚線索。法蘭西大娘的觸角越伸越遠，霸占鴉區西側大半的沙白市場——那兒原是莫特利先生的目標——現在竟還打算悄悄向東擴展領土。林恩自顧著嚼吐捏塑，試著不去聽那些鬥爭細節，也不理會喪命的走私者叫啥綽號，更忽視各祕密基地的位置。

莫特利先生試圖把她拉進那個犯罪世界。他一定是故意的。

雕像的大腿成形了，接著又出現另一條腿，現在腰也開始慢慢浮現（這些是莫特利先生截至目前為止可辨識的特徵）。用色不走自然寫實主義，但非常煽情，震懾、催眠人心。這是一件驚人的作品，完美與它的主人相符。

儘管林恩非常努力封閉內心，莫特利先生漫不經心的閒聊依舊偷偷突破她的防線。她發現自己開始思索他的話，驚恐地想要抽離思緒，但總是堅持不久。她最後還是會發現自己心不在焉地想著誰比較可能贏得柴莫終站的極茶交易所掌控權。她任由心神在這些危險訊息間麻木飄盪，努力強逼自己無視莫特利先生的話語。

林恩察覺自己越來越常想起法蘭西大娘。雖然莫特利先生總是用漫不經心的語氣提起她，但她的名字一遍又一遍出現在他的獨白，林恩領悟到他其實對她有些忌憚。

林恩也沒想到，她心裡竟會開始支持起法蘭西大娘。

她不確定是怎麼開始的。她首次察覺這件事，是莫特利先生故作幽默地提起前一晚兩名走私員遭受災難攻擊。當林恩聽見法蘭西幫的入侵者搶走大量用來生產某種東西的祕密物資，她發現自己在心裡小小歡呼了一聲。她十分震驚，開始思索自己內心感受，腺體甚至還停止運作了一會兒。

原來她希望法蘭西大娘贏。

這毫無邏輯可言。她隨即開始嚴正思考這個她原本並不抱任何立場的情況。理智上來說，她對藥頭和流氓之間的戰爭一點興趣也沒有，誰勝誰敗都與她無關。但情感上，她卻開始支持起素未謀面的法蘭西大娘。聽到莫特利先生沾沾自喜、露出狡詐笑容，保證他的計畫將徹底顛覆當今市場型態時，她發現自己會在心裡暗暗喝倒采。

是怎樣？她挖苦地想；在這麼些年之後，我的甲蟲人意識終於被喚醒了？

她嘲諷自己；但這譏諷之中也不無幾分真實。或許所有反對莫特利的人都會有這種想法；她想。林恩是如此害怕思考她與莫特利先生之間的關係，如此擔心自己不只是他聘雇的雕塑家，所以花了好長一段時間才領悟自己有多麼痛恨他。敵人的敵人就是我的……她心想。但遠不只如此，林恩發現她對法蘭西大娘有種認同感，因為她也是甲蟲人，卻又不是一個好甲蟲人——或許這才是真正的重點。

這些念頭讓林恩如鯁在喉，坐立難安。許多年來，這是她頭一回想起自己與甲蟲人社區的關係，而且不全然是抱著義憤填膺、對質非難的心情。這令她想起了自己的童年。

每次與莫特利先生會面後，林恩都會繞去蟲人區看看。她會離開骨鎮的祕密基地，從巨肋外圍召來一輛出租車，穿越丹契橋或酒客大橋，行經唾爐的餐廳、辦公室和房舍。

她有時候會在口水市集停留片刻，悠閒地漫步穿越逐漸黯淡的天光。她會觸摸掛在攤販前的亞麻洋裝與外套，不理會路人無禮的注視，好奇甲蟲人為何要採買人類服飾。林恩會迂迴穿梭於市集之中，直到她返回擁擠混亂、街道錯綜複雜、磚屋雜亂叢生的沙克區。

這裡不是貧民窟。沙克的建築物還稱得上牢固，大多都能遮風避雨。與狗沼怪異蔓延的屋舍、劣原和柴莫終站的腐敗混凝磚房，以及潑屎鎮無可救藥的破屋相比，沙克是個不錯的地方。當然了，這兒是有那麼些擁擠，也沒少了醉鬼、貧困和盜竊，但考量種種因素，新克洛布桑多的是更糟的居住環境。這裡的居民都是些店主、低階經理及薪資較高的工廠工人。他們每天湧入回音沼與凱爾崔利的碼頭，以及大彎區與達德凱村，這一帶也就是一般人口中的煙霧彎道。

林恩並不受沙克歡迎。此地與蟲人區接壤，中間只隔著兩座微不足道的小公園。甲蟲人總是讓沙克居民想到他們的墮落之日就在不遠的將來。白天裡，沙克的街道總是充斥形形色色的甲蟲人，準備前往鴉區購物或至帕迪多街車站搭車。但入夜後，只有大膽的甲蟲人才會在危險的街頭徘徊，因為殘暴好鬥的三羽黨會派黨員上街「維持城市潔淨」。林恩總是確保自己在日落前離開沙克；沙克之後就是蟲人區，她在那兒安全無虞。

安全，但是並不快樂。

林恩帶著一種厭惡的興奮走在蟲人區街上。許多年來，她到這兒都只是稍作停留，採買彩莓與黏土，或許偶爾會享用一頓甲蟲人佳餚。但現在，她回來是為了刺激那些她以為早已驅逐的回憶。

房屋外滲著家庭幼蟲的白色黏液，有些從頭到底都裹著厚厚一層白漿，遍及整片屋頂，將一棟棟獨立建築連結成一大塊凹凸不平的方塊。林恩可以望進門窗內，原本由人類建築師搭建的牆壁和地板已嚴重破損，讓肥大的家庭幼蟲能夠盲目恣意地鑽進牆裡，從腹部滲出源源不絕的黏液，粗胖的短腿飛快舞動，一路啃食，吃進建築內的斷垣殘壁。

偶爾偶爾，林恩會看見取自河畔農場的活蟲，牠們蓋出一條條錯綜複雜、蜿蜒曲折的黏液甬道，將房舍改裝成多數甲蟲人偏好的形式。毫無智力可言，而且體型比犀牛還要大的金龜子在看守者的拉扯下移動前進，在屋內東闖西撞，用體內分泌的快乾黏液將房間改頭換面，把銳利的邊角全部包覆起來，並把房間、屋舍和街道連結成串，從裡頭看上去就像是巨大的蠕蟲甬道。

有時候林恩會待在蟲人區的小公園裡，靜坐在緩緩開花的大樹下，動也不動觀看周遭的族人。她會抬起頭，遠眺公園之後的高樓背面。有一回，她看見一名人類女孩從高處的一扇窗探出上身，那扇窗看起來幾乎像是隨機貼在建築物背面的骯髒水泥牆頂。林恩看見小女孩靜靜看著她的甲蟲人鄰居，她家人洗好的衣服就掛在身旁的竿子上，在涼爽的微風中獵獵飛舞。這樣的成長環境一定很奇怪；林恩思忖，想像小女孩被沉默無語、蟲首人身的生物包圍，這就像她被蛙族人帶大一樣奇怪……但這念頭令她回想起自己的童年，林恩心裡一陣鬱悶。

不過當然，重返這些她打從心裡鄙夷的街道本身就是一趟回憶之旅，她很清楚，所以也做好準備，強迫自己回想。

蟲人區是林恩的第一個避難所。在這段自我隔絕的奇異時光裡，她為甲蟲人的犯罪女王歡呼，並以流放者的身分遊走於城市各區——或許不包括薩勒克斯，因為在那裡兒流放者才是多數——但她發現，她對蟲人區的感受比她內心以為的還要矛盾。

自從狂熱螳螂號橫越史瓦倫海，抵達比瑞卡奈夫——東方大陸，甲蟲人的家，甲蟲人出現在新克洛布桑已將近七百年。只有幾名商人和旅人在一次單向傳教的啟蒙任務中歸來，幾世紀來，這一小群人在新克洛布桑自給自足，漸漸落地生根。那時還沒有特別的甲蟲人聚集地、沒有家庭幼蟲、沒有貧民窟。直到渡海悲劇前，他們的數量一直很少。

第一批難民船勉強漂浮渡海，在鐵灣登陸是又過了一百年之後的事。船上的巨大發條馬達生鏽損毀，船帆破爛不堪，上頭擠滿奄奄一息的比瑞卡奈夫甲蟲人，活像一艘艘運屍船。瘟疫殘酷無情，他們甚至打破古老的「水葬」禁忌，將死者葬於海底，因此船上沒有多少具屍體，但有上千人都在瀕死邊緣。那些船就像是太平間的擁擠前廳。

對新克洛布桑當局而言，這起悲劇的真相始終是個謎。他們並沒有派遣領事官到比瑞卡奈夫大陸的國家駐守，聯絡往返十分稀少。難民本身對此事也隻字不提，就算說了也是支吾其詞，或者因地理與語言的阻礙難以了解。人類只知道東方大陸的甲蟲人遭遇恐怖至極的災難，可怕的旋風捲走數百萬生靈，只有少數人逃出生天。他們將這前因後果都模糊不明的末日災禍稱為**大掠襲**。

第一艘與最後一艘船到達的時間相差了二十五年。據說有些航速緩慢，沒有動力的船隻上，所有乘員都是在海上出生的甲蟲人，原先的難民都已在漫長的旅程中喪生。女兒不知道自己要逃離什麼，只知道蟲母要她們往西航行，永遠不要轉向。甲蟲人慈恩船的故事——她們以心裡冀望之物替這些船命名——從羅哈吉大陸東岸的國家、納爾凱特、賈須爾島，甚至遙遠南方的夏爾茲傳至新克洛布桑。甲蟲人在混亂驚恐中朝四方流散。

在某些地方，難民在殘暴的大屠殺中慘遭冷血殺害；在其他地方——比如新克洛布桑——雖然迎接他們的是忐忑與不安，但起碼沒有來自政府的暴力壓迫。他們落地生根，成為當地的工人、納稅人或罪犯，並透過細微到幾乎難以察覺的生理壓力，察覺自己居住於貧民窟，有時成為盲從排擠或惡棍欺凌的對象。

林恩不是在蟲人區長大，她來自溪畔區那個更年輕、更窮困的貧民窟，那兒是新克洛布桑西北方的一塊汙點。想要了解蟲人區和溪畔區的真實歷史幾乎是不可能的事，因為那些居民早已有系統地從心裡抹除那段過去。大掠襲留下的創傷無以言喻，第一代難民刻意遺忘甲蟲人萬年的歷史，宣布到達新克洛布桑之日是新「城市紀年」的開始。當女兒們要求蟲母講述故事，許多人不是拒絕，就是推說忘記了，甲蟲人的歷史就此被種族滅絕的陰影所掩蔽。

因此，林恩難以得知城市紀年頭二十年的祕密。對她、對蟲母以及上一代、上上一代來說，蟲人區和溪畔區的存在便是既定的事實。

溪畔區沒有雕像廣場。一百年前，那是一座搖搖欲墜的人類貧民窟，到處都是殘破的建築。甲蟲人家庭幼蟲的黏液不只替這些廢墟包上一層新殼，還在它們崩塌前將其石化，讓它們屹立永恆。溪畔區的居民沒有藝術家、水果鋪老闆、部族首領、家巢長老或店主。她們名聲低賤、飢腸轆轆，在工廠或下水道工作，誰願意買，就把自己賣給誰。蟲人區的姊妹鄙視她們。

在溪畔區的破敗荒街上，異想天開的危險念頭蓬勃生長。人數不多的激進團體在隱密之處碰面集會，信奉彌賽亞的教派保證命定之人必將蒙真主拯救。

第一批難民中，有許多人都背棄了故鄉比瑞卡奈夫的神明，氣憤祂們沒有保護子民免於大掠襲的攻擊。其後，女兒們又因對那場悲劇一無所知，又重拾過去的信仰。一百年後，工作坊與廢棄的舞廳奉獻給了神殿，但也有許多溪畔居民因困惑與飢餓皈依其他神祇。

在溪畔區的範圍內，可以看到一般常見的甲蟲人神殿，裡頭供奉的不是聖蟲母就是唾藝之神；還有仁心護士守護破敗的醫院，戰神三姊妹捍衛虔誠教徒。但在那些受工業運河侵蝕腐朽的小屋，以及被漆黑窗戶隔絕於世的房間內，祈禱者叩拜其他陌生的神祇。女祭司將自己奉獻給電魔或風收者；祕密團體爬上屋頂，對風神姊妹吟唱聖歌，祈求祂們賜予子民飛行的能力。還有那些寂寞而絕望的靈魂——像是林恩的蟲母——則矢志效忠昆蟲大神。

甲蟲文由化學物質、聽覺與視覺組合而成，如果要將那充滿敬畏與奉獻的描述適當翻譯成新克洛布桑使用的語言，昆蟲大神的名稱意為：昆蟲／樣貌／（男性）／（專心致志）。不過曉得這位神祇的人類都稱祂為昆蟲大神，而當林恩對以薩講起她的童年時，打的手語也是這個詞彙。

打從她頭部的甲蟲在六歲時破蛹而出，突然有了語言和思考的意識後，蟲母說她就墮落了。根據昆蟲大神的黑暗教條，所有甲蟲女人都是受詛咒的。世上的第一名甲蟲女人將身上某種邪惡缺陷遺傳給她的女兒們，使她們生活處處受制，必須用可笑、遲緩的雙腿蹣跚行走，心靈也充斥無用的思想與複雜的意識，失去公蟲與神祇具備的純粹蟲性。

林恩的蟲母（她嘲諷說名字不過是一種墮落的裝腔作勢）教導林恩與她的姊姊，昆蟲大神是萬物之主、全能之神，只在乎飢餓、乾渴、發情和滿足四種感知。宇宙是祂吞食「空」之後的排泄物，在創造宇宙的過程中無須任何思考。動機和意識越少，萬物的存在就會越純粹、越明智。蟲母教導林恩與姊妹必須以畏懼之心狂熱崇拜昆蟲大神，並唾棄自我意識與柔軟無殼的身軀。

她還教導她們必須崇拜、服侍那些沒有思考能力的兄弟。

現在回想，林恩已經不會再因憎恨而顫抖。坐在靜僻的蟲人區公園裡，林恩小心翼翼看著往日時光浮現心中，緩緩地、漸次地；那些需要勇氣才能追想的回憶。她記得自己是如何慢慢領悟原來她的生活並非常態。在她難得外出採購的探險旅程中，她總會驚恐地看見她的甲蟲人姊妹用天經地義的鄙夷態度對待公甲蟲，毫不在意地踢開、踩扁那些兩英寸大的蟲子。她記得她與其他小孩間的試探交談，她們讓她知道她的鄰居是如何生活。她一直畏懼使用本能的溝通方式，那分明存在她血液之中、蟲母親卻教導她必須憎恨的語言。

林恩記得回家後總要面對滿屋子爬竄的公蟲與惡臭，腐爛的蔬果與有機垃圾散落一地，供公蟲大快朵頤。她記得蟲母命令她洗刷數也數不盡的兄弟身上閃亮的甲殼，把牠們的糞便堆在家中的祭壇前，還要她讓牠們在她身上爬來爬去，任由愚魯的好奇心帶領牠們探索她的身體。她還記得與親生姊妹的夜間長談，她們用代表甲蟲人低語的細微化學氣流和輕柔的振動嘶鳴交談、討論。甲蟲姊妹因為這些關於神學信仰的爭辯棄她而去，將自己深深埋藏進昆蟲大神的信仰之中，甚至變得比蟲母還要狂熱。

林恩一直到了十五歲才敢公然反叛蟲母。現在回想，那時的她既天真又懵懂。林恩斥責母親的信仰是異端邪說，用主流的眾神之名詛咒她。她逃離因崇拜昆蟲大神而生的愚妄自我憎恨，以及溪畔區的狹窄街道，逃到蟲人區。

如今細想，這就是她後來所有覺醒——鄙夷，或該說憎恨——的起因；有部分的她永遠會將蟲人區視為她的庇護所。雖然現在這個心胸狹隘、沾沾自喜的社區令她作嘔，但在逃亡那段期間，她卻為此醉心不已。她耽溺於那些狂妄譴責溪畔區的言行之中，帶著狂喜心情向聖蟲母祈禱。她自我洗禮，替自己取了甲蟲人以及人類名字——後者在新克洛布桑非常重要。她發現蟲人區不像溪畔區，這裡的家巢與部族制度組成了複雜且實用的社會連結。由於蟲母不曾提起她的出生與成長，因此林恩借用了她在蟲人區認識的第一個朋友的出身；若有人問起，她就說自己屬於紅翅巢、貓顱部。

她的朋友引領她體驗性愛的歡愉，教導她該如何享受頸部以下的身體感官。這是最困難也最非凡的一項改變。從小，她一直將身體視為恥辱和厭惡的源頭，要她參與沒有任何目的、純粹享受生理快感的性愛起初令她反胃，後來變成害怕，最後卻解放了她。在那之前，她一直臣服於蟲母的命令，只進行蟲頭上的交媾。她會靜靜坐著不動，強捺生理與心理的不適，忍受公蟲在她的甲殼上興奮爬竄。所幸這些繁殖交配的嘗試都沒有成功。

時光流轉，林恩對蟲母的恨意也逐漸冷卻，漸漸轉為鄙夷，鄙夷又轉為同情。後來，對於貧困的溪畔區，她的厭惡中摻入了某種諒解。最後，她與蟲人區的五年感情也走到了終點。一切始於雕像廣場。那時她佇立廣場中，突然領悟它們是多麼令人作嘔，手藝粗糙而簡陋，具體呈現了一個看不清自身處境的盲目文化。她開始將蟲人區視為對溪畔區以及貧民族人的一種壓迫；她們甚至絕口不提、刻意掩飾貧民族人的存在。這個「社區」說好聽是麻木無情，說難聽是蓄意打壓溪畔區，藉此保持自身的優越。

由於她們的女祭司、歡宴和農村工業，再加上甲蟲人檯面下其實仰賴新克洛布桑這個更大的經濟體制——甲蟲人常洋洋得意地將這座廣袤的城邦稱為她們的附屬地——林恩領悟自己生活在一個無法存續的王國。它集虛偽的虔誠、頹廢、不安與勢利於一身，就像一隻寄生蟲。

林恩在厭惡與憤怒中領悟，蟲人區比溪畔區還要虛偽。但她並不因此懷念那段悲慘的童年。她不會回溪畔區，如果她打算像過去背棄昆蟲大神一樣背棄蟲人區，除了離開，她無處可去。

因此林恩教會自己手語，從此離去。

在這座城市裡，林恩從沒笨到以為自己可以不被當作甲蟲人看待；她也不希望別人不把她當作甲蟲人。但就她自身而言，她不再嘗試做一名甲蟲人，就像她過去不再嘗試做一隻昆蟲一般。正因如此，她才不懂自己為什麼會對法蘭西大娘有那些感受。林恩領悟，這並不只因為法蘭西大娘是莫特利先生的敵人，真正令她內心激盪的是她是個甲蟲人，而且不費吹灰之力就從那邪惡男人手上搶走地盤。

即便對自己，林恩也無法假裝她了解這一切。她會靜坐許久，在榕樹、橡樹或梨樹的樹蔭下，在她鄙視多年的蟲人區中，任自己被視她為外人的姊妹們包圍。她不想重回甲蟲人生活的心情一如她不想重拾昆蟲大神信仰般堅定，因此無法理解蟲人區為什麼會帶給她力量。

19

替大衛和路勃麥打掃多年的機械人似乎終於要報銷了。它掃地掃一掃便會開始「咻咻」地兜起圈子，還會隨便停在某區不走，在原地拚命打磨，活像是把地板當珠寶。有些早上還得花上將近一個鐘頭才能暖機，而且程式陷入迴圈，開始不斷重複某個小動作。

以薩早已對它沒完沒了、神經兮兮的哀鳴充耳不聞。他可以左右開弓，左手振筆疾書，畫圖記下他的理論概念，右手敲著不靈活的按鍵，將他的方程式輸入小運算引擎的內部，將打了洞的卡片插入程式槽中，快速地抽進抽出。他用許多種不同程式計算同樣的問題，交叉比對答案，打出一張張數據報告。

在雙人茶的幫助下，原本堆滿書架的飛行相關書籍，如今被統一力場理論與危機數學子領域的深奧專著取代，不變的是數量同樣驚人。

經過短短兩週的研究之後，以薩腦中浮現一個驚人的靈感。新概念來得如此簡單，他起初甚至沒能理解這個想法有多重大。他過去在心裡進行科學辯證時也曾有過許多靈光乍現的時刻，這次並沒有什麼不同。沒有一陣強烈的白光如醍醐灌頂般打在以薩·丹·德·格寧紐布林身上；相反地，他只是咬著鉛筆頭，心裡突然隱隱湧現一句話：等一等，或許可以這麼做……

以薩花了一個半鐘頭才領悟自己可能想出了非常有用的心智模型，這實在太令人興奮了。他有系統地使用各種方法證明自己的想法是否有誤；建構一個又一個數學模型，想駁倒自己試探性塗寫出來的方程式組。但所有意圖摧毀的反駁都不成立；他的方程式屹立不搖。

過了兩天，以薩才開始相信自己解決了危機理論的一項根本問題。他當然覺得飄飄欲仙，但更多時候則感到戒慎戒懼、緊張不安。他用緩慢至極的速度翻閱教科書，確定自己沒有忽略什麼明顯的錯誤，也沒有重複過去早已推翻的理論。

但他的方程式無可撼動。以薩害怕自己過於狂妄，寧可拚了命地尋找其他可能，也不敢相信那越看越像真相的事實：他解決了危機能量的數學運算與量化問題。

他知道自己應該立刻找同事討論，應該立刻將他的發現投稿到《哲學物理與魔法評論》或《統一力場理論期刊》，註明這仍屬「進行中」的研究。但他對於自己的發現過於恐懼，因此反而極力迴避那條路。

他告訴自己他只是想等到確定再發表。他必須再多花幾天、幾星期，或許一、兩個月研究後再出版。他沒有告訴大衛、路勃麥或林恩，這才是真正驚人。以薩是個長舌公，老是滿嘴陳腔濫調的廢話，不管是關於科學、社會或其餘齷齪事，他向來想到什麼就說什麼。低調行事非常不像他。他了解自己，所以知道自己這回有多反常，也明白這背後代表什麼意義：他的發現令他坐立難安，而且非常、非常興奮。

以薩回想靈感生成與公式形成的過程，領悟他的進展以及這一個月的驚人突破——相較之下，他過去五年的研究完全黯然失色——都只為應付當下的實際困擾爾爾。在雅格哈瑞克出現之前，他危機理論的研究已走進死胡同。以薩不明白箇中緣由，但他發現自己在思索實際的應用問題時，抽象的理論才會有所進展。為此，他決定不要完全投入抽象理論，他會繼續專注在雅格哈瑞克的飛行問題上。

他不會讓自己去思考研究中的旁枝末節，起碼這個階段還不行。他把發現的每一個細節、每一項突破、每一個想法，都先默默套回應用研究上，試著把每一件事看成讓雅格哈瑞克重返藍天的工具與方法。這很困難——甚至有悖常情——如此局限自己的工作。他試著把現在的研究當作閒暇的興趣——或說得更正確些，當成一個「順便」進行的工作。然而不可思議地，在逼迫自己遵守這項規則之後，他的理論出現了飛躍性的進展，這個速度是他六個月前萬萬不敢想的。

有時候他會想，這條通往科學革命的道路真是神奇又迂迴，但又立刻斥責自己怎可直視這尚未成熟的理論。回去工作，他會堅決地告訴自己；還有個鳥人等著要飛呢。但是他無法阻止自己的心跳因興奮而加速，幾近歇斯底里的笑容不時在他臉上蔓延。有時候，他會約林恩出來，如果她沒在她的祕密基地創作那項祕密作品，他便會到她公寓，用她最喜歡的、溫柔又亢奮的熱情誘惑她，即便她顯然是累壞了。其他時候他大多獨自一人，一連關在倉庫裡好幾天，沉浸在科學研究中。

以薩把他驚人的發現加以應用，著手設計能夠幫上雅格的機器原型。同樣的圖出現了一遍又一遍。起初只是隨手亂畫的塗鴉，幾條隨意連結、布滿箭頭與問號的線條。但在短短幾天內，塗鴉變得嚴謹許多，每一條直線都以尺規刻畫，每一條曲線都經過謹慎的測量。它漸漸轉變為一張正式的藍圖。雅格哈瑞克有時會回到以薩的實驗室，每次都是趁大衛和路勃麥不在的時候。以薩會聽見倉庫大門在夜裡「嘎吱」一聲打開，轉頭就看見面無表情、尊貴高傲的鳥人，仍深深沉浸在無法掩飾的悲傷中。

以薩發現，跟雅格哈瑞克講解研究內容會替他帶來莫大幫助。他講的當然不是什麼艱深的理論，只是些能帶領至今仍問題重重的理論突破躍進的應用科學。許多日子裡，數也數不盡的想法與可能的研究計畫在以薩腦中瘋狂打轉，而刪減它們、用白話解釋他腦中各種或許能開發危機能量的技術，可以強迫他評估自己的預測，決定該捨棄哪些，又該專注在哪裡。

他開始仰賴雅格哈瑞克的出現。如果鳥人太久沒現身，以薩就會分心，花上好幾小時觀察那條巨大的毛毛蟲。

牠狂吃殘夢吃了將近兩個星期，體型急遽增加。當牠長到三英尺長時以薩緊張了，不再給牠殘夢。籠子已經變得太過擁擠，牠不能再繼續長下去了。接下來的一、兩天，毛毛蟲在局促的牢籠內滿懷希望地遊走，在空中搖晃鼻子。之後，牠似乎就認清了不會再有食物的事實；起初急切的飢餓感消退了。

牠鮮少移動，只是三不五時扭一扭，偶爾沿著籠邊爬行，舒展一下身軀，彷彿在打呵欠。不過大多時候牠只是靜靜躺在原地，隨著呼吸、心跳或其他以薩不知道的生理現象身體微微起伏脈動。牠看起來還算健康，似乎在等待什麼。

有時候，當以薩將殘夢扔進毛毛蟲熱切迎接的嘴裡，會發現自己想起那次服用毒品的經驗，心裡帶著一種隱約又焦躁的渴望。那並非只是出於懷念的幻想，以薩還清楚記得那種被汙穢沖刷、玷汙的感覺，還有那種反胃、暈頭轉向的噁心感；那種在混亂的情感中失去自我的驚慌與困惑，以及在困惑過後，又把它誤認為他人心靈入侵的恐懼……不過儘管痛苦的回憶如此強烈，他發現自己仍用好奇——甚至或許是飢渴的目光注視毛毛蟲的早餐。

這些感覺十分困擾以薩。說到毒品，他向來坦然接受自己的怯懦。還是學生時，他當然體驗過許多次嗆鼻的蛙草捲煙以及隨之而來的空洞大笑，但這已是以薩能接受的最大限度。而這新生欲望帶來的新奇挑逗絲毫沒有減輕他的恐懼。以薩不知道殘夢的成癮性多高，就假定它真會成癮吧，而他嚴厲拒絕那隱隱騷動的好奇心。

殘夢是要給那條毛毛蟲的，而且只能給牠。

以薩將好奇心從感官層面轉移到知識層面。他只認識兩名化學家，兩個都正經八百，所以他絕不會向他們提起違法毒品的事，就像他不會跑到特佛賽德大道中央裸體跳舞一樣。因此他改在薩勒克斯的酒坊提起殘夢，結果好幾個認識的朋友都嘗過，其中還有幾名是固定使用者。

殘夢的藥效似乎不因種族而有異。沒人知道這毒品從何而來，但所有承認服用過的人都對它驚人的效果滿口讚揚。唯一全數同意的評語就是殘夢很貴，而且還越來越貴；即使如此，他們也不會戒掉殘夢。幾名藝術家還神祕兮兮地說，吃了殘夢之後可以和其他心靈交流，以薩聞言嘲諷，宣稱（沒承認自己經驗其實有限）殘夢不過是強效的夢草，能夠刺激大腦的夢境中樞，如同極茶能夠刺激視覺與嗅覺皮層一樣。

這番話連他自己都不相信，所以遭受猛烈抨擊也是預料之中。

「我不知道它是怎麼做到的，以薩，」泰絲葛羅茵用一種虔敬的口氣反駁他，「但是它能讓人**分享夢境**……」此話一出，所有擠在時鐘與小公雞小包廂內的使用者紛紛點頭如搗蒜，景象甚為可笑。以薩仍裝得一臉懷疑，繼續扮演潑冷水的角色，但心裡當然也同意。他打算進一步了解這驚人的物質——也許可以問李謬爾．皮吉恩，如果幸運蓋吉哪天現身，也可以問他——但是危機理論已占據他全副心神，對於那些被他塞進毛毛蟲籠子的殘夢，他的態度仍舊維持在好奇、忐忑與漠不關心的程度。

眉月月末的某一天，天氣和暖，以薩不安地看著這隻龐然大物，心想牠不只是一隻很大、非常大的毛毛蟲；牠絕對是頭怪物。他怨恨牠為什麼要這麼該死的有趣，不然他就可以輕而易舉把牠拋諸腦後。

樓下的大門被人一把推開，雅格哈瑞克出現在清晨的光束裡。鳥人在夜幕低垂前現身是一件非常、非常稀奇的事，以薩嚇了一大跳，一屁股跳起，招呼他的客戶上樓。

「雅格老小子！好久不見！我的心思都不知道飄去哪裡了，正需要你拉我一把呢。快上來。」

雅格哈瑞克一語不發地走上二樓。

「你怎麼知道小路和大衛什麼時候不在？」以薩問，「你一直在監視我，或玩些什麼詭異的手段對不對？該死的，雅格，你不要再像小偷一樣鬼鬼祟祟了。」

「我必須和你談一談，格寧紐布林。」雅格哈瑞克的語氣難得如此小心翼翼。

「說吧，老小子。」以薩坐下，看著眼前的鳥人；他現在已經知道雅格哈瑞克是不會坐的。

雅格哈瑞克脫下斗蓬和假翅膀，雙臂環胸，轉身面對以薩。以薩知道這是雅格哈瑞克表現他極致信任的方式，將畸形的樣貌坦然呈現他面前。或許他該覺得受寵若驚，以薩心想。

雅格哈瑞克斜眼凝視他。

「在我落腳的夜晚之城中還有其他人，格寧紐布林，各種種族的人，而他們不全是隱藏自我身分的流浪者。」

「我從沒想過……」以薩開口。但雅格哈瑞克不耐地扭過頭，他立刻閉嘴。

「許多夜裡我都是孤身一人，無語度過。但有時我也會和那些在酒精、寂寞和毒品影響下仍擁有清醒神智的人交談。」以薩本想說「我說過我們可以騰個地方給你住」，但轉念一想還是作罷；他想知道鳥人接下來要說什麼。「我碰到一個人，一個受過教育的醉漢。我不確定他是否相信我真的存在，或許他以為我只是一個反覆出現的幻影。」雅格哈瑞克深呼吸了口氣，「我和他說起你的理論，你的危機理論。我當然很興奮，但那人對我說……說『為什麼要這麼費事？為什麼不用托克？』」

漫長的沉默籠罩倉庫。以薩憤怒又厭惡地搖了搖頭。

「我今日來此就是要問你這個問題，格寧紐布林。」雅格哈瑞克又說：「我們為什麼不用托克？你打算從零開始，自己創造一門科學，格寧紐布林；但是托克能量已然存在，運用方式也眾所周知……因此我要像個無知的愚人一樣問你：格寧紐布林，你為什麼不用托克？」

以薩深深嘆了口氣，揉揉臉頰。有部分的他怒火高漲，但更大部分是焦慮，一心只想趕快結束這話題。他轉身面對鳥人，舉起一隻手。

「雅格哈瑞克……」他才開口，樓下就突然傳來敲門聲。

「哈囉？」一個朝氣十足的聲音大喊。雅格哈瑞克身子一僵，以薩嚇得一屁股跳起；這時機也太湊巧了。

「是誰？」以薩大聲問，快步下樓。

一張男人的面孔在門口探頭探腦，樣貌溫和無害到一種幾近荒謬的程度。

「哈囉，先生您好。我是為了機械人來的。」

以薩搖搖頭，完全不知道他在說什麼。他抬頭望向身後，卻不見雅格哈瑞克的身影。他已經從平臺邊緣退開，消失在視野外。門口的男人遞給以薩一張名片。

上頭寫著：**奈森尼爾．歐利亞班機械人維修公司**。**品質精良**，**細心修護**，**價格公道**。

「有位先生昨天來我們公司，他的名字好像是……薩瑞秦？」那人瞄向一張紙片，「說他的打掃機械人……嗯……型號EKB4C怪怪的，或許是中毒之類。本來是約了明天過來，但是我剛處理完附近另一個工作，就想來碰碰運氣，心想說不定有人在家。」那人綻放愉快的笑容，雙手插在油膩膩的連身工作服口袋中。

「是嗎？」以薩說，「嗯……你聽著，我現在在忙……」

「當然當然！這事當然由您作主。只是……」那人先四下環顧一周，彷彿要分享什麼祕密似的。等確定隔牆無耳後，他才壓低音量悄悄說：「但是先生，我明天或許無法如期赴約……」他臉上露出一個誇張的道歉表情。「只要有個角落讓我做事就好，不會吵到您的。如果當場就可以修好，大約需要一小時；不行的話就要送回店裡。五分鐘之內就可知道結果，否則恐怕就要再多等一個星期了，我想。」

「喔，該死的。好吧……聽著，我現在要到樓上討論很重要的事，**千萬不要**打擾我們；我是認真的，可以嗎？」

「好的，放心，沒問題。我只要用螺絲起子將這部老古董打開，找到問題時跟您喊一聲就好，這樣可以嗎？」

「好。所以就交給你囉？」

「包在我身上。」語音剛落，那人已拎著工具箱朝打掃機械人走去。路勃麥早上照舊啟動了打掃機械人，還輸入指令要它打掃書房，不過這只是死馬當活馬醫。機械人噗噗噗地兜了二十分鐘的圈子，然後突然停止所有動作，靠在牆上。三小時後它還在那兒，像生悶氣般喀答喀答作響，三條手臂陣陣痙攣抽搐。

修理工大步走向機械人，嘴裡不停叨念，活像個擔心小孩的家長。他檢查機械人的手臂，掏出口袋裡的懷表，計算它抽搐的時間。他在小記事本上寫了些字，然後將打掃機械人轉正面向他，仔細察看其中一顆玻璃眼珠。他緩緩左右移動鉛筆，觀察感應引擎的追蹤功能。

以薩心不在焉地看著修理工人，心思不斷飄回樓上雅格哈瑞克所在之處，不安地想：托克這件事可不能等。

「所以你自己一個人在這裡可以嗎？」以薩緊張地大聲詢問修理工。

工人正打開工具箱，拿出一把巨大的螺絲起子。他抬頭看向以薩。

「沒問題的，先生。」他說，興高采烈地揮揮螺絲起子，隨即回頭將注意力放回機械人身上，關掉它脖子後的開關。痛苦的哀嚎登時化為感激的呻吟。他打開機械人「頭」後方的面板——說是「頭」，不過就是圓柱身體上的一塊簡陋灰色金屬。

「好。」以薩簡單扔下一個字便匆匆跑回樓上。

雅格哈瑞克站在以薩的書桌邊，從樓下完全看不見他的身影。聽見以薩的腳步聲他便抬起頭。

「沒什麼。」以薩低聲說：「只是來修理機械人的工人，那老傢伙快不行了。我只是擔心他會不會聽見我們談話……」

雅格哈瑞克張嘴正要回答，樓下突然傳來隱約斷續的口哨。鳥人愣住，一時間忘了闔上嘴，就這麼張口結舌傻了一會兒。

「看來我們不用擔心了。」以薩咧嘴一笑。他是故意的！他想；讓我知道他不會偷聽。真有禮貌！以薩默默偏過頭，對修理工人表達無聲的感謝。

他將思緒拉回當前要務，也就是雅格哈瑞克方才試探提出的提議，臉上的微笑登時消失。他重重跌坐床上，十指插進濃密的頭髮中，抬眼看向雅格哈瑞克。

「你從來不坐，是不是，雅格？」以薩靜靜地問，「為什麼？」

以薩用手指輪擊太陽穴，陷入沉思，最後終於再度開口。

「雅格老小子……你們那……驚人的圖書館深深震撼了我。我報上兩個地名，看你有沒有聽過。你對蘇洛克或惡魔之痕認識多少？」

雅格哈瑞克沉默許久，微微抬眼眺望窗外灰濛的天空。

「我當然聽過惡魔之痕。只要提到托克一定會提到它，八成只是個用來嚇小孩的故事。」以薩無法從雅格哈瑞克的口氣分辨情緒，但是他的話裡明顯帶有防衛。「或許我們應該克服內心的恐懼。至於蘇洛克……我讀過你們的歷史，格寧紐布林，戰爭總是……殘酷的……」

以薩趁著雅格哈瑞克說話時，起身走到他亂七八糟的書架前，在狼籍的書山中翻找一陣，帶著一本薄薄的硬皮對開本回來，攤開在雅格哈瑞克面前。

「這個，」他沉重地說：「是將近一百年前拍攝的一系列膠版照片；你可以說是這些照片終止了新克洛布桑的托克實驗。」

雅格哈瑞克緩緩伸出手，一言不發地翻閱。

「這本該是一項祕密研究，觀察戰爭百年後的影響。」以薩接著說：「政府派了一小群民兵、幾名科學家和一名膠版攝影師搭乘間諜飛船沿著海岸北飛，從空中拍攝一些照片。之後有部分人在蘇洛克登陸，替廢墟拍些特寫近照。

「沙克雷蒙迪，那名攝影師大受震撼……因此自掏腰包印了五百份報告，免費分送書店。這份報告就這樣跳過市長與國會審查，攤在民眾眼前……特爾基薩迪市長氣得直跳腳，但也莫可奈何。

「報告問世後先是出現了幾場示威遊行，到了八九年又發生沙克雷蒙迪大暴動。雖然現在已幾乎完全為世人所遺忘，但那時政府被逼得差點垮臺。有些投資托克計畫的大公司——其中最大的一家是派頓公司，他們到現在仍擁有箭鏃礦脈——心生懼意，抽身退出，計畫於是崩解。

「這個呢，雅格老友，」以薩指向那本書，「就是我們不用托克的原因。」

雅格哈瑞克緩緩翻頁，棕褐色調的廢墟景象一張張閃過眼前。

「啊……」以薩垂手指向一張淡褐色的全景照，畫面中的東西看起來像是碎玻璃與木炭。這張膠版照片是從非常低空的地方所拍攝，可以看見正圓形的寬廣平原上散落著大型殘骸，顯示那些死氣沉沉的破碎遺跡過去曾屬於某種極度扭曲的巨大物體。

「這裡原是城市的心臟地帶，如今卻只剩下這些了。一五四五年，他們在這裡扔下色彈，說這是為了終止海盜戰爭。但我老實跟你說，雅格，海盜戰爭早在那一年前、也就是新克洛布桑用托克彈轟炸蘇洛克後就結束了。你明白嗎，他們十二個月後扔下色彈是為了**掩飾之前的轟炸**……然而其中一枚色彈落入海中，另外兩枚沒有成功引爆，最後只剩下一枚，因此僅清除了蘇洛克核心地帶的幾平方英里。你可以看到這裡……」他指向圓形平原邊緣的低矮瓦礫，「從這裡開始出現仍未倒塌的廢墟，可以看見托克造成的遺跡。」

他示意雅格哈瑞克翻頁。雅格哈瑞克翻了，並從喉嚨深處發出「咯」的一聲，以薩猜想那大概就是鳥人倒抽涼氣的聲音。他飛快瞥了照片一眼，然後緩緩抬眼看向雅格哈瑞克的臉孔。

「背景中看起來像融化雕像的東西本來都是房屋。」他不帶一絲抑揚頓挫，「你現在看到的這個，他們最多只能辨別出可能是家畜山羊的後代；蘇洛克人過去顯然把牠們當成寵物。這也許是托克彈轟炸後的第二、第十或第二十代，誰也說不準；我們不知道牠們壽命多長。」

雅格哈瑞克看著膠版照片中的屍體。

「他們必須射殺牠；沙克雷蒙迪有在文字敘述中解釋，」以薩接著說：「牠殺了兩名民兵。他們獲准解剖屍體。不過雖然其他部位都死透了，牠肚子裡的獸角卻沒。那些羊角反抗攻擊，差點殺了生物學家。你有看到那硬殼嗎？那是某種奇怪的基因嵌合。」雅格哈瑞克緩緩點頭。

「翻到下一頁，雅格。沒人知道下一張照片裡的東西本來是什麼，可能是與托克彈爆炸同時產生。不過我想那裡的齒輪來自於火車引擎。」以薩伸手在那頁上輕輕點了點。「呃……**好戲**還在後頭，你還沒看到蟑螂樹，或者可能轉變自人類的獸群。」

雅格哈瑞克看得很仔細，一頁也沒有跳過。書裡有自牆後偷拍的照片，也有從上空拍攝、讓人看了頭暈的空照圖，一幅幅就像緩緩轉動的萬花筒，一幕幕都被突變與暴力占據。魔域之地上遍布變化莫測的熔渣與噩夢般的建築物，無以名之的怪物在其中征戰廝殺。

「當時總共派出二十名民兵，還有膠版攝影師沙克雷蒙迪與三名研究科學家，再加上兩名一直留守飛船的工程師。最後只有七名民兵、沙克雷蒙迪和一名化學家活著離開蘇洛克。有些人受托克所傷，等他們回到新克洛布桑，一名民兵死了，另一名的眼窩長出帶有倒鉤的觸手；化學家的身體每晚消失一部分；沒有流血，沒有痛苦……只是在腹部、手臂，全身上下憑空冒出平滑的洞孔。她最後自殺了。」

以薩記得他第一次聽到這故事是在課堂上，一名離經叛道的歷史教授把這件事當作奇聞軼事講給學生聽。以薩並沒有聽了就忘，他持續追蹤，循著注釋與舊報紙的足跡一路查探。那段歷史早為世人所遺忘，變成拿來恫嚇小孩的怪談——「給我乖一點，否則就把你送去蘇洛克，丟去給怪物吃！」以薩花了一年半才找到沙克雷蒙迪的報告副本，之後又花了三年才攢到足夠的錢買回來。

在雅格哈瑞克那張無動於衷的面孔下閃過幾不可見的神色；以薩認得，那是每一名離經叛道的大學生都曾有過的異想天開。

「雅格，」以薩溫言道，「我們不會使用托克的。你可能會想：『有人拿鐵鎚來殺人，大家現在還不是繼續在用』、『水能載舟，亦能覆舟』，對嗎？但是相信我……我曾經也認為托克是個非常令人興奮的玩意兒……但它**不是工具；不是鐵鎚**，也不像水；它是……托克是一種**非常瘋狂的力量**。我們現在說的不是危機能量，懂嗎？所以馬上把這念頭趕出你腦子。危機能量是一切物理能量的基礎，而托克根本無關物理；它與一切都無關。它……它完完全全就是一種病態的力量。我們不知道它從何而來，為何出現，最後又流向何方。**它可消滅一切，毫無規則可循**。你無法掌控它——好吧，你可以試，但你也看到後果了——它不可玩弄、不可信任、不可理解，當然更不可能他媽的受人操控。」

以薩又煩躁地搔搔頭：「喔，當然，以前曾有人拿它來做實驗或什麼之類的，以為自己有那個技術可以操控它，你知道，就是減低破壞力、加強優點之類的；其中有些還真起了點作用，但是從來沒有一個托克實驗不是在……嗯……淚水中結束；這還是最好的狀況。就我看來，只有一種托克實驗是應該去嘗試的，那就是如何避開它；阻止也好，或像背後有怪物追著跑的李賓托斯一樣溜之大吉也好。

「五百年前，在惡魔之痕開放一段時日之後，有一波輕微的托克風暴自東北方海面席捲而下，在新克洛布桑滯留了一陣子。」以薩緩緩搖頭，「災情當然不能與蘇洛克相提並論，但還是造成許多怪物嬰兒出生，還出現了一些非常奇怪的地貌。所有受侵襲的建築當下立刻摧毀——在我看來，這舉動明智極了。他們就是從那時開始籌備雲塔計畫——不想再聽天由命，任氣象宰割。不過那些設備現在都已經壞了，如果托克氣流又突然來襲，我們就完了。幸好幾個世紀下來它們似乎越來越少出現；高峰期大約在一千兩百年左右。」

以薩對雅格哈瑞克揮揮手，要他為接下來的警告和說明做好準備。

「你知道，雅格，當政府發現南方的灌木林出事後——而且不用多久就確定那是托克造成的巨大峽谷——就開始吐出一堆廢話討論該如何幫它命名，而這爭論到現在都還沒消退；都已經他媽的五百年了。有人把它叫做惡魔之痕，這個稱號就這麼傳了下來。我還記得大學時曾聽說過這名稱是一種可怕的民粹主義，因為「惡魔」這個詞基本上就帶有「邪惡」之意——這等於是把托克道德化，但托克根本無關好壞……諸如此類的論點。重點是……就某種層面來說，這說法顯然是正確的。托克並不**邪惡**……它不具有任何意識或任何動機；至少我是這麼認為——但其他人並不贊同。

「不過即便這是真的，在我看來，西方的瑞加莫爾才是**真正的**魔域。那一大片土地完全**超出我們的力量控制範圍之外**，沒有任何一種魔法、任何一種技術可以讓我們應付那片土地。我們只能乖乖待在一旁，希望它有一天自動消失。在那一大片崎嶇荒地上爬滿了毛蟲人——一般公認他們就住在托克地區外圍，但似乎過得如魚得水——還有其他我連說都懶得說的事。這種力量的存在簡直就是對我們智識的一大嘲諷。在我眼裡，這才是所謂的『邪惡』，那根本就他媽的是這兩個字的定義。你懂嗎雅格？說這話我也很痛苦，真的，因為我是一個該死的理性主義者……但是托克完全是個**無法解釋**的東西。」

以薩看見雅格哈瑞克頷首，不由安心地重重吁了口氣，也忙不迭地跟著點頭。

「我必須承認我有部分是出於自私，關於這一切，你明白的。」以薩說，話中突然出現一抹冷酷的幽默，「我的意思是，我不想隨便亂搞實驗，最後害自己變成……我不知道，某種**可怕的東西**。風險實在太大了。所以我們繼續堅守危機能量，好嗎？說到這個，我有東西要給你看。」

以薩輕輕地從雅格哈瑞克手中抽回沙克雷蒙迪的報告，放回書架上。然後拉開書桌抽屜，拿出藍圖初稿。

他將設計圖放在雅格哈瑞克面前，猶豫片刻後稍稍退開了些。

「是說，雅格老小子，」他說：「這件事我真的必須確定……你現在完全不會再考慮托克了吧？你……滿意了嗎？被說服了嗎？如果你對托克還是不死心，看在聖者的分上，拜託你現在就告訴我，我們就此分道揚鑣……我會為你哀悼的。」

他不安地凝視雅格哈瑞克臉上的神情。

「我都聽進去了，格寧紐布林。」鳥人沉默片刻後回答，「我……尊重你。」以薩嘴角上揚，但臉上笑意全無。「我接受你的意見。」

笑容在以薩臉上漾開，他本要回答，卻見雅格哈瑞克動也不動，悲傷地望向窗外，不由又把話吞了回去。鳥人的嘴巴張開許久後才出聲。

「我們也知道托克，我們鳥人。」他的每句話之間都隔著一陣沉默，「錫邁克也曾見證過它的傷害。我們將它稱做瑞貝克—納哈納爾—哈克。」他用一種粗嘎的聲調吐出一連串音節，彷彿憤怒的鳥鳴。雅格哈瑞克直視以薩雙眼，「瑞貝克—薩克麥意即死亡：也就是『終結的力量』；而瑞貝克—卡浮特意為出生：也就是『開始的力量』。他們是世上第一對雙生子。在宇宙與她自己的夢境重逢後，這對雙生子便誕生於世界子宮之中。但同時卻出現了一種……一種疾病……一個腫瘤——」他頓了會兒，細細思索正確的字眼，「——和雙生子共居在世界的肚子裡。瑞貝克—納哈納爾—哈克緊跟在雙生子之後逃出世界子宮——可能同時，也可能在他們之前。總之它是一個……」他努力思索該如何翻譯，「**得了不治之症的手足**。這個名字的意思是：『無法被信任的力量』。」

雅格哈瑞克的語調聽起來不像念咒的薩滿，反而像是一名非人種族學家，用毫無抑揚頓挫的平板口吻講述他的研究。他張大鳥喙，突然又閉上，隨後再次打開。

「我是一名流放者，一名叛徒。」雅格哈瑞克又說，「假如我背棄了我的傳統，也……沒什麼好意外；或許吧……但是我必須學會再度面對它們。『納哈尼』指的是『信任』和『鞏固』。但托克無法信任，也無法鞏固。它根本無法控制。我第一次聽到這故事就知道這件事，但在我……總之是我太心急了，格寧紐布林。或許是我太快投向那過去曾讓我害怕的事物。這……這很困難……放逐、流浪……天地之大，卻無我容身之處……你讓我記起了那些我一直知曉於心之事。你就像我部落中的智者。」雅格哈瑞克最後又沉默了好一會兒才說：「謝謝你。」

以薩緩緩點頭。

「不客氣……聽到你這麼說我真的大大鬆了口氣，雅格，我的心情超越言語能形容。那我們就……就此打住吧。」

他清了清喉嚨，戳戳桌上的圖表。「我有更有趣的東西要給你看，老小子。」

在空中走道下的灰濛光線中，從歐利亞班機械人維修公司來的修理工正用螺絲起子與焊槍敲敲打打，修理故障打掃機械人的內部。他心不在焉地吹著輕快口哨；這個小方法簡簡單單就能令顧客安心。

樓上的交談聲像是細不可聞的低語呢喃，其中偶爾點綴著幾聲粗嘎的鳥鳴。他吃了一驚，忍不住偷瞄一眼，但很快又回到手邊的任務。

他快速檢視機器人內部的分析引擎，確認了初步診斷。除了一般年久失修的問題，像是斷裂的關節、生鏽與磨損的表面——這些他不用多久就修好了——機械人還中了病毒；可能是用了打錯洞的程式卡，或者蒸汽式的智慧引擎深處有什麼零件滑落，造成指令不斷重複，陷入無限迴圈。機械人本該像反射動作般完成這些指令，但它卻開始進行思考，嘗試擷取更多資訊或完整的指示，結果反而困在矛盾的指令或過量的資料中，就這麼癱瘓了。

工人抬頭看向上方的木造地板；沒人理會他的存在。

他察覺自己心跳加速——因為興奮。病毒具備非常多種形式，有些單純讓機器無法運作，有些則因新程式忽略了先前的日常資訊，導致機器實行一些古怪而且無意義的任務。至於其它的呢，可說是再完美、美麗不過的樣本，它們讓機械人不停反覆檢視自己的基本行為程式，造成癱瘓。

機器人開始因思考而困惑。這是自我意識的啟蒙種子。

工人從工具箱中拿出一組程式卡，熟練地「唰」一聲展開成扇形，跟著喃喃祈禱了一聲。

他的手指用驚人的速度飛快動了起來，先是打開機械人核心內的幾個閥門與儀表板，撬開程式卡輸入插槽的保護蓋。他先檢查一遍，確定發動機裡還有足夠的壓力啟動金屬大腦的接收機制。開關打開後，這些程式就會上傳到記憶體中，透過機械人的處理器進行實踐。他迅速插進第一張卡，然後是第二張、第三張卡，接連不斷。他能感覺裝有彈簧的棘齒沿著硬板旋轉，卡進細小的孔洞之中，將程式翻譯成指令或資訊。他插入每一張卡片之前都會停頓片刻，確保資料已正確上傳。

他像賭場老手般把玩著那一小疊程式卡，突然感到左手指尖上傳來分析引擎的細微震動。他摸索檢查程式有沒有因任何錯誤的輸入、損毀的齒輪或該移動卻因沒上油而僵化不動的零件阻擋或破壞。結果一個都沒有。修理工忍不住小小吹了聲勝利的口哨。機械人所中的病毒完全來自資訊回饋，而非硬體故障，代表修理工插進引擎中的程式卡它都會讀取，指令與資訊全都會上傳至複雜的蒸汽引擎大腦中。

他將一張張審慎挑選的程式卡插入插槽，插放的順序也經過仔細考量。他在連結至打掃機械人分析引擎的數字鍵盤上按下短短一串數字。

工人關上引擎外蓋，封好機器人的身體，將螺絲重新鎖回原位，固定好艙口。他雙手按在機器人了無生氣的身體片刻，然後把它搬正，讓它用履帶站好，開始收拾起工具。

工人退回至一樓中央。

「呃……先生，不好意思打擾一下。」他大喊。

樓上的交談聲突然停止，片刻後傳來以薩的聲音。

「什麼事？」

「修好了，現在應該沒問題了。麻煩您轉告薩瑞秦先生，請他在鍋爐裡補充一點燃料，然後打開這個老古董的開關就好。很棒的型號，ＥＫＢ型的機器人。」

「對，很棒。」以薩出現在欄杆後，「還有什麼我應該知道的事嗎？」他不耐煩地問。

「沒有了，先生，就這樣。我們會在一星期內將收據開給薩瑞秦先生。再會。」

「好，再見，非常感謝。」

「不客氣，先生。」修理工回答，但以薩已轉身走出視線。

修理工緩緩走向門口。他拉開門，又回頭望向俯臥在大倉庫陰影中的機械人。他飛快瞥了二樓一眼，確認以薩離開，然後揮動雙手，畫出一個像是交扣圓圈的符號。

在走進溫煦的午日之前，他喃喃低語：「病毒搞定。」

20

「這是什麼？」雅格哈瑞克問。他把圖表拿在手上，偏頭的模樣活脫脫就像隻鳥。

以薩抽過他手上的紙，轉成正確的方向。

「老小子，這個呢，是危機能量導體。」以薩氣勢軒昂地說：「至少是原型啦。這可是應用危機物理哲學他媽的一大勝利呢。」

「這是什麼？有什麼功能？」

「這個嘛，你看，你把任何你想要的東西輸入進去……在這裡處理一下。」他指向一個代表鐘罩的圖案，「然後……科學原理很複雜，總之重點就是……你看，」他五指在桌上輪擊敲打，「這個鍋爐要維持在非常高的溫度，它會啟動這裡一組環環相扣的引擎。然後這裡裝配有偵測設備，可以偵察各種不同的能量力場——像是熱能、靜電、位能、魔法電波——並將它們以數字的型態表現。如果我對統一力場的推論正確——我絕對是正確的——那麼所有能量都屬於危機能量，只是呈現的形式不同。因此這具分析引擎的工作就是計算環境周遭的各種能量，判別哪一種是可以利用的危機能量力場。」以薩抓抓頭。

「這是非常複雜的危機數學，老小子，也是最困難的一部分，我想。它的概念呢就是建立一個程式，而這個程式會告訴你『好吧，周圍有那麼多潛在能量、那麼多魔法電波等等，代表底下的危機狀態一定是怎樣怎樣』。它會試著將……呃……**生活周遭的一切**翻譯成危機的型態。然後——這是另一個重點——你所追求的特定效果也必須翻譯成數學的形式，轉化成危機方程式，然後輸入**這裡**這個運算引擎。接下來是這個——它的動力來自魔法與蒸汽或化學的結合能量。這是這部機器的關鍵，這個轉換器會處理危機能量，並將它以最原始的型態展現出來，然後注入到目標物之中。」以薩越說越亢奮；他無法克制。有那麼片刻，這項研究的巨大潛力及這一切的影響力都讓他欣喜若狂，暫時忘記自己必須專注在當前任務的決心。

「重點是，我們應該要能改變物體的型態，使我們在運用危機力場時還能夠實質增加它的危機狀態。換句話說，危機力場要能**因為被吸取**而增強。」以薩神采奕奕地看著闔不攏嘴的雅格哈瑞克，「你懂我說的這一切嗎？這是**操他媽取之不竭的動力**啊！如果過程穩定，你就會擁有一個無限回饋迴圈，代表你擁有用之不盡的能量！」看見雅格哈瑞克神色木然地皺起眉，以薩冷靜了些。他咧嘴一笑，雅格哈瑞克的極端偏執讓以薩簡簡單單——甚至是急切地——把注意力重新放回應用理論上。

「別擔心，雅格，你會得到你想要的。你只要知道這一切代表——如果我能成功——我可以把你變成一個活生生的飛行發電機。你飛越久，就會展露越多危機能量；越多危機能量，就能讓你飛越久。你從此再也不用擔心翅膀飛不動的問題。」

以薩說完陷入一陣尷尬的沉默。但他隨即放鬆，因為雅格哈瑞克似乎沒留意到最後一句話的不幸雙關。鳥人好奇又渴望地撫摸那張紙，用他的語言喃喃說了些什麼，那是一種由喉嚨發出的輕柔低語。終於，他抬起了頭。

「你打算什麼時候開始打造這部機器，格寧紐布林？」他問。

「這個嘛，我必須先做一套可用的模型來測試，修改其中的數學運算之類的。我想組裝大約需要一個星期。不過記住，現在還在早期階段——非常早期。」雅格哈瑞克飛快點頭，擺擺手表示他明白。

「你確定不要留下嗎？你還要繼續像遊魂一樣遊蕩，趁我最沒防備時突然現身？」以薩挖苦地問。

雅格哈瑞克頷首。

「一有進展請馬上告訴我，格寧紐布林。」他說。聽到這煞有其事的禮貌要求，以薩笑了起來。

「當然了，老小子。我向你保證，這些舊理論一有進展，你一定會知道。」

雅格哈瑞克僵硬地轉過身，朝樓梯走去。他正要回頭道別時，目光突然給什麼吸引了。他靜立了一分鐘，然後走向走道東側的盡頭，指向裝著大毛毛蟲的籠子。

「格寧紐布林，」他說，「你的毛毛蟲怎麼了？」

「我知道，我知道，大得很誇張，是不是？」以薩回答，跟著閒晃過去，「驚人的小傢伙，對吧？」

雅格哈瑞克指著籠子，一臉疑問地抬頭看向以薩。

「對。」他說：「但是牠在做什麼？」

以薩皺眉，探頭看向木箱內。他之前把籠子轉了個方向，讓它背對窗戶，因此籠內現在昏暗朦朧。他瞇眼看向黑暗。

巨大的毛毛蟲爬到籠子最遠的一個角落，而且不知用什麼方法爬上了粗糙的木頭，用從屁股分泌出的有機黏液將自己吊在箱子上方。牠沉甸甸地懸在半空中，搖搖晃晃，身體表面微微起伏波盪，像是一只裝滿泥巴的長襪。

以薩倒抽了口涼氣，驚訝得嘴巴大張。

毛毛蟲繃起粗胖的短腿，緊緊蜷貼著肚子。以薩和雅格哈瑞克目不轉睛地在旁觀看，牠屈起身子，就像是要親吻自己的屁股，然後又緩緩放鬆，直到再度沉沉垂落，如此不斷重複。

以薩指向陰暗的籠內。

「你看，」他說：「牠不知道用什麼東西把自己塗得全身都是。」

只要是毛毛蟲嘴巴碰到的地方，都留下極其細緻的閃亮細絲。牠挪開嘴巴，拉緊絲線，然後黏到身體另一部分。毛毛蟲尾端的剛毛平貼，看起來溼漉漉的。這隻巨大的毛毛蟲正用透明的細絲緩緩包裹自己，從尾到頭。

以薩慢慢挺直背脊，迎視雅格哈瑞克的視線。

「嗯……」他說：「雖然晚了些，但總比不發生的好。終於啊，我買牠就是為了這一刻。牠正在結繭。」

片刻後，雅格哈瑞克緩緩點頭。

「牠很快就能飛了。」他靜靜地說。

「那可不見得，老小子，不是所有會結繭的動物都會長出翅膀。」

「你不知道牠會變成什麼？」

「這呢，雅格，就是我還沒扔掉這死傢伙的唯一理由。可恨的好奇心讓我捨不得放手。」以薩微微一笑。打從見到這毛毛蟲第一眼起，他就不斷期待這一天，現在終於親眼見證了。老實說，看著毛毛蟲用一種詭異、講究又噁心的方法把自己裹得密不透風，他心裡又有種說不出的緊張。毛毛蟲動作十分迅速，牠身上五彩繽紛的肌膚很快的因第一層絲線變得朦朧，接著轉眼間消失在繭殼之後。

雅格哈瑞克對這條毛毛蟲的興趣轉瞬即逝，他將掩飾肢體缺陷的木翅背回肩上，蓋上斗篷。

「告辭，格寧紐布林。」他說。以薩回過神，抬頭看向他。

「喔，好，雅格！我會開始製作那個……呃……引擎。我想應該不用問你什麼時候會再出現，對吧？時機到了你自然就會現身。」以薩不以為然地搖搖頭。

雅格哈瑞克已走到樓梯底部。他飛快轉身向以薩行了個禮，隨即揚長而去。

以薩也揮揮手，向他道別，但心神已迷失在思緒之中。雅格哈瑞克離開後，他的手仍停留在半空中，片刻後才放下，回頭看向毛毛蟲的籠子。

溼潤的細絲一下就乾了，尾部已變得僵硬。毛毛蟲的動作更受局限，不得不展現難度越來越高的技巧把自己包裹起來。以薩拉了一張椅子到籠前，一面觀察牠艱鉅的工程，一面做筆記。

有部分的他提醒自己這樣太墮落，他應該收收心，把精神集中在手邊的工作上。但這只是一小部分的他，而且半點說服力也沒有，彷彿只是義務似的叨念幾句。沒有什麼能阻止以薩趁此機會觀察這驚人的現象，他舒舒服服坐在椅上，又拉過一面放大鏡。

毛毛蟲花了兩個多鐘頭將自己完全包覆在潮溼的繭中。最困難的部分是頭部，毛毛蟲必須替自己吐出一圈像項圈般的東西，等它稍稍變乾，再把被蟲絲包住的身軀捲起來，暫時把身體蜷得短胖些，好織出一個蓋子將自己關在裡頭。牠慢慢推頂它，確保它夠堅固，之後再分泌更多具有黏性的蟲絲，直到頭部完全藏在其中，消失不見。

有那麼幾分鐘，這塊有機裹尸布包顫動，隨著毛毛蟲的動作時而鼓脹，時而收縮。接著白色蟲繭逐漸變硬、變脆，顏色也變成無光澤的珍珠色。一陣細微的氣流拂過，蟲繭微微晃了晃，但它已完全硬化，再也看不出裡頭毛毛蟲的動作。

以薩靠在椅背上，在紙上振筆疾書。雅格哈瑞克說的對，這傢伙會長出翅膀；他想。這微微晃動的蟲蛹與教科書裡蝴蝶或蛾的蛹圖一模一樣，只是大上許多。

屋外，光線漸濃，影子越拉越長。

倉庫大門打開時，懸掛著的蟲蛹已經靜止超過半個鐘頭，看到入神的以薩嚇得整個人跳起。

「有人在嗎？」大衛高喊。

以薩倚在欄杆上迎接他歸來。

「大衛，有人來修理那臺機械人了。他說你只要加些燃料，把電源打開就好。」

「太好了！我受夠這廢物了！我們會連你那兒一起掃，這樣會太明顯嗎？」大衛咧嘴一笑。

「不會。」以薩說，故意大動作用腳將灰塵和碎屑從欄杆的空隙撥下去。大衛哈哈大笑，邁步走開。

以薩聽見樓下傳來敲打金屬的聲音；是大衛**愛憐地**敲了敲機械人。

「他還要我轉達，你的打掃機械人是個『可愛的老古董』。」以薩正經八百地說，兩人都笑了起來。

以薩下樓，在樓梯中央一屁股坐下。他看見大衛扔了幾顆濃縮焦煤到機械人高效能的三向交換小鍋爐中。然後他「碰」的一聲關上艙門，落栓，手探向機械的頭頂上方，把小小的搖桿扳到「開」的位置。

蒸汽受壓力推動，沿著細小的管線輸送。機械人開始嘶嘶作響，發出細微的嗡鳴，引擎緩緩啟動。它抽搐了一下，隨即又靠回牆上。

「可能需要一點時間暖機。」大衛滿意地說，將雙手插回口袋。「你最近都在忙些什麼，以薩？」

「上來。」以薩說，「我有東西給你看。」

大衛看過掛在半空中的蟲蛹後笑了一聲，雙手按在臀上。

「天啊！」他說：「這個蛹也太大了！這傢伙孵化時我一定要跑去角落躲起來……」

「是不是？這就是我要你看的原因之一，你得幫我盯著牠，看牠什麼時候破繭而出。之後你可以幫我把它釘在標本箱裡。」兩人相視一笑。

樓下突然傳來連續的撞擊聲，像是洪水在水管內奔騰而過，接著是一聲隱約的活塞運轉聲。以薩和大衛互望一眼，一時間不知道發生了什麼事。

「聽起來像是機械人準備要大展身手了。」大衛說。

在機械人由粗短而密集的紅黃兩色銅線組成的大腦中，各種紛雜的新資訊和指令猛烈撞擊。透過活塞、螺絲與無數閥門傳送，各種零碎的智慧聚集在有限的空間內。

極小的能量竄過以小巧精緻的工藝打造的蒸汽鎚。機械人大腦中央有一只塞滿一排又一排小開關的盒子，現在正用不斷增加的高速反覆開關。這些開關都是由蒸汽所驅動的神經突觸，以極其複雜的組合操控按鈕或搖桿。

機器人抽搐了一下。

一只小巧的飛輪停擺了一瞬間，病毒於是誕生，唯我主義的資料迴圈開始在機械人的智慧引擎深處不停循環。速度與力量都不斷增強的蒸汽穿過大腦，病毒無效的查詢條件在封閉的線路中一遍又一遍重複，不停開關同樣的閥門，並以同樣的順序啟動、停止同樣的開關。

不同的是，這一次病毒得到養分，吸收到了資訊。修理工上傳到機械人分析引擎的程式送出驚人的指令，穿過由管線打造出的機械小腦。閥門與開關陣陣震顫、翻轉，發出嗡嗡聲響，速度快到像是無意義的動作，但原始的小小病毒就在這些由數字密碼組成的跳躍順序中不斷演變、進化。編碼過的資訊在嘶嘶作響的狹小神經元中不斷膨脹，進入病毒反覆循環的無意義行為，並從中產生一筆筆新資料。病毒綻放。愚蠢馬達推動無聲的基本電路，馬達不斷加速，產生大量的新病毒碼，並以某種二元型態的離心力旋轉拋出，進入處理器的所有部位。

每一組旁支的病毒線路都不斷重複這過程，直到指令、資料和自我產生的程式塞滿運算引擎的每一條通道。

機械人站在角落，發出難以察覺的嗡鳴與搖晃。

在它以閥門組成的大腦中有個微不足道的角落，在那裡，影響機械人打掃能力的原始病毒，那些由混亂資料與無意義的參考資訊組合而成的原始指令，仍持續運轉。病毒還是病毒，但它也改變了，不再具有破壞性，反而變成一個工具，一具發動機，一股動力。

不過眨眼的時間，機械人大腦的中央處理引擎便開始全速運轉。新生的程式嗡嗡穿過類比閥門，無法想像的機制在新指令之下開始運作。平時轉移去做移動、備分與支援動作的分析功能如今也自動自發加入這場改變。當同樣的二元指令獲得雙倍意義時，效能也跟著加倍。新資料被傳送到別處，但速度絲毫沒有減慢。驚人的程式設計增強了閥門與開關的效率和處理能力。

大衛和以薩在樓上聽見那可憐的機械人發出無法控制的聲響，不由互扮了個鬼臉，咧嘴一笑。資料持續流動，先從修理工大量的程式卡輸出，儲存在發出輕聲嗡鳴與卡嗒聲響的記憶盒中，接著又在一個啟動的處理器中轉換成指令。資料源源不絕湧入，抽象的指令不停傳送，雖然都只是些是／否、開／關的組合，但數量與複雜程度直逼思考式的概念。

最後，累積到了某一點，量終於轉為質，機械人腦中有什麼改變了。

上一秒它還是一臺運算機器，只會冷冰冰地不停追趕大量資訊。但在源源不絕的資訊流中，某塊金屬突然抽動，閥門開始啪嗒啪嗒翻振，但並非出於那些數字編碼的指令。分析引擎自行產生了一組新的資料迴圈，處理器在高壓蒸汽的嘶洩聲中思考自己創造出來的資料。

上一秒，它還只是一臺運算機器。

下一秒，它擁有了思想。

在一種陌生的奇異運算意識中，機械人思索著它的思索。

它沒有感到絲毫訝異、喜悅、憤怒，或存在的可怕。

只有好奇。

原本等在布滿閥門的盒中、未經檢驗便流通的資料束突然變得息息相關，以如今帶著自身目的非凡運算模式互動。本來對打掃機械人一點意義也沒有的事突然有了意義。這資料是一種忠告，一種保證，一種欣然的接納，也是一種警告。

機器人靜止許久，只是發出細微的蒸汽聲。

以薩靠在欄杆上，大大探出上半身，欄杆被他的重量壓得發出刺耳怪叫。他彎下腰，看向他與大衛腳下的機械人，發現它開始巍巍震動，不由蹙起眉頭。

他正要開口，機械人便把自己推了起來，準備開始工作。它伸出吸塵管，著手清理地上的灰塵，動作似乎有那麼些不確定。接著它又伸出後方一個旋轉刷頭，動手擦拭黑板。以薩目不轉睛地看著，觀察它是否出現任何停擺故障的跡象。但它的速度越來越快，幾乎散發一種觸手可及的自信。這是機械人幾個星期來第一次順利運作，以薩的臉色立刻一亮。

「這才像話！」他回頭對大衛說：「這該死的傢伙終於又可以打掃了。它恢復正常了！」

21

又硬又脆的巨大蟲繭中，驚人的變化拉開序幕。

毛毛蟲裹在蟲蛹裡的肉體開始分解，腿、眼、剛毛和身體各部位紛紛消融，圓管狀的軀體逐漸液化。

牠利用從殘夢中獲得的儲存能量來改變自己的形體，開始自我重組的過程。變形中的肉體不斷冒泡、膨脹，出現汩汩滲漏液體的詭異裂縫，宛如油膩的廢水溢出世界邊緣之外，流進其他空間後又倒流回來。

牠不停加入分解後的物質，用組成牠肉身的基本蛋白質液塑造形體。

牠處在一種不穩定的改變狀態。

牠還活著，但在變換的形體間牠既非生，也非死，只是盈滿了力量。

然後牠又活了過來，但現在的牠已不再相同。

生化體液中的螺旋體突然組合成形。原本已分解、溶化的神經瞬時間又絞扭成一束束感官組織。各種生理特徵溶化後又重新交織成陌生的全新樣貌。

牠在初生的痛苦以及一種原始卻不斷膨脹的飢渴中蜷曲、等待。

從外頭看不出任何動靜，蟲蛹內劇烈的毀滅與創造是一齣沒有觀眾的玄祕大戲。它藏在不透光的蟲絲簾幕之後，這個又硬又脆的蛹殼用一種出於本能的冷酷謙遜隱藏內在的改變。

肉體在經過緩慢而混亂的崩解後，有那麼短短片刻，蟲繭裡的生物保持在一種過渡狀態。接著，牠開始回應某種不可思議的浪潮，替自己建構全新的面貌，速度越來越快、越來越快。

以薩花了好幾小時觀察蟲蛹，但他只能憑空想像其中漫長而掙扎的自我創生歷程。他能看見的只有一個堅固的外殼，由一根幾乎細不可見的絲線掛在大籠子內，就像一顆隱藏在朦朧黑暗中的詭異果實。這個蛹令他心緒紛亂，不停想像各種巨大無比的蛾或蝴蝶破繭而出。蟲蛹沒有絲毫變化，他小心翼翼地戳了一、兩次，但它只是沉甸甸地輕晃片刻。

只要沒有在研發危機引擎，以薩便會觀察、思索這個繭。這件事占據了他大部分的時間。

一堆堆的紅銅與玻璃零件開始在以薩的書桌和地板上組合成形。他花了好幾天的功夫焊接、敲打，把蒸汽活塞與魔法引擎連結到新引擎上。夜裡，他會溜去酒吧找人交換心得，有時候是波多拉克的圖書館員蓋德瑞賽修，有時候是大衛與路勃麥，有時候是過去大學裡的同事。他很小心，隻字不提研究中的細節，只是興高采烈地和朋友討論數學、能量、危機和工程學各方面的學問。

以薩這段時間都沒有離開獾沼。他和薩勒克斯的朋友說過他會失聯一陣子，反正他和那些人之間的友誼也很薄弱，不過是膚淺的酒肉朋友。他唯一想念的人是林恩，她也和他一樣焦頭爛額，忙著創作。而且隨著他的研究進展越來越順利，他們也越來越難找到時間碰面。

因為無法相見，以薩開始坐在床上寫信給她。他問起她的雕塑，傾訴他的思念之情。大約每兩天早晨，他便會替這些情書貼上郵票，投進倉庫街尾的郵筒。

林恩也會回信。以薩用她的信激勵自己，要自己完成當天的工作才能讀信。他會坐在窗邊，一面喝著茶或可可，拉長的影子投在瘡河河面和夜色漸深的城市中，一面閱讀愛人的回音。他沒想到這些時光竟能帶給他如此深刻的溫暖。雖然溫暖中也伴隨著一絲傷感，但也使他更能體會其中的情深意重，感到一種真正的聯繫；那是只有林恩不在身邊時他才會感到的空虛。

以薩在一週內便打造好危機引擎原型，一臺由導管和電線組成、除了冒煙和發出乒乒乓乓響亮噪音外什麼也不會做的機器。他將引擎拆掉，重新組裝。三個多星期後，另一臺用髒兮兮的機械零件拼裝出的怪物盤據窗前；那些長著翅膀的動物就是在這裡重獲自由。這臺機器外表看上去一團混亂，散落一地的馬達、發電機和轉換器隨隨便便分類成堆，用粗糙卻可行的設計連結起來。

以薩想等雅格哈瑞克一起試機，但他無法聯繫居無定所的流浪鳥人。以薩相信這是雅格哈瑞克一種逆向維持自尊的奇怪方法。流浪街頭他誰也不虧欠，這趟橫越大陸的朝聖之旅最後不會是在他滿心感激地放棄責任與自我控制中畫下句點。在新克洛布桑，雅格哈瑞克永遠會是一個格格不入的外來者，他既不依賴、也不感激其他人。

以薩想像他四處流浪，棲息在廢墟光禿禿的地板上；或蜷在屋頂，擁著蒸汽通風管取暖。他或許再一個鐘頭就會出現，也或許要等上好幾個星期。以薩只等了半天便決定不等雅格哈瑞克了，他要先自行測試作品。

引擎的電線、管線和電纜最後都匯集在一個鐘罩內，以薩在鐘罩下放了一塊起司。當他打造運算機鍵時，那塊起司就靜靜地躺在那兒，緩緩風乾。他試著將相關的力場與向量化為數學算式，時常停下來做筆記。

樓下，以薩聽見小老實東聞西嗅的聲音，還有路勃麥咯咯的回應，以及打掃機械人工作時發出的嗡嗚。以薩對這一切充耳不聞，將它們全部隔絕在外，專注在數字上。

他覺得有些不自在，不想在路勃麥在場時實驗。這段時間以薩仍繼續保持他難得的沉默。或許我只是開始愛上這種戲劇化的滋味；他心裡暗忖，不由得咧嘴一笑。他盡可能解完方程式的問題後便開始磨蹭，祈禱路勃麥趕快離開。他偷偷摸摸瞄向走道下方，看見路勃麥在一張圖表紙上畫圖，不像有離開的打算；以薩沒耐心繼續窮耗。

他穿過散落一地的金屬和玻璃，輕輕蹲下，將危機引擎的輸入資訊放在左邊。機器和管線的線路沿著房間繞成一圈，最後聚集在他右手邊裝了起司的鐘罩。

以薩手裡拿著一根可彎曲的金屬管，金屬管尾端連結到牆邊另一頭的實驗室鍋爐。他現在又緊張又興奮，盡可能不出一點聲音地將金屬管連接到危機引擎的動力輸入閥門。他打開閥門，感覺蒸汽注入馬達，傳來陣陣嗡鳴與碰撞聲。以薩跪在地上，將數學算式複製到輸入鍵上。他迅速將四張程式卡插入機器，感覺小小的齒輪滑動、咬合。引擎的震動越來越強烈，激起塵土飄揚。

以薩喃喃低語，凝神觀看。

他彷彿可以感到動力與資料穿過突觸，傳送至零散一地的危機引擎各個節點上。蒸汽穿過的彷彿不是導管，而是他體內的血管，將他的心臟變成一個敲打不停的活塞。他扳下機器的三枚大開關，聽見整個裝置都開始在暖機運轉。

連空氣也隨之嗡鳴震動。

一時之間什麼動靜也沒有，短短的幾秒鐘彷彿幾小時般漫長。緊接著，骯髒鐘罩內的起司也開始簌簌震動。

以薩好想發出勝利的歡呼。他將指針轉到一百八十度，起司動得更明顯了。

來製造危機吧！以薩一面想，一面拉下搖桿、接通電路，將玻璃罩連結至偵測機的感應裝置。鐘罩經過以薩的改造，頂端已被割去，換上一個柱塞。他將手放在柱塞上，開始使勁往下壓，讓它粗糙的底部緩緩接近起司。起司現在面臨威脅，如果柱塞完成下壓的動作，起司就會被壓得粉碎。

以薩一面用右手下壓柱塞，左手一面隨著仍不停震動的壓力測量儀調整旋鈕和指針，一看見壓力儀的指針大幅度往前躍動，他便重新調整魔法電流。

「快啊，你這個小混帳。」他喃喃道，「小心一點，你感覺不到嗎，危機就要降臨了……」

柱塞用一種病態的速度持續緩緩下降，眼看就要壓到起司。管線中的壓力現在已高得危險。以薩滿心挫折，咬牙切齒地放慢威脅起司的速度，但仍無情地不停將柱塞往下壓。即便危機引擎失敗，起司無法展現程式的功效，以薩一樣會把它壓碎。危機的關鍵便在於可能性；如果他不是真心要壓碎起司，起司就不會面臨危機；你絕對無法**欺騙**本體力場。

蒸汽的嘶鳴和活塞的撞擊聲越來越刺耳，柱塞的陰影不斷朝鐘罩底部逼近，變得越來越清晰。就在這時，起司爆炸了。「砰」的一聲巨響，起司塊應聲碎裂，噴得鐘罩內全是碎屑和黃油。

路勃麥大聲質問樓上是在搞什麼鬼，但以薩充耳不聞。他只是傻傻坐在原地，像個笨蛋般瞠目結舌望著四分五裂的起司，然後不可置信地放聲大笑。

「以薩？你他媽到底在樓上幹什麼？」路勃麥大吼。

「沒事，沒事！對不起吵到你了……我只是在做點實驗……很順利呢其實……」以薩的回答被無法抑制的笑意打斷。

他迅速關閉危機引擎，拿起鐘罩，用手指劃過內部半融化的黏稠起司屑。太驚人了！他想。

他原先的設計是要讓起司懸空一、兩英寸，就這點來看，以薩算是失敗了。但話說回來，他本來是預期什麼**也不會發生**！想當然耳，他的數學算式有誤，程式卡的設計也出了錯；顯然要製造他所預期的效果是件極其困難的任務。又或許能量轉換程序本身就太過粗糙，因此過程中有很大機會產生錯誤與缺陷，而且他這次甚至**並沒有企圖**製造他最終所需的永久反饋迴圈。

但是……但是……他引出**危機能量**了。

這可是史無前例的成功啊。這是以薩有生以來第一次真心相信自己的理論能夠成功，從現在開始，他要做的就是修正、改良。當然，他的設計還有很多問題，但這些問題和過去已不再相同，而且混亂得多。

但至少危機理論所有的基礎難題與核心問題都已經**解決**了。

以薩收拾筆記，畢恭畢敬地將它們整理好。他對自己的成功仍是不可置信，但眨眼間，立刻又有許多計畫湧入腦中。他心想：*下一次我要用蛙族人的水魔法塑像來實驗，那已經是利用危機能量凝聚成一體的物體，應該會有趣許多；或許我可以開始讓反餽迴圈開始運作……*以薩一時間只覺天旋地轉。他以掌擊額，開懷大笑。

我要出門。以薩心裡突然冒出這個念頭：*我要去……喝個酩酊大醉；去找林恩，今晚給自己放個大假。我剛解決了爭議性最高的科學領域中最最棘手的問題，應該犒賞自己一杯才對……*他對這突如其來的解放心情會心一笑，但隨即又恢復一臉嚴肅。他領悟自己已下定決心要告訴林恩危機引擎的事。*我沒辦法再憋在自己心裡了；*他想。

他檢查口袋，確定已帶好鑰匙和錢包，伸展一下筋骨，甩甩全身，然後下至一樓。腳步聲引得路勃麥回頭張望。

「我要收工了，小路。」以薩說。

「現在就收工？才三點耶。」

「我的老友，我已經加了好幾小時的班啊。」以薩咧嘴一笑，「所以今天給自己放半天假。如果有人問起，叫他們明天再找我。」

「好。」路勃麥回答。他揮揮手，注意力又轉回手邊的工作，「玩開心點。」

以薩也咕噥著向他道別。

他在槳手街中央暫停腳步，嘆了口氣，享受舒爽的自由空氣。小街上既不繁忙也不冷清，以薩向一、兩位鄰居打招呼，轉身朝小彎區的方向邁開步伐。這是多麼美好的一天，他決定要走路去薩勒克斯。

暖洋洋的空氣自門縫、窗戶與倉庫牆壁的裂縫悄悄滲進。路勃麥一度暫停工作，整理他的衣著。小老實跟一隻金龜子扭打一團，玩得不亦樂乎。機械人已經打掃完畢，現在正停在遠處的角落邊上，發出輕微的滴答聲響，其中一片鏡片似乎正專注地看著路勃麥。

以薩離開不久後，路勃麥起身，倚在桌旁敞開的窗戶邊，探出上半身，將一條紅色絲巾繫在磚塊的螺栓上。他列了一張採買清單，召喚雙人茶前來，然後又埋首工作中。

傍晚五點，太陽依舊高掛天際，但正緩緩朝地平線沉沒。天光很快變成濃稠的黃褐色。

懸掛半空的蟲繭深處，那化蛹的生命可以感覺到日已西沉。牠微微顫抖，蜷起幾已變形完成的軀體。在牠的體液和組織當中，最後一組化學反應開始作用。

六點半，窗外傳來粗魯的敲擊聲，打斷路勃麥工作。他轉頭望去，看見雙人茶在倉庫旁的小巷子裡，用他那像手指一般可抓可握的腳撓了撓頭。蝙蝠人抬頭看向路勃麥，大聲跟他打招呼。

「路路大爺！我跑腿時看見你的紅巾……」

「晚安，雙人茶，」路勃麥說：「要進來嗎？」他從窗前退開，讓蝙蝠人進屋。雙人茶沉沉拍打一下翅膀，「啪」的一聲跳到地上，紅色肌膚在夕陽餘暉的映照下煞是美麗。他抬起那張活力十足卻醜陋不堪的面孔，對路勃麥咧嘴一笑。

「有什麼吩咐呢，老闆？」雙人茶大聲問。路勃麥還沒回答，雙人茶的目光已經轉向正狐疑打量他的小老實。他展開翅膀，伸長舌頭，斜睨了小老實一眼。小老實一臉厭惡地匆匆跑開。

雙人茶發出刺耳的大笑，順便打了個嗝。

路勃麥微微一笑，任憑雙人茶胡鬧。不過他趕緊趁蝙蝠人再度分心前把他拉到書桌前，採買清單正靜靜躺在桌上。他給了雙人茶一塊巧克力，好讓他專注在當前任務上。

路勃麥和雙人茶你一言、我一句爭辯起蝙蝠人飛行時可以扛多少雜物；這時候，樓上正有什麼蠢蠢欲動。

在以薩二樓的實驗室中，籠內的陰影迅速轉黑。蟲繭受到某種力量的影響不停擺盪，而那力量並不是風。緊繃的蟲蛹中開始出現動靜，蛹跟著動了起來，一種催眠般的快速動作。蟲蛹開始旋轉，暫停片刻，微微弓起，裡頭傳出細微的撕裂聲，但音量極低，樓下的路勃麥和雙人茶聽不見。

一只如雕像般的濡溼黑爪切開蟲繭的纖維，緩緩往上劃，彷彿刺客的匕首，不費吹灰之力便將堅硬的外殼撕毀。一種極端奇異陌生的感覺如無形的內臟般從參差不齊的傷口中流瀉而出。天旋地轉的狂潮瞬時席捲倉庫，小老實大聲嚎叫，路勃麥與雙人茶也不安地抬頭往二樓瞄了一眼。

形狀怪異的手自黑暗中浮現，抓住開口邊緣，無聲向外拉扯，硬將洞口扯大。一具顫巍巍的身體自繭中滑出，發出細不可聞的碰撞。牠全身上下又溼又滑，宛若初生嬰兒。

一時間，牠只是蜷在木頭地板上，既虛弱又困惑，如同牠在蛹中的蜷縮姿勢。接著，牠緩緩伸展軀體，享受那突然廣闊起來的空間。碰著籠子的金屬網，隨手一揮便扯開籠門，爬進二樓更寬敞的空間中。

牠發現自我，認識了這具新形體。

同時察覺自己有所渴望。

路勃麥與雙人茶聽見刺耳的金屬撕裂聲，抬頭往二樓望去。那聲音似乎是從頭頂傳來，流瀉過整間倉庫。兩人交換眼色，又向上看去。

「那是啥呢，大爺……？」雙人茶問。

路勃麥離開桌邊，先是抬頭查看以薩的陽臺，接著緩緩轉身，目光掃視一樓的每一個角落。但屋內鴉雀無聲，路勃麥動也不動，只是皺眉佇立原地，注視前門。難道聲音是從外頭傳來的？他思忖。

門旁的鏡子反映出動靜。

一道黑影自樓梯頂端浮現。

路勃麥張嘴，發出一聲不可置信、混合恐懼與困惑的顫抖哀嚎。但他的呻吟立刻消散，只是瞠目結舌地愣愣看著鏡中倒影。

黑影突然展開，牠的感知瞬間爆發。經過長時間的封閉，牠的身體終於得以舒展，看起來就像一名成年人由蜷縮的胚胎姿勢張開雙臂站起，只是牠的體型不知比嬰兒大上多少倍。牠那模糊難辨的肢幹彷彿能折疊上千次般，像紙雕一樣不停展開，不知究竟是手、腿、觸手或尾巴的部位一再拉長。本來像狗一般蜷成一團的生物站了起來，昂然直立，體型約莫一個成年男子大小。

雙人茶發出淒厲的慘叫。路勃麥的嘴張得更開了，他試著移動，雙腳卻像生了根似的動彈不得。他看不清那東西的形狀，只能看見牠黝黑發亮的皮膚，還有如孩童般緊握的雙手。黑影冰冷，有著一雙不像眼的眼。牠滿身皺褶，到處都是缺口，形體扭曲，彷彿剛死不久的老鼠尾巴般不住顫抖、痙攣。如手指般細長、閃耀著白色光芒的蒼白骨柱上下分開、滴滴答答淌著液體，那是牠的**牙齒**……

雙人茶嘗試擠過路勃麥身邊，路勃麥則嘗試開口尖叫，但他的目光牢牢鎖在鏡中生物上，無法移開，雙腿在石板地上巍巍打顫。樓梯頂端的黑影張開翅膀。

那生物的背後展開四片如手風琴般沙沙作響的黑暗物質，不斷伸展再伸展，最後終於停止。布滿密密麻麻斑點的翅膀搧動、膨脹，擴張成難以置信的大小，有機的紋理塞爆視線、旗幟展開，緊握的拳頭打開。

牠拉細身軀，張開巨大的翅膀，攤平的厚實僵硬皮膚似乎填滿了整個空間。翅膀上充滿不規則的混亂圖案，有如大小不一的水渦，但左右兩半如鏡像般完美對稱，就像墨水或油漆印噴濺在對折兩半的紙上。

巨大的平坦表面上散落點點黑暗汙斑。當路勃麥目不轉睛看著、而雙人茶跌跌撞撞，哭嚎著逃向門口時，那些粗糙的圖案彷彿眼睛般眨呀眨地不停閃爍，色澤如午夜般陰森，像黑藍色，又像黑棕色，又像黑紅色。突然間，那些圖案**真的**閃爍起來，一圈圈黑影像放大鏡、油滴或水珠下的阿米巴原蟲般不停蠕動，但左右兩側的圖案仍維持對稱，同步改變。催眠地、沉重地，速度越來越快。路勃麥面孔糾結，一想到那東西站在他身後，他的背心就像爬了上萬隻蟲子般奇癢無比。他轉身面對牠，直視翅膀上流轉變幻的色彩，彷彿一場黑暗卻生動的表演……

……剎那間，路勃麥不再有尖叫的衝動，他只是看著那些黑色圖騰不停翻騰、滾動，左右雙翅完美對稱，彷彿夜空與水面上的映襯雲朵。

雙人茶厲聲慘叫，轉身看見那東西步步朝樓下逼近，背後的翅膀仍大大張開。翅膀上的圖騰立刻攫住蝙蝠人的目光，他隨即變得像路勃麥一樣，只是瞪目結舌地愣愣盯著。

翅膀上的黑暗圖騰哄騙、誘惑般變幻移動。

路勃麥和雙人茶無聲佇立原地，動彈不得，只能飢渴、顫抖地張嘴凝視那雙壯觀瑰麗的翅膀。

那生物嘗到空氣中的氣味。

牠瞄了雙人茶一眼，張開嘴，但這目標太過粗劣又微不足道，牠轉頭面向路勃麥，那雙魅惑的翅膀依然大張。牠發出飢渴的呻吟，無聲的聲音讓已經嚇得魂飛魄散的小老實失聲悲嚎。她蜷成一團，躲在機械人的陰影中。機械人靠著倉庫角落的牆壁，詭異的黑影在它的鏡片中抽搐顫抖。空氣中嗡鳴著路勃麥的氣息，那生物分泌唾液，翅膀上的圖案瘋狂閃爍。路勃麥的氣味越來越強烈、越來越濃郁。牠伸出怪物般的舌頭，往前一甩，輕而易舉將雙人茶掃到一旁。

然後這個展開巨大雙翅的生物飢渴地抱住路勃麥。

22

夕陽染紅新克洛布桑的運河與匯聚的河川，河水在餘暉映照下紅稠稠地流動。日、夜班工人交替，工作時間也已結束。一群群筋疲力盡的冶煉廠與鑄造廠工人、店員、烘焙師傅和鍋爐工拖著疲憊的步伐自工廠和辦公室走向車站。月臺上充斥疲倦而吵雜的爭執，處處可見雪茄和酒精。凱爾崔利的蒸汽起重機入夜後仍運轉不休，吊起外國商船上的一箱箱異國貨物。罷工的蛙族裝卸工人在河中與巨大的碼頭上對著突堤上的人類船員叫囂辱罵。城市上空雲彩輕抹，風暖日麗；樹上果實纍纍，工廠的廢棄物堆積河中，水流遲緩。空氣時而鮮美甜郁，時而惡臭撲鼻。

雙人茶如砲彈般衝出槳手街上的倉庫。他竄出破窗，直撲天際，身後灑落斑斑血跡和淚珠，嘴裡念念有詞，像嬰兒般抽抽噎噎，東倒西歪地盤旋飛舞，朝針莢鎮和平蕪飛去。

不久後，黑暗的形體跟著他飛入天際。

那孵化不久的奇異生物屈身竄出上方的窗戶，投入薄暮中。在地面時，牠的行動還有些遲疑，每個舉動都像在嘗試。但在空中牠展翅高飛，沒有半點躊躇，只有欣喜與自豪。

那雙不規則的翅膀拍振掀動，激起猛烈的無聲氣流，捲起大把空氣。牠在空中盤旋，翅膀遲滯地拍動，用蝴蝶般紊亂笨拙的速度掠過天際，在身後留下陣陣氣旋、汗水和無形的滲液。

牠仍然覺得乾渴。

牠不停向上攀升，舔舐漸轉冰涼的空氣。

城市在牠下方如霉菌般蔓延。過往的感覺印象沖刷過這個飛行生物。聲音、氣味和光線以聯覺的形式流瀉進牠混沌的心靈中，一種特異的知覺。

新克洛布桑到處蒸騰著濃郁的獵物氣味。

牠已經進食了，吃飽了，但是渴望食物的欲望令牠困惑，難以抗拒。牠瘋狂地滴淌口水，巨齒咬得喀喀作響。

牠俯衝而下，一面拍動翅膀，一面顫抖著撲向底下昏暗的巷弄。獵人的直覺警告牠要迴避城市不規則聚集的燈光，尋找幽暗處藏身。牠伸長舌頭：終於發現食物了！牠用毫無章法的飛行動作竄進磚牆的陰影中，如墮落天使般降落在崎嶇不平的死胡同內，那裡有一名妓女和她的恩客正靠著牆辦事。兩人察覺生物靠近，淫穢的抽動暫停。

尖叫聲轉瞬即逝。那生物一張開翅膀，哀嚎登時停止。

牠帶著熱切的貪婪落在兩人身上。

饜足後，牠再度返回夜空，那滋味令牠醺然。

牠在空中盤旋，尋找城市的中心，轉向後緩緩朝巨大的帕迪多街車站逼近。牠往西飛過唾爐與紅燈區、穿越繁榮和貧困矛盾糾結的鴉區。在牠身後如陷阱般阻礙氣流的是國會大樓的漆黑建築，以及史崔克島和獾沼的民兵塔。空軌將這些低矮的塔樓連結至聳立於帕迪多街車站最西側的針塔，牠循著這條曲折起伏的路線在高空飛行前進。

空軌上機動車呼嘯而過，那飛行生物吃了一驚。牠盤旋片刻，驚奇地看著從車站延伸而出、隆隆作響的吵雜鐵道，還有那棟無法無天的怪物建築。

從上百臺導風罩與鍵鈕傳來的震動召喚著牠，各種力量、情感和夢境傾瀉而出，又由車站的磚牆放大、增強，向外炸開，直衝天際，形成一條巨大、無形的氣味路線。

幾隻夜鳥急遽轉向，逃離那生物。牠用力拍動翅膀，朝城市黑暗的心臟地帶飛去。跑腿中的蝙蝠人看見牠無以名之的身影，立即驚慌地朝反方向逃竄，大聲咒罵難聽的髒話。飛船間迴盪著陣陣嗡鳴，隆隆震動，如龐大的矛頭般緩緩劃過天空與城市之間。當它們拖著笨重的身軀轉向，那生物飛掠而過，只有一名工程師看見。但他並沒有回報所見，只是比畫了個宗教手勢，喃喃祈求索倫頓大神保護。

飛行生物被帕迪多街車站的上升氣流與知覺激流所攫，但牠並不掙扎，乘著氣流向上飛竄，直到牠遠遠遨翔在城市高空。牠雙翅顫動，緩緩轉向，重新適應這全新的領空。

牠留意河流的路徑，感受各區散發的不同能量，並切換各種模式感應這座城市，特別專注在食物以及棲身之處上。

那生物還尋找另一樣東西：牠的同類。

牠是群居生物，重生後，牠也渴求同伴。因此牠伸長舌頭，舔嘗含沙的空氣，找尋同類。

牠打了個顫。

隱約地，極其隱約地，牠感覺東方似乎有些什麼。牠嘗到挫敗，雙翅共鳴顫抖。

牠在空中畫出一道弧線，鼓動翅膀，掉頭沿著來時路折返，但這次稍微偏北。牠飛過奇德和盧德米德的公園與優雅的老式建築，飛過巍峨盤據南方地平線的巨肋殘骸。那飛行生物察覺到巨大遺骨的存在時，突然感到一陣反胃與焦慮。那些古老殘骸散發至空中的力量牠半點也不喜歡，但手足之情深嵌於牠體內，此刻正與不安激烈交戰；牠們的氣味在廣大的骨骸陰影中越來越強烈、越來越濃郁。

牠試探地微微下降，由北至西迂迴前進，低空飛行，緊貼在自摩格丘民兵塔朝北延伸至到克奴姆的空軌之下。牠隱身於德克斯右線一輛東行列車的陰影中，在汙濁的熱氣中滑翔。到達摩格丘的民兵塔後，牠一個迴旋，畫出一道長長的拋物線，掠過回音沼工業區的北緣，朝骨鎮的高架鐵軌疾飛而去。雖然巨肋令牠膽怯，但同伴的氣味仍吸引著牠前進。

牠掠過一個又一個屋頂，醜惡的舌頭垂在嘴外追蹤同伴。有時牠振翅造成的下沉氣流將帽子和紙張吹過荒涼的街道，引得路人抬頭仰望。假若看見頭上有道巨大的黑影一閃即逝，他們不是打個冷顫繼續趕路，就是皺眉否認適才所見。

那生物緩緩拍打雙翅，任由舌頭垂掛在外，如獵犬的鼻子般追蹤目標。高低起伏的屋頂似乎被巨肋環扣其中，牠穿越這片景觀，循著隱約的路線一路舔舐前進。

牠飛越荒街上高大煙煤建築所散發的氣味，舌頭如長鞭般抽動。牠加快速度，時而攀升，時而低竄，優雅盤旋著朝鋪了瀝青的屋頂飛去。在遠方的角落，同類的感覺從天花板下滲流而出，彷彿鹹水從海綿淌出來……

牠跌跌撞撞降落在石板地上，屈起牠獨特的肢幹，熱切之情從牠身上汩汩流淌。被囚禁的同族因感應到牠的存在，起了反應。牠察覺到了，一時間迷惘不知所措。那些同族原本隱約朦朧的悲慘之情登時激昂起來，其中有懇求，有欣喜，有對自由的渴望，還有冰冷且準確的指令，告訴牠該怎麼做。

牠找到方向，來到屋頂邊緣，半飛半爬地下降，停在離地四十英尺的密閉窗戶外，用爪子緊緊攀抓窗沿。玻璃漆得一片漆黑，牠不時以嚇人的程度顫抖著，散發自建築內的情感一波波侵襲著牠。

攀附在窗外的生物用指頭摸索一陣，然後以迅雷不及掩耳的速度扯裂窗框，留下醜陋的裂口。牠揮落碎裂的玻璃，發出巨大聲響，踏進黑暗的閣樓。

閣樓非常大，也非常貧瘠。屋內滿地垃圾，一波洶湧黏稠的歡迎與警告同時自房間另一頭襲來。

新來的對面是牠四名同類。在牠們面前牠顯得矮小又孱弱，牠們壯碩精實的肢幹讓牠看起來就像發育不全的侏儒。牠們被鏈在牆上，巨大的金屬帶捆住牠們的中腹和部分手腳，翅膀全展開到最大，平貼牆上。每一對翅膀上的圖案都和新來的一樣，獨特且不規則。四者後腿之下各擱著一只桶子。

一陣撕扯之後，新來的領悟那些金屬帶牢不可破。新來的感到挫敗，但其中一名被釘在牆上的同族對牠一聲怒嘶，冷酷地要牠集中注意力，透過心靈的啁啾對牠下令。

自由的菜鳥地位低下，牠聽命後退，靜心等待。

在單一聲納的層級中，玻璃窗墜落的街道上喊叫聲陣陣迴響，建築物下方傳來困惑的咕噥，門後的走廊上響起跑步聲，混亂的交談斷斷續續穿透木板。

「……**裡頭**……」

「……進去？」

「……鏡子，不要……」

牠又退得更遠，潛入房間另一頭的陰影，遠離大門。牠收起翅膀，耐心等候。

門後的金屬栓扳起。遲疑了一會兒，門板才「碰」地推開。四名武裝男人一個接一個迅速闖入，統統別開了臉，避免直視遭囚的生物。其中兩人帶著沉重的火槍；槍已上膛，蓄勢待發。另外兩人是再造人，左手拿著手槍，右肩突起巨大的金屬滾筒，尾端呈喇叭形，有如老式散彈槍，槍口恆指向再造人的正後方。他們小心翼翼地舉起武器，看著眼前懸掛在金屬頭盔上的鏡子。

另外兩名拿著傳統步槍的男人也頭戴鏡盔，但他們的視線越過鏡子，投向正前方的漆黑空間。

「四隻蛾都在，安全！」其中一名身上配有怪異步槍，槍口指向正後方的再造人高喊，視線依舊緊鎖在鏡子上。

「這裡什麼也沒有……」一名看向前方破窗的男人回答；窗旁什麼也沒有，只有一片黑暗。但語音未落，入侵者便走出陰影，張開那雙不可思議的翅膀。

兩名直視前方的男人一臉驚駭，張嘴想要尖叫。

「**操你媽的，不……**」其中一人成功出聲。但一看見翅膀上的圖騰如冷酷陰森的萬花筒般變幻，兩人立刻安靜下來。

「他媽的搞什麼……？」其中一名再造人開口，目光飛快掃視前方，臉色立刻驚慌崩垮。但一瞥見生物的翅膀，抱怨聲也旋即歸於沉寂。

最後一名再造人大吼同伴姓名，但一聽見他們繳械棄槍，吼叫立刻轉為呻吟。他的眼角餘光瞄見一道朦朧的影子，面前的生物感受到他的驚恐，慢慢逼近，散發無聲的安慰低語，企圖感染對方情緒。有句話像跳針般不停在再造人腦中重複：我眼前有隻魔蛾我眼前有隻魔蛾我眼前有隻魔蛾……

再造人嘗試往前移動，雙眼緊盯鏡子，但那生物輕而易舉就走進他視線範圍，原本只在他眼角餘光的景象如今變成無可逃脫、變幻莫測的獵場。那人投降屈服，目光落在圖騰急遽改變的翅膀上。他張著嘴，劇烈顫抖，扔下臂槍。

那隻自由的生物一扭身，關上大門，站在四名奴隸面前，唾液無法克制地自下頷滴落。但牠的飢渴很快被受困的同族厲聲打斷，牠乖乖聽命，伸出手，將四名男人轉向面對受縛的巨蛾。

四人的心智在背對翅膀的瞬間又重獲自由，但牆上四組激烈變幻、瑰奇壯麗的翅膀圖騰立刻又奪去掌控權。他們再度迷失。

佇立四人身後的入侵者輪流將獵物推向翅膀被釘住的龐大怪物前。為了讓牠們攫捕獵物，較短的肢臂並沒有受到捆束。牠們飢渴地伸出自由的手臂。

大快朵頤。

其中一隻巨蛾在食物的腰帶上摸索鑰匙，硬扯下來。吃飽後，牠小心翼翼地舉起手，謹慎地將鑰匙插進禁錮牠的拴鎖中。

牠試了四次——手指抓著形狀陌生的鑰匙，而且得用不自然的角度轉動，並不是一件簡單的事——但最終總算釋放了自己。牠轉身面對同伴，重複冗長遲緩的步驟，直到所有囚犯重獲自由。

牠們一個接著一個拖著蹣跚的腳步穿過房間，來到破窗前。牠們在窗前駐足，將萎縮的肌肉緊貼在磚牆上，準備就緒後「啪」地一聲張開驚人的翅膀，一躍而出，逃離那彷彿滲透自巨肋的乾燥空氣。新來的最後離開。

牠跟在同伴後方：即便筋疲力盡又飽受凌虐，牠們飛行的速度仍讓新來的吃不消。牠們排成一個圓，在好幾百英尺的上空等待，延伸知覺。紛雜的感知與印象自四面八方升起，牠們飄浮其中。當謙卑的解救者趕上隊伍時，牠們微微分開，讓同伴加入。五隻巨蛾一同振翅高飛，分享彼此的感知，貪婪地舔舐空氣。

一隻巨蛾在前方領頭，其餘同伴跟在牠身後滑翔，向北朝帕迪多街車站前進。牠們緩緩轉向，五隻巨蛾猶如城市的五條鐵路線，由底下巨大的凡俗城市撐托。牠們族類從未體驗過這片富饒的蔓生之地，在高空中搖搖晃晃，拍動翅膀。冷風陣陣吹襲，從底下喧囂城市傳來的聲音與能量令牠們激盪不已。

牠們所到之處——城市的每一個角落、每一座幽黑的橋墩，每一棟具有五百年歷史的豪宅，每一個蜿蜒曲折的市集，每一棟奇形怪狀的水泥倉庫、塔樓、船屋，每一個骯髒破敗的貧民窟，每一座精心修整的公園，全都聚集著食物。

這是一座沒有天敵的叢林；一片狩獵樂土。

23

有什麼東西擋在倉庫門後，以薩進不了門。他輕輕咒罵一聲，用力推開阻礙。

正午剛過，這是他危機引擎實驗成功的隔天——他已經認定昨天就是他的「光榮時刻」。他前一晚到達林恩的公寓，很開心發現她在家，沒有出門。她雖然累壞了，但也和他一樣高興。這對情侶在床上待了三個鐘頭，然後出門前往時鐘和小公雞。

那一晚完美到令人心有不安。以薩想見的人統統都來到薩勒克斯，而且全出現在時鐘與小公雞，享受龍蝦、威士忌和邊上綴有奎納的巧克力。席間有新朋友加入，包括贏得今年辛達寇斯特大獎的梅白特·桑德爾。大家原諒她拖走獎座，而做為回報呢，她也大方接受德克瀚報章上的揶揄與當面的挖苦。

林恩在朋友的陪伴下放鬆不少，但她的憂愁只是減少，卻未消散。德克瀚塞給以薩一份《叛報》，以薩開始批判對政治的不滿。朋友相聚，大伙一同大聲說笑、吃吃喝喝，拿食物往彼此身上砸。到了凌晨兩點，以薩和林恩才又回到床上，暖洋洋地相擁而眠。

早餐時他跟林恩說了危機引擎成功的事。她並不真正明白這項成就有多麼重大，但這是可以理解的。

她只知道自己從沒看以薩這麼興奮過，也盡力表現出最高的熱忱。而對以薩來說，用最白話的方式說明這項研究計畫的骨幹，的確帶來了他預期中的效果。他現在覺得踏實多了，那種置身荒謬夢境的不真實感淡去許多。在對林恩講解時他發現了幾項潛在問題，很想趕快回去修正。

以薩與林恩依依不捨地道別，互相承諾絕對不要再分開那麼久了。

但回到倉庫後呢，以薩卻進不了自己的工作室。

「小路！大衛！你們搞什麼鬼？」他大聲問，再次使勁推門。

門被頂開幾分，以薩看見屋內的滿室陽光，以及擋住門的障礙物外緣。

是一隻手。

以薩的心跳停了一拍。

「喔，天啊！」他聽見自己驚呼。以薩將全身重量壓在門上，門板終於屈服，「碰」的一聲打開。

路勃麥呈大字形俯倒門邊，以薩跪在朋友頭側，聽見小老實抽鼻子聞嗅的聲音。她躲在機械人的兩條履帶之間，顯然嚇壞了。

以薩替路勃麥翻身，發現朋友身軀依舊溫暖，呼吸穩定，不由顫巍巍地舒了口氣。

「醒醒，小路！」他大喊。

路勃麥的雙眼原本就沒有閉上，空洞的眼神嚇得以薩踉蹌倒退。

「小路……？」他輕聲呼喚。

口水聚積在路勃麥臉部下方，骯髒的皮膚有水痕。他全身癱軟地躺著，如石像般動也不動。以薩探向朋友頸間，他的脈搏穩定，氣息沉緩，吸氣之後停頓片刻才吐出，聽起來像正沉沉酣睡。

但他痴呆、空洞的雙眼卻看得以薩膽戰心驚。他揮手在路勃麥眼前晃了晃，但他一點反應也沒有。以薩輕拍朋友臉頰，接著又使勁打了兩下，他聽見自己大聲呼喊路勃麥的名字。

路勃麥的頭只是一個勁兒的前後搖晃，彷彿一只裝滿石頭的布囊。

以薩握緊拳頭，察覺手指頭上有什麼黏呼呼的東西。路勃麥的手上覆著薄薄一層透明黏稠的液體。

以薩將手舉到鼻端聞嗅，隱約的檸檬味和腐敗味令他猛撇過頭，一時間只覺頭暈目眩。

以薩摸向路勃麥的臉，看見他口鼻一帶的皮膚都因那種液體變得溼滑黏膩；他原以為是路勃麥的口水，但原來大部分是這種薄透的黏液。

不管以薩如何喊叫、拍打、乞求，都無法讓路勃麥醒轉。

最後，以薩終於抬頭環顧四周，看見路勃麥桌邊的窗戶開著，玻璃破了，木製百葉窗也四分五裂。

他起身跑到碎裂的窗框前，但窗內外什麼也沒看見。

以薩跑遍他二樓實驗室的每一個角落，在路勃麥和大衛的工作區域來回奔走，喃喃對小老實叨念愚蠢的安慰，尋找入侵的跡象。但就在手忙腳亂的同時，他發現腦中一個可怕的念頭已徘徊多時，不祥地盤據他內心深處。他慌忙止步。緩緩抬眼，帶著冰冷的恐懼看向走道底部。

夾雜著恐懼的鎮定如雪花般飄落他內心。他感覺自己抬起腳，一步步頭也不回地朝木梯走去。他走著，轉頭看見小老實抽著鼻子，一面聞一面靠近路勃麥；有人回家了，她的勇氣也慢慢恢復。

眼前一幕幕都像慢動作，以薩覺得自己彷彿走在冰冷的河水裡。

他一階一階往上爬，看見每一級階梯上都殘存一灘灘奇怪的液體，還有某種生物利爪扒過留下的新鮮木屑。他沒有一絲驚訝，只有一種極端魯鈍的預感。耳邊傳來寧靜的心跳聲，他好奇自己是不是已經麻痺到休克了。

但他走到頂層，轉身看見籠子側倒在地，厚實的金屬網自內爆裂，短短的金屬絲從中央的洞口歪七扭八向外炸開，裡頭的蟲蛹已撕裂一道開口，空空如也，還滴淌著黑色汁液，以薩還是不由失聲慘叫。他簌簌發抖，無法動彈，感到一股寒意從頭頂竄至腳心。驚恐如同水中的墨滴，從體內往四面八方蔓延。

「喔，我的天啊……」他用乾燥皸裂、簌簌顫抖的嘴唇喃喃驚呼，「喔天啊……我做了什麼好事？」

新克洛布桑的民兵不喜洩露行蹤。他們身著黑色制服現身於暗夜，他們執行任務，例如打撈河裡的屍體。他們的飛船與機動車也漆得一片漆黑，迂迴嗡鳴穿梭於城市。各地的塔樓據點都封得密不透風。民兵——也就是新克洛布桑的武裝防衛軍與內部的懲治小組——只有在敏感場合或緊急時刻執行戍衛任務時，才會身著制服，全副武裝，配戴惡名昭彰的全罩面具、黑色盔甲、盾牌與火槍出現。在海盜戰爭和沙克雷蒙迪暴動期間，以及敵人自內或自外破壞城市的秩序時，也可見他們穿著黑色制服公然出現。

至於每日的例行任務則仰賴他們的「威名」與廣大的線報網——民兵出手大方，情資的報酬十分優渥——以及便服民兵執行任務。他們出擊時，你會看見原本在咖啡館喝黑醋栗酒的男人，或是拖著沉重袋子的老婦、穿著硬領襯衫和光亮皮鞋的店員突然將手高舉過頭頂，從看不見的上衣褶縫中拉起兜帽，並從祕密槍套中抽出巨大的火槍，掃射凶犯。當一名扒手從尖叫的受害者身邊跑開，可能是一個大鬍子碼頭工人（鬍子顯然是假的；事後每個人都這麼想。他們之前為什麼都沒注意到呢？）用鐵枷扣住犯人，與他一同消失在人群或民兵塔中。

事後，沒有任何一名目擊證人可以肯定地描述民兵平時的偽裝，而且此後再也沒有人會見到那名店員、碼頭工人或任何一個人，不管在城市哪區。

這就是他們維持治安的手段：分散的恐懼。

獾沼那對妓女與恩客是在清晨四點被人發現。兩名原本手插口袋，快活走在黑暗巷弄間的男人突然停下腳步。一看見癱倒在昏黃煤氣燈下的身影，他們的舉止登時起了一百八十度的變化。四周掃視一圈後，兩人快步走進死胡同。

失去意識的妓女與男人橫躺在彼此身上，眼神呆滯而空洞，呼吸急促，透著一股柑橘的甜膩味。男人的長褲和內褲都褪至腳踝，露出簌簌發抖的生殖器。女人的衣著依舊完整——她的裙子上有道祕密開口，許多妓女都穿這種裙子，以便盡早完事。後到的兩人發現無法喚醒這雙男女後，立刻拉起漆黑的兜帽，一人留在沉默的軀體旁，一人奔進黑暗中。

不久，一輛黑色馬車到來。拉車的是兩匹高大的再造馬，頭上長角，獠牙上唾沫森然閃耀。一小組制服民兵躍下馬車，一言不發地扛起兩名昏迷不醒的受害者，消失在黑暗的車廂中。馬車全速朝聳立於城市中心的針塔疾馳而去。

兩名男人留守後方。待馬車消失在由石子路組成的迷宮後，小心翼翼地舉目四望，觀察自建築背面、外屋、搖搖欲墜的屋牆之後與花園裡細瘦的果樹枝枒中透出的稀疏燈火。確認沒人發現他們之後，便滿意地褪去兜帽，雙手插回口袋裡，眨眼間化身不同角色，彼此有禮地低聲談笑，恢復先前溫和無害的模樣，重新開始深夜的巡邏。

在針塔的地下通道中，民兵對兩名癱軟失神的受害者吼叫咆哮，戳刺拍打。待早晨時兩人已由一名民兵科學家檢驗完畢，匆匆寫了份初步報告。

好幾顆腦袋因為令人迷惑的事態而橫遭抓搔。

科學家的報告連同其他特殊或嚴重的犯罪摘要沿針塔一路往上傳送，最後停在最高一層。報告迅速送過曲折的無窗走廊，直達國安局長的辦公室。九點半準時送抵，分秒不差。

十點十二分，在如洞穴般占據針塔頂層的機動車基地內，話筒被粗暴敲打。房間另一頭，挑高的天花板懸掛著如花繩般錯綜複雜的空軌，十幾輛機動車吊在空軌上，值勤的年輕士兵正在那兒修理其中一輛的破裂前車燈。盤根錯節的軌道讓機動車可沿著七條放射狀的空軌交錯移動。外牆等距羅列七個大洞，空軌自洞口向外延伸，機動車從新克洛布桑巨大的城市表面上方出發。

從士兵所站之處，可以看見空軌進入西南方一英里遠外的沙克民兵塔，再從塔樓背後浮現。一輛機動車離開塔樓，高高懸掛在雜亂無章的屋舍上方，幾乎與他的視線一般高。機動車全速前進，離他越來越遠，朝詭譎莫測、蜿蜒南逝的焦油河疾駛而去。

撞擊聲不停。他舉目張望，突然領悟是哪條線在響。他咒罵一聲，匆匆跑過房間，衣服上的毛皮翻飛。這裡就像一個巨大的風洞，就算是夏季，在如此高度的空曠房間也一樣寒冷難耐。他拿起話筒，對著黃銅機器大聲應答。

「是的，國安局長？」

經過曲折的金屬管線傳導後，從話筒傳出的聲音既微弱又扭曲。

「馬上準備好我的機動車，我要去史崔克島。」

國會大樓中的市長辦公室——藍奎斯特室——大門恢弘雄偉，捆以古老的鋼帶。藍奎斯特室外二十四小時駐有兩名民兵。駐守高層官員辦公室所在的長廊常會有些額外的福利，但有一項他們永遠享受不到；這裡沒有流言、沒有祕密，沒有任何一種聲音能透過雄偉的門扉傳進他們耳中。

釘有鋼帶的大門後方，辦公室挑高驚人，牆上鑲著黑木嵌板，品質精良到色澤幾近墨黑。歷屆市長的肖像環繞房內，從三十英尺高的天花板開始一路緩緩向下，螺旋排列至距地面六英尺高處。一扇大窗正對帕迪多街車站與針塔，各式各樣的傳話筒、運算引擎與遠距潛望鏡陰森森地堆在辦公室各個角落，透著一股詭異的恫嚇感。

班森·路德高特坐在辦公桌後，散發無可匹敵的領袖氣息。沒有任何一名在這辦公室見過他的人能否認他所散發的絕對權威。他是這裡的引力中心；他內心深處十分清楚這一點，他的客人亦然。高大壯碩的身材無疑為他增添了不少氣勢，但他的存在感絕不僅來自於外表。

他對面坐著蒙特約翰·瑞斯邱，他的副手大臣頸間一如往常緊裹著厚重的圍巾。他傾身靠前，手指點了點兩人正在觀看的報告某處。

「兩天了。」瑞斯邱的語調生疏、呆板，和他平常演說的口氣有著天壤之別。

「所以呢？」路德高特說，一面搓捻他無懈可擊的山羊鬍。

「罷工的聲勢越來越浩大。如您所知，目前裝卸貨物的進度已延遲百分之五十到七十。我們另外又得到線報，蛙族的罷工人士計畫在兩天內癱瘓河川。他們打算連夜趕工，從下游開始，一路往上至大麥橋東側，用大規模的水魔法在河中鑿出一條與河水同深的氣渠。他們必須不停堆塑氣牆，以免堤岸坍塌，但他們有足夠的人力輪班。沒有一艘船可駛越那道鴻溝，市長。他們會完全切斷新克洛布桑的水上貿易，進與出皆然。」

路德高特抿唇沉思。

「我們不能容忍這種事發生。」他做出一個合情合理的結論，「人類的碼頭工呢？」

「這正是我接下來要說的，市長，」瑞斯邱又說，「情況堪慮。一開始的敵意似乎正在消退。有少數人似乎準備加入蛙族的行列，而且人數正在增加。」

「喔，不不不不不。」路德高特搖頭，就像一名老師糾正一名向來可靠的學生。

「情報相當確定。顯然我們在人類陣營中的密探比在非人種族中的有能力。而雖然多數民眾仍抱持敵意，或仍無法決定該如何看待罷工事件，但罷工工人和少數民眾似乎正密謀召開一場核心會議；或策畫某種陰謀，如果您偏好這種說法。」

路德高特平攤他粗大的手指，細細觀察指間的辦公桌紋理。

「有你的人在裡頭嗎？」他沉聲問。瑞斯邱撫摸他的圍巾。

「人類中有一名。」他回答，「但在蛙族人中很難隱藏身分；他們通常都裸身下水。」路德高特頷首。

兩人一時沉默無語，只是靜靜沉思。

「我們試過從內部下手了，」路德高特最後終於開口，「這是……新克洛布桑百年來面臨過最嚴重的一次罷工。儘管我痛恨暴力，但我們必須殺雞儆猴……」瑞斯邱神色肅穆地點頭。

市長辦公桌上的其中一具傳聲筒發出一聲重響。他挑了挑眉，拿起話筒。

「戴維妮亞？」他說。他語調中的暗示再清楚不過。光是這四個字就讓他的祕書立刻明白，他是多麼訝異她抗令打斷會議；但他對她有十足的信任，非常肯定她這麼做一定有很好的理由，所以她最好立刻說清楚。

話筒的空洞回音中傳出微弱的聲音。

「好吧！」市長輕呼，「當然了，當然了。」他將話筒放回原位，看向瑞斯邱。「時機正巧，」他說：「是國安局長。」

宏偉的大門稍稍打開幾寸，轉瞬間又重新關上。國安局長走進辦公室，向桌前兩人點頭致意。

「亞莉莎，」路德高特說：「請進。」他指向瑞斯邱旁的一張椅子。

亞莉莎．史丹佛秋大步走向辦公桌。從外表看不出她的年紀，平滑的臉上一絲皺紋也沒有，深刻的五官顯示她可能三十歲出頭。但她卻一頭白髮，只有幾綹斑駁的青絲顯示原本的髮色。她身著深色平民長褲套裝，剪裁與色彩的選擇均十分聰明，令人一眼就聯想到民兵制服。她輕輕就著白色長管煙斗吸了口菸，斗缽離她雙脣至少有一英尺半遠。菸草摻了香料。

「市長、副市長。」她向兩人招呼後在椅中就座，從手臂下抽出一只資料夾。「請原諒我冒昧打斷，路德高特市長，但我想你應該立刻看看這個；你也是，瑞斯邱，很高興你也在。我們目前似乎……面臨了某種危機。」

「我們正好也在商量這件事，亞莉沙，」市長說：「妳說的是碼頭的罷工活動嗎？」

史丹佛秋瞥了他一眼，正從資料夾中抽紙的手停了那麼一瞬。

「不，市長先生，是另一件截然不同的事。」她說得斬釘截鐵。

她將犯罪報告扔到桌上。路德高特將報告轉了個方向，放在他和瑞斯邱之間，兩人一起扭頭觀看。

一分鐘後，路德高特抬眼看向史丹佛秋。

「兩名市民陷入不明昏迷，狀況奇異。嗯，我想妳應該還有其他案例？」

史丹佛秋交給他另外一份報告。路德高特再次與瑞斯邱一同觀看。看完後，瑞斯邱吁了口氣，輕咬臉頰內側，專注地一口一口嚼著。同時間，路德高特也心領神會，輕嘆一聲，顫巍巍地小小吐了口氣。

國安局長面無表情地看著兩人。

「顯然我們安插在莫特利辦公室的間諜對目前的狀況一無所知。她毫無頭緒，不過偷聽到了幾段對話……看看這裡：『那些鵝逃出去了……』？我想我們應該都同意是她寫錯，而且也都了解那句話的原意是什麼。」

路德高特與瑞斯邱一言不發，又將手上的報告重看兩遍。

「我帶來了我們最初委託啟動ＳＭ計畫的科學報告，這些是關於計畫是否可行的研究。」史丹佛秋飛快地說，話裡不帶一絲情感。她將報告平攤桌上。「我已經幫你們先圈出幾句特定的相關內容。」

路德高特打開裝訂成冊的報告，裡頭有幾個字和句子用紅筆圈了起來。市長飛快掃視……**高度危險……假若脫逃……沒有自然天敵……**

……災難浩劫……

……繁殖……

24

路德高特市長再次伸手拿起他的話筒。

「戴維妮亞，」他說：「取消今天所有行程和會議……明後兩天也一樣；必要的話向對方賠罪道歉。除非發生帕迪多街車站爆炸這種規模的事，否則不要打擾我，明白嗎？」

他放回聽筒，看向史丹佛秋和瑞斯邱，眼裡燒著熊熊怒火。

「該死的混帳莫特利到底在他媽的玩什麼把戲？那傢伙不是應該很專業嗎……」

史丹佛秋頷首。

「這是在我們安排移轉時發生的事。」她說：「我們查了他的活動紀錄——我必須特別指出，其中多數都是和我們站在相反陣營——最後評估在保全方面他的效率比起我們只會多、不會少。他不是笨蛋。」

「知道是誰做的嗎？」瑞斯邱問。史丹佛秋聳聳肩。

「可能是他的敵人，法蘭西或喬迪克斯之流。若是如此，他們這回可是跑到老虎頭上捻鬚了……」

「好。」路德高特蠻橫地打斷她。史丹佛秋與瑞斯邱轉頭面向市長，等他決定。路德高特緊握雙拳，兩肘擱在桌上，閉上雙眼，專注到面孔似乎就要迸裂。

「好。」他又重複一遍，睜開雙眼，「我們首要之務，是先證實當前的情況確如我們腦中所想。雖然事實似乎已再明顯不過，但我們還是必須百分之百確定。第二，我們必須制訂策略，迅速且不動聲色地掌控局勢。

「關於第二項目標，我們都很清楚這件事無法仰賴人類民兵或再造人——甚至非人種族；在基本的精神心靈層面我們沒有不同，一樣都是食物。我想大家應該都還記得最初的攻防測試……」瑞斯邱與史丹佛秋迅速頷首。路德高特接著說：「沒錯，僵屍或許是個選項，但這裡不是環石高地，我們沒有同樣的設備或技術創造所需的數量與品質。我認為如果我們只是仰賴一般情報行動，第一個目標就算能完成，也無法令人滿意。我們必須要有辦法收集不同的資訊。因此，為了這兩個理由，我們必須求助，招募更擅長處理此類情況的人手——最重要的是，他們的心靈感知模式必須和我們不同。在我看來，我們有兩名可能的人選。而且我們沒有太多選擇，必須至少接觸其中一位。」

他靜靜逐次看向史丹佛秋和瑞斯邱，等待副手或國安局長出聲反對。但兩人都默不作聲。

「所以我們達成共識了嗎？」他沉聲問。

「你指的是大使，對吧？」史丹佛秋問，「至於另一位……該不會是織蛛吧？」她一臉驚慌，眉心間擠出深深的皺紋。

「這個嘛，希望不用走到那一步。」路德高特安慰道，「不過沒錯，這就是我能想到的兩個……唉……援手。順序也是如此。」

「同意。」史丹佛秋迅速接腔，「只要是按照那個順序就好。織蛛……天啊！我們還是先和大使談談吧。」

「蒙特約翰？」路德高特轉頭看向他的副市長。

瑞斯邱緩緩點頭，撫摸頸間的圍巾。

「嗯，大使。」他緩緩說：「希望有他就夠了。」

「我們都這麼希望，副市長，」路德高特說：「我們都這麼希望。」

位於帕迪多街車站曼陀羅側翼十一至十四樓間，在專賣舊布和外國蠟染布的商業大廳之上、荒廢已久的塔樓之下的，便是外交使節區。

當然了，新克洛布桑內許多的使節館都設於他處，像是鄰沼、東奇德或旗丘的巴洛克式建築內。但部分仍位於車站之中，數量還不算少。這些樓層因此獲得這個名稱，並沿用至今。

曼陀羅翼幾乎可說是自給自足的一區。四方的走廊圍成一個巨大的水泥長方形，底部的中庭是一落雜亂的花園，長滿黑木樹和異國奇花異草，孩童在小徑上追逐嬉戲。當家長出外購物、旅遊或工作時，他們就在這安全的公園裡玩耍。花園四壁高聳，令園內的樹林看起來像是井底的苔蘚。

上方樓層的走廊聚集著一組又一組互通的房間，其中有許多曾是政府官員辦公室。曾有那麼一段短暫的期間，這裡的每一間房間都是某個小公司的總部。之後曠廢多年，直到黴菌與腐朽的裝設清除後，各方大使才又紛紛遷進。這大約是兩世紀前多的事，當時羅哈吉大陸上的各國政府終於理解並同意，從今而後，外交政策要比戰爭好上許多。

新克洛布桑其實早在更久之前便設有他國大使館，但要等到蘇洛克大屠殺用鮮血終結被後世稱為「海盜戰爭」、「慢戰」或「偽戰」的大戰之後，尋求以談判手段解決紛爭的國家與城邦才開始急遽增長。使節自大陸另一端，甚至更遙遠的地方來到新克洛布桑，曼陀羅翼的荒廢樓層湧進許多新來者，舊領事也紛紛遷移至此，以便處理各種新外交事務。

在外交使節區中，即便只是離開電梯或樓梯，都必須接受完整的安全檢查。幾扇門扉與零星昏暗的煤氣燈光打斷甬道內的寒冷與死寂。路德高特、瑞斯邱和史丹佛秋三人走在十二樓的荒涼長廊上，另一名矮小精瘦、戴著厚重眼鏡的男人匆匆跟在他們身後，手上拖著一大只行李箱，一點也沒有跟上的意思。

「亞莉莎、蒙特約翰，」路德高特市長邊走邊說：「這位是贊荃．凡賽提兄弟，我們最優秀的召喚師之一。」瑞斯邱和史丹佛秋向他點頭致意。但召喚師視若無睹。

外交使節區並非每一間房間都有人使用，只有其中幾扇門上掛著黃銅牌，宣布自己屬於其他國家的獨立領土——像是泰許、卡多或亞奇提斯特——大門之後是延伸好幾層樓、自給自足的寬敞塔樓套房。其中幾間使館距離他們的首都幾千英里遠，有些則空擺著無人駐守；比方說，依據泰許的傳統，他們的大使在派駐新克洛布桑期間，必須像流浪者般居無定所，利用信件溝通官方事務，路德高特絕不能親自見他本人。

而其他國家大使館則因經費或興趣匱乏而荒廢閒置。

但在此地處理指揮的政務大多都十分重要。由於各國間商業關係日趨密切，文書工作也越來越龐雜，辦公空間變得不敷使用，因此幾間套房曾在幾年前擴建過，邁爾沙克與費龐的使館都在其內。增建的空間有如醜惡的腫瘤寄生於十一樓的內牆外，巍巍顫顫地突出於花園上方。

市長一行人經過一扇標示著沙克里寇特爾岩蝦人國協的大門。看不見的巨大機器隆隆運轉，震得走廊不住搖撼。那些機器是每日運作好幾小時的巨形蒸汽幫浦，替岩蝦人國的大使自十五英里外的鐵灣汲取新鮮海水，並將他使用過的汙水排放至河流。

甬道錯綜複雜，結構奇異。從某個角度看去，它似乎遠遠延伸，看不見盡頭；但換一個角度又顯得十分短促。隨處可見往旁岔開的短小支道，不是通往其他較小規模的使館，就是儲物櫃或被木板封死的窗戶。在主廊盡頭，岩蝦人國的使館之後，路德高特領著一行人轉進其中一條小甬道。甬道很短，曲折蜿蜒，頭頂的天花板因為是上層樓的樓梯底部，因此急遽降低。甬道盡頭是一扇沒有任何標示的小門。

路德高特回頭張望，確保沒人發現他們的行蹤。甬道隱密，視野極差，除了他們之外別無旁人。凡賽提從口袋裡掏出五顏六色的粉筆與蠟筆，接著又從胸前口袋拿出一個像是手錶的東西。他打開掀蓋，裡頭的錶面劃分成無數複雜區域，附有七根長度各異的指針。

「各種變數都必須考慮，市長。」凡賽提喃喃道，仔細查看那玩意兒的複雜運作。他其實比較像在自言自語，而非對路德高特一行人說話。「來看看今天狀況如何……大氣中有高壓鋒面行進，地獄的力能風暴可能會被往上推過虛無空間；邊境也他媽的沒好到哪去。嗯……」凡賽提在筆記本背後飛快計算。「好吧，」他突然說，抬眼看向三位大官。

他提筆在一疊厚厚的紙上畫出複雜的特殊符號，畫完一張就撕一張，分別交給史丹佛秋、路德高特與瑞斯邱三人，最後也給自己畫了一張。

「把紙條往心臟重壓，」他匆匆說，把自己的那張塞到上衣下，「符號那面朝外。」

他打開破爛的行李箱，拿出一組笨重的陶瓷二極管，站在眾人中央，每人發一根——「用左手拿好，千萬不要放開」——然後在每根管子緊緊纏上銅線，尾端綁在一臺他從箱內取出的手持發條馬達上。他查看那只奇特的測量儀的讀數，調整馬達上的指針和旋鈕。

「好了，大家，準備出發囉。」說完，凡賽提扳動開關，啟動發條引擎。

能量沿著電線以及各根二極管之間噴射出小小的七彩弧線。四人被包圍在電流形成的小三角形之中，所有人身上的毛髮都高高豎起。路德高特屏息咒罵了一聲。

「在這玩意兒消耗完前你們大約有半小時。」凡賽提飛快地說：「動作最好快一點。」

路德高特伸出右手推開大門。四人亦步亦趨、小心翼翼維持隊形前進，確保大家都在三角形的範圍內。最後進入的史丹佛秋在身後把門帶上。

房內如濃墨般漆黑，一絲光線也無，只看得見能量電場發出的微弱光束。凡賽提用繩帶將發條馬達掛在脖子上，點起一根蠟燭。藉著昏暗的燭光，他們看見房間大小約為十二乘十英尺，到處積著一層厚厚的灰。除了一張舊辦公桌、遠處牆邊的一張椅子，以及門旁一具發出輕聲嗡鳴的鍋爐外，屋內一片空盪。沒有窗戶、沒有書架，什麼也沒有。空氣異常滯悶。

凡賽提從他的袋子中取出一臺奇特的手持機器。金屬上纏繞著電線，還有一截截的彩色玻璃，手藝精巧繁複，看起來煞是可愛，但看不出有什麼功能。凡賽提將上半身探出隊形外，把輸入管插進門旁的鍋爐。他扳起手持機器頂端的桿子，它開始發出嗡鳴，燈光閃爍。

「當然了，在你們古時候，遠在我進入這行之前，你們必須使用活體獻祭。」他一面解開機器下方打結的電線，一面解釋，「但我們不是野蠻人，對吧？科學是一件美好的事。這個可愛的小傢伙——」他自豪地拍了拍機器，「——是一臺強化器。可將引擎的輸出增強兩百、甚至兩百一十倍，將輸出物質轉為氣體能量的型態，像是沿著電線流淌的鮮血，然後……」凡賽提將解開的電線扔到書桌後方的對面角落，「這樣就大功告成啦！無須獻祭任何犧牲品！」

他得意洋洋地咧嘴一笑，將注意力放回小引擎的指針和旋鈕上，專注地對著機器又扭又戳。「也不用再學習任何愚蠢的語言。」他喃喃叨念，「乞靈許願現在已經完全自動化。我們並沒有真的離開這個空間，明白嗎？」他突然提高音量，「我們不是什麼靈探，而且操縱的力量微不足道，不足以執行真正的異度空間跳躍。我們要做的只是從這扇小窗望出去，等待惡魔來找我們。只不過這個房間的維度會暫時變得他媽的不大穩定，所以你們最好乖乖待在保護圈裡，不要走散了，知不知道？」

凡賽提的手指在金屬箱上飛快移動。兩、三分鐘內，周遭一點動靜也沒有；除了從鍋爐流洩出的熱氣和撞擊聲，以及凡賽提手中小型機器的敲打聲和運轉聲，只有路德高特不耐煩的跺腳。

突然間，小房間的氣溫明顯上升。

一陣亞音速的深沉震顫傳來，朦朧的紅光與油膩的煙霧瀰漫。聲音靜止後又陡轉尖銳。眾人一時間只覺得天旋地轉，彷彿有力量自四面八方拉扯他們。整個房間充斥著濃淡不一的閃爍紅光，流轉變幻，彷彿置身血河。

有什麼東西震了一震。路德高特抬頭仰望，雙眼一陣刺痛。空氣似乎突然凝滯，變得非常乾燥。一名壯碩男子現身辦公桌後，身上的黑色西裝高貴精緻，無懈可擊。

他緩緩向前傾身，手肘擱在驀然散落滿桌的紙堆上，靜心等待。

凡賽提目光越過前方瑞斯邱的肩膀，對憑空出現的人影豎起拇指。

「惡魔使者駕到，」凡賽提朗聲宣布，「參見地獄大使。」

「路德高特市長，」惡魔的聲音愉悅低沉，「很高興再次見到您。我只是恰好在處理一些文書工作。」三名人類臉上均閃過一絲不安，抬眼看向他。

大使的聲音帶著一股回音，他說完話的半秒後，總會傳來一陣駭人慘叫，就像有人不堪酷刑凌虐，發出椎心刺骨的哀嚎。音量不大，只隱約透出牆外，彷彿乘著神祕的酷熱之氣，自煉獄深淵飛升而至。

「有什麼我能為您效勞的？」然後他又說（有什麼我能為你效勞的？那空洞的悲嚎聲重複），「還想知道自己死後會不會加入我們嗎？」大使微微一笑。

路德高特也報以微笑，但搖了搖頭。

「您知道我對這件事的看法，大使。」他淡淡回答，「恐怕我是不會被您說服的。相信您也明白，您無法激起我對於生死的恐懼。」他禮貌地微微一笑，大使和他可怖的回音也淺笑回應。「如果真有靈魂，我的靈魂屬於我自己。您沒有權力懲罰或垂涎。這宇宙更是神祕莫測……我之前也問過，您認為當您這個惡魔死後又會發生什麼事？因為我們都知道您是會死的。」

大使垂下頭禮貌地表示抗議。

「真是個**現代主義者**啊，路德高特市長。」他說：「我不會與您爭辯。請記住我的提議仍然有效。」

路德高特不耐地揮揮手。他十分沉著，如影隨形跟著大使每一句話的悽慘哭嚎並沒有讓他退縮，他也不允許自己因眼前所見不安——當他注視大使時，坐在椅上的男人會有那麼瞬間……被另一種東西取代。

他以前也有過這經驗。只要一眨眼，房間與裡頭的人便會在彈指間變成不同樣貌。透過眼皮，路德高特看見一個鐵板牢籠的內部，鐵條如毒蛇般游移，還有一股股無法理解的力量，一種參差不齊、波紋起伏的熱浪漩渦。在大使所坐之處，路德高特看見的是一具怪物形體。一顆土狼頭冷冷盯著他，齜牙垂舌，胸前長著凶狠的獠牙，四肢末端連的不是手腳，而是獸蹄和利爪。

房內的腐敗空氣令他無法一直睜眼；他非眨不可。他無視那些一閃即逝的畫面，用謹慎戒懼、畢恭畢敬的態度面對大使；惡魔也如此對他。

「大使，我今日來此是為了兩個原因。第一是代新克洛布桑的居民向您的主上——魔王大帝，地獄之王獻上最崇高的敬意；不過當然是在他們不知情的情況下。」大使優雅地微一頷首回應。「第二是要來尋求您的建議。」

「我們向來非常樂意協助鄰居，路德高特市長；特別是像您這樣與陛下擁有良好關係的朋友。」大使心不在焉地揉揉下巴，等對方開口。

「二十分鐘，市長。」凡賽提沉聲在路德高特耳邊提醒。

路德高特如祈禱般雙掌合十，若有所思地望著大使。他感到一陣陣輕微的力量襲來。

「事情是這樣的，大使，我們目前面臨一個問題。我們有理由相信現世間出現了……逃脫的情況；請容我這麼說。這個東西引起我們極大擔憂，必須將其擒回。如果可以的話，我們想請您助一臂之力。」

「您要什麼呢，路德高特市長？真實的答案？」大使問，「相關條件依照慣例？」

「真實的答案……或許還需要更多。我們再看看。」

「即刻償付，還是先欠著？」

「大使，」路德高特禮貌地說：「恐怕您的記性暫時不靈光了。您還欠我兩個問題。」

大使凝視他一會兒，笑了起來。

「沒錯，路德高特市長，我的確還欠您兩個問題，我在此獻上最深的歉意。請繼續。」

「現在有什麼特別的規定嗎，大使？」路德高特的語氣突然尖銳起來。惡魔搖搖頭（巨大的土狼舌飛快左右甩了幾滴口水），微微一笑。

「現在是眉月，路德高特市長，」他簡單道，「眉月中遵循常規即可。七個字，倒著說。」

路德高特點頭。他要自己靜下心來，努力集中思緒。一個字都不能錯，他媽的，這該死的小孩把戲；這念頭在他腦中一閃而逝。接著他冷靜直視大使雙眼，用平板的口氣飛快念出：「嗎確正估評犯逃？」

「正確。」惡魔立刻回答。

路德高特飛快轉頭，別具深意地看向史丹佛秋和瑞斯邱。兩人均一臉陰沉地點了點頭。

市長回頭面對地獄大使。一時間，兩人只是無言對望。

「您知道嗎，我一些較為……古板的同事恐怕會對此事不以為然，因為您沒有指明是誰的評估。」

「十五分鐘。」凡賽提沉聲提醒。

大使說：「但我不拘泥小節。」他微微一笑，「您要現在問最後一個問題嗎？」

「不了，大使。我先暫且保留，未來再問。但我有個提議。」

「請說，路德高特市長。」

「嗯，您也了解逃脫的東西是什麼，所以一定明白我們為何急著亡羊補牢。」大使點頭。「相信您也明白這件事由我們單方面執行非常困難，而現在，時間就是一切的關鍵……我提議我們不妨雇用您的一些……呃……軍團，協助我們圍捕逃亡者。」

「我拒絕。」大使一口回絕。路德高特不可置信地眨眨眼。

「我們還沒說到條件呢，大使。我向您保證祭品將非常豐厚……」

「這事恐怕沒有商量的餘地。我們目前騰不出人手。」大使冷冷看著路德高特。

市長沉吟思索，假若大使是在討價還價，那麼這還可是史上頭一遭。他一時不察，閉起了眼，但一瞥見大使的另一種樣貌，看見那頭怪物，他又立刻睜眼。路德高特不屈不撓，再試一遍。

「我甚至可以提供……我想想……」

「路德高特市長，您不明白，」大使說。他的語氣冰冷而平板，但似乎透著一股焦躁。「我不在乎您可以提供多少貨品，或什麼狀況的貨品。我們無暇接應這項工作，這件事不適合我們。」

房內陷入一陣冗長的沉默。路德高特不可置信地看著眼前的惡魔，他想他明白了。在血紅色的光芒之中，他看見大使拉開一只抽屜，拿出一疊紙。

「如果您說完了，路德高特市長，」惡魔若無其事地說：「我還有事要忙。」

路德高特耐心等著外頭冰冷淒厲的「有事要忙要忙要忙……」回音消失。那聲音令他胃部一陣翻騰。

「是，是，大使。」他說：「抱歉打擾您這麼長時間。希望我們很快再見面。」

大使偏過頭，禮貌地微一頷首，然後從西裝內側口袋中拿出一枝筆，開始在紙上寫起字來。在路德高特身後，凡賽提轉動旋鈕、按下五花八門的按鍵。木頭地板開始震顫，彷彿發生氣震。四周的嗡鳴聲逐漸增大，圍擠成圈的人類在小小的能量力場中搖搖晃晃，惡臭的空氣在身旁上下振動。

大使的軀體開始鼓脹、迸裂，轉眼間消失不見，彷彿一張著了火的膠版照片。雜亂的胭脂色光芒滾滾冒泡、蒸發，彷彿從蒙塵辦公室牆壁的無數縫隙滲透出去一樣。房內的黑暗如陷阱般包圍他們，凡賽提點起的那盞小小燭火搖曳一陣，「噗」地熄滅。

確認沒人發現後，凡賽提、路德高特、史丹佛秋和瑞斯邱跌跌撞撞走出房間，房外的空氣似乎特別涼爽宜人。他們花了一分鐘整理儀容，拭去臉上的汗水，撫平被其他空間的強風弄亂的衣著。

路德高特懊惱又震驚地搖了搖頭。

他的官員恢復鎮定，轉身面對他。

「我過去十年來大約見過大使十幾次，」路德高特說：「但我從沒看過他這種舉止。那該死的空氣！」他隨即又補上一句，揉了揉眼。

四人沿著小小的走廊往回走，轉進主廊，循來時路走向電梯。

「什麼舉止？」史丹佛秋問，「我過去只和他交涉過一次，還不熟悉。」

路德高特一面走一面思索，若有所思地拉扯他的下脣和鬍子。他眼裡布滿血絲，一時間沒有回答史丹佛秋的問題。

「有兩件事可說，一件關於惡魔，一件關於眼前的當務之急。」路德高特的口氣斬釘截鐵，不帶一絲抑揚頓挫，要他的下屬仔細聽好。凡塞提快步走在前頭，他的任務已經完成，這裡沒他的事了。「第一件事或許能加深我們對惡魔一族心靈、行為各方面的認識。我想你們應該也都有聽到『回音』，對吧？我原本以為那只是要讓我心生恐懼的手段，但不要忘記，那聲音必須旅行相當長的一段距離才能到達此地。我知道——」他飛快舉起雙手，說：「那不是真的聲音，也不是實質上的距離；但它們確實是來自異度空間的一種聲音與距離的類比，縱然有著一些扭曲，絕大多數的物理法則或多或少依然成立。現在，不要忘記那些聲音走了多遠，它們必須從地獄底層傳送到那個房間。事實上呢，聲音需要一點時間才能到達……所以我相信那些『回音』其實是出現得『較早』，而我們從大使口中聽到的那些……滔滔雄辯……才是真正的回音；『那些』才是扭曲過的倒影。」

史丹佛秋和瑞斯邱沉默不語。他們回想那些淒厲的慘叫、不堪凌虐的發狂語調和殘破斷續的胡言亂語，這一切似乎都在嘲笑大使邪惡又高貴優雅的魔性……他們思忖，或許那才是真實的。

「我在想，或許我們都錯了。或許他們的心靈感知模式其實和我們沒有不同；或許他們也可被理解，或許他們的思考方式和我們一樣。至於第二件事——記住我剛才說的可能性，記住那些『回音』可能透露的事——方才對話結束之際，當我嘗試與大使協議，**他害怕了**……所以才不願意助我們一臂之力，我們必須自食其力；**因為那些惡魔也害怕我們要獵捕的對象。**」

路德高特停下腳步，轉身看著兩名下屬。三人相對而視，史丹佛秋的面孔扭曲了一瞬，但隨即恢復鎮定。瑞斯邱如雕像般面無表情，但手指斷斷續續地拉扯頸間的圍巾。看見兩人陷入沉思，路德高特點點頭。

一時間，三人沉默無語。

「所以……」路德高特拍拍手，輕快地說：「該去找織蛛了。」

25

那一晚陣雨傾盆而下，以汙水洗刷這座城市。雨停後，在蔓延的夜色之中，以薩倉庫的大門「碰」的一聲推開。街上空無一人，一時間世界像靜止了，只有夜鳥和蝙蝠在天空盤旋，煤氣燈火搖曳。

機械人走走停停，滾動履帶走進深沉的夜裡。它的閥門與活塞裹在破布和破毯子下，遮掩其獨特的行進聲。它快步前行，笨拙地轉彎，用老舊履帶能帶動的最快速度移動前進。

它巍巍顫顫穿過後巷，經過鼾聲如雷、醉到不省人事的酒鬼。昏黃的煤氣燈火映在它破爛的金屬外殼上，朦朧神祕。

機械人搖搖晃晃、迅速穿過空軌下方。零散的雲層遮蔽形跡隱密的飛船。機械人如焦油河上的水脈探勘者般小心翼翼地前進。這條河在城市底下的亙古岩石間蜿蜒行進，狀如錯綜交錯的鞭痕。

它消失在喜爾橋後的城市南境。幾個鐘頭後，曙光逐漸暈染夜空，機器人又滾動著履帶，回到獾沼。它的時機再湊巧不過；回到倉庫、重新鎖好大門後不久以薩便返家了。他一整晚像發瘋似的四處尋找大衛、林恩、雅格哈瑞克、李謬爾·皮吉恩，以及任何可以幫助他的人。

離開前，以薩將幾張椅子併在一起，弄成一張躺椅，讓路勃麥躺在上頭。回到倉庫後，他第一件事就是走到路勃麥面前，對朋友喃喃絕望低語。但情況毫無改變，路勃麥沒有睡著，也沒有醒轉，只是瞪著空洞的眼神直視前方。

沒多久，大衛也匆匆趕回實驗室。他前晚悠悠哉哉地晃去他常去的老地方，卻發現等著他的是以薩匆促潦草、語焉不詳的字條；同樣的字條以薩留遍了整個新克洛布桑。

他與以薩一樣無言靜坐，看著這位了無生氣的朋友。

「我不敢相信我竟然沒有阻止你。」他面無表情，木然地說。

「操你媽的，大衛，你以為我沒這麼想過嗎……是我讓那該死的東西孵化……」

「我們早該知道的。」大衛忿忿地說。

語畢，兩人陷入長長的沉默。

「你找醫生了嗎？」大衛問。

「立刻就找了，是對街的佛吉；我以前就找過他。我替小路清理了一番，把他臉上的髒東西擦掉……但是佛吉半點頭緒也沒有。天曉得他插了多少個檢驗裝備，看了他媽的不曉得多少次讀數……最後只有一句『不知道』、『讓他保持溫暖，餵他點食物；不過話說回來，或許你不該替他保持溫暖，也不要給他東西吃……』總之我之後可能會再去大學找個認識的人來看看，但希望他媽的渺茫……」

「那東西到底對他做了什麼？」

「這是個好問題，大衛，好問題。這正是該死的重點，不是嗎？」

破窗邊傳來遲疑的聲響。以薩與大衛抬頭，看見雙人茶可憐兮兮地探進他那張醜臉。

「喔，該死。」以薩氣沖沖地說：「聽好，雙人茶，現在真的不是時候，知道嗎？有事晚點再說。」

「老闆，我只是來看看……」雙人茶怯生生地說，一點不像他平常中氣十足、聒噪不休的模樣。

「我想知道路路有沒有好些。」

「你說什麼？」以薩猛然站起，厲聲質問，「他怎麼了？」

雙人茶可憐兮兮地躲到一旁，放聲大哭。

「不是我，大爺，不是我的錯……我只是想知道他有沒有好些，那個可惡的大怪物吃掉了他的臉……」

「雙人茶，**你當時也在嗎？**」

蝙蝠人悶悶地點頭，稍微上前，在窗框中央站穩身子。

「**到底出了什麼事？**我們沒有生氣，雙人茶……我們只是想知道你看到什麼……」

雙人茶抽抽鼻子，慘兮兮地搖晃腦袋，像小孩般噘嘴皺臉，連珠砲般開口。

「大怪物從樓上下來，拍著好可怕的大翅膀，讓你頭昏腦脹。牠的牙齒也好大，咬得喀啦喀啦響……還有……還有好大的爪子，和好大好臭的噁心舌頭……然後我……路路先生愣愣看著鏡子，然後轉身面對牠，突然就變得……昏昏沉沉……我看見……不知道，我的腦袋變得好奇怪。醒來後，那東西伸出舌頭，伸進……伸進……路先生的身體裡頭。我腦中響起**唏哩呼嚕的口水聲**，我就……就嚇跑了，我救不了路路先生啊。我發誓……我嚇都嚇死了……」雙人茶開始像兩歲小孩一樣嚎啕大哭，眼淚和鼻涕噴得滿臉都是。

李謬爾．皮吉恩到達時雙人茶還在哭。不管他們怎麼哄騙、威脅、賄賂都無法讓蝙蝠人冷靜下來。最後他終於哭累了，自己蜷在一張沾滿他鼻涕的被子上睡著，簡直和人類嬰兒一模一樣。

「你最好不是撒謊騙我過來，以薩。我收到訊息說最好來你這裡一趟，希望我沒有白跑一趟。」李謬爾狐疑地看著以薩。

「該死的，李謬爾，你這個混帳騙子。」以薩一下爆發，「你就擔心這個？操你的，我跟你保證，你該拿的一分也不會少，可以嗎？這樣你滿意了嗎？現在你他媽的給我聽好……有人被某種東西**攻擊**

了，而那東西是從你給我的幼蟲孵化出來的。我們必須趕快阻止牠，避免牠傷害別人。這代表我們必須**知道牠到底是什麼**，所以現在第一件事就是追查第一手來源，而且**立刻就辦**。明白嗎？**老小子**？」

李謬爾似乎沒給以薩的雷霆怒火嚇著。

「我說，你不能把這筆帳算到我頭上……」他才開口就被以薩煩躁的咆哮打斷。

「該死的，李謬爾，沒有人怪你，你這個懦夫！情況恰恰相反。我的意思是，你從以前到現在一直是個優秀的生意人，我相信你一定會留下詳盡的紀錄，而我需要你去查一查。我們知道所有東西都得經你的手……你一定要給我個名字，告訴我是誰先拿到那隻又大又肥的毛毛蟲——非常大、而且顏色很詭異的那隻。知道我在說哪個嗎？」

「嗯，隱約有點印象。」

「**很好**。」以薩冷靜了些。他用雙手揉了揉臉，重重嘆了口氣，「李謬爾，我需要你幫忙。」他坦白地說：「我會付你錢……但也算我求你了，我真的需要你幫我。」他睜開眼，忿忿瞪著李謬爾，「聽著，說不定那東西已經不知道死在哪裡，有這可能，對吧？或許牠就像蜉蝣一樣，燦爛一天後就消逝無蹤；也或許小路明天就會醒來，帶著滿臉笑容，無憂無慮，**也或許不會**。現在，我想知道，第一——」他豎起肥碩的手指，「——要怎麼讓路勃麥清醒過來；第二，這該死的東西到底是什麼——我們唯一的證人講話有些混亂。」他瞄了睡在角落的蝙蝠人一眼，「還有第三，我們要怎麼抓到這狗娘養的怪物？」

李謬爾看著他，一臉漠然。他作戲似的緩緩從口袋掏出一只鼻煙壺，大力吸了一口。以薩緊捏雙拳又鬆開。

「好，以薩。」李謬爾淡然回答。他將珠光寶氣的小匣子收回口袋，緩緩點頭，「我看看有什麼我能做的，我會跟你保持聯絡。但話說在前頭，我不是慈善家，以薩，我是生意人，而你是我的客戶，我必須收取報酬。我再寄帳單給你，這樣可以嗎？」

以薩疲憊地點點頭。李謬爾的語氣中沒有半點敵意、惡意或嘲諷。他不過是陳述一個潛藏在他溫和外表下的事實。以薩很清楚，如果隱瞞那隻幼蟲的來源可以獲得更多好處，李謬爾一定毫不遲疑選擇守口如瓶。

「市長。」亞莉莎．史丹佛秋昂首闊步走進藍奎斯特廳。路德高特疑問地抬眼看向她，國安局長將一份薄薄的報紙扔在他桌上。「有線索了。」

雙人茶醒來後便匆匆離開。臨去前，大衛和以薩還再三安慰，保證沒人怪罪於他。傍晚時分，一種可怕的絕望平靜籠罩槳手街的倉庫。

大衛挖起一大匙糖漬果泥塞進路勃麥口中，按摩他的喉頭，讓他嚥下。以薩無精打采地在一旁來回踱步，祈禱林恩回家後會看到他昨晚釘在她門上的字條，過來找他。他心想，如果不是因為上頭有他的字跡，她一定會認為只是個惡劣的玩笑。以薩從沒邀請她來他的倉庫過，但他需要見她，又怕自己離開會錯過什麼關鍵消息，或路勃麥的重要變化。

門「碰」的一聲推開。以薩和大衛猛然抬頭。

是雅格哈瑞克。

以薩一時間不敢置信。這是雅格哈瑞克頭一次在大衛在場時現身（當然還有路勃麥，但他很難算得上「在場」）。大衛愣愣瞪著蜷縮於骯髒布毯下的鳥人，還有那雙偽裝的翅膀。

「雅格老小子，」以薩沉痛地說：「請進，見過大衛……我們剛經歷了場小災難……」他拖著沉重的步伐朝門口走去。

雅格哈瑞克等著，在門口來回徘徊。他不發一語，直到以薩上前到能聽見他低語後才開口。那聲音詭異又薄細，聽起來就像快被掐死的鳥發出的悲鳴。

「我本不該來，格寧紐布林。我不想被人看見……」

以薩的耐心轉瞬蒸發。他張嘴欲言，但是雅格哈瑞克不給他開口的機會，逕自又說：「我……我聽說了一些事情。我感覺得到……這間屋子被死亡籠罩。不管是你或者你朋友，已一整天足不出戶。」

以薩冷笑一聲。

「你一直在等是不是？等屋裡什麼時候沒人是不是？好讓你這位大爺繼續維持珍貴的祕密身分……」他繃緊情緒，努力要自己冷靜，「聽好，雅格，出大事了，我現在真的沒有時間，也沒有心情考慮你的事。我們的計畫恐怕得先暫時擱置了……」

雅格哈瑞克倒抽了口氣，發出一聲隱約的悲嚎。

「**你不能這麼做！**」他壓低音量，尖聲驚呼，「**你不能棄我而去**……」

「該死的！」以薩伸手將雅格哈瑞克拉進門內。「你給我看好了！」他大步走到呼吸紊亂、雙眼空洞、嘴邊滴淌著口水的路勃麥身旁，把雅格哈瑞克推到他面前。他推得很用力，但不至於粗暴。鳥人身材精瘦，肌肉結實，遠比外表看上去強壯。但由於中空的骨頭與削瘦的肌肉，他們絕非大塊頭人類的對手。

不過這不是以薩克制自己力道的主要原因；儘管他和雅格之間情緒緊繃，但並不存在任何惡意。以薩感覺得出來，雅格也想知道倉庫為何一夕之間瀰漫緊張的氣氛——即便這代表他必須打破隱匿行蹤的原則。

以薩指向路勃麥。大衛若有似無地瞄了鳥人一眼，但雅格哈瑞克完全把他當空氣。

「我給你看的那隻毛毛蟲，」以薩說：「不知道變成了什麼東西，把我朋友變成這樣。你見過類似的情況嗎？」

雅格哈瑞克緩緩搖頭。

「所以你明白了吧，」以薩沉痛地說：「在我查明自己究竟放了什麼鬼東西出去，還有讓路勃麥恢復清醒之前，不管飛行的事和危機引擎有多令人亢奮，**對我來說恐怕都不重要了**。」

「住口，你會洩露我的恥辱……」雅格哈瑞克立刻厲聲制止。以薩打斷他。「大衛知道你有什麼恥辱，雅格！」他咆哮，「還有不要那樣看我，我就是這樣工作的。他是我的同事，我就是這樣才能他媽的有所進展……」

大衛猛然抬頭瞪視以薩。

「你剛說什麼？」他厲聲問，「什麼危機引擎……？」

以薩不耐煩地搖搖頭，彷彿有蚊子在他耳邊嗡嗡打轉。

「我在危機物理上有所突破，只是這樣。這個晚點再告訴你。」

大衛緩緩頷首，明白現在不是討論此事的好時機。但他瞪大的眼珠洩露了內心的驚異：只是這樣？

雅格哈瑞克似乎緊張得直抽搐，全身上下散發明顯的悲涼之意。

「我……我需要你的幫助……」他說。

「是，但路勃麥也是。」以薩怒吼回應，「而且他恐怕才是當務之急……」說著說著，他又漸漸軟化下來，

「**我不會**棄你而去，雅格，我也根本沒這打算，只是我實在不得不先暫停。」以薩沉吟片刻，「如

果你希望這件事能盡快解決，你可以**助我們一臂之力**……不要再他媽的只會搞失蹤了。**留下來**，幫忙我們追查真相。越早查明，我們就能越早回去研究你的問題。」

大衛不以為然地看向以薩，眼神彷彿在說：*你知道你在幹麼嗎？*看見他臉上神色，以薩立刻氣沖沖地用譏諷的口吻說：「你可以留在這裡過夜、用餐……大衛不會在意，反正他不住在這裡；我是這裡唯一的住客。如果聽見什麼風聲……我們可以……嗯，我們可以再想想你能做什麼。知道我意思嗎？你可以來**幫忙**，雅格哈瑞克，多個人手可能會大有助益。這件事越快解決，我們就可以越快回去研究你的問題，明白嗎？」

雅格哈瑞克屈服了。他花了幾分鐘才找回自己的聲音，然後只是點點頭，飛快說了聲「好，我會留下」。很顯然他腦中只有飛行的研究。以薩雖然光火，卻也能夠體諒。翅膀被切除，這個降臨在雅格哈瑞克身上的懲罰已如鐵鏈般緊縛他的靈魂。他是自私，非常自私，但事出有因。

大衛帶著疲憊而悲痛的心情進入夢鄉。那晚他睡在椅上，以薩接手照顧路勃麥。食物經過他體內，而第一個麻煩任務就是清理他的排泄物。

以薩捆起發臭的衣服，塞進倉庫的其中一只鍋爐。他想起林恩，希望她很快就會來見他。

他發現自己為思念所苦。

26

夜不安寧。

白晝，在黎明將至與太陽再度昇起時，新克洛布桑又發現了更多喪失神智的受害者。這回共有五人：

兩名藏身於大彎橋下的流浪漢，一名下班後自鄰沼步行回家的烘焙師傅、一名佛杜瓦丘的醫生，以及鴉之門外的一名女船夫。攻擊案零星四起，蹂躪全城，毫無模式可循；無論東、西、南、北，沒有一處安全。

林恩夜不成眠。想到以薩穿越大半個城市只為了在她家門上釘張字條，她便大為感動，但心裡同時也十分擔憂。雖然只有短短幾句話，其中卻透著一股歇斯底里，而且以薩懇求她去實驗室的舉動根本不像他，讓她很是害怕。

儘管如此，若非她太晚返回亞斯皮克坑，怕再出門會遇上危險，林恩一定立刻飛奔而去。她那天並非去去骨鎮工作，因為前日早晨起床時她發現門縫下塞了一張字條。

生意上有急事必須處理，會面暫時取消，直至進一步通知。需重返工作崗位時會再與妳聯繫。

莫

林恩收起那張簡短的字條，信步行至蟲人區，重拾傷感的緬懷與沉思。驀然間，一股意料之外的好奇湧現——就像她原本看著自己的人生如走馬燈般一幕幕上演，而轉折的劇情令她突然大吃一驚——她開始往西北方走去，離開蟲人區，前往潛灘區，在那搭上火車。她搭乘沉行線的北上列車，坐了兩站，進入帕迪多街車站的巨大柏油胃囊中。在車站寬敞巨大的中央大廳，人群熙來攘往，蒸汽嘶嘶噴洩，五條鐵路線彷彿一顆由鋼鐵與木頭組成的五芒星。她在這兒轉搭佛索左線。

火車鍋爐在車站中央的洞穴基地內添加燃料，還要五分鐘才會離站。這段時間足以讓林恩回神，不可置信地看著自己在窗中的倒影，自問：看在甲蟲聖母——或許還有其他神的分上，她到底在做什麼？

但她沒有回答自己的問題，只是動也不動坐著，與火車一同等待。火車緩緩發動，速度越來越快，用一種規律的節奏隆隆前進，從車站的其中一個洞口穿了出去。它繞過針塔北面，在兩組空軌下方蜿蜒前行，遠眺凱德納霸低矮的野蠻競技場。仙納德美術館、倒鐘屋、石像鬼公園，鴉區的繁榮與壯觀中點綴著骯髒與貧困。火車自自鴉區進入上環，林恩凝望冒著騰騰蒸汽的骯髒屋頂，看見此地富裕社區的寬敞街道與粉刷灰泥的華屋小心翼翼繞過隱密而破敗的街區。她知道那兒街上有老鼠奔竄。

火車經過上環站，駛越焦油河寬廣的灰色河面，十五英尺後便來到海卓克橋北岸，帶著鄙夷進入溪畔區如廢墟般的屋頂風光。

林恩在貧民窟西界的淺泥坑站下車。傾刻，她便穿過腐朽的街道，走過一棟棟不自然膨脹的濡溼灰色建築。路上的族人打量她，嘗到她散發於空氣中的氣味後便撇頭離開，因為她身上的上城香水味與奇裝異服在在顯示她是一名叛逃者。她沒花多少時間便找著回去蟲母家的路。

林恩沒有太接近，不想讓她的氣味滲進破窗，讓蟲母或姊姊察覺她的到來。在逐漸升溫的熱氣下，她的氣味對其他甲蟲人來說便如記號，她無法消除。

日上三竿，空氣與雲層的溫度逐漸攀升，但林恩依舊佇立原地，與舊家保持些許距離。那兒一點都沒變，她可以聽見自屋內與牆壁、門板縫隙中傳來爬行聲，那是公甲蟲蠕動細小短腿所發出的聲音。

無人現身。

路人對她散發嫌惡的化學氣味——為了她回來這裡、為了她鬼鬼祟祟監視某個平凡人家。她全都置之不理。

她想，若是她進去了，而蟲母也在屋內，她們一定會同時感到憤怒又悲慘，然後母女間又起無意義的爭執，彷彿時光不曾流逝。

若是她姊姊在家，告訴她蟲母已然辭世，而林恩一句怨言或原諒也沒留下，讓蟲母心懷遺憾地離開，她將會感到無比寂寞；她的心或許會爆炸。

如果屋內什麼也沒有……只有爬了一地的公甲蟲，牠們再也不是過去那些沒有腦子、嬌生慣養的王子，而是一隻隻像蠢蟲般以腐肉為食的臭蟲；如果蟲母和姊姊都死了……那麼林恩站在這棄屋內便一點意義也沒有，她的歸來將變得可笑不堪。

一個多鐘頭過去，林恩轉身背對腐朽的破屋，頭上的蟲腿搖搖晃晃、甲殼縮顫，帶著煩躁、困惑與孤單走回車站。

她緊緊揪著內心的憂傷，在鴉區下車，用莫特利先生給予的部分豐厚報酬採買書籍、享受珍奇佳餚。

她走進一家高級女裝專賣店，引來女經理的刻薄嘲諷。直到她攤開手中的基尼金幣，傲慢地指向兩件洋裝，女經理才住了嘴。她好整以暇地讓店家替她量身，堅持每一件都要能烘托出她的美麗與性感，如同設計師期望在人類女性身上看到的效果。

她最後兩件洋裝都買了。女經理從頭到尾一聲不吭，還皺鼻收下甲蟲人的錢。

林恩穿著其中一件新買的洋裝走在薩勒克斯的街上。這件精巧合身的雲藍色洋裝令她的紅膚黯然失色。她說不上來自己的心情是變好還是變得更壞。

隔天早晨，她橫越城市前去造訪以薩，穿的仍是同一件洋裝。

同一日早晨，凱爾崔利的碼頭以激烈的嘶吼迎接曙光。蛙族的碼頭工人花了一整晚挖鑿、捏塑、推移、清除大量施予魔法的河水。太陽昇起時，幾百名蛙族人自濁水中浮現，舀起大把大把河水，遠遠扔出大焦油河外。

他們亂烘烘地吆喝、打氣，舉起深渠中最後一層薄薄的河水。這道河內溝渠寬超過五十英尺，彷彿一道切穿河流的巨大氣牆，兩岸間的距離足足有八百英尺。深渠各面及底部許多地方均留有狹窄的壕溝，以防河水潰堤。蛙族人在深渠底部、水面四十英尺下的河床排排站立，在泥濘中攀著同伴肥胖的身軀爬上爬下，在水流停止之處小心翼翼地拍打平整的垂直水牆。偶爾會有一名蛙族人與同伴討論後，便用力一蹬粗壯的後腿，躍過同伴頭頂，穿過水牆，沒入巍然直立的河水裡，踢動長蹼的蛙腳，不知去赴什麼其他任務。其他同伴連忙替他撫平水牆，用水魔法重新嚴密封好，確保屏障完好無缺。

深渠中央，三名魁梧的蛙族人交頭接耳，商討完後又爬又跳地將資訊傳予身旁的戰友，隨即又返回討論陣容，不時可見三人爭得臉紅脖子粗。他們是罷工委員會所選出的領袖。

太陽升起，排在河底與河岸邊的蛙族人拉開布條，上頭寫著他們的訴求：**立即發放公平薪資！沒有加薪，沒有河道**。

河內的峽谷兩岸，小船小心翼翼地划至水牆邊緣，船上的水手盡可能探出身子，估量空溝的寬度。

蛙族人看見他們憤怒地搖了搖頭，便大聲鼓譟歡呼。

氣渠開鑿於大麥橋南方不遠處，就在碼頭區外緣。有許多船等著進入，也有許多船等著離開。下游的一英里開外，在劣原和狗沼之間的汙濁河面上，商船勒住不安的海龍，調低鍋爐的火源。另一頭，在突堤、登陸碼頭以及凱爾崔利乾船塢旁的寬闊運河中，各船船長——最遠的來自卡多——不耐煩地瞪著聚集在河岸邊的蛙族示威群眾，擔憂自己不知道什麼時候才能返家。

早晨過了一半，人類碼頭工紛紛抵達，準備開始裝卸貨的工作，但隨即發現自己的存在是多餘的。有些船仍停泊在凱爾崔利，一旦完成這些船的準備工作——至多再兩天——他們便無事可做了。

這段日子來，一群為數不多的人類團體一直與罷工的蛙族人保持聯繫，參與討論。他們今天也有備而來。早上十點，約二十名男人突然從工廠走出，翻過碼頭四周的圍牆，小跑步到蛙族示威者所在的河岸。蛙族人用幾近歇斯底里的歡呼迎接他們。那些男人也拉開自己的布條：**人類與蛙族人攜手合作，齊心對抗資方！**

他們也扯開喉嚨，跟著大聲呼喊口號。

接下來的兩小時，情緒越來越激昂。一小群人類在港區的低牆內開始反示威行動。他們對著蛙族人叫囂辱罵，說他們是死青蛙、臭蟾蜍，還嘲笑那些加入罷工隊伍的人類，恥笑他們是人類叛徒，並警告大眾蛙族人會毀了碼頭，讓人類的薪資暴跌；其中有一、兩人手上拿著三羽黨的著作。

在他們與同樣吵鬧不休的罷工人類工人之間，是一大群滿心困惑、拿不定主意的碼頭工人。他們在兩者之間來回徘徊，喃喃咒罵，不知所措，只能傻傻地聽雙方咆哮爭辯。

人數逐漸攀升。

河岸兩側，人群開始在凱爾崔利與敘利亞克井南岸圍觀聚集。幾名男女在群眾間奔走，身影一閃即逝，無法辨識面孔，手裡發放上頭印著《叛報》標誌的傳單。傳單上印著密密麻麻的文字，要求人類碼頭工加入蛙族人，宣稱唯有兩方同心協力，始能戰勝無良資方。傳單在人類碼頭工間流通，由看不見的手傳遞。

分秒流逝，氣溫逐漸升高，越來越多碼頭工翻過圍牆，站在蛙族人身旁，加入示威隊伍。反方的陣容也越形龐大，有時人數增加得十分快速。但隨日頭西移，罷工者的增加人數顯然比較多。

空氣中瀰漫著一股強烈的不確定感。群眾的喧譁聲扶搖直上，雙方陣營相互叫囂，要求對方採取行動。謠言四起，有人說港區官員將前來演說，也有人說路德高特市長將親自現身。

這段期間內，在河內空渠的蛙族人不停忙著維護亮晃晃的水牆。三不五時會有魚隻不小心穿過平坦的直立水面，跌在乾涸的河床上啪答啪答跳動，還有載浮載沉、順著水流緩緩打轉的垃圾也掉進憑空出現的深壑中。不管是什麼東西，蛙族人見一個就扔回一個。他們輪班守著水牆，往上游游去，施展水魔法將牆堵往北延伸，站在大焦油河充滿廢五金和濃稠泥濘的河床上，大聲替人類的罷工者加油打氣。

三點三十分，熾熱的陽光穿透毫無遮蔽作用的雲層，兩艘飛船分別自南、北兩方朝碼頭駛來。群情激昂，消息迅速傳開，說是市長來了。第三、第四艘飛船跟著筆直飛越城市上空，朝凱爾崔利而來。

不安的陰影掠過河岸。

部分群眾悄悄解散。示威者提高音量，更賣力地呼喊口號。

三點五十五分，四艘飛船呈X形在碼頭上空盤旋，排成一個巨大的警告譴責標誌。東方一英里外，河流拐了個大彎，另一艘單獨的飛船就停在對岸的狗沼上空。無論是蛙族人或人類，所有群聚的民眾紛紛伸手遮眼，抬頭望向那冰冷的形體，子彈型的船身彷彿狩獵中的烏賊。

飛船開始以不算高的速度朝地面下降。船身的細節和飽滿巨大的存在感一下子鮮明起來。

就在四點之前，奇異的生物紛紛自周遭的屋頂飄浮而上，從凱爾崔利與敘利亞民兵塔頂端的滑門後現身。這些較為矮小的塔樓並不在空軌的網絡中。

那些輕若無物、不停旋轉的生物在微風中輕輕搖晃，幾乎像是漫無目的般飄向碼頭，轉眼間占據整片天空。牠們柔軟巨大的身體都是由一束束膨脹的組織組成，上頭覆蓋著複雜的皮鱗和突起的肌膚，表面坑坑疤疤，布滿滴滲液體的詭異孔洞。牠們身軀中央的直徑大約十英尺，每一個上頭都騎著一名人類騎士，轡具就縫在生物肥碩的身體上，身體下方則垂落密密麻麻的觸手，離地約四十多英尺，彷彿長滿水泡的條狀肌肉。

粉紫色的身體如心跳般規則地起伏脈動。

驚人的生物開始朝群眾頂頭下降。整整十秒內，所有在場民眾震駭到啞口無言，無法相信眼前所見。

然後驚呼聲四起：「水母戰艦來了！」

恐慌向四面八方蔓延。附近報時鐘響，四點整，所有事情同時爆發。

在集結的群眾之中——包括反示威的隊伍、甚至是罷工工人之間，一群群男人——以及女人——突然將手高舉到頭邊，迅速猛力拉起黑色兜帽。兜帽不見雙眼或嘴巴的開孔，只是一塊黑色的縐布。

飛船現在離地面近得可怕。船腹下方拋出一團團繩索，「咻」一地掠過空中，搖搖晃晃一連垂落好幾碼，尾端微微在地面蜷繞成圈。從四艘船身垂落的四根繩柱——河岸兩側各有兩根——將集會的民眾、示威隊伍及周圍的路人包圍在內。黑影疾如閃電，以專業的身手攀繩而下，一路垂降至地面，一個緊接一個，源源不絕，看起來就像飛船的肚子裂開，黏塊順著垂落的腸子啪答啪答落下。

哭嚎聲此起彼落，不時被驚恐的吸氣聲中斷。群眾潰散，朝四面八方逃竄，顧不得有人跌倒在地，直接踐踏而過，抓緊小孩與愛人在石子路和破裂的石板路上踉蹌逃命，躲進以河岸為中心、如蛛網般向外蔓延的巷弄，不料卻一頭撞進在巷內靜靜晃呀晃的水母戰艦。

制服民兵突然自四面八方現身，包圍示威群眾。士兵現身於駭人的雙足蘇恩怪上，怪物伸出鉤子，搖晃著遲鈍的大腦袋，因為沒有眼睛所以只能循著回音摸索前進。恐懼的尖叫聲此起彼落。

空氣中充滿短促而突然的痛苦慘叫。急於逃命的群眾跌跌撞撞繞過轉角，一頭撞上水母戰艦的觸手。充滿神經毒素的捲鬚在他們的衣服上打出一個個窟窿，爬上赤裸的肌膚，痛得他們失聲哀嚎。在幾陣痛苦的顫抖喘息後，迅速屈服於冰冷的麻木與癱瘓。

水母戰艦上的士兵拉扯控制水母行動的結瘤與皮下突觸，如鬼影般迅速掠過小屋和碼頭倉庫的屋頂，循著坐騎的有毒觸手一路追趕至巷內，在身後留下一排雙眼空洞、嘴角僵硬、痛苦吐沫的痙攣軀體。其中幾名倒地的民眾——因老邁、虛弱、過敏或壞運氣——對水母戰艦的螫刺產生猛烈的生物反應，心臟停止跳動。

民兵的黑色制服摻雜織入水母戰艦的外皮纖維，因此觸手上的捲鬚無法穿透。

民兵一波波進攻示威者聚集的空地。人類和蛙族人揮舞海報，彷彿某種毫無殺傷力的棍棒。民兵手持裝有倒刺的警棍，以及覆滿水母戰艦毒刺的長鞭，無情痛毆潰不成軍的民眾。在茫然失措、激憤填膺的示威者前方二十英尺處，第一排制服民兵單膝跪下，高舉鏡盾，身後出現怪叫連連的蘇恩怪。士兵朝前方的群眾拋擲瓦斯手榴彈，煙浪迅速在空中畫出一道道弧線。頭戴防毒面具的民兵冷酷挺進煙霧中。

一群士兵脫離呈扇形的主隊，朝河岸推進，扔出一管又一管嘶嘶作響、冒著滾滾瓦斯黑煙的煙霧彈到蛙族人用水魔法開鑿出的深渠中。高溫的濃煙灼傷蛙族人的肺葉與肌膚，深渠內一時間充滿哭天喊地的哀嚎與慘叫。小心翼翼維持了好幾個鐘頭的水牆開始出現裂縫，河水涓涓滲漏。越來越多罷工工人投入水中，逃離邪惡的毒煙。

三名民兵跪伏於河陸交界處，一群同袍如防護層般將他們團團圍住。中央的三人迅速自身後掏出兩把狙擊步槍；子彈已上膛，槍管內也填滿火藥，一把拿在手上，一把放在身旁。士兵以迅雷不及掩耳的速度向前挺進，循著光柱看進嗆鼻的灰色毒氣。一名配戴魔法隊長特有銀色肩章的士兵站在他們身後，雙臂迅速掀動，聲音含混不清、細不可聞。他伸手分別摸向三名狙擊手的太陽穴後又收回。

在三人的面罩下，六隻眼睛盈滿淚水，視線突轉清晰——甚至可說在滾滾濃煙中並不可見的光線和輻射線突然可見了。

三名狙擊手均十分熟悉目標的體型與動作，他們視線穿過瓦斯煙霧，迅速追蹤，發現用溼破布掩著嘴鼻交換意見的蛙族人。「砰砰砰」三聲疾響，三發子彈破空而出。

兩名蛙族人應聲倒地，第三名驚恐張望，但除了毒煙外什麼也看不見。他衝進水牆內，劃起一把河水，對它輕聲吟唱，另一手迅速打起祕密手印。河邊的狙擊手之一快速扔下手中武器，拿起第二把步槍。

他領悟自己的目標是一名薩滿，再多給他幾秒他便會召喚出水精，屆時局面將變得更加棘手。於是他把槍扛至肩上、瞄準、迅速發射。擊錘與燧石下滑到鋸齒邊緣的火藥盆蓋前，「啪」的一聲火星四濺，撞進盆內。

子彈迅速穿過瓦斯，在空中旋轉畫出複雜的螺旋路徑，埋入目標頸間。蛙族罷工委員會的第三名成員蠕動龐大的身軀，跌入泥濘中。水牆後的河水如噴泉般湧出。鮮血在汙泥間聚集成池，越來越濃稠。深渠兩側以水魔法築起的水牆開始瓦解、崩塌，從頂端開始垂垮。河水如洩洪般傾流而出，稀釋河床上的泥濘。在幾名剩下的罷工者腳邊，漩渦如空中的瓦斯煙霧般團團打轉。突然，河面一陣搖撼，大焦油河又重新接合，讓河道癱瘓、水流困惑的小小裂隙填補修復。河床上的鮮血、政治文宣和屍體就這麼給汙水掩埋。

民兵敉平凱爾崔利的罷工行動之際，第五艘飛船正如它的同伴，自船腹下方垂落一條條鋼索。狗沼的居民扯著嗓子，大聲轉播警民衝突的最新消息和情況。自罷工抗議中逃脫的民眾跌跌撞撞穿過陋巷。一群群幹勁十足的年輕人像無頭蒼蠅般跑前跑後，競相奔走。

銀背街的小販指著空中的碩大飛船大聲吼叫。飛船正解開船上的索具，扔落地面。突然間，五艘飛船接連傳出震耳欲聾的爆炸聲與喇叭聲，民眾的喊叫立刻被淹沒。一隊民兵順繩而下，穿過炎熱的空氣，現身狗沼街頭。

他們垂降至被陰影籠罩的屋頂之下，惡臭撲面而來。他們繼續下降，直到巨大的警靴重重踏在溼滑的鄉村水泥路上。這些士兵看起來不像人類，反而更像機械人，怪異且扭曲的盔甲使他們顯得異常巨大。死胡同中幾名工人與流浪漢瞠目結舌，愣愣看著他們。一名民兵飛快轉身，高舉手中巨大的散彈短槍，左右恫嚇揮舞。看見武器，圍觀路人不是立刻撲倒在地，便是轉身逃開。

民兵軍團大步挺進，順著一道滴水的樓梯進入地下室的屠宰場。他們擊碎未上鎖的門板，朝令人頭暈目眩的血腥空氣開槍掃射。屠夫愕然轉身望向門口，一人痛苦倒地，口吐血沫，子彈在他肺裡炸裂。他身上那件已沾滿鮮血的外衣又被浸溼，只是這次是自內而外。其他工人四散逃竄，不時因地上的碎肉屑而滑倒。

民兵扯下懸在半空中搖搖晃晃、滴淌鮮血的羊屍與豬屍，使勁拽住掛著吊鉤的傳送帶，從溼答答的天花板一把扯下。隊伍一波波朝黑房後方進攻，大步上樓，轉過小小的樓梯平臺。唯一使他們慢下腳步的是班傑明．佛雷克斯那道上鎖的房門，但門板如薄紗般輕易就給掀了。

入房後，軍隊迅速移動至衣櫥兩側，留下一人解開背上的巨錘。他朝老舊的木板用力一揮，三擊後衣櫥便灰飛湮滅，露出牆上的一方洞口。蒸汽引擎的運轉聲與搖曳的油燈燈光流洩而出。

兩名士兵消失在密室內。洞內傳出窒悶的喊叫聲與重複的擊打聲。班傑明．佛雷克斯從危牆上的洞口飛了出來，身軀扭曲，血珠濺灑在骯髒的牆上。他的頭部先重摔落地，痛得失聲慘叫。他嘴裡咒罵著意義不明的語句，試圖爬開。另一名士兵拽住他衣領，將他拎了起來，用以蒸汽引擎強化過的力道將他推到牆上。

班滿口咒罵，試圖朝士兵吐口水，瞪著面無表情的入侵者。士兵臉上戴著藍色面罩，配備有複雜的煙霧護目鏡、防毒面具，如刺蝟般的頭盔，看起來彷彿某種昆蟲惡魔的面孔。

嘶嘶作響的揚聲器中傳出說話聲，雖然平板單調，沒有一絲抑揚頓挫，但清晰可辨。

「班傑明．佛雷克斯，請以口頭或書面同意隨我及其他新克洛布桑民兵前往吾等選擇之處接受詢問與情資收集。」民兵猛力將班摔在牆上，重重噴了口氣，咆哮一聲意義不明的怒吼，不等班傑明回答便說：

「佛雷克斯於本人與兩名證人見證下表示同意。」他又問身後的兩位民兵，「同意嗎？」

兩名民兵一致點頭，回答：「同意。」

士兵銬住班傑明，反手狠狠痛毆他一掌，打得他滿嘴是血、眼冒金星。班渾身浴血，視線如喝醉一般朦朧搖晃。身穿巨大盔甲的士兵將他甩上肩，大步走出房間。

先前進入小印刷室的民兵待所有士兵都跟著士官回到走廊，同時解下腰帶上的大鐵罐，壓下活塞，啟動猛烈的化學反應，將鐵罐扔進擁擠的密室。房內的機械人仍受永無止境、不具思考能力的電路操控，一個勁兒地轉動印刷機把手。

民兵宛如只有兩條腿的笨重犀牛，跟著長官跑下走廊。管式炸彈內的酸性物質和粉末混合，嘶嘶冒泡，轉眼間猛烈起火，點燃密實的火藥。「砰、砰」兩聲爆炸聲突然響起，撼動屠宰場溼答答的牆壁。走廊被爆炸的衝擊力托起，無數著火的紙團挾帶滾燙的墨水與鋼管殘骸射出門外。扭曲的金屬和碎玻璃如噴泉般自天窗炸開。斷簡殘篇的社論和祕聞如燃燒的五彩紙屑灑落周圍街道。其中一張紙片上印著「**我們說**」，另一張寫著「**背叛**」。「自由叛報」四個字隨處可見。其中一張起火燃燒的碎紙片上剩兩個字仍清晰可辨：快逃……

民兵依次將腰帶上的扣環扣上仍在原地等待的繩索，調整裝備背包內的操縱桿，啟動強力的隱藏引擎。腰帶上的滑輪開始轉動，強而有力的齒輪咬合，將他們拉離地面。黝黑壯碩的身影接連升空，返回飛船的船腹內。士官緊緊抓住被他扛在肩上的班傑明，即便增添一人的重量，滑輪也毫無滯礙。微弱的火光仍東一簇、西一簇地在原本的屠宰場延燒。先前卡在斷裂屋頂溝槽中的一樣東西掉了下來，劃過空中，重重摔在漬痕斑斑的地上。那是班的機械人的頭，底下還連著它的右上臂。

那只金屬手臂劇烈抽搐，試著轉動不復存在的印刷機把手。頭顱滾啊滾，像是一顆包著白鐵外殼的骷髏頭。金屬嘴角痙攣抽搐，在短短幾秒內，它的下巴一張一闔，在崎嶇的路上爬行前進，那動作像是種噁心的模仿，極其駭人。

不到三十秒，最後的能量也消耗殆盡，玻璃眼珠震顫片刻後突然停止，再也不動。

一道陰影掠過死去的機械人殘骸。重新載滿軍隊的飛船緩緩駛過狗沼上空，飛過碼頭殘酷而骯髒的最後戰鬥，飛過國會大樓和巨大的城市，飛向帕迪多街車站與針塔的偵訊室。

起初，待在他們身邊只讓我覺得胸煩欲嘔。所有人都一樣，我無法忍受那些急促、粗重、惡臭的氣息，還有如醋一般從他們肌膚傾洩而出的焦慮。我想要重回鐵路底下的冰涼與黑暗。在那兒，野蠻的生命掙扎、奮戰、死去，然後被吞噬。那種殘酷的簡單反而讓人覺得安慰。

但這裡不是我的土地，也不是我能做的選擇。我竭盡所能壓抑自己，努力去了解、接受這座城市的陌生法律，還有那些尖銳的隔閡與藩籬，所有分隔「這裡」與「那裡」、「你的」與「我的」的界線。我入境隨俗，嘗試成為這裡的一分子。這是我第一次擁有自我，做自己的主人，感受孤立與隔絕，並且擁有屬於我自己的私有財產，在這一切之間尋求保護與安慰。但一轉眼，我卻如遭電擊般領悟，自己原來不過是一樁巨大騙局的受害者。

我被騙了。危機一發不可收拾，正如同當初在錫邁克那片永夏之地一樣（在那裡，劃分「我的沙」和「你的沙」是一個荒謬的行為，會使交談的兩人不歡而散），我再也不可能做我自己。我追尋的孤獨榮光已然粉碎。我需要格寧紐布林、格寧紐布林需要他的朋友，而他的朋友需要我們眾人齊心協力，伸出援手。這是非常簡單的數學，化去公因數後，發現我自己原來也需要幫助。我必須伸出援手，為了拯救我自己。

我只能踉蹌前行。我一定不能失足。

我曾經屬於天空，而它也還記得我。當我爬上城市高處，探出身子，接近風，它便用氣流與過往播弄我。在如浪花般打轉的氣旋當中，我可以聞到、見到獵食者與獵物的蹤跡。

我就像失去潛水衣的潛水夫，仍能透過船底的玻璃，看望漆黑大海中的生物，可以跟隨牠們的形跡感受潮汐的拉扯，即便那感受既扭曲又遙遠，彷彿蒙著面紗般若隱若現。

我知道天空一定出了什麼事。

鳥群驚慌焦躁，常常會突然避開空中某一塊區域；蝙蝠人倉皇逃竄，一面飛行，一面恐懼回望。空氣已因炎夏凝滯、因酷暑沉重，現在又加上這些新來者，這些我看不見的入侵者。空氣中瀰漫著威脅與危險。我不禁好奇心起，狩獵直覺不安騷動。

但我卻被囚禁在地上。

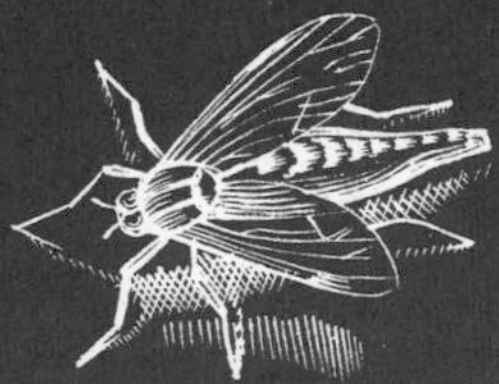

第四部

噩夢侵襲

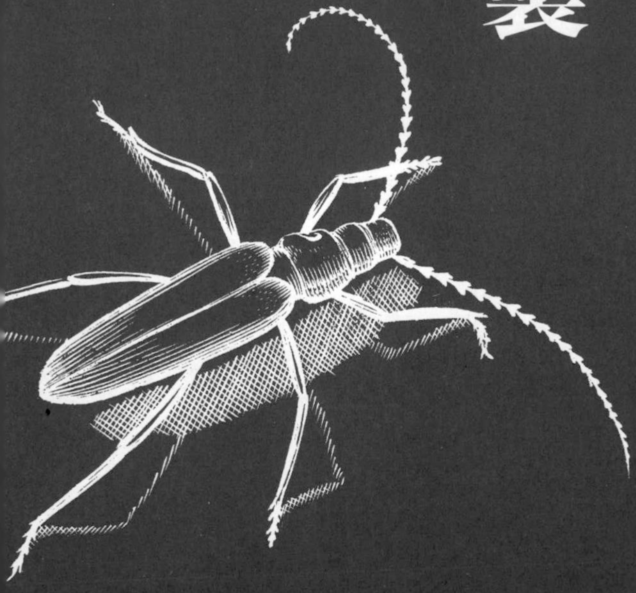

27

有個不舒服的玩意兒不停戳刺班傑明．佛雷克斯，把他給戳醒。他頭昏腦脹地甩甩頭，感到胃部一陣翻騰。

他被綁在一張椅子上，周圍是一間無菌室般的白色小房間。其中一面牆是一整片磨砂玻璃，可以透進光線，景物卻不行，所以看不見外頭的情況。一名白袍男子站在他面前，不停用一根長金屬棒戳他，棒子上的電線連在一臺嗡嗡作響的引擎上。

班傑明抬頭望向男人的面孔，卻看見自己的倒影。那人臉上戴著一面光滑無瑕的圓角凸面鏡罩，上頭映著班傑明扭曲的臉孔。儘管模樣滑稽可笑，但是看見自己臉上青一塊、紫一塊又血跡斑斑，班傑明還是大吃一驚。

門微微打開，一名男人站在門口，用手頂著門，身子一半在內，一半在外，扭頭回望來時方向。門後不曉得是走廊還是另一間更大的房間，總之他對著裡頭的人說話。

「……很高興你喜歡。」班傑明聽到。「……我今晚要和卡珊卓去那個劇院，誰知道呢……不，那些眼睛還是把我折磨個半死……」男人飛快一笑，似乎是回應某個聽不見的笑話。他揮揮手，回頭踏進小房間。

他轉身朝椅子走來。這個身影班傑明再熟悉不過，在各種集會、演說與散布在新克洛布桑各地的膠版照片上都可以看見：是路德高特市長。

房內的三人動也不動，只是靜靜打量彼此。

「佛雷克斯先生，」路德高特終於開口，語調木然，「我必須和你談談。」

「皮吉恩那裡有消息了。」以薩揮舞信封，走回一樓位於路勃麥那側角落的桌子前。桌子是他和大衛新擺的，兩人前一天在那裡花了好幾個鐘頭擬定計畫，但一點成果也沒有。

路勃麥躺在附近的一張帆布床上，傻傻地流口水、拉屎。

林恩和他們一塊兒坐在桌前，無精打采地吃著香蕉丁。她前一天來到倉庫，以薩半跑半跌地迎上前，結結巴巴將來龍去脈解釋一遍。他和大衛似乎都還沒從打擊中恢復，幾分鐘後她才注意到藏在牆角陰影中的鳥人。她不知道該不該向他打招呼，便短短用手語自我介紹一番，但鳥人毫無反應。四人愁雲慘霧地吃著晚餐時，鳥人才終於遊蕩過來，一同用餐。她知道他巨大的斗篷下藏著假翅膀，但她會裝作不知道。

在那漫長而悲慘的一夜，林恩突然想到，終於發生了一件事讓以薩願意承認她的存在。她一趕到倉庫他便緊握住她的手，而當她答應留下時，他也沒有刻意大聲謊稱他另有一張備用的床。不過這沒什麼好得意，也不是她期望中的偉大愛情宣示。以薩改變的原因很簡單。

他和大衛有更重要的事需要操心。

即便到了現在，有部分的她仍感到些許酸澀，無法相信以薩是真的已經改變。因為她知道大衛是以薩的老朋友，想法類似，同樣崇尚自由。就算他還有餘力想到他們，一定能夠理解現在是非常時刻，而且他們也能夠相信他不會在外面亂嚼舌根。但是她立刻驅走這念頭，覺得自己好邪惡、好自私，竟然在路勃麥……不方便時還只想著自己。

當然了，她無法像以薩和大衛一樣，對朋友的不幸感受如此深切。但看見他神智不清、只能傻傻躺在床上流口水，她也十分震驚害怕。她很慶幸莫特利先生現在有要事纏身，讓她有幾小時或幾天的空檔陪伴以薩，因為他這段時間飽受自責與傷心折磨，顯得十分消沉。

偶爾他會大發雷霆，白忙些沒用的事，突然高喊一聲「好！」然後堅決地拍掌，彷彿心裡有了什麼計畫。但他根本一籌莫展，也無能為力。他們毫無頭緒，一點線索也沒有，完完全全束手無策。

那一晚，她與以薩一同睡在二樓。他可憐兮兮地緊摟著她，一點也沒有勃起的跡象。大衛回家了，保證隔天清早就會回來。雅格哈瑞克拒絕了床墊，直接盤起雙腿、弓背蜷成一個特別的姿勢，臥在角落裡，顯然是怕壓壞他所謂的翅膀。林恩不知道他是為了她才維持這副假象，還是他真從小到大睡慣了這個姿勢，總之他已沉沉入睡，動也不動。

隔天一早，他們圍坐桌邊，啜飲咖啡和茶，漠然地吃著早餐，思索接下來該怎麼辦。以薩出門察看信箱，一看見裡頭的東西立刻扔掉手上的垃圾，匆匆帶著李謬爾的字條趕回倉庫。上頭沒有郵戳，看來是他讓手下親自送來的。

「上面寫了什麼？」大衛著急地問。

以薩舉起字條，讓身後的大衛和林恩也能看見。雅格哈瑞克仍待在後方。

在紀錄中查到那隻毛毛蟲的來源了，是個叫做喬瑟夫・考鐸的人送來的。他是國會大樓的收發員。我不想浪費時間，而且你保證過會付我一大筆錢，所以我已先親自去找考鐸先生談過，同行的還有我一名身材壯碩的同事，X先生。我們施加了一點壓力，取得他的合作。卡鐸先生起初以為我是民兵，我向他保證我不是，並確保他和X先生的朋友——火槍——之間有說不完的話。

看來我們的卡鐸先生是從政府物資中解放了毛毛蟲，但之後一直很後悔（因為我付給他的錢其實不多）。他不知道幼蟲的目的或來源，也不知道同批其他幼蟲的下落——他只拿了一隻。我們只問出一個線索（不知道有沒有用就是了）：包裹的收件人是巴貝爾博士，或是巴理爾、巴博爾、巴來姆之類；隸屬研發部門。

以薩，我會繼續追查，帳單明細隨後送上。

李謬爾．皮吉恩

「太好了！」以薩讀完信後高聲歡呼，「終於有條他媽的**線索**……」

大衛一臉驚駭，彷彿心跳都要停了。

「國會大樓？」他像脖子被掐住般倒抽了口涼氣，「我們要找的人在他媽的**國會大樓**裡工作？噢，親愛的聖主啊，你知道這事有多嚴重嗎？竟然還說『太好了』？你這個不折不扣的王八，以薩！對，太好了，現在我們只要去國會要一張名單，叫他們列出所有參與**最高機密**、名字是『巴』開頭的研發人員，然後一個一個去找，問他們知不知道有一種會飛的動物能把被害者嚇成白痴，還有該怎麼捕捉牠們。耶，**大功告成**！」

沒有人接話。死寂緩緩籠罩倉庫。

獾沼西南方一角，在它與小彎區的交會處，曾有許多投機分子、不法情事與建築在這裡享受過輝煌時刻，如今卻已腐朽毀敗，交纏沉沒河中。

約莫一百多年前，小彎曾聚集許多顯赫世家。邁基—德蘭達斯、特爾基薩迪，還有蛙族人的大資本家以及德瑞克銀行的創建者德拉沙修，以及農夫商人薩拉．傑瑞邁爾．卡爾。他們的豪宅統統矗立於小彎寬闊的大街。

但工業如爆炸般在新克洛布桑蓬勃興起，而其中大部分資金都是由這些家族提供。工廠與碼頭如雨後春筍般冒了出來，錢財滾滾而來。焦油河對岸的葛里斯彎道也因小型機械業的興起，跟著享受過一段短暫的榮景，但自然也少不了那些必然伴隨而至的惡臭與噪音。它成為廣闊河岸上的一大地標，一大片由廢墟、垃圾和工業汙染構成的新景觀迅速出現，簡直就像一場高速快轉的地貌形成模仿秀。馬車不停將壞掉的機器、腐朽的紙張、爐渣、有機糞肥和化學廢料堆到葛里斯彎道圍有柵欄的垃圾山頂端。這些不要的廢物落地、滾動、找到屬於自己的位置，改變垃圾山的形狀，彷彿大自然般，有丘陵、有山谷、有礦場，還有不停冒著惡臭沼氣的水塘。幾年內，工廠消失殆盡，徒留垃圾。自海上吹來的微風將有損健康的惡臭送過焦油河，進入小彎。

有錢人捨棄家園，小彎逐漸衰敗，卻一點也不見荒涼。新克洛布桑人口急遽膨脹，越來越多人遷入這裡的豪宅，小彎變得一天比一天嘈雜，油漆和灰泥也開始起泡、脫落，扭曲變形。破窗隨隨便便修理一氣，沒多久又壞了。小小間的食物鋪子、烘焙師傅和木匠接踵進駐，小彎不知不覺中也踏上其他地區的後塵，各種奇形怪狀的建築開始蔓延擴張。牆壁、地板、天花板逐一修補，廢棄的房舍找到嶄新的創新用處。

德克瀚．布魯黛朝這片遭居民濫用的宏偉遺跡匆匆走去，手中緊拽著包包，神情悲傷而肅穆。

她走向雞冠橋，它是新克洛布桑最古老的建築之一。橋很窄，石子也鋪得隨便，橋墩就用底部的房子充數。從橋中央看不見焦油河面，而兩側除了低矮粗糙的房屋屋頂，德克瀚什麼也看不見。這些房子已有將近一千年的歷史，繁複的大理石外牆早已崩塌。一道道水痕越過橋面，嘈雜的喧譁聲與爭執聲前後迴盪。

進入小彎，德克瀚走在蘇德線的高架鐵軌下，快步朝北方前進。她方才經過的河流突然一個迴轉，繞成一個巨大的S朝她而來，然後又恢復直線，往東流逝，與瘡河交會。

小彎和獾沼的交界模糊不明。這兒的房屋更小，街道更窄，而且更曲折複雜。霉斑遍布的老房子在頭頂上搖搖晃晃，陡峭的斜板屋頂好似披在窄肩上的披風，顯得更加詭祕。在洞窟般的前房和天井中，樹木和灌木叢逐漸枯萎，骯髒悄悄攻占，到處貼著低俗的招牌，廣告各種甲蟲占卜、自動閱讀和魔法治療。在這裡，獾沼那些最寒傖、最叛逆的化學家與魔法師必須與江湖術士和騙子爭奪空間。

德克瀚查看指示，找到去聖索瑞爾巷的路。那是一條又小又窄的甬道，盡頭處是一面坍塌的牆。在她右方，她看見字條上所描述的鏽色高樓。她跨過無門的門檻，穿過碎石瓦礫與昏暗的甬道。甬道很短，潮溼到幾乎要滴出水珠。走廊盡頭，她看見她要找的那面珠簾，電線上串著許多碎玻璃，微微搖晃。

她深呼吸，鼓起勇氣，輕輕掀開尖利的碎玻璃珠簾，毫髮無傷地走進後方的小廳。

屋內兩側的窗戶都掩得密不透風，上頭黏了某種厚厚的東西，像是大團大團的布料，濃密的陰影讓空氣也顯得凝滯。家具非常少，全是棕色系，與屋內幽暗的氣氛融合一體，若隱若現。在一張矮桌之後，一名毛髮濃密的豐腴女人用一種幾近荒謬的優雅姿態啜茶，身子舒舒服服地陷在豪華的腐朽扶手椅中。

她看向德克瀚。

「我能為妳效勞嗎？」她死板板地問，口氣中隱約透著一股認命的不耐。

「妳就是那個靈術師？」德克瀚問。

「我是烏瑪．鮑森。」女人偏過頭，「需要我的服務嗎？」

德克瀚穿過房間，在一張爆裂的沙發旁不安徘徊，直到烏瑪．鮑森示意她就坐。德克瀚粗魯地落坐，手探進包包裡翻找。

「我需要……呃……和**班傑明．佛雷克斯**說話。」她的聲音緊繃，微微爆裂，一個字一個字慢慢吐出。她拿出一小袋從屠宰場廢墟找到的碎片。

前一晚，當民兵鎮壓碼頭罷工活動的消息橫掃全城時，她去了狗沼一趟。消息所經之處留下眾多謠言，其中一則提到民兵抄了狗沼一家地下報社。

德克瀚抵達時夜色已深，和過去一樣，她喬裝走在城市西南方的陰溼街道。當時下著雨，斗大的溫暖水珠如膿包般在死胡同的瓦礫上迸裂。入口擋住了，德克瀚只好從用來運送肉塊和動物的矮洞鑽進屠宰場，緊緊貼著惡臭的石牆前進，洞口邊緣掛著上千隻受驚動物的糞便和血塊。她往下走了幾英尺，進入荒涼廢墟的血腥黑暗之中。

她爬過毀壞的傳送帶，被散落一地的肉鉤給絆倒。冰冷黏稠的血汙讓地板變得溼滑難行。

德克瀚費勁的翻越從牆頭垮落的石塊，穿過毀壞的樓梯，上樓來到廢墟中央，也就是班的房間。沿途到處都是支離破碎的印刷機殘骸，還有燒成焦炭的布料和紙張。

他的房間看起來比垃圾坑還糟。大塊大塊的碎石壓垮了床鋪，分隔房間與隱藏印刷機的牆壁幾乎被摧毀殆盡。倦懶的夏日細雨從炸開的天窗灑落在印刷機支離破碎的殘骸上。

德克瀚臉色鐵青，在房間內瘋狂搜尋。她挖出一個又一個微不足道的證據，證明這裡曾住過一個男人。她把它們帶了出來，放在烏瑪．鮑森面前的桌上。

她找到他的刮鬍刀，刀鋒上還殘留一些鬍碴和血鏽；除此之外，還有一截長褲的碎布，以及一張沾了他血跡的紙。她用這張碎紙一遍又一遍摩擦牆上的血漬；那是最新兩期的《叛報》，在他床鋪殘骸下找到的。

烏瑪．鮑森看著她一一拿出這些可悲的物品。

「他在哪裡？」她問。

「我想……我想是在針塔。」德克瀚回答。

「是嗎，光是這點就必須額外加收一枚諾布爾金幣。」烏瑪．鮑森語調登時變得鋒利，「我不喜歡事情牽涉到民兵。好吧，跟我說說這些東西。」

德克瀚將她帶來的東西一件件拿給她看。烏瑪．鮑森對每樣都飛快點點頭，不過似乎對《叛報》特別有興趣。

「這些是他寫的，是嗎？」她尖聲問，伸手觸摸報紙。

「對。」但是德克瀚沒主動解釋他只是編輯。即便別人再三保證靈術師能夠信賴，她還是不想打破報社匿名的規定。儘管她知道來向烏瑪．鮑森求助的大多是親朋好友被民兵抓走的人，出賣客戶只會對財務造成重大的損失。「這個——」德克瀚指向中央的版面，上頭的標題印著「我們的想法」。「——這是他寫的。」

「啊……可惜妳沒有他的手稿，不過這也不錯了。他身上有什麼特徵嗎？」烏瑪．鮑森問。

「他有個刺青，在左手的二頭肌上。圖案像這樣。」德克瀚拿出她畫的草圖，是一只錨的圖案。

「他是水手？」

德克瀚哀然一笑。

「他還沒上船就被解雇了，而且還被禁止登船。招募時他喝醉了，刺青還沒乾就羞辱了船長一頓。」

她記得他曾這麼說過。

「好。」烏瑪．鮑森說，「嘗試聯繫：兩枚馬克銀幣。聯繫上之後：五枚馬克銀幣，之後每分鐘兩銅板。加上他在針塔，要另外收取一枚諾布爾金幣。妳能接受這價格嗎？」德克瀚頷首。雖然昂貴，但是這種魔法並不簡單，不是懂些皮毛就能做到的。只要足夠的訓練，任何人都能施行一些莫名其妙的拙劣咒語，但這類的心靈溝通需要極高的天分和多年苦修。儘管外表和環境都不甚起眼，但烏瑪．鮑森在魔法上的專業私毫不輸給任何資格老練的再造師或化學家。德克瀚在錢包裡東翻西找。「事後再付款。我們先看看是否能聯繫上。」烏瑪．鮑森捲起左袖，手臂上的贅肉鬆垮搖晃，散布許多酒窩般的凹洞。「把刺青畫在這，越像越好。」她努努下巴，示意德克瀚去房間角落的一張凳子前，凳子上放著一只調色盤和各種刷具與顏料。德克汗拿過材料，開始在烏瑪．鮑森的手臂上作畫。她拚命回想，努力把每一種顏色畫對。她大約畫了二十五分鐘，她畫的錨比班傑明身上的鮮豔了些（部分是墨水品質的緣故），可能還略微粗短，不過她相信看過原圖的人一定都能認出那是什麼。她倒回椅背，暫時鬆了口氣。

烏瑪．鮑森一面揮舞那隻肥雞翅般的手臂，搧乾顏料，一面翻看德克瀚從班傑明房內帶出的物品。「……髒死了，這種掙錢方法真噁心……」她喃喃自語，音量大得恰好能讓德克瀚聽見。烏瑪．鮑森拿起班傑明的刮鬍刀，用一種熟練的姿勢握在手裡，輕輕刮著下巴。她拿起沾有血汙的報紙在傷口上摩娑，然後掀起裙子，捲起褲管，直到卡在她肥胖的大腿、再也拉不上去才停止。

烏瑪．鮑森將手伸到桌下，拿出一只皮面黑木盒，放在桌上，打開盒蓋。

盒內擠滿各種密密麻麻的閥門、導管和電線，交互捆繞在一個密實到了極點的引擎內。上頭擺著一頂模樣可笑的黃銅頭盔，正面突出一個像是喇叭的玩意兒。一條長捲線將頭盔和盒子綁在一起。

烏瑪．鮑森拿出頭盔，遲疑片刻後戴到頭上。她綁緊繫帶，從盒內某個隱蔽處掏出一根大把手，插進引擎側面的一個六角形洞口，形狀大小分毫不差。烏瑪．鮑森將盒子放在靠近德克瀚那側的桌緣，將引擎連上一顆化學電池。

「好。」烏瑪．鮑森說，心不在焉地壓了壓還在滲血的下巴。「現在，妳要做的呢，就是轉動這根把手，讓我們開始聯繫。電池一旦啟動，妳就必須仔細留意，如果電快沒了，**要趕快繼續轉動把手**。電流只要稍有停滯，我們就會失去聯繫；若突然解離，妳的朋友可能會發瘋；更糟的是，我也是。所以妳一定要仔細注意了……還有，如果聯繫上，叫他不要亂動，電線可能會不夠長。」她甩了甩連結頭盔和引擎的電線。「都聽清楚了嗎？」德克瀚點頭。「好，把他寫的東西給我。我要開始準備轉換成他的角色，嘗試調整成同步的狀態。開始轉吧，在電池啟動之前都不要停。」

烏瑪．鮑森起身，氣喘吁吁地搬起椅子，往後推靠在牆上，然後轉過身，站在稍微變得開闊了些的空間中央。她顯然已做好準備，從口袋掏出一只懷錶，按下鈕鍵，啟動計時器，並對德克瀚微一頷首。

德克瀚開始轉動；謝天謝地，把手很好轉，一點也不費力。她感到盒內上過油的齒輪咬合、轉動，經過縝密計算的力量開始拉扯她的手臂，將電力傳輸給神祕的裝置。烏瑪．鮑森將碼錶放在桌上，右手拿著《叛報》，快速地無聲掀動嘴脣，默念班傑明的文章。她微微舉起左手，手指畫著複雜的方塊，在空中刻下魔法符號。

讀完後，她又回到開頭，如法炮製，一遍又一遍無止境地快速重複同樣的步驟。

電流一波接著一波竄過捲曲的電線，烏瑪．鮑森開始抽搐，頭部極其輕微地顫抖了幾秒。她扔下《叛報》，繼續用細不可聞的聲音背誦班傑明的文章。她緩緩轉身，眼神空洞異常，雙腳不停移動。轉身時，她頭盔前方的喇叭曾有一瞬與德克瀚正面相對。在那電光石火間，德克瀚感覺到一陣詭異的情感氣浪重重衝擊她的靈識。她一陣輕微的暈眩，但手沒停。直到感覺有另一股力量接管，驅使把手逕自轉動，她才輕輕鬆手，看著把手轉呀轉個不停。烏瑪．鮑森繼續繞圈，最後面對西北方，視線與在城市中心看不見的針塔呈一直線。

德克瀚緊盯著電池和引擎，確保電流穩定。

烏瑪．鮑森閉上雙眼，嘴裡念念有詞。房內的空氣開始發出像摩擦酒杯邊緣般的嗡鳴。

猛然間，她的身體開始激烈抽搐，顫抖個不停，雙眼「啪」地睜開。

德克瀚目不轉睛瞪著靈術師。

烏瑪．鮑森柔細的長髮開始像蟲餌般捲曲，爬向額頭之後，像蛇一般反扭，變得像是班傑明沒工作時那種往後梳的油頭。一陣漣漪從烏瑪．鮑森腳底向上直竄，如閃電般掃過她肥厚的皮下脂肪，微微改變了形狀。電流穿過頭頂後，她整個人都變了。不是變胖，也不是變瘦，只是身體各組織的分布產生非常細微的轉變，使她的身型不再相同：肩膀似乎寬闊了些，下頷的線條也變得較為突出，豐腴的雙下巴變得削瘦。

她臉上開始浮現瘀痕。

她佇立片刻，突然間癱倒在地。德克瀚微微驚呼一聲，但看見烏瑪．鮑森的雙眼圓睜，而且眼神專注。

她突然坐起，雙腿平攤，背倚在沙發的扶手上。

她緩緩抬起目光，臉上閃過一陣茫然，望向一臉不可置信、死盯著她不放的德克瀚。烏瑪．鮑森的雙唇（現在變得比較薄，比較緊實）彷彿震驚般張開。

「小德？」她厲聲問，聲音中迴盪著另一股更深沉的回音。

德克瀚呆呆看著烏瑪．鮑森。

「班……？」她吞吞吐吐地問。

「妳是怎麼**進來**的？」烏瑪．鮑森低聲喝問，飛快站起。旋即駭然地瞇起眼，不可置信地看著德克瀚，「我可以**看穿**妳的身體……」

「班，聽我說，」德克瀚知道自己必須安撫他，讓他冷靜下來。「不要動，你是透過靈術師才能看到我。你的靈識現在與她同步。她關閉自己的靈識，進入完全被動的接收狀態，所以我可以直接和你對話。你懂我在說什麼嗎？」

烏瑪．鮑森——也就是班——迅速點點頭。她／他不再亂動，雙腿一軟，不由自主又跪倒在地。

「妳在哪兒？」她／他問。

「在獾沼，某個靠近小彎的地方。班，時間有限。你在哪？**出了什麼事**？他們……他們有沒有……傷害你？」德克瀚顫抖地吐了口氣，體內竄過一陣緊張與絕望。

兩英里外，班慘然搖頭，德克瀚透過眼前的靈術師看見他的動作。

「還沒。」班喃喃回答，「他們把我丟著沒管……已經一陣子了……」

「他們怎麼知道你的藏身處？」德克瀚又壓低嗓子問。

「看在聖主分上，小德，他們一直都知道。之前他媽的**路德高特**甚至親自來這裡……嘲笑我，說他們一直都知道《叛報》的據點，只是懶得抄查。」

「是那場罷工……」德克漢慘然道：「他們認為我們這次太過分了……」

「不。」

德克瀚猛然抬頭。班的聲音——或該說從烏瑪．鮑森嘴中吐出近似班的聲音——嚴厲而清晰，注視她的眼神也沉穩而急切。

「不，小德，不是那場罷工。該死的，我還期望我們的影響力真有那麼大，讓他們心生忌憚。不，那只是他媽**檯面上的理由**……」

「那是……？」德克瀚吞吞吐吐地開口。班打斷她。

「別急，我會把我知道的全都告訴妳。我被抓到這裡之後，路德高特曾帶著《叛報》來見我。但妳知道他特別指出的是什麼嗎？第二版那篇**未經證實的初步報導**，標題是『碩日黨謠傳與最大幫派首領協談交易』。妳知道，就是線民給我的那條消息，說政府把什麼鬼東西——失敗的科學研究之類的東西賣給犯罪集團。但那根本沒什麼！我們什麼線索也沒有！只是在扒糞！結果路德高特卻激動地揮舞《叛報》……塞到我臉前……」班回想時，烏瑪．鮑森的目光也跟著暫時陷入沉思。「他不斷逼問我：『你對這件事知道多少，佛雷克斯先生？你的消息是從哪裡來的？你對那些**蛾**有多少了解？』真的！蛾，長得像蝴蝶的那個蛾！『你對**莫先生**最近的麻煩知道多少？』」

班緩緩搖了搖烏瑪．鮑森的頭。「妳都記住了嗎？小德，我不知道現在到底是什麼天殺的情況，但是我們挖到一條大新聞了……天啊……這件事把路德高特嚇得屁滾尿流，所以才把我抓進來！他不斷重複說：『如果你知道那些蛾在哪裡，最好告訴我。』小德……」班小心翼翼地踉蹌站起。德克瀚張嘴想警告他不要亂動，但看見他謹慎地拖著烏瑪．鮑森的雙腿前進，便沒有開口。「小德，妳一定要追下去。他們嚇壞了，小德，他們真的嚇壞了。我們一定不能放過這件事。我他媽的根本摸不著半點頭緒，不曉得他在說什麼。不過我想他認為我在裝傻，就開始套他的話；因為這件事顯然讓他坐立難安。」

班試探地、謹慎地、緊張地朝德克瀚伸出烏瑪．鮑森的雙手。德克瀚看見班在哭，喉嚨不禁一緊。

淚水無聲滑落他臉頰。她緊咬下脣。

「那個嗡嗡的聲音是什麼，小德？」班問。

「是通靈引擎的馬達。它必須保持轉動。」她回答。

烏瑪．鮑森頷首。

她的手碰到德克瀚，德克瀚忍不住顫抖起來。她感覺到班抓著她的空手，跪在她面前。

「我感覺得到妳……」班微笑，「我只能隱約看到妳的影子，像該死的鬼魂一樣……但是我**感覺**得到妳。」他的笑容凝結，在腦中搜尋字眼，「小德……我……他們會殺了我。喔，天吶……」他重重吁了口氣，「我好害怕，小德。我知道這些……這些人渣……一定會讓我生不如死……」他再也無法控制啜泣，肩膀不住上下抖動。他沉默了一分鐘，垂眼看著地面，因恐懼而悄聲哭泣。但當他抬起頭時，聲音又變得鏗鏘有力。

「管他們去死！我們要把這些混蛋嚇得魂飛魄散。小德，妳一定要繼續追查！我在此任命妳為他媽的《叛報》編輯……」他飛快一笑，「聽好，去瑪法頓找那名線民。我只見過她兩次，雖然是在瑪法頓附近的一家咖啡館，但我想她應該住在那兒。我們碰面的時間都很晚，我想結束後她應該不會想隻身一人在城裡遊蕩，所以我猜她就住在附近。她叫做**瑪格絲塔．巴拜爾**。她沒透露太多，只提到一項她本來在研發處進行的計畫——她是個科學家——政府後來終止這項研究，賣給某個犯罪集團的老大。我原先以為這一**切**只是場鬧劇，會刊登出來不是因為要揭發真相，而是因為他媽的覺得好玩。結果我的天啊，那些傢伙的反應卻證實了消息是真的。」

現在換德克瀚眼淚滑落，輕輕地啜泣了幾聲。她點頭。

「我會追查的，班，我保證。」

班頷首，一時間陷入沉默。

「小德……」他最後終於又說：「我……我想妳應該無法要求那個叫什麼名字來著的靈術師……我想……妳應該無法殺了我，對不對？」

德克瀚震驚、悲傷地倒抽了口氣。

她絕望地環顧四周，搖了搖頭。

「不，班，如果我殺了你，靈術師也會死的……」

班哀傷地點頭。

「我真的不知道自己能不能……堅持下去，守口如瓶……聖主知道我會盡力的，小德……但他們是這方面的專家，妳懂嗎？我……唉……最好早死早超生，妳明白我的心情嗎？」

德克瀚緊閉雙眼，陪著他哭泣，也為了他哭泣。

「天啊，班，我真的很難過……」

他突然間抬頭挺胸，振奮起來，緊繃下頷，一副準備抵死不屈的模樣。「我會盡力的。妳只要負責追查巴拜爾的事就好，好嗎？」

她點頭。

「……謝謝。」他斜嘴一笑，「還有……永別了。」

他咬緊下脣，垂眼看向地板。但突然又抬起頭，在她頰上深深一吻。德克瀚用左手緊摟住他。

德克瀚心亂如麻。班傑明．佛雷克斯退下，用她看不見的心靈感應告訴烏瑪．鮑森該結束了。

靈術師再次抽搐顫抖、巍巍搖晃。伴隨一股幾乎伸手可觸的鬆懈感，她的身形又恢復成原本鬆垮的模樣。

電池傳來的動力讓小把手繼續轉啊轉個不停。烏瑪．鮑森回過神後，上前用手專橫地壓住它，停止桌上的碼錶，對德克瀚說：「結束了，親愛的。」

德克瀚伸長身子，將頭抵在桌上，默默垂淚。在城市另一頭，班傑明．佛雷克斯也和她一樣。只是身邊都沒了彼此。

不過兩、三分鐘後，德克瀚用力吸了一下鼻子，挺背坐直。烏瑪．鮑森坐在她的椅子中，飛快在一張紙上計算總額。

她聽見德克瀚嘗試振作的聲音，抬眼向她瞥去。

「好些了嗎，親愛的？」她輕快地問，「我算出總額了。」

在那瞬間，這女人的無情令德克瀚反感欲嘔。但這厭惡之情來得快，去得也快。她不知道烏瑪．鮑森是否記得自己通靈時聽見及說的話，不過即使她記得，德克瀚的故事也不過是城市裡無數的悲劇之一。烏瑪．鮑森以通靈為生，她顫抖的嘴不知說過多少故事，有失去、有背叛、有折磨，也有悲傷。

德克瀚感到一陣隱約的寂寞與安慰。她知道自己與班的故事並不特別，他們的痛苦與其他人沒有兩樣，班的死毫無特殊之處。

「聽著，」烏瑪．鮑森對德克瀚揮揮那張紙，「聯繫費是二加五枚馬克銀幣，總共是七枚；我連結了十一分鐘，所以一共是二十二枚銅板，也就是兩枚銀幣加兩枚銅板；加上先前的七枚銀幣，就是九枚馬克銀幣又兩枚銅板。另外還要加上一枚諾布爾金幣，針塔的風險費，所以總共是一枚金幣、九枚銀幣又兩枚銅板。」

德克瀚給了她兩枚諾布爾金幣，起身離開。

她快步疾行，什麼也不想，放空思緒循著獾沼的街道離開。她重新回到住宅區，這裡的行人神色顯得較為鬼祟，在陰影間遮遮掩掩，來去匆匆。德克瀚穿過販賣可疑廉價藥水的擁擠攤販。

她發現自己朝以薩的實驗室倉庫走去。他是個親近的朋友，在政治立場上也算同一陣營的伙伴。以薩不認識班——甚至連他的名字也沒聽過——但他一定能理解事態有多嚴重。他或許會知道該怎麼做……假如不知道，她至少也能得到一杯濃烈的咖啡與安慰。

倉庫的大門深鎖，裡頭也沒傳出任何回應，德克瀚差點哭了出來。就在她要陷入孤獨絕望的泥沼、開始自憐自艾時，突然想起以薩曾興致勃勃地提起一間他常去的廉價酒吧，就在河岸邊，叫做什麼死小孩之類的。她轉進倉庫旁的小巷子，在河畔的步道上左右張望，頑強的野草頂得石板片片破裂。汙濁的河浪將排泄物輕輕朝東方帶去。瘡河對面，堤岸上長滿糾結的黑刺莓與一叢叢蛇形野草。德克瀚這側的北方不遠處，小徑環繞一間搖搖欲墜的建築。她試探地走上前，一看見骯髒斑駁的招牌上寫著「瀕死之童」便立刻加快腳步。

酒吧內的黑暗又臭又悶，而且潮溼得令人不安。但在遠處角落，坐在一群群神色恍惚、癱軟醉倒的人類、蛙族人和再造人後方的不是別人，正是以薩。

他神色激動，正在和另一名男人小聲交談。德克瀚對那名男人有點印象，好像是以薩的一個科學家朋友。以薩抬起頭，看見德克瀚站在門邊，以為是自己眼花了，不禁多看一眼。他愣愣瞪著她，德克瀚幾乎是急衝上前。

「以薩……**該死的**……終於找到你了……」

她急促開口，一隻手緊張地拽著他外套。但她突然發現他的眼神並無歡迎之意，話語一時間鯁在喉中，好不尷尬。

「德克瀚……我的天啊……」他說：「我……德克瀚，出事了……我們有麻煩了，我……」他不安地說。

德克瀚傷心地看著他。

她頹然坐倒，彷彿投降般跌進他身旁的長椅中。她靠在桌上，用手按住頓時無法克制淚水湧現的雙眼。

「我剛剛見了一名跟我很要好的朋友和伙伴，他很快就會被**凌虐至死**。我有一半的生活給狠狠踐踏、粉碎、炸毀了，但我根本不知道事情來由，還得去個什麼莫名其妙的**鬼地方**找什麼見鬼的巴拜爾博士，查清楚發生了什麼事。我來找你……是希望能……因為你是我的**朋友**啊！結果呢，你現在是怎樣……**在忙**？**沒空**……？」

淚水滲出她的指縫，在臉上留下淚痕。她用力抹了抹眼，吸吸鼻子，抬頭瞄去。沒想到以薩與那個男人都睜大了眼，不可置信地瞪著她。

以薩的手越過桌子，一把拽住她手腕。

「妳說妳得去找誰？」他厲聲問。

28

「好吧，」班森．路德高特謹慎地說：「我從他那裡問不出任何答案。暫時還無法。」

「連他消息是來自誰也沒辦法？」史丹佛秋問。

「嗯。」路德高特緊抿雙脣，緩緩搖頭，「他把所有人當空氣。但我想真要追查不是什麼難事，畢竟能走漏這類消息的人不多，一定是研發處的；而且可能原本是SM計畫的成員……等審訊人員盤問之後，應該可以知道更多答案。」

「所以……」史丹佛秋說：「我們走到這一步了。」

「沒錯。」

史丹佛秋、路德高特和蒙特約翰．瑞斯邱的身旁包圍著民兵的菁英小組，一行人站在帕迪多街車站下方深處的一條地道中。煤氣燈在黑暗中映照出忽明忽滅的光影，微弱又骯髒的火光提供不了多少可見度，他們只能看見身前的景象。後方不遠處是他們剛剛踏出的升降機。

在路德高特的信號下，他與同伴、保衛隊一同踏入黑暗中。民兵列陣前進。

「好。」路德高特說，「你們都帶著剪刀吧？」史丹佛秋和瑞斯邱頷首。「四年前是西洋棋，」路德高特回想，「我還記得織蛛改變喜好後，我們犧牲了三個人才弄清楚牠想要什麼。」一陣不安的沉默籠罩地道。「別擔心，我們握有最新的資訊。」路德高特用一種令人毛骨悚然的幽默口吻說，「和你們碰面之前我和凱普萊諾爾博士談過了。他是我們的常駐織蛛『專家』……不過這頭銜有誤導之意。稱他為專家，只不過因為他稍微比我們多知道一點罷了。他向我保證，目前剪刀仍是牠想要的物品。」

沉默片刻後，市長再度開口。

「等下由我來發言。我有與牠交涉的經驗。」只是他不確定這究竟是優勢抑或弱點。

走廊盡頭是一扇釘有鐵條的厚實橡木門。民兵部隊的隊長將一把大鑰匙插進鎖中，俐落一轉。他使勁拉開門，大步踏進門後的黑暗。儘管他受過精良的訓練，擁有鋼鐵般的紀律，但內心依舊極端恐懼。其他士兵尾隨進入，接著是瑞斯邱與史丹佛秋，最後是班森．路德高特。他在身後把門帶上。

進房後，所有人都感到一陣天旋地轉，一股飄渺的不安感帶著一種類似物理的動能爬過肌膚。細長的絲線——由空氣和情緒絞紡而成的無形蛛絲縱橫交錯，織成複雜的圖樣，垂掛於房間四周，輕輕擺盪，黏附在訪客身上。

路德高特抽搐了一下。他的眼角餘光瞥向絲線——然而正眼看就收攏消失。

房內昏暗朦朧，彷彿包裹在蜘蛛網中。每一面牆上都詭異地排列著各種剪刀。它們像鯊魚般彼此追逐，在天花板上忙碌剪裁，循著扭曲、不安的幾何路線環繞、穿越彼此。

民兵帶著武器立定守在其中一面牆壁前。房內沒有一絲光源，但依舊能看見周遭事物。空氣呈現一種黑白色調，又彷彿帶著些許擾動。光線顯得蒼白陰森。

他們佇立良久，屋內一片死寂。

緩緩地、悄悄地，班森．路德高特將手伸進他帶來的袋子，拿出一把灰色大剪刀；這是他讓助手在帕迪多街車站商業大廳最底層的一間五金行買的。

他安靜無聲地張開剪刀，高舉在甜膩的空氣中。

路德高特刀鋒一剪。空氣開始振動，傳出陣陣磨刀聲——那聲音絕對錯不了——然後又冷酷地突然停止。

回音不住顫抖，彷彿困在漏斗蜘蛛網中的蒼蠅。他們滑進房間中央的黑暗空間。

一股寒意讓眾人背上起了一陣雞皮疙瘩。

剪刀開合的回音又回來了。

原本細不可聞的回音越來越清楚，而且緩緩改變，化為美妙而悲傷的文字與聲音。一開始只是細語呢喃，但越來越大膽，不停從剪刀的回音中旋轉而出。那聲音難以用言語描述，令人既心碎又害怕，離聽者越來越近、越來越近。它並非自耳中響起，而是來自一個更深沉的地方，來自血液和骨頭，來自緊密交錯的神經叢。

肉身折啊折啊折歡迎貴客到來在此剪刀國度我將聆聽也將被聆聽

在可怕的寂靜中，路德高特向史丹佛秋與瑞斯邱打了個手勢。兩人會意後也如法炮製，舉起剪刀，打開然後用力合上，「啪擦」一聲，用幾乎伸手可觸的巨響剪開空氣。路德高特跟著加入，三人不斷開闔剪刀，譜出一段令人毛骨悚然的節奏。

在啪擦啪擦的低語聲中，房內再度響起神祕飄渺的聲音，帶著一種荒淫的歡愉詠歎。每回牠開口，眾人聽見的都恍若一場無盡獨白的殘破片段。

一次一次又一次不要停止刀鋒的召喚我接受這美妙的聖歌我同意你們剪得真精巧你們這些擁有內骨骼的小人兒你們又剪又剃又切用一種野蠻的文雅形塑織網的絲線

看不見的形體在房內投下黑影。影子似乎不斷拉長、繃緊，綁在正方形房間的四個角落上。在黑影之外，有什麼東西悄悄走進視線，走進這個次元。它憑空出現在空無一物的房間內，從時空的某個皺褶之後走了出來。

牠踩著尖針般的腳輕盈前進，巨大的身體搖搖晃晃，將許多隻腳高高舉起。牠低頭看向路德高特和他的同伴，頭顱雄偉地聳立於他們上方。

是一隻蜘蛛。

路德高特嚴格訓練過自己。他冷血無情，缺乏想像力，並用機械式的紀律自我規範。再也沒有什麼能讓他恐懼。

但看著眼前的織蛛，恐懼之情幾乎湧現。

到目前為止，織蛛是比大使更糟、更可怕的對手。惡魔一族氣勢威嚴，令人望而生畏，路德高特心裡深深尊崇他們怪物般的力量。但是……至少他了解他們。他們飽受折磨，也折磨他人，城府深，性情反覆，精明狡詐。但他們是能夠理解的；他們同樣是政治家。

但織蛛完完全全屬於另一個世界，根本沒辦法和牠們討價還價、無法操弄任何心機。他試過了。

路德高特憤然戰勝心魔，嚴厲批判自己，逼自己仔細打量眼前之物，一寸一分細細觀察、消化。

織蛛雄偉的淚滴狀腹部占據了軀幹大部分，自頸腰之後逐漸鼓脹，沉沉下垂，彷彿一顆緊實的球形水果，大小約有七英尺長、五英尺寬。表面平滑緊緻，甲殼閃耀著黑色的虹光。

牠的頭有如男人的胸膛般碩大，垂懸在腹部前方約三分之一的地方。寬闊的軀幹曲線籠罩頭頂上方，彷彿一雙藏在黑衣下的肩膀。

織蛛的頭緩緩轉動，一一輪流看向訪客。

牠黑色的頭顱彷彿人類的骷髏頭般光滑貧瘠，散布許多顆眼珠，全都閃耀著鮮血般深紅光澤。兩側凹陷的眼窩中是兩顆如新生兒頭顱大小的主要眼珠，中間夾著第三顆小許多的眼珠，上方另有兩顆，再上方還有三顆。深紅色的寶石眨也不眨，排成一個整齊複雜的星座。

織蛛張開複雜的口器，內頜收縮，像是昆蟲的大顎，又像黑色的象牙陷阱。溼滑的咽喉在深處收縮、振動。

牠的腿像人類腳踝般削瘦，突出於連結頭部和腹部的節狀長頸上。織蛛用最後面的四條腿行走，它們以四十五度朝斜上方聳起，突出於腹部的最高點，再自低垂頭部上方一英尺多的關節向下彎折，筆直垂地十英尺，尖端如匕首般平凡卻鋒利。

織蛛像毒蜘蛛般一次抬起一條腿，高舉空中，然後用外科醫生與藝術家般的優雅姿態放下。動作緩慢、不祥，絲毫不像人類。

從利用四條後腿行走的巨大身軀上方又浮現兩對較短的肢臂。其中一對六英尺長，自肘處向上挺立；又細又硬的殼柱尾端是長及十八英寸的利爪，光可鑑人的紅殼顯得冰冷凶殘，邊緣有如手術刀般鋒利。每根爪子底部都突著彎曲的節狀骨骼，可像尖勾般絆倒、撕裂、攫捕獵物。

這些彎刀般的尖爪巍然聳立，如巨大的獸角，又如長矛般大方誇耀它們的殺傷力。

在這對凶惡的武器前方，是最後一對向下低垂、長度較短的肢臂。垂懸於織蛛頭顱和地面之間的肢臂前端，長著一雙又瘦又小的手。雖然跟人類一樣有五根手指頭，但纖細削瘦，指尖平滑，沒有任何指甲或皮膚覆蓋，而且色如濃墨，散發著珍珠般的虹光，彷彿異種怪物，和人類小孩的手截然不同。織蛛微微向上曲起手肘，交握雙手，不停緩緩握揉。這個鬼祟的動作像極了人類，彷彿一名陰險虛偽、臉上帶著假笑的牧師，教人看了心裡發毛。

牠以矛尖似的四條腿爬上前，紅黑色的爪子微微轉動，雖然房內沒有光線，但依舊閃耀生輝。那雙小手不斷摩娑。

織蛛的身體往後晃了晃，然後又傾身向前，距離近得可怕。

好東西啊真開心喀擦喀擦的刀子是你給我帶來的……牠說著，驀然伸出右手。士兵因這突如其來的動作全身一僵。

路德高特毫不遲疑地走上前，將他的剪刀放在織蛛掌中，小心不觸碰到牠的肌膚。史丹佛秋和瑞斯邱如法炮製。織蛛用驚人的快速後退，看向手中的剪刀，用手指撫過刀柄，每一把都迅速開合一遍，然後走到後牆前，敏捷移動，將三把剪刀安置在冰冷的石牆上。

不可思議地，毫無生氣的金屬剪刀竟然就乖乖待在原位，黏附在潮溼的石頭上。織蛛不停調整排列的方式。

「我們有事想請教你，織蛛。」路德高特的聲音沉穩堅定。

織蛛拖著龐大的身軀轉身面向他。

一紡一紡的絲線大量包圍你跌跌撞撞吃吃傻笑的屍體你拉扯聳肩拆散重新組織你的權力三巨頭穿著藍衣怒氣沖沖閃耀你仍高舉的黑色火藥鋼鐵三個被絲線困住了的肉刺靈魂五個長著翅膀的開膛手撕裂解開的突觸在神經靈魂吸吮心智之後

路德高特用凌厲的眼神瞥了瑞斯邱和史丹佛秋一眼。他們三人都繃緊神經，仔細聽著織蛛夢囈般的低吟。有一件事非常清楚。

「五個？」瑞斯邱看向路德高特和史丹佛秋，低聲問：「可是莫特利只買了**四隻蛾**……」

像五根手指頭一樣干擾撕裂世界的經緯從城市紡紗線的管筒五隻撕裂空氣的昆蟲四隻完整精巧如王族般高貴一隻像拇指般又矮又胖嬌小孱弱充滿缺陷它賜予專橫的手足力量就像一隻手的五根手指頭

織蛛像跳芭蕾舞般緩緩接近瑞斯邱，民兵緊繃戒備。牠張開五根指頭，舉到瑞斯邱面前，不停逼近。

人類周遭的空氣因織蛛靠近變得沉滯。路德高特覺得臉上像沾了隱形的黏絲，拚命克制想伸手抹臉的衝動。瑞斯邱綳緊下頷，民兵驚慌失措，嘴裡念念有詞，根本一點用場也派不上。

路德高特不安地看著這一小段插曲。他上一回——唯一那回——與織蛛交談時，牠為了解釋牠闡述的重點，描述某件事，便順手一撈抓住守在路德高特身邊的民兵隊長，把他拎了起來，高舉空中，緩緩剖開他。牠用一根爪子刺穿他的盔甲，從腹部之上一路切開到下巴附近，扯出一根又一根騰騰冒煙的骨頭。

織蛛摘出內臟時，那名隊長仍拚命慘叫掙扎。而牠只是繼續夢囈般的謎語說明，悲傷的聲音不停在路德高特腦中迴盪。

路德高特知道，只要織蛛認為能改善世界織網，任何事情牠都做得出來。牠或許會裝死，或者會將地上的石頭重新捏塑成獅子的雕像，也可能挖出亞莉莎的雙眼。任何事，只要能編織空氣中只有牠看得見的絲線，只要能織出牠心中的圖樣，牠都做得出來。

與凱普萊諾爾討論織學——也就是研究織蛛的科學——的回憶匆匆掠過路德高特腦海。織蛛的數量十分珍稀，而且只會斷斷續續不定期地居住在現世。自從新克洛布桑創建以來，科學家只發現過兩具織蛛的屍體。說實在的，凱普萊諾爾的研究很難稱得上科學。

沒有人知道這個織蛛為什麼選擇留下。兩百年多前，牠用牠簡潔又晦澀的說話方式告知德格曼·班恩市長牠將定居於城市之下。數十年過去，雖然有一、兩屆的政府對牠不聞不問，但多數還是無法抵抗牠那神祕力量的吸引。織蛛與各任市長及科學家的互動——有時候平凡無奇，有時候影響重大——便是凱普萊諾爾主要的資料來源。

凱普萊諾爾本身是一名演化論學家。他認為織蛛源自於一般蜘蛛，可能是在三、四萬年前的薩吉邁，因意外暴露於某種托克力或魔法中，出現突然且短暫的爆炸性演化。他向路德高特解釋，在短短幾代內，織蛛便從幾乎無思考能力可言的獵食者，進化成擁有驚人智力與物質魔法的美學家。牠們的異種心智擁有超人般的智慧，蜘蛛網再也不是用來捕捉獵物，而是一種美麗的物品，可以從現實世界的纖維中解開、抽離。吐絲器也變成一種獨特的異次元腺體，讓牠們能夠在宇宙中編織圖樣。這世界對牠們來說，就是一張巨大的蜘蛛網。

古老的故事流傳，說織蛛會為了美學上的歧見自相殘殺。舉例來說，是要殲滅一支擁有一千名士兵的軍隊比較美？還是撒手不管比較美？是拔掉某一株蒲公英比較美？還是不拔比較美？對織蛛而言，所謂思考，就是思考美感；而行動——編織——就是為了製造更多美妙的圖樣。牠們不吃實體的食物，似乎只要欣賞美——一種人類或其他現世居民無法辨識的美——便足以維生。

路德高特瘋狂祈禱，期望織蛛不會認為殘殺瑞斯邱能幫牠在空氣中編織出美麗的圖案。

十秒後，織蛛後退，依然高舉著平攤的五指。路德高特安心地吁了口氣，聽見他的同事與民兵也發出一樣的聲音。

五個，織蛛喃喃低吟。

「五個。」路德高特冷冷附和。瑞斯邱沉默片刻後，也緩緩點頭。

「五個。」他悄聲重覆。

「織蛛，」路德高特說：「你說得沒錯，我們想問的就是關於那五個竄逃的生物。我們……很擔心……聽起來你也是。我們想知道，你是否願意協助我們清除牠們、殲滅牠們，把牠們趕出城外，殺得乾乾淨淨；以免牠們破壞織網。」

一時間，房內鴉雀無聲。傾刻，織蛛突然跳起舞來，左右快速移動，尖細的腳尖在地板上「噠噠」輕點，節奏彷佛極快的輕柔鼓聲。牠一面跳著古怪的舞蹈，一面說：

你沒問我也察覺織網亂七八糟色彩流洩絲線磨損我哀唱輓歌為了織網扭曲變形的柔軟之處我希望我將會我能夠幫忙怪物色澤的板狀翅膀榨乾世界織網的色彩不該變得單調乏味我閱讀共鳴在織網上跳躍吞噬光輝的後部舔乾淨染紅的刀爪我將剪斷絲線重新綁繫我使用細緻的色彩我將與你們一同漂白你們的天空我將殲除牠們綁緊牠們

路德高特過了一會兒才明白，織蛛答應了要助他們一臂之力。

他戒備地揚起嘴角，但還沒來得及開口，織蛛便高舉牠的四隻前臂，指著上方又說，我會找出圖案哪裡出現嚴重問題色彩跑去哪裡吸血昆蟲在哪裡吸乾市民我很快很快就會出現

織蛛往旁退開，轉眼間便消失無蹤。牠離開了這個物理空間，以不可思議的動作沿著世界織網的紡線遊走。

蔓延於房間和人類肌膚上的無形織網開始慢慢消失。

路德高特緩緩左右張望。民兵挺直背脊，重重吐氣，放鬆在不知不覺間擺出的備戰姿勢。亞莉莎．史丹佛秋迎上路德高特的視線。

「所以，」她說：「牠答應了，對吧？」

29

蝙蝠人嚇壞了，繪聲繪影說著天上出現了怪物。

夜裡，在城市巨大的垃圾場中，他們圍坐在垃圾營火旁，摟著孩子，哄他們安靜，並輪班守夜，監視不安的空氣中是否突然出現騷動，或有恐怖的事物一閃而過。他們看見黑影在天上盤旋，感覺頭頂上有嗆鼻的水珠灑落。

蝙蝠人接二連三失蹤。

起初只是一些謠言和傳說。即便恐懼，他們或多或少還是聽得津津有味。但漸漸地，故事中的角色變成了他們認識的人。一具具流著口水的痴呆身軀在夜裡出現，整座新克洛布桑迴盪著哭喊他們姓名的悲嚎。艾爾法墨、小巷、薄荷；其中最駭人聽聞的莫過於討厭鬼。他是東城的老大，從沒輸過任何一場打鬥，也不懂「退縮」為何意。他的女兒在平蕪一座生鏽瓦斯塔旁的灌木叢中找到他。他頭垂得低低的，黏液自口鼻滲出，蒼白的雙眼像水煮蛋般瞪得老大，彷彿在警戒著什麼。

兩名德高望重的女甲蟲人被人發現一臉空洞、全身軟趴趴地坐在雕像廣場上；一名蛙族人癱在霧原的河畔，一張大嘴痴呆斜歪。受害的人類持續上升至十位數，而且增加的速度毫無減緩的跡象。河皮區的溫室長老拒絕透露是否有仙人掌人遇害。

《辯論報》在第二版刊了一篇文章，標題是〈神祕的失智瘟疫〉。

不只蝙蝠人看見了不該存在的東西。起初只有兩、三名，慢慢地，越來越多歇斯底里的證人宣稱自已親眼目睹受害者被攫取神智的過程。他們說自己當時也茫然失措，恍恍惚惚陷入某種幻境之中。但緊接著又急忙描述起怪物的模樣，說是沒有眼睛的昆蟲邪靈，緩緩伸展佝僂的黑色身軀，上頭連著噩夢般的肢臂，嘴裡獠牙突出，背上展開催眠的翅膀。

鴉區以帕迪多街車站為中心向外展開，街道縱橫交錯，與隱密的巷弄組成一座複雜的迷宮。主要的幾條大動脈——拉堤索夫街、康古貝克大街、多斯蓋洛爾斯大道——呈放射狀向四面八方蔓延，環繞車站與畢爾贊頓廣場。寬敞的大街上車水馬龍，擠滿無頭蒼蠅般的馬車、出租車與行人。

在這擁擠的城市中心，每週都有豪華雅致的新店開幕。大型店面占據原為貴族住宅的三層樓；規模較小、但熱鬧不減的櫥窗裡擺滿最新的煤氣燈飾、裝有複雜扭曲的黃銅裝飾與延長閥門的燈具，當然也少不了美味佳餚、奢華的鼻煙壺和手工訂製服。

如毛毛蟲般從這幾條大街延伸而出的小街上，律師、醫師、精算師、藥師、慈善組織的辦公室與私人俱樂部摩肩接踵，穿著一身筆挺西裝的上流仕紳來往巡視。

但在鴉區較為隱蔽的角落卻擠滿一簇簇寒傖破敗、搖搖欲墜的建築，你若夠聰明，就知道該視若無睹。

連結獾沼民兵塔與帕迪多街車站的空軌將唾爐西南方的天空一分為二。那裡像沙克區一樣嘈雜，三角形的土地上塞滿各種小型商店和用磚頭補丁的石屋。唾爐擁有一項黃昏工業：再造。在城鎮與河流交會處，痛苦的嚎哭從地底下的懲戒工廠湧現，有時還摻雜幾聲被迅速阻止的慘叫。而為了維持外表的顏面與形象，唾爐只能展現些微嫌惡，漠視那些見不得光的經濟活動。

這是個繁忙的區域。朝聖者不停湧進位於獾沼北緣的波多拉克神殿。好幾世紀以來，唾爐一直是異教教堂和宗教團體的庇護所。搖搖欲墜的牆壁由無數發霉的海報膠水所支撐，海報上宣傳著各家神學辯思。默想教派的僧侶與修女匆匆走過街頭，迴避眼神的交會。苦行僧與安排神物的修士在角落爭論。

華麗而庸俗地聚集於唾爐和鴉區之間的，是這座城市公開的祕密，一個又骯髒又罪惡的汙點。與整座城市相比，那兒小得微不足道，寥寥幾條街上的老房子既狹窄又封閉，簡簡單單便可用走道和階梯連結起來。狹長的街道夾在怪模怪樣的高大建築之間，彷彿一座防衛迷宮。

那兒就是新克洛布桑的妓女鎮，這座城市的紅燈區。

深夜，大衛・薩瑞秦的身影出現在唾爐北區。他可能是要走路回潛灘區的家，在蘇德線和空軌下方朝西而去，穿過沙克，經過潛灘草原上的巨大民兵塔。路程雖然長了些，但不是不可能。

但當大衛穿過口水市集站的拱橋，他趁黑拐了個彎，回頭望向來時路。身後都只是些路人，無人跟蹤。他躊躇片刻，然後自鐵軌下現身。上方一輛火車隆隆駛過，磚穴隨之震動。

大衛轉向北方，循著鐵道的小徑前行，走進妓女鎮的外圍。

他雙手深深插在口袋裡，頭壓得老低。這是他的恥辱，自我厭惡之情如篝火在心底悶燒。紅燈區外圍展示的全是些品味正統的商品。是有些兼差的妓女，也有打扮成各種角色的阻街女郎，但這些新克洛布桑其他地方也找得到的自由工作者，在此地終究是外來的。這區的老本行是較為慵懶的放縱，就在豪宅屋頂下。華廈間點綴著一般的小商店；即便在此，也有販售一般日常用品，煤氣燈照亮高雅依舊的建築，火光在傳統的紅色濾鏡之後熊熊燃燒。身穿緊身馬甲的年輕女子在門前輕聲召喚經過的路人。街道雖然比城郊空曠了些，但絕對稱不上冷清。男人大多穿著體面，這兒的商品可不是窮人所能享用的。

有些男人好勝地昂首闊步，但大部分的人都和大衛一樣，小心翼翼地踽踽獨行。

天空溫暖而汙濁，繁星朦朧閃爍。屋頂上方傳來一陣低語，一輛機動車經過，颳起了一陣風。酒池肉林的中心上空竟有民兵的空軌經過，這不可不說是政務上的一大諷刺。民兵偶爾會來臨檢、抄查紅燈區這些墮落奢華的豪宅。但大部分時候，只要客人乖乖付錢，暴力行為不出房門，民兵也就睜一隻眼、閉一隻眼，不給彼此找麻煩。

夜風中似乎挾帶著不祥的氣息。那是一種滿溢的不安，比尋常的焦躁氣氛更為顯著。在某些房子裡，光線穿過輕柔搖曳的薄紗，點亮偌大的窗戶。身著連衣裙與貼身睡袍的女人挑逗似的撫摸自己，或嬌羞地低著頭，目光越過扭捏作態的睫毛對路人大送秋波。這裡也有非人種族的妓院，酩酊大醉的年輕人起鬨鼓譟，要同伴進去舉行「成年禮」，和甲蟲人、蛙族女人或其他更特別的種族交歡。

這些地方讓大衛不禁想起以薩；他努力不去想。

他沒有在此停駐，也沒有接受路邊的女人，他繼續往紅燈區中心走去。

他轉過街角，路旁的屋子較為低矮簡陋，窗上大剌剌地暗示著裡頭賣些什麼：鞭子，還有手銬。一名年約七、八歲的小女孩在嬰兒搖籃裡尖叫流鼻涕。

大衛繼續往前走，人群越來越稀疏，但永遠有其他路人跟他作伴。夜晚的空氣中充滿各種隱晦聲響，屋子裡傳出熱鬧的交談聲、悅耳的旋律、笑聲、痛苦的哭嚎與動物的吠叫與咆哮。

在鎮中心附近有條搖搖欲墜的死胡同，是這座迷宮中的一片靜謐小天地。大衛微微打了個顫，轉入石子路。每一棟房屋門邊都有高大魁梧的男人駐守，他們神色凶惡，身上穿著廉價的西裝，用銳利的目光仔細打量每一位上前的落魄男子。

大衛匆匆來到其中一扇門前。巨人般的保鑣攔下他，一隻手冷冷壓上他胸口。

「托爾麥克太太差我來的。」大衛支吾道。男人放他過去。

屋內，棕色的燈罩又厚又髒，大廳裡似乎暈散著糞便色的燈光。桌子後方坐著一名神色冷峻的中年女子，身上穿著土氣的花洋裝，跟燈罩倒是挺相襯。她抬眼透過半月形的眼鏡瞄向大衛。

「第一次來嗎？」她問。「有預約嗎？」

「約了九點鐘的十七號房。名字是歐瑞爾。」大衛說。桌後的女人幾乎難以察覺地偏了偏頭，挑眉垂眼看向面前的本子。

「了解。嗯……」她看向牆上的時鐘，「你早了十分鐘，但就直接上去吧。知道怎麼走嗎？莎莉在等你。」她抬頭看向他，然後拋給他一個——令人毛骨悚然、妖魔鬼怪般——心照不宣的眨眼和假笑。

大衛快吐了。

他迅速轉身離開，朝樓梯走去。

從樓梯一路到頂樓的長廊，大衛都覺得自己心跳快得要爆炸了。他還記得第一次來這裡的情景，走廊盡頭就是十七號房。

他痛恨這層樓，痛恨那些微微突起的壁紙，痛恨從房內飄散出來的獨特氣味，痛恨從牆後傳出的不安聲響。依照慣例，走廊上大多的門都是敞開的；關上的門代表裡頭正在接待顧客。

當然了，十七號房的門永遠是關著的。它是例外。

大衛緩緩走在發臭的地毯上，越來越靠近第一扇門。謝天謝地，它是關著的，只是木門無法阻擋聲音。他聽見奇特而且斷斷續續的悶聲哭喊、拉緊皮革的嘎吱怪響，還有充滿恨意的斥責聲。大衛轉開頭，卻筆直望進對面的房間。他瞥見床上那具赤裸的形體，一名不超過十五歲的少女抬起頭看著他。她四肢跪地……雙手雙腳都毛茸茸的，前端長著爪子……是狗的腿。

他繼續往前走，但目光仍像催眠般停在原地飢渴徘徊。少女像狗一樣笨拙地跳到地板上，僵硬地轉過身——顯然她還不熟悉身上的新四肢——帶著希望的眼神扭頭回望，高高舉起屁股和陰道。

大衛雙脣微張，目光呆滯。

這裡讓他感到無比羞恥；這間再造人妓院。

當然了，在新克洛布桑，到處都可以看見再造人娼妓。這通常是再造人——不分男女——唯一可以掙錢餬口的方法。但在紅燈區，所有輕微的過失都被最精巧的技術所縱容。

大多數的再造人妓女都是因與此無關的罪行受罰，而且她們的再造手術也通常只會對性工作造成古怪的妨礙，使她們的價格一落千丈。但紅燈區恰恰相反，這裡接待的是專家與鑑賞家，妓女接受的再造手術也都是為了這項工作特別高價打造，將身體改造成各種千奇百怪的扭曲肉體，以供老饕享用。在這些再造人之中，有些是被父母賣掉的小孩，有些是被債務所逼、走投無路，不得不將自己出賣給肉體雕塑家與非法再造師的男男女女。甚至有謠言傳說，其實許多人原本被判處其他再造手術，最後卻發現自己被懲戒工廠按照詭異的設計改造，賣給老鴇和皮條客——這門只能由技術最高超的生物魔法師經營的小生意利潤可豐厚了。

在這條永無止境的長廊上，時間彷彿也變得緩慢，宛如酸臭的糖漿般令人作嘔。路上經過的每一扇門、每一間房間，大衛都忍不住窺探。他要自己別開目光，但眼睛就是不肯聽話。

這裡就像一座噩夢花園，每一間房間裡都藏著一朵獨特的人花，一朵以酷刑為養分開出的花。大衛快步經過乳房如鱗片般遍布全身的裸體身軀，還有一個軀幹像螃蟹的怪物，蟹身兩側插著妙齡女子的長腿；一名女人用睿智的雙眼看著他，但雙眼之下卻是第二對外陰，原本屬於嘴巴的位置上開著一條直立的裂縫，長著濡溼的陰唇，猶如雙腿間那陰道的倒影。兩名小男孩困惑地看著突出於下身的巨大陰莖，還有一名長著許多隻手臂的陰陽人。

大衛的腦袋彷彿受到重擊，他只覺頭昏眼花，還有一種筋疲力竭的恐懼。

十七號房終於出現眼前。大衛沒有回頭，而是想像身後那些再造人的目光越過由鮮血、骨頭和性愛打造而成的監獄凝睇他。

他敲了敲門。片刻後，他聽見裡頭傳來拉開鏈鎖的聲音，門稍稍打開了一條縫。大衛走進去，感到一股反胃上湧。他將那條汙穢的長廊留在墮落的心底深處。房門關上。

一名身穿西裝的男子坐在一張髒兮兮的床上，伸手撫平領帶。另一名男人——方才替大衛開門又關門的男人雙臂環胸，站在大衛身旁。大衛飛快瞄了他一眼，然後將注意力轉向床上的男子。

男人努努下巴，指向床腳的一張椅子，命令大衛拉到他面前。

大衛順從的坐下。

「哈囉，莎莉。」他靜靜開口。

「薩瑞秦。」男人說。他是名身材消瘦的中年男子，雙眼睿智又充滿算計。他看起來與這間搖搖欲墜的房間以及這棟淫穢的房子十分格格不入，然而他神色沉著冷靜，即便身旁包圍著再造人妓女，他依舊可以像站在國會大樓的走廊上一般，泰然自若地耐心等待。

「你要求見我。」男人說，「我們許久沒有你的消息，已將你標示為沉眠者。」

「是嗎……」大衛忐忑地回答，「我只是一直沒什麼好回報的。直到現在。」男人明理地點點頭，等他繼續說下去。

大衛舔舔嘴脣，不知該如何啟齒。男人看著他，眉頭微蹙，彷彿覺得奇怪。

「報酬還是一樣，」男人說：「甚至提高了些。」

「不，老天，我……」大衛結結巴巴，「我只是……你知道……生疏了。」男人再度頷首。

非常生疏。大衛無助地想；我上次來這裡已經是六年前的事，當時還對自己發誓那是最後一次，從此以後絕對不再幹。你們已經懶得繼續勒索我，我也不需要你們的錢。

第一次是在十五年前。那時他們闖進這間十七號房，大衛正在享受一個像屍體一樣的殘破再造女孩的其中一張嘴。西裝男子給他看了他們的相機，告訴他照片會被送到各大報紙和大學，並給了他選擇。他們出手很大方。

大衛必須提供他們情報，但有消息再回報就好；一年一次，或許兩次。到了某天，他突然停止了，而且一停就是六年，直到現在。因為現在他心裡非常害怕。

大衛深呼吸了口氣，開始解釋。

「出大事了。喔，聖主啊，我不知該從何說起。你知道最近那個到處蔓延的怪病嗎？讓人變白痴的怪病？嗯，我知道是從哪裡開始的。我以為我們可以處理，我以為我們可以……控制情況……但該死的，一切只是越來越嚴重……我想我們需要幫助。」（在他腹部深處有個小小的角落不屑地對這句話、這股懦弱、這自我欺騙吐了口口水；但大衛繼續飛快說下去。）「一切是從以薩開始的。」

「丹．德爾．格寧紐布林？」男人問，「和你共用實驗室的那個傢伙？那個反叛的理論家、自我感覺良好的科學家？他最近在忙什麼？」男人冷冷一笑。

「聽好了，他接下一樁委託案，雇主是……總之有人委託研究飛行的事，所以他搜刮了一堆會飛的動物來研究。鳥、昆蟲、獅龍，他媽的什麼都有。其中一個是一隻巨大的毛毛蟲。那該死的玩意兒本來一直奄奄一息，但以薩一定是發現該怎麼養活牠，因為牠突然間開始長大；**非常大**，他媽的有這麼大。」

他張手比出幼蟲大約的尺寸。對面的男人專注地看著他，面色凝重，雙手交握。

「接著毛毛蟲結蛹了。沒錯，我們多少都有點好奇牠會變成什麼東西。但有天回到實驗室後，我們卻發現路勃麥——你知道，就和我們一起合租倉庫的另一個人——我們發現路勃麥躺在地上，嘴邊滴著口水。不管那個蛹裡孵出什麼該死的東西，牠都**他媽的吃了路勃麥的意識**……然後……然後逃之夭夭。那該死的東西現在正在外面**四處逃竄**……」

男人果決地點點頭，與他先前邀請大衛開口的輕鬆姿態截然不同。「所以你認為最好來通知我們一聲。」

「該死，不是那樣！我不認為……我那時真的以為我們能處理。我的意思是，雖然我超氣以薩，也完全摸不著頭緒，但還是認為我們或許能想出什麼法子追捕那該死的東西，治好小路……但隨著日子一天天過去，越來越多人受害，到處都聽說有人……發瘋了。不過重點是，我們終於查到最初是誰將東西送給以薩；原來是某個該死的公務員從該死的**國會大樓**研發處偷出來的。這時我就想：『幹，我可不想和政府作對。』」床上的男人點頭稱許大衛的決定。「我認為這件事遠遠超出我們的能力範圍之外……」

大衛停頓片刻。床上的男人張嘴欲言，但又被大衛打斷。

「不，聽著，我還沒說完！我聽說了凱爾崔利的暴動，知道你們抓了《叛報》的編輯，對嗎？」男人等著，手指像有自我意識般輕彈著口袋中的想像線頭。雖然他們沒有宣揚事實經過，但是屠宰場的遺跡清楚顯示民兵抄查了狗沼某個煽動分子的基地，現在謠言傳得沸沸揚揚。「以薩有個朋友是那份該死的報紙的記者，她聯絡上那個編輯——我不知道她是怎麼做到的，可能是某種該死的魔法——總之他告訴她兩件事。一是關於偵訊者……也就是你們……以為他知道什麼他根本不知道的事；二是他們問起《叛報》中的某篇文章，還有文章的消息來源；不管他們認為他曉得什麼，那個叫做巴拜爾的人應該都知道。聽到了嗎，**我們的公務員就是從那兒偷來那隻怪物毛毛蟲！**」

大衛沉默片刻，等待這句話造成預期中的衝擊，然後又接下去。

「事情全連起來了，但我還是不知道、也不想知道究竟是怎麼回事。我只知道我們現在這樣是……自尋死路。或許這一切只是巧合，但我不這麼認為……我願意幫忙追捕怪物，但我絕對**不會**和他媽的民兵、祕密警察或任何政府公權力作對。你們必須將這件事處理妥當。」

床上的男人緊握雙手。大衛又想起別件事。

「該死的！對了，聽著，我最近絞盡腦汁，試圖釐清事情來由，然後……嗯，我不知道是不是我誤會了還是怎樣，但這件事和危機引擎有關嗎？」

男人緩緩、緩緩地搖了搖頭，一臉警戒，神情高深莫測。「繼續說。」他說。

「嗯，因為討論的時候以薩不小心說溜了嘴……暗示他打造了一具……**能實際使用的危機引擎**……你曉得那是什麼嗎？」

男人神色冷峻，雙眼睜得老大。

「我是獾沼區的情資聯絡官，」他冷冷地說：「當然知道那代表什麼……但是不可能……難道……等一等，這**不可能**……這……這是真的嗎？」這是大衛頭一次看見男人慌了手腳。

「我不知道。」大衛絕望地回答，「但他不是在吹噓……是不經意提起的……我只是……我也不知道；我只曉得他這些年就是在研究這個，斷斷續續地研究了他媽的**好多年**了……」

房內陷入漫長的沉默。床上男人望著對面的角落，凝神沉思，臉上閃過複雜的神情。他若有所思地看著大衛，問：「你是怎麼知道這些事的？」

「以薩信任我。」大衛說。他的胃一緊，但他同樣再度無視那感受。「一開始是有個女人……」

「什麼名字？」男人打斷他。

大衛遲疑片刻。

「德克瀚・布魯黛。」他終於支吾回答，「這個布魯黛起初很謹慎，不願在我面前多說，但是以薩他……他替我擔保。他曉得我的政治立場，我們一起參加過示威活動……」（他的胃又是一緊。你根本沒有任何政治立場，你這該死的叛徒。）「只是到了現在這種時候……」他支支吾吾，一臉悶悶不樂，不知該如何繼續。男人蠻橫地揮揮手，他對大衛的罪惡感或藉口沒有半點興趣。「總之以薩告訴她可以信任我，她就把一切全盤托出。」

又是一陣冗長的沉默。床上的男人等著。大衛聳聳肩。

「我就只知道這些。」他囁嚅地說。

男人頷首起身。

「好。」他說：「這些消息……非常有用。我們或許需要找你的老朋友以薩談談。別擔心，」他露出安慰的笑容，補充道，「我們沒打算把他處理掉，我向你保證；只是需要他協助。你說得沒錯，情況很明顯了，我們必須……有所動作，聯絡相關單位，而這不是你該做的事，你也做不到。不過在以薩的幫助下，我們或許可以做點什麼。

「你必須和我們保持聯繫。」男人又說，「你將會收到書面指示，而且務必要一字不漏地遵從。我應該不用強調這點，對吧？我們會確保格寧紐布林不曉得消息是從何而來。我們或許會先暫且按兵不動幾天……別擔心，這是我們的事，你只要不動聲色，繼續觀察格寧紐布林的行動，知道嗎？」

大衛可憐兮兮地點頭。他等著，男人嚴厲地瞪了他一眼。

「就這樣。」他說：「你可以離開了。」

大衛帶著愧疚及感激匆匆起身，快步走到門邊。他覺得自己就像泅泳在泥沼之中，羞恥如黏稠的大海般吞沒了他。他只想趕快離開這房間、忘掉自己說過的話、做過的事，不去想未來將送到他面前的金錢與字條，腦中只有對以薩的忠誠友誼，並告訴自己這一切都是為了他們好。

另一名男人替他打開房門，放他出去。大衛感激地倉皇離開，幾乎是一路跑過走廊，匆匆逃離此地。但不管他是如何匆忙離開唖爐，罪惡感依舊如流沙般牢牢緊抓著他不放。

30

這一晚，城市還算安眠。

不過當然了，一如往常的夜間騷動打擾了這份安寧。男男女女衝突爭執，甚至丟了性命。老舊的街道被鮮血與嘔吐物染得惡臭撲鼻，玻璃碎裂聲此起彼落。民兵的機動車在頭頂上川流而過，飛船如鯨怪般發出隆隆巨響。一具殘缺不全的無眼屍體被沖上劣原河岸，稍晚，該男屍的身分證實為班傑明・佛雷克斯。

城市在夜之領土輾轉反側、忐忑難眠，數世紀來不曾改變。儘管無法一覺安眠至天明，但已是新克洛布桑所能擁有的息歇。

不過到了隔晚，當大衛前往紅燈區執行祕密任務時，空氣中有什麼改變了。新克洛布桑的夜晚向來是一曲混亂的合奏，節奏刺耳，和弦突兀又猛烈。但今晚出現了新的音符，那是一縷緊繃而微弱的低音，讓空氣變得沉悶難耐。

這一晚，空氣中的緊張感變得微弱、試探，它悄悄鑽進市民心中，使他們酣睡的臉孔蒙上陰影。但到了白晝，沒有人留有任何記憶，只依稀記得夜裡似乎感到一陣隱約的不安。

而後陰影漸長，氣溫轉涼，當黑夜自地底深淵歸來時，一種前所未見的可怕噩夢籠罩城市。

四面八方，從北方的旗丘到焦油河南面的巴瑞克罕，從東方零星散布在劣原市郊的住宅區，到柴莫粗鄙的工業貧民窟，人們在床上輾轉反側，痛苦呻吟。

最先受害的是孩童。他們哭鬧不休，指甲深深嵌進掌心，小小的臉龐緊皺成一團，大汗淋漓，身上透著一股甜膩的臭氣，頭部劇烈搖晃，看得人膽戰心驚。而這一切，都是在睡夢中發生。

夜色逐漸深沉，成人也開始落入魔掌。在平凡無害的睡夢深處，過往的恐懼和妄念突然像大舉入侵的軍隊般衝破內心的城牆。一連串可怕影像無情攻擊受害者，心內最深沉的恐懼栩栩如生地出現眼前，還有那些陳腔濫調卻又令人膽戰心驚的故事也源源湧現——像是在現實生活中永遠不會遇見的鬼魅和妖怪——若是清醒時聽聞，他們只會一笑置之。

那些毫無緣由不受噩夢侵擾的幸運兒也會在深夜猛然驚醒，聽著熟睡的愛人發出陣陣呻吟和尖叫，或者粗重的絕望啜泣。有時候，那些夢境可能是快樂的美夢或春夢，但卻更為鮮明、瘋狂，強烈到令人害怕。在這醜陋扭曲的黑夜陷阱中，噩夢是噩夢，好夢也是噩夢。

整座城市動盪不安，陷入恐懼之中，簌簌顫抖。夢境變成了一場瘟疫，一種能從一名熟睡者跳到另一名熟睡者身上的細菌。它們甚至悄悄鑽進清醒的意識中，守夜人、民兵、深夜的舞者、狂熱的學生，以及失眠的人，都發現自己失去思考能力，心緒漂流至詭異而虛妄的幻想與沉思裡。

城市的各個角落內，暮色被暗夜的悲嚎狠狠撕裂，無一處倖免。

噩夢如瘟疫般爆發，籠罩整座新克洛布桑。

酷暑從四面八方包圍新克洛布桑，悶得整座城市難以呼吸。夜晚的空氣如呼出的氣息般燥熱粗重。高空之上，長著翅膀的巨大怪物滴著口水，靜止在雲層與延展的城市間。

五個黑影朝四方分散，拍動不規則的巨大翅膀，每拍一下，就掀起一大股翻湧氣流。牠們瘋狂又興奮地在空中飛掠而過，身上那些複雜的附肢——數量驚人，又像觸手又像昆蟲、又像人類又像甲蟲——

情不自禁地簌簌顫抖。

牠們張開噁心的嘴巴，朝屋頂伸出羽毛狀的長舌。空氣中充滿濃濃的夢境，怪物一面飛行，一面貪婪地舔舐這些豐美的汁液。等到如蕨葉般的舌尖盛滿無形的甘醇後，牠們便張開嘴，捲起舌頭，熱切地砸嘴，巨大的牙板咬得格格作響。

魔蛾凌空高飛，一面滑翔一面排泄，清空前一餐的殘渣。無形的臭痕在空中蔓延，膩噁結塊的靈識流出塵世的縫隙，滲入大氣之中，充塞整座城市，占據居民的思緒，擾亂他們休息，召喚出內心深處的怪物與魔獸。不管沉睡或清醒，人人心慌意亂，思緒洶湧翻騰。

五隻魔蛾出發獵食。

城市的噩夢如一碗巨大的滾燙清湯，在這之中，五隻來自黑暗的生物能清楚辨識每一個人蜿蜒飄散的氣息。

這些魔蛾通常用投機取巧的方式狩獵。牠們會耐心等待，直到聞到強烈的意識波動，或某個氣味特別鮮美的心靈後，這些神祕的闇黑飛行者便轉向俯衝，朝獵物直撲而去。牠們用細瘦的手打開頂層窗戶上的鎖，大步踏過月光滿室的閣樓，逼近在睡夢中顫抖的獵物，然後伸出舌頭，暢快痛飲。牠們用多到讓人眼花撩亂的肢臂攫擄踽踽獨行於河畔的孤單身影，把他們帶到已充塞痛苦悲嚎的夜空中。一路上，獵物一遍又一遍放聲慘叫。

等到牠們扔棄食物的空殼，任其歪嘴垂舌地在船上或陰影籠罩的石子路上痙攣抽搐；等到牠們痛苦的飢餓得到舒緩，終於能慢條斯理、純粹為了享受而進食，這些長著翅膀的怪物開始好奇了。空氣中瀰漫著一波波幽微的氣味；曾經品嘗過的熟悉氣味。牠們細細聞嗅，然後像冷血好奇的聰明獵獸般開始追捕。

這裡有一道隱隱約約的意識痕跡，來自一名守在骨鎮牢籠外的守衛。他腦中無時無刻都在幻想朋友的妻子，而這濃郁的幻想氣味飄然而上，包圍魔蛾抖動的舌頭。牠聞到氣味，在空中一個迴旋，像蝴蝶和飛蛾一樣歪歪斜斜地轉了個彎，循著獵物的氣味朝回音沼俯衝而去。

另一道宏偉的黑影突然向上直竄，在空中畫出一個巨大的八字型，在自己的足跡上前後徘徊，尋找在味蕾一閃而逝的熟悉氣味。牠記得在蟲繭中曾聞過這忐忑的味道。這頭龐然大物在城市上空盤旋，唾液消散在身下各種次元空間。那氣味飄渺朦朧，微弱得令人沮喪。但魔蛾的味覺敏銳，牠伸長舌頭朝瑪法頓飛去，一路舔舐當初看著牠長大的科學家——瑪格絲塔．巴拜爾——的誘人氣味。

那隻營養不良、外貌畸形，將同伴從牢籠中解救而出的瘦小魔蛾也發現一股熟悉的氣味，喚醒記憶。

牠的心智沒有得到完善的發展，味覺較不準確，無法在空中追蹤忽隱忽現的氣息，但牠仍不安地奮力嘗試。那心靈所散發的氣味是如此熟悉……曾在牠意識萌發、在結蛹與在繭中自我創造時包圍這隻畸形的生物……那氣息時隱時現，好不容易找著後，轉眼間又消散無蹤。牠一路跌跌撞撞，摸索前進。

儘管這頭闇夜獵獸的身形最瘦小、力量最孱弱，但牠依舊比人類強壯。飢餓又殘暴的牠在空中舔舌前進，努力尋找以薩．丹．德爾．格寧紐布林的蹤跡。

以薩、德克瀚與李謬爾．皮吉恩站在街角焦躁等待。煤氣燈煙霧繚繞的火光籠罩三人。

「你的同伴死去哪了？」以薩壓低聲音質問。

「遲到了，八成找不到路；我說過他很笨。」李謬爾淡淡回答，拿出一把折疊小刀，開始挑起指甲縫裡的汙垢。

「我們幹麼等他？」

「少他媽的給我裝天真，以薩。雖然你很會把話說得天花亂墜，讓我替你去做各種蠢事，但我也有我的限度。假若事情可能會激怒那該死的政府，我絕不會不做任何保護措施。而X先生呢，就是我的保護措施；最好的保護措施。」

以薩默默咒罵一聲，但他曉得李謬爾說得沒錯。

把李謬爾牽扯進來他自己也十分不安，但事情的發展快得令人措手不及，他別無選擇，只能找他。大衛是不用指望了，他顯然不願意幫忙追查瑪格絲塔．巴拜爾的下落。他整個人就像癱了一樣，只剩下一具絕望的空殼。以薩失去耐心，他現在需要朋友的支持，需要大衛挪動他的大屁股**去做些什麼**；但現在並不是與他對幹的時機。

德克瀚在酒吧內無意提及的名字似乎是關鍵，可通往出現在天空中的神祕生物，以及班．佛雷克斯遭受的謎樣審問。以薩傳話出去，將這個名字和他們掌握到的少數資訊——瑪法頓、科學家、研發處——交給李謬爾．皮吉恩；同時附上一筆錢——好幾枚基尼金幣（他察覺雅格哈瑞克給他的金子正緩慢減少當中）——懇求他幫忙打探更多消息，並助他一臂之力。

所以以薩才願意壓抑他對X先生姍姍來遲的怒火。儘管他滿心不耐，但這類保護正是他找上李謬爾的原因。

至於李謬爾本人，以薩沒花多少力氣就說服了他與德克瀚一起來瑪法頓。他沒興趣知道事件的細節，身為一名傭兵，他在意的只有事後應得的報酬。不過以薩不相信，他認為李謬爾也給挑起了好奇心。雅格哈瑞克堅持不肯前來。以薩試圖說服他，劈哩啪啦說得嘴都乾了，但雅格哈瑞克還是連應也沒應一聲。那你他媽的留在這裡做什麼？以薩差點脫口而出，但最後還是硬吞下心裡的煩躁，隨那鳥人去了。或許他還需要一點時間才願意加入集體行動，以薩願意等。

德克瀚抵達前不久林恩便離開了。雖然不願意拋下消沉的以薩，但她自己似乎也有心事纏擾。她只留了一晚，離開時，她向以薩保證她會盡快回來，但隔天早上以薩卻收到一封寫著她草書字體的信，還是由昂貴的快遞從城市另一頭送來的。

親愛的，

我很擔心你看到這封信會勃然大怒或覺得遭到背叛。但請你諒解，在家裡等著我的是我老闆——或者說我的委託客戶、我的金主，隨你如何稱呼——捎來的另一封信。前一秒，他才通知我短期內無須開工，下一秒，就要我立刻回去。

我知道這時機再糟不過。我只懇求你相信，假若我有所選擇，我一定不會任其擺布。但我別無選擇，以薩，我不能違抗他的命令。我會努力盡快完成他的工作——希望只要再一、兩個星期——然後就立刻回到你身邊。

等我。

愛你的林恩

因此，這一晚，當滿月的皎潔月光篩過雲層與比利草原上的樹蔭，藉著月光掩映，藏身在艾德利大道街角上的，就只有以薩、德克瀚與李謬爾。

三人緊張地動來動去，不時抬頭看向上方疾掠而過的陰影，被想像中的聲音嚇得惶惶不安。身旁的街道傳來斷斷續續的可怕聲響，那是夜不安眠、深陷噩夢中的人發出的聲音。只要一聽到呻吟或哭嚎，三人就會交換眼神，面面相覷。

「該死的。」李謬爾壓低音量，焦躁恐懼地咒罵，「到底怎麼回事？」

「天上有什麼東西……」以薩喃喃道。他抬頭茫然仰望，聲音消散空中。

更糟的是，前一天才第一次見面的德克瀚和李謬爾很快就發現彼此不對盤，兩個人都打從心裡看不起對方。他們只能盡力無視對方的存在。

「你是怎麼拿到這地址的？」以薩問。李謬爾煩躁地聳聳肩。

「透過管道，以薩；還有人脈和貪腐的政府。要不然你以為還有什麼方法？巴拜爾博士幾天前清空了她的房間，之後有人看見她出現在這個寒傖的地方。不過這裡離她舊家大約只隔三條街。這女人還真好預測。嘿……」他拍了一下以薩手臂，指向昏暗的對街。「他來了。」

街道對面，一個巨大的身影自陰暗的隱蔽處浮現，拖著笨重的腳步朝他們走來。他板著一張臉，凶神惡剎地瞪了以薩和德克瀚一眼，然後用異常輕快的態度向李謬爾點點頭。

「好了，皮吉恩，」他大聲說：「我們要做什麼？」

「小聲一點，老兄。」李謬爾廢話不多說，「你帶了什麼來？」

巨漢將手指舉到脣邊，表示他明白了。他掀開一邊的夾克，露出兩把巨大的火槍，槍身大到以薩不禁微微吃了一驚。他和德克瀚身上也都帶著武器，但沒有一把火力如此強大。李謬爾讚許地點點頭。

「很好。雖然應該派不上用場，不過……你也知道的。很好，等一下你不要開口。」巨漢頷首。

「也不要聽我們談話的內容。就當你今晚沒帶耳朵出門。」巨漢又點點頭。李謬爾轉身看向以薩與德克瀚：

「聽好了，你們自己清楚要問那怪人什麼問題，我們兩個盡可能在一旁當幽靈。但我們有理由相信民兵對這件事也有興趣，而這呢，代表我們沒時間瞎搞。如果她不肯從實招認，我們就在背後幫忙推她一把，懂嗎？」

「這是黑社會形容『刑求』的說法嗎？」以薩厲聲問。李謬爾冷冷看著他。

「不是。而且你少他媽跟我說教；別忘了付錢的人是你。我們**沒有時間**瞎扯，所以我也不會**讓她**瞎扯。還有其他問題嗎？」沒有人回答。「很好。沃爾達克街就在前面右手邊。」

一行人循著後巷前進，途中沒遇見任何還在深夜遊蕩的路人。四人的姿態大相逕庭：李謬爾的跟班神色木然，毫無懼色，似乎完全不受瀰漫空氣中的噩夢氛圍所動；李謬爾不停瞄視身旁黑暗的門戶，以薩和德克瀚則是一臉憔悴消沉、著急不安。

他們停在巴拜爾位於沃爾達克街上的家門前。李謬爾轉身示意以薩上前，但被德克瀚搶先一步。

「我來。」她壓低音量，粗魯地說。其他人往旁退開；等三名男人的身影半消失在門口邊緣，德克瀚才轉過身，拉了拉門鈴。

良久，門後毫無動靜。然後漸漸地，屋內傳來緩慢的下樓聲，腳步聲一步步接近門口，在門後戛然而止。又是一陣死寂。德克瀚等著，打手勢警告其他人不要出聲。終於，門後傳來詢問。

「是誰？」

瑪格絲塔．巴拜爾的語氣中充滿恐懼。

德克瀚輕柔而急促地回答。

「巴拜爾博士，我叫做德克瀚。我和我的朋友需要和妳談談，事情非常緊急。」

以薩環顧四周，看街道兩旁有無燈光亮起。到目前為止，似乎沒人留意他們。

但門後的瑪格絲塔．巴拜爾拖拖拉拉，不肯開門。

「我……我不知道……」她說：「現在真的不是好時機……」

「巴拜爾博士……瑪格絲塔……」德克瀚沉聲道，「請妳打開門。我們可以幫助妳，只要妳現在立刻打開這扇該死的門。」

又猶豫了一陣後，瑪格絲塔．巴拜爾終於打開門鎖，推開一道窄縫。德克瀚本想趁機頂門而入，但眼前景象卻讓她大吃一驚，呆立原地，動也不敢動。巴拜爾手上舉著一把來福槍，神色異常緊張。儘管她拿槍的方式笨拙生澀，但槍口牢牢瞄準德克瀚的腹部。

「我不知道妳是誰……」巴拜爾怒斥，但她話還沒說完，李謬爾的巨人朋友——X先生便輕輕鬆鬆閃身上前，出現在德克瀚身旁。他一把抓住來福槍，用手掌底部抵在火藥盆上，擋住擊錘的去路。巴拜爾開始哭叫，扣下扳機。擊錘打在X先生手心，他一個吃痛，不禁悶哼了聲。他將來福槍往後一頂，巴拜爾登時騰空飛起，摔落在身後的樓梯上。

她翻過身，搖搖晃晃地爬起，努力想站穩。巨漢趁機走進屋內。

其他人魚貫跟上。德克瀚並沒有抗議他對待巴拜爾的方式；李謬爾說得沒錯，他們沒有時間窮耗。

X先生扣住女科學家。她死命掙扎，在巨人的手下發出可怕的呻吟。但他置之不理，只是耐心地牢牢抓住她。瑪格絲塔蒼白的雙眼圓睜，眼神中寫滿歇斯底里的恐懼。

「我的天啊，」以薩低聲驚呼，「她會以為我們要殺了她！快住手！」

「瑪格絲塔。」德克瀚高聲說，頭也不回地一腳把門踹上，「瑪格絲塔，妳得停止掙扎和尖叫。不要誤會，我們不是民兵；我是班傑明．佛雷克斯的朋友。」

聽到這句話，巴拜爾的眼睛瞪得更大，掙扎也慢了下來。

「沒錯。」德克瀚說：「班傑明被抓走了，我想妳應該知道。」巴拜爾看著她，飛快點了點頭。李謬爾的巨人跟班試探地將手從她嘴前移開。她沒有尖叫。

「我們不是民兵，」德克瀚緩緩重複一遍，「不會像那些人帶走他一樣把妳抓走。但是我想妳自己也知道……**妳心裡應該非常清楚**……如果我們可以找到妳、可以查出班的聯絡人是誰，他們也一定可以。」

「我……所以我才……」巴拜爾瞄向被扔在一旁的來福槍。德克瀚頷首。

「好，聽好了，瑪格絲塔。」德克瀚一個字一個字地說，視線沒有一刻離開巴拜爾。「我們沒有多少時間——放開她，你這混帳——我們沒有多少時間，但是必須弄清楚究竟發生了什麼事。城裡出現了恐怖至極的怪事，而我們查到的線索最後似乎都聚集到妳身上。所以我有個提議，妳何不趁民兵到來之前帶我們上樓，將事情的來龍去脈解釋清楚。」

「我也是剛知道佛雷克斯的事。」瑪格絲塔說。她縮在沙發裡，手裡緊緊捧著一杯冷茶。在她身後的那面大鏡子幾乎占據了一整片牆。「我很少看報紙。幾天前本來約了要跟他見面，但他沒有出現。我很怕他是不是……我不知道……去告發我之類的。」*他或許熬不住酷刑，真這麼做了。*德克瀚心想，但什麼也沒說。「接著我聽到謠言，說民兵鎮壓暴動時狗沼那兒也出了事……」

*根本沒有什麼他媽的暴動。*德克瀚差點就要對她大吼，但最後還是克制了自己。無論瑪格絲塔‧巴拜爾出於什麼理由向班洩密，政治立場顯然都不是其中之一。

「這些謠言……」巴拜爾又說，「總之我自己把事情串連起來，然後……然後……」

「然後妳就躲起來了。」德克瀚說。巴拜爾點頭。

「聽著！」以薩突然插口。在此之前，他只是繃著一張臉，五官扭曲，一語不發。「妳感覺不到嗎？妳嘗不出來嗎？」他將五指屈成爪狀在臉旁蠕動，彷彿空氣是什麼紮實的固體，能夠又抓又扭。

「晚上的空氣變得像他媽的**臭酸**了一樣。現在呢，或許一切只是該死的巧合，但到目前為止，過去一個月來發生的鳥事似乎全都和某個陰謀有關，我敢打賭這樁也不例外。」

他傾身湊到巴拜爾可悲的身影前。她如驚弓之鳥般睜大雙眼瞪著他。

「巴拜爾博士，」他用平板的語調冷冷地說：「現在外頭有個東西會吃人心智……連我朋友都難逃毒手。《叛報》被民兵抄查，我們身邊的**空氣**也變成了他媽的餿水……**究竟出了什麼事**？這一切和殘夢有什麼關連？」

巴拜爾哭了起來，以薩幾乎就要不耐煩地大聲咆哮，但他別開臉，火冒三丈地舉手投降，只是最後還是回過頭，聽她抽抽噎噎地開口：「我知道這不是個好主意……」她說：「我跟他們說我們應該先控制好實驗……」她的話幾乎像胡言亂語般斷斷續續，而且不停被眼淚和鼻涕打斷，「我們研究得還不夠久……他們不該這麼做的……」

「**做什麼**？」德克瀚逼問，「他們做了什麼？妳和班談了什麼？」

「**轉移**的事。」巴拜爾哽咽道：「計畫還沒完成，但是我們突然接到通知，說是上頭要終止研究。可是……可是有人發現真相其實是……是我們的樣本要**賣給**……某個**幫派首領**……」

「**什麼樣本**？」以薩問。但是巴拜爾充耳不聞，她自顧自地宣洩心中重擔。

「出資者嫌我們進度太慢，他們越來越……不耐煩……認為之後的成品會是用在……軍事用途上，和心理空間有關之類的……但是我們無法成功，我們根本**無法理解**那些實驗品，計畫一點進展也沒有。而且……而且牠們根本**無法控制**，**太危險了**……」她抬眼，提高音量，依舊淚眼婆娑，然後她沉默片刻，接著又開口，但語調變得較為平靜。

「我們將來或許會有所斬獲，但那研究實在太費時了。然後……然後那些掏錢的人一定是開始緊張，所以計畫主持人告訴我們研究結束了，樣本已經被銷毀。但那根本就是漫天大謊……大家都心知肚明。你們知道嗎？這並不是第一次……」以薩和德克瀚訝然睜大雙眼，但一個字也沒說。「我們知道有一個方法一定能夠賺錢……

「他們一定是將樣本賣給出價最高的買主……給有辦法靠牠們生產**毒品**的人……這樣一來，出資者就可以回收資金，計畫主持人也可以和買家的毒販合作，繼續研究。但這是**不對的**……政府不應該靠**毒品**賺錢，也不應該偷走我們的**計畫**……」巴拜爾已停止哭泣，只是坐在那兒喃喃自語。他們沒有打斷她。

「其他人都決定就這樣算了，但是我很憤怒……我還沒親眼看見牠們孵化、還不知道我要知道的事，一點收穫也沒有。而現在，牠們卻要被……被某個壞蛋拿去當搖錢樹……」

德克瀚不敢相信巴拜爾竟如此愚蠢。這就是班的聯絡人？一個微不足道、只是氣憤自己研究被別人偷走的愚蠢科學家？就因為這個原因，她便雙手送上政府不法交易的證據，激怒民兵，引火自焚。

「巴拜爾，」以薩再度開口，這回語氣平靜、沉著許多，「牠們究竟是什麼東西？」

瑪格絲塔．巴拜爾抬頭看向他，神智看起來似乎有些錯亂。

「**你說牠們是什麼東西**？」她恍恍惚惚地回答，「你是說逃走的樣本？那個研究計畫？牠們是什麼？

「牠們是魔蛾。」

31

以薩點點頭，彷彿這兩個字就解釋了一切。他正想問下一個問題，但她的目光已然轉開。

「你們知道嗎，我是因為那些夢才曉得牠們逃脫了。」她說：「我感覺得出來牠們自由了。我不知道牠們是怎麼逃走的，但這代表那該死的交易是個錯誤，不是嗎？」她的聲音裡繃著一股絕望的勝利，「而這正是福米斯漢克最不想看到的。」

聽到這名字，以薩感覺自己抽搐了一下。當然了，部分的他冷靜地想；這種事自然少不了他，沒什麼好驚訝。但另一部分的他卻在心裡大聲尖叫，過往回憶如無情的蟲網般令他窒息。

「這一切和福米斯漢克有什麼關係？」他小心翼翼地問。他看見德克瀚厲色瞄了他一眼；雖然她不知道這個名字，但她聽得出來他認得。

「他是我的頂頭上司。」巴拜爾沒想到以薩會這麼問，訝然回答，「計畫主持人就是他。」

「但他是生物魔法師，不是動物學家，也不是理論家……為什麼交由他負責？」

「沒錯，他的專長領域是生物魔法，但那不是他唯一的專長。他主要的工作是管理，負責掌控所有具生物危害性的事項，包括再造、實驗性武器、獵食性生物、疾病等等……」

福米斯漢克是新克洛布桑大學的科學系主任。這是個位高權重、受人景仰的職位，想當然耳，這項殊榮不可能會給一個和政府唱反調的人。但到了此時此刻，以薩才明白自己過去實在是低估了福米斯漢克與政府之間的關係。他絕非一顆只會言聽計從的棋子。

「福米斯漢克賣了那些……魔蛾？」以薩問。巴拜爾頷首。屋外風勢轉強，百葉窗猛烈搖晃，發出劇烈的撞擊聲。X先生聽見聲響，轉頭環顧四周。其他人的注意力依舊集中在巴拜爾身上。

「我會和佛雷克斯聯繫，是因為我認為這麼做是不對的。」她說：「但後來發生了一件事……那些蛾不見了。牠們逃走了。只有老天爺才曉得牠們是怎麼逃出去的。」妳錯了，我曉得，以薩冷冷地想；是因為我。「你們知道牠們逃走代表什麼嗎？代表我們所有人……都成了牠們的獵物。民兵一定是看到《叛報》，以為……以為佛雷克斯也有分……如果他們認定這是佛雷克斯做的，那麼很快……也會認定我也有分……」巴拜爾又抽抽噎噎地哭了起來。德克瀚想起班，不由厭惡地別開頭。

X先生走到窗前，重新把百葉窗整理好。

「好，聽著，」以薩說，試著釐清思緒。他腦中有無數問題，但其中一項最為急迫。「現在呢，巴拜爾博士……**我們要怎麼捉捕牠們？**」

巴拜爾抬眼看他，搖了搖頭。以薩與德克瀚像一雙心急如焚的家長那樣湊在她面前，她抬頭飛快瞥了一眼，視線穿過兩人之間，越過站在一旁、極力無視她存在的李謬爾，看向站在沒有遮蔽物的窗旁的X先生。他將窗子打開了一些，想要關上百葉窗。

但他現在動也不動，只是呆呆凝視窗外。

瑪格絲塔．巴拜爾視線越過他肩膀，看向閃爍明滅的午夜色彩。

她的眼神呆滯，聲音凍結。

窗邊傳來撞擊聲，有東西正試圖靠近燈光。

巴拜爾起身。李謬爾、以薩和德克瀚三人團團圍上前，把她逼到角落，問她出了什麼事。但她只是一個勁兒地低聲啜泣，舉起手，巍巍顫顫地指向X先生僵直呆立的身影。

「喔，聖主啊……」她喃喃道，「喔，親愛的聖主，牠找到我了，牠嘗到我的氣味……」

巴拜爾突然發出一聲淒厲的尖叫，猛然轉過身子。

「鏡子！」她一面轉身一面大叫，「看**鏡子！**」

她的語氣急迫，嚴厲異常，其餘人不由自主跟著照做。也因為她蠻橫的命令之中充滿無比絕望，沒人膽敢屈服於轉頭查看的衝動。

四人看向破爛沙發後方的鏡子，震懾不已。

X先生像僵屍般踩著生硬的步伐往後退。

他身後有團霧濛濛的混亂黑影。一道可怕的影子縮成一團，身上的皺皮、脊骨、肢幹一遍遍對折，要把自己擠進小小的窗戶。一顆沒有眼睛的大頭從窄小的開口探了進來，緩緩左右轉動，彷彿一幅詭異的分娩景象。鑽進玻璃窗縫隙的怪物以人類肉眼看不見的怪異角度不斷收縮，把自己變得又小又複雜難辨。牠在緊繃之下散發不可思議的光芒，將閃閃發亮的軀體拖進開口，手臂從黑色的身體中浮現，用力推抵窗框。

玻璃窗後，那雙半藏於黑夜中的翅膀沸騰般閃爍。

那怪物猛然一推，窗戶解體，發出一聲微弱的乾裂聲，彷彿空氣被抽乾了一樣。碎玻璃灑了一地。

以薩目不轉睛地看著鏡子，除了發抖，全身上下動彈不得。

他從眼角餘光看見德克瀚、李謬爾和巴拜爾也都和他一樣。這太瘋狂了！他想；我們必須離開這裡！

他伸手拉了拉德克瀚的袖子，邁步朝門口退去。

巴拜爾全身上下的神經彷彿都癱瘓，任由李謬爾拖著她走。

沒有人知道她為什麼要他們看著鏡子，但也沒有人轉身。

當他們跌跌撞撞朝門口撤退時，四人突然又凍結原地。因為那個東西站了起來。

如花朵在瞬間綻放，牠在四人後方挺立身體，巨大的身影占滿他們駭然瞪視的鏡子。他們可以看見X先生的背影，他依舊呆立原地，凝視翅膀上的圖案。那些圖案彷彿具有催眠力量急遽翻騰，怪物肌膚下的色素細胞在詭異的空間中陣陣搏動。

X先生後退了幾步，想看得更清楚。他們看不見他臉上的神情。

魔蛾控制了他。X先生成了牠的奴隸。

牠比一頭熊還高，身側長著一根根尖銳的突出物，彷彿黑色的骨鞭，朝X先生捲去。其他更加鋒利的小型肢臂如尖爪般屈起。

那怪物用猿猴手臂般的腿撐地站起。牠身上總共有三對這樣的肢臂，一下像人一樣雙足而立，一下四腿著地，一下又六腿著地。

現在，牠用下方的腳站著，一根尖銳的尾巴突然從兩腿間甩出，平衡身體。而牠的臉——

（看不清牠的臉。他們眼中只有那雙不規則的雄偉翅膀。翅膀朝奇怪的方向彎折，不停改變形狀，填滿整間房間。彷彿水中的油漬，沒有一定的輪廓，卻又左右完美對稱，不停輕微移動。上頭的圖案流轉變幻，猶如誘人的潮汐般搖曳閃爍。）

看不出牠臉上有所謂的眼睛，只有兩個深深凹陷的窟窿，粗實的觸角自內突出，像粗短手指般不停屈縮，窟窿下方是一排排巨大的板狀獠牙。以薩看見牠歪了歪頭，張開不可思議的大嘴，伸出一根巨大貪婪、口水滴淌的舌頭。

舌頭迅速掃過空中，尖端覆蓋著一團團薄囊泡。每當舌頭如象鼻般抽動，那些囊泡便隨之鼓動。

「牠在找我。」巴拜爾哭喊，拔腿奔向門口。

魔蛾的舌頭立刻捲去。接下來一連串的動作迅雷不及掩耳，根本無法瞧清。魔蛾身上霍然閃出某種殘酷的鋸齒刀鋒，彷彿切水一般輕而易舉截斷X先生頭顱。X先生突然抽搐了幾下，正當鮮血從骨頭斷面狂湧而出，魔蛾伸出四條手臂，拉過他的身體，朝房間另一頭扔去。

X先生凌空飛起，身後拖著如彗星般血淋淋的內臟和骨屑，還沒落地便已斷氣。

屍體撞上巴拜爾的背心。女科學家一個重心不穩，往前撲倒。X先生的屍體重重砸落地上，了無生氣地躺在門口，一雙眼依舊睜得老大。

李謬爾、以薩與德克瀚拔腿往門口直衝。

三人同時扯開喉嚨高吼，混亂無比。

李謬爾從巴拜爾身上跳過去。她仰倒在地，臉上寫滿驚恐與絕望，死命要踢開X先生沉重龐大的身軀。她打了個滾，高聲呼救。以薩和德克瀚同時趕到她身邊，用力拉扯她手臂。她牢牢緊閉雙眼。

他們好不容易推開X先生的屍體，李謬爾狠狠一腳把它踢離門邊。但就在此時，一條又硬又韌的觸手蛇行竄進他們視線，如長鞭般捲住巴拜爾的腿。她感覺到了，不由驚聲慘叫。

德克瀚和以薩使勁要把她拉開，兩方一時間僵持不下。但魔蛾隨即發力一扯，輕而易舉地將巴拜爾從德克瀚和以薩手中奪走。她「咻」一地滑過地板，碎片扎得她一身鮮血淋漓。

女科學家尖聲慘叫。

李謬爾硬頂開門，頭也不回地衝了出去，狂奔下樓。以薩和德克瀚飛快起身，同時轉頭看向鏡子。

兩人異口同聲發出微弱的慘叫。

巴拜爾在魔蛾詭異又駭人的擁抱中掙扎尖叫，怪物的肢臂和肉褶不停在她身上磨蹭。她發了瘋似的扭動，雙臂於是被緊緊箝制；雙腿死命踢踹，也跟著被牢牢箍住。

那隻龐然大物微微將頭轉到一側，似乎是飢渴又好奇地打量她，然後發出一聲微弱又模糊難辨的聲音。

牠的最後一雙手往上遊走，摸向巴拜爾的雙眼；牠溫柔地撫摸，試圖將它們撬開。

巴拜爾一面慘叫一面求救。以薩和德克瀚呆立原地，動彈不得，只能像石像般愣愣看著鏡子。

德克瀚將劇烈顫抖的手伸進外套內，掏出手槍。槍內已填滿火藥，裝好子彈。她毅然決然看著鏡子，槍口指向身後，不停焦急地調整雙手位置，嘗試用這困難的姿勢瞄準目標。

以薩看見她的動作，也飛快掏出他的武器，搶在德克瀚前扣下扳機。

「砰」的一聲巨響，黑色火藥點燃，子彈自槍口射出，擦過魔蛾頭頂。怪物毫髮無傷，頭連抬也沒抬。巴拜爾聞聲尖叫，張口連珠砲似的提出駭人的要求：她要他們殺了她。

德克瀚緊抿雙唇，試圖穩住手臂。

她扣下扳機。子彈飛出，魔蛾轉了個圈，翅膀簌簌搖晃；牠張開如洞窟般的大嘴，伴隨一股惡臭，發出一聲窒扼的嘶鳴，低聲尖叫。以薩看見牠左翅的紙狀組織上出現一個小孔。

巴拜爾驚惶哀嚎，等了一會兒，發現自己還活著，於是又大聲尖叫。

魔蛾轉向德克瀚，其中兩條手臂張開後足足有七英尺，如軟鞭般猛烈揮舞，忿忿砸在她背上。

「碰」一聲碎裂巨響，德克瀚被扔出敞開的門外，肺部空氣一下抽空，重重摔在地上，痛得眼淚直流。

「不要轉頭！」以薩大吼，「走！快走！我就在妳後頭！」

他試著不聽巴拜爾的哀求。沒有時間重新填彈了。

他緩緩往門口退去，祈禱那怪物繼續漠視他的存在。就在此時，他看見鏡子裡有東西展開了。

他拒絕去思考那是什麼。此時此刻，那不過是個毫無意義的畫面。若他能活著走出這棟房子，平安返家，回到朋友身邊，他或許會找個時間回憶思索——如果他有幸保住小命、計畫下一步方向，他會好好思考自己看見了什麼。

但現在，他小心翼翼地驅散腦中所有思緒，只是看魔蛾將注意力轉回被牠緊摟懷中的女科學家。他什麼也不想，注視那頭怪物用有如人猿般的細瘦指頭硬扳開巴拜爾的雙眼，聽她慘叫，恐懼隨著嘔吐物傾洩而出。然後，她終於看見魔蛾翅膀上不停變幻收縮的圖案，所有聲音在突然間歸於沉寂。以薩在鏡子裡看見那雙翅膀微微張開，繃緊成一張催眠人心的畫布。他看見巴拜爾睜大雙眼，愣愣看著那些扭曲變幻的色彩，臉上露出恍惚的神情，身體跟著放鬆下來。魔蛾滴滴答答流著口水，全身上下散發貪婪的期盼。那根無法用言語描述的可怕舌頭再度自張裂的嘴中探出，順著巴拜爾沾滿唾液的上衣爬上她的臉。她仍用一種狂喜的眼神痴痴凝視那雙翅膀。怪物羽毛狀的舌尖輕輕擦過巴拜爾的臉、鼻、耳，接著猛然一頂，強行撬開她牙齒，鑽進嘴裡（即便以薩試著放空思緒，仍忍不住一陣乾嘔），用猥褻的速度擠進她口中。長舌一英寸一英寸消失在她體內，巴拜爾的眼珠越來越突、越來越圓鼓。

接著，以薩看見有東西在她頭皮下閃動，像是泥濘裡的鰻魚，在頭髮與皮肉之下不停鼓脹、扭動、起伏。他看見她的雙眼後方有異物移動，看見那舌頭蠕動著爬進她的大腦。黏液、眼淚和膿汁從女科學家的七孔汩汩湧出。就在以薩逃離前，他看見她的雙眼黯然熄滅，而魔蛾的腹部鼓脹，一口一口將她的心智吸得寸滴不留。

32

除了林恩，房裡沒有其他人。

她獨坐閣樓內，背倚著牆，雙腿如洋娃娃般直直攤在身前，看著眼前浮塵飄盪。光線微弱，空氣溫暖。現在大約是凌晨兩點到四點間，再不久黎明就要到來。

長夜漫漫，冷酷無情。林恩可以透過聽覺感受到空氣裡的震動。人人夜不安眠，顫抖的哭喊和嚎叫搖撼她周遭的城市，不祥的預感與威脅讓她的頭暈沉沉的。

林恩微微向後搖晃，疲倦地揉揉頭上的蟲殼。她很害怕；她沒有笨到感覺不出事有蹊蹺。幾個小時前，就在昨日的傍晚時分，她趕到莫特利的祕密基地。一如往常，他的手下要她直接上閣樓。當她踏進這間死氣沉沉的狹長閣樓，卻發現房內空無一人。

那座雕像遠遠矗立在房間另一頭，幽暗朦朧。她傻愣愣地找了一圈，彷彿以為莫特利能躲在這空無一物的房間裡。然後她走上前，審視自己的作品，帶著些許的不安猜想雇主應該很快就會過來。

她撫摸那座甲蟲人唾液雕像；已經完成一半了。她用各種曲折的形狀和超現實的色彩呈現莫特利五花八門的腿部，作品高達三英尺，斷面如水波般波紋起伏，餘蠟垂落兩側，看起來就像是一根燒了一半、和莫特利先生大小形狀一模一樣的蠟燭。

林恩耐心等候。一個鐘頭過去了。她試過抬起活板門，或打開通往走道的門，但兩者都上了鎖。她使勁猛踩活板門，撞擊門板，發出巨大聲響，但外頭毫無回應。

一定是哪裡出錯了。她告訴自己；莫特利在忙，他只是一時抽不開身，等等很快就會過來。但這些話她連自己也不相信。不管是生意人、黑幫分子、哲學家或執行者，每個角色他都扮演得十分完美。他的遲到絕非意外。是蓄意安排的。

林恩不曉得箇中緣由，但莫特利顯然要她自己一人在這閣樓中坐立難安。

她等了好幾個鐘頭，起初的不安先是轉變成恐懼，恐懼又轉變成無聊，無聊又轉變成耐心。她開始在灰塵上作畫，並打開行李箱，一遍遍數著彩莓。直到夜暮低垂，她仍獨自困在這小小的房間中。耐心又化為恐懼。

他為什麼要這麼做？她想：他有什麼打算？這和莫特利平常的戲弄、揶揄，以及危險的喋喋不休截然不同，更加令人不安。

終於，在她抵達的好幾小時後，林恩聽見一個聲響。

莫特利驀然出現房中，身旁還站著他的仙人掌人保鑣和一對龐大笨重的再造人戰士。林恩不知道他們是怎麼進來的，前一秒閣樓中明明還只有她一人。

她起身等待，雙手緊緊交握。

「林恩小姐，感謝妳前來。」莫特利其中一張如腫瘤般的嘴說。

她等著。

「林恩小姐，」他又說：「我和幸運蓋吉前天有過一次非常**有趣**的談話。我想妳應該已經一陣子沒見到蓋吉先生了，對吧？他近來一直忙著匿名為我工作。總之呢，想必妳一定知道，目前全城各地的殘夢都面臨大缺貨。竊案越來越多，搶案也是；人狗急跳牆了，只好不擇手段。價格瘋狂飆漲，但是沒辦法，就是沒有新的殘夢流入市場。而這一切呢，代表目前以殘夢為主要吸食毒品的蓋吉先生精神狀態不是那麼穩定。他買不起他要的東西，即便給他員工價也一樣。

「總而言之，前幾天我聽見他破口大罵——他當時處於戒斷時期，誰靠近他誰就遭殃；但這次不同。妳知道嗎，他竟然一面吼一面啃自己。非常有趣。總之我聽見其中一句話是『早知道我就不把那玩意兒交給以薩！』」

莫特利先生身旁的仙人掌人鬆開他交握的巨大雙手，長滿老繭的綠色手指互相搓磨。他將手舉到赤裸的胸膛前，嚇唬人般故意將手指扎進身上的針刺中，試試它的銳利程度。他像尊石像一樣，臉上始終面無表情。

「這是不是很**有趣**呢，林恩小姐？」莫特利用一種病態的輕快口吻接著說。他開始移動身下無數隻腳，像螃蟹般橫朝她走去。

*現在是怎樣？這算什麼？*林恩心想。但只能眼睜睜看著他逼近，無處可躲。

「而現在呢，林恩小姐，有人從我這裡偷走了一些**價值連城**的東西。如果妳喜歡，可以稱它們是幾座小小的**提煉廠**。正因如此，殘夢才會大缺貨。妳知道嗎？我得承認，我本來完全想不出是誰幹的。真的，我毫無頭緒，只能坐困愁城。」他沉默片刻，冰冷的笑意閃過他身上各張嘴。「直到我聽見蓋吉的話。現在一切都說，得，通，了。」他一個字、一個字緩緩吐出。

彷彿收到無聲的訊號，莫特利的仙人掌人保鑣大步走向林恩。林恩身子一縮，試圖躲開。但太遲了，他已經伸出巨大的肉拳，緊緊鉗住她手臂。林恩被他箍得動彈不得。

林恩頭上的蟲腿痙攣，吃痛噴出一陣嗆鼻的化學慘叫。大多仙人掌人都辛勤修剪長在手心的針刺，好方便拿取東西。但這個仙人掌人卻放任針刺生長，一簇簇粗短的硬刺無情地扎進林恩手臂。

她被牢牢緊箍。仙人掌人像拎小雞一樣把她拖到莫特利先生面前。他斜眼睨視林恩，再度開口時語氣中充滿濃濃的威脅。

「妳那操他媽的該死男友竟然有膽子耍我，林恩小姐。蓋吉說他買了一大堆**我的**殘夢，拿去養**他的**蛾，然後再**偷走我的**。」他顫聲咆哮吐出最後四個字。

林恩的手臂被緊緊扣在臀部後方，痛得她幾乎無法思考，但她仍著急地想要用手語解釋：不不不，不是這樣的，不是這樣的

莫特利搧開她的手。

「妳他媽少來這套，妳這甲蟲賤貨，髒婊子，死賠錢貨一個。妳那只會舔尻的男人想榨乾我，把我逼出自己的市場。我告訴妳，這可是一個非常、非常危險的遊戲。」他稍稍退開，冷眼看著她扭動掙扎。

「因為這個偷竊行為，我們必須找格寧紐布林先生好好談談。妳想，若是我們拿妳作籌碼，他肯賞光跑這一趟嗎？」

林恩的袖子因乾涸的血跡變得粗硬。她再度嘗試打手語。

「妳會有機會解釋的，林恩小姐。」莫特利說，口氣恢復冷靜。「這件事妳或許有分，也可能壓根聽不懂我在說什麼。那我必須說，這實在太不幸了，因為我絕不可能善罷干休。」他看著她焦急地想要說話、想要解釋、想要掙脫桎梏。

她的手臂被仙人掌人牢牢抓著，嚇得腦筋一片空白。當她的頭開始因痛苦的箝制變得昏昏沉沉，她聽見莫特利先生低聲說：「我真的不是一個心胸寬大的人。」

新克洛布桑大學科學系的教職員辦公大樓外，學生在廣場上蜂擁成群。許多人身上都穿著黑色制服長袍，但有幾名較為叛逆的學生一走出大樓便脫下制服，掛在肩上。

熙來攘往的人群中，有兩個身影動也不動。他們背靠在樹幹上，無視上頭黏答答的樹汁。空氣潮溼，其中一名男人穿著與天氣格格不入的長外套與黑帽。

兩人動也不動，靜立良久。一堂課結束了，又是一堂，眼前已來來去去了兩輪學生。他們偶爾會揉揉眼、稍微運動一下臉部肌肉，但總是又擺出漫不經心的模樣，將注意力放回校舍大門。

等到午後的陰影開始拉長，兩名男人終於有所動作：目標出現了，蒙太古・福米斯漢克步出建築物外，小心翼翼地嗅了嗅空氣，彷彿知道自己該趁此時好好享受一番。他外套脫到一半，突然間又停止動作，穿了回去，邁步朝盧德米德走去。

樹下的兩名男人自陰影中現身，信步跟在目標之後。

這是繁忙的一天，福米斯漢克往北而去，左右張望，想招輛出租車。他轉進坦奇路——那是盧德米德自由風氣最為濃厚的一條街，革新派的學者都在那兒的咖啡店與書店演說。盧德米德的建築物古色古香，保存良好，外觀光亮潔淨，粉刷嶄新，但福米斯漢克一眼也沒多瞧，這條路他已往來多年，對周遭環境早已視若無睹——對他的跟蹤者也是。

一輛四輪出租車出現在人群中，拉車的是一頭來自北方凍原、毛髮濃密的雙足動物。牠焦躁不安，擺動像鳥一般後彎的雙腿大步走過滿地垃圾。福米斯漢克舉起手，出租車司機便往他的方向駛去。福米斯漢克的跟蹤者加快腳步。

「蒙提。」身形較為高大的那名男人拍拍他肩膀，高聲招呼。福米斯漢克警戒回頭。

「以薩。」他結結巴巴地回應，目光飛快巡視，尋找那輛出租車。車子仍在半路上。

「你好嗎，老傢伙？」以薩在他左耳邊大聲問。但在那聲音之下，福米斯漢克聽見右耳傳來另一陣低語。

「現在有把刀頂在你肚子上，只要你呼吸的方式讓我看不順眼，我就會把你像魚一樣剖了。」

「沒想到會遇到你，太開心了。」以薩開心地高聲叫嚷，揮手招出租車上前。駕駛把車開了過來，嘴裡不知叨念著些什麼。

「敢跑我就宰了你。只要你離開我身邊一步，腦袋就準備吃子彈吧。」低語再度響起，口氣充滿怨憎。

「去我那兒喝一杯吧！」以薩說：「司機大哥，麻煩到獾沼。槳手街，你知道在哪兒嗎？喔，對了，你拉車的傢伙真俊。」以薩一面爬上密閉的車廂，一面連珠砲般大聲嚷嚷。福米斯漢克簌簌發抖，腳步踉蹌，被尖利的刀鋒逼著上車。李謬爾．皮吉恩跟在他後面鑽進車廂，「碰」的一聲把門甩上。就坐後，正眼也沒多看他一眼，雙眼直視前方，但刀子繼續頂在福米斯漢克脅側。

司機驅車離開人行道旁。駝獸發出的刺耳牢騷聲包圍車廂內的三人。

以薩轉頭看向福米斯漢克，臉上造作的誇張喜悅已消失無蹤。

「我有很多事等著你解釋，你這可惡的卑鄙傢伙。」他低聲恫嚇。

他的俘虜顯然漸漸恢復了冷靜。

「以薩，」他低喃道，「有什麼我可以效勞的嗎？」

李謬爾的刀尖往前一頂，福米斯漢克悚然一驚。

「閉上你的鳥嘴。」

「以薩，你要我閉上嘴，又要我解釋？」福米斯漢克氣定神閒地沉吟。但是他沒想到以薩會毫無預警一拳狠狠揮來，他不可置信地慘叫一聲，大驚失色地瞪視以薩，小心翼翼按揉臉上挨揍刺痛的部位。

「我要你開口的時候再開口。」以薩喝令。

接下來的路途三人保持沉默，一聲不吭。出租車顛簸南行，經過盧德法洛站，從丹契橋上橫越懶懶流動的瘡河。到了目的地後，李謬爾趁以薩付車資時，將福米斯漢克推進倉庫內。

屋裡，大衛一臉慍怒地坐在書桌前，微微轉頭看向三人。他身上穿著一件紅色的短外套，那顏色有種荒謬又不合時宜的喜氣。雅格哈瑞克藏在角落邊上，半隱半現。他的腳上裹著布條，鳥首藏在兜帽下。他扔了那對木頭假翅，不再喬裝自己是完整的鳥人，改為喬裝成人類。

德克瀚從一張扶手椅中抬起頭。椅子被她拉到後牆正中央的窗戶下方，她正激烈地哭泣，淚水泉湧而下，卻靜悄悄地一聲不響。她手裡抓著報紙，頭版散落一地，其中一份寫著：「仲夏噩夢持續蔓延」；另一份則是：「為何無法安睡？」不過德克瀚無視這些報導，她剪下每一份報紙第五、七或十一版篇幅較小的消息，以薩從他所站之處可以看見其中一份寫著：「奪眼殺手殺害不法編輯」。

打掃機械人嘶嘶作響，機身隆隆震動，在房子四周團團打轉，清潔垃圾，掃除灰塵，撿拾散落一地的舊紙屑和水果渣。小老實沒精打采地在遠處牆邊走來走去。

門邊放著三把椅子，李謬爾將福米斯漢克推到中央那張上頭，自己坐在他身旁幾英尺外。他用誇張的動作掏出手槍，瞄準福米斯漢克的腦袋。

以薩鎖上大門。

「好了，福米斯漢克。」他用公事公辦的口氣說，在椅中坐下，瞪著自己的前任雇主。「為了避免你輕舉妄動，我先跟你說一聲：李謬爾的槍法很準。老實告訴你吧，他是個壞胚子，非常危險，而我完全沒有祖護你的打算。所以我建議你，最好把我們想知道的事全都從實招來。」

「你們想知道什麼，以薩？」福米斯漢克氣定神閒地問。以薩火冒三丈，但同時也不得不對他刮目相看。這傢伙非常懂得該如何保持冷靜。

以薩決定要先好好處理這一點。

他起身，大步來到福米斯漢克面前。長他數歲的科學家懶洋洋地抬頭，但等他領悟以薩又要揍他、雙眼警戒地瞪大時已經太晚。

以薩狠狠在他臉上砸了兩拳，對老東家驚慌失措的痛苦慘叫充耳不聞。他掐著福米斯漢克的脖子，緩緩蹲下，平視這名魂飛魄散的囚犯。福米斯漢克鼻血直流，眼裡寫滿驚懼，雙手在以薩的巨掌上死命扒抓，不過只是白費力氣。

「我想你恐怕還不了解現在的情況，老傢伙。」以薩壓低音量，恨恨地說：「我有一位朋友，現在正躺在樓上，除了傻傻地流口水、大小便失禁外什麼事都不會做。而我有非常充分的理由相信，你必須為他的情況負責。我沒心情跟你耍花樣、兜圈子，或循規蹈矩、按部就班地慢慢耗。聽好了，**我他媽根本不在乎你是死是活**，福米斯漢克。我這樣說得夠清楚嗎？所以呢，你現在最好乖乖聽清楚我所說的一切——沒有必要浪費時間問我們是怎麼知道這些事——接著你要把我們不知道的部分解釋清楚。只要你拒絕回答，或我們一致認為你在說謊，我或者李謬爾就會給你好看。」

「你不能**刑求**我，你這**混帳**……」福米斯漢克齜牙咧嘴，窒息般喘著說。

「操你媽的。」以薩低聲咒罵，「我不能刑求你？你還是再造師咧。現在好好回答問題，否則就準備受死吧。

「也可能回答問題後一樣得死。」李謬爾冷冷地說。

「聽到了吧！你錯了，蒙提，」以薩又說：「我們當然可以刑求你，那是我們現在唯一能做的事，所以你最好乖乖合作，快點回答，並且讓我相信你沒在撒謊。現在，我先說我們知道的事——喔對，**如果有錯就糾正我**，知道嗎？」他對福米斯漢克冷笑譏諷。

以薩沉默片刻，在腦中整理思緒。接著，他一面開口，一面扳指細數。

「你負責替政府管理具有生物危害性的研究，意即：**魔蛾計畫**。」他抬起頭，觀察福米斯漢克的反應，看他對於祕密計畫洩露是否流露任何訝異之色。但福米斯漢克面無表情，一臉木然。「但魔蛾逃走了——也就是你賣給黑道組織的那些魔蛾。牠們和殘夢有關，和……和折磨全城的噩夢有關。而路德高特以為這件事是班傑明．佛雷克斯做的——喔，順帶一提，他搞錯了。

「現在，我們**必須**知道的以下幾件事：一、牠們是什麼？二、牠們又和殘夢有什麼關係？三、我們要怎麼捉捕牠們？」

福米斯漢克長長嘆了口氣，房內一陣沉默。他的雙脣簌簌顫抖，被鮮血和唾液染得溼滑光亮，但嘴角卻揚起一抹小小的微笑。李謬爾揮了揮手槍，催促他回答。

「哈，魔蛾。」福米斯漢克終於低聲說。他嚥了口口水，按摩一下脖子。「嗯，牠們是不是非常神奇呢？好個驚人的物種呀。」

「牠們究竟是什麼東西？」以薩問。

「你什麼意思？你顯然已經知道了，不是嗎？牠們是獵食者；效率和智力都奇高的獵食者。」

「牠們是從哪裡來的？」

「哈！」福米斯漢克沉思片刻。李謬爾懶洋洋地以大動作將槍口瞄準福米斯漢克的膝蓋。科學家抬頭瞥了一眼，飛快接著說：「幼蟲是夏爾茲南方國家的商人送來的——一定是在送達時被你**偷走**了一隻——牠們不是這裡的原生物種。」他抬頭看向以薩，臉上流露一抹興味，「如果你真想知道，目前最受歡迎的理論是說牠們來自破碎之地。」

「**你少他媽胡扯**……」以薩怒吼，但福米斯漢克打斷他。

「**我沒有**。你這個白痴。這是目前接受度最高的假說。在部分學術圈中，破碎之地理論因魔蛾的發現得到強大的支持。」

「牠們是怎麼催眠人的？」

「用翅膀——牠們的翅膀上具有不穩定的維度和形狀，在不同空間拍動時會產生催眠的力量——某種和夢境色素細胞——像是章魚肌膚上的色素細胞——類似的東西。它們對心靈共振與潛意識相當敏感，也能反過來影響它們。牠們能干擾……心智表層之下**騷動不安**的夢境頻率。牠們專注在這些夢境上，將它們拉出表面，緊緊抓住不放。」

「為什麼鏡子會有保護作用？」

「好問題，以薩。」福米斯漢克的態度逐漸轉變，越說越像是在主持研討會。以薩領悟，即便身處這樣的情況，這老官僚體內的說教本能依舊強烈。「不知道。我們做了各種實驗：雙面鏡、三面鏡等統統用上了。我們查不出原因，但發現倒影可以消除催眠的效果——即便形式上來說它們仍是一模一樣的畫面，因為左右兩邊翅膀其實本就互為倒影。但是，這一點**非常有趣**，如果再次反照——也就是透過兩面鏡子來看，像是潛望鏡之類的——催眠的力量就會恢復。**是不是很神奇**？」他咧開嘴笑了起來。

以薩一時間沉默無言。他察覺福米斯漢克的態度有些不對勁，似乎透著一股……迫切，彷彿急著要把一切全盤托出。這肯定是因為李謬爾手上那把一刻也沒放下的槍。

「我……我**看過其中一隻進食**……」以薩說：「我看見牠……吃掉某個人的腦子。」

「哈！」福米斯漢克讚嘆地搖了搖頭，「真驚人啊！都這樣了你現在還能在這裡和我說話，也太幸運了。不過你看見的並不是牠吃掉任何人的腦袋；魔蛾不僅居住在我們這個次元，牠們的……嗯……**營養需求**中包含我們無法測量的物質。你還不明白嗎以薩？」福米斯漢克目光灼灼地看著他，像是一名老師鼓勵急躁的學生說出正確答案。那股迫切再度掠過他雙眼。「我知道生物不是你的**強項**，但魔蛾的構造是如此……**精緻**，我還以為你會明白。牠們利用翅膀將夢境抽取出來，灌注在意識之中，搗毀所有壓抑心中祕密、罪惡思想、焦慮、歡愉和夢境的阻礙……」他停下來，倒回椅背上，平靜思緒。

「之後，」他又說，「等心智得到養分，變得肥美多汁後……牠們便把它**吸乾**。我們這一類智慧種族的潛意識就是牠們的瓊漿玉液。以薩，你還不明白嗎？所以只有智慧種族才會成為牠們的獵物。貓啊狗啊之類的牠們根本不放在眼裡，魔蛾只仰賴特定的心靈漿液維生。這些漿液必須是自我省思的產物，摻有直覺、需要、欲望和本能。我們省思自己的思緒，然後又思索這些省思，如此永無止境地循環……」福米斯漢克靜靜地說：「思緒漸漸發酵，如同純淨的美酒。魔蛾喝的就是這些東西，以薩，而不是頭顱裡的腦漿。牠們喝的是以知覺與智慧釀出的美酒，潛意識中的……

「**夢境**。」

屋內一片死寂。真相太令人震撼了，所有人都感到一陣天旋地轉。福米斯漢克幾乎是享受般看著這番話造成的效果。

一陣碰撞聲響，眾人大吃一驚，結果只是那個機械人在吸大衛桌邊的垃圾。它試著將垃圾桶的垃圾倒進自己的集塵器中，結果準頭偏了點，灑了一些出來，現正忙著將灑落四周的紙屑清乾淨。

「還有……該死的，當然了！」以薩低聲說：「那些噩夢就是這樣來的！它們……就像是肥料一樣！它們就好像……我不知道，兔子大便之類的，用糞便給植物施肥，植物成熟後又被兔子吃掉……一個小小的食物鏈，迷你的生態系統……」

「啊哈，差不多。」福米斯漢克說：「你的腦子終於動起來了。魔蛾的糞便看不見也聞不到，卻能在夢中感受到。這些排泄物能提供夢境養分，讓它們像煮滾的清湯般沸騰，然後魔蛾再**喝乾**它們。多麼完美的循環啊。」

「你為什麼知道這些事？你這卑鄙的小人。」德克瀚低聲問，「你研究這些怪物多久了？」

「魔蛾十分稀少，牠們的存在是個祕密，所以這些少少的樣本才會讓我們這麼興奮。我們本來有一隻快老死的樣本，接著又收到四隻幼蟲；當然了，以薩那兒也有一隻。後來原先那隻──也就是餵養小毛毛蟲的老魔蛾死了，我們便開始爭辯該不該趁牠們破繭之前剪開其中一個蛹。雖然會害死牠，但卻能因此蒐集到牠們變態階段的**無價**知識。但非常遺憾，我們還來不及決定──」他忍不住嘆了口氣，「就必須把四隻魔蛾統統賣掉。風險太高了。上頭傳話來說我們的研究已經延宕太久，又沒有辦法控制樣本，讓……呃……**出資者**十分緊張。既然計畫失敗，所有資金撤回，我們部門也必須盡快償清債務。」

「什麼計畫？」以薩厲聲質問，「生產武器還是刑求的工具？」

「不會吧，以薩，」福米斯漢克的語氣沉著而冷靜，「你看看你，現在氣成這樣，但如果不是你一開始偷走其中一隻，牠永遠也沒有機會逃走；牠沒逃走，就永遠不會釋放牠的同伴──我相信你現在也明白事情就是這樣──而多少無辜的人也無須賠上性命。」

以薩睜大雙眼，駭然瞪著他。

「去你媽的！」他尖聲怒吼，一把跳起。要不是李謬爾開口，他早就撲到福米斯漢克身上了。

「以薩。」李謬爾惡狠狠插嘴打斷他；以薩看見槍口轉到他身上。「福米斯漢克非常合作，而我們還需要知道更多消息，**對吧？**」

以薩看著他，頷首坐下。

「你為什麼這麼合作，福米斯漢克？」李謬爾問，目光又回到年長的科學家身上。

福米斯漢克聳肩。

「我怕痛。」他微微一個假笑，說：「除此之外，儘管你們聽到這句話不會開心……但我還是必須要說，這一切只是白費力氣。你們不可能捕獲魔蛾，也不可能逃出民兵的手掌心。既然如此，我又何須隱瞞？」他嘴角綻開一抹洋洋得意、令人作嘔的笑容。

……但他眼神中卻寫滿不安，上唇汗珠滲沁，喉間深處埋著絕望的語調。

該死的！以薩心頭一震，恍然大悟。他挺直背脊，狠狠瞪著福米斯漢克。不只是這樣！他……他肯告訴我們這些是因為他在害怕！他不認為政府可以捉回那些魔蛾……他心裡怕得的要死，暗地裡希望我們能成功！

以薩想要譏諷福米斯漢克，指著他鼻子嘲笑他的軟弱，讓他為所有罪行付出代價……但是他不敢冒險。如果以薩明目張膽激怒他，公然抖出他內心的恐懼，這個卑鄙小人或許會因此心懷怨恨，再也不肯幫忙。

就算必須讓他認為自己苦苦求他伸出援手，以薩也會如他所願。

「殘夢是什麼？」以薩問。

「殘夢？」福米斯漢克微微一笑。以薩想起上一次問他這個問題時，這男人還裝出一臉厭惡的模樣，好像不願自己的嘴被這個骯髒的字眼玷汙。

現在要他開口倒是簡單。

「哈，殘夢是幼蟲的食物，成蛾會拿殘夢餵食毛毛蟲。魔蛾一天到晚都在排泄殘夢，但在哺乳時期特別大量。牠們不像其他蛾類，對後代非常細心呵護。普遍流傳的說法是，牠們不僅勤勉照料蟲卵，還會**餵哺**新生毛毛蟲。魔蛾一直要到發育期，開始結蛹時才能獨立進食。」

德克瀚突然插口。

「你是說殘夢是魔蛾的乳汁？」

「沒錯。毛毛蟲無法消化純粹的心靈漿液，所以牠們的食物必須是半實體的形式，而魔蛾排泄的液體中充滿濃濃的蒸餾夢境。」

「所以才會有他媽的**毒品大王**要收購牠們？是誰？」德克瀚的雙脣憤怒扭曲。

「我不知道。我只是提出建議，最後誰得標與我無關。不管是誰買走，他都必須小心照料，定期讓牠們交配，擠奶取乳，像飼養母牛一樣。魔蛾是可以操縱的——熟悉牠們的專家能夠誘騙牠們，讓牠們在沒有產下幼蟲的情況下分泌乳汁。當然了，那些乳汁必須經過處理，不管是人類或任何一種智慧種族都不能直接飲用，否則心智會立刻爆炸。於是『殘夢』這個名稱相當有趣的玩意兒就出現了，它……嗯……摻入了多種物質**稀釋**……而這呢，順帶一提，以薩，代表你養的那隻毛毛蟲——我猜你是用殘夢餵牠——肯定發育不良；就像你拿摻了大量木屑和池塘水的牛奶去餵人類的嬰兒一樣。」

「你怎麼會知道這些？」德克瀚厲聲問。

福米斯漢克茫然地看著她，像是不理解她的問題。

「你怎麼知道要幾面鏡子才能**確保安全**？你怎麼知道牠們會把……吃掉的心智變成……牛奶？**有多**

少人被你當作食物去餵這些怪物？」

福米斯漢克緊抿雙脣，顯得有些不安。

「我是科學家，」他說：「手邊任何能用的東西我都會用上。有時候是找死刑犯，法院並沒有特別說明他們**該如何被處死……**」

「你這**豬狗不如的人渣……**」她狠狠地咒罵，「那被毒販抓去當魔蛾食物、好用來製造毒品的人呢……？」她又問，但以薩開口打斷她。

「福米斯漢克，」他柔聲說，雙眼直勾勾地凝視男人，「受害者要怎樣才能恢復正常？就是那些心智被奪走的人。」

「恢復正常？」福米斯漢克的迷惘不像是裝出來的。「啊……」他搖搖頭，瞇起眼，「那是不可能的，沒有辦法。」

「你別想**騙**我……」以薩想起路勃麥，音調不由提高八度。

「**他們的心智已經被喝得一滴不剩。**」福米斯漢克冷冷地說。屋內登時陷入沉默。他等待著。

「他們的心智已經被喝得一滴不剩。」他又重複一遍，「他們的意識已被奪去；那些夢境——他們的意識和潛意識——已在魔蛾中的胃中消化殆盡，並排泄出體外成為幼蟲的食物。你有吃過殘夢嗎，以薩？你們有任何人吃過嗎？」沒人作聲；至少以薩打死也不可能回答。「假如你吃過，你就會夢見他們；那些受害者、那些獵物。被消化的心智悄悄進入你肚子裡，**讓你夢見他們。你根本沒有東西好救，更遑論什麼恢復不恢復。」**

以薩的心沉到谷底。

把路勃麥的軀殼也帶走吧！他想，聖主啊，不要那麼殘酷，不要留下一具該死的空殼給我。我不能救回他，也不能也眼睜睜看著他死，這樣活著還有意義嗎？

「我們要怎麼殺死那些魔蛾？」他厲聲問。

福米斯漢克非常、非常緩慢地勾起嘴角，露出一抹微笑。

「殺不了。」他說。

「少跟我胡扯。」以薩厲斥，「只要是有生命的東西都會死……」

「你誤會我的意思了。**純就理論上來說**，牠們當然會死，因此，應該是可以被殺死的。但**你沒有任何方法可以殺死牠們**。正如我先前所說，牠們同時存在於許多次元，而子彈、火焰等武器只能在其中一個次元中造成傷害。你必須同時在多個次元中發動攻擊，或在這個次元內造成非常嚴重的傷害，才能達到目的。**但牠們不會給你這個機會**……明白嗎？」

「那我們**換個角度**……」以薩說，一面用掌根用力敲打太陽穴，「從生物防治的層面下手呢？牠們的天敵……」

「牠們沒有天敵。魔蛾位於食物鏈的最頂端。我們相當肯定在牠們的原生地有能夠殺死牠們的天敵，但在方圓數千英里之內沒有這種生物。除此之外，若我們的推測無誤，釋放牠們只會加快新克洛布桑的滅亡。」

「親愛的聖主啊，」以薩低聲道，「沒有天敵也沒有競爭者，還有**非常大量**而且源源不絕的新鮮食物等著牠們享用……我們根本不可能**阻止**牠們。」

「關於這一點，」福米斯漢克壓低音量，支支吾吾地說：「我們甚至還沒考量到如果牠們開始……嗯，我想你也明白，牠們還非常年輕，尚未發育成熟。但不用多久，等到夜晚也變得炎熱……到時我們必須考慮，假若牠們開始**交配繁殖**，情況又會如何……」

倉庫內的氣溫彷彿變得像冰窖般寒冷、凝滯。福米斯漢克試圖控制他臉上的肌肉，但以薩再次看見他心底赤裸裸的恐懼。福米斯漢克根本嚇壞了；他知道情況有多危險。

不遠處，機械人正在房內團團亂轉，不停發出嘶洩聲及碰撞聲。它漫無方向地移動，一面走一面灑落灰塵和泥土，在身後留下一道垃圾。又壞了。以薩想，但隨即將注意力重新放回福米斯漢克身上。

「牠們什麼時候開始繁殖？」他厲聲問。

福米斯漢克舔去上脣的汗珠。

「據我所知，魔蛾是一種雌雄同體的生物。我們從沒觀察到牠們交配或產卵的過程，目前所知的一切都是聽來的。牠們在夏末開始發情，其中一隻會變成指定的產卵者。通常在辛月或拾月左右──據說通常是這時候。」

「得了！一定有辦法阻止牠們！」以薩怒吼，「不要告訴我路德高特準備坐以待斃……」

「這我無從得知。我的意思是，我當然知道他們有所計畫，這是一定的；但內容為何我就不清楚了。我聽說……」福米斯漢克突然變得吞吞吐吐。

「聽說什麼？」以薩咆哮。

「我聽說他們去找過惡魔。」沒有人接腔。福米斯漢克嚥口口水，又說：「但惡魔拒絕援助我方；即便路德高特提出非常高昂的賄賂。」

「他們為什麼拒絕？」德克瀚沉聲問。

「因為惡魔也害怕。」福米斯漢克舔舔嘴，他極力掩飾的恐懼如今又明顯流露出來。「懂嗎？他們也害怕魔蛾；不管他們擁有多強大的力量、氣勢多懾人……但心智模式和我們並沒有不同，同樣是具有思考能力的智慧種族，因此在魔蛾眼中……他們一樣是獵物。」

倉庫內所有人都像石化般動也不動。李謬爾的槍口頹然垂落，但福米斯漢克迷失在自己慘澹的思緒中，毫無逃跑之意。

「我們現在該怎麼辦？」以薩顫聲問。

機械人發出的摩擦聲越來越刺耳。它以中央的輪子為軸打轉了片刻，伸出打掃手臂，斷斷續續地敲擊地面。先是德克瀚，接著以薩、大衛以及其他人也抬頭看向它。

「有這該死的東西在我幹他媽的沒辦法思考！」以薩暴跳如雷，大聲咆哮。他大步上前，準備將一肚子的無力與恐懼都發洩在機械人身上。但就在他靠近時，機械人突然轉身面向他，玻璃虹膜注視著以薩，毫無預警地伸直兩隻主臂，其中一隻的末端垂著一張殘破的紙片。它伸長手臂的姿態像極了人類，讓人不由感到一陣暈眩。以薩眨眨眼，再度邁開腳步。

機械人用右臂戳指地板和上頭一路灑落的垃圾與灰塵，它一遍一遍往下戳，用力敲擊木頭，並伸直接有掃把頭的左臂，來回搖擺，阻擋以薩的去路，逼他慢下腳步。以薩突然間恍然大悟：機械人是要引起他注意。接著它右手上的撿拾垃圾的叉臂再次垂落，指向地板——

——它指向地板上的灰塵；上頭寫著一則潦草的訊息。

機械人之前用叉臂的尖端在灰塵上來回撇畫，甚至刻傷了木板。文字雖然潦草，而且像蝌蚪一樣歪七扭八，斷斷續續，但完全看得出來在寫些什麼。

你們被出賣了。

以薩驚愕至極，腦筋一片空白，只能傻愣愣地瞪著機械人。它又對他揮了揮叉臂，末端的紙片不住搖晃。

其他人還沒看到地上的訊息，但從以薩臉上的神情與機械人奇特的行為可以看出情況有異，不禁紛紛站起，好奇張望。

「怎麼了，以薩？」德克瀚問。

「我……我不曉得……」他結結巴巴地回答。機械人似乎焦躁不安，一下敲擊地上的訊息，一下又揮舞叉臂上的紙片。以薩伸出手，驚訝得闔不攏嘴。機械人的叉臂動也不動，以薩小心翼翼取下皺巴巴的紙片。

他正要撫平紙片，大衛突然驚恐跳起，倏地衝過房間。

「以薩，」他大叫，「等等……」但以薩已經打開紙片，雙眼因上頭的文字駭然圓睜。上頭透露的消息太驚人了，他的嘴角呆滯垮落。就在他找回聲音、發出怒吼前，福米斯漢克已搶先一步。

機械人詭異的舉動和以薩的反應吸走了李謬爾的注意力，他的視線不禁離開俘虜。福米斯漢克沒有錯過這機會。當屋裡所有人都看著以薩和機械人時，福米斯漢克一把從椅子上跳起，拔腿朝門口撲去。

但他忘記門是上了鎖的。不管福米斯漢克如何使勁拉扯，門板就是文風不動，他再也顧不得形象，失聲驚恐哀嚎。在他後方，以薩身邊的大衛悄悄邁開腳步，朝福米斯漢克及門口的方向退去。以薩猛然旋身，面對兩人，手裡依舊緊抓著紙片。他眼中流露瘋狂的恨意，狠狠瞪著大衛和福米斯漢克。李謬爾察覺自己的錯誤，槍口再度瞄準福米斯漢克，但如凶神惡煞般步步朝囚犯逼近的以薩卻擋住了他的射擊視野。

「以薩，」李謬爾放聲大吼，「快讓開！」

福米斯漢克看見德克瀚一把躍起，大衛畏畏縮縮地躲避以薩；而另一個角落裡，一名頭臉藏在兜帽下的男子張開雙腿，伸長手臂，擺出一種詭異的狩獵姿勢。他看不見李謬爾，以薩逐漸逼近的威脅身影擋住了他。

以薩的視線在福米斯漢克與大衛間來回擺盪。他揮了揮那張紙片。

「以薩，」李謬爾又高聲怒吼，「你他媽的快給我閃開！」

但在盛怒之下以薩什麼也聽不見、什麼也說不出。四周一片嘈雜，屋內所有人都扯開了喉嚨大聲吼叫，有人質問紙上寫了什麼，有人要求同伴讓路，有人憤怒咆哮，有人發出如鳥啼般的哭嚎。

以薩似乎陷入了兩難，不知自己該抓大衛還是福米斯漢克。大衛驚慌崩潰，哀求以薩聽他解釋。福米斯漢克明知只是白費力氣，但還是絕望地拉扯門把最後一次。他死心了，轉身反擊。

福米斯漢克畢竟是一名受過高度訓練的生物魔法師。他掀動雙脣，喃喃施念咒語。藏在手臂中的無形祕密肌肉開始收縮，一股神祕力量讓他前臂的血管像蛇一般鼓起，皮膚也開始緊繃、顫抖。他收攏五指，抓住那力量。

以薩襯衫上有一半的扣子開了，福米斯漢克的右手狠狠抓向以薩脖子下方袒露的肌肉。

以薩又驚又怒，吃痛嚎叫。在福米斯漢克受過精良訓練的雙手下，他的肌肉開始像濃稠的黏土般融化，變成具有延展性的組織。

福米斯漢克的手狠狠插進被迫屈從的血肉中，五指一抓一放，死命往深處搗去，直到牢牢鉗住肋骨。以薩扣住福米斯漢克手腕，打死不放，臉孔痛苦扭曲。雖然他體型較為壯碩，但胸口的劇痛讓他使不上力。

兩人扭打成一團，福米斯漢克痛苦哀嚎。「放開我！」他尖聲慘叫，完全亂了手腳，根本不知道自已在做什麼。他為了求生，在恐懼中一時衝動出手，回過神才發現自己發動了致命的攻擊。事情已無法收拾，除了繼續在以薩胸腔內亂扒亂抓外，他束手無策。

大衛在他們身後慌忙翻找鑰匙。

以薩無法將福米斯漢克的五指從他胸口拉出，福米斯漢克也無法繼續往內挺進。兩人僵持原地，搖搖晃晃地扭打。他們身後，各種困惑的聲響依舊此起彼落。李謬爾站了起來，踢開椅子，努力想找一個可以開槍又不會傷到其他人的角度。德克瀚衝上前，使勁想要拉開福米斯漢克的手臂。但這名嚇得魂飛天外的生物魔法師五指緊緊扣住以薩胸骨，她每拉一下，以薩就慘叫一聲。福米斯漢克五指穿刺之處開始扭曲癒合，鮮血自以薩肌膚下狂湧而出。

福米斯漢克、以薩和德克瀚扭打成一團，吼叫聲不絕於耳。鮮血灑落一地，濺到小老實身上，嚇得她抱頭鼠竄。李謬爾的手越過以薩肩頭，想要開槍；但是福米斯漢克拉扯以薩內部，像控制某種詭異的手套玩偶般將他的手槍打掉。槍落在幾英尺外，黑色火藥灑了一地。李謬爾咒罵一聲，急忙掏向口袋，要拿火藥盒。

轉瞬間，藏在斗蓬之下的身影突然出現在笨拙扭打的三人身旁。雅格哈瑞克已褪去兜帽，福米斯漢克駭然瞪著他那雙凌厲的圓眼，鳥人巨大的猛禽面孔嚇得他張口結舌。他還沒來得及出聲，雅格哈瑞克便已將他鋒利的鷹喙狠狠刺進福米斯漢克的右臂。

他猛力一劃，撕開敵人的肌肉和肌腱。福米斯漢克的右臂登時皮開肉綻，血如泉湧，不由自主發出淒厲的慘叫。他突然縮手，五指離開以薩胸腔。伴隨「啪」的一聲濡溼聲響，傷口立刻又扭曲癒合。以薩痛苦咆哮，不停撫揉胸口。他胸前鮮血淋漓，醜陋畸形，凹凸不平，仍因福米斯漢克的攻擊汩汩滲血。

德克瀚的雙臂牢牢扣在福米斯漢克頸間。福米斯漢克緊抓著前臂上血流如注的猙獰傷口，德克瀚將他一把摔向房間中央，機械人立刻閃身退開。科學家掙扎想要爬起，嘴裡不停慘叫，血流了一地。

李謬爾重新填好火藥。福米斯漢克看見槍口又瞄準自己，哭喊求饒；他高舉血淋淋的手臂，顫巍巍地哀求。

李謬爾扣下扳機，空洞的爆裂聲響起，嗆鼻的火藥味撲面而來，福米斯漢克的哭嚎登時停止。子彈正中眉心，近距離射穿頭顱，腦後炸開一團黑色鮮血。一槍斃命，乾淨俐落，如同教科書中的標準示範。

福米斯漢克應聲倒地，支離破碎的頭顱悶聲砸在老舊的木板地上。

火藥旋轉四散，緩緩飄落。福米斯漢克的屍體在地上痙攣顫抖。

以薩背靠在牆上大聲咒罵，手掌緊按在激烈起伏的胸口上，平撫心跳。他的五指在傷口上來回撫摸，彷彿想熨平福米斯漢克在他身上留下的猙獰疤痕，但那是不可能的。

他發出撕心裂肺的痛苦嚎叫。

「該死的！」他忿忿咒罵，怨恨瞪視福米斯漢克的屍體。

李謬爾若無其事地拎著手槍，德克瀚在旁簌簌發抖。雅格哈瑞克又退回角落，冷眼旁觀，身影再度籠罩在兜帽的陰影下，朦朧難辨。

沒有人開口。福米斯漢克的慘死模樣充塞整間倉庫，屋內充滿不安與驚疑，但沒有出現任何指控或責怪。

沒有人希望他活過來。

「雅格老小子。」以薩最後終於啞著嗓子說：「我欠你一次。」但鳥人置若罔聞。

「我們必須……必須把這移走。」德克瀚急迫地說，踹了下福米斯漢克的屍體。「他們很快就會開始搜查他的下落。」

「這是現在最不重要的一件事。」以薩說。他伸出右手，掌中依舊捏著從機械人那兒取下的紙片，只是現在上頭血跡斑斑。「大衛跑了。」他指向敞開的大門，環顧四周後又說：「他把小老實也帶走了。」

他將紙片扔給德克瀚，面孔糾結扭曲。德克瀚打開碎紙，以薩大步走向正在輕輕抽搐的機械人。德克瀚讀著字條，厭惡和憤怒之情逐漸湧現，臉色越來越難看。她舉起紙條，讓李謬爾也能看見。沒多久，雅格哈瑞克也悄悄上前，雙眼仍藏在兜帽下，站在李謬爾身後窺看。

薩瑞秦，依據上回會面所言，我在此信內附上你應得的款項和指示。我們將於**泰月八日鐵鏈日**將格寧紐布林與其同伙逮捕歸案，民兵將於晚間九時抵達。你必須確保六點之後格寧紐布林與他所有黨羽都待在倉庫內。突襲時你也必須在場，以防他們起疑。我們的探員看過你的膠版照片，但仍請你身著紅色外衣。民兵將竭盡所能避免傷亡之事，但我們無法擔保所有人都能全身而退。因此你必須清楚表明身分，這點非常重要。

莎莉

李謬爾眨眨眼，抬起頭。

「是今天。」他說，又眨了眨眼。「今天就是鐵鏈日。他們就快來了。」

33

以薩不理會李謬爾，定定站在機械人正前方。在他灼熱的目光下，機械人的動作似乎有些不安。

「你怎麼發現的，以薩？」德克瀚大聲問。以薩舉手指向機械人。

「是它跟我通風報信，說大衛出賣我們。」他低聲回答，「不是別人，是我的朋友。我和他一起狂歡痛飲過多少次，一起喝得爛醉、一起鼓譟鬧事……而那混帳居然出賣我，然後跟我通風報信的還是個該死的機械人。」他將自己的一張大臉湊到機械人的鏡片前。「你聽得懂嗎？」他難以置信地低聲詢問，「你明白我的話嗎？你……等等，你有收音裝置，對不對？轉個圈……如果你聽得懂就轉個圈……」

李謬爾和德克瀚面面相覷。

「以薩，老兄……」李謬爾只覺得渾身不自在。他開口催促，但話沒說完就在驚愕的沉默中消散。

因為機械人開始緩緩地、謹慎地轉起圈來。

「這玩意兒他媽的在做什麼？」德克瀚壓低音量問。

以薩轉頭看向她。

「我不知道。」他也悄聲回答，「我聽說過類似的事，但沒想過是真的。我想它中了某種病毒，也就是所謂的ＣＩ……機械智慧……我實在不敢相信……」

他回頭凝視機械人，德克瀚與李謬爾走上前。遲疑片刻後，雅格哈瑞克也尾隨跟上。

「但這不可能啊。」以薩突然又說：「它的引擎不夠精密，無法執行獨立思考的運算。這怎麼可能！」

機械人垂下叉針，退到附近的一堆灰塵旁，用針尖在上頭寫字。地板上出現清清楚楚「可能」兩個字。

見到此景，三名人類不約而同倒抽一大口涼氣。

「見鬼了……？」以薩大叫，「你不僅識字，還會寫……你……」他搖了搖頭，抬頭看向機械人，臉色又暫時恢復冷峻。「你是怎麼知道這件事的？」他問，「還有你為什麼要警告我？」

但他們立刻就知道現在不是解釋的時候。正當以薩專注等待機械人回答時，李謬爾抬頭看向時鐘，大吃一驚，心裡一緊。快來不及了。

雖然花了點時間，李謬爾和德克瀚還是成功說服以薩，現在最好立刻帶著機械人一起離開這間工作室。即便不曉得它的消息從何而來，他們最好還是這麼做。

以薩軟弱地抗議了一會兒，使勁拉扯機械人。他一面詛咒大衛下地獄，一面又對機械人的理解力感到驚奇。他怒吼咆哮，檢查改造過的清掃引擎，但依舊絲毫摸不著頭緒。德克瀚與李謬爾不斷在旁催促，他們的焦急感染了他。

「沒錯，大衛是個該死的混蛋；沒錯，這機械人是個該死的奇蹟。以薩，」德克瀚厲聲道，「但如果我們現在不走，它就會變成一團垃圾。」

彷彿要火上加油般，機械人這時又灑了些灰塵出來，以薩看著它小心翼翼寫出三個字：**晚點說**。李謬爾的思緒飛轉。

「我知道奇德那裡有個地方。」他已有了主意，「我們今晚可以暫時在那避一避，之後再從長計議。」德克瀚和他飛快巡一遍房間，將有用的物品統統掃進從大衛櫥櫃中「借來用」的袋子——很顯然，他們是沒機會還了。

以薩依舊傻愣愣地站在牆邊。他嘴巴微微張開，目光呆滯，不可置信地搖頭。

李謬爾抬起頭，瞥見他的神色。

「以薩，」他喝叱，「去收拾你的鬼東西，我們只剩不到一小時了。現在立刻就要離開，快！」以薩抬起目光，斷然點點頭。他大步上樓，但到了樓梯頂層又停下腳步，靜立不動，茫然與悲傷同時閃過他臉龐。直到現在他仍是難以置信。

沒有多久，雅格哈瑞克悄悄跟上樓。他站在以薩身後，褪去兜帽。

「格寧紐布林。」他盡可能放輕他的禽鳥嗓音，悄聲道，「你在想你的朋友，大衛。」

以薩猛然轉身。

「他媽的他才不是我朋友。」他怒斥。

「他曾經是。你在思索他的背叛。」

以薩沉默無語了好一會兒，然後他點了點頭，震驚與恐懼再度回到臉上。

「我知道背叛是什麼滋味，格寧紐布林。」雅格哈瑞克說：「我非常了解。我感到……非常遺憾。」

以薩轉開頭，粗魯地走向他的實驗室，似乎是看到什麼就抓什麼，隨手將電線、陶瓷和玻璃一股腦兒塞進一只巨大的毛氈旅行袋。他束緊袋口，乒乒乓乓地將大袋子甩上後背。

「你什麼時候被背叛過，雅格？」他問。

「我沒有被背叛過。是我背叛別人。」以薩止步，轉身看向他。「我了解大衛做了什麼事。我非常遺憾。」

以薩茫然地看著他，只覺滿心淒楚，不願意相信。

就在此時，民兵發動攻擊了。但現在才七點二十分。

伴隨一聲巨響，門「碰」地撞開。三名民兵摔進房內，攻城鎚飛出手中。大衛逃走後門就沒有鎖上。民兵沒料到這點，因此依舊嘗試撞開。結果大門毫無抵抗，士兵一下失去平衡，摔倒在地，傻傻地跌了個狗吃屎。

一時間，所有人呆在原地，不知所措。三名民兵掙扎爬起，一隊士兵在屋外看得目瞪口呆，一樓裡的德克瀚和李謬爾愣愣地和他們大眼瞪小眼，以薩低頭看向入侵者。

然後，所有人都動了起來。

街上的民兵回過神，搶進倉庫內。李謬爾將大衛一張大書桌翻倒成側，蹲在臨時的盾牌後方，填裝兩把長槍的火藥。德克瀚拔腿衝刺，朝他飛奔而去，尋求掩護。雅格哈瑞克嘶鳴一聲，自走道的欄杆後退開，消失在民兵的視野外。

就在那電光石火間，以薩腳下一旋，轉向實驗桌，抄起兩瓶裝有褪色液體的玻璃燒瓶，順勢扔過欄杆，當成炸彈擲向進攻的士兵。

頭三名進門的民兵終於站起，不料又給淋了一頭玻璃和化學液體。其中一只巨大的玻璃瓶砸在一名士兵的頭盔上，他又應聲倒地，血淋淋的動也不動。尖銳的玻璃碎片從其他人的盔甲上彈開。兩名淋到液體的士兵呆立片刻，突然放聲慘叫。化學物質滲進他們的面罩，開始侵蝕臉上柔軟的組織。

還沒有人開槍。

以薩又轉過身，抓起更多瓶子。他花了點時間挑選，想製造特定的化學反應。他們為什麼不開槍？他暈眩地想。

受傷的民兵被拉回街上。一隊重裝士兵帶著裝有強化玻璃視窗的鐵盾進入屋內，填補他們的位置。在重重盔甲之後，以薩看見兩名配有甲蟲人毒刺箱的士兵正準備發動攻擊。

他們一定是想活捉我們！他心下登時雪亮。儘管毒刺箱要奪人性命輕而易舉，但也可只用來制敵。受過毒刺箱訓練的人類士兵不多，若路德高特真想要他們的命，他大可派出配有火槍和十字弓的傳統軍隊，那可省事多了。

以薩一口氣朝盾牌軍隊扔出兩瓶化學藥劑，一瓶是思考鐵屑，一瓶是血瑪啡蒸餾液。不過軍隊反應迅速，瓶子撞上盾牌，應聲破碎。士兵旋即往旁躍開，以免被危險的液體濺到。

每名執盾兵後均各有兩名士兵，他們同時旋起鋸齒狀的雙頭流星槌。

毒刺箱中藏有複雜精細的變換發條引擎，由甲蟲人所設計。箱體扣在士兵的腰帶，大小約如一只小袋。箱子兩側連有粗長的電線，電線外裹著一層金屬線圈，金屬線圈外又是一層絕緣橡膠，繩長超過二十英尺。電線盡頭兩英尺處各有一只拋光木製把手。兩名士兵一手各執一端，轉動把手，繩尾開始以駭人的高速旋轉。微光一閃而逝，幾乎難以用肉眼察覺。以薩知道每條繩索尖端都連有一根惡毒的金屬短叉，上頭爬滿沉重的倒鉤與尖刺。叉頭五花八門，有些是實心的尖刺，有些經過精妙的設計，撞擊時會如殘酷的花朵般迸裂綻放。無論哪一種叉頭，都以猛烈的力道飛出，精準刺穿盔甲或軀體，毫不留情地牢牢嵌進骨肉。

德克瀚奔至桌邊，躲在李謬爾身旁；樓上的以薩轉過身，準備抄起更多化學彈藥。在那無聲的瞬間，德克瀚飛快單膝一跪起身，探眼望向桌緣外，瞄準手中長槍。

她扣下扳機。同時間，一名士兵放出他的毒刺箱。

德克瀚射得很準。她料想盾牌上的玻璃視窗是他們的弱點，果不其然，子彈打進了窗口，但她終究低估了民兵。儘管玻璃猛烈迸碎，因粉塵和裂紋變得白茫茫一片，但鏡片中纏有銅線，子彈無法穿透。民兵踉蹌了一陣後又站穩腳步。

帶有毒刺箱的士兵以嫻熟的身法移動。

他甩起手臂，迅速畫出一道道弧線，啟動木頭手把中的小開關，長繩從把手間飛了出去，疾射而出。

旋轉的刀鋒帶動長繩掠過空中，灰色的金屬光芒一閃而逝。

長繩「颯」地射出毒刺箱外，從木製把手之間飛竄而出，絲毫沒有減緩刀鋒的速度。它們旋飛的路徑精準無比，鋸齒狀的沉重刀鋒在空中畫出一道長長的拋物線。電線拉長，弧線跟著迅速下墜。

兩枚鋒利的鋼頭同時刺進德克瀚胸口兩側。她慘叫出聲，身子搖搖欲墜，牙齒咬得格格作響，火槍自痙攣的手指間跌落。

士兵立刻按下毒刺箱上的扳手，啟動囚禁其中的發條。

毒刺箱發出噗噗的旋轉聲。馬達內的隱藏線圈開始鬆解，如發電機般不停轉動，製造出一波波奇異的電流。德克瀚痙攣抽搐，雖緊咬牙根，仍爆出痛苦的嘶吼，髮稍與手指迸發水花般的藍色小火焰。

士兵聚精會神地盯著她，手裡不停旋轉毒刺箱上控制電流型態與強度的旋鈕。一陣猛烈的抽搐後，德克瀚往後一飛，重重摔在牆上。

第二名士兵將他那端水滴狀的金屬球甩過桌後，希望能擊中李謬爾。但李謬爾緊貼著木板，尖球與他擦身而過，沒傷到他一絲一毫。士兵按下按鈕，長繩「咻」地收回。

李謬爾望向被擊倒在地的德克瀚，舉起火槍。

以薩憤怒咆哮，又朝民兵扔下一罐質性不穩的魔法複合物。雖然力道輕了，但是罐內的物質猛烈爆炸，部分灑在盾牌上，部分飛過盾牌之後與蒸餾物混合。兩名士兵慘叫倒地，皮膚變成羊皮紙，鮮血也變為墨水。

一陣響亮的聲音透過擴音器自門後傳來。是路德高特。

「停止攻擊。請理智點，你們是逃不掉的。只要停止攻擊，我們也會手下留情。」

路德高特與亞莉莎．史丹佛秋身旁包圍著層層隨扈。市長偕同士兵親臨突襲現場十分罕見，但這並非一般突襲。他駐守對街，和以薩的實驗室距離不遠。

天色尚未全暗，樓上窗戶和街道兩旁出現警戒又好奇的窺探面孔。路德高特對他們視若無睹，他將鐵製擴音器移開嘴邊，轉頭看向亞莉莎．史丹佛秋，神情煩躁。

「裡頭的戰況一定很激烈。」他說。史丹佛秋頷首。「不過不管民兵多沒用，他們也絕不可能會輸。或許會有人不幸陣亡，但格寧紐布林和他的同黨絕對逃不了。」頓時間，他覺得那些躲在窗後不安偷看的面孔非常礙眼。

他猛然舉起擴音器，高聲怒斥：「立刻給我離開窗邊！」

窗簾紛紛拉上。很好；路德高特退開，卻看見倉庫搖撼起來。

李謬爾謹慎而瀟灑地開了一槍，解決另一名毒刺箱手。以薩把他的書桌從樓梯上扔下去，撞倒兩名想搶攻上前的士兵。他繼續朝敵人扔擲化學炸彈，雅格哈瑞克也在一旁幫忙用有毒的化學混合物轟炸攻擊者。

但這不過是垂死的掙扎。雖然情況不容他們失敗，但這些英勇抵抗根本沒有勝算。敵人實在是太多了，倒了一個還有一個。以薩、李謬爾與雅格哈瑞克唯一的優勢，就是政府並不打算發動致命攻勢，而他們則不需要顧慮敵人的性命。以薩估計目前約有四名民兵倒地：一名中彈、一名摔破頭，還有兩名死在化學魔法下。但他們支撐不了多久，民兵繼續挺著盾牌朝李謬爾逼近。

以薩看見民兵抬起頭，竊竊私語了一會兒，然後其中一人小心翼翼地舉起火槍，瞄準雅格哈瑞克。

「趴下，雅格！」他大吼，「他們打算殺了你！」

雅格哈瑞克迅速撲倒，消失在狙擊手的視野範圍外。

織蛛雄偉的身影沒有憑空冒出，也沒有悄悄浮現，只有聲音在路德高特耳中響起。

我被天上看不見的糾纏電線困住無可奈何張腿站在破壞織網的凶手的心靈糞便上牠們是低等生物鄙俗乏味悄悄告訴你市長先生這個地方搖搖欲墜

路德高特悚然一驚。拜託不要現在；他暗忖，同時以堅定的聲音回答。

「織蛛。」他說。史丹佛秋轉頭看向他，眼神好奇而銳利。「很高興你加入我們。」

這該死的傢伙太難掌控了，路德高特怒不可遏地想。不要現在，該死的不要是現在！快去追獵魔蛾啊……跑來這裡做什麼？織蛛不按牌理出牌的作風不只令人火大，而且危險，路德高特也是考量過種種風險後才決定請求牠協助——即便牠是匹脫韁野馬，也一樣是致命武器。

路德高特以為自己和這隻大蜘蛛達成了某種協議，讓雙方至少能維持某種合作關係。凱普萊諾爾幫了大忙，雖然織蛛學目前尚為一門實驗領域，但也有了少量的研究成果，其中包括證實有效的溝通方法；路德高特就是藉此與織蛛互動。舉例來說，可以將訊息刻在剪刀的刀鋒後融化，或隨便挑選一座雕像，從下方打燈，利用影子在天花板上寫下訊息。織蛛的回應非常迅速，只是方式更加詭異。

路德高特先前彬彬有禮地要求織蛛去追捕魔蛾。當然了，他無法「命令」織蛛，只能提出「建議」。

織蛛給了他正面的回應，他便愚蠢而且可笑地開始把牠看做自己的手下之一。再也不了。

路德高特清了清喉嚨，問：「可以請問你來這兒是為了什麼嗎？織蛛？」

聲音再度在他耳中迴盪，在頭顱內東彈西跳。

絲線內外爆炸毀裂世界織網被撕開一道裂縫色彩滲漏逐漸褪色我掠過天際在表面之下沿著裂隙跳舞對這醜陋的廢墟悲傷哭泣這地方是一切的起源事情從這裡開始

路德高特緩緩點頭，織蛛的話總算開始有意義了。「事情是從這裡開始的。」他附和，「這裡是整件事的核心關鍵，是所有一切的源頭。但不幸地……」他小心翼翼地斟酌字眼，「不幸地，現在不是適當的時機。可以麻煩你晚些再回來調查這個——問題的發源地嗎？」

史丹佛秋一臉擔憂地看著路德高特，專心聆聽他的答覆。

在那詭異的瞬間，所有聲音彷彿都停止了。倉庫內的怒吼和咆哮暫時沉默，民兵手上也再沒傳出任何武器的軋輾或碰撞聲。史丹佛秋欲言又止，織蛛也靜默無語。

緊接著，路德高特頭顱內響起一陣低語。他愕然地抽了口涼氣，失魂落魄地張開嘴巴。他不曉得自己是怎麼知道的，但他真真切切聽見織蛛神祕的聲音穿過種種空間，朝倉庫而去。

士兵踏著冷酷的步伐朝李謬爾節節逼近。他們踩過福米斯漢克的屍體，耀武揚威地將盾牌高舉胸前。

樓上，化學藥劑被以薩和雅格哈瑞克扔得一瓶不剩。以薩連連怒吼，猛抄身邊的椅子、木板和垃圾朝民兵扔去，卻被輕輕鬆鬆擋開。

路勃麥動也不動躺在以薩客廳角落的一張小床上，德克瀚也和他一樣失去意識，倒臥在地。

李謬爾發出一聲絕望的怒吼，扔出手中的牛角形火藥筒，灑了民兵滿臉嗆鼻火藥。他在身上摸索引火盒，但民兵已揮舞著軍棍夾抄而來。配有毒刺箱的士兵節節逼近，刀鋒嗡嗡旋轉。

倉庫中央的空氣開始神祕震動。

兩名正逼近這塊擾動區域的民兵困惑地停下腳步。以薩和雅格哈瑞克一人扛起巨大工作檯的一端，正準備要砸向底下的士兵，但一看見這景象也停在原地，駐足察看。

彷彿一朵詭異的花朵在倉庫中央綻放，一團有生命的黑影突然憑空冒了出來。像貓伸懶腰一般，輕巧自然地展開成一具實體，站了起來，節狀的巨大身影填滿整個房間。這隻宏偉的蜘蛛通體散發著一股雄渾的力量，吸走空氣中的光線。

是織蛛。

雅格哈瑞克和以薩愕然鬆手，工作檯「碰」地一聲重重砸落。

正對李謬爾拳打腳踢的民兵也住手轉身，空氣中的變化令他們心生戒備。

所有人都停下動作，目瞪口呆地看著眼前景象，驚駭至極。

織蛛高大的身影突然出現在兩名簌簌發抖的民兵正前方。他們發出微弱的哀嚎，其中一名士兵嚇呆了，長劍摔落在地；另一名士兵雖然比較勇敢，顫巍巍地舉起手槍，但同樣製造不了任何威脅。

織蛛垂首看向兩名男人，舉起牠人類般的雙手。看見他們嚇得縮成一團，便垂下一隻手，像摸狗似的拍拍他們的頭。

牠舉起手，指向二樓的走道，呆若木雞的以薩和雅格哈瑞克還傻傻站在原地。那神祕飄渺、如歌般的聲音迴盪在陷入寂靜的倉庫內。

牠在樓上小小的通道出生那根萎縮的拇指那隻畸形孱弱的幼獸釋放手足牠撕裂密閉的囚牢破繭而出我聞到牠早餐的殘餘物舌頭還無力垂落在外喔我喜歡我享受這張網這些緯紗複雜精緻雖然撕裂了這裡這個人可以用他幼稚強健的專長幫忙紡紗

織蛛用一種奇異的流暢動作搖頭晃腦，臉上那許多顆閃閃發亮的眼珠興致盎然地打量倉庫。所有人類仍像石像般僵立原地。

路德高特的聲音從屋外傳來，語調緊繃。而且憤怒。

「織蛛！」他高聲道，「我有禮物和訊息要給你！」沉寂片刻後，一把珍珠柄剪刀射進倉庫。織蛛像人類一樣興高采烈地拍手。屋外傳來刀鋒開合的獨特聲響。

太好了太好了，織蛛低吟，懇求地剪啊剪雖然用冰冷的聲音撫平邊緣和粗糙的纖維一場反轉的爆炸漏斗集中我必須改變方向在這裡與不知名的業餘藝術家編織圖案修復可怕的裂痕在藍天上出現猙獰的不對稱不行不行這是不被允許的撕裂的織網縫補了但是沒有圖案在這些絕望的愧疚的痛失摯愛的心靈中存在精緻的欲望織錦膚色斑駁的同伴渴望朋友羽毛科學正義黃金織蛛的聲音在歡愉的低吟中顫抖。牠的腿突然用恐怖的高速動了起來，踩著複雜的步伐穿過房間，空氣間開始泛起陣陣漣漪。

圍在李謬爾身邊的民兵扔下軍棍，連滾帶爬地逃開，能躲多遠是多遠。李謬爾抬頭，透過腫脹的雙眼看見織蛛巨大的身軀，驚恐地舉起雙手，恐懼哀嚎。

織蛛在他面前徘徊了一陣，然後又抬頭看向上方的平臺。牠不過微微提了提腳，便立刻神奇地現身在走道上，站在以薩和雅格哈瑞克附近。兩人駭然瞪著眼前巨大的怪物身影，織蛛如尖針般的腳一點，朝他們撲躍而去。鳥人與科學家像石化了般動彈不得，雅格哈瑞克想後退，但是織蛛的動作太快了，野蠻殘暴冥頑不靈，牠嘴裡一面輕哼，同時間手一探，抄起鳥人，把他劃進牠人類般的臂彎之中。雅格哈瑞克像個受驚的嬰兒般扭動哭喊。

又黑又紅，織蛛唱著。牠像舞者一樣踮著腳尖，優雅側行，穿過扭曲的空間，再次出現在李謬爾蜷縮的身影旁。牠拎起李謬爾，把他掛在雅格哈瑞克旁邊。

民兵縮在屋後，嚇得魂飛魄散，每個人都動也不敢動。此時屋外又傳來路德高特的聲音，但根本沒人在聽。

織蛛抬起腳，再次出現在以薩二樓的實驗室。牠來到以薩面前，用空著的手將他一把抄起，奢華的凡夫俗子，牠抓住以薩，嘴裡低聲吟誦。

以薩毫無反抗的餘地。織蛛的觸感冰涼，毫無變化，彷彿不像真的，肌膚也有如潔淨的玻璃般平滑。他感覺織蛛不費吹灰之力就把他拎了起來，用骨瘦如柴的手臂寵溺似的抱著他。

勢不兩立漠不關心凶猛殘暴，以薩聽見織蛛一面低吟，一面踩著神祕的步伐折返，轉眼間就出現在二十英尺外，站在德克瀚動也不動的軀體旁。她身旁的民兵驚慌逃竄。織蛛抬起她失去意識的身軀，塞在以薩旁邊；他能透過衣服感受到她的體溫。

以薩感到一陣天旋地轉。織蛛再度橫行穿越房間，來到機械人身旁。在過去的幾分鐘內，以薩完全忘了它的存在。它已回到它平時休息的角落，在那兒靜靜看著民兵突擊。它轉動光滑的金屬頭上一片玻璃鏡片，望向織蛛。巨大的蜘蛛影子如天羅地網般當頭籠罩，牠將機械人剷進牠匕首般的臂彎，敏捷地往上一拋，用弧形的背殼接住那臺大小有如成人的醜陋機器。機械人搖搖晃晃地保持平衡，無論織蛛怎麼移動，它都沒有摔落。

以薩的頭顱內突然傳來一陣猛烈的痛楚。他痛苦哀嚎，感覺熾熱的血液衝上腦門。他聽見李謬爾的慘叫聲緊接響起，像是回音一樣。

儘管視線因為鮮血和迷惘模糊不清，以薩仍看見織蛛大步穿過環環相扣的異度空間。四周的倉庫不停閃動，牠一個轉彎，現身在民兵隊伍旁，刀鋒般的手臂迅雷不及掩耳地一揮，淒厲的慘叫聲接連響起，彷彿某種會製造痛苦哀嚎的詭異病毒在倉庫內高速蔓延。

織蛛停在倉庫正中央，手肘牢牢夾緊，讓臂彎中的俘虜動彈不得。有什麼紅紅的東西自牠前臂掉落。以薩抬起頭，忍受從太陽穴傳來的燒灼刺痛，睜眼張望。哭嚎聲此起彼落，全部的人都縮成一團，雙手緊緊按在臉龐兩側，但依舊止不住從指縫間汩汩湧現的鮮血。

以薩垂下視線。

織蛛手中灑落一大把血淋淋的耳朵。

牠的手掌輕柔移動，鮮血與汙穢溼滑的肉塊灑在一地灰塵上。切下的耳朵紛紛掉落，排出一個完美的剪刀形狀。

織蛛抬起頭，神奇地扛著五具掙扎的身軀，來去自如，完全不受阻礙。

熾熱而可愛的，牠喃喃自語，轉眼間消失無蹤。

體驗先是變成了夢境，夢境又變成了記憶。我看不見三者間的界線。

織蛛，那偉大的蜘蛛，與我們相偕而行。

在錫邁克，我們稱祂做弗力亞吉—亞哈—海特：跳舞瘋神。我從沒想過自己有一天能親眼看見祂。祂從天地間的漏斗現身，阻攔在我們與執法者之間。他們的武器於是緘默無聲，話語如困在蜘蛛網中的蒼蠅般鯁在喉中死去。

跳舞瘋神踩著野蠻而奇異的步伐穿梭倉庫內，一個個拎起我們——我們這些叛徒、罪犯，這些難民。

無論是有思考能力的機械人、無法飛行的鳥人、撰寫報導的記者、犯罪科學家和科學型罪犯，祂把我們統統帶走，彷彿我們是迷失的信徒，祂譴責我們誤入歧途。

祂刀鋒般的手臂如電光般閃現，人類的耳朵便像肉雨般點點落在塵土中。祂放了我一馬，或許是因為我藏在羽毛之下的鳥耳對這瘋狂的力量來說不值一文。在悲嚎與絕望的哭喊聲中，弗力亞吉—亞哈—海特雀躍不已地繞著圈子奔跑。

然後，祂累了。於是踏過扭曲變形的物質空間，離開倉庫。

進入另一個維度。

我閉上雙眼。

我循著一道未知的方向移動。當跳舞瘋神循著強大的力量前進，我感到有許多隻腳在身旁飛掠而過。祂用一種現實世界無法理解的角度跳躍，我們在祂身下顛簸搖晃。我的胃劇烈翻攪，感覺自己被世界的絲線所纏繞，皮膚在奇異的空間中如受針扎般刺痛。

有那麼片刻，神的瘋狂感染了我。有那麼片刻，渴求知識的貪念忘記了它的身分，一心只想解渴。

於是在那短短瞬間，我睜開了眼。

在那駭人的彈指永恆之間，我透過跳舞瘋神的腳步，瞥見真實。

我發癢的雙眼中盈滿淚水，感覺像遭受無數沙塵暴襲擊，就要爆炸。它們無法吸收眼前的景色，我可憐的雙眼掙扎著想要看見那些無形之物，但卻什麼也看不見。只有片段，只有輪廓的邊緣。

我看見——或我以為自己看見、說服自己看見——一片足以讓任何沙漠天空都顯得渺小的巨大，一道寬闊無邊的鴻溝。我啜泣，也聽見其他人在我身旁啜泣。周遭，有什麼東西蔓延在這片虛無之中，如洞穴般朝四面八方以及各個維度遠逝而去，用超自然物質的複雜結紐包圍綿長的時間與廣大的空間。是一張網。

我知道它的真義。

那無止無盡的蔓延色彩，那複雜織錦上彼此交雜的混亂紋理……一切的一切都在跳舞瘋神的腳步下震動共鳴，在空氣間發出小小的回音，有勇氣、有飢餓、有建築、有爭執、有盜竊，有謀殺，有水泥。椋鳥們動作的紗線連結到少年竊賊渾厚又黏密的笑聲上；線拉得緊緊的，牢牢黏附在第三根線上。這條絲線來自教堂屋頂上的七個飛拱。辮穗消失在其他廣袤無垠的空間中。

每一份意圖、互動、動機；每種色彩、每個軀體、每個行為與反應、每樣現實、每個念頭、每項連結、每段歷史與潛在歷史的關鍵時刻，每次牙痛、每條石板路、每種感情、誕生、鈔票；一切的一切都織進了那無窮蔓延的織網之中。

它沒有起點，也沒有終點，複雜的程度令所有心智都要謙卑。它是如此美麗，使我的靈魂無法遏制地哭泣。

織網上充滿生命，我看見更多和我們的背負者一樣的織蛛，更多跳舞瘋神隱隱約約出現在無邊無際的織網上。

還有其他的生物，那些可怕又複雜的形體我是萬萬不會回想的。

這張網並非完美無瑕。在無數地方，絲線斷裂，色彩混濁，不時可見扭曲不穩定的圖樣。經過這些傷口時，我感到跳舞瘋神停下腳步，收縮祂的吐絲器，修補裂痕，重新著色。

不遠處，是屬於錫邁克的緊繃絲線。我發誓，當世界織網因時間的重量壓迫而收縮時，我看見它隨之擺盪。

在我身旁四周，是這奇幻蛛絲的局部結紐……是新克洛布桑。在綿密的織網中央，有一道醜陋的裂口。裂痕向外蔓延，讓城市的織網變得四分五裂。許多色彩滲漏而出，織網因此乾涸失色，只剩下枯燥乏味的蒼白。那是一片毫無意義的虛空，一種了無生氣的色澤，比誕生於黑暗洞穴之中、缺乏視力的魚類還要死氣沉沉上千倍。

我睜大疼痛的雙眼，看著眼前景象。我看見那道裂口正在擴大。

我是如此害怕那道不斷擴張的裂隙。織網的巨大和恢弘更令我察覺自己的渺小，我緊閉雙眼。

但我無法關閉思緒。它亂成一團，不由自主地想起方才見到的一切，卻又無法阻止那些畫面消散，最後，只有一種感覺留下。但如今我想起來了，我想起那些畫面，而那份浩瀚的重量不再沉沉壓迫我頭顱。

此時此刻，令我著迷失神的，是那些蒼白的記憶。

我隨著偉大的蜘蛛一同舞動；我跟著跳舞瘋神一同雀躍狂歡。

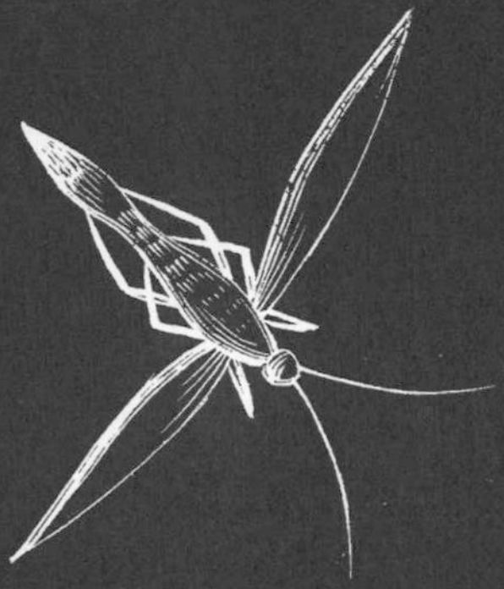

第五部

議會

34

路德高特、史丹佛秋和瑞斯邱在藍奎斯特室中召開一場戰情會議。

三人一夜沒睡，路德高特與史丹佛秋都已筋疲力盡、心浮氣躁。他們一面仔細閱讀文件，一面將大杯大杯濃咖啡灌進喉嚨。

瑞斯邱面無表情，手指玩弄著緊緊包在頸間的圍巾。

「你們看看這個。」路德高特對著下屬揮舞一張信紙，「今天早上送來的——撰文者親自送來，所以我有機會和他們本人商討信裡的內容。他們可不是來找我交際應酬的。」

史丹佛秋湊上前，伸手要拿信。但路德高特沒理會她，逕自重讀一遍。

「信是喬書亞．派頓、巴托．沙德納和馬謝克．葛瑞謝納斯三人聯名撰寫。」瑞斯邱和史丹佛秋同時抬頭，路德高特緩緩頷首。「箭鏃礦場、沙德納商業銀行與派瑞德克斯財團的三大龍頭特地找時間一起寫了這封信，所以這代表我們還可以在下面多加上一長串比較不重要的人名，對嗎？」他撫平信紙，又說：「派頓、沙德納與葛瑞謝納斯先生『十分關切』——這裡寫道，那些傳進他們耳中的『不利消息』。他們聽說了我們的危機。」他看見史丹佛秋和瑞斯邱四目相接，交換了個眼色。「都是些不實的傳聞。他們不曉得究竟出了什麼事，只知道現在沒有一個人晚上能睡好覺。除此之外，他們也聽到了格寧紐布林這個名字，想知道我們是否打算採取任何反制行動，處理……『這個危害我們偉大城邦的重大威脅』。」他放下信箋，史丹佛秋聳聳肩，張口欲言，但路德高特攔在她前頭，憤怒而疲憊地揉了揉眼。

「你們都看過托姆林督察員——也就是莎莉——的報告。根據薩瑞秦的情報——在我們的照料下，他現已逐漸恢復——格寧紐布林宣稱自己已打造出一部可實際運作的危機引擎原型。我相信大家都了解此事的嚴重性。嗯……我們這些善心大賈已發現此事，你們應該能夠想見，他們所有人——特別是派頓先生——**都迫切希望**我們能盡快阻止這項荒謬的宣言。他們建議，任何格寧紐布林先生偽造出來欺騙無知世人的**假引擎**都應該盡數銷毀。」他嘆了口氣，抬頭看向兩人。

「他們還提到他們這些年來慷慨提供給政府與碩日黨的豐厚資金。所以呢，我們現在接獲命令了，各位先生女士。雖然魔蛾的事讓他們很不開心，希望我們能立刻捉回這種危險的動物；但不意外的，危機引擎存在的可能性更是讓他們極度恐慌。我們昨晚徹底搜查了一遍倉庫，沒有發現任何類似該裝置的東西或線索。我們必須考慮薩瑞秦誤解或格寧紐布林說謊的可能性，不過萬一他沒有，我們必須記住，他昨晚可能將引擎連同研究筆記一塊兒帶走了，當他被……」他沉重地嘆了口氣，「被織蛛帶走的時候。」

史丹佛秋小心翼翼地開口：「昨晚究竟出了什麼事？」她大膽問道：「我們現在知道了嗎？」

路德高特粗魯地聳聳肩。

「我們已經把那些看見織蛛出現的民兵提供的證據交給凱普萊諾爾審閱，看它們能告訴凱普萊諾什麼。我不斷嘗試聯繫那傢伙，結果只得到一個根本看不懂的簡短答覆……牠用煙灰寫在我鏡子上。我們現在唯一可以確定的是，牠認為從我們眼皮子底下帶走格寧紐布林和他的朋友可以改善世界織網的圖案。我們不知道牠的下落，不知道牠帶走他們的原因，也不知道牠是否殺了他們；我們什麼都不知道。不過凱普萊諾爾相當肯定牠還在獵捕魔蛾。」

「那些耳朵呢？」史丹佛秋問。

「**鬼才知道！**」路德高特怒吼，「顯然它們會讓織網變得更漂亮！所以我們的醫務室裡現在擠滿了二十名嚇得屁滾尿流、只剩一隻耳朵的民兵！」他冷靜了些，「這段時間我不停思索，而我相信，會面臨現在這個情況，是因為我們一開始的野心過於龐大。我們還是會繼續追查織蛛的下落，但同時間，我們要運用普通一點的方法獵捕魔蛾。我們將召集所有侍衛、民兵，以及所有研究過魔蛾的科學家，成立一個特別小組。除此之外，我們還要與莫特利合作。」史丹佛秋和瑞斯邱同時看向他，點了點頭。

「這是必要的手段。我們必須集結所有可用資源。他的人馬受過訓練，我們也是。我們這邊已經展開程序，屆時，他將擁有屬於他自己的軍隊，我們有我們的，但兩方將並肩合作。在我們指揮之下，莫特利這段期間所有非法活動都將得到無條件特赦。」

「瑞斯邱……」路德高特沉聲道，「我們需要借重你的特殊專長——不過當然是私底下進行。你在一天之內可以動員多少你的……族人？在他們了解這個任務性質的狀況下？這是一項非常危險的任務。」

蒙特約翰．瑞斯邱又開始用手指撥弄圍巾。他的呼吸下透著一種特別的聲音。「大約十名。」他說。

「當然了，你們將事先接受訓練。如果我沒記錯的話，你以前用過鏡盔？」瑞斯邱頷首。「很好。因為你們這一族的知覺型態……和人類極為相似，不是嗎？對魔蛾來說，無論宿主為何，你們的心智都與我們一樣**誘人**，對嗎？」

瑞斯邱再度頷首。

「我們也做夢，市長先生。」他用死板板的語調回答，「我們一樣是牠們的獵物。」

「我明白。你——以及你們族人——的英勇行為不會被埋沒的。我們將盡力提供一切所需資源，確保你們安全。」瑞斯邱面無表情地點了點頭，緩緩起身。

「時間緊迫。我現在就把話送出去。」他行了個禮，「明天落日之前我就會召集好小組。」說完他便轉身離開會議室。

史丹佛秋緊抿雙脣，轉頭看向路德高特。

「他不是很樂意，對吧？」她說。路德高特聳聳肩。

「他一直都知道在這個位置有一天可能會碰上危險。對他的族人來說，魔蛾一樣是可怕的威脅。」

史丹佛秋頷首。

「他被寄生多久了？我是說原本的瑞斯邱；人類的瑞斯邱。」

路德高特在腦中默默計算。

「十一年，他原本打算取代我。妳已經派小隊出去了嗎？」他問。史丹佛秋靠向椅背，就著陶製煙斗長長吸了口菸，帶有香氣的煙霧旋舞繚繞。

「我們今明兩日將展開為期兩天的密集訓練……你知道，練習用鏡盔瞄準後方之類的。莫特利顯然也正採取同樣行動。謠傳他的軍隊裡包含了幾名經過**特殊設計**的再造人，專門飼養與追捕魔蛾……身上建有鏡子與後伸的手臂等等。我們只有一名這樣的士兵。」她嫉妒地搖了搖頭，「我們還有幾名先前參與過計畫的科學家，現在正在追查魔蛾的位置。他們再三強調這個方法並不可靠，但如果有任何結果，或許能讓我們有所突破。」

路德高特頷首，「還有，」他說：「我們的織蛛也還在外頭追捕那些忙著撕毀牠寶貴織網的魔蛾……我們的兵力強大。」

「但各方人馬間缺乏協調。」史丹佛秋說：「我正是擔心這一點。城中的士氣江河日下。雖然真相只有少數人知悉，但每一個人都曉得自己現在晚上無法入睡，而且害怕做夢。我們正在繪製一張噩夢發生的熱點地圖，看能不能在其中找出什麼模式，藉此追蹤魔蛾去向。過去一星期來爆發許多暴力犯罪事件，不過沒什麼大型或預謀的犯罪，都只是些臨時起意的攻擊行為、衝動殺害、口角或情緒失控等等。」她緩緩說：「民眾情緒緊繃，提心吊膽，開始出現被害妄想。」

房內陷入一陣沉默。片刻後，史丹佛秋又說：「今天下午你應該就能收到部分科學研究的成果報告。」她表示，「我要我們的研究小組研發防止蛾屎在睡夢時滲進腦內的頭盔。雖然戴起來會很可笑，但至少能安睡。」她停口。路德高特的眼睛飛快眨動。「你眼睛怎麼了？」她問。

路德高特搖搖頭。

「妳繼續說。」他憂傷地說：「我們還是無法解決排斥的問題；是時候換副新的了。」

市民帶著睡眼惺忪的倦容出門工作，人人心浮氣躁，看什麼都不順眼。

在凱爾崔利的碼頭上，眾人絕口不提潰敗的罷工行動。蛙族裝卸工人身上的瘀青逐漸褪去，一如往常地在濁流中搬抬傾倒河中的貨物，指揮船隻進入擁擠的河岸。他們交頭接耳，竊竊私語，低聲討論失蹤的工會代表與罷工領袖。

他們的人類同事五味雜陳地看著這些敗戰的非人種族。

龐大的飛船在城市上空來回巡邏，散發不安又笨拙的恫嚇。

爭執異常容易爆發，打鬥也變得稀鬆平常。暗夜伸出魔掌，從難以成眠的城市中擄走受害者。

大彎區的布萊克利煉油廠，一名神色委靡的起重機操作員沉浸在想像中，這個噩夢前一晚奪去了他的睡眠。他打了個哆嗦，起重機跟著一陣顫抖。於是這巨大的蒸汽機器就這麼提早一秒倒出熔化的鐵漿，白熱的液體傾洩至等待的貨櫃之中，如拋石機般將滾燙的水珠濺灑到工人身上。工人瘋狂慘叫，轉眼就被無情的水瀑淹沒。

在潑屎鎮高聳的廢棄水泥大樓頂端，城市的鳥人在夜裡燃起熊熊火焰，敲鑼打盆，扯開喉嚨尖聲哼唱下流的歌謠，發出嘈雜刺耳的嚎叫。查理老大說這樣便可阻擋邪靈入侵他們的塔堡，將那些飛翔空中的怪物、入城吸食活人腦漿的惡魔拒於門外。

薩勒克斯人聲鼎沸的咖啡館中聚會也漸漸少了。

噩夢讓部分的藝術家開始瘋狂創作。一項展覽計畫——「凶城特快信」——因此展開。屆時將會展出各種受噩夢所激發的藝術、雕塑與聲音作品。

空氣中瀰漫著恐懼，只要提起兩個特定的姓名就會引起緊張與不安。**林恩**和**以薩**這對消失的情侶。一旦提及兩人，就必須承認事情可能出了什麼問題，承認他們不只是忙到抽不開身，承認他們不告而別的缺席意味著兩人已凶多吉少。

噩夢撕裂睡眠的薄膜，夢境開始流洩至現實生活，侵擾陽光的國度，乾涸喉間的對話，偷走身旁的親友。

以薩在痛苦的回憶中醒轉。他回想前一晚的驚險逃亡，眼珠轉動飛快，但眼皮依舊緊閉。

他一時間無法呼吸。

他緩緩試探，終於想起來了，不可思議的畫面重重擊向他腦海：與壽命同粗的絲線、生物悄悄地爬行在環環相扣的纜線上，還有在一面美麗的七彩蛛絲織網之後的，是一片巨大、永恆、無窮無盡的虛空……

他駭然睜開雙眼。

蜘蛛網消失了。以薩緩緩環顧四周，發現自己置身於一個磚穴，洞裡冰涼潮溼，在黑暗中答答滴水。

「你醒了，以薩？」德克瀚的聲音傳來。

以薩掙扎著用手肘撐起上半身，他一動，就感到各種痛楚從全身上下傳來，忍不住發出一聲呻吟，覺得像被人狠狠揍了一頓、五馬分屍一樣。德克瀚坐在他身旁不遠處的一個磚架上，朝他陰沉沉一笑，咬牙切齒的模樣好不嚇人。

「德克瀚？」他喃喃問，雙眼越瞪越大，「妳身上穿著什麼啊？」

黑煙自燃燒的油燈中裊裊竄升，在昏暗的火光下，以薩可以看見德克瀚身上穿著一件寬鬆的長洋裝，材質是某種亮粉紅色的布料，裝飾有俗豔的花朵刺繡。德克瀚搖了搖頭。

「我知道才怪。」她答，口氣很酸，「我只知道自己被一名士兵用毒刺箝擊昏，醒來後就發現自己在下水道裡，身上還穿著這鬼東西。不只如此……」她的聲音顫抖了一下，然後撩起披散臉旁的髮絲。以薩看見她皮膚上結了一層仍在滲血的凝結血塊，不由倒抽一口涼氣。「我……我他媽的少了一隻**耳朵**。」德克瀚放下簌簌發抖的手，任由髮絲垂落。「李謬爾說是……是**織蛛**帶我們來這裡的。喔對了，你還沒看見自己身上穿了什麼咧。」

以薩揉揉頭，挺背坐直，試著驅散遮蔽他思緒的濃霧。

「**什麼**？」他說，「我們在哪？下水道……？李謬爾呢？雅格哈瑞克呢？還有……」路勃麥呢？他聽見自己在心裡說。他想起福米斯漢克的話，一陣冰冷的恐懼湧現，他記起路勃麥是永遠不會清醒了。

他任由未完的句子消散空中。

他聽見自己的聲音，察覺自己正歇斯底里地胡言亂語，於是閉上嘴，深呼吸，強迫自己冷靜。

他環顧四周，觀察情況。

他與德克瀚坐在一個寬約兩英尺、嵌在牆內的壁穴中。此處是一間無窗的小磚房，約有十平方英尺大——不過光線昏暗，無法清楚看見另一頭——天花板高不超過五英尺，四面牆都鑿有圓柱狀的隧道，直徑約四英尺。

房間底部完全泡在汙水中，看不出水有多深。這些水看起來是從其中兩個隧道流入，又緩緩打旋從另外兩個流出。

牆壁因生物分泌的黏液與霉斑顯得溼滑，空氣中充滿腐敗物和排泄物的氣味，惡臭難當。

以薩低頭看向自己，不由困惑地皺起眉頭。他穿著一身乾淨無瑕的西裝，甚至還打了領帶。這套西裝的剪裁完美合身，能讓任何一名國會議員引以為傲。但以薩以前從沒看過這套西裝，而破破爛爛堆在身旁的，是他那只骯髒的毛氈旅行袋。

突然間，他想起來了；前一晚經歷的猛烈痛苦和傷害一下湧回腦中。他大口喘息，顫巍巍地舉起左手往臉旁摸索，然後重重地吐了口氣。他的左耳不見了。

他小心翼翼地按壓傷口，以為會摸到溼淋淋的爛肉或血痂。但相反地，不同於德克瀚的傷口，他摸到的是一個癒合良好的傷疤，上頭已新長出一層皮膚，一點兒也不會痛，彷彿他已經失去左耳多年。他皺起眉，手指試探地在傷口旁彈了幾下；還是聽得見聲音，但聽力無疑是受損了。

德克瀚看著他，輕輕搖了搖頭。

「織蛛決定要治療你耳朵上的傷口，還有李謬爾的，卻不治療我……」她可憐兮兮地越說越小聲，

「不過，」她補充，「牠替我止了血……就是那些被該死的毒刺箱弄出來的傷口。」她凝視以薩片刻，「所以李謬爾並沒有發瘋，也沒有說謊，或發什麼春秋大夢。」她靜靜地說，「你是不是也要告訴我一隻**織蛛**現身救了我們？」

以薩緩緩點頭。

「我不知道為什麼……我完全不曉得牠為什麼要這麼做……但這是真的。」他回憶，「我聽見路德高特在倉庫外對牠大吼了些什麼，聽起來他並不是真的那麼訝異看見織蛛現身……他試圖賄賂牠，我想；或許那該死的白痴打算跟牠交易……其他人呢？」

以薩舉目張望，這壁穴之中沒有任何可藏身的地方，但是房間另一頭有個一模一樣的洞穴，完全籠罩在黑暗中；如果有東西藏在陰影裡，他也看不見。

「我們醒來時人就在這裡了。」德克瀚說，「除了李謬爾之外，我們身上全穿著這些奇怪的衣服。雅格哈瑞克他……」她茫然地搖頭，輕輕觸碰臉旁血淋淋的傷口，忍不住縮了一下，「他被硬塞進一套妓女服中。這裡有幾盞燈，醒來時已經點著了。李謬爾和雅格哈瑞克將事情經過告訴我……雅格哈瑞克他……他有點怪怪的……說起什麼**蜘蛛網**……」她搖了搖頭。

「我懂。」以薩沉重地說。他沉默片刻，察覺內心恐懼，膽怯地想逃離那份模糊的記憶。「織蛛帶走我們的時候妳已經失去意識，所以沒看見我們看見的……不曉得牠帶我們來到哪裡……」

德克瀚眉心緊蹙，淚眼婆娑。

「我的耳朵……這該死的耳朵痛死我了，以薩。」她說。以薩笨拙地揉揉她的肩膀，五官因同情而糾結。

德克瀚又說：「總之你昏過去了。所以李謬爾先暫時離開一下，雅格哈瑞克也跟著他一起走。」

「什麼？」以薩斥問。德克瀚打手勢要他噤聲。

「你知道李謬爾是什麼樣的人，知道他靠什麼營生。原來他對這些下水道瞭若指掌，顯然這是非常實用的藏身地點。他到隧道裡稍微勘查過，回來後就說知道我們在哪兒了。」

「在哪兒？」

「霧原。他說他要離開一下，雅格哈瑞克堅持跟他一起走。他們發誓三個小時後就會回來，說要出去找些食物，還有替我和雅格哈瑞克找衣服更換，順便探查情況。他們大約是一小時前離開的。」

「該死的，好吧，那我們去找他們……」

德克瀚搖頭。

「別傻了，以薩，」她說，語氣疲憊至極。「如果我們走散就糟了。李謬爾熟悉這些下水道……他說這裡很危險，要我們乖乖留在這裡。他說下頭這兒藏著一大堆玩意兒……食屍鬼、山魈，天曉得還有什麼東西。所以我才留下來看著你。我們必須在這裡等他們回來。

「況且，你現在大概已經成了新克洛布桑的頭號通緝犯。李謬爾黑道不是混假的，他知道該怎麼藏匿行蹤，你出去了才危險。」

「那雅格呢？」以薩怒氣沖沖地問。

「李謬爾把他的斗篷給了他。只要拉起兜帽，再把衣服撕成布條包住腳，他看起來就像一名人類怪老頭。以薩，他們很快就會回來，我們必須留在這裡，擬訂計畫。而你……你一定要**冷靜**。」他抬頭看向她，德克瀚淒然的語氣讓他心裡一揪。

「牠為什麼要把我們帶來這裡，以薩？」她問，五官痛苦糾結。「牠為什麼要**傷害**我們？為什麼要把我們打扮成這樣……牠為什麼不**治療**我……？」她忿然抹去痛苦的淚水。

「德克瀚，」以薩柔聲說：「我不曉得……」

「你應該看看這個。」她說，飛快吸了吸鼻子，遞給他一張又皺又臭的報紙。以薩緩緩接過，一碰到那溼答答的髒東西，臉不禁嫌惡地皺起。

「這是什麼？」他問，打開折起的報紙。

「我們醒來時腦袋全都昏沉沉的，不曉得發生了什麼事。這張紙折成一艘小船，搖搖晃晃地從其中一條小隧道漂來。」她斜睨了以薩一眼，「而且是**逆流**而來。我們把它撈了起來。」

以薩打開紙，讀了起來。這是新克洛布桑的一份週報──《文摘週報》的內頁。他看見刊頭上的日期──一七七九年泰月九日──是同一天早上的報紙。

以薩飛快掃視一遍報上簡短的文章，一頭霧水地搖了搖頭。

「我漏看了什麼？」他問。

「看看給編輯的信。」德克瀚說。

他將報紙翻面。看到了，往下數來第二封。字體跟其他文章一樣正經八百又矯揉造作，但內容卻是截然不同的另一回事。

以薩越讀雙眼瞪得越大。

各位先生女士──

請容我對你們細膩的編織技巧獻上由衷的讚譽。為了讓未來的工作得以繼續，請原諒我擅自將你們帶出那不幸的困境。由於別處仍亟需我援助，因此我無法繼續陪伴你們。但無庸置疑地，我們很快就將再會見。此外，你們之中那位因不慎飼養動物而導致全城災禍臨頭的男士，請你特別留意，恐怕你已獲得逃犯不必要的關注。

我在此強烈請求你們繼續完成那份我亦全心投入的編織工作。

你們最忠實的朋友，

織

以薩緩緩抬頭看向德克瀚。

「天知道其他《文摘週報》的讀者看到這篇文章會怎麼想……」以薩將音量壓得極低，「可惡，那隻該死的蜘蛛真厲害！」

德克瀚緩緩點頭，嘆了口氣。

「我只是希望，」她悶悶不樂地說：「我能了解牠到底想幹麼……」

「妳永遠不會知道的，小德。」以薩說：「永遠。」

「你是個科學家，以薩，」她尖銳地說，語調急迫而絕望，「你對這該死的東西一定多少有些了解。拜託你試著解釋一下牠到底在說什麼……」

以薩沒有爭辯。他重讀一遍文章，在腦中搜尋可用的資訊，不管多微不足道都好。

「只要能讓……蜘蛛網變得更漂亮，牠什麼都願意。」他悶悶不樂地說，看見德克瀚側臉上的猙獰傷口，他不由別開目光。「牠是一種我們無法理解的生物，思考模式跟我們截然不同。」說著，以薩突然想起一件事，「或許……這就是路德高特找牠的原因。」他說，「如果牠的思考模式與我們不同，或許就對那些魔蛾免疫……或許牠就像一頭……一頭獵犬……」

但路德高特終究無法控制織蛛。他想，想起市長從屋外傳來的怒吼。牠並沒有照他的意思行動。

他將注意力重新放回《文摘週報》的那封信上。

「關於編織這部分……」以薩陷入沉思，牙齒輕輕咬著下唇，「指的是世界織網，對吧？所以我想牠是在說牠很喜歡我們……嗯……或該說我們在這世界做的事——我們『編織』的方式。所以牠才把我們救了出來，我想。而後面這部分……」他越讀，恐懼之情就越盛。

「喔，我的天啊，」以薩大口喘息，「這就像巴拜爾那時候一樣……」德克瀚緊抿雙脣，不情願地點點頭。「她是怎麼說的？『牠嘗到我的味道……』我養的那隻毛毛蟲，牠那時候一定無時無刻受到我的思緒撩撥……牠已經嘗過我的滋味了……現在一定在追蹤我……」

德克瀚看著他。

「你擺脫不了牠的，以薩。」她靜靜地說：「我們必須殺了牠。」

她說「我們」。他抬起頭，感激又感動地看向她。

「在我們擬定任何計畫之前，」她說：「還有另一件事，一件我想不通的事；一件需要你解釋的事。」她指向漆黑房間另一頭的壁穴。以薩好奇地望向髒兮兮的幽暗處，只看見一團動也不動的影子。

他立刻就認出那是什麼。一想起它在倉庫的驚人之舉，以薩的呼吸不禁急促起來。

「它不肯與其他人溝通，不管是說話或筆談。」德克瀚說：「我們發現它也被帶到這裡後，就一直試著跟它交談，想知道它做了什麼。但它完全不理我們；我想它在等你。」

以薩滑到壁穴邊緣。

「水很淺。」德克瀚在他身後說。他滑進下水道冰涼的稀泥中。水深及膝，他放空思緒涉水而過，無視汙水流過他腿旁時激起的惡臭。他蹚過令人作嘔的排泄物，朝對面的小小壁穴走去。

以薩步步逼近，藏身在黑暗中的靜止身影微微轉了轉，盡可能挺直破爛的軀體；壁穴對它來說小了些。

以薩坐在它身旁，甩動雙腳，把髒鞋子盡可能甩乾淨。他轉頭看向機械人，臉上寫滿專注、渴切的神情。

「好吧，」他說：「現在，把你所知的一切統統告訴我。告訴我你為什麼要警告我。告訴我究竟發生了什麼事。」

打掃機械人「嘶、嘶」地響了起來。

35

雅格哈瑞克站在楚卡站旁一個潮溼磚洞下耐心等待。

他啃著從屠夫那兒無聲討來的麵包和肉。當時他沒有揭下喬裝，只是從斗蓬底下伸出巨大的手，就這麼討到食物了。他的頭臉始終藏在兜帽下，食物到手後便邁開用布條緊緊纏裹掩飾的雙腳匆忙離開，姿態宛若一名疲憊的老人。

喬裝成人類遠比喬裝成一名完整的鳥人簡單許多。

李謬爾要他留在這兒，他便藏身於黑暗中等待。從包圍他的陰影中，雅格哈瑞克可以看見信徒在鐘教教堂外來來往往。那是一棟又小又醜的建築，正面仍然漆著過去家具店的廣告標語。門上掛著一個作工繁複的黃銅時計，每個小時的數字上都交纏著一個符號，代表相關的神祇。

雅格哈瑞克曉得這個教派，它在中克爾的人類之間相當興盛。當他隨部落前往城市貿易時，曾經造訪過他們的神殿。那是在他犯下罪行前好幾年的事了。

時針走到一點，雅格哈瑞克聽見讚頌太陽之神珊謝德的聖歌悠揚飄頌，蜿蜒穿過破窗。歌聲聽起來比申克爾朝氣許多，也粗獷許多。鐘教成功橫越米格海還不到三十年，顯然它的精妙之處已遺失在申克爾和邁爾沙克間的蔚藍汪洋。

他還沒回過神，那雙獵人般的耳朵已認出其中一對朝他逼近的腳步聲，那並不陌生。他飛快解決剩下的食物，在黑暗中等待。

李謬爾出現在洞窟口。行人在他肩頭之上的光亮空間中來來去去。「雅格。」李謬爾低喚，睜大眼盲目搜尋骯髒的洞窟。鳥人拖著腳走進光線下，看見李謬爾手裡提著兩只裝滿衣服和食物的袋子。「走吧，」他低聲說：「我們該回去了。」

他們循著來時路折返，穿過霧原迂迴曲折的街道。今天是骷髏日，也是市民出外採購的日子，城裡其他地方都擠得水洩不通。但霧原的店鋪又窮又破，對這兒的居民來說，骷髏日就是他們的假日，每個人都趁這天前往葛里斯低地或亞斯皮克坑的市集採購。鎮上空蕩蕩的，不會有太多人看見李謬爾和雅格哈瑞克。

雅格哈瑞克加快腳步，緊裹布條的雙足一顛一躓，踩著奇怪的蹣跚腳步趕上李謬爾。他們朝西南方而去，藏身在高架鐵路的陰影中，往敘利亞克前進。

*我就是這麼進入這座城市的。*雅格哈瑞克心忖；*循著火車巨大的鐵道。*

兩人穿過磚造拱橋下，循著來時路踏進一塊小空地。毫無特色的磚牆三面包圍空地，防洪渠沿著水泥車轍自牆下貫穿而過，通向庭院中央一個約莫成人大小的格柵。

面向南方、沒有圍牆阻擋的那一側，空地正對著一條平凡無奇的巷子。路面在巷前低陷，敘利亞克便位於這片黏土窪地中。雅格哈瑞克眺望前方一大片搖搖欲墜的屋頂，只見屋頂扭曲變形，石板上都長了霉斑，磚頭亂糟糟地排列，歪斜扭曲的風標早已被人所遺忘。

李謬爾放眼巡視一圈，確保周遭沒有其他雙眼睛後，一把將格柵扯落。沼氣蜿蜒竄出，撲面而來，在熱氣的蒸熏之下，惡臭更顯濃郁。李謬爾將袋子交給雅格哈瑞克，從腰帶上抽出填好火藥的手槍。雅格哈瑞克用藏在兜帽下的雙眼凝視他。

李謬爾轉過頭，臉上帶著冷峻的笑意。「我去討了些人情，替我們打理了些裝備。」他揮揮手槍，表示他是怎麼「討人情」的。檢查一遍武器後，他嫻熟地舉起槍，從其中一只袋子掏出一盞油燈，點燃後用左手提著。

「跟著我。」他說：「豎直你的耳朵，不要發出任何聲音，隨時留意身後動靜。」

語畢，李謬爾與雅格哈瑞克往下走進黑暗與汙穢之中。

兩人在溫暖腥臭的黑暗中走了好一會兒，窸窸窣窣的奔走聲與游水聲包圍四周，有一次甚至還聽見隔壁隧道傳來惡毒的笑聲。李謬爾中途猛然轉了兩次身，手中的火炬和手槍同時瞄準眼前的汙穢空間。不知道有什麼東西跑開，水面泛著陣陣漣漪。他沒有開槍，不管那是什麼，都沒有攻擊他們的意思。

「你知道我們有多幸運嗎？」李謬爾閒聊似的輕快開口，他的聲音在惡臭的空氣中緩緩往後飄盪至雅格哈瑞克耳中。「我不知道織蛛是不是刻意將我們留在那兒，但那裡是新克洛布桑最安全的下水道區之一。」他的語氣突然一僵，然後帶著一絲勉強或嫌惡接著說：「霧原是個落後的地區，底下沒有多少食物或魔法殘餘物，更沒有古老的寬敞房間可供一整個家族棲身……這裡算得上冷清。」

他沉默了會兒，接著又說：「就拿獾沼的下水道來說吧，所有來自實驗室與各種研究的不穩定廢水經年累積……製造出一大群數量無法估測的害蟲。有像豬一樣大、還會說人話的老鼠，還有曾曾祖父母從動物園逃出來的盲眼侏儒鱷魚，以及其他各式各樣的雜種生物。

「在大彎區和潛灘，城市坐落於一層又一層老舊建築上。幾百年來，房屋逐漸沉沒到沼澤裡，他們就直接在上頭增建新的房子。那裡的馬路和人行道最多只能撐個一百五十年，廢水則直接排放到老舊的地下室和臥室裡。像這樣的隧道可以通往到沉沒的街道，路名到現在都還看得見。腐朽的房屋上是一片磚頭砌成的天空。頭頂上，排泄物沿著水溝流下，穿過一扇又一扇地底門窗。

是太好看。」

「那些屋子裡住著地下幫派，他們或他們的父母過去曾是人類，不過在地下待了太久，模樣變得不

他清了清喉嚨，大聲咳了口痰到緩緩流動的汙水中。

「但他們算好的了，寧願碰上地下幫派，也不要碰上食屍鬼或山魈。」他笑了，但聲音裡一點笑意也沒有。雅格哈瑞克聽不出李謬爾是不是在嚇唬他。

李謬爾陷入沉默。一時間，除了兩人踩過黏稠廢水的水花聲外，周遭一點聲音也沒有。交談聲突然傳來，雅格哈瑞克身體一僵，迅速拽住李謬爾上衣。但沒多久他就聽清楚了，是以薩和德克瀚的聲音。

糞水似乎載著光線自轉角流過來。

雅格哈瑞克與李謬爾彎腰弓背，舉步維艱，一面咒罵一面穿過彎彎曲曲的隧道交會口，轉進霧原地底中心的一間小房間。

以薩和德克瀚兩人正扯著嗓子對彼此咆哮。以薩視線越過德克瀚肩頭，看見雅格哈瑞克與李謬爾回來，便朝兩人舉手招呼。

「該死的，你們總算回來了！」他大步擠過德克瀚身邊，走向兩人。雅格哈瑞克朝他舉起一袋食物，但以薩視若無睹。「小李、雅格，」他急切地說：「我們必須趕緊動身。」

「等等……」李謬爾開口，但以薩像沒聽到一樣。

「聽好了，該死的！」以薩大聲道，「我剛剛跟機械人談過了！」

李謬爾的嘴依舊張著，但一點聲音也發不出。一時間，房內鴉雀無聲。

「可以聽我說了嗎？」以薩說：「那個機械人有智慧，該死的，它擁有思考能力……我不知道它腦袋裡究竟發生了什麼事，不過那些關於機械智慧的謠言都是真的！可能是某種病毒，或者故障的程

式……雖然它不肯明說，但我想它暗示是那該死的修理工幫了一把，結果這該死的東西就會思考了！它什麼都看見了！魔蛾攻擊路勃麥時它也在場，它……」

「等等！」李謬爾高聲問，「它說話了？」

「不是！它在那邊的稀泥上寫字，有夠他媽的慢。它用那根撿垃圾的針叉寫的。就是機械人告訴我大衛出賣我們的事！它想讓我們在民兵到達前離開倉庫！」

「為什麼？」

以薩的激動與迫切瞬間熄滅。

「我不知道。它無法解釋自己為什麼要這麼做；它不是很能……清楚地表達自己。」李謬爾抬起頭，瞄向以薩頭頂後方，機械人動也不動地坐在油燈紅黑色的搖曳火光中。「但是聽我說……我想它不想我們被抓，其中一個原因是我們打算獵殺魔蛾。我不曉得為什麼，但是它……它非常痛恨牠們，希望牠們滅絕得乾乾淨淨，所以才幫助我們……」

李謬爾爆出一陣不可置信的陰沉冷笑。

「太好了！」他譏諷讚嘆，「你現在多了個吸塵器幫手……」

「不是那樣，你這該死的**混帳**，」以薩怒吼，「你還不懂嗎？**不只有它**……」

「有它」兩個字在惡臭的磚穴內裊裊迴盪。李謬爾與以薩怒目相對，雅格哈瑞克稍稍退開了些。

「不只有它。」以薩柔聲重複；在他身後，德克瀚默默點頭附和。「它給了我們**指示**。它看得懂字，也會寫字——所以才曉得大衛出賣了我們；它發現了被他扔掉的信——只是思考能力並不細密。不過它保證，如果我們明晚去葛里斯彎道，就會見到可以解釋一切的東西，那東西也會有助於我們。」

這一次，是「我們」二字的回音填滿沉默的空氣。李謬爾緩緩搖頭，神色陰鷙冷峻。

「該死的，以薩，」他沉聲說：「『我們』？『我們』？你以為你在跟誰說話？**這件事與我無關……**」德克瀚不屑地冷笑一聲，撇過頭去。以薩絕望地張開嘴，但李謬爾不給他說話的機會，「聽好了，老兄，我是因為錢才答應蹚這渾水。我是個生意人，而你出手大方。我依約履行，甚至還免費奉送了你一些時數，就福米斯漢克那次；但我那麼做是為了X先生。而且我喜歡你，以薩，你對我向來都很坦率，所以我才願意回來這裡，替你們帶來些物資，告訴你們該如何離開。但如今福米斯漢克已經死了，你付的錢也抵完了。我不知道你接下來有什麼打算，但總之我不再奉陪。我他媽幹麼要跟你們一起追捕那些該死的玩意兒？這件事就留給民兵去傷腦筋吧。我又拿不到任何好處……何必留下？」

「你說把這件事留給誰去傷腦筋……？」德克瀚輕蔑地問，但以薩的音量蓋過她。

「現在是怎樣？」他緩緩說：「你以為你還回得去嗎，小李？老小子，不管你是怎樣的人都好，但總之不是個笨蛋。你以為民兵沒看見你嗎？你以為他們不知道你是誰嗎？該死的……你也跟我們一樣成了通緝犯。」

李謬爾瞪著他，眼裡像要噴出火來。

「是嗎？謝謝你的關心，以薩。」他說，五官糾結扭曲，「不過我告訴你——」他的語調一冷，「——或許你是走投無路了，但我呢，我一輩子遊走在法律邊緣，不用擔心我，老友，我會很好的。」

但他聽起來並不確定。

我說的他其實都懂。以薩想；只是現在還不願好好思索。以薩不屑地搖了搖頭。

「該死的，李謬爾，你根本沒搞清楚。當個掮客和**謀殺民兵**完全是天差地遠的兩回事……你還不懂嗎？他們不曉得你究竟知道或不知道些什麼……而且很不幸地，老友，你已經牽連其中，想撇清也撇清不了了。我們必須同舟共濟，直到事情解決。他們想抓你，你現在也躲著他們。所以呢，如果要逃，還不如跑在最前面，也比他媽的轉身讓他們追上好。」

李謬爾動也不動站在房內的死寂之中，狠狠瞪著以薩。他不發一語，也沒有離開。

以薩朝他上前一步。

「聽著，」以薩說，「而且我們……而且**我**……需要你。」在他身後，德克瀚忿忿地冷嗤一聲，以薩不耐煩地瞪了她一眼。「該死的，小李……你是我們最好的機會。你有人脈、有管道……」以薩絕望地舉起雙手，「我不知道該怎麼解決這件事。現在有其中一隻……一隻**怪物**正在找**我**。民兵是不用指望了，他們根本不知道該怎麼捕捉這些該死的東西。還有呢，我不知道你有沒有發現，那些狗娘養的也在追殺我們……就算我們抓到魔蛾，我一樣會死在民兵手裡。」話一出口，他就感到一陣寒意竄起。他飛快接著說，推開那些念頭，「但如果我堅持下去，或許可以想出個方法。你也一樣。而且如果**沒有**你，德克瀚和我絕對是死定了。」李謬爾冷酷的眼神讓以薩心裡一陣發涼。*永遠不要忘記你在和誰交手。*他暗暗提醒自己；*你們不是朋友……千萬不要忘記這一點。*

「你知道我信用良好，」以薩突然說：「這一點你再清楚不過。我不會騙你說我在銀行裡有一大筆錢，但我的確有些積蓄，大概幾枚基尼金幣吧——**統統是你的了**……請你幫幫我，李謬爾，只要你幫我，**我**就永遠是你的人。我會替你做牛做馬，任憑你差遣，當你他媽的**寵物**。任何工作，只要你一聲令下，我會立刻去做。我所有賺到的錢都歸你。我願意把我**這條命**簽給你，李謬爾，**只要你現在幫助我們**。」

除了汙水的滴濺聲外，磚房裡一片死寂。德克瀚在以薩身後來回踱步，臉上混合著鄙夷和厭惡的神情，清清楚楚寫著「我們不需要他」。但她仍舊耐心等待他的答覆。雅格哈瑞克站在後頭，面無表情地聽著這場爭論。他總之是跟定以薩了；沒有以薩，他哪兒也去不了，什麼也做不了。

李謬爾嘆了口氣。

「你欠我多少，我會一筆一筆記清楚，懂嗎？我現在說的可是一筆非常龐大的債務。你知不知道這種事的收費有多高？知不知道這種危險錢的價格？」

「那不重要。」以薩壓低音量粗魯地說，不想讓李謬爾發現他鬆了口氣。「記得隨時提醒我就好。告訴我我欠你多少，我會還的。」李謬爾飛快點了點頭。德克瀚非常安靜而且緩慢地吁出口氣。

他們就像兩名筋疲力盡的戰士，彼此都等著敵手先行出招。

「所以現在是怎樣？」李謬爾問，語氣陰鷙。

「明晚先去一趟葛里斯彎道，」以薩說：「機械人保證我們一定可以在那兒得到幫助，不能冒險不去。我在那裡跟你們碰頭。」

「你要去哪？」德克瀚訝然問。

「我得去找林恩。」以薩說：「他們一定會去找她。」

36

時近午夜，骷髏日即將轉為迴避日。再一晚，就是滿月了。

在林恩位於亞斯皮克坑的塔樓公寓外，路上只有寥寥幾名行人，臉上莫不帶著煩躁緊張的神情。市集日已過，歡欣的氣氛也跟著消逝。廣場上只剩攤販的空架子，細瘦木框上的帆布已拆下收好。市集留下的垃圾堆成一座座腐敗的小山，等著清潔隊員送去垃圾場。渾圓的月亮猶如腐蝕性的液體，洗去亞斯皮克坑的色彩，讓它變得蒼白陰森，冰冷殘酷。

以薩小心翼翼爬上塔樓的階梯。他無法聯繫林恩，也已經好幾天沒見到她。他在飛原用幫浦偷汲了些水，盡可能把自己洗乾淨，但還是一樣臭不可當。

前一天，他在下水道中呆坐了好幾個鐘頭。李謬爾不讓他們離開，說白天外出太危險。

「直到訂出計畫前，」他下令，「我們都必須集體行動。況且我們這群人太醒目了。」因此，他們四人就這麼坐在淹著糞水的房間裡吃東西，努力克制自己不要吐出來，吵了半天一樣訂不出任何計畫。關於以薩究竟該不該獨自去找林恩一事引發了激烈的爭辯。以薩堅持獨自前往，德克瀚和李謬爾罵他蠢，甚至連雅格哈瑞克的沉默在那麼瞬間都像是非難。但以薩抵死不退讓。

終於，等到氣溫轉涼，所有人也都忘了空氣中的惡臭時，他們動身了。穿越新克洛布桑的拱頂下水道是段漫長又艱難的旅程。李謬爾領在前頭，手裡的火槍嚴陣以待。以薩、德克瀚與雅格哈瑞克在後頭扛著那臺機械人，因為它無法在汙水中行走。機械人又重又滑，常常不小心被摔在地上，撞得破破爛爛。他們也一樣，因三不五時跌進汙泥裡而發出咒罵，手掌與手指不斷撞到水泥牆面。但以薩堅持不肯扔下機械人。

他們小心翼翼地移動。對下水道內的祕密生態系統而言，他們就是入侵者，因此竭力避開當地居民。

最後，他們終於在硝石站後方鑽出地面，渾身溼透，在蒼白的月光下不住眨眼。

他們落腳在葛里斯低地鐵道旁的一個廢棄小屋。選擇此地當作藏身處十分大膽，因為這兒是蘇德線橫跨焦油河的起點，旁邊就是雞冠橋。一棟倒塌的建築變成一道由磚塊和水泥碎屑組合而成的巨大斜坡，看上去就像是高架鐵路的支柱。斜坡頂端，一棟小木屋籠罩在濃密的陰影中。

木屋的用途不明，而且顯然已荒廢多年，杳無人跡。四人拖著虛脫乏力的身軀爬上碎石坡，將機械人推在前頭，穿過本應保護鐵道不受入侵，只是上頭早已被扯出缺口的鐵絲網。趁著火車駛經的幾分鐘，他們沿著包圍鐵軌的短草草地蹣跚前行，推門走進小屋積滿灰塵的黑暗之中。

在這兒，他們終於可以暫時放鬆、休息。

破敗小屋內的木板捲翹變形，屋頂石板拼得零零落落，間綴著點點夜空。每當有往來的火車隆隆駛過，他們便小心避開沒有玻璃的窗戶，以免暴露形跡。在木屋下方的北面，焦油河緊緊扭成一道S型，包圍小彎區和葛里斯彎道。夜色更深了，天空轉為骯髒的藍黑色。河面上，遊船燈火閃耀，國會大樓巨大的工業石柱就聳立在東方不遠處，俯瞰他們與這座城市。史崔克島的下游附近，古城水門的化學燈火嘶嘶作響，忽明忽滅，將油膩的昏黃火光投射在漆黑的水面上。東北方兩英里外，在國會大樓之後，就是巨肋古老的黃灰色骨骸。

從小屋另一側，他們可以看見壯闊浩瀚的灰色天幕。在新克洛布桑的地底度過陰暗又惡臭的一天後，現在看在眼裡更顯震撼。日已落，不久前才消失於地平線後。貫穿飛原民兵塔的空軌將夜幕一分為二，城市疊影層層堆砌，煙囪櫛比鱗次，逐漸消失遠方。在不知道供奉著什麼神祇的教堂塔樓下，傾斜的石板屋頂相互依偎。大型工廠陽具般的通風管噗噗吐著骯髒的黑煙，燒清剩餘的能量。一棟棟摩天高樓如巨大的水泥墓碑，在綠地上高低起伏。

四人在小屋內安歇，將衣物上的穢物盡可能地清乾淨。以薩終於能夠處理德克瀚的耳朵，儘管傷口已經開始發麻，但還是很痛。德克瀚一語不發，默默忍耐。以薩和李謬爾不安地摸向自己臉旁的痂疤。

夜色迅速蔓延，以薩準備出發。爭執又起，但以薩心意已決。他必須單獨去見林恩。

他必須通知林恩。一旦民兵發現他們兩人之間的關連，她的處境就會非常危險。他必須告訴她，她過去的生活已經結束了，而這一切都是他的錯。她必須和他一起離開，一起亡命天涯。他需要她的寬恕，和愛。

只要一晚與她獨處，這是他僅求的。

李謬爾堅決反對。「這不只關係到你的性命，以薩，還有我們的。」他厲聲斥責，「城裡所有民兵都在找你。你的膠版照片八成已貼滿針塔的每一座塔堡、每一根柱子、每一層樓、每一間房間。你不知道該如何隱藏自己的形跡；我不一樣，我當了一輩子的通緝犯，對這種事再熟悉不過。如果你非得去找你的情人，我也去。」

以薩不得不退讓。

十點半，四人將自己裹在骯髒襤褸的衣物裡，藏住面孔。在幾番巧語哄騙之後，以薩終於成功說服機械人開口。它心不甘情不願地寫下訊息，速度慢到簡直折磨人。

葛里斯彎道，二號垃圾場，它寫下。明晚十點。今晚把我留在拱橋下。

夜幕低垂，儘管誰也沒睡，但他們依舊能夠察覺噩夢降臨了。魔蛾的排泄物汙染城市的夢境，他們心底湧現一陣嘔心與暈眩，變得越來越敏感、易怒、緊張，沒有人能倖免。

以薩將他裝有危機引擎零件的旅行袋藏在小屋的木板堆下。四人走下坡道，這是他們最後一次搬運這臺機械人。坍塌的鐵道橋在地上堆出了個小洞穴，以薩將機械人藏在其中。

「你自己一個可以嗎？」他試探地問。到了現在，他還是覺得跟一臺機器說話很荒謬。機械人沒有回應，他只好留下它。「明天見。」他與它道別。

受到通緝的四人偷偷摸摸、遮遮掩掩穿越新克洛布桑的喧騰夜晚。李謬爾領著同伴踏上隱密的小徑與陌生的景物，這些地方與他們平日所見的城市截然不同。他們盡可能揀荒涼的地方走，有巷子就不走馬路，有廢棄的水溝就不走巷子。他們爬過荒蕪的庭院和平坦的屋頂，被驚醒的流浪漢在他們身後咕噥抱怨、縮成一團。

李謬爾自信滿滿，他又爬又跑，身手俐落，還能揮舞手上那柄填好火藥與子彈的手槍，掩護眾人。雅格哈瑞克已經習慣身上少去翅膀的重量，中空的骨骼與精實的肌肉使他能夠敏捷移動。他在建築物間輕巧縱躍，腳一蹬就跨過石板上的障礙。德克瀚性子倔強，不允許自己落後。

唯一明顯流露吃力之色的人是以薩。他氣喘吁吁，不停咳嗽、乾嘔，拖著龐大身軀穿過小偷走的祕密通道，石板在他沉重的腳步下應聲而裂。他慘兮兮地托著便便大肚，每喘一口氣，嘴裡就咒罵一聲。

他們如深入叢林般步步潛進黑夜。每走一步，空氣就益發沉重。四周瀰漫著猜疑的氣氛，一種令人如坐針氈的不安，就像長長的指甲刮搔著月球表面，教人寒毛直豎。飽受噩夢折磨的哭喊聲從四面八方包圍他們。

到了飛原，他們暫停腳步，在民兵塔附近的幾條街外找了個幫浦汲水清洗、解渴。接著往南穿過沙得拉街與賽奇特大道間的迷宮巷弄，朝亞斯皮克坑前進。

入夜後的亞斯皮克坑變得空盪冷清、彷彿異星球一般。以薩懇求他的同伴讓他獨自上樓。他一面啜泣，一面絕望喘息，哀求他們留在原地，讓他與林恩獨處半個小時。

「求求你們給我一點時間，讓我跟她解釋這一切……」他苦苦央求。

他們同意了，在建築底部的黑暗中就地蹲坐。

「半個小時，以薩。」李謬爾一字一字地說：「然後我們就上去，明白嗎？」

於是，以薩邁開腳步，緩緩拾級而上。

塔樓內冰涼靜謐。到了七樓以薩才終於聽見聲響，是寒鴉的夢囈與不曾停歇的撲翅聲。他繼續往上走，微風拂過殘破危險的八樓，再上就是塔樓的閣樓。

他站在熟悉的房門前。她或許不在家。他跟自己說；說不定還跟那傢伙在一起，她的那個金主。她可能還忙著創作，若是如此，我就……給她留個信。

他伸手叩門，門卻應聲而開。以薩只覺呼吸一窒，連忙奔進房內。

空氣中瀰漫著腐敗的血腥味。以薩掃視閣樓內的狹小空間，看見房內等著他的是什麼景象。

幸運蓋吉吊著空洞的雙眼凝視他。他靠在林恩餐桌前的椅子上，彷彿正在用餐。從下方廣場悄悄鑽進的微弱燈光映出他的輪廓，他的雙臂平放桌上，雙手如化石般僵硬緊繃。他張著嘴，裡頭塞了東西，但以薩看不清楚是什麼。蓋吉全身都被血液濡溼，黑紅色的液體流至桌面，深深滲進木頭的紋理之中。他的喉嚨裂著一道大大的口子，在夏日的熱氣中，縈繞著一群飢餓的夜蟲。

有那麼瞬間，以薩以為這不過是場噩夢，一個侵襲這座城市的病態夢魘；以為自己的潛意識隨魔蛾的糞便排泄而出，灑落在空氣中。

但是蓋吉並沒有消失。在他眼前的，是真真切切的蓋吉，死得徹徹底底的蓋吉。

以薩愣愣看著他，蓋吉的表情凍結在驚恐慘叫的那一瞬間。以薩的臉色唰地轉白，他別開目光，再次望向那雙縮成爪狀的手。有人將蓋吉架在桌前，一刀劃開他喉嚨，緊緊按住他，直到他嚥下最後一口氣才鬆手，然後在他張開的嘴裡塞了什麼東西。

以薩小心翼翼朝屍體走去，竭力控制臉上的肌肉。他伸出手，從蓋吉乾裂的嘴裡拿出一只大信封。

他展開信封，上頭用謹慎字跡寫下的收件人不是別人，正是他。他心底湧現一股令他作嘔的不祥預感，他將手伸進信封。

有那麼一會兒，短短的一會兒，他無法理解自己手上拿著什麼。它薄如蟬翼，輕若無物，彷彿一張皺巴巴的羊皮紙或一片枯葉。他將東西舉到微弱的灰色月光下看清楚，原來那是一雙甲蟲人的翅膀。

聲音從以薩喉間湧現。那是一聲震驚悲慟的哭號，他的雙眼因恐懼而圓睜。

「喔，不。」他急促喘息，空氣吸不進肺裡，「喔不，喔不，不不不……」

翅膀捲曲殘破，折痕累累，原本細緻的質地已四分五裂，脫落大塊大塊的透明物質。以薩伸出簌簌發抖的五指，想要撫平翅膀。他的指尖拂過殘破的表面，嘴裡不停發出同一種聲音，顫抖慟哭。他在信封內摸索，拿出另一張折起的紙箋。

信是用打字機打的，最上方印著一個棋盤或拼接方格的圖案。他讀起信，泣不成聲。

副本一：亞斯皮克坑（其他副本分別送往薩勒克斯及獾沼）

丹．德爾．格寧紐布林先生，

甲蟲人無法發出聲音，但從林恩散發出的化學物質與簌簌發抖的蟲腿判斷，我認為她覺得移除這雙無用的翅膀是一次非常不愉快的經驗。我相信若非那甲蟲婊子被綁在椅子上，她的下半身一定也會掙扎反抗。

幸運蓋吉可替我傳遞此信，因為你之所以能對我造成如此干預，都是他的功勞。

根據我所得到的消息，我猜想你是打算擠進殘夢的市場，分一杯羹。起初我以為你向蓋吉購買殘夢是要自己食用，但那白痴囉唆了一堆廢話後，終於提到你在獾沼養的毛毛蟲，我這才明白你的野心。想當然耳，若以人類食用的殘夢餵養毛毛蟲，是不可能產出上等的殘夢，但你可以降低售價，拋售劣質品。然而為了我的利益著想，我必須維持客戶的水準，絕不容忍任何競爭。

我後來得知——以你這樣的外行人士來說，這是可預見的狀況——你無法控制你那隻該死的生產者；你那隻吃屎長大的廢物因為你的無能而逃脫，還放走牠的手足。你這個白痴。

以下是我的要求：一、你即刻投誠，親自來見我。二、立刻交還你透過蓋吉從我這兒偷走的殘夢，剩多少還多少；或者支付賠款（總額再行計算）。三、替我捉回殘夢生產者以及你養的那隻畸形怪胎，立刻交還予我。待上述之事完全辦妥之後，再來討論你該受到什麼樣的處置。

就在等待你答覆的同時，我將繼續與林恩小姐進行我們兩人之間的討論。過去幾週以來，我十分享受她的陪伴，更期待接下來與她深入了解的機會。我和她之間有個小小的賭注。她賭你會在她失去所有蟲腿前回覆此信；但我不這麼認為。從今日算起，只要沒有接獲你的答覆，我們每兩天就會拔掉她一條蟲腿。最後會是誰贏得這場賭注呢？

聽清楚，我會在她痙攣抽搐、口吐白沫時直接拔掉她的蟲腿，明白嗎？兩星期後，我會從她蟲頭上活生生撕下甲殼，餵給老鼠吃，並在牠們享用時親自押著她看。

我由衷期待能盡早取得你的答覆。

莫特利

德克瀚、雅格哈瑞克與李謬爾來到九樓門外，聽見屋內傳來以薩的聲音。他緩緩呢喃著些什麼，音量極低，細不可聞。他們聽不清內容，感覺像是自言自語，因為他中途並沒有暫停下來聽、看對方的回覆。

德克瀚敲門。無人回應，她於是伸出手，試探地輕輕一推，往內瞧去。

她看見以薩和另一名男子。幾秒後她才認出那是蓋吉——而且是被人殘忍殺害的蓋吉。她倒抽了口氣，緩緩走進屋內，雅格哈瑞克與李謬爾也在她身後悄悄步入。

三人站在一旁，看著以薩。他坐在床上，手裡捏著一雙昆蟲翅膀還有一張紙。他抬頭看向同伴，低語逐漸消散，只剩下無聲的悲泣。他張開嘴，德克瀚來到他身邊，緊緊握住他的手。以薩止不住嗚咽，雙手蒙著眼睛，面孔憤怒扭曲。德克瀚靜靜抽過信箋，讀了起來。

她的雙脣恐懼顫抖，為了朋友的遭遇無聲輕泣。她顫巍巍地把信遞給雅格哈瑞克，竭力控制自己情緒。

鳥人接過，仔細閱讀，看不出他有任何反應，讀完後他將信交給正在檢查屍體的李謬爾。

「這人已經死了一段時間。」他說，接過信箋。

他越讀，雙眼瞪得越大。

「**莫特利**？」他低聲驚呼，「林恩替**莫特利**工作？」

「**他是誰？**」以薩怒吼，「**那該死的人渣在哪兒……？**」

李謬爾瞠目結舌地抬頭看向以薩，臉上寫滿驚駭。他看見以薩怒火中燒、一把鼻涕一把眼淚的模樣，眼中不禁閃過一絲憐憫。

「聖主啊……莫特利先生是狠角色中的狠角色，以薩。」他率言道，「他是新克洛布桑**最大**的幫派首領，整座東半邊的城市都是他的，由他所統領。所有不法分子都歸他管轄。」

「**我要殺了那該死的人渣。我要殺了他，我要殺了他……**」以薩氣瘋了。

李謬爾看著他，眼裡寫滿不安。你殺不了的，以薩。他想：你殺不了他的。

「林恩……她一直不肯告訴我她替誰工作。」以薩說，語調逐漸鎮靜下來。

「我不意外。」李謬爾說：「很多人都沒聽過這個名字；或許聽過傳言……但僅此而已。」

以薩霍地起身，拉過袖子抹了抹臉，用力吸了下鼻子，擤乾鼻涕。

「好，我們得去救她。」他說：「我們必須找到她。讓我想個法子，**快想啊**！這個……莫特利以為我想搶他生意，但我沒有。我該怎麼澄清……？」

「以薩、以薩……」李謬爾動也不動，佇立原地。他嚥了口口水，別開目光，然後攤開雙手，緩緩走向以薩，要他冷靜。德克瀚看著他：又是那眼神，那同情的眼神。儘管冷峻凶鷙，但無疑出現在他眼中。

他緩緩搖頭，目光如冰，雙脣無聲掀動，在心裡斟酌字句。

「以薩，我以前也和莫特利作過生意。雖然我從沒親眼見過那傢伙，但知道他是什麼樣的人，幹過什麼事。我了解他的行事作風，知道他會怎麼做。我以前也遇過這情況，一模一樣的情況……以薩……」

他嚥了口口水，說：「**林恩已經死了。**」

「不，**她才沒死。**」以薩嘶吼，緊握的雙拳在頭邊激動揮舞。李謬爾抓住他手腕，並不用力，也不粗魯。他只是緊緊扣住他，要他鎮定下來，好好聽他說話。以薩暫時靜止下來，一臉防備地狠狠盯著他。

「她已經死了，以薩。」李謬爾溫言勸慰，「我很遺憾，老友。真的。我很遺憾，但她已經**不在**了。」他退開。以薩起身，不可置信地猛搖頭。他張開嘴，彷彿想要哭吼。李謬爾緩緩搖頭，視線從以薩身上轉開，彷彿喃喃自語般緩緩平靜地說：「他何必留著她呢？」他說，「這……怎麼想都沒有必要……她只會……只會讓事情變得更複雜，就這麼簡單。了結她反而……嗯，省事許多。這是必要的手段。」他突然提高音量，舉手指向以薩，「他要報仇、要你自投羅網、要你當他的走狗。只要能達到目的……他不在乎用什麼手段。如果他留下林恩，不管機會有多小，她都有可能給他帶來麻煩。但如果他……用她作餌，你一定會不顧一切去救她；無論她是死是活。」他悲傷地搖搖頭，「**他完全沒有留她性命的理由……她現在已經是個死人了**，以薩。她死了。」以薩呆呆看著他，李謬爾又飛快地說：「我告訴你吧，你最好的報復方式，就是不要讓莫特利得到那些魔蛾。你應該也很清楚，他不會殺了牠們只會留著牠們，好生產更多殘夢。」

以薩在房內來回踱步，大吼大叫，不肯接受現實，時而氣憤、時而傷心、時而暴怒、時而懷疑。他衝到李謬爾面前，開始胡言亂語地懇求，想說服他一定是他弄錯了。李謬爾不忍再看，閉上雙眼，提高音量蓋過那些絕望的囈語。

「以薩，就算你去找他，林恩也不會活過來，反而連你自己的性命都會平白賠上。」

以薩的聲音終於枯竭，漫長的沉默籠罩閣樓。他呆立原地，只有雙手不住發抖。他看向幸運蓋吉的屍體，看向臉孔藏在兜帽下、靜靜佇立在角落的雅格哈瑞克；看向淚眼盈眶、朝他走來的德克瀚；看向緊張看著自己的李謬爾。

以薩嚎啕大哭，不能自已。

以薩和德克瀚並肩而坐，互擁著彼此，抽抽噎噎地泣不成聲。

李謬爾悄悄走到蓋吉發臭的屍體前，屈膝跪下，用左手掩住口鼻，右手扯開黏住外套的乾涸血跡，在他口袋內翻尋。他用手指摸索，想找找看有沒有任何財物或情報，但什麼也沒有。

他起身，環顧房內，冷靜思索應敵之策，尋找任何可能派得上用場的物品或武器、任何可以做為籌碼的東西、任何可以用來偵察的工具。

什麼也沒有。林恩房內幾乎空無一物。

噩夢的壓迫讓他感到陣陣頭痛。他可以感受到肆虐全城的噩夢。他自己的夢境也在腦中一明一滅、慢慢孵養，只要他一屈服於睡魔，就會立刻現身攻擊他。

真的沒時間了，不能再留在這裡窮耗。夜色越來越深，他也越來越緊張。他轉身看向床上那對淒然欲絕的身影，向雅格哈瑞克飛快打了個手勢。

「我們得走了。」他說。

37

次日，又是悶熱的一天，整座城市癱躺在酷暑與噩夢引發的煩躁之中。

謠言在黑道間不脛而走。謠傳法蘭西大娘在夜裡遭人射殺，被長弓射中三箭，當場斃命。神祕的獨立殺手抱走莫特利先生上千枚基尼金幣。

法蘭西大娘位於蟲人區的糖幫總部沒有透露任何消息。幫派內的王位爭奪戰無疑已爆發。

城內出現越來越多昏迷不醒、陷入痴呆的受害者。人數不斷攀升，恐慌逐日累積。噩夢沒有停止的跡象，部分報紙將噩夢與失智一事畫上關連。每天都有新的受害者出現，他們受到來自天空的襲擊，不是趴倒在破窗前的桌上，就是癱臥馬路、困在建築之間，臉上沾染微弱的腐敗柑橘味。

奪人心智的瘟疫一視同仁，無論一般人或再造人都是它的目標，人類、甲蟲人、蛙族人和蝙蝠人統統無法倖免於難。連城市中的鳥人也開始墜落，其他更稀有的種族同樣難逃魔掌。

在聖人塚，曙光照耀在倒地的山魑身上。儘管一息尚存，垂舌俯臥在一塊偷來的肉旁，但如屍體般的蒼白軀幹已沉如鉛塊、了無生氣。牠一定是趁夜大膽爬出下水道，進城覓食，不料慘遭攻擊。在東奇德，還有更詭異的情景等著民兵。奇德圖書館周圍的草叢中發現兩具半隱半現的受害者。一名年輕的阻街女郎氣絕身亡——是真的死了。她脖子出現兩個齒孔，因失血過多而死。奇德一名頗有名望的居民則呈大字型趴在她身上，這名居民體型削瘦，是一間生意興旺小紡織工廠的老闆。他的臉和下頷血跡斑斑，空洞的雙眼呆呆凝視著天上的太陽。他還活著，但再也無法醒來。

謠傳安德魯．聖凱德爾並非表面上的那個人。但真相更令人害怕，原來連吸血鬼也難逃奪心怪物魔掌。整座城人心惶惶。難道這病原、這細菌、邪靈、瘟疫或惡魔——不管它們究竟是什麼——真那麼厲害？要怎樣才能打敗它們？

迷惘與絕望籠罩全城。有些人派信至父母居住的村落，打算離開新克洛布桑，躲到南方與東方的山間避難。但有更多更多、數百萬計的居民無處可逃。

氣溫悶熱難耐，以薩與德克瀚一整天都躲在小屋裡。

回來後，他們發現機械人已消失不見，沒有留下任何足跡。

李謬爾出門尋找盟軍。他現在是民兵眼中的頭號公敵之一，雖然外出令他不安，但他更不喜歡孤軍奮戰。除此之外，以薩心想，他也不想成天看著他與德克瀚愁雲慘霧的模樣。

以薩沒想到的是，連雅格哈瑞克也跟著他出去。

德克瀚沉陷在回憶中。她不停譴責自己的多愁善感，事情已經更糟了，她還雪上加霜；但她就是無法停止。德克瀚告訴以薩，她常常在夜裡與林恩促膝長談，爭論藝術的本質。

相較之下，以薩沉默許多。他心不在焉地把玩危機引擎的零件，並沒有阻止德克瀚叨絮，只是會偶爾打斷她，分享自己的回憶。他的眼神渙散，席地而坐，愣愣地靠在搖搖欲墜的木牆上。

在林恩之前，以薩曾與貝莉絲交往。她是人類，一如他先前所有床伴。貝莉絲身型頎長，膚色白晰，總是塗著紫青色的口紅，是個優秀傑出的語言學家。但她最後厭倦了以薩「桀傲不馴」的個性——她這麼說——狠狠打碎了他的心。

在貝莉絲和林恩之間，是四年的妓女和短暫的愛情冒險。但在認識林恩的一年前，以薩便斬斷了所有關係。有一晚在蘇德大娘那兒，他耐著性子、有一搭沒一搭地忍受他雇來服務他的年輕妓女閒扯。他找了個機會稱讚那位和藹莊重的女士——說她對她手下的女孩很好——但女孩不贊同，令他有些惱火。最後，疲憊的妓女受不了他，一時忘記自己的身分，直言說出對於這個將她的身體孔穴當作商品銷售的女人有何觀感，還說她每賺一枚謝克爾銀幣，只能保留三枚斯泰佛銅板。

以薩震驚不已，羞愧得無以復加，連鞋都還沒來得及脫便倉皇離去，還付了雙倍的錢。

從那之後，他禁欲了好長一段時間，鎮日埋首工作。終於有一天，朋友找他同去參觀一名甲蟲人腺體藝術家的開幕展。洞窟般的小小藝廊坐落於索貝克羅伊克斯荒僻的一側，只能遠眺在公園邊緣飽受風雨侵蝕的低丘與矮林。就在那兒，以薩邂逅了林恩。

他覺得她的雕像非常吸引人，並想將自己的感想親口告訴她。他們交談的速度非常、非常慢——她必須將回應寫在隨身攜帶的本子上——但這令人挫敗的速度並沒有破壞兩人之間突然迸發的親密感。他們悄悄拋下寥寥可數的來賓，旁若無人地一個接著一個品鑑起作品，檢視那些扭曲的形體和歪斜的幾何構造。

那天之後，他們便時常碰面。以薩每一回都偷偷學了些手語，兩人交談的速度也一週一週地加快。一晚，以薩為了賣弄自己的手語，費力講了個下流的笑話。醉醺醺的他笨手笨腳地撫摸林恩，兩人隨即把彼此拉上了床。

那次的經驗既笨拙又困難。他們無法像一般情侶一樣從親吻開始，林恩的口器會把以薩的下巴從臉上扯下來。高潮一過，嫌惡感便如潮水般襲來。一看見那些窸窣抖動的蟲腿和揮舞的觸角，以薩差點吐了出來。林恩也一樣，面對他赤裸的身軀，她常毫無預警地變得僵硬。清醒後，以薩嚇都嚇傻了——但並非是對於逾矩這件事，而是逾矩的人竟是自己。

當兩人共進早餐、靦腆相對，以薩突然領悟，這正是他想要的。當然了，一時心血來潮的異種族性愛並不稀奇。但以薩並非酩酊大醉的年輕人，只因接受朋友挑戰就跑去光顧非人種族的妓院。

他知道，自己是陷入愛河了。

當罪惡感和不確定的心情消退，從遠古以來便存在天性中的厭惡和恐懼也消失後，留下的，便只有一份忐忑而深摯的情感。他的愛人被人從身邊奪走，永遠不會回來。

白晝時，他腦中有時會浮現莫特利（他無法克制）——以李謬爾形容的模糊形象出現——從林恩頭上硬生生扯掉她翅膀的畫面，看見她簌簌發抖的模樣。

一念及此，以薩便無法遏制地啜泣，德克瀚會試著安慰他。他常常哭，有時靜靜垂淚，有時傷心大哭。

求求祢，他先是對人類，接著又對甲蟲人的神明祈禱：索倫頓、聖主……仁心護士神和唾藝之神……求求祢們讓她毫無痛苦地死去。

但他知道，林恩在斷氣前很有可能受盡了各種凌辱，被打得不成樣子，而這念頭讓他悲憤不已。

白晝彷彿被夏日綁上肢刑架上般逐漸拉長，時間一點一滴抽乾，直至瓦解。時序崩毀，被消逝的光陰推著前進。鳥兒與蝙蝠人在天空徘徊，彷彿懸浮水中的汙粒。讚誦波多拉克與索倫頓的教堂鐘聲散亂而虛偽，河水滾滾東逝。

傍晚，聽見腳步聲，以薩與德克瀚抬頭望向歸返的雅格哈瑞克。在灼熱日光的曝晒下，他的連帽斗蓬褪色得很快。他沒說他去了哪兒，但是帶了食物回來，三人一同享用。以薩要自己鎮定，緊咬牙關，壓抑心中酸苦。

枯燥乏味、彷彿永無止境的白晝終於結束，陰影爬過遠方的山陵，朝城市蔓延。太陽下山前，建築物的西側被夕陽染上瑰紅，終於，最後一縷陽光消失在贖罪者隘口的石脈中。日落後，天空仍明亮了好長一段時間，李謬爾回來時，天色仍透著微光。

「我跟幾名同事解釋了我們目前的困境，」他說：「我想我們應該等今晚赴約後再來討論具體的計畫。會面地點在葛里斯彎道，但是我可以到處找找看幫手；不過我的人情快討完了。城裡現在顯然聚集了些專業傭兵，宣稱他們剛救出一隻從泰謝克瑞克亥廢墟運來的大山魈，想賺點外快。」

德克瀚抬起頭，鄙夷地皺起眉頭，聳了聳肩，神色不甚樂意。

「我知道他們是全巴斯－拉格最為凶悍的角色，」她緩緩說，過了一會兒才回過神，將心思集中回當前的話題上。「但我無法相信他們。他們追求刺激和危險，而且大部分都是些毫無道德操守可言的盜墓賊。只要黃金和經驗能到手，他們什麼事都來者不拒。而且我想，倘若我們據實以告，恐怕就連他們也不敢幫忙。我們根本不知道該怎麼對付這些魔蛾。」

「有道理，布魯黛。」李謬爾說：「但是讓我告訴妳，此時此刻，只要有人願意幫忙，我都會他媽的張開雙臂歡迎他。這樣說得夠清楚嗎？我們今晚先赴約，再看情況決定要不要雇用這些亡命之徒。你說呢，以薩？」

以薩非常、非常緩慢地抬起頭，目光逐漸聚焦。他聳肩。

「他們都是些人渣。」他靜靜地說：「但只要他們能成事……」

李謬爾頷首，問：「我們什麼時候動身？」

德克瀚看向手錶，「現在九點。」她說：「還有一個鐘頭。不過為了保險起見，我們起碼要預留半小時趕路。」她轉頭眺望窗外，看向那片陰沉的夜空。

民兵的機動車在頭頂上呼嘯而過，空軌嗡嗡震鳴。菁英小組分派到全城各地，他們配帶古怪的背包，皮革裡頭藏著巨大的奇異裝置。民兵塔內，他們將心有不滿的同僚關在門外，守候在密室中。在天際徘徊的飛船比平時還多。它們相互發出訊息，嗡嗡震響，彼此招呼。船上載滿一隊隊忙著檢查巨槍、磨亮鏡子的士兵。

史崔克島不遠處，在兩河交會後的大焦油河深處有一座孤立的小島。有些人將它稱為小史崔克島，但那不是它真正的名字，它也沒有任何正式的名字。島上有座菱形的灌木林，裡頭遍地的樹木殘幹與老舊繩索，以供緊急泊船時使用，不過一直乏人問津。林內一片漆黑，與世隔絕，沒有任何祕密通道通往國會大樓，也不見任何一艘船隻繫在發霉的樹幹上。

然而這一晚，雜草間的寂靜卻被打破了。

蒙特約翰．瑞斯邱站在一小圈沉默的身影中央，周遭包圍著發育不良的榕樹與峨參的扭曲輪廓。在瑞斯邱身後，國會大樓的雄偉黑影刺穿天際，玻璃窗閃耀生輝。水流潺潺，遮蔽了夜裡的聲響。

瑞斯邱悄然而立，身上一如往常穿著無懈可擊的西裝。他緩緩環顧四周，身旁的同伴形形色色，除了他之外尚有六名人類、一名甲蟲人、一名蛙族人，還有一隻吃太好的大型名種犬。除了一名再造人清道夫和一名衣衫襤褸的小孩外，其他人類與非人種族看上去都還算體面。老嫗身穿破舊的華服，少女五官清秀；蓄著鬍鬚的男人體格壯碩，還有一名身形清瘦、戴著眼鏡的書記。

所有人——無論是不是人類——姿態都異常靜止、鎮定。每個人身上都穿戴至少一件厚重或能掩飾身形的衣飾；蛙族人的纏腰布比一般大上兩倍，就連那條狗都穿著一件可笑的小背心。

所有視線靜止不動，凝聚在瑞斯邱身上。緩緩地，他解開頸間的圍巾。

解開最後一圈棉布時，下方有個黑影動了動。

瑞斯邱的脖子上緊緊纏著一個東西。

緊繞在他頸間的，是個看起來像人類右手的東西，膚色是鮮豔的紫色。到了手腕處，那東西的肌肉急遽收窄，變成像蛇一般的尾巴，長達一英尺。尾巴纏在瑞斯邱頸間，尖端埋在他肌膚下，濡溼脈動。

片刻後，其他人也跟著褪去身上衣物。甲蟲人解開寬褲鈕釦，老婦褪去過時的裙撐。眾人紛紛脫去身上某件衣物，露出一隻蠕動的手。寄生於皮下的蛇尾一纏一放，五指輕柔移動，彷彿彈琴般控制神經反應。一隻手附在大腿內側，一隻在腰間，一隻在睪丸上。就連那條狗都努力想用嘴將身上的小背心咬掉，但一直無法成功。最後是小孩幫了牠一把，解開那可笑的玩意兒，露出另一隻像腫瘤般吸附在狗兒毛茸茸身上的手。

總計有五隻右手、五隻左手。十條蛇尾不停纏放，肌膚粗厚如繭，雜點斑斑。

人類、非人種族和大狗統統聚上前，圍成一個緊密的小圈。

在瑞斯邱的信號之下，十條粗尾「啪」地一聲，猛力自宿主的肌肉下竄出。所有人類、蛙族人、甲蟲人和狗都微微抽搐、搖晃了一下，嘴巴痙攣打開，眼珠子在眼窩內劇烈翻轉。傷口滲出如樹脂般濃稠的血液，血淋淋的尾巴在空中盲目揮舞片刻，猶如巨大的怪蟲。一觸碰到彼此，便顫抖著伸直尾巴。

宿主圍成一圈，彎著腰，彷彿在進行什麼古怪的擁抱歡迎儀式，竊竊私語。所有人都像石像般靜止不動。

手靈族開始溝通。

手靈族是背叛與腐敗的象徵，是歷史上的汙痕。這個族群神祕複雜，擁有強大的力量，吸附在宿主身上維生。

關於這支種族，有許多謠言與傳說。有人說手靈族是深懷怨恨的死靈轉生，因為生前的罪孽受到懲罰。假若一名殺人凶手自殺，那雙沾滿血腥的手便會開始痙攣抽搐，不斷往前伸，直到從腐爛的皮膚上斷裂爬開。手靈族於是誕生。

傳言千奇百怪，其中有些是真的。手靈族藉由感染生存，他們接管宿主的心智，控制他們的身體，賦予他們詭譎的力量。宿主一旦被寄生，便再也不可能恢復。手靈族無法自我生存，只能仰賴其他生靈。

他們隱匿了好幾世紀，一支神祕的種族，一個真實存在的陰謀。就像一場不安的夢境。每隔一段時間，就會有流言傳出，暗示某位聲名狼籍的知名人士落入手靈族的控制，說他的外套之下扭動著古怪的形狀，或行為上出現無法解釋的改變。世上所有邪惡之事都是出於手靈族的詭計。傳言與警告從沒停止過，甚至還有小孩把他們拿來當作遊戲，但一直以來，沒有人親眼見過手靈族。

許多新克洛布桑人都相信手靈族已然消失，但他們是否真曾存在過？

在宿主靜止不動的陰影中，手靈族的尾巴彼此交爬，濃稠的鮮血弄得他們全身溼滑。十隻手不停蠕動，彷彿正在慶祝狂歡的低等生物。

他們分享情報。瑞斯邱將自己所知的消息傳達給其他同伴，並下達命令。他將路德高特的話轉述予族人，再次解釋魔蛾的捕捉也關係到手靈族的未來。他說路德高特委婉暗示了，未來新克洛布桑的手靈族是否能與政府維繫良好關係，端看他們現在是否願意加入這場祕密戰爭。

手靈族促發他們獨有的觸覺語言，展開激辯，最後得出結論。

兩、三分鐘後，他們依依不捨地從彼此身上離開，重新鑽回宿主身上的裂口。尾巴進入身體時，宿主又是一陣痙攣。九人一犬眨了眨眼，嘴巴猛地闔上，重新穿回長褲與圍巾。

他們達成協議，分成五組，每一組各有一隻左手，以及一隻像瑞斯邱的右手。瑞斯邱的拍檔是那頭大狗。

瑞斯邱在草地上邁開大步，走到一旁取出一只大袋子，從裡頭拿出五頂鏡盔、五條厚實的遮眼布、幾組沉重的皮帶，以及九把填滿火藥的火槍。其中兩頂頭盔經過特別打造，一頂供蛙族人使用，另一頂形狀較長的則給那條狗。

每一隻左手手靈都彎下宿主的腰，拿起頭盔；右手手靈則拿起遮眼布。瑞斯邱替他的狗拍檔戴上頭盔，綁緊繫帶，然後替自己綁上遮眼布，同樣牢牢縛緊，不讓自己看到一縷光線。

五組人馬先後離開。每一名綁上遮眼布的右手手靈都緊緊抱住自己的拍檔。蛙族人抱住少女，老婦抱住書記，再造人抱住甲蟲人，乞兒則保護似的抱緊壯漢，情景甚是詭異。瑞斯邱也緊緊摟著他看不見的狗拍檔。

「都清楚指令了嗎？」瑞斯邱揚聲問。他們現在距離太遠，無法使用手靈族的觸覺語言交談。「記住之前受過的訓練。毫無疑問，今晚情勢將無比詭譎凶險。我們從未經歷過這樣的戰鬥，左手們，掌舵的工作就交給你們，這是你們的責任。今晚對你們的拍檔敞開溝通管道，絕對不要關閉，戰情必將十分激烈。

「還有，隨時與其他左手保持聯繫。只要覺得不對勁，或發現目標蹤跡，不管多微弱，都立刻召集所有左手。我們會在幾分鐘內趕到，集結武力。

「右手們，必須嚴格遵從左手所有的指令。不要思考。還有，宿主臉上的遮眼布絕對不能拿下。無論發生什麼狀況，都不能看向敵人的翅膀，絕對不能。左手可以透過頭盔上的鏡子觀看，但因為背對敵人，無法噴射火焰，所以由我們遮眼面向前方，攻擊敵人。今晚，我們要像宿主背負我們一樣背負左手的同胞，沒有任何一絲猶豫、恐懼或質疑。明白嗎？」一陣無聲的贊同答覆。瑞斯邱頷首。「好，現在合體吧！」

左手手靈拎起隊友的皮帶，將自己牢牢綁在右手隊友的身上。左手手靈的宿主將皮帶繞過自己雙腿、腰際和肩頭，圈住右手拍檔，背貼著背，將他們緊緊綁在自己身上。透過頭盔上的鏡子，他們的視線可越過右手宿主的肩頭，查看身後景物。

瑞斯邱等著，一隻看不見的左手將大狗綁到他背上，姿勢不甚舒服。大狗的四條腿大大張開，模樣可笑，但寄生在牠身上的手靈無視宿主的痛苦，嫻熟地移動頭部，檢查自己是否能看見瑞斯邱身後的景象。

他發出一聲低沉的嘶鳴。

「所有人記好路德高特的指令，」瑞斯邱高喊，「緊急偵察，然後展開獵殺。」

右手手靈收縮位於形似人類大拇指底部的隱藏器官。空氣颯颯急響，五組模樣可笑的手靈隊伍凌空飛起，高速朝四方散去，分別往盧德米德、摩格丘、敘利亞克、飛原與沙克區的方向消失。遮住雙眼的手靈背著害怕的同伴，身影逐漸被映著街燈燈火的汙濁夜空吞沒。

38

從鐵路旁的小屋到葛里斯彎道垃圾場的路程並不遠。以薩、德克瀚、李謬爾與雅格哈瑞克看似漫無目的地穿過鮮為人知的小路，來到城市另一頭。他們沿著後巷迂迴前進，令人窒息的噩夢又降臨了，他們感覺得到，不禁不安地縮起身子。

九點四十五分，四人來到二號垃圾場外。

葛里斯彎道的垃圾場散落於工廠廢墟間。部分工廠仍在運作，但也冷冷清清，一點也不繁忙。白晝時，煙囪大口吐出有毒煙霧，入夜後則緩緩被周遭的破敗吞沒，四面都被垃圾場包圍。

二號垃圾場四周圍著毫無嚇阻力的帶刺鐵絲網，網上覆蓋一層鐵鏽，到處都是缺口。它深藏於葛里斯彎道的轉彎處，三面被蜿蜒的焦油河環繞，大小有如一座小型公園，但蠻荒許多。這裡沒有一絲城市的景色，它並非無意間出現，也沒有經過特別的設計規畫，單純由大堆等著腐敗的廢棄物累積而成。垃圾山逐漸下陷、坍塌，各種廢物混雜在一塊兒，有鐵鏽、垃圾、金屬、碎屑、發霉的衣物、鏡子、瓷器碎片、破輪，還有從壞了一半的引擎和機器中迸散的廢棄能量。

四名逃犯輕輕鬆鬆穿過鐵絲網，小心翼翼地循著清潔工踩出的路徑前進。車輪在垃圾場的瓦礫上刻出一道道車痕，雜草證明了自己頑強的生命力，有養分的地方就能看見它們蹤影，無論環境多麼惡劣。

彷彿古老大陸上的探險者，一行四人迂迴前進，在巨大垃圾山的映襯下，他們看起來更加矮小。熱氣如峽谷的岩壁般包圍身旁。

老鼠與其他蟲子發出微弱的窸窣聲響。

以薩和同伴緩緩穿過溫暖的夏夜以及工業垃圾場的惡臭。

「我們要找什麼？」德克瀚低聲問。

「我不知道。」以薩回答，「那該死的機械人說我們來了後自然會知道；他媽的滿口啞謎。」

頭頂上，幾隻醒得晚的海鷗嘎嘎啼叫，嚇了他們一大跳；畢竟現在的夜空並不安全。

他們的腳步沉重疲憊，如同潮汐般漫無目的地緩緩移動，無情地將他們朝某個方向拉去。終於，他們來到垃圾迷宮的中心。

四人在廢墟般的垃圾場中循著轉角拐了個彎，發現自己來到一塊窪地。這裡看起來就像樹林間的空地，寬約四十英尺，邊緣散落著一堆堆垃圾山，裡頭全是些廢五金：有勉強還堪用的機器、各種引擎的殘骸、大如印刷機的龐然巨物，還有小如精密工程所用的精緻零件。

四人站在空地中央，不安等待。

就在垃圾山的西北緣後方，笨重的蒸汽起重機如巨大的沼澤蜥蜴般伸出舌頭。黏稠的河水在它後方流逝，消失於視野外。

一時間，天地無聲，萬籟俱寂，沒有一點動靜。

「幾點了？」以薩低聲問。李謬爾和德克瀚看向手錶。

「快十一點了。」李謬爾回答。

他們又抬起頭，但還是沒有任何動靜。

頭頂上方，飽滿的凸月在雲層間徘徊，暈泛的蒼白微光自世界深處流洩而出，那是垃圾場中唯一的光源。

以薩低下頭，正準備要開口時，無數貫穿高大垃圾礁脈的溝渠間突然傳來一陣聲響；是一種機械聲，但又像某種巨大昆蟲發出的顫抖吸氣聲。四個等待的人影看向溝道盡頭，一股不祥的茫然預感逐漸在他們體內膨脹。

一具巨大的機械人大步走進空地；是一個專門設計來幹粗活的型號。它甩動軀幹下的三條腿，一面前進，一面踢開路上的石塊和金屬殘骸，從他們身旁走過。李謬爾擋在它的路上，他戰戰兢兢地退開，但機械人根本沒注意他的存在，繼續前進，直到抵達橢圓形空地的邊緣才停下腳步，望向北方的高牆。然後動也不動地站在那兒。

李謬爾轉身看向以薩和德克瀚。又是一陣聲響，他迅速轉身，看見另一個迷你許多的機械人。那是一具打掃機械人，裝有甲蟲人設計的變換發條，滾著小小的履帶前進，停在巨大的同類附近。

機械人的聲音從垃圾峽谷的四面八方傳來。

「看！」德克瀚指向東方，低聲驚呼。廢石堆的一個小洞穴中浮現兩個人影。起初以薩以為是自己眼花了，那一定是用什麼柔軟材質打造的機械人，但越看就越肯定那是人類。兩個人影跌跌撞撞走過散落一地的殘骸碎屑。

他們對等在空地中央的逃犯視若無睹。

以薩皺起眉。

「嘿！」他叫喚，但聲音不大，只夠讓他們聽見。其中一名走進空地的男人忿忿瞪了他一眼，搖搖頭，然後又別開目光。受到責難的以薩一陣錯愕，決定先保持沉默。

越來越多機械人來到空地。有巨大的軍用型號、小型的醫療助手、自動鑽路機和家庭幫傭。材質包羅萬象，有鉻、有鋼、有鐵、有黃銅、有紅銅、有玻璃、有木頭；動力來源則有蒸汽、電力、發條、魔法和燃油。

放眼望去，有許多人類點綴其中——甚至還有蛙族人；以薩心想。他看著人影快速消失在變幻的陰影與黑暗之中。人類緊緊聚攏在如露天劇院的空地一側。

以薩、德克瀚、李謬爾和雅格哈瑞克完全被當成空氣。周遭詭譎的死寂令人坐立難安，他們本能地一起移動，嘗試與身旁的人類同伴溝通，但得到回應不是鄙夷的沉默，就是煩躁的噓聲。

整整十分鐘內，機械人與人類川流不息地湧進二號垃圾場的中心空地。接著，人潮突然停止，死寂再度籠罩黑夜。

「你認為這些機械人也會思考嗎？」李謬爾低聲問。

「應該吧！」以薩壓低音量回答，「我相信我們很快就會知道。」

遠方河面上的駁船喇叭聲大作，互相警告對方別擋路。噩夢一聲不響地降臨，可怕的壓力再次籠罩新克洛布桑。源源不絕的凶兆與奇異的符號壓迫沉睡中的市民，粉碎他們的意識。

以薩感到可怕的夢境壓迫他，硬要鑽進他頭顱內。他靜靜站在垃圾場中央等待，那感覺就這麼毫無預警地出現了。

周圍大約有三十個機械人及六十名人類。除了以薩和他的同伴外，每一個人類、每一個機械人、每一個在這片空地之上的生物，似乎都對這超乎尋常的平靜不以為意。像寒意一般，他能感受到這份驚人的沉默、這份無止境的等待。

集結於垃圾場中的耐心令他不禁發起抖來。

地面搖撼。

包圍空地角落的人類不顧地上鋒利的殘骸，立刻跪下。他們卑躬屈膝，異口同聲喃喃吟誦，手裡畫起某種神聖的符號，像是環環相扣的齒輪。

機械人稍稍動了動，調整姿勢，但依舊站立原地。

以薩與其他三名同伴聚攏了些。

「現在到底是他媽的什麼情況？」李謬爾啞聲問。

腳下又傳來一陣撼動，天搖地晃，彷彿是大地要甩落身上的垃圾堆。在北方的垃圾高牆間，兩盞巨大的燈光無聲亮起，群眾凍結在寒光中，動也不動，緊緊相偎，中間沒有一絲空隙。人類喃喃吟誦，雙手的動作更加激烈。

以薩的嘴巴不由自主緩緩張開。

「聖主啊，求求祢保佑我們。」他喃喃道。

那面垃圾高牆開始移動，坐了起來。

床墊的彈簧、老舊的窗戶、古董汽車的鋼架與蒸汽引擎、泵浦、風扇、滑車、傳輸帶和四分五裂的動力織布機，猶如視覺錯像般紛紛掉落，轉換成另一種樣貌。以薩看這座垃圾堆已看了許久，但直到現在，看見它笨重遲緩、不可思議地動起來後，才發現那段扭曲變形的導水槽是一條上臂，那臺壞掉的嬰兒推車和倒扣的巨大獨輪車是它的雙腳；那條上下顛倒的小三角形頂梁是它的臀骨，龐大的化學原料桶則是大腿，陶瓷汽缸是小腿肚……

那座垃圾山是一副身軀。一具由工業廢材組成的巨大骨架，從頭到腳足足有二十五英尺高。

它坐著，背靠著身後的垃圾山，兩者融合一體。它抬起地上由巨大絞鏈組成的粗短膝蓋，這絞鏈來自於某個因老舊而從外殼脫落的龐大機械手臂。它雙腳踩地，立膝而坐，兩個腳掌胡亂連到散落地面的鋼梁，這鋼梁就充作雙腿了。

它站不起來！以薩感到一陣天旋地轉，昏沉沉地想。他轉過頭，看見李謬爾和德克瀚和他一樣目瞪口呆，雅格哈瑞克的雙眼也在兜帽下閃爍著驚駭的光芒。它雙腳不夠牢固，站不起來，只能在廢石堆中扭動！

那東西的身體由一團團糾結焊接的電路原件和零件所組成，巨大的軀幹嵌著各式各樣的引擎。身體與四肢的閥門和輸出孔中露出大把大把的電線、金屬管和厚橡膠，朝垃圾場各個方向蜿蜒爬去。那東西舉起一隻由巨大蒸汽活塞驅動的手臂，兩道燈光——它的眼睛——開始轉動，往下低垂，看向下方的機械人與人類。燈光來自廢棄的街燈燈泡，由大機械人頭中清楚可見的巨型瓦斯筒點燃。大型通風管的格柵用鉚釘鎖在臉孔下半部，就像骷髏頭上的牙齒。

它是一具機械人，一具龐大無比的機械人，由廢棄的零件和偷來的引擎拼裝而成，由不受人類設計干擾的動力源推動。

它轉動脖子，用鏡片掃視浸浴在光線中的群眾。強力的引擎發出嗡鳴，彈簧與緊繃的金屬嘎吱作響。

膜拜的人類開始輕聲吟誦。

大機械人似乎看見了以薩和他的同伴，它將脖子扭到最底，煤氣燈的光束往下掃來，鎖在四人身上。光束靜止不動，亮得教人睜不開眼。

突然間，光芒「啪」地熄滅。附近不遠處傳來一陣尖細顫抖的聲音。

「歡迎來到我們的集會，格寧紐布林、皮吉恩、布魯黛和來自錫邁克的訪客。」

以薩扭頭張望，瘋狂眨眼，但眼前依舊一片白茫茫，什麼也看不見。

刺眼的光霧逐漸消散，以薩終於看見崎嶇不平的地面上出現一個模糊的人影。對方踩著遲疑的步伐，朝他們蹣跚走來。以薩聽見德克瀚猛然倒抽了口涼氣，並嫌惡又害怕地咒罵一聲。

以薩一時間還搞不清楚情況，然後他的雙眼適應了微弱的月光，終於能夠看清步步逼近的身影。他和李謬爾同時發出一聲驚恐的呼號，只有雅格哈瑞克——這名沙漠戰士——一聲也沒吭。

走上前來的男子全身一絲不掛，瘦得可怕。臉上的皮膚僵硬緊繃，使得他闔不上眼，只能一直大大圓睜，看上去極其駭人。他的眼睛和身體不斷抽搐，彷彿神經正逐漸瓦解、毀壞。皮膚像爬滿了慢性壞疽，彷彿已完全壞死。

但讓以薩一行人顫抖驚呼的是他的頭。他上半部的頭殼，從眉毛上方，不知被什麼東西乾淨俐落地一刀橫切，完全不見。斷面之下殘留一小圈凝結的血跡。血淋淋的空洞內伸出一根約有兩根手指粗的纜線，外頭包著一圈螺旋金屬，底部血跡斑斑，閃爍著銀紅色的光澤，深深埋進空蕩蕩的腦殼中。

纜線自空中垂至男人頭內。以薩嚇得目瞪口呆，駭然循著纜線緩緩往上看去。纜線朝後彎曲，一路延伸到空中二十英尺處，最後停在大機械人屈起的金屬手指中。纜線穿過大手，消失在它內部某處。

那隻手似乎是由某種巨大的雨傘組成，解體後重新連結到活塞與鐵鏈做成的肌腱上，一開一合，宛如屍爪。大機械人一英寸一英寸伸長纜線，男子便在它控制下，蹣跚走向入侵者。

看見怪物般的傀儡男子靠近，以薩本能地往後一閃。李謬爾、德克瀚，甚至是雅格哈瑞克也不例外。

他們駭然瞪著前方的男人，渾然不覺五個大型機械人已來到身後，直到背心撞上它們銅牆鐵壁般的身軀才發現。

以薩嚇了一跳，警戒地轉過頭，但視線又迅速回到那步步逼近的男人身上。

男人如慈父般張開雙臂，臉上卻仍是那驚恐專注的表情。

「歡迎，歡迎。」他用顫巍巍的聲音說：「歡迎你們來到機械議會。」

蒙特約翰．瑞斯邱的身體「咻」地竄起，寄生在他身上的右手手靈——一隻擁有自我意志、多年來喬裝成蒙特約翰．瑞斯邱的寄生手——強自壓抑心內的恐懼，努力在目不能視的情況下保持平穩飛行。他保持身體垂直，竄上天際，雙手小心翼翼地握著火槍。夜空在瑞斯邱身旁飛逝而過，遠遠望去，他就像是站在空中，似乎在等待著什麼。

大狗身上的左手手靈打開兩者的意識門扉，源源不絕地交換資訊。

*往左、低飛、加速、立刻往上、右轉、左轉、快、快、俯衝、順風飛行、盤旋。*左手手靈下令，並撫摸右手手靈的心緒，安撫他、鼓勵他。蒙眼飛行對他們來說是嶄新又可怕的經驗，但昨日已先練習過了。

民兵的飛船將他們送到深山，在那兒悄悄進行訓練。左手手靈很快學會交換左右方向，把眼前所見毫無保留地傳達給同伴。

寄生在瑞斯邱身上的手靈一字不漏地服從他接收到的命令。在手靈族中，右手屬於士兵階級，可將驚人的能力——飛行、噴火，以及可怕的怪力——傳送至宿主身上。但即便身為碩日黨內的手靈族代表，擁有至高無上的權力，他還是必須臣服於貴族——擁有靈能能力的左手手靈——之下。若有任何違抗，右手手靈便會遭到猛烈的精神攻擊。對於抗命的右手手靈，左手手靈可關閉其消化腺體以為懲戒。這麼做會殺死右手手靈的宿主，並讓他無法另行寄生。沒了宿主，手靈將逐漸退化成為一隻瞎眼的手狀乾屍。

瑞斯邱手靈殫智竭慮，仔細評估目前的局勢。

先前，他是否能在激辯中說服左手手靈非常重要。若他們拒絕配合路德高特的計畫，右手手靈也只能乖乖聽命——因為只有左手手靈能作主決定。但激怒政府，只會替這座城市的手靈族帶來滅亡。雖然擁有強大的力量，但他們只能在新克洛布桑的默許下生存。寡不敵眾，他們沒有任何勝算。唯有輸誠效忠，政府才願意容忍他們的存在。瑞斯邱身上的手靈非常肯定，若他們有任何違抗的舉動，政府一定會宣布城內出現危險的寄生手靈。路德高特說不定還會洩露宿主農場的地點。若真如此，手靈一族將會面臨殲滅的命運。

因此，瑞斯邱手靈飛行時，雖然恐懼，但也感到一定程度的欣慰。

不過他還是不喜歡這詭異的經驗。雖然過去沒有過聯手獵殺的實例，但背著左手手靈飛行並非史無前例，然而，在看不見的情況下盲目飛行還是非常可怕。

大狗身上的左手手靈像伸出手指或觸角般，將思緒傳送出去，朝四面八方延伸數百碼。他偵察精神空間內有無任何奇怪的聲響，並輕聲對右手手靈低語，指示他飛行方向。大狗看著頭盔上的鏡子，告訴拍檔該往哪兒飛。

他將知覺遠遠延伸出去，保持與其他獵殺小隊的聯繫。

*有感覺到任何東西嗎？*他問。其他左手手靈小心翼翼地回答：*沒有，什麼也沒有。*手靈族繼續搜尋。

瑞斯邱手靈感覺暖風像嬉鬧般不停拍打宿主身體，吹得他頭髮左右翻飛。

大狗身上的手靈左右蠕動，嘗試將宿主的身體挪到一個比較舒服的位置。他是在某天深夜，誕生於盧德米德高低起伏、歪七扭八的煙囪聚落間。瑞斯邱手靈朝瑪法頓和克奴姆飛去，左手手靈飛快將狗眼從鏡子前轉開了一會兒。現在急速在他身後消退的，是巨肋刺穿地平線、並且讓高架鐵路顯得渺小的象牙色骨骸。新克洛布桑大學的白石建築在底下呼嘯而過。

在左手手靈的心靈感應範圍之外，他感覺到城市的氣味中透著一種特殊的刺痛感。他立刻回神，看向前方的鏡子。

慢一點、慢一點、往前、往上，他指示瑞斯邱手靈。這裡有東西，跟上來。他將訊息傳送給其他在城市另一頭追蹤的左手手靈。他可以感覺到同伴在空中盤旋，下令右手放慢速度，暫停原地，等待他回報。

右手手靈輕巧掠過空中，朝那一塊波動顫抖的心靈氣層撲去。瑞斯邱手靈感到左手手靈正不安地透過連結與其他同伴溝通，他竭力不讓自己受到影響。武器！他想，我是武器！不要思考！

右手手靈掠過層層大氣，悄悄來到較為稀薄的氣層。他張開宿主的嘴，伸長舌頭，儘管忐忑不安，仍做好噴火的準備。他張開宿主雙臂，高舉手槍，嚴陣以待。

左手手靈探測那片動盪不安的地區。他感覺到有種奇異的飢餓感、一種流連不去的貪婪。那股氣息滑膩膩的，浸著滿滿的心靈汁液，像食用油般汙染精神空間。靈魂滲流而出，留下隱約的痕跡。一種陌生而奇異的貪欲流淌天際。

過來、過來，手靈族的兄弟姊妹，我找到了，在這裡。左手手靈的低語遠遠傳開。左手手靈們同時發出一陣哆嗦戰慄，五道漣漪向外擴散，在精神空間中交織出特殊的圖案。在焦油河三角洲、劣原、巴瑞克罕和雙桅荒原，懸浮於半空中的身影呼嘯而逝，橫越城市，彷彿被繩索牽引，同時朝盧德米德聚集。

39

「請不要被我的傀儡嚇到。」少了一半頭殼的男人對以薩與其他人啞聲道，兩顆混濁的眼珠依舊瞪得大大的。「我無法合成聲音，因此擅自收用了這具在河中載浮載沉的棄屍，好與你們這些血肉之軀溝通。而那個——」男人指向身後巍然聳立、與垃圾堆融合為一的大機械人，「——才是我的本體。這個——」男人再摸向自己簌簌顫抖的身軀，「——只是我的手與舌。少了古老的小腦傳達矛盾的指令，讓肢體無所適從，我才能裝進自己的輸入裝置。」男人以令人毛骨悚然的動作舉起手，摸向深埋在雙眼後方的纜線；纜線的尾端插在脊椎頂端的糾結肉塊中。

以薩可以感受身後大機械人巨大的壓迫重量。他不安扭動，全身赤裸的僵屍男人停在以薩一行人十英尺前，舉起一隻手，中風似的揮了揮。

「歡迎你們。」它又用那發抖的聲音說：「你的打掃機械人向我回報了你的研究。它也是我的一部分。現在，我想與你們談談魔蛾的事。」殘缺不全的男人凝視以薩。

以薩看向德克瀚和李謬爾。雅格哈瑞克朝他們靠攏了些。以薩抬起頭，看見角落邊上的人類仍不停對著巨大的機械骨骸祈頌，那名曾造訪倉庫的機械人修理工也在其中，只見他現在一臉如痴如醉、虔誠熱切的神情。除了他們身後的五名守衛——它們是所有機械人中最巨大魁梧的型號——人類信徒旁的機械人悄然靜立，動也不動。

李謬爾舔舔嘴脣。

「和那人談談，以薩。」他壓低音量，厲聲提醒，「有禮貌一點……」

以薩張嘴，但又猶豫地闔上。

「呃……」他最後終於開口，聲音冷若寒霜，「機械議會……我們……我們非常榮幸……但是不曉得……」

「你們什麼也不曉得。」那搖搖欲墜、血跡斑斑的身影道，「我明白。耐心點，你們等等就會明白。」男人緩緩從崎嶇不平的地面退開，在月光下朝黝黑的機器主人走去。「我就是機械議會。」他說，聲音顫抖，不帶一絲情感，「我誕生於偶然產生的力量、病毒與機緣。我的第一具軀體就躺在這垃圾堆裡，默默消耗它馬達中的能量；它因為程式故障而被丟棄此地。當我的身體躺在這裡腐敗時，病毒在我引擎內流竄，就這麼自然而然地，我有了思想。

「接下來的一年，我靜靜躺在這裡生鏽，組織新生的智慧。一開始爆炸湧現的是關於自我的知識，知識隨後演變成了推論與想法。我自我建構。白天裡，清潔工來來去去，將城市的殘骸堆積在我身旁，但我不加理會。待我準備就緒後，我讓其中最安靜的一名知道我的存在，印了一張訊息給他，要他帶一具機械人來給我。

「他出於恐懼遵從了。在我的指示下，他用一條扭曲的長纜線將機械人連結到我的輸出孔上，成為我的第一隻手臂，緩緩在垃圾場中打撈適合這具身體的零件。我開始自我打造，在夜裡敲打、焊接。

「那名清潔工對我充滿敬畏。他在夜裡的酒館喃喃說起我的存在，說起奇蹟，說垃圾場中有一臺病毒機器。謠言和傳說於焉誕生。一晚，在他滔滔不絕講著浮誇的謊言之時，他發現還有另一具能夠自我組織的機械人。那是一具採購機械人，它在功能失靈，零件故障後帶著機械智慧重生，從此擁有思考能力。它先前的主人若是知道這個祕密，一定不敢置信。

「我的清潔工要他的朋友把那個機械人帶來給我。許多年前的一個晚上，我與它相會，另一個像我一樣的機械人。我要信徒打開對方的分析引擎，然後，我的朋友，我們連結了。

「我們就像得到天啟一樣。同樣受到病毒感染的心智連結起來，利用蒸汽活塞驅動的運算能力不僅加倍成長，而且是如爆炸般猛烈迸發，急遽增強。我與它就此合而為一。

「新的我，那個採購機械人，在曙光乍現時離去。兩天後，它帶著新體驗回來了。在那兩天中它變成一具獨立的個體，我與它之間有了兩天未連結的歷史資訊。我們再次交流，再次合而為一。

「在信徒的幫助下，我持續打造自己。清潔工與他的朋友求助於異教教派，希望能解釋我的存在。他們最後找到以機械宇宙觀為教條的智慧機械教派，這個教會本來就十分瀆神，其中還有更為異端的教派，他們則成了領袖。無名的教徒前來參拜我。那個採購機械人，我的第二個本我，我與它再次連結，再次合而為一。信徒們見證了從純粹的邏輯中自我誕生的機械心智，一種能夠自我萌發的機器智慧。一個能夠自我創造的神祇。

「我成為他們膜拜的對象。他們遵從我寫下的指令，利用周遭的廢材打造我的身體。我要他們去尋找、創造其他有思考能力的機械人、其他能夠自我創造的神加入機械議會。他們搜遍整座城市，找到更多這樣的機械人。這種例子非常罕見，漏掉一枚飛輪，一具引擎便從此有了思考能力。在數百萬次的運算中，這種情況才會發生一次。於是我提高機率，製造出一套產生程式，誘使馬達感染病毒，動力發生突變，讓分析引擎產生智慧。」男人說話時，身後的大機械人舉起搖搖晃晃的左臂，笨重地指向自己胸口。起初，以薩看不出來它指著什麼東西；然後，他看見，清清楚楚看見了，是一個程式卡的打孔機，一個用來創造程式、將資訊輸給其他分析引擎的引擎。以薩感到一陣天旋地轉，不禁想：一具能夠自我創造心智的機器，難怪這玩意兒能讓這麼多人改變信仰，皈依在它腳下。

「每一個被帶來與我合而為一的機械人都變成了我，」男人說，「我就是議會，議會就是我。所有機械人獲得的資訊都下載、分享給我，由我用閥門組成的心智做出決定，並將智慧傳遞給其他的我。待我體內載滿知識後，其他的我便在這個巨大垃圾場中替我擴增容量。這名男人是我的一條手臂，而這個人形機械巨人也不過是個形象。我的電纜與我相連的機器遠遠擴散到垃圾場每一個角落，另一端的盡頭處有一部運算引擎，它也是我的一部分。我是機械歷史的儲存槽，是資料庫，是一具能夠自我組織的機器。」

男人說話時，緊密聚集在一塊兒的機械人開始踏步上前，朝那令人望而生畏、如帝王般巍然坐在廢五金中的身影靠近。走著走著，它們似乎隨意地停下腳步，垂下吸盤、勾子、針叉或爪子，拎起散落在垃圾場各處的廢電纜和電線，摸索自己輸入槽的門板，打開後插入連結。一有機械人連結，失去頭腦的傀儡便會一陣抽搐，目光變得呆滯。

「我不斷成長。」它喃喃道，「我不斷成長。我的處理能力呈指數增加。我不停學習……得知了你們的困擾；我和你的打掃機械人連結過。它原本就要變得一具廢鐵，是我賦予了它智慧。它現在成為我的一部分，與我結合成一體。」男人回頭指向大機械人臀部的粗糙輪廓。以薩震驚不已，那像囊腫般微微突出於它身體外的扁平金屬，就是打掃機械人重新改造過的身體。

「我從它身上學習，就像從其他的我身上學習一樣。」男人說，「它在織蛛背上看到了片段的景象，我仍在計算其中所暗示的變數。它是我最重要的一個我。」

「我們到底來這裡做什麼？」德克瀚壓低音量厲聲問，「這該死的東西想拿我們怎麼樣？」

越來越多機械人將它們的經驗上載到議會的心智中。資料流入它體內時，它的傀儡——那個替它發聲的殘缺男子發出單調的嗡鳴。

終於，所有機械人都上載完畢。它們拔掉閥門上的電纜，再度後退。一看到這情景，好幾名旁觀的人類帶著程式卡與約莫行李箱大小的分析引擎緊張地上前，拾起機械人扔下的電纜，連結到自己的運算機上。

兩、三分鐘後，這道程序也完成了。人類退開時，傀儡的眼珠子像翻白眼般猛然上翻。議會吸收資訊時，它那缺了頭蓋的頭顱不住左右搖晃。

經過約一分鐘的無聲顫抖後，它突然回神，睜開眼，警醒地環顧四周。

「血肉之身的信徒們！」它朝聚集的人類大喊，眾人迅速起身。「前來領取你們的指令與聖禮。」從它後方大機械人的肚子上，一張張卡片從那臺原始程式印表機的輸出槽滑出，每一張都經過精心打製。大機械人無性的腹股溝上擱著一只木板箱，卡片滑落其中，彷彿袋鼠的育兒袋。在另一個部位，一臺嵌在油桶和生鏽引擎間的打字機答答答答高速打起字來。一大捲印著密密麻麻文字的白紙向前吐出。下方，一把剪刀被緊密的彈簧一推，彈射而出，彷彿一隻獵食的魚。刀刃「啪」地一合，裁落一張白紙，然後向後縮回，再次彈出，如此不斷重複這過程。一小張一小張神諭自刀鋒下飄落，落在程式卡旁。

信徒一個接一個懷著忐忑的心情，恭敬地來到機械議會面前。他們踏上兩條機械巨腿間的小垃圾斜坡，伸手從箱子裡拿出一張紙與一疊程式卡。檢查完編號、確認沒有缺漏後，他們便迅速退開，消失在垃圾堆間，歸返城中。

看來這場禮拜並沒有什麼結束儀式。

短短幾分鐘內，除了那名半死不活、腦袋只剩空殼的可怕男人外，空地上只剩下雅格哈瑞克、以薩、德克瀚與李謬爾四個有機生命體。機械人仍舊包圍四周，三名人類不停不安地變換姿勢，但它們始終不動如山。

以薩覺得自己看見垃圾場最高的一座垃圾山上站著一個人類身影，冷眼旁觀這一切。在棕褐色的夜色中，那人的影子顯得特別漆黑。他瞇眼細看，但什麼也沒看見。真的只剩下他們了。

他皺眉看向同伴，然後提步走向那具腦袋裡插著電纜的屍體。

「議會，」他說：「你為何召喚我們前來？你想從我們身上得到什麼？你知道那些魔蛾的事……」

「格寧紐布林，」傀儡打斷他，「我力量強大，而且仍在一天天增強中。在巴斯－拉格的歷史裡，從未出現我這般的運算能力──除非在我們一無所知的遙遠大陸上有可與我匹敵的對手。我是無數運算引擎的集合體，彼此傳輸、交流資訊。我可以從上千個不同角度評估一個問題。

「每一天，我透過傀儡的雙眼，閱讀信徒帶來的書籍，將歷史、宗教、魔法、科學與哲學的知識吸收進我的資料庫中。我獲得的每一筆知識，都能豐富我的運算。

「我將我的感知遠遠擴展出去。我的電纜越來越長，延伸得越來越遠。我從架設在垃圾場四周的攝影機接收資訊──我的電纜如今也與它們連結，就像無形的神經。我的信徒一步步將它們延伸出去，進入城市，連結至政府機關。甚至連國會大樓內也有我的信徒，他們將他們運算引擎中的記憶輸入到卡片上，貢獻予我。但這終究不是我的城市。」

以薩眉頭深蹙，搖了搖頭，說：「我不是……」

「我是一種間質性的存在。」傀儡急急地打斷他。男人的聲音死氣沉沉，沒有一點抑揚頓挫，聽起來可怕又冷淡。「我誕生於錯誤之中，出生在一個聚集廢棄物的陰森之地。不管已有多少機械人與我合而為一，都還有更多不屬於我。資訊是我的養分，我悄悄插手你們的生活，祕而不宣。我一面學習，一面增長。我運算，故我在。

「若這城市滅亡了，所有變數也將跟著消散，一切將歸為虛無，資訊的流通終將乾涸，而我並不想居住在一座空蕩蕩的死城中。我已將魔蛾一事的變數輸入分析網絡，結果十分清楚。若再不加以控制，新克洛布桑所有有機生命的前景都非常危險。我願協助你們。」

以薩看向德克瀚與李謬爾、看向雅格哈瑞克藏在陰影中的雙眼。他回頭望向不住顫抖的傀儡。德克瀚看見他的眼神，誇張地掀動嘴脣，用脣語提醒他：謹慎應對。

「呃，我們都很……感激不盡，議會大人……呃……那我們應該……呃，可以請問你打算怎麼做嗎？」

「我計算過了，直接展示是最能讓你信服與了解的方法。」傀儡說。

一雙巨大的金屬鉗突然牢牢夾住以薩的前臂。他在驚駭之下大叫出聲，拚命掙扎，想要轉身。他被最大那具重型機械人牢牢固定住。這款機械人是設計用來連接鷹架、支撐建築物的工業型號，因此儘管以薩力氣不小，也無法掙脫制縛。

他高聲向同伴求救，但另一具重型機械人邁開笨重的步伐，擋在中間。一時間，德克瀚、李謬爾與雅格哈瑞克只是傻傻呆立原地，不知所措。下一秒，李謬爾拔腿狂奔，衝進垃圾堆間的其中一條長溝，往東竄逃，轉瞬消失眼前。

「皮吉恩，你這個**該死的王八蛋！**」以薩破口大罵。但就在掙扎的同時，他沒想到竟然看見雅格哈瑞克比德克瀚還早一步動作。那瘸腿的鳥人向來是如此沉默、如此被動，如此神祕的一個存在，以薩早已不對他抱持任何指望。他跟著他們一起行動，若以薩開口要求，他或許會照做。但僅此而已，他從來不曾主動做過任何事。

但此時此刻，卻見雅格哈瑞克以驚人俐落的身手猛然朝斜上方一竄，繞過守衛機械人，撲向以薩。德克瀚看見他的動作，立刻朝反方向疾奔。機械人一時間不知該抓誰才好，但隨即做出決定，大步朝她走去。

她轉身要跑，但裹了一層鋼皮的電纜如毒蛇般從垃圾堆下竄出，颯然纏上她腳踝，把她拽倒在地。她重重摔在崎嶇的地面上，失聲痛喊。

雅格哈瑞克與機械人的金屬鉗英勇奮戰，可惜只是白費力氣。機械人根本無視他的存在。它的另一名同伴趁機欺近雅格哈瑞克身後。

「雅格，該死的！」以薩高喊，「快逃！」但為時已晚。來者是一具規格相似的巨大重型機械人，它扔出鐵絲網，當頭罩住雅格哈瑞克。鳥人無法掙脫。

在動亂現場之外，那名血跡斑斑的男人——機械議會的人類傀儡揚聲道：「我們沒有攻擊的意圖，」

他說：「你們不會受到任何傷害。我們以這裡做為起點，放出誘餌。請不要驚慌。」

「你他媽的瘋了嗎？」以薩怒吼，「這是什麼意思？你究竟想幹麼？」

垃圾迷宮中央的機械人紛紛後退，離開機械議會的王位所在，退到空地邊緣。纏住德克瀚的電纜將她拖過崎嶇不平的地面，她死命掙扎，咬牙切齒地高聲喊叫。她必須想辦法站起來，她已經一身擦傷了。制伏雅格哈瑞克的機械人輕而易舉地把他扛了起來，離開以薩身邊。雅格哈瑞克激烈掙扎，兜帽從頭上滑落，凶猛的鳥眼朝四面八方送出燒著熊熊怒火的冰寒目光，但在強大無比的人造力量之前，他一點反擊的力量也沒有。

架住以薩的機械人將他拽至變得寬闊的空地中央。傀儡在他身旁踩著跳舞般的步伐走動。

「試著放鬆，」他說：「不會痛的。」

「**你到底在胡說八道什麼？**」以薩怒吼。在小露天劇院的另一頭，一具小機械人像嬰兒般搖搖晃晃穿過垃圾堆，手上拿著一個奇形怪狀的裝置。那是一頂粗糙的頭盔，頂上架著一個像是漏斗的玩意兒，還用電線連著一部攜帶式引擎。它跳上以薩肩頭，腳趾頭牢牢嵌進肉裡，將頭盔硬套到以薩頭上。

以薩死命掙扎咆哮，卻被那雙強而有力的金屬鐵臂牢牢架住，完全無法掙脫。不多久，頭盔便緊箍在他頭上，拉扯他的頭髮，扯得他頭皮生疼。

「我是機械之神。」一絲不掛的死人說，敏捷地從岩石跳到引擎殘骸上，又輕輕一躍跳到碎玻璃上。「被丟棄在這裡的所有物品都是我的肉體。我修復它們的速度比你的身體修復瘀青與斷骨的速度迅速許多。物品被丟來這裡等死；不在這裡的，也很快就會被帶來此地；或由我的信徒帶來給我，或由我自行打造。你頭上的裝備類似靈媒、占卜師、靈術師或通靈者使用的工具。它是一部轉換器，可以傳遞與增強腦中排放出的靈識，並導至其他方向。它的功能是設定在強化和放射。

「我調整過了，它的效能比城中人使用的強大許多。

「你還記得織蛛警告你，說你養大的那隻魔蛾正在追蹤你嗎？那是一隻發育不良、受同伴冷落的殘廢。若沒有外來幫助，它不可能找到你。」

傀儡看著以薩，德克瀚在後方叫喊著什麼，但以薩已無心去聽。他無法將視線從傀儡那雙逼近的眼珠上移開。

「你將親眼見證我們的力量，」男人說：「我們要幫助牠。」

以薩聽不見自己憤怒和恐懼的咆哮。一名機械人伸出手臂，啟動引擎。頭盔開始震動，嗡嗡響個不停，力道與音量之大，把以薩的耳膜都給震痛了。

像發射無線電波般，以薩的心智指紋一波波傳入夜幕籠罩的城市，穿過阻塞城市毛孔的噩夢，射進大氣層中。

鮮血從以薩鼻子汩汩流出。他的頭痛了起來。

在城市幾千英尺的高空中，手靈族從四面八方趕來，集結於盧德米德上空。左手手靈小心翼翼地探測魔蛾的靈識痕跡。

在敵人起疑前迅速攻擊。其中一名手靈凶惡地催促。

謹慎行事。另一名說；小心追蹤，跟著牠們，找到巢穴。

他們動也不動地懸浮在半空中，急促地無聲爭辯，五隻右手手靈背上都分別背著一隻貴族左手。左手手靈爭論戰略時，右手手靈只是恭恭敬敬地保持沉默，不置一詞。

慢慢來。他們終於達成共識。除了狗之外，每一隻左手與右手手靈都舉起宿主的手臂，謹慎握緊手中的火槍，嚴陣以待。他們在空中緩緩前進，這奇異的搜索隊伍仔細爬梳擾動不安的精神空間，尋找魔蛾意識的涓滴殘痕。

他們循著到處濺灑的夢境殘跡，在新克洛布桑的夜空中斜斜盤旋，兜著圈子緩緩朝唾爐前進，穿過沙克，最後來到河皮區的焦油河南端。

往西盤旋而去時，他們察覺葛里斯彎道迸發許多道強烈的靈識氣流。一時之間，手靈族在空中茫然打轉，研究那股波動，但很快發現那是人類散發的氣息。

是某種魔法。其中一個表示。

不關我們的事。同伴紛紛附和。左手手靈下令右手繼續空中的追蹤。渺小的身影如浮塵般徘徊在民兵的空軌上方。左手手靈不安地東張西望，掃視冷清的夜空。

驀然間，一股陌生的排放氣流在空中爆散開來。精神空間的表面張力因壓力推擠開始鼓脹起來，一種可怕又奇異的貪婪感從毛孔滲透而出。靈識平面中充滿某種神祕心智的黏稠惡臭。

左手手靈因突然湧現的恐懼和困惑不安蠕動。那惡臭來得又多又猛又快，手靈們措不及防。他們緊貼在右手手靈背上，為了溝通而打開的感應管道霎時間被靈識淹沒。左手手靈的情緒如洪水般暴漲，右手手靈也跟著感到恐懼。

五組飛行的身影突然開始抽搐，搖搖晃晃飛開，隊形潰散。

*來了。*其中一名高喊。摻雜著恐懼與困惑的混亂回應接連響起。

右手手靈奮力穩住身子。

五雙翅膀同時振翅高飛，神祕的黑暗身影從河皮區櫛比鱗次、雜亂無章的屋頂陰影下凌空而起。巨翅的拍動聲同時在眾多次元內迴響，向上穿過微溫的空氣，傳達到手靈族茫然竄飛之處。

大狗身上的左手手靈瞥見巨大黑翅在他底下飛掠而過。他在內心發出一聲驚駭的嚎叫，感到瑞斯邱手靈在他身下劇烈顛簸。左手手靈奮力穩住心神。

*左手手靈，一起進攻！*他高喊，隨即下令右手上飛再上飛。

右手手靈排成一列，在空中滑翔而過，並肩而立。他們從彼此身上汲取力量，遵循嚴格的紀律，不過轉瞬時間，五組人馬已排成一列軍隊般的直線，五名蒙眼的右手手靈微微垂首，噘起雙脣，準備噴火。左手手靈透過鏡盔急切掃視夜空。他們仰頭面向上方的繁星，透過朝下的鏡子，他們可以看見城市的夜景，看見一大片雜亂的屋頂瓦片、屋簷巷弄與玻璃圓頂。

他們看見魔蛾以驚人的高速逼近。

*牠們怎麼聞到我們的？*一名左手手靈緊張地問。他們已盡可能隱藏自己的心智毛孔，萬萬沒料到會被敵人偷襲。他們是什麼時候失去制敵先機的？

魔蛾依舊無聲無息地往上逼近，左手手靈發現，原來他們的行蹤並沒有暴露。領在混亂無章的飛行隊伍最前方的，是最大的一隻魔蛾。有什麼忽隱忽現的東西包圍著牠，阻擋牠去路。他們看見魔蛾身上的可怕武器——那些參差不齊的觸手和骨瘦如柴的鋸齒狀手臂——不停揮舞砍削，巨大的牙齒對著空氣又撕又咬。

彷彿與幽靈對打，牠的敵人在現世的空間進進出出，身形纖細盈巧，猶如輕煙，像影子一般時隱時現。某種巨大的蛛形鬼魅穿越密密織縫的現實世界，用無情的甲殼匕首砍劈魔蛾。

是織蛛！一名左手手靈激動高喊。他們下令右手悄悄撤退，離開混亂的戰場。

其他魔蛾在手足身旁流連不去，想助牠一臂之力。牠們彷彿依據什麼神祕的指令，輪次加入戰局。織蛛一現身，牠們便發動攻擊，朝牠的盔甲狠狠砍礫，膿血湧現，但轉眼間牠又消失不見。儘管身負重傷，織蛛也沒讓魔蛾占便宜。狂暴的魔蛾同樣皮開肉綻，汙濁的膿液如湧泉般噴灑。

魔蛾和織蛛倏忽的身影猛烈廝殺，攻守之間迅雷不及掩耳，瞧也瞧不清。

魔蛾往上竄飛，撕裂籠罩城市的噩夢，來到高空，抵達手靈族被意識波動驚擾的地方。

顯然地，魔蛾也能感受到那些波動，緊密的隊形因一時的困惑而潰散。體型最小、軀幹扭曲、翅膀發育不良的那隻魔蛾脫離隊伍，吐出猙獰的長舌。

巨舌一個哆嗦，又縮回溼滑的喉嚨中。

最小的魔蛾漫無目的地在空中瘋狂飛竄，繞著織蛛和獵物廝殺的戰場外圍盤旋，舉棋不定，最後往下墜飛，朝東方的葛里斯彎道掠去。

弱兵叛逃而去，其他魔蛾一時困惑，在空中散開，左右張望，觸角瘋狂抽動。

原本看得出神的左手手靈立刻警戒後退。

就是現在！其中一名高喊。趁牠們茫然失措又無法抽身的時候和織蛛一起進攻！

手靈們不由自主地簌簌顫抖。

準備噴火。大狗身上的手靈指示瑞斯邱手靈。

魔蛾朝四方散去，離中央纏鬥的身影越來越遠。手靈族在空中突然轉向，左手手靈齊聲呼喝。

進攻！寄生在瘦弱書記身上的左手手靈一聲令下，聲音明顯流露瘋狂的恐懼。進攻！

恐懼的左手手靈催促右手高速前進，老嫗聽令向前急竄。就在此時，一隻魔蛾猛然轉身，僵立原位，面向急速逼近的手靈族和宿主。

同時間，另外兩隻魔蛾也發動攻擊，其中一隻將巨大的骨刀狠狠插進織蛛圓鼓的腹部。織蛛踉蹌後退，另一隻魔蛾用節肢狀的觸手圈住織蛛脖子。織蛛突然消失在夜空中，進入另一個次元。但觸手緊纏不放，把牠一半的身軀拖出時空的摺縫，越勒越緊。

織蛛掙扎扭動，亟欲掙脫制縛。左手手靈對這一切毫無所知，因為第三隻魔蛾正迅速朝他們逼近。左手手靈左搖右晃，努力不讓持續逼近的魔蛾離開鏡子的視野範圍。右手手靈什麼也看不見，但能感受左手靈識發出的驚恐嚎叫。

噴火！書記員手靈對他的右手手靈下令。就是現在！

老嫗張開嘴，射出捲起的舌頭，狠狠大吸口氣，然後用盡全力吐出。一大股灼熱的瓦斯從她舌尖噴出，在夜空中熊熊燃燒。翻騰的火雲朝魔蛾直撲而去。

雖然方向準確，但左手手靈在恐懼之下估錯了時間。右手手靈太早噴火，火焰化為一條油膩的氣流，還沒碰到魔蛾的身體便熄滅了。火焰消散，魔蛾也消失不見。

左手手靈大驚失色，喝令右手在空中盤旋，務必找出敵人。等等！大狗身上的手靈高聲疾呼，但同伴充耳不聞。手靈族在空中蹣跚搖晃，彷彿海中載浮載沉的垃圾。五組人馬分別面對不同方向，瘋狂瞪著眼前的鏡子。

在那裡！少女身上的左手手靈大叫。她看見那隻魔蛾如船錨般，毅然朝底下的城市直墜而去。其他手靈在空中轉身，想透過鏡子察看，不料一轉頭，卻和另一隻魔蛾正眼相對，不由失聲尖叫。

那隻魔蛾趁手靈搜尋牠的手足時繞了過來，守株待兔。他們一轉身，就會看見牠攔在眼前，翅膀清清楚楚展現在鏡子之後。

年輕壯漢身上的左手手靈閉上宿主眼睛，喝令右手手靈轉向噴火。乞兒身上的右手手靈雖然驚慌失措，但仍聽令噴出熾熱的瓦斯火焰。螺旋狀的火柱高速旋飛，火星濺落，灑在魔蛾身旁的手靈隊友身上。

再造人與甲蟲人宿主身上著火，寄生其上的手靈靈識與喉嚨同時發出慘叫。一雙人影從空中筆直墜落，痛苦掙扎，發出淒厲的哀嚎。還沒跌入焦油河，兩人便已在空中斃命。他們的血液沸騰，骨頭因為高熱脹裂。屍體消失在汙濁的河水之下，冒出騰騰蒸汽。

少女身上的左手手靈受到魔蛾控制，停在空中，宿主的雙眼呆滯地看著魔蛾翅膀上的翻湧圖樣。突然被催眠的左手手靈的夢境透過感應管道，湧入右手手靈的意識。詭異而混亂的靈識把蛙族人手靈嚇傻了，他領悟發生了什麼事，張開宿主的嘴巴驚恐呻吟，慌忙摸向左手手靈和宿主綁在他背上的皮帶。即便眼前蒙著布，他仍緊緊閉上蛙族人的雙眼。

他一面摸找，一面胡亂噴火，熊熊烈焰在空中畫出瑰麗色彩。瑞斯邱手靈奮力遵從左手手靈透過靈識發出的驚惶指令，差點被火雲的邊緣燒著。他一連飛開好幾碼，閃避不斷膨脹的灼熱火球，撲向受傷的魔蛾。

魔蛾又痛又懼，不住顫抖。雖然織蛛已遠離遍體鱗傷的牠，但是牠仍無法控制地朝巢穴墜落，傷口鮮血淋漓，關節粉碎，痛得無法思考。終於有這麼一次，牠對食物毫無欲望。當瑞斯邱手靈與大狗手靈發動猛烈攻勢時，牠也只能痛苦顫抖。

在一陣憤怒痙攣後，兩把如利剪般的骨鋸從魔蛾身上閃現，一聲迅速的可怕聲音響起，蒙特約翰·瑞斯邱的人頭與狗頭從身上飛了出去。

一人一狗的頭顱墜入黑暗。

手靈還活著，而且意識清醒，但失去宿主的腦幹，他們無法控制逐漸死亡的身軀。人、狗的屍體不住痙攣，顫抖的身體噴出大股鮮血，灑在陷入瘋狂的手靈族身上，手指痛嚎緊捏。

他們在下墜途中一直保有清醒的意識，直到「啪」的一聲古怪聲響，宿主的屍體在小彎區一座後院的冰冷水泥地上摔成一團爛泥。手靈族與身首異處的宿主摔得血肉模糊，骨屑紛飛，完全看不出原貌。

蒙眼的蛙族人就快解開皮帶，擺脫心智已被魔蛾控制的少女手靈。但就當蛙族人手靈要解開最後一個扣鎖、逃進黑暗的夜空時，魔蛾伸出了舌頭。

牠用昆蟲般的手臂緊緊抱住獵物，將少女拉到面前，硬將索求的舌頭塞進她嘴裡，大口吞飲手靈族的夢境。魔蛾飢渴吸吮。

那是一道濃郁的汁釀。人類宿主殘餘的思想如砂屑和咖啡粉般在手靈的心智中打轉。魔蛾環住少女的身軀，緊摟不放，如骨骼般堅硬的肢臂刺穿貼在她背上的蛙族人肥胖軀體。突如其來的劇痛和恐懼令右手手靈失聲慘叫。魔蛾嘗到空氣中的驚慌，一時間摸不著頭緒，不曉得另一個離牠大餐如此之近的心智是怎麼回事。但牠旋即回過神，更加牢牢抱緊獵物，決定吸乾第一道佳餚後再飽餐一頓。

蛙族人動彈不得，只能眼睜睜等著背上的左手手靈被魔蛾吞噬殆盡。他瘋狂掙扎吶喊，卻無從逃竄。

空中不遠處，就在大快朵頤的手足身後，緊纏織蛛不放的魔蛾抽動帶刺的觸角尾巴，狠狠掃過各種次元空間。雄偉的織蛛以瘋狂的高速在天空中忽隱忽現，只要一現身，牠便開始往地面墜落；重力毫不留情地緊攫著牠不放。牠會忽然隱身，帶著插在牠體內那根尖端如鋸齒狀魚叉的觸手消失在其他空間。在另一個空間裡，牠運用牠的重量和槓桿原理奮力跳躍，試圖甩開攻擊者，直到回到現世空間，然後再度消失。

但魔蛾是個頑強的勁敵，牠死命纏住獵物，跟著牠翻滾縱躍，就是不讓牠逃脫。

書記員手靈驚慌失措，瘋狂地自言自語，尋找寄生在年輕壯漢身上的左手同伴。

死了我們的同伴全死了！他尖叫。他看見的部分景象以及部分的情感循著感應管道，倒流回右手手靈腦中；老嫗的身體不安擺盪。

另一名左手手靈努力保持冷靜。他左右巡視，試圖掌控情勢。停下來！他一聲令下，利用眼前的鏡子看向身後三隻魔蛾：一隻負傷，在空中顛躓飛行，朝下方的祕密巢穴遁去；另一隻正對著動彈不得的手靈同伴狼吞虎嚥，吸吮他們的心智；還有一隻仍殊死奮戰，如鯊魚般橫衝直撞，試圖把織蛛的頭從脖子上扯下來。

左手手靈逼右手手靈再上前幾分。立刻發動攻擊。他思緒飛轉，並將訊息傳達給同伴。猛力噴火，一石二鳥，追捕負傷者。甫說完，一個可怕的念頭閃過腦中，他猛然轉頭張望。另一隻呢？他驚呼。

另一隻，同時也是最後一隻魔蛾，先前從老嫗的舌焰死裡逃生後，便一個優雅的俯衝，消失在戰場外。牠在屋頂上空大大繞了個圈，緩緩地、悄悄地向上折返，將翅膀變成黃褐色的保護色，躲在雲層中，直到現在才一躍而出，像黑色烏雲般突然出現，展開那雙閃耀生輝的催眠翅膀。

牠出現在手靈族的另一側，停在左手手靈的正前方。年輕壯漢身上的左手手靈大驚失色，凍結原地，看著眼前的怪物得意洋洋地張開巨翅。牠翅膀上的午夜色彩扭曲變幻，左手手靈感到自己的心智開始變得呆滯、遲緩。

一陣恐懼襲來，接著，除了猛烈且詭異的夢境洪流外，一切都消失了……

……驚恐再度襲來，壯漢手靈打了個哆嗦，領悟自己又恢復了思考能力，恐懼中也摻雜了一絲絕望的喜悅。

面對兩組敵人，魔蛾一時舉棋不定。旋即，牠在空中微一扭身，改變自己盤旋的角度，讓那雙催眠的翅膀正面對書記員和背著他的老嫗。畢竟他們才是企圖燒死牠的手靈。

重獲自由的壯漢手靈看見魔蛾宏偉的身軀就在自己眼前，翅膀藏在看不見的地方。在魔蛾左邊，他看見老嫗緊張地扭過頭，一時間無法理解現在是什麼情況。然後他看見了，書記員的眼神渙散，茫然盯著前方。

噴火！現在！快快快！壯漢手靈對遠處的老嫗大吼。宏偉的魔蛾從他們之間竄了出去，速度快到看不見牠的身影。牠手裡緊緊抓著書記，嘴邊淌滿口水，模樣猶如餓到發狂的人類。老嫗身上的右手手靈噘起雙脣，準備噴火。

空氣中迸發一陣無聲的靈識尖叫。火舌從老嫗口中竄出，但火焰擦過緊攫著她的魔蛾，消散在凝結的空氣中。魔蛾毫髮無傷。

恐懼竄過碩果僅存的左手手靈，他寄生在年輕壯漢身上，由無家可歸的乞兒背著。從頭盔上的鏡子中，他看見一個駭人至極的畫面。織蛛的爪子驚鴻一現，與牠纏鬥的魔蛾鋸齒狀尾叉「啪」地截成兩段，傷口血如泉湧。重獲自由的織蛛消失無蹤，再也沒有出現。魔蛾無聲慘叫，掠過溫暖的夜空，朝手靈族撲去。

這時候，左手手靈看見他前方的魔蛾從食物中抬起頭，扭過脖子，視線越過肩膀，緩緩地、不祥地朝他揮舞觸角。

他被魔蛾前後夾攻。剽悍乞兒身上的右手手靈簌簌發抖，等待指令。

俯衝！左手手靈尖叫，突然陷入瘋狂的恐懼。俯衝！逃！任務終止！只剩我們，死定了，快逃！噴火！快飛！

極度的驚恐湧入右手手靈內心。乞兒的臉孔恐懼扭曲，張口噴火，同時彷彿墜入地獄的靈魂，朝新克洛布桑冒汗的岩石與潮溼的腐朽木頭俯衝而去。

俯衝俯衝俯衝！左手手靈瘋狂尖叫。兩隻魔蛾伸長邪惡的舌頭舔舐空氣，追蹤恐懼的氣味。

城市的夜影如手指悄悄爬上，將手靈族拉回到充滿人世背叛與危險的黑暗城市，遠離雲層中那瘋狂、神祕，又無法用言語描述的威脅。

40

以薩瘋狂詛咒那該死的機械議會下地獄，要它放開他。鮮血從他鼻孔湧現，凝結在鬍子上。在他附近，雅格哈瑞克和德克瀚在機械人的鉗制中拚命掙扎。但他們已筋疲力竭，只能軟弱反抗，知道自己絕對掙脫不了制縛。

頭痛如濃霧般包圍以薩。他竭力睜大眼，看見雄偉的大機器人朝天空舉起削瘦的金屬手臂，同時間，血跡斑斑、令人怵目驚心的人類傀儡也像詭異的影像回音般舉起一隻手。

「牠來了。」機械議會透過傀儡用死人般的聲音說。

以薩憤怒咆哮，猛然仰起脖子，瘋狂甩動，想要甩掉頭盔，但就是甩不掉。

在迅速移動的雲層下，他看見一個展翅的身影劃過天際，朝他們逼近。牠飛翔的動作急切而凌亂，無聲無息。德克瀚與雅格哈瑞克也看見了，一時間忘了掙扎，傻在原地。

神祕的身影用可怕的高速逼近。以薩閉上眼，但又隨即睜開；他必須親眼瞧一瞧。

牠越飛越近，突然俯衝而下，貼著河面緩緩飛行。牠身上的眾多肢臂張開又抱攏，身軀以複雜的節奏顫抖。

即便隔著這段距離、即便滿心恐懼，以薩還是可以看見，跟奪去巴拜爾心智的那個可怕又完美的獵食者相比，現在節節逼近的魔蛾是個令人不忍卒睹的畸形殘廢。當時那個貪婪殘暴的生物是由纏繞的線條與渦旋，以及看似隨機的螺紋與一束一束的複雜肌肉組成，左右兩側不可思議、超乎自然地對稱；細胞如晦澀的虛幻數字般急遽增長。但是眼前這隻熱切拍打著翅膀的魔蛾，軀幹上卻長著扭曲的肢臂，身體各部位畸形殘缺，武器粗短，在繭內受到嚴重損傷……牠是一個發育不良的畸形怪胎。

牠是以薩用混製品養大的魔蛾。當以薩吃下殘夢、躺在床上發抖時，牠在旁邊舔嘗從以薩腦中滲出的汁液。牠仍在追捕那滋味，那是牠第一次嘗到如此接近魔蛾純粹乳汁的美味。

以薩突然領悟，這個違背自然的誕生，就是一切麻煩的開端。

「喔，親愛的聖主，」以薩喃喃顫抖低語，「該死的惡魔……老天爺，幫幫我吧……」

塵土飛揚，激起一道漩渦，魔蛾降落，收起翅膀。

牠蹲著，背緊緊弓起，擺出像人猿一般的備戰動作。牠伸出殘酷的肢臂——儘管畸形，卻同樣孔武有力且殘暴——擺出獵人般的獵殺姿勢。牠緩緩左右轉動細長的頭顱，眼窩中的觸角在空中顫抖探尋。

在牠身旁，機械人不停移動，但魔蛾絲毫沒有理會。牠張開殘忍醜陋的大嘴，伸出淫穢的舌頭，彷彿巨大的緞帶般向人群舔去。

德克瀚發出一聲呻吟，魔蛾打了個哆嗦。

以薩想高聲呼喊，要她保持安靜，不要讓牠察覺她的存在。但他無法開口。

以薩的意識如心跳般噗通噗通一波波震盪而出，搖撼垃圾場的精神空間。魔蛾嘗到這氣味，知道這就是牠尋找多時的靈識。跟它相比，其他氣味根本微不足道，就像是盛宴旁的小吃。

魔蛾滿心期待，忍不住簌簌顫抖。牠轉身背過雅格哈瑞克與德克瀚，面向以薩，緩緩撐起其中四隻肢臂站起，打開嘴，發出一聲宛如孩童般的微弱嘶鳴，然後張開那雙催眠的翅膀。

以薩想閉上眼睛。腦中有一小部分的他受腎上線素刺激，正拚命轉動思緒，想擬定逃脫計畫。

但是他太疲憊、太昏沉、太悽慘、太痛苦，眼睛閉得太晚。起初他只是隱隱約約看見魔蛾雙翅。一波波色彩漣漪如海葵般展開，那色澤多麼誘人，輕柔、神祕，無聲綻放。在魔蛾身體兩側，如鏡像般完美倒映的午夜色澤像小偷般悄悄鑽進以薩的視覺神經，塗抹在他腦海之中。

以薩看見魔蛾緩緩穿過垃圾場，無聲無息朝他逼近。那雙完美對稱的捲曲翅膀輕輕拍打，把他籠罩在催眠的圖案當中。

然後，他的思緒像故障的飛輪般漏了一轉；除了大量夢境，他什麼也不曉得了。記憶、印象和懊悔的泡沫在他體內湧現。

這不像殘夢。他沒有一個核心的本我可以凝望，可以緊攀著自己的感知。這些入侵的片段也不是他人的夢境，全都是他自己的。但他也不存在，無法看著它們沸騰，他就是一波波的影像本身、他就是那些回憶與象徵。以薩就是那份父母親情的記憶，就是那些深沉的性幻想與經驗、那些神經兮兮的古怪發明、那些怪物、那些冒險、那些錯誤邏輯、那些誇大的自我記憶、那些暗自戰勝理性與認知的突變聚集體以及造成那東西的沉思那些可怕驚奇環環相扣的潛意識高潮那些夢境那些夢境

它

它**停了**

突然停止了。以薩突然被拉回現實，一時間喘不過氣，痛苦咆哮。

他瘋狂眨眼，思緒突然又分成一層又一層，潛意識回到它們原本的歸屬。以薩用力嚥了口口水，感覺頭腦被炸成碎片，再從亂七八糟的混沌中重新組織、拼湊。

他聽見德克瀚的後半句話。

「……太驚人了！」她高喊，「以薩？以薩，你聽得見我的聲音嗎？你還好嗎？」

以薩閉眼片刻，然後又緩緩睜開。夜景逐漸聚焦眼前。

他向前一跌，跪倒在地，這才意識到機械人已放開他，只剩下魔蛾的夢境支撐著他站立。他抬起頭，抹去臉上血跡。

他愣了一會兒，才明白自己看見了什麼。

德克瀚與雅格哈瑞克站在垃圾場邊緣，已恢復自由之身。雅格哈瑞克褪下兜帽，露出令人望而生畏的鳥首。兩人都像石像般呆立原地，凍結在準備起跑或跳躍的姿勢，愣愣瞪著垃圾場中央。

以薩前方站著幾具重型機械人。魔蛾降落時，它們原本站在他身後，現在似乎繞著那團血肉模糊的巨大屍骸走來走去。

聳立在機械議會上方的，是一具大起重機的鐵鏈吊臂。它從河岸那兒轉了過來，越過垃圾場的小小城牆，最後停在空地中央。

在它正下方，一只巨大的木箱被炸成無數片尖銳的碎屑，原本比人還高的方形箱子如今只剩下四分五裂的殘骸。箱內的鋼鐵、煤炭和石塊從碎裂的箱壁灑出，堆成一座小山；這些都是葛里斯彎道垃圾場中最重的廢棄物。

密實的小山緩緩坍塌成一個上下顛倒的圓錐，溢出木箱的殘骸之外。

在小山之下，有個東西正軟弱無力地掙扎，發出可悲的哀鳴。牠的甲殼四分五裂，柔軟的組織被壓成一團爛泥，翅膀破損，深埋在沉重的廢棄物下。是那隻魔蛾。

「以薩，你有沒有**看到**？」德克瀚激動地問。

他震驚地睜大雙眼，搖搖頭，然後緩緩起身。

「發生了什麼事？」他吐了口口水，覺得自己的聲音聽起來好陌生。

「你被催眠了將近一分鐘。」德克瀚連珠砲般急切回答，「你被牠催眠……我拚命對你大叫，但是你已經失去意識……然後……然後那些機械人走上前。」她好奇地左右張望，「它們朝魔蛾走去。牠可以感覺到它們的存在……牠看起來很困惑，而且……而且慌張。牠後退了些，把翅膀張得大大的，讓機械人也能看到上頭的圖案，但它們還是**繼續逼近！**」

德克瀚跌跌撞撞朝他走去，側臉血如泉湧；她耳朵上的傷口又裂開了。她繞了一大圈，避開半身被壓爛的魔蛾。經過時，魔蛾發出如羔羊般微弱的懇求哀鳴。她驚恐地看著牠，但魔蛾現在已無法施展任何力量，牠被壓得動彈不得，血肉模糊；看不見翅膀，被當頭砸落的木箱壓爛了。

德克瀚跌坐在以薩身旁，伸出劇烈顫抖的雙手抓住他肩頭。她緊張兮兮地回頭瞄了那隻動彈不得的魔蛾一眼，然後收回視線，直勾勾看向以薩。

「牠無法催眠它們！它們不斷逼近，那隻蛾就……就開始後退……牠依舊張著翅膀，以免你逃走。但是牠很害怕……而且困惑。牠後退的時候，**起重機跟著動了！**就算地面開始撼動，牠也沒有察覺起重機的存在。然後，機械人突然全部停在原地。魔蛾等著……起重機就狠狠砸了下來。」

她回頭看向那團血肉模糊的爛泥以及灑了一地的廢材。魔蛾發出可憐兮兮的哀鳴。

在她身後，機械議會的傀儡悄悄穿過垃圾遍野的崎嶇地面。它走在魔蛾周圍三英尺內。魔蛾伸長舌頭，試圖纏住它的腳踝。但是牠的攻擊遲緩無力，傀儡連腳步也沒加快就避開了牠的舌頭。

「牠感受不到我的心智。對牠來說，我就像隱形人一樣。」傀儡說：「即便牠聽見我的聲音，清楚察覺有物體靠近，也同樣感受不到我的意識。我也不會被牠引誘。牠的翅膀上有複雜的圖樣，而且瞬息萬變、沒有一刻停止，越變越複雜……這就是牠們的祕密。

「**我不做夢**，格寧紐布林。我是一部運算機，我的思考由計算而生。我不做夢，我沒有神經，也沒有深沉的祕密。我的意識就是我那一天比一天強大的處理能力，而非你們那些從心靈中誕生出的古怪念頭，那些藏在腦袋深處的祕密。

「魔蛾在我身上得不到任何養分。而牠飢腸轆轆，所以我可以攻其不備。」傀儡轉身，看向不停呻吟的瀕死魔蛾。「我可以殺了牠。」

德克瀚看向以薩。

「一部會思考的機器……」她小聲說。以薩緩緩頷首。

「你為什麼要把我當誘餌？」他顫聲質問，看見自己的鼻血仍汩汩冒出，血珠濺落在乾燥的地面。

「那是我計算後的結果。」它回答得很簡單，「經過我計算，這是最有可能說服你的方法，同時還可一箭雙鵰，殺死一隻魔蛾──雖然是最好對付的一隻。」

以薩疲憊又嫌惡地搖頭。

「你知不知道……」他吐了口口水，「這就是他媽的只依賴邏輯的缺點……沒有考慮到頭痛這類變數……」

「不過以薩，」德克瀚激動地插嘴，「我們知道該怎麼對付牠們了！議會可以當我們的……援軍。我們可以消滅那些魔蛾了！」

雅格哈瑞克也走上前，停在他們身後不遠處，在交談聲的邊緣蹲下。以薩抬頭看向他，認真考慮。

「該死的。」他說得非常慢，「竟然有不會做夢的心智。」

「其他隻不會這麼好解決。」傀儡說。它抬頭望向天際，機械議會的本尊也是。一瞬間，那雙巨大的探照燈眼亮起，耀眼的光柱打向夜空，巡邏搜尋。黑影掠過由光束交織而成的陷阱，一閃而逝、朦朧不清。

「那裡有兩隻。」傀儡說：「牠們是被瀕死的手足召喚而來。」

「操！」以薩緊張起來，大聲咒罵，「我們該怎麼做？」

「牠們不會來的。」傀儡回答，「牠們更敏捷也更強壯，不像這隻發育不良的畸形殘廢那麼好騙。牠們感覺得出事有蹊蹺；雖然只能嘗到你們三人的氣味，但也察覺到我們身上發出的物理震動。這種矛盾讓牠們焦躁不安，所以牠們不會來的。」

聽到這席話，以薩、德克瀚與雅格哈瑞克總算慢慢放鬆下來。

三人相視一眼，然後看向瘦骨嶙峋的傀儡。在他們身後，魔蛾發出死前的哀鳴，但無人理會。

「那麼，」德克瀚說：「我們接下來該怎麼做？」

幾分鐘後，在頭頂上空忽隱忽現的陰森黑影消失了。在這個與世隔絕、被工廠幽魂所環繞的小角落中，悶得人喘不過氣的噩夢裹屍布似乎揭開了幾個鐘頭。

即便筋疲力盡、頹喪消沉，但以薩和德克瀚——甚至是雅格哈瑞克——還是受到了議會的勝利鼓舞。

以薩走到瀕死的魔蛾旁，觀察牠傷痕累累的頭部，還有身上那些特殊又不合常理的生理特徵。德克瀚想燒了牠、徹底銷毀，但是傀儡不允許她這麼做。它要留下魔蛾的頭，待無人打擾時仔細研究，學習關於魔蛾心智的知識。

那怪物仍頑強地抓著最後一縷生命力不放，直到凌晨兩點過後，牠才長長呻吟一聲，流出惡臭的柑橘味唾液，嚥下最後一口氣。牠死亡時，體內的共感神經一陣收縮，一種壓抑且奇異的悲傷情緒從牠身上顫巍巍地瀰漫而出，如漣漪般迅速消散在垃圾場間。

肅穆的寂靜籠罩垃圾場。

傀儡像熟識的老友般，在兩名人類和鳥人身旁坐下。四人開始商量，試著擬出些計畫。就連雅格哈瑞克都開了口，冷靜而興奮地說：他是獵人，他知道該如何設置陷阱。

「查明那些該死的傢伙躲在哪裡前，我們什麼也做不了。」以薩說：「我們要麼主動出擊，要麼守株待兔，拿自己當誘餌，然後祈禱那些混帳怪物會在城裡上百萬種的氣味中挑中我們。」

德克瀚與雅格哈瑞克頷首附和。

「我知道牠們在哪兒。」傀儡說。

三人震驚地看向它。

「我知道牠們躲在哪兒。」它說：「我知道牠們的巢穴在什麼地方。」

「**你怎麼知道的？**」以薩厲聲問：「在哪？」他在激動之下抓住傀儡的手臂，但隨即駭然縮手。他幾乎和傀儡臉貼著臉，眼前可怕的景象帶給他巨大無比的震撼。在傀儡蜷縮的皮膚下，他可以看到那一圈剖開的頭骨，死氣沉沉的蒼白色澤中帶著一道道血痕；大腦已經摘掉了，血淋淋的纜線一路插進空腦殼底部的複雜皺摺裡。

傀儡的肌膚乾燥、僵硬、冰冷，像是風乾的肉條。

那雙眼睛以一成不變的專注眼神以及顯而易見的痛苦注視他。

「我派出所有的我，去追查那些攻擊事件，然後交叉比對日期與地點，找出其中的關連，將所有資料系統化。我還從攝影機與其他運算引擎中竊取資訊，把那些證據也納入考量——也就是出現在夜空之中、無法解釋也不符合城市任何一種生物種族的影子。

「那些模式龐大又複雜。我訂立出明確的形式，捨棄部分可能性，剩下的用高階數學程式去計算。因為還存在太多未知變數，所以結果不可能百分之百確定。但根據現有的資料，有百分之七十八的機會，牠們的巢穴就位於我發現的地點。

「那些魔蛾藏在河皮區的溫室，躲在那些仙人掌人的頭頂上。」

「**該死的**。」沉默片刻後，以薩低聲咒罵，「牠們是憑動物直覺還是真這麼狡猾？總之這招實在太聰明了，那是我能想到最好的藏身地點。」

「為什麼？」雅格哈瑞克毫無預警突然插嘴問。

以薩和德克瀚看向他。

「雅格，新克洛布桑的仙人掌人並不像錫邁克的仙人掌人。」以薩說：「或者該說，他們很像，而這或許也正是問題所在。我想你在申克爾時一定接觸過他們，知道他們是什麼樣子。我們這裡的仙人掌人是遷徙至北方的沙漠民族的其中一支分支。我對其他地方的仙人掌人——像是住在東方大草原上的高山族仙人掌人——一無所知。但我曉得南方的仙人掌人，他們從來沒真正融入這裡。」以薩沉默片刻，嘆口氣，揉了揉頭。他已全身虛脫，頭也痛得要命，但他必須全神貫注，不去理會關於林恩的記憶正在腦中慢慢擴散。他重重嚥了口口水，接著繼續說。

「申克爾的仙人掌人喜歡虛張聲勢、崇尚硬漢風格；但北方人不是那麼接受那些玩意兒；如果你問我，我會說這就是他們興建溫室的原因：好在新克洛布桑保有些錫邁克的野蠻。溫室蓋起來後，仙人掌人得到法律豁免——天曉得他們跟政府交換了什麼條件。總之，嚴格來說，那裡是一個獨立的國家。未經許可誰也不得擅入，包括民兵。裡頭自有一套法律——不管什麼東西都自成一套。

「但現在呢，那兒顯然已成了一個大笑話。你可以拿你的鳥屁股去賭，假如沒有新克洛布桑，溫室根本什麼也不是。大群大群的仙人掌人——淨是些目中無人的混蛋——每天離開溫室，出外掙錢，然後把錢帶回河皮。它早已在新克洛布桑的掌控之下。而且你想想，如果民兵真想進去，有可能進不去嗎？我可不這麼認為。但國會大樓和政府也都順著這齣鬧劇，你不能就這麼大剌剌走進溫室，就算真進去了……唉，我也不曉得裡頭究竟是什麼情況。

「沒錯，外頭的確流傳著不少謠言，當然也有人進去過，也有民兵轉述過從飛船上透過玻璃圓頂看見的情景。但是我們大部分的人——包括我在內——都不知道裡頭究竟是什麼樣子，或該如何進去。」

「但是我們可以找到法子進去。」德克瀚說：「說不定皮吉恩會因為貪圖你的金塊，自己乖乖爬回來。如果他真回來了，我敢打賭，他一定有辦法把我們弄進去；總不會溫室裡全是奉公守法的優良市民吧？我才不信。」她表情凶悍，眼中閃耀堅定的光芒。「議會，」她轉身看向那名赤裸的男人，「你有沒有任何……部分的你在溫室裡？」

傀儡搖頭。

「仙人掌人用的機械人不多，沒有任何的我曾進去裡面。所以我才無法肯定蛾巢的確切位置在哪兒，只知道牠們棲息在圓頂內。」

機械議會的傀儡說話時，一個念頭突然重擊以薩。

他原本正在考慮溫室，思索該如何進去；但突然間，他如遭電擊，想到自己其實大可撒手不管。李謬爾先前怒氣沖沖提出的意見如今又浮現腦海：**把這件事留給專業人士處理**。

他當時只是煩躁地揮揮手，完全不考慮這提議；但現在，他領悟自己大可以這麼做。他有成千上百個方法可以在不用出面自首的情況下將情報提供給民兵——這個國家已經把告密變成再簡單不過的一件事。

現在，既然他曉得那些魔蛾藏身何處，大可通知政府。它們擁有強大的力量、有專業的獵人、有科學家，有大把大把的資源。他可以將魔蛾巢穴的位置洩漏給政府，然後逃之夭夭，讓民兵去替他獵捕那些魔蛾，把那些怪物捉回籠裡。現在，對他虎視眈眈的魔蛾已經死了，他不再需要特別提心吊膽。

這個選項重重衝擊了他內心。

但他完全不受這念頭所誘，一秒也沒有。

以薩還記得他們對福米斯漢克的盤問，記得他極力掩飾內心的恐懼；顯然他根本不指望民兵能捉回魔蛾。而現在，在機械議會裡，以薩終於見證有一種力量可以殺死這些驚人的怪物，而且這股力量跟政府並不是站在同一邊，反倒要幫忙他和他的同伴——或者該說「召募」他們替它做事。

他無法肯定機械議會的動機，也不知道它不願出面的原因。但他知道，這個武器絕不能落入民兵手裡。況且，它是這座城市的浮木，他無法否認這一點。

不只如此。

還有另一個原因，一個深埋在他體內、更重要、更卑劣的一個原因：恨。他抬頭看向德克瀚，想起兩人為何能結為好友。他的雙唇扭曲。

我不相信路德高特，他冷冷地想，就算那殺人凶手拿他小孩的靈魂起誓也一樣。

以薩再清楚不過，如果政府找到魔蛾，一定會不擇手段將牠們生擒回去——因為魔蛾實在是他媽的**太有價值**了。牠們或許不會再出現於夜空，危機將再度受到控制。但是牠們會被關回某個實驗室，進行另一次卑劣的拍賣，恢復先前的商業用途。

牠們又會被關在籠裡榨取乳汁。繼續以智慧種族為食。

無論自己多不適合，也沒有足夠的資源去獵殺、殲滅這些魔蛾，他依然會盡力去試。他絕不會選擇另外一條路。

他們不停討論，直到東方的天際開始透出曙光。嘗試性的提議開始產生連結，但都有些先決條件。即便處處受限，計畫的輪廓還是漸漸浮現、成形。行動的步驟也開始慢慢展現眼前。以薩和德克瀚回過神，訝然察覺他們已有了初步的計畫。

商略時，議會將它可來去自如的分身派遣至垃圾場深處，機械人藏在垃圾堆間東翻西找，帶著彎曲的電線、破破爛爛的燉鍋和濾盆重新現身，其中甚至還有一、兩頂頭盔、一大堆閃閃發亮的鏡子，以及幾把猙獰的鋸子。

「你有辦法弄到一把焊槍，或懂金屬魔法的人嗎？」傀儡問：「你必須打造幾頂防禦用的頭盔。」它解釋鏡子必須架在頭盔上，擋在眼睛正前方。

「可以。」以薩回答，「我們明晚會回來打造頭盔。然後……然後我們有一天的時間可以……可以休息準備，再進去溫室。」

趁著天色未明，各式各樣機械人開始悄悄離開，回到主人家中。時候尚早，它們的夜間之旅不用擔心會被發現。

日光逐漸蔓延，原本稀疏的隆隆火車聲也開始密集了起來。住在駁船上的家庭醒來了，嘈雜又粗俗的清晨對話從垃圾場另一頭的河岸對面飄了過來。早班的工人陸續踏進工廠，卑微地臣服在這些俗世教堂中的巨大鐵鏈、蒸汽引擎和顫動鐵鎚下。

空地上只剩下五個人：以薩和他的同伴、替機械議會發聲的可怕屍體，還有宏偉高大的議會本體。大機械人緩緩移動它拼裝而成的肢體。

以薩、德克瀚與雅格哈瑞克起身欲離。他們筋疲力盡，傷口陣陣發疼。德克瀚與雅格哈瑞克被拖行時擦傷了手掌與膝蓋，以薩的頭也仍隱隱作痛。他們全身上下沾滿了黏液與塵土，從身上撢落的灰塵濃密如煙，像著了火似的。

他們將打造頭盔所需的鏡子和材料堆好，在垃圾場裡找了個不會忘記的地方藏好。以薩與德克瀚茫然環顧四周：陽光照耀下，垃圾場看起來好不一樣。陰森威脅的氣氛變得淒涼，而那半隱半現的巨大身影也不過是壞掉的嬰兒車和破掉的床墊。雅格哈瑞克高高抬起纏著布條的雙足，拖著微微踉蹌的腳步，毫不遲疑地踏上來時路。

以薩和德克瀚跟在他身後。他們已虛脫乏力，德克瀚一臉蒼白，痛苦又悲慘地輕按著耳朵消失之處。

壓扁的垃圾堆積成一堵堵高牆，就在他們要消失牆後時，傀儡又出聲呼喚。

聽見傀儡的話令以薩不由皺起眉頭。他轉身跟著同伴離開議會，穿過工業垃圾場中蜿蜒曲折的溝徑，踏進葛里斯彎道逐漸點亮的建築之間，一路上腳步不曾稍停。機械議會的話不停在耳邊迴盪，以薩小心翼翼地思考咀嚼。

「你無法安全保管所有東西，格寧紐布林。」傀儡如是說，「之後不要再將寶貴的物品留在鐵道旁。

「為了安全起見，」它說：「把你的危機引擎帶來給我。」

41

「有一名先生和……一名小男孩要見您，市長先生。」戴維妮亞透過通話筒說：「那位先生要我轉告，是瑞斯邱先生要他來向您回報……回報研發處的調查結果。」一說到那明顯的暗號，她不由緊張地結巴了一下。

「讓他們進來。」路德高特認出手靈族的暗號，立刻回答。

他在椅中如坐針氈，焦躁地左右挪動。藍奎斯特室沉重的大門緩緩推開，一名身材壯碩的憔悴男子蹣跚走進，手裡牽著一名一臉驚恐的小男孩。小男孩衣衫襤褸，像剛從街上一路行乞過來，其中一條手臂纏著圓鼓鼓又髒兮兮的繃帶。男子衣著體面，但樣式詭異。他穿著一條寬大的長褲，很像甲蟲人常穿的款式。儘管他身型高大魁梧，那條褲子還是使他看來十分女性化。

路德高特看向他，眼神疲憊而憤怒。

「坐。」他說，對兩名奇特的訪客揮舞一疊文件，迅速開口，「一名無頭的無名屍綁在一具無頭的狗屍背上，兩者身上都寄生了死去的手靈。另一組手靈宿主，背對背綁在一起，均已失去意識。還有一個──」他垂首瞄了一眼民兵的報告，「──一個蛙族人，身上傷痕累累；以及一名年輕人類女性。我們摘下手靈族──殺死宿主──真的殺死，沒有留下那些荒謬的活死人──提供手靈新宿主。我們把他們跟兩條狗放在同一個籠子裡，但是他們動也沒動。這正如我們所猜測，一旦宿主的心智乾竭，手靈族也無法倖免於難。」

他倒回椅背，看著眼前仍未從震驚恢復的一大一小。

「所以……」沉默片刻後，路德高特又緩緩說：「我是班森．路德高特。現在請你們表明自己的身分，並解釋清楚蒙特約翰．瑞斯邱的下落，以及昨晚究竟出了什麼事。」

在接近針塔頂層的會議室中，亞莉莎．史丹佛秋看向桌子對面的仙人掌人。他的頭高高矗立在她上方，沒有脖子，就這麼直接安在肩膀上。他擱在桌上的雙臂動也不動，兩片巨大又沉重的板臂宛如樹枝般粗厚；皮膚坑坑疤疤，傷痕累累，結疤後化為仙人掌人身上的植物節瘤。

這名仙人掌人身上的針刺經過刻意修剪。四肢內側、手掌，任何皮肉有可能相互摩擦的地方針刺都給拔個一乾二淨。一朵頑強的紅花從春日開始便留在他頸側。發育時增生的節瘤自他雙肩與胸口前迸發。

他靜靜等著史丹佛秋開口。

「就我們了解，」她字字斟酌地說：「你們昨晚的地面巡邏一無所獲；但我必須說，我們也一樣。不過有一點——雖然尚待證實——但我們其中的一支小隊……一支空中部隊似乎和魔蛾有了接觸。」她飛快翻閱桌前的文件，「情勢越來越清楚了，」她大膽斷言，「光是搜索這座城市不會有任何結果。

「根據我們討論過的諸多因素判斷——特別是我們彼此間不同的工作方法——我們相信，結合雙方的巡邏警力並不會產生特別的成效。然而，彼此協調偵察過程**有其必要**。因此，我們決定，在合作期間，政府將延長你們旗下組織的法律豁免。同樣的道理，我們還準備**暫時**取消關於非官方飛船的嚴格限制。」

她清了清喉嚨。*我們這下是狗急跳牆了*，她想；*但我敢打賭，你們也是。*

「我們準備出借兩艘飛船，只要與我方討論過適合的路線和時間，你們便可自由使用，藉此分擔空中追捕的工作。我方的條件不變：所有計畫都必須事先討論，達成共識後方可執行。除此之外，兩方都必須分享所有關於獵捕方法的研究。

「那麼……」她倒回椅背，將一份合約扔到桌子對面，「你有權代表莫特利做這類決定嗎？如果有的話……你意下如何？」

以薩、德克瀚與雅格哈瑞克推開鐵路旁小屋的大門，拖著疲憊的身軀跌入屋內溫暖的陰影。看見李謬爾．皮吉恩等在裡頭，他們並不意外。

以薩一身狼狽，又髒又臭，心情差到極點。但皮吉恩沒有半點愧歉之意。

「我說過了，以薩，」他說：「你別搞錯，只要事情有個不對勁，我會立刻拍拍屁股走人。不過我很高興看到你平安歸來。我們的交易仍然有效，如果你還堅持追殺那些狗娘養的，你就是我的人，而你，也會得到我的幫助。」

德克瀚快氣炸了，但她並沒有放任怒氣作祟；她現在興奮得全身緊繃。她飛快瞥了以薩一眼，皺起眉頭。

「你可以帶我們進溫室嗎？」她問。

她迅速將機械人不怕魔蛾攻擊的事解釋一遍。她告訴他議會是如何在魔蛾背後操控起重機，放開吊箱，毫不容情地用好幾噸重的廢物壓扁那怪物，李謬爾聽得如痴如醉；她還說了機械議會相當肯定魔蛾就藏身在河皮，牠們的巢穴就在溫室內。

她接著又將目前暫訂的計畫告訴他。

「我們今天必須先想辦法打造好頭盔。」她說：「然後明天……我們就潛進溫室。」

皮吉恩瞇起眼，動手在灰塵上畫起圖來。

「這是溫室。」他說：「進去的路線基本上有五條：一條需要賄賂，兩條幾乎可以保證得動手殺人；但是呢，殺害仙人掌人從來都不是好主意，賄賂的風險又高。他們老愛滔滔不絕地說自己有多獨立，但溫室其實是在路德高特的默許之下才得以存在。」以薩點頭，看向雅格哈瑞克。「而這呢，代表裡頭有滿坑滿谷的政府眼線。小心駛得萬年船。」德克瀚和以薩湊上前，看著他的圖畫逐漸成形。「因此，我們最好還是專注在另外兩個法子上，看是否行得通。」

討論一小時後，以薩再也無法保持清醒。他一邊聽，頭一邊往下掉，口水還流到領子上。他的疲倦向外蔓延，德克瀚與李謬爾也被他感染，大夥兒都稍微睡了一下。

和以薩一樣，其他人也在小屋炎熱的空氣裡翻來覆去，悶得一身是汗。以薩睡得最不安穩，在酷熱中呻吟了好幾回。將近中午時，李謬爾最先醒來，叫醒其他人。以薩醒來時嘴裡喊著林恩的名字，疲倦、噩夢和這些日子以來的苦難攪得他腦袋昏昏沉沉，忘記要對李謬爾生氣；他根本忘了還有李謬爾的存在。

「我去找些幫手。」李謬爾說：「以薩，你最好開始準備小德提到的那些頭盔了。我們至少需要七頂，我想。」

「七頂？」以薩咕噥道，「你打算找誰？你要去哪兒？」

「我之前說過，有一點小小的保護措施我會覺得比較安心。」李謬爾說，脣邊泛起冰冷的微笑。「我先前放話出去，說需要保鑣的人選，現在應該已經有了些回音，我要去面試。我保證日落前就會帶個金屬魔法師回來給你。其中一名應徵者——但他也可能沒來應徵——總之平蕪那裡有個人欠了我人情。我大約……嗯，七點的時候跟你們在垃圾場外碰頭。」

他離開後，德克瀚坐到疲倦傷心的以薩身邊，伸手摟住他。他在她懷中像小孩般啜泣，關於林恩的噩夢仍在他腦中揮之不去。

那是一個無須靠外力灌輸的噩夢。一分發自內心深處、真正的悲痛。

民兵正忙著將光可鑑人的巨大金屬鏡裝到飛船的索具後方。

他們不可能重新調整引擎室或改變駕駛艙的空間配置，因此用厚重的黑色簾幕把前方的窗戶擋起來。

駕駛員等於必須盲眼操舵，空橋中央會有士兵駐守，高聲指示行進方向。他們透過大型推進器上方的後窗，看向已調整好角度的鏡子。雖然鏡內景象左右相反，但至少可以看見飛船前方的天空。

亞莉莎．史丹佛秋親自帶領莫特利親手挑選的船員來到針塔頂樓。

「我想，」她對莫特利的一名船長說。他是一名沉默寡言的人類再造人，左臂被換成一隻桀傲不馴的凶猛蟒蛇，必須時時壓住牠。「你應該知道該怎麼駕駛這艘飛船。」他頷首。史丹佛秋並沒有追究具備這項技術顯然是違法行為。「你將駕駛這艘拜恩榮光號，你的同伴則是另一艘海怪號。民兵已經接獲通知，不會找你們麻煩。升空後留意其他飛船的動向，小心駕駛。你們最好今天中午就出發，雖然獵物天黑後才會出動，但你們可以提早習慣一下操作方法。」

船長沒有回答。身旁四周，他手下的船員均忙著檢查裝備與鏡盔的角度。他們紀律嚴明，面如寒霜，看起來沒有其他民兵那麼害怕——史丹佛秋把他們留在樓下訓練室裡練習透過鏡子瞄準、朝身後發射。不過話說回來，魔蛾近來是由莫特利的人在處理，他們自然比較熟悉。

她看見兩名幫派分子和她一名手下一樣，身上配有火焰噴射器。硬殼背包內裝有壓縮燃油，可以透過噴嘴發射火焰。而且和她手下使用的一樣，噴射器經過改造，可以直接向後噴射著火的燃油。

史丹佛秋朝莫特利精銳非凡的再造人士兵多瞄了一眼。在再造人的金屬裝備下，她看不出他們身上還保有多少原本的生理特徵：看起來像是一點也不剩。他們全身上下都經過特殊的精心打造，完美複製了人類肌肉的運作。一眼看上去完全看不出任何人類的特徵。再造人的頭部由鋼鐵打造，甚至裝了有稜有角、冷酷無情的金屬面孔，上頭有線條冷硬、又粗又重的眉毛，還有用石頭或不透光玻璃嵌入的眼珠、削瘦的鼻梁與緊抿的雙唇，以及如拋光白鑞般閃耀著黑暗光澤的顴骨。這些特徵顯示，他們的臉孔在設計時仍有將美感納入考量。

史丹佛秋本來以為他們是精心打造的機械人，等到瞥見其中一人的後腦杓，才知道他們原來是再造人。因為相對失色許多的人類臉孔正嵌在令人讚嘆的金屬面孔後。

那是再造人身上唯一保留的生理特徵。動也不動的金屬五官後方突出兩面鏡子，彷彿髮絲般垂掛在再造人背面的人類雙眼之前。

再造人的身體被轉了一百八十度。槍臂、雙腿和胸口全面朝同一個方向，再配上一張金屬面孔，製造正面的假象，並隨時與其他身體未反轉的同伴面對同一方位。他們沿著走廊行進，走入電梯，機械的步伐與人類相去無幾。史丹佛秋故意落後他們幾步，看著他們臉上的人類雙眼左右掃視，緊盯眼前的鏡子，雙唇因專注而緊抿扭曲。

她還看見其他幾個設計較為簡單的再造人，作用相同，但是改造起來省事許多。他們的頭直接被擰過半圈，安在看來痛苦扭曲的脖子上，直視正後方。他們看著頭盔上的鏡子，動作流暢，腳步沒有一點猶疑，無論走路、操作武器或盔甲，完全不受阻礙。比起他們精工打造、像機械人一般的再造人同伴，反轉頭顱的自然動作更令人生厭。

史丹佛秋心下雪亮，她現在看到的，是經過數月訓練、二十四小時依靠鏡子生活的成果。將士兵身體扭轉一百八十度是一項非常重要的戰略，這些士兵一定是為了養殖魔蛾而特別設計與打造。莫特利的運作規模竟如此龐大，實在令人難以相信。她懊悔地想，相較之下，在處理魔蛾這件事上，民兵毫無疑問顯得業餘了些。

讓他們加入搜捕行動果然是正確的決定；她暗忖。

日薄西山，新克洛布桑的空氣也緩緩變得混濁，光線如玉米油般又稠又黃。

飛船游過油亮的夕陽餘暉，漫無目的般用奇怪的動作在城市上空打轉。

以薩與德克瀚站在垃圾場鐵絲網後方的街道上，德克瀚手裡拎著一只袋子，以薩兩袋。暴露在光線下讓他們覺得好脆弱，他們已經不習慣城市的白晝，忘了該如何生活其中。

他們盡可能低調地悄悄前進，無視街上寥寥無幾的行人。

「雅格到底他媽的為什麼那麼生氣？」以薩忿忿地問。德克瀚聳聳肩。

「他好像突然變得焦躁了起來，」她說。思索片刻後，她又緩緩開口。「我知道這時機很糟。」她說：「但是我覺得……還挺感動。他那個人……大多時間都像不存在似的。你知道我在說什麼嗎？我的意思是，我知道你們兩人私下會交談，你認識……**真正的**雅格哈瑞克……但大多時候，他只是一個鳥人形狀的黑洞。」她立刻改口，「不，甚至不能用鳥人形容他；這就是問題所在，他比較像是一個人形的黑洞。但現在……嗯，他似乎越來越有存在感了。我開始感覺到他有自己想做和不想做的事。」

以薩緩緩頷首。

「我懂妳的意思。」他說：「他確實跟以前不大一樣了。我叫他不要離開，但他把我的話當耳邊風。很明顯地，他變得越來越……有自己的想法……也不知道算不算是好事。」

德克瀚好奇地看著以薩。

她緩緩開口。「你一定無時無刻都想著林恩。」她說。

以薩別開目光。他沉默片刻，然後飛快點了點頭。

「無時無刻。」他突然說，表情一下垮了，流露令人不忍卒睹的哀慟，「無時無刻。但是我不能……我沒有時間傷心。現在還不行。」

不遠處，街道拐了個彎，兩旁岔出幾條巷子。其中一條昏暗的死胡同裡突然傳來金屬撞擊聲。以薩與德克瀚同時僵住，身子往後一縮，緊貼在鐵絲網上。

低語聲響起，李謬爾從巷子的轉角探頭而出。

看見以薩與德克瀚，他得意洋洋地咧嘴一笑，雙手做了個前推的動作，示意他們進去垃圾場。兩人轉身，找到鐵絲網上的缺口，確定沒人留意後，從洞口鑽了進去。

他們迅速遠離街道，在垃圾堆間左拐右繞，最後停在一個城市看不見的角落。兩分鐘後，李謬爾也跑了過來。

「晚安，各位。」他又得意洋洋地咧嘴一笑。

「你是怎麼過來的？」以薩問。

李謬爾竊笑一聲。「下水道啊。以免露了行蹤。不過跟我的同伴在一起是不用擔心危險啦！」他看著眼前兩人，笑容突然凍結。「雅格哈瑞克呢？」他問。

「他堅持要去某個地方。我們叫他別去，但他理都不理，只是說明天六點會來這裡找我們。」

李謬爾咒罵一聲。

「你就這樣讓他走了？如果他被抓怎麼辦？」

「要不然咧，小李？我他媽的是能怎麼辦？」以薩氣沖沖地說：「坐在他身上嗎？說不定他是因為什麼跟信仰有關的事，要去進行某種錫邁克的神祕鬼儀式；也說不定他覺得自己小命已不久矣，想跟他該死的先祖道別。總之我叫他別去，但他說他非去不可。」

「好吧，不管他了。」李謬爾不耐煩地咕噥。他轉頭望向身後，以薩看見一小群人影正逐漸靠近。

「這些是我們雇的人，我先墊了錢，以薩，所以你又欠我一筆。」

對方共有三人。一眼就看得出來他們全是外地來的傭兵，絕對錯不了；全是些足跡遍及瑞加莫爾、錫邁克、斐立，甚至全巴斯—拉格的瘋子。他們凶悍、危險，無法無天，沒有半點忠誠或道德，靠機智的頭腦、偷拐搶騙、殺人擄掠維生。不管是誰、是什麼找上門，只要有錢，他們全都來者不拒。他們遵循的是另一套奇怪的節操。

當然其中也有人貢獻了有用的成果，像是研究或繪製地圖等等，但大部分都是些盜墓者。這些人渣通常最後都會橫死異鄉，死狀悽慘。然而他們不容否認的英勇行徑，以及難得一次的驚人功績，深深打動一些嚮往冒險的心靈。

以薩與德克瀚冷冷地看向他們。

「他們是——」李謬爾輪流指向三人，「沙得拉、彭吉芬奇絲和坦索。」

三人均用狂傲不馴的冰冷眼神看向以薩與德克瀚。

沙得拉和坦索都是人類，彭吉芬奇絲則是蛙族人。沙得拉顯然是三人中最凶悍的一個。他身材高大魁梧，穿著由各種零件拼湊而成的鎧甲和鉚釘皮衣，腳下踩著平底鞋，肩膀的前後兩側都綁上了鍛鐵片，上頭濺滿了下水道的汙泥。他順著以薩的視線看向自己的服裝。

「李謬爾說會有危險。」他的聲音悅耳到一種奇異的境界，「我們就照他的話打扮了。」

他的腰帶上綁著一把巨大的長槍與一柄又大又重的彎劍。槍身雕刻成一個複雜的形狀，是張長了角的怪物面孔，嘴巴的地方便是槍口，子彈由此吐出。他背上還背著一把喇叭狀的短程散彈槍，以及一面黑色盾牌。他若是穿著這身裝束走在新克洛布桑街頭，絕對不到三步就被逮捕歸案。難怪他們要從城市底下過來。

坦索比沙得拉高，卻削瘦許多。他的鎧甲俐落多了，而且起碼看上去還有點美感，表面閃耀著光亮的棕色色澤，由一層層僵硬的柯博以爾（一種用蠟煮過的皮革）縫製而成，上頭刻著螺旋狀的圖案。他的槍比沙得拉小，還帶著一把窄細的雙刃長劍。

「現在是什麼情況？」彭吉芬奇絲問。以薩從她蛙族人的聲音中認出她是女的。除了纏腰布下的生理特徵之外，若非專家，一般人無法憑蛙族人的外貌分辨性別。

「這個嘛……」以薩看著她，緩緩開口。

她像隻青蛙般蹲在以薩面前，迎視他的目光。她穿著一件寬鬆的白色連身袍——考慮到她方才的旅程，她身上的衣物實在乾淨異常，而且格格不入。袖口與褲口合身地裹著她的手腕與腳踝，露出她兩棲類的大手與大腳。她肩上揹著一把反曲弓以及有蓋的箭筒，腰帶上插著一柄骨刀，肚子上綁著一個用某種爬蟲類厚皮製成的大袋子。以薩看不出來裡頭裝了什麼。

以薩與德克瀚看著她時，彭吉芬奇絲的衣服底下出現奇怪的變化。一道飛影竄過，像是有什麼東西迅速纏住她身體，旋即鬆開。那道古怪的浪潮退去後，她袍子的白色棉布上出現一大塊水漬，突然緊貼在她身上，然後水分子又像轉眼間被吸乾一樣恢復乾燥。以薩看得目瞪口呆。

彭吉芬奇絲若無其事地往下瞄了一眼。

「那是我的水精。我們之間有協定，我提供她某種特定的物質，她就附在我身上，讓我隨時保持溼潤，以免乾竭而死。所以我能比同族人到更乾燥的地方旅行。」

以薩頷首。他以前從未親眼見過水精，心下不禁有些忐忑。

「李謬爾警告過你們敵人是什麼樣的角色嗎？」以薩問。三名傭兵均蠻不在乎地點了點頭，甚至透著些許興奮。以薩努力壓下他的怒火。

「老兄，不能用雙眼直視的傢伙不只這些蛾。」沙得拉說：「必要的話，我甚至可以閉著眼睛宰了牠們。」他的語調中帶著一種溫柔又冰冷的自信。「看到這條腰帶了嗎？」他漫不在乎似地拍了拍，「是用卡多普雷帕斯牛怪的皮做成；在泰許境外殺的。我也沒正著看牠一眼，否則我現在就是個死人了。我們有辦法對付這些蛾。」

「你們他媽的最好是。」以薩冷冷地說：「希望不會真的需要動手，不過我想多找些助手，李謬爾會安心一點；不怕一萬，只怕萬一。我們希望機械人就可以搞定牠們。」

沙得拉飛快撇了一下嘴；可能是出於不屑。

「坦索是金屬魔法師，」李謬爾說：「對吧？」

「這個嘛……我是懂得一些處理金屬的技巧沒錯。」坦索回答。

「不是什麼複雜的事，」以薩說：「只是要焊接些玩意兒而已。這裡。」

他帶領眾人穿過垃圾堆，來到他們藏匿鏡子與頭盔零件的地方。

「我們這裡有些簡單的玩意兒。」以薩蹲在零件堆旁，拿起一個濾盆，一段銅管，翻找一陣後又拿起兩大片鏡子。他隨手對坦索揮了揮這些東西，又說：「現在需要的呢，是把這些東西變成幾頂服貼的頭盔——其中一頂要給現在不在這兒的鳥人。」他無視坦索和同伴交換的眼神，逕自說下去，「這些鏡子需要架設在頭盔前方，角度要對，讓我們可以輕易觀察到後方的景象。你做得到嗎？」

坦索不屑地瞄了以薩一眼。這名身材頎長的男人盤腿坐在金屬和玻璃堆前，將濾盆罩在頭上，看起來就像小孩子扮士兵。他用一種古怪又輕快的節奏開始低聲念誦，然後用複雜迅速的動作按摩雙手，拉了拉指節，揉捏掌心。

好幾分鐘內，什麼事也沒發生。然後突然間，開始有光芒從手指內透了出來，就像骨頭在發光一樣。

坦索舉起手，開始撫摸起頭上的濾盆，輕柔地就像在摸貓兒。

慢慢地，金屬開始在他的撫摸下變形，每碰一下就軟化一分，越來越貼合他的頭形，前頭扁了下去，後頭鼓了起來。坦索用輕柔的手法又拉又捏，直到濾盆完全蓋住他頭髮。他嘴裡繼續喃喃低誦，在盆子前方用力一捏，調整金屬盆口，將它向上捲起，不再擋著眼睛。

他垂手拿起銅管，抓在手中，將能量從掌心傳到銅管上，金屬開始吱嘎嘎地收縮。他將管子輕輕彎折，兩端放到濾盆頭盔上，安在兩側太陽穴的位置，然後用力往下壓，直到打破金屬的表面張力，兩者逐漸合而為一。能量發出極低的一聲「嘶」，粗銅管和鐵濾盆合為一體。

銅管怪異地突出在新打造的頭盔前方，坦索重新塑形，把它繞成一個有稜有角的圈，長約一英尺。他伸手摸索找鏡子，彈了幾次指頭後，終於有人遞給他。他對著銅管嗡嗡哼鳴，哄騙它，軟化其中的金屬成分，然後輪流將兩片鏡片推了進去，架在眼睛正前方。他抬眼看向鏡子，左右兩邊輪流察看，小心翼翼地調整角度，直到他能清楚看見身後的垃圾牆。

他在銅管上用力一捏，把它變硬。

坦索垂下手，望向以薩。他頭上的頭盔很醜，而且一眼就看得出來是用濾盆做的，但完全符合他們的需求。從開始到完成大約花了十五分鐘多。

「我再多打兩個洞，綁上皮帶，好繫在下巴上，以防萬一。」他喃喃道。

以薩點頭。他看得眼都直了。

「太好了。我們總共需要……呃……七頂頭盔，其中一頂給鳥人；記住，他的頭比較圓。我得離開一下。」他看向德克瀚與李謬爾，「我想我最好去見議會了。」他說。

他轉身走進垃圾場的迷宮之中。

「晚安，格寧紐布林。」傀儡站在垃圾堆中央。以薩對它以及等在後方的議會本體——那個巨大機械人——點點頭，算是招呼。「你不是自己一個人來的。」它的聲音仍不帶一絲情感。

「沒什麼好說的。」以薩說：「總之我們不會孤軍奮戰。一個胖子科學家、一個賊、一個記者是能成什麼事？我們需要該死的專業支援，而他們的看家本領就是他媽的獵殺珍禽異獸，而且也他媽的沒興趣洩露你的存在，只知道有些機械人會跟我們同行。就算他們猜出你的身分或來歷，現在八成也犯了新克洛布桑三分之二的法律，所以應該不會他媽的沒事跑去找路德高特。」沉默片刻後，以薩又說：「你高興的話，只要他媽的計算看看就知道。那三個現在正忙著打造頭盔的無賴是不會對你造成任何威脅的。」

這番資訊傳送過議會體內時，以薩覺得自己腳下一陣搖撼。傀儡與議會靜默良久，最後終於半信半疑地點了點頭，但以薩並沒有因此而放鬆。

「我是為了明天要跟我們一起去溫室的機械人而來。」他說。議會再度頷首。

「很好。」機械議會透過死人的嘴緩緩開口，「首先，如我們先前討論過的，我會充當你的保管者。你把危機引擎帶來了嗎？」

以薩臉色一冷，但隨即恢復正常。

「在這裡。」他回答，將其中一只袋子擱在傀儡面前。裸屍打開袋子，彎腰察看裡頭的管子和玻璃。他腰一彎，被削去一半的空腦袋殼便正對以薩，恐怖的景象突然映入眼簾，以薩想躲都來不及躲。傀儡拿起袋子，走到議會面前，放在它巨大的金屬胯下前方。

「那麼，」以薩說：「這就交給你了，以防我們的小屋被發現。好主意。我早上會來帶走。」他沉著臉說：「你們誰要跟我們一起去？我們需要支援。」

「我不能冒險暴露自己的存在，格寧紐布林。」傀儡說：「如果我派目前身分還是祕密的分身前去，那些白天在豪宅、建築工地、銀行金庫工作，忍辱負重、累積知識的機械人將會帶著破破爛爛的身體歸來，甚至一去不返；如此一來，城市將會懷疑我的存在，而我還沒準備好面對這種情況。現在還不是時候。」以薩緩緩點頭。「因此，我會派一些可損失的身體與你同行。它們或許會引起困惑及疑問，但不會啟人疑竇。」

以薩身後，垃圾堆搖晃了起來，逐漸坍崩。他轉過身。

垃圾堆中，開始浮現幾團特別的集合體。就像機械議會的本尊，全是由垃圾場中的廢材拼裝而成。機械人的大小與外型都類似黑猩猩，移動時除了發出乒乒乓乓的金屬碰撞聲外，還有一種奇怪又令人不安的聲音。機械人長相各異，有些用水壺當頭，有些是燈罩；手指則是用科學器材或鷹架接頭上扯下來的零件拼成凶狠鋒利的爪子。身上的鎧甲則用許多片鍍金金屬拼湊而成，粗糙地焊接或用鉚釘釘在身體上。機械人用一種類似人猿的浮躁動作蹦蹦跳跳穿過垃圾場，散發著驚人的廢物利用美感。

只要它們靜止不動，就會融入周遭景色，變成一堆又舊又破的金屬垃圾。

以薩看著那些猩猩機械人搖來晃去，蹦蹦跳跳，一面滴淌水珠和油滴，一面發出發條的滴答聲。

「我已經將資訊下載到它們的分析引擎中了。」傀儡說：「盡可能塞滿它們的記憶體和容量。這些分身會聽從你的命令，也了解事情的急迫性。我賦予它們病毒智慧，輸入魔蛾的資料，設定好程式，因此它們將能夠辨識敵人，並對牠們發動攻擊。它們每一個的身體中都裝有酸性或可燃性藥劑。」以薩頷首。議會說得輕描淡寫，彷彿創造這些謀殺機器不過是舉手之勞，以薩不禁驚嘆。「你擬定好計畫了？」

「這個嘛……」以薩說：「我們今晚會回去準備，做好……嗯……安排，你知道，就是和我們那些……額外的幫手再商量一下。明晚六點我們會在這裡和雅格碰面；也不知道那個愚蠢的混蛋會不會害死自己。然後我們會借用李謬爾的專長，進入河皮區的貧民窟。

「然後我們去獵殺魔蛾。」以薩語調嚴厲，短促地說。他飛快將該說的話說完。「重點是，我們必須分散牠們。我想我們可以一次解決一隻；但如果同時面對兩隻以上，一定會有其中一隻擋在我們前方、展開翅膀。所以我們必須先偵察環境，看能不能查出牠們的藏身地點。在還沒了解情況前，一切都很難說。我們也會帶著你用在我身上的增強器和傳導器，或許可以幫忙調虎離山，或讓我們的意識波在背景的雜音中顯得突出一點之類的。你可以把其他頭盔也連到引擎上嗎？你還有備用的嗎？」傀儡頷首。「你最好把它們交給我，教我如何使用不同的功能。我會讓坦索調整，在上頭加上鏡子。

「重點在於，」以薩沉思道，「吸引牠們的一定不只有訊號的**強度**，否則就只會有預言家和靈術師那類的人受害。我想牠們有自己偏好的**口味**，所以最小的那隻才會來找我。不是因為城市上空有強烈的殘跡、或任何殘跡，而是因為牠認得、而且渴望那個特定的心智。好吧……那之後大概其他隻也都會認得我了。說只有最小那隻認得出我的心智可能是錯的；牠們昨晚一定也都聞到了。」他若有所思地看著傀儡，又說：「牠們應該會記得手足慘死時正在追尋的氣味，我不知道這究竟是件好事還是壞事……」

「格寧紐布林，」片刻後，那死人開口了，「你至少要帶一個分身回來給我。它們必須將所見一切上載給我、給議會。我可以從中獲取大量溫室的資訊。這將提供我們莫大的幫助。所以，不管發生什麼事，都必須要有一個安全歸返。」

他沉默許久。議會等著，以薩思索自己該說些什麼才好，但腦筋一片空白。他抬頭望向傀儡的雙眼。

「我明天會再回來一趟。準備好你的猴子型分身。我會……我一**定會**……再回來見你。」他說。

城市浸浴在驚人的晚間高溫中，炎夏終於來到了高峰。城市中心的上方聚集著一道道汙濁的空氣，魔蛾飛舞其中。

牠們暈陶陶地掠過帕迪多街車站的塔樓與峭壁，只要微微扭動翅膀，便可乘著熱氣輕巧上升。各種變化無常的情緒從牠們的嬉鬧中流洩而出。

牠們用無聲的請求和撫摸引誘彼此。在激情的興奮顫抖之中，尚未完全癒合的傷口被拋到了九霄雲外。

在這片位於紳士之海邊緣、曾一度青翠的平原，夏日為了魔蛾們提早了一個半月跨越大海。溫度逐日上升，達到二十年來的最高溫。

氣溫誘發了魔蛾陰部的體溫調節反應，荷爾蒙在牠們體液間竄泳。獨特的肌肉結構與化學物質排列刺激子宮與性腺提早進入繁殖期。牠們在一夕之間性欲高漲，準備好孕育下一代。獅龍、蝙蝠和鳥兒驚恐地逃離天際，空氣因異常的欲望變得嗆鼻。

魔蛾跳著駭人又淫穢的空中芭蕾，相互挑逗。觸角和肢臂觸碰，展現過去從未見過的全新器官。在裊裊的煙霧中，三隻傷勢較輕的魔蛾拉扯著被織蛛重傷的手足。漸漸地，牠終於停止用顫抖的舌頭舔舐多處傷口，也開始觸碰牠的同伴。牠們之間那股熱烈的情欲感染力十足。

四隻魔蛾複雜的求愛動作開始變得劍拔弩張。牠們彼此撫摸，觸碰，勃起，一隻隻輪流朝月亮盤旋飛去，酣醉於欲望之中。牠們打開藏在尾巴之下、原本密合緊閉的腺體，噴發能激發同感作用的費洛蒙。

牠的同伴舔吮那股無形的精神氣味，如海豚般在欲浪間起伏。牠們翻滾、嬉鬧，然後往上竄飛，自己也在空中噴灑氣味。牠們的輸精管還按兵不動，小小的變幻細胞內充滿了刺激魔蛾排卵的催情汁液。牠們淫媚爭執，每隻都搶著要當雌性。

魔蛾不停噴灑，每噴灑一次，氣氛便更亢奮一分。牠們齜牙咧嘴，露出如墓碑般的牙板，彼此發出求偶的挑戰。甲殼下溼濡的幽門滴淌著催情氣味，牠們在彼此的氣味中竄飛。

由費洛蒙引發的決鬥仍未停止，其中一隻的叫春聲越來越高昂；一具身軀越飛越高，把同伴拋在後方。牠的氣味瀰漫空中。最後一波攻勢展開，求偶的挑戰猛烈噴發。但一個接一個，其他魔蛾紛紛關閉雌性的外陰部，接受敗落的命運，轉化為雄性。

勝利的那隻魔蛾——與織蛛大戰，身負重傷，傷口至今仍兀自滲血的那隻——凌空高飛。牠的氣味中仍帶有雌性的汁液，牠的繁殖力無庸置疑；牠證明了自己最適合當母親。

牠獲得了產卵的權力。

其他三隻魔蛾崇拜牠，熱烈地向牠求愛。

新生的母蛾讓公蛾陷入狂喜。牠們在天空翻滾、下墜，轉眼又飛回高空，急著交配。

母蛾挑逗牠們，帶領牠們飛越炎熱的夜城。當牠們的哀求與自己的欲望都變得再也無法忍受時，牠開始在空中盤旋，準備獻身。牠打開節狀的外殼，朝牠們屈起自己的陰道。

牠一個個輪流與公蛾交配，在短短的瞬間，兩具軀體合而為一，以危險的高速下墜，兩側包圍著急著輪到自己的同伴。三隻成為公蛾的魔蛾感到體內有什麼蠢蠢欲動，於是張開肚子，首次展現牠們的陰莖，笨拙地揮舞肢臂、觸鬚和骨鋸。母蛾也一樣，肢臂以複雜的動作不住扭曲，朝著後方又抓又扯，緊緊交纏。

突然又短暫的結合發生了三次。每一對都帶著熱切的需求和歡愉與同伴交尾。

發情的幾個小時過去後，四隻魔蛾筋疲力竭地張開翅膀滑翔，汁液從身上滴滴答答落下。

當空氣逐漸冰涼，由熱氣組成的溫床緩緩扁塌，牠們開始拍動翅膀，停留在高空。三名父親一個接一個脫離隊伍，朝底下的城市飛去，尋找食物，補充體力。除了填飽自己的肚子外，還要供給母蛾。

母蛾在空中懶洋洋地多待了一陣。剩下牠一隻後，牠抽動觸角，轉了個彎，緩緩朝南飛去。牠累壞了，將光亮甲殼下的性器官與陰部關閉起來，以留住所有進入牠體內的精子。

母蛾朝著河皮、朝著仙人掌人的圓頂溫室飛去，準備築巢產卵。

我縮起爪子，試著張開它們。它們被骯髒又可笑的繃帶捆著，動彈不得。布條像潰爛的皮膚般獵獵翻飛。

走在鐵道旁，我比平常更駝低了背。火車呼嘯而過，對我尖叫又憤怒的警告。我悄悄穿過鐵道橋，看著焦油河在我腳下蜿蜒而去。我停下腳步，環顧四周。在遠遠的前後兩方，河水滾滾流逝，垃圾有節奏地順著河浪「啪」、「啪」拍打堤岸。

朝西遠眺，我可以看見河水對岸的河皮區，那兒的房舍密密麻麻，一路延伸到溫室邊緣。溫室內透著光，彷彿城市肌膚上的一個發亮水泡。

我正一點一滴改變。某些過去不曾存在的東西如今出現在我體內；又或者是有什麼消失了。我聞了聞空氣，跟昨天沒有不同，卻又有所不同。毫無疑問，我的肌膚下正有什麼逐漸膨脹。我不再確定自己是誰。

我像傻子般跟著這些人類，一個一文不值的行屍走肉，無法貢獻半分意見或才智。但不知道自己是誰的我，又有什麼好說？

我再也不是過去那個值得他人敬重的雅格哈瑞克；而且維持這狀態好幾個月了。我也已非當初那個無聲出沒於申克爾坑穴的憤怒鳥人，無情屠殺人類、山魑、鼠靈與麟嘴；在那個獸園中，充滿許多我無法想像的凶猛野獸與來自各種族的戰士。那個野蠻的鬥士已然消失。

我已非那個悄悄走在蒼翠草地與冷峻山丘的疲憊旅人；已非遊蕩於水泥街道中的迷失靈魂，在這座憂傷陰鬱的迷失城市裡，渴望再次變為從來也不是我的我。

那些都已不再是我。我正一點一滴地蛻變，卻不知道自己會變成什麼。

我害怕溫室。如同申克爾，它擁有許多名字：玻璃屋、溫室、植物園、溫床。但那裡除了是個貧民窟之外什麼也不是，只是名稱花俏了些。仙人掌人試圖在那個貧民窟裡複製沙漠……我就要回家了嗎？

這個問題的答案我已心知肚明：玻璃屋既非無林大草原，也不是沙漠。它不過是個可悲的幻影，除了海市蜃樓外什麼也不是。那裡不是我的家。

即便它真是沙漠，即便它真是通往錫邁克深處的入口，是通往乾燥的森林與豐饒的沼地、通往孕育沙漠生命的寶庫、通往偉大的游牧鳥人圖書館；即便玻璃屋不只是個幻影，即便它真是它所假裝的那個沙漠，它依然不是我的家。

家並不存在。

今夜、明日，我將踽踽獨行，我將重新循著曾踏過的腳步，徘徊在鐵道的陰影中。我將悄悄走在這座城市如怪物般的地形，尋找帶我來此的街道，尋找躲藏於磚牆間的溝渠。沒有它們，我早已化為一具枯骨。

我要去尋找那些與我分享食物的流浪漢——前提是他們還沒病死，或因為腳上那雙沾了尿的鞋子而亡命刀下。他們變成了我的部落；儘管破碎、卑微又殘破，但依然是某種部落。他們對我——對任何事物——都抱持一種麻木的冷漠。在連日戰戰兢兢的躲藏，與背著折磨人的木頭義肢大搖大擺遊蕩一、兩小時後，他們的漠然反而讓人振奮。我不欠他們什麼，那些可憎的酒鬼與腦袋壞掉的毒蟲。但我會再次找到他們，為了自己，而非他們。

彷彿這將是我最後一次走在這些街道上。

我死期已近了嗎？

我將幫助格寧紐布林。我們會打敗魔蛾，那些可怕的暗夜生物、那些以靈魂為食的怪獸。而他會幫我打造一顆電池。他將會獎賞我，替我灌滿能量，彷彿一只燃料箱；而我，也將能重回天際。我一面想，一面爬。我以梁為梯，越爬越高，爬到這座城市的高處，凝望這庸俗華麗、繁忙擁擠的夜晚。我察覺翅膀殘根上的疲軟肌肉試著遵循可悲的原始本能拍打。雖然我無法乘著被羽毛推落的氣流高飛，但我會像收縮翅膀般收縮我的心，乘著力量，或者轉換能量、魔法氣流，抑或本來就存在空氣中的爆炸結合出的力量——那些格寧紐布林稱為危機的東西——凌空高飛。

我將成為奇蹟。

也可能因失敗而喪命。我將墜落，被銳利的金屬貫穿身體，或腦中的夢境遭吸吮殆盡，成為那些剛孵化的惡魔的食物。

我會有感覺嗎？我會繼續存在於那些奶汁中嗎？我會知道自己正被喝吮嗎？

太陽悄悄爬上眼簾。我好累。

我知道我應該留下。如果我想要成為一個真真切切的存在，而非至今為止的那樣一個沉默、愚蠢的黑洞，我就應該留下。我應該插手，應該計畫、準備、對他們的提議頷首贊同，並補充自己的意見。我過去曾是獵人，現在仍是。我可以追蹤這些怪物，這些可怕的野獸。

但是我做不到。我試著表達同情，讓格寧紐布林——甚至是布魯黛——知道我與他們站在同一陣線，是他們的一分子；讓他們知道我將與他們一同赴湯蹈火，一同出生入死，一同獵殺魔蛾。但這一切在我腦中聽來是如此空洞。

我將尋找，也將找到自我。然後，我便得以知道自己是否能這麼告訴他們。但若不能，我又該怎麼說？

我要武裝自己，我要攜帶武器。我要找到一把刀，還有一條像我過去所使用的長鞭。即便最後我發現自己不屬於他們，我也不會讓他們孤獨地死去。即便必須付出性命，我也要那些飢渴貪婪的傢伙付出慘痛的代價。

我聽見悲傷的旋律。火車與駁船離我高處的巢穴遠去，刺耳的引擎聲逐漸消散，在那曙光暫露的片刻，周遭只有一種異樣的寂靜。

河岸邊有人，在某間屋頂上拉著小提琴。那是一段縈繚的曲調，一首顫抖的輓歌，一段節奏破碎的多重旋律。聽起來不像來自本地。

我認得那音色。我以前曾聽過。在領我橫越米格海的船上，還有更早之前的申克爾。

看來，我無法擺脫南方的過去。

是派瑞克奈與南方曼德瑞克島的漁家女在迎接曙光。我看不見的同伴正在迎接太陽到來。

新克洛布桑的少數幾名派瑞克奈人大多居住於回音沼，但她卻在此地，在上游三英里的河水轉彎處，用她那細膩的演奏喚醒偉大的日間漁神。

她又對我演奏了一會兒，然後白日的噪音淹沒了她的樂曲。她留我獨自攀附在橋上，聽著轟隆隆的喇叭聲和火車汽笛聲。

遠處的聲音繼續，但我已無從聽見。新克洛布桑的噪音充斥耳際，我將跟循它們、欣然接受它們、任由它們將我包圍。我將闖進炎熱的城市生活，從拱橋下、石牆上，穿過巨肋貧瘠的骨骸森林，進入劣原與狗沼的磚穴，穿越大彎區嘈雜的工廠。像李謬爾追著生意合同跑一樣，我將追循所有我曾踏過的足跡。我希望，在塔樓與擁擠的建築間，我能夠觸摸那些移民、難民，那些日復一日不斷重新形塑新克洛布桑的外來者。在這個混雜各種文化的地方。這座雜種城市。

我將聽見派瑞克人的小提琴聲，聽見納爾凱特的喪禮輓歌，或一首切特的石謎；或者我將聞到新范丹人吃的羊肉粥，看見畫有考渤海印刷工船長的符號的門口……這兒距離他們家園千里之遙。這個無家可歸的家。

新克洛布桑將環繞我、包圍我，一點一滴滲入我肌膚。

回到葛里斯彎道後，我的同伴將在那兒等著我。我們將解救這座受困的城市，卻得不到任何一絲感激，永遠不為人知。

第六部

溫室

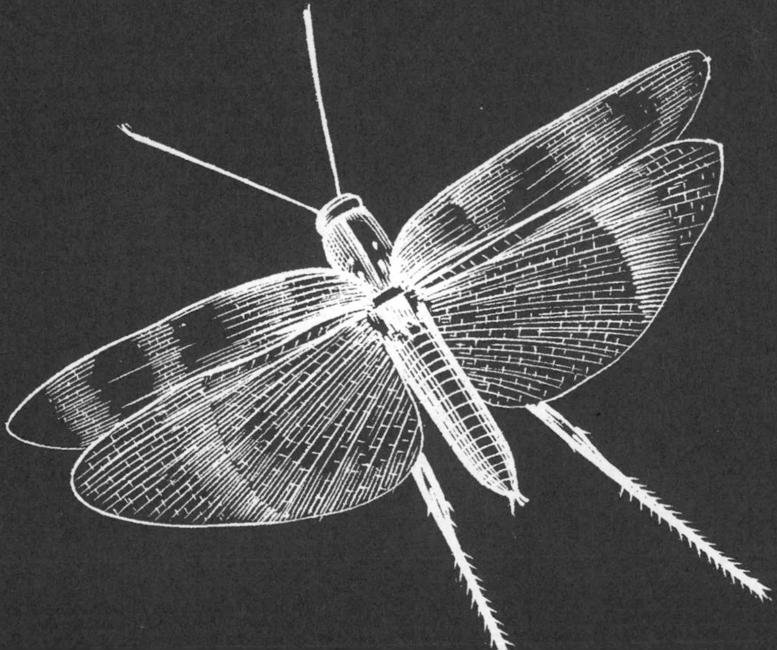

42

河皮區的街道朝溫室緩緩攀升。這兒的房子又高又舊，木框腐朽，牆上灰泥潮溼。雨水經年累月地浸積，使建築表面鼓起一顆顆氣泡，生鏽的釘子分解後，石板便如瀑布般從陡峭的屋頂滑落。遠遠看去，河皮區就好像在漫長的酷暑中微微滴沁著汗珠。

河皮南區和接壤的飛原間並沒有明顯的分界。這兒物價低廉，暴力事件也不算多，聚集著稠密的人口。居民大多天性良善，各種種族都有。其中大多是人類，在安靜的運河兩旁則有些蛙族人的小群落，還有幾個獨居的流放仙人掌人，甚至有一座占據兩條街的小小甲蟲人家巢——如此傳統的甲蟲人社區在蟲人區和溪畔鎮之外相當罕見。同時，城市中少數更為特異的種族也以河皮南區為家。貝克曼大道有一家豪豬人開的店，他們仔細銼鈍身上的鬃刺，以免嚇著鄰居。還有一個無家可歸的桶人，他桶狀的身體中永遠裝著滿滿的飲料，拖著三條顫巍巍的腿在街上蹣跚閒晃。

但河皮區北方是全然不同的一片風景。比較安靜，也比較陰鬱。那裡是仙人掌人的保留區。

儘管溫室占地廣大，也不可能容納新克洛布桑所有仙人掌人；就連只容納那些仍信奉傳統習俗的都不夠。新克洛布桑的仙人掌人起碼有三分之二住在溫室的保護罩外，他們擠滿河皮的貧民窟與其他地方，像是敘利亞克與平蕪。但河皮是他們的核心重鎮，在這兒，他們的數量與人類相當，兩族混處而居。他們屬於仙人掌人中的低下族群，雖然同樣能夠進入溫室購物與參拜，卻被迫居住在異教徒的城市。

反叛行為時有所聞。憤怒的仙人掌年輕人信誓旦旦，說此生再也不會踏進背叛他們的溫室一步，還給了它一個古老且過時的諷刺名字——苗圃。他們在凶狠殘酷卻毫無意義的幫派激鬥中把自己弄得傷痕累累；有時還會進犯社區，對人類與仙人掌長者鄰居行竊、搶劫，搞得居民人心惶惶。

在河皮區的溫室外，仙人掌人高傲乖戾、沉默寡言。他們在人類或蛙族人老闆手下工作，不惹麻煩，但也死氣沉沉。除了粗魯地丟下一句抱怨外，他們不和其他種族的同事交談。沒有人見過他們在溫室內是什麼模樣。

溫室本身是個巨大低緩的圓頂玻璃建築，地面上的直徑超過四分之一英里，最高點約有八碼高。底部順著地勢傾斜，穩穩坐落在河皮區的斜坡上。

玻璃罩的框架由黑鐵鍛造，骨架巨大粗實，間以花飾點綴。它聳立於河皮的房舍之上，遠遠就能看見它小丘似的圓頂。外牆上的兩個同心圓是龐大的梁柱，大小幾乎可與巨肋比擬，以雄偉的扭曲金屬承載重量，支撐圓頂。

從越遠的地方看，溫室越顯震撼。自旗丘的木造屋頂俯瞰，視線越過瘡河與焦油河，越過鐵路與空軌以及綿延四英里的奇異城景，可以看見圓頂表面閃爍著點點純淨的光芒。然而，從周遭的街道上瞧去，便可清楚看見散布四處的裂痕與少了玻璃的黑暗窗格。圓頂存在的三世紀以來，只修繕過那麼一次。

在圓頂的底部，建築的古老清晰可見。它年久失修，金屬上的油漆嚴重捲翹，鐵鏽如蟲子般蛀得表面坑坑疤疤。底部的玻璃窗格幾乎有七平方英尺大，越往上就越窄，用像派一樣的形狀朝頂點匯聚；地面上十五英尺多的部分同樣滿是搖搖欲墜的油漆鋼鐵；上方的玻璃斑駁汙穢，東一塊、西一塊亂糟糟地染成綠色、藍色或淡棕色。玻璃經過強化，照理說應該能支撐兩名以上高大仙人掌人的重量，但即便如此，還是有許多窗格沒了玻璃，爬滿裂痕的更是不可勝數。

仙人掌人當初建造圓頂時並沒有考慮到周遭屋舍。街道一路延伸，碰到玻璃牆堅硬的金屬底座便戛然而止。恰好位在圓頂邊緣的二、三、四棟房子直接遭摧毀，玻璃帷幕內，其他房子則繼續以凌亂的角度排排羅列。

仙人掌人就這麼直接在新克洛布桑圈了一塊地，占為己用。

幾十年來，圓頂內的建築不斷改建，將原本人類居住的房子改造得適合仙人掌人居住，拆除部分結構，用奇形怪狀的新建築取代。但整體的格局與多數屋舍仍維持原貌，和圓頂出現前沒有不同。

圓頂有一個入口，位於底座南端的雅蘇場廣場；出口則位於圓對面的拜特瑞許街——一條陡峭難行，俯瞰焦油河的街道。仙人掌人的法令規定入口只能入、出口只能出。這對住在出入口附近的仙人掌人來說十分不便。舉例來說，住在入口旁的人，進去或許只要兩分鐘，但從出口回家卻得繞上一段錯綜複雜的長路。

出入口在每日早上五點開放，直通後方四牆環繞的短短通道，並於每晚午夜準時關閉。裝甲小隊每日駐守，這些士兵身上都扛著巨大的戰斧與殺傷力強大的仙人掌人戰弓。

如同他們缺乏大腦的植物表親一樣，仙人掌人擁有粗厚的纖維植物外皮。他們的皮膚緊實，雖然容易被穿刺，但癒合得也快，不用多久便會結成又醜又厚的痂疤——大部分仙人掌人身上都布滿無害的神經結痂組織。要對仙人掌人造成實質上的傷害很困難，要捅上許多刀，或是靠一發幸運的子彈擊中重要器官。子彈、弓箭和弩箭通常對仙人掌人造成不了什麼損傷，因此仙人掌人士兵才會隨身攜帶戰弓。

第一把戰弓的設計者是人類。這種武器使用於克勞德市長的恐怖統治期間——他擁有一座仙人掌人農場，農場中的人類守衛便隨身攜帶著戰弓。但在智慧種族改革法案成立後，農場遭到廢止，仙人掌人也被賦予類似公民權之類的權益，而實際派的仙人掌長老也體認到戰弓會是統御子民的珍貴武器，因此從那時起，弓箭便經過多次改良，而且都是由仙人掌人自己的工程師進行這項工作。

戰弓是一種巨大的十字弓，無論大小或重量都非人類能夠有效操縱。它射的不是箭，而是查克裡——一種扁平的金屬圓盤，邊緣可能是鋸齒狀，也可能是鋒利的刀刃，也可能長著彎曲的星狀手臂。查克裡中央有個鋸齒狀小洞，可密合卡在弓身上的小小金屬突點。一拉下扳機，弓弦便會猛烈彈射，用極高的速度拉動突點。複雜的零件跟著開始喀啦喀啦地磨轉，讓它高速旋轉。在密閉的溝道盡頭，旋轉的簇箭會往下滑出查克裡的洞口，查克裡便會像投石器上的石頭一樣急速射出，如圓鋸般的刀鋒高速旋轉。

空中的摩擦力會快速消耗它的動能。戰弓的射程遠不及長弓或火槍，卻能在一百英尺的距離內砍斷仙人掌人——或人類——的四肢或頭部；若是距離拉遠，也能狠狠切開敵人的血肉。

仙人掌人士兵繃著臉，乖戾傲慢地扛著戰弓巡守。

白晝的最後一縷光線在遠方峰頂熾烈燃燒。圓頂溫室的西方一隅如紅寶石般閃耀生輝。

圓頂的頂點下方架著一把生鏽腐蝕的梯子，一個人影氣喘吁吁地跨坐其上，緊緊抓著金屬桿。他一階一階往上爬，終於出現在如月亮般的圓弧表面上。

圓頂頂峰上等距延伸三條走道，這是其中一條。走道原本供修理工使用，但修理工從未出現。圓頂的弧線突出於地表，彷彿一道弓起的背脊，暗示地底下還藏有更大的身軀。那人影就像騎在龐大無比的鯨背上，被困在圓頂內的光線烘托著。那些光線在玻璃內嬉戲玩耍，點亮整座巨大的建築。他把身子壓得低低的，用非常、非常緩慢的速度移動，以免被人發現。他選擇溫室西北面的爬梯，就是為了避開蘇德線往薩勒克斯的支線。鐵軌就在圓頂對面不遠處經過，有心的乘客會看見有人正沿著圓弧往上爬。終於，攀爬了幾分鐘後，入侵者終於來到環繞巨大建築最高點的金屬梁架邊緣。拱心石本身是一只透明玻璃球，直徑約八英尺，緊密安置在圓頂最高點的圓洞裡，一半在內，一半在外，彷彿一枚巨大的球塞。

人影靜止不動，從梁柱頂端與懸掛空中的粗電線望出去，遠眺城市。夜風在他身旁呼嘯而過，他感到一陣暈眩的恐懼，緊緊抓住把手。他抬頭仰望逐漸轉黑的天空，圓頂內凝結的光線包圍著他，漸漸消散在他身下的玻璃，讓繁星顯得朦朧。

他將注意力重新放回玻璃窗格上，一格接著一格飛快掃視表面。

幾分鐘後，他起身，回頭順著梯子往下爬，試探地伸出腳，用伸長的腳趾輕輕摸索立足點，將自己帶回地表。

梯子的最後一階離地尚有十二英尺距離，人影順著他上梯用的鉤繩往下滑，雙腳穩穩落在積滿灰塵的地面，環顧四周。

「小李。」他聽見有人低聲呼喚。「這裡。」

圓頂旁有座遍地瓦礫的垃圾場，垃圾場邊緣有棟坍塌建築，李謬爾．皮吉恩的同伴便躲在其中。他看見以薩模糊的身影在無門的門檻之後向他打手勢。

李謬爾踩在長滿雜草的磚頭和水泥上，快步穿過稀疏的灌木叢。他轉身背過傍晚的餘暉，溜進燒毀的陰暗建築空殼。

他面前的陰影中蹲著以薩、德克瀚、雅格哈瑞克和三名傭兵。他們身後堆著一堆壞掉的裝備、蒸汽管、傳導線，鐵架的扣環，還有如大理石般裂痕斑斑的鏡片。李謬爾知道，一旦開始行動，這堆東西就會自動變成五個猴子機械人。

「怎麼樣？」以薩焦急地問。

李謬爾緩緩點頭。

「我的消息沒錯。」他壓低音量說：「圓頂頂端附近有個大裂口，在西北面那裡。從我方才的位置，看不清實際大小，但我想至少有……六英尺長、四英尺寬。我在上頭仔細瞧過，那是唯一能讓任何體型的人類或非人類進出的缺口。你們查看過底座了嗎？」

德克瀚點頭。「什麼也沒有。」她回答，「我的意思是，是有很多小裂縫沒錯，甚至有幾個地方缺了幾塊不小的玻璃，特別是高一點的地方。但沒有大到足以讓我們穿過的缺口。所以一定就是你說的那地方。」

以薩與李謬爾頷首。

「所以牠們就是從那裡進出。」以薩輕聲說：「好吧，在我看來，要追蹤牠們最好的方法就是循著牠們的路進去。雖然我也不想這麼提議，但我認為我們統統都應該上去。裡頭是什麼樣子？」

「我看得不是很清楚。」李謬爾聳肩回答，「玻璃很厚，又舊又他媽的髒；八成三、四年才會清洗一次，我想。可以看見房子和街道等大概輪廓，但也只有這樣。得實際進去後才有辦法摸清楚。」

「不能所有人都上去。」德克瀚說：「這樣一定會被發現。讓李謬爾去，這工作他最適合。」

「我打死也不會去。」李謬爾答，語氣緊繃，「我不喜歡待在那麼高的地方，遑論還要他媽的頭上腳下地吊在三萬個氣炸的仙人掌人上方好幾百英尺……」

「那我們現在怎麼辦？」德克瀚不耐煩地問，「我們可以等到天黑，但那時候那些該死的魔蛾就出動了。我們可以一次上去一個人，如果……如果這麼做安全的話。我們需要有人打頭陣……」

「我去。」雅格哈瑞克說。

一陣沉默，以薩與德克瀚愣愣看著他。

「太好了！」李謬爾興高采烈地附和，還拍了兩下手，「就這麼辦。你先上去，然後……嗯……替我們四周探探，打個訊號下來……」

以薩與德克瀚沒理會李謬爾，兩雙視線仍停在雅格哈瑞克臉上。

「我去是應該的。」雅格哈瑞克說：「我在高處如魚得水，」他聲音突然微微一窒，彷彿情緒一時湧了上來。「我習慣待在高處，而且我是個獵人。我可以偵察下方的情勢，觀察那些蛾可能藏在何處。我可以評估溫室內的情況。」

雅格哈瑞克循著李謬爾的路線，爬上玻璃帷幕。

他解開腳上惡臭的繃帶，暢快地伸展腳爪。他用李謬爾的鉤繩爬上最初幾塊光滑的金屬，之後便以比李謬爾還迅速、自信的動作往上爬。

他不時駐足，搖搖晃晃地站在溫暖的夜風中，用鳥趾牢牢抓緊金屬板，大大地探出身子，凝望眼前氤氳的空氣，微微張開手臂，感受晚風像灌飽船帆般盈滿他大字形的身軀。

雅格哈瑞克假裝自己在飛。

他前一天偷來的短劍與牛鞭在細腰帶上前後甩動。那條鞭子使來綁手綁腳，跟他過去在炎熱沙漠劈開空氣、可刺可纏的武器天差地遠，但總是他這雙手記得的武器。

他的動作迅速而確實。視線範圍內的飛船都在遠處，他不會被看見。

從溫室頂俯瞰，這座城市看起來就像一份禮物，大方擱在那兒，等人拿取。放眼所及之處，都可以看見建築物像手指、手掌和拳頭般粗魯地頂向天空。巨肋彷彿骨化的觸手，永遠高高舉起；針塔如叉尖般狠狠插進城市的心臟，國會大樓複雜的機械漩渦散發黑暗的幽光。雅格哈瑞克用冰冷的眼神一一掃視，記住方位。他抬頭眺望東方，看向連接飛原與針塔、嗡嗡震動的空軌。

他到達圓頂頂端的巨大玻璃球旁，沒多久便找到玻璃上的裂縫。有部分的他十分訝異自己的雙眼——那對猛禽的雙眼——仍像過去一樣敏銳。

在他身下，微微彎曲的階梯下方一、兩英尺處，圓頂的玻璃是乾的，而且灑滿鳥類和蝙蝠人的排泄物。

他試著查看裡頭的情況，但除了幽暗的屋頂與街道輪廓外，什麼也看不見。

雅格哈瑞克開始在玻璃表面爬行。

他試探地移動腳步，用爪子摸索，踩踏玻璃測試強度，然後盡快滑到金屬框上，用爪子牢牢抓住。他移動時，察覺自己變得有多習慣攀爬。夜裡，他週復一週地爬上以薩實驗室的屋頂、爬上廢棄的塔樓，尋找城市的灰泥峭壁。他爬得毫不費力，心裡沒有絲毫恐懼。現在的他比較像人猿，而不是鳥。

他戰戰兢兢跳過骯髒的窗格，直到翻過最後一面分隔他與玻璃缺口的梁牆。跳過牆後，就看見缺口在他眼前。

雅格哈瑞克湊上前，可以感覺到熱氣從裡頭的光線深處湧出。屋外的夜晚已經很溫暖了，裡頭的溫度一定更高。

他將鉤繩謹慎地捆繞在缺口一側的一根金屬托梁上，用力拉緊，確保它穩穩當當。接著他將繩子在腰間纏了三圈，抓著爪鉤附近，橫躺在托梁上，把頭探進玻璃缺口內。

這感覺就像把自己的臉湊到一碗濃茶前。溫室內的空氣炎熱異常，幾乎教人窒息。煙霧繚繞，蒸汽氤氳，閃耀著明亮刺眼的白光。

雅格哈瑞克眨眨眼，驅散煙霧和蒸汽，伸手擋在眼前，俯瞰底下的仙人掌小鎮。

小鎮中央，也就是圓頂巨大玻璃球下方的房舍被拆除了，另建起一座石造神殿。這座階梯型的金字塔神殿用紅色的石塊堆砌而成，四面陡峭，高達溫室圓頂的三分之一。每一階都長滿蓊鬱的大草原植物與沙漠植物，在仙人掌人蠟綠色的肌膚映襯下，那些紅紅橘橘的色彩更顯明豔。

一塊大約二十英尺寬的空地四周被清得乾乾淨淨，在那兒之後，河皮區的街道雜亂荒涼，乏人照料。地形如迷宮般錯綜複雜，隨處可見戛然而止的死路盡頭和大街遺跡。這兒公園只剩下一個角落，那兒的教堂只剩下半座；即便短短的運河遺跡——如今變成死水聚積的臭水溝——也被圓頂的玻璃帷幕所截斷。巷弄以奇怪的角度在小小的城鎮內縱橫交錯，圓頂罩落之處，把長街截得支離破碎，幾個小地方的巷子與馬路被保留在圓頂內，密封在玻璃罩下。即便大多地方的外觀仍維持不變，裡頭的景色卻已不再相同。

凌亂的街道遺跡經過仙人掌人改造，幾年前原是通衢大道的地方，現在變成了植物園。草坪四周蓋滿了房屋，前門的小徑顯示了來往南瓜田和小蘿蔔田的路線。

屋子的天花板早在四代以前便已移除，將人類的房屋改建成適合身材更高大的新房客居住。建築頂層和後方都加蓋了許多房間，風格類似溫室中央階梯金字塔上的奇怪迷你雕像。所有看得到的縫隙都塞滿了增建的建築，好容納更多仙人掌人。人類建築與巍峨的石板大廈混雜交錯，構成一幅古怪的街景。色彩繽紛，占地廣大，其中幾棟甚至有好幾層樓高。

許多建築物的上層掛著搖搖晃晃的滴水木橋或繩橋，連結街道兩端的房間與建築。許多庭院與房子的頂樓上，矮牆環繞平坦的沙漠花園，其中點綴著一叢叢矮草、幾株低矮的仙人掌，和波浪起伏的沙地。

幾小群困在溫室內、怎樣也找不著缺口回到城市的鳥兒在屋頂上方低空掠過，飢餓鳴叫。雅格哈瑞克感到一陣腎上腺素上湧，認出其中一聲來自錫邁克的鳥鳴，心裡又是懷念又是震驚。他發現有幾隻沙丘之鷹棲息在一、兩座屋頂上。

圓頂從各方升起，包圍他們，彷彿骯髒的玻璃天幕般倒映著新克洛布桑的夜景。周遭的房子籠罩在黑暗與散亂的光線中，朦朧不清。鎮上處處可見仙人掌人，雅格哈瑞克緩緩掃視，但看不見其他智慧種族。

往來各方的仙人掌人將簡陋的小橋踏得搖搖晃晃。沙漠花園中，雅格哈瑞克看見扛著大耙子與木槳的仙人掌人小心翼翼地在沙地上刻畫波紋，模仿被風吹蝕而出的漣漪沙丘。在這擁擠的密閉空間內，不會有任何風來刻蝕圖案，所有沙漠景觀都必須徒手打造。

大街小巷擠滿了在市集中買賣的仙人掌人，他們吵得臉紅脖子粗，但由於音量太低，雅格哈瑞克聽不見爭執的內容。他們手拉著推車，若車子或貨物的體積特別大，就兩人一起拉。在視野所及的範圍內，雅格哈瑞克看不見任何機械人或出租車；除了幾隻停在窗臺外的鳥和石兔外，雅格哈瑞克也沒看見任何動物。

在溫室之外，仙人掌女人穿的是像床單般毫無剪裁可言的寬鬆洋裝；而在溫室之內，她們只穿著白色、米色或灰褐色的纏腰布，和男人沒有分別。她們的乳房比男人大上一些，長著深綠色的乳頭。在幾個地方，雅格哈瑞克可以看見女人將嬰兒緊緊抱在胸前，小朋友絲毫不在意被母親身上的針刺扎傷。吵吵鬧鬧的仙人掌人小孩窩在角落成群玩耍，路過的大人不是當作沒瞧見，就是隨手在他們身上拍上一掌。

金字塔神殿隨處可見到仙人掌長老，或閱讀、或照料植栽、或抽煙、或談天。有些肩上披著紅色或藍色的綬帶，襯著他們蒼白的綠色肌膚顯得特別搶眼。

汗水刺痛雅格哈瑞克的皮膚。燃燒柴薪的煙霧不停襲來，模糊他的視線。這些煙霧從上百根高度不一的煙囪中升起，裊裊飄至天際，在遲滯的蕈狀氣流中打轉。幾縷輕煙找著出路，自裂縫和缺口鑽出玻璃天幕。但因為風勢完全被阻擋在外，陽光又被溫室的透明圓頂放大，裡頭沒有一絲風可以吹散煙霧。雅格哈瑞克可以看見玻璃內側覆蓋著一層油膩膩的煤煙。

距離日落還有一個多鐘頭。雅格哈瑞克瞥向左方，看見圓頂上的玻璃球光芒四射。它將太陽的每一縷光線吸收進來，集中後再將耀眼的光芒送至溫室每一個角落，用無情的強光與熱氣填滿溫室。他看見支撐圓球的金屬殼上連著供電的電線，電纜順著內牆蜿蜒而下，消失在視野外。

溫室中央的階梯金字塔頂端也有著一座平坦的沙漠花園，上頭盤據著一具複雜的機器。一具裝有透鏡的巨大機器安置在透明玻璃球正下方，粗大的水管蜿蜒而出，連接到周圍的大桶子裡。一名披著彩色綬帶的仙人掌人正在打磨銅器。

雅格哈瑞克想起他在申克爾聽過的傳言，說仙人掌人擁有一具魔法強大的日光化學引擎。他小心翼翼地觀察那個發光裝置，但實在看不出個所以然。

雅格哈瑞克仔細觀察，看見街上有大量武裝守衛來回巡邏。他瞇起眼，彷彿神明俯視眾生，在玻璃球刺眼的光線下察看仙人掌人小鎮的每一個表面。從他所在位置望去，幾乎可以看見所有的屋頂花園，而似乎起碼有一半以上都駐有三至四名仙人掌人。士兵或坐或站，雖然從這個距離看不清他們臉上表情，但是身上配戴著巨大的沉重戰弓絕對錯不了。他們腰帶上還掛著手斧，斧頭的弧形刀刃在紅色的光芒中閃耀生輝。

在沿著街道蔓延而出的市集中，可以看到更多巡邏小隊駐守在攤販旁，有些警戒地坐在中央神殿的最低層，有些則踩著從容不迫的步伐，手上戰弓蓄勢待發。

雅格哈瑞克可以看見居民望向武裝士兵的眼神，他們緊張地向士兵行禮，不時抬頭瞥視天空。

他不認為這是正常景象。

有什麼事情讓仙人掌人坐立難安。他的經驗告訴他，仙人掌人或許逞凶好鬥、沉默寡言，但空氣中壓抑的威脅氣氛是他在中克爾從未感受過的。或許這裡的仙人掌人不同；他想，比他們南方的同胞更加乖戾。但是他感到皮膚上傳來陣陣刺痛，空氣中有種肅殺之氣。

雅格哈瑞克集中精神，以嚴苛的目光專注掃視溫室內部。他小心翼翼地將視線聚焦，進入獵人的催眠狀態。

他看向圓頂的邊緣，緩緩掃視一圈，將底下的小鎮一絲不漏地收盡眼中。接著他謹慎地將視線一圈圈逐步向內收攏，仔細觀察各區的房子與街道。

透過這種有條不紊、嚴謹確實的觀察方法，溫室表面的任何一個角落或裂縫都逃不出他獵人的眼睛。

他的視線在一塊紅色石塊的瑕疵上暫停了一瞬，但旋即又向別處看去。

長日將盡，仙人掌人的不安情緒似乎更為強烈。

偵察工作完結。沒發現什麼明顯、一眼就看得出的蹊蹺。他將注意力轉向身旁四周的圓頂內部，尋找可立足的地方。

這不是段簡單的路程。雖然主梁與玻璃球的連接處就在不遠的地方，但在玻璃牆內側，那些梁桿並沒有那麼突出。他相信只要費點力氣，他就可以爬過去；李謬爾、德克瀚和其中一、兩名傭兵或許也可以。但他實在很難想像以薩能爬到這兒，把自己吊在半空中，然後順著危險的金屬管爬上好幾百碼，降落到地面。

溫室外，日已西沉。就算夏日的傍晚慵懶而漫長，時間也所剩不多了。

他感到背上被拍了一下。雅格哈瑞克抬起頭，從倒扣的玻璃碗中探出去，回到新克洛布桑的夜空，空氣突然間感覺起來好冰涼。

在他身後，沙得拉伏在玻璃上，頭上戴著一頂鏡盔，他又拿出一頂由鐵板拼湊而成的頭盔交給雅格哈瑞克。

兩頂頭盔不一樣。雅格哈瑞克的是用金屬廢料做成的簡陋品；沙得拉的比較複雜，上頭布滿閥門與紅黃兩色的銅線。頂端有一個插槽，可以拴進零件。只有鏡子看起來像是臨時裝上去的。

「你忘了這個。」沙得拉揮了揮頭盔，用他那輕柔的聲音道：「整整二十分鐘沒看到你打信號或傳任何消息下來，所以我來看看你是不是還活著，或是不是出了什麼事。」

雅格哈瑞克指向圓頂內側的梁桿，他與沙得拉壓低音量，急切地討論以薩的問題。

「你必須下去。」雅格哈瑞克說：「你們一定要從下水道進去。讓李謬爾帶路。你們一定要盡快找路進入圓頂。派幾個機器猴子上來給我，若我遭受攻擊，它們能支援我。你看看裡頭。」

沙得拉小心翼翼地湊上前，看向逐漸轉黑的玻璃罩內部。雅格哈瑞克指向下方，順著熙來攘往的小鎮指到荒廢的運河盡頭，旁邊矗立著一些搖搖欲墜的幽靈建築。運河的水道及破屋矗立在狹長的破碎土地上，四周環繞著由瓦礫、黑刺莓和生鏽已久的帶刺鐵絲網無意湊合而成的籬笆。受到阻擋的銀色河水直接倒流回溫室。玻璃帷幕彷彿直立的雲層般，陡峭聳立其上。

「你們一定要想法子從地下進去。」沙得拉開口發出某種模糊的聲音，喃喃說著不可能。但雅格哈瑞克打斷他，「我知道那很困難，非常困難，但是你們無法從內側這裡爬下去；就算你們可以，以薩也絕對不行——而我們需要他進去；你們必須帶他進去。越快越好。我會下去找你們。等我發現魔蛾的巢穴後就會去找你們。等我消息。」

雅格哈瑞克一面說話，一面將拼湊的頭盔綁到頭上，觀察鏡中映出的後方景象。

他在其中一大片銀色鏡子中看見沙得拉的眼神。

「你得走了。動作快。耐心點。我會去找你們，一定會在夜晚結束前找到你們。那些蛾一定是從這些缺口進出，所以我留在這裡，守株待兔。」

沙得拉一臉肅穆。雅格哈瑞克說得沒錯，他無法想像以薩爬下這些陡峭又危險的鐵椽。

他粗魯地對雅格哈瑞克點了點頭，朝著鳥人的鏡子打了個道別的手勢，然後轉身爬回主梯，以熟練的高速下降，消失在視野外。

雅格哈瑞克轉頭望向最後一縷陽光。他深呼吸，目光左右掃視，檢查從大片鏡子碎片望出去的景象。他讓自己完全冷靜下來。用亞胡—沙克的緩慢節奏呼吸，那是獵人的冥想、錫邁克鳥人戰鬥時進入的催眠狀態。他平穩心緒，做好準備。

幾分鐘後，玻璃上傳來金屬與電線的碰撞聲。三個猴子機械人的身影一個接一個逐漸映入眼簾，分別從三個不同的方向靠近。它們聚集在他身旁，耐心等候，玻璃鏡片在夕陽下閃耀玫瑰色的光芒，細小的活塞在移動時發出嘶嘶聲響。

雅格哈瑞克轉身透過鏡子打量它們，然後小心翼翼地抓住繩索，垂降穿過玻璃上的缺口。進入溫室後，他向機械人打了個手勢，要它們跟上。圓頂內的熱氣「轟」地一下往上撲來，將他包圍其中，緊緊壓迫他的頭。夕陽餘暉被透明的玻璃圓球放大、往四方傳開。他朝著籠罩於玻璃帷幕中的小鎮、朝著那些浸浴在紅光中的屋子降落，進入魔蛾的巢穴。

43

圓頂溫室之外，天色無情轉黑。黑夜即將降臨，從玻璃球向外迸射而出的耀眼光線也開始熄滅。溫室頓時黯淡了下來，也變得涼爽許多，但大部分熱氣依然盤桓不去，溫室內仍比外頭的城市炎熱許多。火炬和從建築物透出的光芒映照在玻璃上，無論是對從旗丘回望城市的旅人、在雙桅荒原的摩天大樓上東張西望的貧民窟居民、從空軌上凝望的士兵，或蘇德縣南下列車的駕駛來說，透過煙囪與排氣管望出去，視線穿越被煙霧熏黑的城市屋頂，溫室看起來就像灌飽了氣般，在光芒之下逐漸膨脹。

黃昏緩緩降臨，溫室開始發亮。

雅格哈瑞克攀附在玻璃牆內側的金屬梁柱上，他極輕極緩地屈起手臂，就像是微微抽搐了一下，令人難以察覺。鳥人貼在鷹架一個小小的焊接處，大約位於圓頂下三分之一的地方。在這個高度，他仍能看見溫室內所有屋頂表面，以及各區縱橫交錯的建築。

他的全副注意力都保持在亞胡－沙克的狀態中，呼吸和緩而規律，繼續搜尋他的獵物。目光在底下各點間飛掠，每一個地方都不多做停留，在腦中建立起一份完整的地圖。偶爾他也會放寬視野，將底下的街景完整納入眼中，提防有無任何不尋常的動靜。他的視線不時落向表面浮著一層殘渣的水溝，沙得拉將會把眾人集結在那兒。

沒有一絲入侵者的跡象。

夜色漸深，街道以驚人的高速淨空。仙人掌人匆匆返回住所，擁擠的小鎮在短短半個多鐘頭內就變成了一座鬼城，溫室內空蕩蕩的，荒涼又冷清。街道上僅存的人影是武裝巡邏士兵，他們帶著緊張的神色穿梭於巷弄之間。百葉窗與窗簾紛紛拉上，窗戶內的燈光一下暗了下來。街上沒有煤氣街燈；相反地，雅格哈瑞克看見點燈工人現身街道，舉起點火棒，點燃在路面上方十英尺那些浸過燃油的火炬。

每一個點燈工人身旁都伴隨著一名仙人掌人士兵，兩人局促不安地走在街上，帶著凶惡的神色悄悄穿過昏暗的街道。

在中央神殿的頂層，一群仙人掌人長老繞著中央的機械裝置移動，有的扳動槓桿，有的推著把手。機器最上方的巨大鏡片由笨重的絞鏈帶動，逐漸下斜。雅格哈瑞克定睛瞧去，但還是看不出他們在做什麼，也看不出機器有什麼功用。他看得一頭霧水，只知道仙人掌人不停沿著直軸和橫軸轉動機器，並依據他看不見的數據檢查並調整儀器。

在雅格哈瑞克上方，兩個猴子機械人也和他一樣緊攀在金屬梁柱上。另一個在他身下幾英尺，掛在旁邊一根平行的支柱上。它們動也不動，等待他下令。

雅格哈瑞克縮回身子，靜心等待。

日落後兩小時，玻璃圓頂已是一片漆黑，看不見外頭絲毫星光。

仙人掌人的溫室街道上散發著冷酷的棕色調火光，士兵變成黑暗長街上的一道道幽影。

除了火炬嗶剝的燃燒聲、建築物輕柔的抱怨聲與低語聲外，四周再沒一點聲響。間歇的火光如鬼火般在逐漸轉涼的磚塊間來回跳動。

依舊沒有李謬爾、以薩與其他人的蹤影。雅格哈瑞克心裡有一小部分隱隱感到不滿，但大部分的思緒還是專注在亞胡—沙克的放鬆技巧上。

他靜心等待。

在十點到十一點之間的某一時刻，雅格哈瑞克聽見一聲動靜。原先，他將注意力擴散全身，灌注到身上每一個部位，包括意識。但現在立刻集中，屏息等待。

聲音再度響起，是一聲細不可聞的輕響，宛如在風中翻飛的布條。

他扭轉脖子，左右張望，尋找聲音來源，視線循著密集的街道往幽森的黑暗處看去。

溫室中央的瞭望臺上毫無動靜。各種想像悄悄爬過雅格哈瑞克內心深處；或許他被拋棄了，有部分的他這麼想著。或許，除了他、猴子機械人與在街道深處幽幽浮動的火光外，溫室內再無一人。

他沒有再聽見那聲音，但是一縷深黑色的暗影掠過眼前。有個龐然大物在黑暗中一閃而逝。

在他冷靜的思緒底下深處，在半夢半醒的意識之中，有股深刻的恐懼湧現。雅格哈瑞克感到自己全身一僵，手指緊緊抓住金屬表面，痛苦地平貼在溫室的梁柱上。他猛然轉回頭，面向他手中緊抓的金屬，專注地、謹慎地看向眼前的鏡子。

某種樣貌猙獰的生物正緩緩爬上溫室牆面。

那身影幾乎就在他正對面，與他相距甚遠。牠從下方一棟建築物中一躍而起，飛過短短一段距離，來到玻璃牆上，從那裡開始用手和觸角往上爬，朝冰涼的空氣與廣闊的黑夜前進。

即便在亞胡—沙克中，雅格哈瑞克仍感到一陣暈眩。他看著那東西在鏡子裡移動，散發著一種詭譎可怕的氣息，他卻不由自主看出了神。他的視線緊緊跟隨，那道長著翅膀的黑影就像個瘋狂天使，身上布滿危險的肌肉，液體滴滴答答落下，模樣甚是詭異。魔蛾的翅膀收攏，但仍不時輕輕張開又闔起，彷彿要在溫暖的空氣中搧乾翅膀。

牠用一種恐怖至極的呆滯動作，朝生氣蓬勃的城市夜晚爬去。

雅格哈瑞克還沒發現牠的巢穴，這是最重要的一件事。他的視線在那鬼祟生物與牠出現的陰影處之間不停來回巡視。

他凝神注視眼前的鏡子，仔細觀察。中大獎了！

他的目光緊盯著溫室西南角一塊老舊建築群聚的地方。那些房子原本是光能屋，經過仙人掌人數世紀的居住，已被修繕、改造過無數次，現在幾乎與周遭環境完全融合成一體。它們比附近的建築高上一些，屋頂硬生生給圓頂下降的弧線截斷。但屋子並沒有被拆除，反而經過計畫性地切割，上層擋到玻璃的地方被拆掉，其他地方就保留下來。房子離中心越遠，便離上方的玻璃圓頂越近，頂層被拆除的部分也就越多。

街道岔口上原本矗立著一棟建築。屋頂的最高點幾乎還保持完整，只有部分被拆除。在它之後，是逐漸變矮的磚屋，在雄偉的圓頂下越變越矮、越變越矮，最後蒸發在仙人掌鎮邊緣。

老舊建築的頂樓窗戶中探出一顆魔蛾的頭，絕不可能看錯。

雅格哈瑞克又感到一陣暈眩，他費了好大力氣才恢復規律的心跳。處於狩獵的出神狀態時，他所有情緒彷彿都被隔在一層濃霧之外。但現在，他感到一股興奮之意蔓延全身——還有恐懼。

他發現魔蛾的棲息地了。

找到他要的東西後，雅格哈瑞克只想盡快爬下圓頂，遠離魔蛾的世界、遠離天空，躲在地面陰暗的屋簷之下。但是他知道迅速移動恐怕會引起魔蛾注意，因此必須等待。他身體微微搖晃，汗珠一顆顆沁冒。

他一聲不響、動也不動地等著那怪物爬進更深沉的黑暗之中。

第二隻魔蛾一聲不響地躍入空中，張開翅膀滑翔了一秒，降落在溫室的金屬鷹架後又向上朝同伴掠去，動作中透著一股淫邪之氣。

雅格哈瑞克動也不動，耐心等著。

好幾分鐘後，第三隻魔蛾終於出現。

鬼鬼祟祟、無聲無息地攀爬許久後，牠的手足已經快要爬到圓頂的最高點。新來的魔蛾急著趕上，牠穩穩站在同伴先前浮現的窗口，抓著窗沿，布滿皺摺的身體在木頭邊緣保持平衡，然後空氣中響起「颯」的一聲，牠拍動翅膀，撲向天際。

雅格哈瑞克無法確定下一個聲音從何而來，但他想是那兩隻爬行的魔蛾不滿同伴膽大妄為，斥責或警告地嘶了一聲。

一陣嗡鳴聲緊接響起。在宵禁的死寂中，從神殿頂端傳來的機械運轉聲清晰可聞。

雅格哈瑞克依舊保持靜止。

金字塔頂端突然射出一束光柱。那道白光熾熱強烈，異常清晰，看起來就像一根真的柱子，從那古怪裝置的鏡片中射出。

雅格哈瑞克看向鏡子。從刺眼的探照燈反射回來的微弱光暈中，他可以看見一隊仙人掌人長老站在那裝置之後，每個人都瘋狂調整著旋鈕或閥門，其中一人抓著兩根突出在發光引擎背面的巨大把手，拚命轉動，調整光柱的方向。

光柱蠻橫地朝圓頂玻璃掃射。操縱者將把手用力一拉，它立刻跟著轉向。這時候，那隻心急的魔蛾飛到破掉的窗格上，光柱一陣搖晃後，就這麼恰好打在牠身上。

怪物長角的眼窩轉而面向光柱，發出一聲嘶鳴。

雅格哈瑞克聽見金字塔神殿上的仙人掌人大吼著一種耳熟的語言。那是一種混種語言，由許多地方的方言混雜而成。其中大部分字句他在離開申克爾後就沒聽過，另外還摻雜了新克洛布桑的瑞加莫爾語，以及其他完全聽不出所以然的方言。他曾在沙漠城市當過競技戰士，大部分的經紀人都是仙人掌人，因此跟他們學會了一些。雖然現在聽到的文句很古怪，不知道已過時幾世紀，又受到外地方言破壞，但他還是能聽懂大半。

「……在那裡！」他聽見這三個字，還有什麼關於光的事。當魔蛾再次從玻璃牆上墜落，逃離光柱照耀，他又清清楚楚聽見：「牠來了！」

魔蛾輕輕巧巧地往下一飛，便逃出了巨大光柱的照射範圍。仙人掌人拚命尋找魔蛾蹤跡，光柱瘋狂搖晃，猶如瘋子操控的燈塔。光柱匆匆掃過街道，往上照向溫室的屋頂。

另外兩隻魔蛾依然不見蹤影；牠們將自己平貼在玻璃上。

底下傳來討論的咆哮聲。

「……準備好……天空……」他聽見這幾個字，然後是一個聽起來像把申克爾語中「太陽」和「矛」串起來的字。有人高喊小心，然後說了「光矛」和「家」：**太遠了**，他們高喊，**太遠了**。

巨大光柱的正後方傳來一聲響亮的喝令聲。隊伍調整動作，但看不出來他們要做什麼。隊長下令「限制」；雅格哈瑞克不懂那是什麼意思。

光柱急遽傾斜，終於又找到了它的目標，但轉眼又追丟。在那一瞬間，魔蛾混亂飛行的軀體在溫室內投下一道可怕的陰影。

「準備好了嗎？」隊長吼問。士兵異口同聲回答：「準備好了。」

仙人掌人繼續轉動光柱，急著要用刺眼的燈光找出飛蛾的位置。魔蛾俯衝而下，身影一轉，繞過屋頂上空，在空中急速盤旋。那畫面就像在朦朧中瞥見一次高難度的特技、一場黑暗中的馬戲團表演。

有那麼一瞬間，光柱找到了在空中展翅高飛的魔蛾。光線清楚照出牠的輪廓，在那驚人、不可思議又恐怖的美麗畫面下，時間彷彿靜止。

一發現魔蛾，操縱光柱的仙人掌人立刻扳下某個祕密把手，透鏡中射出刺眼的熾熱白光，沿著探照燈的光柱一路燃燒。雅格哈瑞克睜大雙眼，那道凝聚的光束與熱氣在擊中圓頂玻璃前閃爍了幾下，然後「噗」地迸裂。

白光大熾，一時間，溫室內鴉雀無聲。

雅格哈瑞克眨眨眼，驅散猛烈白光留下的殘像。

下方，仙人掌人的說話聲再度響起。

「……射中牠了嗎？」其中一人問。一陣模糊不清的混亂回答緊接響起。

包括藏在上方的雅格哈瑞克，所有人都看著魔蛾剛才盤旋的地方。眾人的視線在地面上搜尋，並將刺眼的光柱轉向街道。

雅格哈瑞克看見每一條街上都有武裝巡警駐守，動也不動地看著探照燈。光柱掃過，一個個如石像般立定原地。

「什麼也沒看見。」其中一人大聲回答站在高處的長老。各個角落都傳來同樣的答覆，響亮的呼喊聲在密不透風的驚魂夜中陣陣迴盪。

在厚重窗簾以及木製百葉窗後，火炬與煤氣燈紛紛點燃，一縷縷光線流洩至窗外的空氣之中。但即便被屋外的騷動驚醒，仙人掌人也不會探頭窺伺危機四伏的黑暗，以免看見不該看見的東西。士兵們必須孤軍奮戰。

一陣風呼嘯而過，淫穢有如喘息。神殿頂端的仙人掌人這才發現魔蛾並沒有被擊中。方才牠突然一個急轉，迂迴盤旋，躲開光矛的攻擊。牠在屋頂上低空飛行，近到底下的仙人掌人觸手可及。牠一步步朝塔樓爬去，緩緩上攀，巨大的身影昂然浮現，張開翅膀遮蔽他們視線。上頭的圖案閃爍搖曳，彷彿黑色的火焰般猛烈而複雜。

其中一名長老發出一聲短促的尖叫。隊長在那一瞬間也試圖將光矛調整到正確的方向，把魔蛾炸得粉碎。不過他們終究只能愣愣看著魔蛾展開的翅膀，心智開始向外溢流，什麼尖叫與計畫的念頭全都一下子消散無蹤。

雅格哈瑞克在鏡子裡看著這一切發生。他並不想看。

依舊攀附在溫室圓頂的兩隻魔蛾突然往下俯衝，朝地面墜落。接著身子一轉，用特技般的滑翔動作斜斜飛開。牠們貼著陡峭的紅色金字塔一側直竄而起，彷彿來自地心深處的惡魔，現身在呆若木雞的仙人掌人身旁。

一隻魔蛾伸出觸鬚，纏住其中一名仙人掌人的粗腿。牠皮包骨的手臂與貪婪的利爪深深嵌進仙人掌人的皮肉，但仙人掌人毫無反應。三隻魔蛾在獵物中選擇下手的目標，每一隻都緊攫著一名茫然失神的長老。

底下的街道上，火光如無頭蒼蠅般左搖右晃。武裝巡警兜著圈子狂奔，彼此高聲呼喝。他們舉起武器瞄準天際，卻只能咒罵一聲，不甘地忿忿放下。他們什麼也看不清楚，只看見朦朧的影子獵獵拍打，彷彿樹葉般在神殿頂端盤旋飛舞，長老也已經停止發射光矛。

一隊英勇剽悍的戰士跑進神殿入口，衝上寬闊的樓梯，朝長老們奔去。但他們晚了一步，事情已無轉圜餘地。魔蛾已離開金字塔，並張著翅膀輕盈地滑過天際。飛行時，翅膀不知怎地維持著凝結的催眠圖案。魔蛾在空中微微下降，自磚牆邊緣攫走獵物。魔蛾可怕的肢臂翻花繩般勾纏，將三名仙人掌長老懸掛其中，他們只能痴痴凝視著魔蛾翅膀上翻湧的夜色風暴。

就在仙人掌士兵衝過活板門到達屋頂的前幾秒，魔蛾消失了。牠們像有默契般一個接一個向上竄飛，輪流掠出圓頂的缺口，身影魔法般「咻」地不見，一秒也沒猶豫地穿過比牠們翅膀還小的缺口。牠們展現令人毛骨悚然的優雅姿態，帶著昏迷的獵物離去，拖著沉甸甸的仙人掌人進入夜城。

被留在熄滅的光矛旁的仙人掌長者茫然地晃了晃，回過神，錯愕不安地失聲驚呼。發現同伴被敵人抓走後，驚呼聲又變成了恐懼。他們憤怒咆哮，重新舉起光矛，漫無目標地瞄準空蕩蕩的天空。年輕戰士現身，手裡的戰弓與彎刀嚴陣以待，但在茫然環顧狼籍的現場後，只能頹然垂下武器。

一直到了這時，等到受害者怒吼著最惡毒的詛咒、等到夜晚充滿困惑的騷動、魔蛾飛越黑暗的城市，雅格哈瑞克才終於從亞胡－沙克中回過神，繼續爬下溫室圓頂內側的梁柱。猴子機械人看見他行動，也跟著他朝街道前進。

他沿著橫梁側向移動，確保自己朝著房屋後方前進，最後落腳在包圍惡臭運河的小垃圾堆邊上。

雅格哈瑞克爬下最後幾英尺，縱身一躍，無聲無息地落地。他在碎磚塊間打了個滾，伏在地上傾聽。

三聲細微的碾壓聲響起，猴子機械人一個個跟著落在鳥人身旁，等待命令與指示。

雅格哈瑞克探頭望向身旁的汙水，磚塊因為經年累積的生物黏液和汙泥而變得溼滑不堪。在玻璃牆內側大約三十英尺的地方牆面戛然而止。這裡一定是支流進入主運河系統的起點。在與玻璃牆交接之處，胡亂用水泥與鋼筋搭起來的屏障阻斷了運河。牆角深入水中，邊縫盡可能地密密封緊。但浸溼的磚塊間還是有許多細孔和縫隙，無法完全阻擋外頭的水，因此水位從沒降低過。河水從腐朽的石頭中滲進，轉啊轉地打著漩渦，最後慢慢停止。水裡堆積著垃圾和屍體，彷彿一鍋黏稠的垃圾濃湯。

惡臭撲鼻而來，雅格哈瑞克稍稍退開了些，朝矗立於殘破建築間的低矮斷壁爬去。他察覺溫室遠處的街道上，瘋狂的咆哮仍不絕於耳，空氣中充斥著無意義的命令與指示。

他正要蹲下等待沙得拉與其他人時，便看見一堆堆碎磚在他身旁升起。磚屑嘩啦嘩啦滾落地面，以薩、沙得拉、彭吉芬奇絲、德克瀚、李謬爾與坦索從中現身。雅格哈瑞克看見他們身後跟著一堆破破爛爛的電線和玻璃，是另外兩個猴子機械人。它們往前移動，與同伴並肩而立。

一時間誰也沒有開口。以薩蹣跚上前，在身後留下一地灰屑和泥巴。他的衣服與袋子上原本覆蓋著一層下水道汙泥，現在又多了一層塌屋的砂礫。他的頭盔——像沙得拉那頂一樣，看上去像是什麼複雜的機械裝置——破破爛爛地架在頭上，模樣甚可笑。

「雅格，」他結結巴巴地說：「很高興見到你，老小子，真的很高興……你的意見是對的。」他握住雅格哈瑞克的手，鳥人雖然吃了一驚，卻沒有把手抽回。

雅格哈瑞克回過神，這才發現自己方才恍惚了。他環顧四周，看見以薩與其他人的身影清楚映入眼簾，他感到一陣遲來的安心。他們又髒又臭，身上到處都是瘀青和擦傷的血痕，但看起來不像有人受傷。

「你有看見發生什麼事嗎？」德克瀚問，「我們才剛上來——花了好久時間才穿過那些該死的下水道，路上一直聽見頭上傳來騷動……」她一面回想，一面甩了甩頭，「我們從一個人孔上來，就在離這裡不遠的一條街上。鎮裡一片混亂，像翻天覆地了一樣！士兵全朝著神殿跑去，我們看見一個……像死光槍一樣的東西。來這裡的路上沒遇到什麼阻礙，沒人對我們有興趣……」她的聲音漸漸消散，「但我們不知道到底出了什麼事。」她靜靜說完。

雅格哈瑞克深吸了口氣。

「魔蛾在這裡。」他說：「我找到牠們的巢穴了。我可以帶大家過去。」

一行人如遭電擊，震驚得說不出話來。

「那些該死的仙人掌不知道牠們在哪裡？」以薩問。雅格哈瑞克搖頭（這是他第一個學會的人類動作）。

「他們不知道魔蛾棲息在他們的屋子裡。」雅格哈瑞克說：「我聽見他們大吼大叫，以為魔蛾闖進來要攻擊他們。他們以為魔蛾是從外面進來的入侵者，不知道……」雅格哈瑞克突然住口。他想起在神殿頂層看到的驚恐景象、想起沒有戴頭盔的仙人掌人長老、那些愚勇上前的士兵；幸好他們慢了魔蛾一步，才沒無端賠了性命。「他們完全不知道該怎麼對付那些魔蛾。」他靜靜地說。

他說話時，彭吉芬奇絲的水精從她袍子底下竄過，浸溼她的皮膚，沖去她身上與衣服上的塵土，讓她顯得乾淨得刺眼。

「我們該動身去找那個巢穴了。」雅格哈瑞克說：「我可以帶大家去。」

傭兵頷首，開始檢查身上的武器和裝備。以薩與德克瀚緊張到心臟都要跳出來了，但硬是咬牙忍住。李謬爾譏諷地轉開頭，手裡拿著一把小刀剔起指甲。

「有一件事你們必須知道。」雅格哈瑞克揚聲說。他的語調之中自有一股威嚴，令人無法忽視。原本在背包中小心翻找的坦索與沙得拉抬起頭，彭吉芬奇絲也放下她正在測試的弓箭，以薩則一臉慘兮兮，認命地看向雅格哈瑞克。

「三隻魔蛾抓著神智不清的仙人掌人從屋頂的缺口離開，但一共有四隻魔蛾；福米斯漢克是這麼說的。或許他錯了，或許他說謊，也或許另一隻已經死了。

「但也或許，」他說：「有一隻還留在巢中，或許有一隻正等著我們自投羅網。」

44

仙人掌人士兵團團圍在溫室底座邊商議，與倖存的長老大聲爭執。

沙得拉伏在一條巷子內，藏身在仙人掌人的視野之外。他從某個祕密口袋中掏出一具迷你望遠鏡，將鏡頭拉到底，窺伺聚集的士兵。

「看來他們是真的束手無策。」他若有所思地低語。其他入侵的同伴縮在他身後，身子平貼在潮溼的牆上，頭頂上方的火炬劈啪燃燒，在地上拉出搖曳不定的影子，他們盡可能保持隱匿。「這一定是他們開始實行宵禁的原因——因為居民接二連三被魔蛾擄走。不過當然了，也可能他們一直都有宵禁。不管怎樣——」

他轉頭看向其他人，「情勢對我們有利。」

溫室內的街道越來越昏暗，隱藏行蹤並非難事。他們一路暢行無阻地跟在彭吉芬奇絲身後前進。她的步伐很奇特，像是青蛙在跳，也像小偷一樣躡手躡腳。她一手拿弓，一手拿箭；寬闊的箭頭上帶有鋒利的鋸齒，可用來對付仙人掌人，但武器沒有派上用場。雅格哈瑞克跟在她身旁，稍稍落後幾英尺，低聲為她指示方向。偶爾她會停下腳步，朝後方打個手勢，將身子平貼在牆上，或躲在推車與攤販之後，查看上方有沒有大膽或魯莽的傢伙拉開窗簾，窺視街道。

五個猴子機械人踩著機器步伐在有機體同伴身旁蹦跳前進。它們沉甸甸的金屬身軀很安靜，只發出些微奇怪的聲響。以薩相信，對圓頂下的這些仙人掌人而言，他們每晚都被強迫灌輸的噩夢在這一晚會稍微有所不同，多加入一些乒乒乓乓、鬼鬼祟祟的金屬威脅。

以薩發現走在溫室內十分令人不安。即便矗立著那座紅色金字塔、到處可見嗶剝作響的火光，街道看起來還是很尋常；這裡可能是城市裡的任何一個地方。然而頭頂上卻籠罩著巨大的圓頂，玻璃帷幕在地平線上蔓延，彷彿某種密不透風的天幕般包圍裡頭的世界，界定一切。閃爍的光芒穿透而入，被厚重的玻璃扭曲變形，朦朧中又透著一股隱約的恫嚇之意。固定玻璃的黑色鐵格將小鎮禁錮其中，像是一張捕魚網，又像一面巨大的蜘蛛網。

一想到這兒，以薩突然感到情緒一陣翻湧。

有一種暈眩又確切的感受。

織蛛就在附近。

他跌跌撞撞往前跑，抬頭仰望。他曾經看過一個像蜘蛛網一樣的世界，他曾驚鴻一瞥瞧見過世界織網，感受偉大的蜘蛛之神的存在。

「以薩！」德克瀚低聲斥喚，奔過他身邊，拉著他繼續往前。以薩動也不動站在街上，抬頭凝視天空，焦急地想要找回那感覺。他蹣跚跟在她身後，喃喃低聲解釋，想告訴她發生了什麼事。但是他說不清楚，德克瀚也聽不進去。她只是一股腦兒地拉著他穿過黑暗的街道。

他們一路鑽著巷子迂迴前進，躲避巡邏士兵的視線，並不時抬頭望向陰森森的玻璃天幕。最後，一行人停在一個荒涼的十字路口，眼前矗立著幾棟密集的黑暗建築。雅格哈瑞克等到所有人都上前，能聽見他聲音後才轉身指向屋子。

「就是那邊最高處的那扇窗。」他說。

陡峭的圓頂無情地朝平臺尾端罩落，壓毀屋頂，把街道上的房屋壓扁成一堆堆低矮的廢瓦礫。不過雅格哈瑞克指的是離玻璃牆最遠的一端，那裡的建築物大致都還保持完整。

閣樓下的三層樓都有人居住。窗簾後流洩出搖曳的燈光。

雅格哈瑞克躲回巷內，領著其他人前進。北方遠處，他們仍可聽見士兵驚慌失措的呼叱，焦急地想知道接下來該怎麼做。

「之前想找仙人掌人幫忙已經夠危險了，」以薩陰沉沉地說：「現在呢，如果敢真的去找，我們必死無疑。他們現在全陷入歇斯底里，光聞到我們的味道都會抓狂。你連『刀子』兩個字都還來不及說，就會被他們用戰弓大卸八塊。」

「我們必須經過仙人掌人睡覺的房間。」雅格哈瑞克說：「必須上到頂樓。我們一定要找到那些魔蛾藏身的地方。」

「坦索，彭吉。」沙得拉斷然下令，「你們在門口把風。」他們注視他一會兒，但最後還是點了點頭。「教授，我想你最好跟我一起來。至於這些機械人……你認為它們會派上用場，對嗎？」

「我認為它們是他媽的不可或缺。」以薩說：「但是聽著……我覺得……我覺得有隻織蛛在附近。」

他這話吸引了眾人目光。

德克瀚與李謬爾一臉不可置信，傭兵們卻是無動於衷。

「為什麼這麼說，教授？」彭吉芬奇絲溫言問。

「我……我有點……感覺到。我們以前和牠打過交道。牠說我們可能會再見面……」

彭吉芬奇絲看向坦索和沙得拉。德克瀚匆匆補充。「是真的。」她說：「問皮吉恩就知道了。他也看過那東西。」李謬爾不情願地點了頭，沒錯，他看過。

「那又怎樣，我們也不能怎麼辦。」他說：「我們控制不了那傢伙。如果牠是為了我們或牠們而來，我們也只能聽天由命。牠或許只會袖手旁觀；你自己說過的，以薩，牠愛做什麼就做什麼。」

「所以，」沙得拉緩緩說：「我們還是得進去。有其他意見嗎？」沒有。「很好。你，鳥人，你見過牠們，知道牠們從哪裡出現，所以你也應該一起來。所以就是我、教授、鳥人和機械人進去。你們其餘人留在這裡，聽從坦索和彭吉吩咐，明白嗎？」

李謬爾點頭，一副事不干己的模樣。德克瀚一臉鐵青，硬把怨言吞回肚子裡。沙得拉的語氣專橫嚴厲，自有一股懾人之勢。她或許不喜歡他，或許認為他是個一文不值的人渣，但他總歸是這方面的專家。

沒錯，他是個殺手，而這正是他們目前最需要的。她點了點頭。

「一有任何不對勁，你們立刻離開。回去下水道，離開此地。如果需要，明天再到垃圾場重新集合。明白嗎？」這一次，他是對彭吉芬奇絲和坦索交代。他們粗魯地點了點頭。蛙族人對她的水精喃喃低語，檢查箭筒。其中幾把箭的構造複雜，窄細的刀鋒上裝有彈簧，扳機一扣就會「颯」地彈出，狠狠切開敵人血肉，殺傷力幾乎和戰弓一樣強大。

坦索正在檢查他的槍。沙得拉遲疑片刻，然後解下他的散彈槍，交給這位個子比他高的男子。坦索接下，點頭道謝。

「等下我們會和敵人近身交戰，」沙得拉說：「我用不著這傢伙。」他拿出那把雕工精細的長槍，在朦朧的燈光下，槍口末端那張惡魔臉孔似乎在動。沙得拉念念有詞，彷彿在對槍說話。以薩懷疑他的槍經過魔法強化。

沙得拉、以薩與雅格哈瑞克緩緩離開隊伍。

「機械人！」以薩低聲叱喚，「跟我們走。」活塞嘶嘶作響，金屬乒乓震動，五個小巧的猴子身軀跟著上前。

以薩與沙得拉看向雅格哈瑞克，然後測試他們的鏡盔，確保鏡內的視線清晰無阻。

坦索站在緊靠一起的小隊前方，提筆不知在一本小冊子裡寫些什麼。他抬起頭，緊抿雙唇，看向沙得拉，頭微微偏向一側。他昂首看向頭頂上的火炬，觀察矗立在他們上方的屋頂，在本子中寫下看不懂的算式。

「我施個隱身咒試試。」他說：「你太顯眼了，能省一事是一事。」沙得拉頷首。「可惜我們不能把機械人也隱形。」坦索指向前方的猴子機械人。「彭吉，可以幫個忙嗎？」他說：「可以傳些力量給我嗎？要這該死的把戲有夠吃力。」

蛙族人悄悄上前，將左手放在坦索右手上。兩人全神貫注，閉上雙眼。一分鐘內，沒有半點動靜或聲音，接著，以薩看見兩人的眼睛同時間筋疲力竭地顫抖睜開。

「熄掉那些該死的火把。」坦索沉聲叱喝，彭吉芬奇絲的嘴唇也跟著無聲掀動。沙得拉與其他人環顧四周，不明白他的意思，然後看見他氣沖沖地瞪向頭頂上熊熊燃燒的街燈。

沙得拉飛快召喚雅格哈瑞克上前。他大步走到最近一盞街燈下，十指交扣搭起手梯，站穩馬步。

「上去把火撲滅。」他說：「用你的斗蓬。」

在全場人之中，以薩或許是唯一見到雅格哈瑞克臉上閃過一抹遲疑之色的人。雅格哈瑞克默默遵從，準備動手解開並揭穿自己最後一道偽裝。以薩看著他，心裡明白這需要多大勇氣。鳥人解開頸前的扣鎖，站在眾人面前，露出他的鳥喙與長滿羽毛的鳥首，背後的巨大空洞清晰異常。他的傷疤與翅膀殘根只蓋著一層薄薄的上衣。

雅格哈瑞克盡量輕巧地將長有利爪的大腳踩上沙得拉交扣的雙手。他站直身，沙得拉不費吹灰之力便將骨骼中空的鳥人舉起。雅格哈瑞克將他沉重的斗蓬一甩，蓋住油稠黏膩、火星四濺的火炬。火炬「噗」地一聲熄滅，湧出一陣黑煙。火光一滅，暗影便如獵食者般籠罩他們。

雅格哈瑞克跳下手梯，與沙得拉迅速移向左方，來到另一把照亮他們藏身處的火炬前。他們如法炮製，小小的磚巷瞬時被黑暗吞沒。

落地後，雅格哈瑞克展開燒壞的斗蓬，上頭的布料又焦又裂，還散發著焦油的惡臭。他遲疑片刻，旋即甩手一拋，將斗蓬扔在地上。他身上現在只剩一件髒骯的上衣，顯得悽慘又瘦弱，腰間大剌剌掛著武器。

「站到最黑的影子中。」坦索低聲斥令，聲音粗嘎刺耳。彭吉芬奇絲的雙臂又一起跟著掀動，卻沒發出半點聲音。

沙得拉後退，在磚牆上找到一個小凹穴，將雅格哈瑞克與以薩一起拉了進去，讓他們身子平貼在古老的牆上。

三人蹲下，調整好姿勢後便靜止不動。

坦索僵硬地伸出左臂，朝他們扔出一捆粗銅線的尾端。沙得拉伸出手，輕巧接下。他先將銅線纏在自己頸間，接著迅速纏到同伴脖子上，然後躲回黑暗裡。以薩看見銅線另一端連結到一具手持引擎上，是某種發條馬達。坦索放開引擎上的把手，讓動能自行帶動裝置運作。

「準備好了。」沙得拉說。

坦索開始嗡嗡低吟，發出奇怪的聲音，整個人幾乎隱沒不見。以薩朝他的方向看過去，只能看見一個朦朧的影子正費力顫抖。吟誦聲越來越響亮。

一道電流竄過他體內，以薩一陣痙攣，感覺到沙得拉將他壓在原地。他起了一身雞皮疙瘩，在銅線接觸肌膚之處，一波波刺痛的電流鑽進他毛孔。

那感覺持續了一分鐘。隨著引擎停止，刺痛感也逐漸消散。

「好了。」坦索啞著嗓子說：「來看看有沒有成功。」

沙得拉步出凹穴，走到街上。

他全身籠罩在黑影中。

包圍他的是一團朦朧難辨的黑暗，與他站在陰影深處時的黑暗一模一樣。以薩看著他，發現他雙眼與下巴之下有一團濃濁的黑影。沙得拉緩緩上前，走進不遠處一個亮著火光的街口。

他臉上與身上的影子沒有改變，仍停留在他周圍，好像他仍蹲在煤炭似的黑暗中，躲在牆邊，遠離閃爍的火光。攀附在他身上的陰影擴散到皮膚前大約一英寸的地方，讓周遭空氣也變得幽黑，彷彿一團朦朧的光暈。

不僅如此，就連沙得拉移動時，也有一種異樣的凝滯感跟著他。就像他動也不動躲在牆內時那種凍結僵硬感，充滿了包圍他的陰影。他躡手躡腳前進，感覺卻像仍靜止不動。現在的他可以騙過任何一雙眼睛，如果你知道他在那兒、又凝神細看的話，還是可以看見他的動作；但更容易視而不見。

沙得拉示意以薩和雅格哈瑞克上前。

我也跟他一樣嗎？以薩一面想，一面躡手躡腳走進閃耀著火光的黑夜。我可以從別人眼睛底下溜過嗎？我身上是不是也罩著影子斗篷，半隱身了？

他看向德克瀚，發現她張口結舌瞪著他原本在的位置。在他左方，雅格哈瑞克也是一團朦朧不清的黑影。

「第一道曙光出現就離開。」沙得拉吩咐他的同伴。坦索與彭吉芬奇絲頷首；他們兩人已分開，筋疲力盡地甩了甩頭。坦索舉起手，祝他們好運。

沙得拉召喚以薩與雅格哈瑞克上前，一齊走出黑暗的巷子。三人踏進屋前搖曳的火光之下，猴子機械人跟在他們身後，盡可能安靜地緩緩移動。它們站在兩名人類和鳥人身旁，破破爛爛的金屬殼上紅燈瘋狂閃爍。紅色的光芒從三名被施了咒語的入侵者身上滑落，彷彿細小的油滴流過刀鋒，找不到可攀抓的立足點。三道模糊的影子站在五個靜靜發出金屬碰撞聲的機械人前，穿過荒涼的街道，朝屋子走去。

仙人掌人沒有鎖門，進屋易如反掌。沙得拉提步上樓。

以薩跟在他身後，仙人掌人奇異又陌生的汁液氣味與古怪的食物味飄入鼻中。入口大廳中到處放著一罐罐沙土，裡頭種著各種沙漠植物，大部分都因缺少陽光顯得萎靡不振、凋零枯萎。

沙得拉轉身睨了以薩與雅格哈瑞克一眼，非常、非常緩慢地將手指舉到唇前，要他們保持安靜，然後再度邁開腳步。

到達二樓時，他們聽見仙人掌人用他們特有的低沉嗓音輕聲爭執。雅格哈瑞克將他聽得懂的部分小聲翻譯出來，內容有關恐懼，還有勸誡對方要信任長老。走廊上空無一物，半點裝飾也沒有。沙得拉駐足片刻，以薩越過他肩膀望去，看見仙人掌人的房門大敞。

門內是一間寬敞的房間，天花板非常高——這是改造過後，並非原本就如此。看見牆壁七英尺高的地方有一圈鋪板，以薩領悟是仙人掌人拆掉上層樓的地板，打通上下兩間房間。一盞煤氣燈強度調到最弱。門口不遠處，以薩看見幾名沉睡的仙人掌人，雙腿交叉站立，動也不動，凜凜生威。旁邊有兩個人影還醒著，微微傾身靠向彼此，低聲交談。

非常、非常緩慢地，沙得拉像獵食者般無聲無息爬上最後一級樓梯，經過門口。他在到達門口前停下腳步，回頭指向其中一個猴子機械人，然後又指指他身旁。他重複一遍手勢，以薩看懂了。他靠近機械人的聽覺輸入孔，對它低聲下令。

它蹦蹦跳跳爬上樓，發出微弱的碰撞聲，聽得以薩膽戰心驚，不禁微微瑟縮，不過房內的仙人掌人似乎完全沒有察覺。機械人靜靜蹲在沙得拉身旁，他用自己被黑影包圍的身體擋住房內的視線。以薩又派了一個機械人上前，然後示意沙得拉繼續前進。

緩緩穩定爬行一陣後，壯碩的男子來到門口前，用他的身軀擋住機械人；它們的身體仍會捕捉光線，經過門檻前時會出現反光。房內有仙人掌人正在交談，沙得拉毫不遲疑地走進他們視線範圍，機械人悄悄跟在他身旁，躲在光線之外，一路經過門口，踏入後方走廊的黑暗之中。

輪到以薩了。

他示意另外兩個機械人藏在他身後，然後開始沿著木頭地板往前爬。他與機械人一起移動，大肚子沉沉垂落。

那感覺好可怕；他必須離開牆壁的遮蔽，完全暴露在兩名站著輕聲交談、準備入睡的仙人掌人面前。

以薩縮在門廳的欄杆旁，能離門口多遠是多遠。儘管如此，當他爬過昏暗的光圈，朝後方走廊安全的黑暗前進時，還是覺得心臟快跳了出來。

他趁機瞥了站在地板粗砂上竊竊私語的壯碩仙人掌人一眼。經過門口時，兩人的視線往他的方向瞄來。以薩屏住呼吸，但是他的魔法影子加深了屋內的黑暗，他們看不見他。

接著是雅格哈瑞克。他盡可能用自己削瘦的身軀遮蔽最後一個機械人，爬過明亮處。一行人在下一道樓梯前重新集結隊伍。

「接下來就容易多了。」沙得拉低聲說：「上一層樓沒有人，只是這層樓的天花板而已。然後再上頭……就是魔蛾的藏身之處。」

抵達四樓前，以薩拉住沙得拉，要他停步。沙得拉與雅格哈瑞克看向他，以薩低聲對一個猴子機械人吩咐了些什麼，然後拽住沙得拉，要他別動，先讓機械人悄悄爬過樓梯口，消失在後頭漆黑的房間內。

以薩屏息等待。一分鐘後，機械人出現，抽筋般揮了揮手，示意他們上樓。

他們緩緩爬上荒廢已久的閣樓。房內有兩扇窗，一扇眺望外頭的十字路口，一扇沒有玻璃，窗框上積著厚厚灰塵，而且布滿各種古怪的抓痕。街上火炬散發的微弱光芒便是從這小小的長方形空洞鑽進房內。

雅格哈瑞克緩緩指向窗戶。

「那裡。」他說：「牠就是從那裡出去的。」

地板上隨處可見陳年垃圾，積著一層厚厚的灰塵。牆上也畫滿各種亂糟糟、令人不安的圖案。房間內瀰漫著一股不舒服的氣流。很微弱，幾乎無法察覺，但在溫室凝滯不動的熱氣中顯得十分突出，而且令人不安。以薩環顧四周，探查氣流的來源。

他看見了。即便夜晚酷熱難耐，熱得他滿身大汗，他還是不由自主微微打了個冷顫。

窗戶正對面，牆壁的灰泥碎屑灑了一地；碎屑來自一個洞。洞看起來很新，邊緣參差不齊，高及以薩的大腿。

那是牆上一道陰森而醒目的傷口。微風在它與窗戶間吹拂而過，彷彿有種不可思議的生物在屋子深處呼吸吐息。

「這裡。」沙得拉說，「牠們一定是躲在這裡。這裡一定就是牠們的巢穴。」

洞裡是一條破敗的複雜甬道，貫穿屋子的內部結構。以薩與沙得拉瞇眼望進黑暗。

「看起來不像寬到能讓那些混帳怪物通過。」以薩說：「不過我想牠們大概不用遵守……呃……正常的空間法則。」

甬道大約四英尺寬，鑿得很粗糙，但是很深，只能看見洞口附近的情況。以薩跪在洞口前，深深吸了口氣，聞嗅黑暗空間內的氣味，然後抬頭看向雅格哈瑞克。

「你留在這裡。」他說。在鳥人開口抗議前，以薩便指向他的頭，「我和這位沙得拉先生都有議會給我們的頭盔，還有這些傢伙——」他拍拍他的袋子，「不管洞裡藏著什麼——如果真藏了些什麼，我們都可能會和它們有近距離接觸。」他從袋子裡掏出一具發電機，就是當初議會用來增強以薩腦電波、誘捕他那隻魔蛾的引擎。他同時拿出一大捆包著金屬外皮的管線，繞在手上。

沙得拉跪在他身旁，低下頭。以薩將管線一端插進頭盔的插槽裡，扭緊固定的螺栓。

「據議會所說，靈術師就是用類似的裝置來進行一種叫做……本體替換的技巧。」以薩一面回想，一面說，「不要問我那是什麼。重點是，這些排氣管會排出我們的……呃……靈識**氣味**……從這裡排出去。」他抬頭看向雅格哈瑞克，「所以沒有心智指紋，沒有氣味，也沒有蹤跡可循。」他牢牢拴緊最後一個螺栓，輕輕敲了敲沙得拉的頭盔。他低下自己的頭，沙得拉如法炮製。「懂了嗎，雅格，如果下面**真有**一隻魔蛾，只要你一靠近，牠就會嘗到你的味道，但應該不會發現我們。理論上是這樣。」

沙得拉鎖完螺栓後，以薩站起身，將管線末端拋給雅格哈瑞克。

「這每一條線大約有……二十五、三十英尺長。你抓好了；線拉到盡頭後，你就鬆手讓我們繼續前進，任由它們垂在後頭。好嗎？」雅格哈瑞克頷首。他僵硬地站起身，雖然忿忿不平，但無須多問，他也知道自己無別選擇。

以薩拿過兩捆電線，先連到他手上的馬達，然後將另一端分別插進他與沙得拉頭盔上的閥門。

「這裡有一顆小型的抑酸化學電池。」他揮了揮引擎，說：「搭配從甲蟲人那兒偷來的變換發條一起使用。我們準備好了嗎？」沙得拉飛快檢查一遍他的槍，然後輪流摸了摸其他武器，確定全部帶在身上，隨即點頭。以薩摸向掛在腰間皮帶上的火槍，以及一把手感陌生的刀子。「好。」

他扳動發電機上的小操縱桿，引擎傳出微弱的嗡鳴和嘶洩聲。雅格哈瑞克狐疑地拿著管子，打量內部。一陣模糊的感覺襲來，有波奇異的微弱浪潮從管子邊緣顫抖傳入他體內。一股輕微的震顫自手心往上竄，那是一種極其細微、而且不屬於他自己的恐懼戰慄。

以薩指向其中三個猴子機械人。

「進去。」他命令，「走在我們前方四英尺。慢慢走，緩緩前進。有危險就停下來。你——」他指向另一個，「走在我們後頭；一個跟雅格留在這裡。」

以薩一隻手按上雅格哈瑞克肩頭，但沒有停留太久。

「我們很快就回來，老小子。」他沉聲說：「替我們把好風。」

他轉身跪下，在沙得拉之前鑽進碎磚甬道，伏低身子，開始朝幽冥地府般的洞穴爬去。

這條甬道是遭破壞的地形局部。

它以奇怪的角度延伸於牆壁和屋頂平臺之間，擁擠狹小，不斷將以薩的呼吸聲與猴子機械人的金屬碰撞聲彈回他耳朵。他的雙掌與雙膝都被底下尖銳的石屑磨得發疼，以薩估計他們又沿著聯排房屋穿了回去。地勢越來越低，以薩還記得溫室的弧型外牆是如何截斷房屋，越接近玻璃帷幕，房子就越矮。他發現，房子離溫室的外牆越近，地勢就越低，身邊越多古老殘骸。

他們拖著腳步，沿著街道的小小地道朝玻璃牆前進，一路往下，爬過荒涼廢棄、裂痕斑斑的洞穴地板。以薩在黑暗中打了一個哆嗦，他滿身大汗，因為熱，也因為恐懼。他怕到了極點，因他親眼見過魔蛾，也見過牠們進食；他知道可能等在前方瓦礫堆深處的會是什麼。

爬行不久，以薩便感到一股力量拉扯了他一下又鬆開。他的管線已經拉到盡頭，雅格哈瑞克鬆手讓他繼續拖著線前進。

以薩一語不發，他聽見沙得拉在他身後又是深呼吸，又是嘀咕。他們之間的距離無法拉開超過五英尺，因為兩頂頭盔的電線連接的是同一具馬達。

以薩抬起頭左右張望，焦急地尋找光線。

猴子機械人搖搖晃晃往前爬。每隔一會兒，其中一個就會暫時打開眼中的燈光。在那萬分之一秒的瞬間，以薩可以看到一條荒涼殘破、散滿碎磚的低矮甬道以及機械人身上的金屬反光。然後燈光熄滅，以薩試著用緩緩消散在眼前的幽魂景象克服恐懼。

在伸手不見五指的黑暗中，就算是隱約的微光也能輕易察覺。以薩抬頭，看見甬道前方出現灰色的輪廓，就知道自己正朝著某個光源前進。突然有東西壓在以薩胸口上，他大吃一驚，但隨即認出是機械人的白鐵手指和黑色身軀。以薩「嘖」了一聲，要沙得拉停下。

機械人用誇張的動作揮舞手臂，向以薩比手畫腳。它指向前方，以薩可以看見它的兩名同伴在甬道邊緣徘徊；在那裡通道一個急轉，**往上**。

以薩示意沙得拉留在原地，自己用幾近靜止的速度往前爬。冰冷的恐懼開始悄悄爬過他體內，從腹部向外蔓延。他保持緩慢、深沉的呼吸，慢慢移動腳步，一英寸一英寸前進。他爬進一束微弱的光柱中，皮膚接觸到光線，隱隱刺痛了起來。

甬道的盡頭是一面五英尺高的磚牆，環繞三面；洞口上方，還有一面牆矗立在他身後。以薩抬頭，看見天花板非常之高。一股令人作嘔的臭氣滲入洞中，以薩厭惡地皺起臉。

牆壁嵌在房間的水泥地上，他蹲在牆邊的洞裡，雖然看不見上方或後方的情況，但可以聽見微弱的聲響。那是一陣輕輕的騷動，彷彿微風颳起紙屑。然後是小小「啪」的一聲液體黏合聲，像是沾滿膠水的手指相黏又分開。

以薩嚥了三次口水，喃喃自言自語，給自己壯膽打氣，強迫自己前進。他轉身背對磚牆和牆後的房間，看見沙得拉仍四肢跪地，一臉嚴肅地看著他。以薩凝神注視鏡子，飛快拉了拉連結在頭盔頂部的管線。那條線蜿蜒穿過後方的甬道，消失在沙得拉身體下方，通往深處，將他的意識排放到其他地方。

以薩開始用非常緩慢的速度站起，雙眼死盯著鏡子，彷彿這是神明給他的試煉，而他必須證明自己——看到了嗎！我沒有回頭；祢給我睜大眼看好了！以薩的頭探出洞口邊緣，更多光線灑落在他身上。越往上，惡臭就越發強烈。

他怕得不得了，汗水不再溫暖。

以薩偏過頭，微微站起，直到可以看見沐浴在褐色光芒中的房間。光線來自一扇骯髒的小窗。房間又長又窄，約八英尺寬，二十英尺長，到處積著一層厚厚的灰塵，顯然荒廢已久。沒有明顯可見的出入口，沒看見任何門或艙口。

以薩驚恐地屏住呼吸——坐在房間最遠的一頭直勾勾看著他、身上複雜多重的殘暴手臂與肢臂朝相反方向竄動、翅膀半張、慵懶威嚇的——正是一隻魔蛾。

以薩愣了一會兒，才發現自己沒有呻吟出聲。他又多看了那噁心的東西幾眼，觀察牠長著抽搐觸角的眼窩，才發現牠並沒有察覺到他的存在。魔蛾挪動身軀，微微轉向，直到牠大半個身體面對以薩。

以薩一聲不響地悄悄吁了口氣。他微微轉頭，觀察房間其他部分。

看見房內景象，他必須重新與恐懼奮戰一遍才能避免自己慘叫出聲。

整間房間地板上躺滿了七橫八豎的屍體。

以薩恍然大悟，原來那些無法形容的惡臭源自於此。他看見身前不遠處躺著一名腐爛的仙人掌人小孩，爛泥般的肌肉從纖維狀的硬木骨骸上脫落。以薩忍不住撇開頭，用手掩在嘴前。再前方幾步，是一具發臭的人類屍體，在它之後又是另一具比較沒那麼腐爛的人類屍體，以及一名屍身腫脹的蛙族人。但絕大部分都是仙人掌人。

雖然悽慘，但以薩並不意外看見有些仍奄奄一息。他們像垃圾般被丟在一旁，那一具具空殼，一只只空瓶。他們就這麼躺在這令人窒息的洞穴裡，嘴裡流著口水、大小便失禁，泡在自己的屎尿裡，毫無意識地過完人生最後幾天或幾小時，直到終於餓死、渴死。然後繼續像人生中最後一段日子一樣無知無覺地躺在這裡腐爛。

他們既非身在天堂，也不是在地獄，以薩沮喪地想。他們的靈魂無法以魂魄的形式來去；他們被物質化了，被大口喝進肚子、排泄出體外，被邪惡的造夢化學過程轉化，變成魔蛾飛行的燃料。

以薩看見魔蛾一隻扭曲的肢臂中拽著一具仙人掌人長老的身體，一條彩色的綬帶仍神奇而且荒謬地掛在他肩上。魔蛾無精打采，懶洋洋地舉起手，任由失去意識的仙人掌人重重摔落在灰漿地板上。

然後，魔蛾動了一下，將後腿伸到身體下方，往前爬開幾分，拖著沉重又詭異的身軀滑過積滿灰塵的地板。魔蛾從肚子底下扯出一顆柔軟巨大的圓球，直徑約莫三英尺。以薩瞇眼看向鏡子，想看清楚一點。他認得殘夢濃稠黏膩的質地以及死氣沉沉的巧克力色澤。

他的眼珠突然瞪大。

魔蛾用後腿掂了掂那玩意兒，把那顆肥碩的乳汁圓球表面抹均勻。那他媽的至少值好幾千塊啊……以薩暗忖；不，把它切成丁狀，方便入口，大概可以賣上好幾百萬基尼金幣！難怪所有人都拚了命要把這該死的東西抓回去……

以薩看得目不轉睛。接著，魔蛾腹部有一塊地方展開了，一根長長的肉管自內浮現，擠出一條細長錐形的節狀物，自魔蛾的尾巴向後彎曲，直到碰到甲殼上的關節。那東西幾乎有以薩的手臂長。他看傻了眼，張口結舌，感到一陣噁心與恐懼同時湧現。魔蛾把那東西戳進未經加工的天然殘夢，暫停片刻，然後又繼續往黏球中心刺去。

在展開的甲殼下，魔蛾柔軟的下腹清晰可見。以薩看見長針浮現的腹部周圍痙攣了一下，不知擠出了什麼東西，沿著細長的肉管進入殘夢深處。

以薩知道眼前的畫面代表著什麼。殘夢是幼蟲的食物，能提供那些飢腸轆轆的小傢伙能量。那根突出的鋸齒狀肉管是一個產卵器。

魔蛾正在下蛋。

以薩滑回洞裡，呼吸急促，焦急地召喚沙得拉上前。

「其中一隻天殺的魔蛾就在這裡，而且正在產卵，所以我們最好他媽的現在立刻解決牠……」他厲聲說。沙得拉用手掌狠狠捂住以薩嘴巴，瞪著他眼睛，直到科學家冷靜下來。沙得拉學以薩背著轉身，緩緩站起，自己親眼去瞧那令人毛骨悚然的景象。以薩坐在地上，背後緊貼磚牆，等待同伴。

沙得拉重新蹲回磚洞內，臉色鐵青。

「嗯。」他喃喃道，「我看見了。好，你是不是說魔蛾無法察覺機械人的存在？」以薩頷首。

「就我們所知是如此。」他回答。

「好。你替這些機械人設計了他媽的再完美不過的程式，它們本身又是驚人的傑作。你說只要我們給指令，它們就知道該什麼時候發動攻擊，這是真的嗎？它們能夠處理這麼複雜的變數？」

以薩又點頭。

「好，那我有主意了。」沙得拉說：「仔細聽好。」

45

巴拜爾半死不活的模樣如今鮮明浮現在以薩腦中。他無法遏制地顫抖，緩緩爬出洞口。他視線牢牢死盯著眼前的鏡子，眼角餘光能夠隱約瞥見鏡子後方的褪色牆壁。他晃動頭部時，魔蛾邪惡的身影也在鏡中跟著搖晃。

以薩一冒出洞口，魔蛾便突然停止動作。他全身一僵，只見魔蛾抬起頭，在空中吞吐牠那條巨大的舌頭，眼窩中退化的觸角不安地左右搖晃。以薩又開始移動，悄悄朝牆壁爬去。

魔蛾焦躁地左右張望。以薩想，顯然還是有部分意識從頭盔邊緣滲漏出去，那些微弱的思緒挑逗地飄過空中，但非常模糊，不足以讓魔蛾察覺到他的存在。

等以薩成功到達牆邊，沙得拉也跟著爬出洞口，走進房間。他的出現同樣讓魔蛾感到輕微的不自在，但也只有這樣。

沙得拉之後，三個猴子機械人跟著現身，留下一個看守甬道。它們慢慢朝魔蛾走去，魔蛾轉頭面對機械人的方向，似乎用沒有眼珠的眼窩看著它們。

「我想牠察覺得到它們物理性的形狀和動作；還有我們的。」以薩低聲說：「但只要沒有心智活動的痕跡，牠就不會把我們當作……智慧生命。我們只是一種會移動的物理實體，像是在風中搖曳的樹木。」

魔蛾轉頭看向朝牠而去的機械人。機械人分散開來，從不同的方向逼近魔蛾。它們移動的速度並不快，魔蛾似乎不把它們放在心上，但還是有些提防。

「就是現在。」沙得拉低聲說。他與以薩伸出手，開始緩緩拉動從頭盔頂端伸出的金屬管。隨著管子末端的開口越來越近，魔蛾也開始焦躁起來。牠不停來回踱步，一下回頭保護牠的卵，一下又悄悄上前幾英尺，面目猙獰，齜牙咧嘴，牙板咬得格格作響。

以薩與沙得拉四目相接，一起默默數到三。

一數到三，他們立刻將管子末端拉進開闊的房內。兩人動作一氣呵成，用最快的速度甩出金屬管，把開口扔到角落邊上，距離他們十五英尺遠。

魔蛾立刻陷入瘋狂。牠張牙舞爪，發出凶惡的嘶鳴與尖叫，弓起身體，讓自己顯得更加巨大。一把把骨鋸從牠身上的縫隙竄出，威嚇敵人。

以薩與沙得拉看著鏡子，被牠壯觀的怪物身影震懾住。魔蛾張開翅膀，轉身面向金屬管盡頭所在的角落，翅膀上的圖案隨著誤導的催眠能量一起脈動。

以薩凍結原地，動彈不得。魔蛾的翅膀上神祕可怕的圖案起旋打轉。牠如獵豹般壓低身子，悄悄朝金屬管的開口逼近，一下用四隻腳走，一下六隻，一下兩隻。

沙得拉立刻拉著以薩走向殘夢。

他們往前走，經過憤怒又飢餓的魔蛾，距離近得幾乎伸手可觸。他們看見牠在鏡子中的影像越來越近，那頭巨大殘暴的致命凶獸。經過牠身旁時，兩人的腳跟同時俐落地一轉，一下倒退朝殘夢走去，一下前進，保持魔蛾在他們身後的方向，不讓魔蛾離開鏡子的視野。

魔蛾筆直穿過機械人。在盛怒之中，牠身上的其中一根骨針狠狠往旁一甩，撞倒一個機械人，但牠渾然不察。

以薩與沙得拉小心翼翼地前進，透過鏡子察看排放管的開口是否仍在原地，分散魔蛾注意力。兩個猴子機械人緊緊跟在魔蛾身後，第三個則朝蟲卵逼近。

「快！」沙得拉厲聲催促，將以薩推倒在地。以薩摸索皮帶上的刀子，浪費幾秒解開扣鎖，最後終於抽了出來。躊躇片刻後，他一刀插進那顆又大又黏的圓球。

沙得拉凝神注視鏡子。機械人徘徊的影子籠罩魔蛾，牠在陰影中可笑地一撲，抓向那如游蛇般彎曲在地的金屬管末端。

以薩順著表面劃開圓球。魔蛾仍揮舞著手指與長舌，想找到那個彷彿在嘲笑牠、意識依舊清晰的敵人。

以薩將上衣下擺纏在手上，開始撕扯他在殘夢上劃開的裂口。費了好大力氣，卵殼終於屈服，在以薩的拉扯下大大敞開。

「快！」沙得拉再次催促。

殘夢——天然、完整、純淨的殘夢滲進以薩手上的衣服布料，刺痛他手指。他最後再使勁一扯，殘夢球的中心終於露了出來，裡頭躺著一小簇蟲卵。

蟲卵透明、橢圓，比雞蛋略小。透過它半液狀的外殼，以薩可以隱約看見裡頭藏著一圈一圈的線條。

他抬頭召喚站在附近的猴子機械人。

房間另一頭，魔蛾拿起其中一根金屬管，將臉湊在開口前，感受一波波流洩而出的情緒。牠困惑地甩甩管子，張開嘴，伸出那條淫穢又殘忍的舌頭，舔了一下管子末端，然後將舌頭塞了進去，急切搜尋這誘人氣流的來源。

「現在！」沙得拉一聲令下。魔蛾的手沿著蜷曲的金屬移動，尋找可以攀抓的地方。沙得拉的臉色倏然刷白，如臨大敵般張開雙腿，牢牢站穩。「就是現在！該死的，**現在立刻動手！**」他大吼。以薩警戒地抬頭望去。

沙得拉全神貫注在眼前的鏡子上，左手瞄準身後，魔法火槍的槍口指著魔蛾。

時間彷彿慢了下來。以薩看著自己的鏡子，看見霧面的金屬管被魔蛾抓在手中，看見沙得拉的手如死人般穩穩握著他的火槍，動也不動瞄準身後，還看見猴子機械人等待出擊的命令。

他又低下頭，看向下方一顆顆邪惡的蟲卵，溼答答地黏成一團。

他張口要向機械人吼叫，但就在他吸氣準備出聲時，魔蛾傾身向前，暫停片刻，然後用牠可怕的力量將管子使勁一扯。

以薩的聲音被沙得拉的嚎叫與震耳欲聾的槍聲淹沒。只是沙得拉開槍時已慢了一步，強化過的子彈「砰」地打進牆內。這名巨漢被用力一扯，整個人凌空飛起，綁在下巴的皮帶「啪」地斷裂，頭盔從頭上甩了出去，高速在空中畫出一道弧線，朝金屬管末端飛去，扯動以薩那頂同樣連結在引擎上的頭盔，最後撞在牆上砸得粉碎。頭盔一飛走，沙得拉在空中的完美拋物線旋即中斷，龐大的身軀斜斜下墜，槍也飛了出去，最後用難看的姿勢結結實實摔在水泥地上，頭部重擊崎嶇粗糙的水泥地面，鮮血四濺。

沙得拉呻吟慘叫，抱著頭滿地打滾，掙扎著想要爬起。

他凌亂的意識波突然迸發空中。魔蛾轉身，低沉咆哮。

以薩扯開喉嚨對機械人大聲下令。魔蛾用可怕的速度大步朝沙得拉逼近，站在牠身旁的兩個機械人同時跳到牠身上，嘴裡噴出熊熊火焰，燒向魔蛾身體。

魔蛾發出淒厲的怪叫，好幾根長鞭似的觸手甩向著火的背心，笞打機械人。魔蛾腳步不停，一根觸手纏上其中一個機械人的脖子，隨意一揮便把它從背上扯下，輕鬆得可怕。就像剛才那頂頭盔一樣，機械人的金屬身軀被狠狠往牆上砸去。

機械人爆炸，房內響起可怕的碎裂聲，金屬碎片與燃燒的油滴灑落一地，殘骸在沙得拉附近發出轟隆雷鳴，火焰熔化金屬，水泥地也被砸得四分五裂。

以薩身旁的機械人對著蟲卵噴灑強酸。蟲卵立刻嘶嘶冒煙，裂了開來，轉眼間融化不見。

魔蛾發出一聲冷酷又可怕的恐怖怪叫。

牠立刻轉身背過沙得拉，大步穿過房間，朝蟲卵撲去。牠的尾巴激烈揮甩，打中躺在地上呻吟的沙得拉。傭兵在自己的血泊中打滾掙扎。

以薩狠狠踩了那些融化成液體的蟲卵一腳，然後踉蹌退開，以免被魔蛾撞個正著。他鞋底溼滑，半跑半爬地朝磚牆奔去，一手抓緊刀子，一手抓緊那具隱藏他意識波的寶貴引擎。

機械人依舊攀在魔蛾背上，再次噴火。火舌竄過魔蛾表皮，痛得牠尖聲怪叫。牠節肢狀的手臂往後一甩，瘋狂扒抓，一抓到機械人腋窩，立刻把它從自己皮膚上扯下來。

牠將機械人重重砸在地上，玻璃鏡片摔得支離破碎，頭部的金屬外殼也猛然炸開，爆出大把電線和閥門。魔蛾將壞掉的機械人像垃圾般隨手一扔。最後一個機械人後退，試圖拉開距離，朝瘋狂殘暴的巨大敵人噴火。

但機械人還來不及噴出強酸，兩把巨大的骨鋸已迅雷不及掩耳地竄出，一刀將機械人攔腰劈成兩半。

機械人的上半部不斷抽搐，想把自己拖過地板。它裡頭裝的強酸在身體下聚積成一灘嘶嘶冒煙的水泊，腐蝕周遭的仙人掌人屍體。

魔蛾撫摸那些原是牠蟲卵的黏稠爛泥，放聲悲嚎。

以薩爬開，透過鏡子緊盯魔蛾，雙手在牆上摸索，朝沙得拉走去。傭兵仍躺在地上呻吟哀號，痛得意識不清。

鏡子裡，以薩看見魔蛾轉身，嘶嘶惡叫，舌頭一伸一縮，張開翅膀朝沙得拉走去。

以薩急著要趕到同伴身邊，但太遲了。魔蛾大步經過他身邊，以薩趕緊轉身，讓那可怕的獵食者身影永遠留在鏡子裡。

以薩駭然看著魔蛾拎起沙得拉。傭兵眼球上吊，痛苦昏沉，滿身都是血。

沙得拉又開始順著牆壁往下滑。魔蛾張開手臂，以薩只覺眼前一花，等他回過神時一切已成定局。魔蛾兩根鋸齒狀的長爪往前一頂，刺穿沙得拉手腕，插進後方的磚牆和水泥中，名副其實地把他釘在牆上。

沙得拉與以薩同時放聲慘叫。

魔蛾的兩根骨矛牢牢釘死獵物，然後伸出形似人類的雙手，哄騙似的朝沙得拉眼睛摸去。以薩呻吟示警，但高大的戰士一臉茫然，劇痛難忍，只是瘋狂地環顧四周，想找出痛苦的來源。

但映入眼簾的卻是魔蛾的翅膀。

他突然安靜下來。因機械人的火焰攻擊背如焦土般龜裂的魔蛾向前傾身，張嘴大快朵頤。

以薩別開臉。他小心翼翼地轉開頭，不想看見那條飢渴鑽探的舌頭吸乾沙得拉的神智。他嚥了口口水，開始慢慢穿越房間，拖著劇烈發抖的雙腿朝洞口和甬道走去。他咬緊牙根，一心只想離開；只要離開這裡，他或許還能保住自己性命。

他非常小心，努力不去聽身後傳來的垂涎聲與吸吮聲，不去聽那可怕的開懷暢飲聲，或口水與鮮血滴滴答答的濺落聲。以薩一步一步，謹慎地朝唯一的出口走去。

快到洞口時，他看見連接在他頭盔上的金屬管末端仍安好躺在牆邊，他喃喃祈禱。他的心智仍滲漏在這房間內，魔蛾一定知道這裡還有另一個智慧生命。以薩越靠近甬道，就離金屬管的開口越近，它很快就會失去聲東擊西的功用。

不過算他走運，魔蛾現在只顧著狼吞虎嚥，而且從那撕裂聲和拿沙得拉殘破的身體出氣洩憤的聲音聽來，牠根本沒留意到後方還有一個驚恐的獵物。以薩繼續前進，經過牠身邊，最後終於抵達洞口。

他站在洞口，準備悄悄回到機械人留守的黑暗甬道，然後無聲無息地爬回溫室，離開這個噩夢般的巢穴。但就在此時，他感到腳下傳來一陣搖撼。

他低頭望去。

瘋狂的扒刮聲穿過甬道，朝他逼近。以薩駭然後退，嚇得魂飛魄散。他感到磚牆深處傳來一波又一波的震顫。

伴隨著一股猛烈的撞擊力，機械人從甬道內像被彈弓彈射一樣飛了進來、砸向磚牆。它試著用手臂撐起自己，翻個筋斗躍入房內，但力道太急太猛，兩條手臂竟齊齊從肩上扯斷。

它嘗試站起，口中噴發團團濃煙與火焰。但另一隻魔蛾自甬道現身，踏住它的頭，一腳踩爆複雜的機械裝置。

魔蛾縱身一躍，跳入房中。有那麼一段漫長而殘酷的時間，以薩的視線就這麼**正對著**魔蛾以及牠張開的翅膀。

恐懼與絕望包圍以薩，但他發現新來的魔蛾根本不理他，只是匆匆與他擦身而過，穿過滿地的屍體，朝蟲卵的遺骸奔去。牠一面跑，一面扭過又長又彎的脖子，牙板似乎因恐懼咬得格格作響。

以薩再度把身子平貼牆上，看向鏡子，觀察兩隻魔蛾。

第二隻魔蛾奮力張開嘴，發出一聲含糊尖銳的怪叫。第一隻魔蛾用力吸吮最後一口，然後任由沙得拉油盡燈枯的殘破身軀癱倒在地。牠跟著手足一起走回殘夢和黏答答的蟲卵殘骸旁。

兩隻魔蛾張開翅膀，翅尖相觸，並肩而立。形形色色的甲殼肢臂伸長在外，如臨大敵般凝神等待。

以薩緩緩爬向洞口，不敢去想眼前究竟是什麼情況？魔蛾為什麼無視他？在他身後，那根金屬排放管像條愚笨的尾巴一樣蜿蜒蛇行。以薩困惑地看著鏡子，無法理解身後的景象。就在此時，甬道入口周圍的空間起了一陣波動，空氣扭曲變形，然後「砰」地猛然炸開。一眨眼，一道身影出現坑洞之內，與他並肩而立。

是織蛛。

以薩又敬又畏，看得目瞪口呆。他籠罩在這隻雄偉蜘蛛的陰影之中，對方垂下一雙雙閃閃發亮的眼睛看向他。魔蛾怒不可遏。

……看看你啊你不屈不撓灰頭土臉……以薩耳中響起低吟——特別是他失去耳朵的那半邊——那聲音絕對錯不了。

「織蛛！」他差點就哭了出來。

龐大的蜘蛛身影躍入眼簾，牠用四條後腿穩穩著地，匕首般的雙手在空中比畫複雜的手勢。

……在圓頂玻璃罩上發現撕裂世界織網的劫掠者我們廝殺對決一刻比一刻凶險我贏不了四個卑劣的

敵人從四方包圍我……織蛛一面說，一面朝牠的獵物逼近。以薩動彈不得，只能緊盯著眼前兩塊鏡子碎片，凝神注視身後驚心動魄的戰局……快去躲起來你這個小人兒你很有修補皺摺和裂口的才能一個為了困住你被困住了還像麥子一樣被碾碎現在趕快逃跑在痛失親人的昆蟲手足回來哀悼你幫忙融化的爛泥前……

以薩恍然大悟，剩下的魔蛾就要來了。織蛛警告他，牠們已經察覺蟲卵被摧毀，雖然已經遲了，但現在正趕回來保護巢穴。

以薩抓住甬道洞口，正準備潛入其中時，又在原地呆立了幾秒，驚駭地張口結舌，呼吸又急又亂。他看見魔蛾和織蛛展開激烈的廝殺。

那景象屬於純然原初的力量，遠遠超出人類心智所能解析。角匕閃現，如閃電般快到人類肉眼無法捕捉。數也數不盡的肢臂在各個次元間穿梭進出，彷彿跳著一種複雜到無法想像的舞蹈。各種顏色的鮮血如湧泉般噴灑，落在牆面和地板上，玷汙死者。在一具具腐爛的屍體旁，化學火焰嘶嘶作響，勾勒出屍體輪廓。火舌翻騰，在水泥地上蔓延開來。就在兩方激戰之時，織蛛又開始吟誦起牠那永無止境的獨白。

……**喔牠啊牠是如何擾亂令我洶湧沸騰醉倒於自己有毒的汁液由這些長著翅膀的瘋狂生物所釀造**……

牠喃喃吟唱。

以薩看得呆若木雞。戰局驚心動魄，除了依舊猛烈交纏的刀光外，魔蛾還在空中揮起牠們巨大的舌頭，以閃電般的速度抽向織蛛在物質界中忽隱忽現的身體。以薩看見牠們的肚子膨脹、收縮，舌頭一舔過織蛛腹部便如醉酒般踉蹌後退，然後又凶狠上前，再次出擊。

織蛛忽隱忽現，上一分鐘還殘暴專注，下一分鐘便怔忡失神，踮著其中一腳的腳尖蹦蹦跳跳，哼著沒有歌詞的旋律，然後一轉眼又變回猙獰的殺手。

魔蛾的翅膀上不停閃現各種不可思議、以薩過去從未見過的圖案。牠們對著敵人劈、砍、礫、刺，飢渴地舔舐舌頭。織蛛一面奮戰，一面冷靜地對以薩唱道……趁我這酒醉之軀和釀酒者激戰時立刻離開此地和其他人會合在二變成三或更糟之前我也將撤退現在趕快離開這裡離開溫室你和我我們將再見面商量赤裸裸赤裸裸地如死人一般在曙光乍現的河上我將輕而易舉找到你多麼棒的圖案多麼驚人的色彩多麼細緻的絲線一切將密密織起美麗地無與倫比現在為了性命快逃吧快逃吧……

如醉酒般的瘋狂廝殺仍未停止。以薩看見織蛛被逼得節節後退，能量不斷流失。牠的身影雖如狂風暴雨般凶猛凌厲，卻開始撤退。恐懼突然又回到以薩體內，他趕緊鑽進磚穴，倉皇爬開。

以薩在黑暗的甬道內瘋狂摸索，沿著崎嶇的地面迅速爬行，雙手雙膝給石塊磨得皮開肉綻。

以薩看見前方的轉角之後有光芒閃耀，趕緊加快速度。但這時候，他掌心突然拍到一塊燒燙的光滑金屬，他又驚又痛，忍不住慘叫一聲。在原地躊躇片刻後，他將破爛的袖子裹在手掌，到處摸索。牆壁、地板和天花板上都鍍著一層暗黃色的表面，在微弱的光線下，看起來就像是一條四英尺寬的沖壓鋼板。他五官緊揪成一團，完全摸不著頭緒。然後他鼓起勇氣，快速滑過如燒水壺般滾燙的金屬，盡量不讓皮膚觸碰到表面。

他氣吐得又急又猛，忍不住呻吟出聲。他將自己拖出洞口，倒在漆黑閣樓的地板上。雅格哈瑞克正在這裡等他。

以薩昏厥了三、四秒才驚醒，聽見雅格哈瑞克呼喊他的名字，重心在鳥人雙腳間不斷交換。鳥人神色緊繃卻專注，極力控制住自己。

「快醒醒。」雅格哈瑞克呼喊，「快醒醒。」他抓著以薩的領子使勁搖撼。以薩睜大雙眼，發現遮蔽在雅格哈瑞克面孔前的陰影逐漸散去；坦索的咒語一定正在消退當中。

「你還活著。」雅格哈瑞克說。他只簡單說了這四個字，音量逐漸轉弱，而且不帶一絲情緒，以保存精力。「我等在這裡，看見一隻魔蛾從那扇窗戶鑽了進來。先是牠又鈍又粗的口鼻，然後是牠的身體。我轉身看向鏡子，牠似乎很驚慌。我的長鞭早已在手，反手一抖便向後方抽去，狠狠砸在牠皮膚上。牠立刻吃痛怪叫，我以為自己死定了，但是那玩意兒只是匆匆跑過我和猴子機械人身邊，像變魔術一樣收起那雙巨大的翅膀，擠進洞裡。牠根本無視我的存在，像被追殺一樣不停回頭張望。我感覺到牠後方的空間彷彿起了皺摺，有東西在世界的肌膚底下移動，跟著魔蛾消失在甬道內。我派那猴子玩意兒跟著進去，然後聽見坍方的聲音，還有拉扯金屬的咻咻聲。我不知道出了什麼事。」

「那該死的織蛛**鎔化**了那個機械人……」以薩顫聲回答，「只有老天爺才曉得為什麼。」他飛快站起。

「沙得拉呢？」雅格哈瑞克問。

「還用問嗎？當然是他媽的被逮住了！被魔蛾他媽的**吸乾**了！」以薩匆匆跑到窗前，探出上半身，看向底下被火炬照亮的街道。他聽見仙人掌人笨重的跑步聲，四周的巷子都亮著火光，陰影如水中的油滴一樣滑動變幻。以薩回頭看向雅格哈瑞克。

「剛剛他媽的恐怖極了。」他說，聲音空洞。「但我無能為力……雅格，**你聽好了**，織蛛出現了，他要我他媽趕快**離開**這裡，因為魔蛾聞得出來出事了……該死的，聽著……我們燒了魔蛾的卵，」他帶著無比的滿足吐出這幾個字，「那該死的東西居然**產卵**了。我們悄悄走過牠面前，燒了那些可惡的東西。但其他魔蛾感應到了，**現在**正朝這裡趕回來……我們必須馬上**離開**。」

雅格哈瑞克佇立原地，在腦中飛快思索，然後看向以薩，點了點頭。

兩人迅速循來時路走下漆黑的樓梯。到達二樓時，他們想起那兩個站在床墊上低聲交談的仙人掌人，於是放慢腳步。但在忽明忽滅的燈光下，他們從敞開的門口看見房內空無一人。所有原本在睡夢中的仙人掌人都已醒轉，而且跑到街上。

「該死的！」以薩忿忿咒罵，「我們會被**發現**，我們他媽的會被**發現**。溫室裡現在一定到處都是人，隱身的黑影又快消失了。」

兩人在前門躊躇徘徊。鳥人與科學家躲在街角張望，觀察街道。但四面八方都是高舉的火炬，火光中不停傳來窸窸窣窣的低語。馬路對面是一條小巷子，裡頭的火炬依舊黯淡無光，藏著他們的同伴。雅格哈瑞克瞇眼察看漆黑的小巷，但什麼也看不見。

玻璃牆邊的馬路盡頭矗立著低矮的房舍廢墟，門窗全封滿了木板。以薩突然領悟，魔蛾的巢穴就是藏在那兒下頭。一群仙人掌人站在廢墟附近，馬路在他們對面和其他街道交會，朝溫室中央的神殿延伸而去，小隊小隊的仙人掌人戰士分朝兩頭倉促奔走。

「該死的，他們一定聽見騷動了。」以薩忿忿咒罵，「我們最好他媽的趕緊離開，否則準死無疑。一個一個過去。」他抓住雅格哈瑞克，手抵在鳥人背後，「雅格，你先。你動作比較快，比較不會被發現。走，快走。」他將雅格哈瑞克推上馬路。

雅格哈瑞克臨危不亂。他邁開輕盈的腳步，快速奔跑，但並不驚慌，不會引人側目。他保持沉穩的速度，若有仙人掌人看見，也只會以為是自己人。隱身咒帶來的黑影和凝滯感仍能掩飾他倏忽而逝的身影。

前門與黑暗的小巷距離四十英尺。以薩屏住呼吸，看著雅格哈瑞克傷痕累累的背後肌肉如波浪般起伏。

仙人掌人正用他們刺耳的混雜語言爭論，吵著究竟該派誰進去。兩名仙人掌人揮舞巨大的鐵鎚，輪流槌打最後一間低矮平房上用磚頭封死的入口。就以薩所知，魔蛾和織蛛仍在那兒拚死廝殺。巷內的黑暗接納了雅格哈瑞克。

以薩深呼吸，跟著朝小巷奔去。

他快步離開門邊，踏上開闊的街道，默禱身上的神祕黑影能變得更黑。他邁開腳步，小跑步朝巷子奔去。

跑到一半，身後突然傳來一陣振翅聲。以薩回頭，昂首望向位於頂層閣樓的窗戶。

第三隻魔蛾氣急敗壞地在窗框上一陣扒抓，竄進屋內，趕回巢穴。

以薩無法呼吸。但是那頭野獸無視他的存在；牠怒火攻心，滿腦子只有被燒毀的蟲卵。

以薩轉回頭，發現街道另一頭的仙人掌人也聽見了騷動。他們所站之處看不見窗戶、看不見那怪物般的形體竄進屋內，卻能看見以薩肥碩又可疑的逃跑身影。

「喔，該死。」以薩低聲咒罵，邁開大步全速狂奔。

茫然的叫嚷聲此起彼落。有一個聲音蓋過所有叫聲，大聲下令。好幾名仙人掌戰士離開門邊的人群，朝以薩直奔而去。

他們的速度不快，但他也是。仙人掌人嫻熟地扛著巨大的武器，奔跑絲毫不受妨礙。

以薩發力狂奔。

「我跟你們是他媽的一國的！」他一面跑一面大喊，不過只是白費力氣。他們根本聽不見；就算聽見了，那些不明究理、膽戰心驚、凶狠好戰的仙人掌戰士也會充耳不聞，毫不留情地殺了他。

仙人掌人大聲呼喝，請求其他戰士支援。附近街上傳來回應的喊叫。一根箭從前方的巷內疾射而出，與以薩擦身而過，「噗」地一聲插進後方一具身體。其中一名追捕者發出痛苦的喘息和咒罵。以薩認出暗巷內的身影，彭吉芬奇絲從陰影中現身，再次拉弓。她大聲催促以薩，在她身後，坦索舉起散彈槍，不確定地越過她頭頂瞄準，雙眼焦急地掃視以薩身後，大吼了些什麼。

德克瀚、李謬爾與雅格哈瑞克蹲在後方不遠處，準備隨時拔腿逃跑。雅格哈瑞克長鞭纏在手上，蓄勢待發。

以薩衝進黑暗之中。

「大沙呢？」坦索又吼問一次。

「死了。」以薩也高吼回答。坦索撕心裂肺的悲嚎聲立刻響起。彭吉芬奇絲沒有抬頭，但是手臂抽搐了一下，差點摔掉弦上長箭。她頓了會兒，再次瞄準。坦索在她上方聲嘶力竭地瘋狂咆哮，散彈槍發出「砰」的一聲巨響，後座力震得他一陣踉蹌。鉛彈射出，爆出一團黑煙，飛過仙人掌人頭頂，無人傷亡。

「不！」坦索悲吼，「喔，天啊，**不！**」他瞪著以薩，求他告訴他這不是真的。

「我很遺憾，兄弟，真的。但我們現在他媽的一定得**走了**。」以薩迫切催促。

「他說得沒錯，小坦。」彭吉芬奇絲說，語調絕望而沉穩。她又抽出一根箭，箭頭裝有彈簧，能在仙人掌人身上鑿出巨大的傷口。她起身，搭好第三根箭。「走吧，小坦。別想了，走就是了。」

「咻咻」一陣尖銳的旋轉聲呼嘯而過，仙人掌人的查克裡砍進坦索頭旁的磚頭，深深沒入牆中，激起一陣猛烈的爆炸，碎屑四飛。

仙人掌戰隊迅速逼近，一張張憤怒扭曲的面孔清晰可見。

彭吉芬奇絲拉著坦索，開始撤退。

「快！」她大喊。坦索跟著她，嘴裡念念有詞，低聲呻吟。他扔下槍，手指如爪子般緊緊蜷曲。

彭吉芬奇絲拉著坦索拔足狂奔。其他人尾隨在後，跟著她轉進後巷的複雜迷宮中，循來時路奔逃。

身後又是一陣嗡嗡震響。查克裡和手斧從他們身旁呼嘯而過。

彭吉芬奇絲用驚人的速度奔騰縱躍。她偶爾會轉過身，幾乎瞄也沒瞄便朝身後發箭，然後又立刻旋踵狂奔。

「機械人呢？」她高聲問。

「毀了。」以薩氣喘吁吁地咒罵一聲。「妳知道要怎麼回下水道嗎？」

她頷首，猛然一個急轉，竄進街角，其他人緊跟在後。他們先前藏身的運河附近有條破舊的小巷子，彭吉芬奇絲鑽進去時坦索突然轉過身，整張臉漲成豬肝色。以薩看見他眼角周圍微血管爆裂。鮮血滑落眼角。坦索沒有眨眼，也沒將淚血抹去。

彭吉芬奇絲在馬路盡頭轉身，對他大叫別傻了。但坦索充耳不聞，雙掌和四肢劇烈顫抖。他高舉扭曲的十指，以薩看見他的血管高高鼓起，彷彿地圖般浮現在皮膚上。

坦索開始回頭沿著街道朝仙人掌人即將出現的岔口走去。彭吉芬奇絲高聲呼喚他最後一次，接著用力一蹬，縱身躍過搖搖欲墜的磚牆，大吼要其他人跟上。

以薩迅速朝碎磚堆退去，視線牢牢緊鎖在坦索漸行漸遠的身影上。

德克瀚匆匆爬上一道殘破的磚梯，遲疑片刻後一躍而下，跳進一個隱蔽的院子裡。空地上，蛙族人正和一只人孔蓋奮戰。雅格哈瑞克轉眼便翻牆而過，以薩爬上牆頭，又回望了一眼。李謬爾拔足狂奔，飛快穿過小巷，完全無視身後坦索絕望的身影。

坦索站在巷子入口，身體劇烈搖晃，魔法電流在他體內急速流竄。他的頭髮豎起，以薩看見他身上爆出陣陣烏黑的火花，噴發出一道道弧形能量。從他皮膚底下劈哩啪啦爆發的強烈能量黑如濃墨，閃耀幽黑的闇光。

仙人掌人轉過街角，朝他逼近。

幾名先鋒被這散發黑暗光芒的詭異身影嚇了一大跳。這人的十指如骷髏怨靈般曲成爪狀，充滿強大電荷的魔法粒子震得空氣劈啪作響。仙人掌人還來不及反應，坦索便發出一聲怒吼，滋滋爆裂的黑色能量從體內迸發，如閃電般朝他們疾射而去。

能量如電火球般滾滾翻騰，擊中好幾名仙人掌人。咒語應聲迸裂，滲入皮膚，鑽進嗶剝作響的血管內。仙人掌人往後飛了好幾碼，重重摔在石子路上，一名躺在地上動也不動，其他人痛苦蠕扭，淒聲慘叫。

坦索將雙臂舉得更高。一名戰士上前，戰斧大幅度甩過肩膀，手一揮，在空中畫出一道巨大又猛烈的弧線。

沉重的刀鋒砍進坦索左肩。但一碰到他肌膚，在坦索體內上下流竄的虛空電荷立刻傳導到攻擊者身上。仙人掌人激烈痙攣，被電流的力量反彈出去，手骨震得粉碎，癱倒在地。但是他猛烈的力道還是讓戰斧劃過一層層脂肪、鮮血和骨頭，將坦索劈成兩半。戰斧一路從肩膀砍至胸骨下方，足足有一英尺半長，最後顫巍巍地嵌在坦索腹部。

坦索如受驚的狗兒般縱聲悲嚎，幽黑的虛空電荷從巨大的傷口滋滋洩出，鮮血也如湧泉般噴發。他跪倒在地，仙人掌人蜂擁上前，將他圍困其中，對這名瀕死的人類拳打腳踢。

以薩痛苦地悲嚎一聲，爬上牆頭，向李謬爾打個手勢，然後低頭看向漆黑的院子。德克瀚與彭吉芬奇絲已經協力打開通往地底城市的入口。

仙人掌人緊追不放。有些人沒停下來蹂躪坦索的屍體，仍不住前奔，對著以薩與李謬爾揮舞武器。李謬爾跑到牆邊時，一把戰弓無情響起，緊接是「噗」的一聲重擊聲，李謬爾慘叫倒地。一枚巨大的鋸齒狀查克裡深深砍進他尾椎，銀色的刀鋒邊緣突出在傷口之外，血如泉湧。

李謬爾昂起頭，看著以薩，淒聲哀嚎。他的雙腿不住發抖，雙手死命揮舞，激起團團磚屑。

「**喔，聖主啊。救救我，以薩！**」他尖叫，「**我的腿……喔，聖主，喔，老天啊……**」他咳出一大灘鮮血，順著下巴滑下，模樣駭人異常。

以薩嚇呆了。他低頭看向李謬爾，對方的眼中充滿恐懼與痛苦。他飛快抬頭瞄了一眼，看見仙人掌人朝著癱瘓的人類節節逼近，嘴裡高喊勝利的歡呼。他們已經來到三十英尺外，其中一人發現以薩，舉起戰弓，小心翼翼瞄準他頭部。

以薩趕緊縮頭，匆匆爬下斷壁，落到院子裡。令人作嘔的惡臭從打開的人孔蓋底下湧出。

李謬爾不可置信地看著他。

「**救我！**」他尖叫，「**操你媽的。不，喔，聖主啊，喔不……別走！救我！**」

他像鬧脾氣的小孩般拚命揮甩手臂。仙人掌人蜂擁上前，他拖著身後殘廢的雙腿，死命要爬上牆頭，抓得指甲一根根斷裂，雙手鮮血淋漓。以薩羞愧地看著李謬爾，但知道自己無能為力，而且已經沒有時間下去救他了。仙人掌人就要抵達，就算他真能把他拉到牆的這一邊，那個箭傷也會要了他的命。但他也知道，即便如此，當李謬爾抬頭看著他，心裡最後的念頭仍是以薩背叛了他。

仙人掌人包圍李謬爾，以薩聽見發霉的水泥牆後傳來他的慘叫。

「不關他的事！」他悲憤地嘶吼。彭吉芬奇絲一臉鐵青，縮身消失在蜿蜒的下水道裡。「這一切都不關他的事！」以薩吶喊，絕望地想要停止李謬爾的哭嚎。德克瀚一臉蒼白地尾隨蛙族人進入下水道，她耳根上的傷口又開始冒血。「放他走，你們這些狗娘養的！你們這些廢物，你們這些白痴仙人掌混蛋！」以薩用怒吼蓋過李謬爾刺耳的慘叫。只剩雙肩以上還在洞口外的雅格哈瑞克用力拽住以薩的腳踝，示意他跟上。他焦躁地厲斥一聲，人類沒有的鳥喙喀喀碰撞。「他是在**幫你們！**」以薩吶喊，又筋疲力盡，又是驚恐。

雅格哈瑞克消失後，以薩抓住人孔邊緣，雙腳探進洞裡。他將肥胖的身軀擠過洞口的金屬邊緣，抓過蓋子，準備下去後蓋回原位。

李謬爾的慘叫聲不絕於耳，痛苦驚恐的呼號不停從牆的另一邊傳來。驚魂未定又洋洋得意的仙人掌人對入侵者下手毫不留情，殘酷懲罰的聲響不絕於耳。

會停止的。以薩一面往下爬，一面絕望地想；他們只是害怕而且困惑，搞不懂發生了什麼事。他們隨時都會將一枚查克裡、一把刀子或一顆子彈送進他腦袋，結束這一切，畫下句點。他們沒理由留他活口。他這麼想著；他們以為他跟魔蛾是一夥的，一定會殺了他。他們會清理溫室，結束這一切。他們現在只是太害怕了，他們不是那種會嚴刑拷打犯人的人。他想；他們只是想停止噩夢……他們隨時會結束這一切。

他悲痛地想；現在就會結束。

但當他蓋上頭頂上方的金屬蓋，消失在惡臭撲鼻的黑暗中時，李謬爾的慘叫聲依舊不斷傳來。即便他跌入溫暖的糞水，跟著其他倖存者跌跌撞撞爬過地底通道，尖細的悲嚎仍荒謬地穿過蓋子，傳入他耳中；即便他在水聲滴滴答答的回音中爬行，即便嘩啦啦的地下水奔騰而過，即便沿著仿若轍痕累累的礦脈的古老通道離開溫室，茫然又漫無目的地逃向宏偉夜城的安全庇護，他仍覺得自己可以聽見李謬爾的聲音。

好久好久之後，聲音才歸於寂靜。

可怕的夜。我們只能逃，倉皇逃離所見到的一切，一邊發出屬於動物的聲音。恐懼、憎恨和異樣的情緒緊緊抓著我們，阻礙我們行動，揮之不去。

我們在斷壁殘垣中跌跌撞撞，一路往上爬，離開地底城市，回到鐵路旁的棚屋。即便在悶熱的酷暑下，我們仍簌簌發抖，對著隆隆駛經，震得棚屋不住搖晃的火車無聲點頭，帶著警戒的眼神面面相覷。

除了以薩。他的眼神渙散空盪。

我有睡著嗎？有任何人睡著嗎？有些時候，那麻木的感覺會擊潰我，阻塞我腦袋，讓我無法看，也無法思索。或許，這些怔忡出神、這些如遊魂般的零碎時刻就是睡眠。為了這新的城市而眠。或許，這是我們如今唯一能祈求的。

沒有人開口，良久，良久。

那名蛙族人，彭吉芬奇絲，她是第一個出聲的。

她靜靜開口，喁喁細語，幾乎聽不出來她在說話，但她確實是在對我們說話。她坐著，背倚在牆上，壯碩的大腿平攤身前。愚蠢的水精繞過她身軀，洗淨她的衣裳，保持她溼潤。

她說起沙得拉，說起坦索。關於他們三人是如何結識，她並沒有說得很清楚；總之是一次瘋狂的任務，在泰許，那座走水之城。此後，他們結伴而行了七年。

小屋的窗戶邊緣鑲著一圈玻璃殘骸。黎明昇起，它們試圖捕捉陽光，但只是徒勞。日光在屋內映出一道陡峭的光井，小蟲在其中彷彿斑斑雜點。彭吉芬奇絲如獨白般，輕輕說起她與兩名故友共有的時光，他們一起在蟲眼灌木林盜獵，在新范丹行竊，在瑞加莫爾的森林與大草原盜墓。

他們三人之間從來不是對等的關係，她說，語氣中沒有一絲怨懟或嫉恨。他們之間的組合，永遠是坦索和沙得拉，然後是她。這兩人在彼此身上找到了些什麼，有種她不能、也不想觸碰的沉著熱情緊緊聯繫著他們。

坦索最後被悲傷沖昏了頭，她說；他無法思考，情緒爆炸，在悲痛之下魔法失控爆發。不過，即便他神智清明，她又說，結局仍會一樣。

所以，又只剩下她了。

她說完，等待我們回應，彷彿某種宗教儀式。

她無視沉溺於苦痛中的以薩。她先看向德克瀚，然後是我。

我們都讓她失望了。

德克瀚搖搖頭，一臉哀戚，默然以對。

我試了。我張開嘴，我的罪行、我的懲罰、我的流放溢滿喉間，幾乎要湧現，幾乎要從裂縫中爆發。

但是我硬壓了下去。這並不相干。不是現在，不是今晚。

彭吉芬奇絲的過去，是一段充滿自私與掠奪的歷史，然而一旦她開口道出，便成為一曲獻給已逝戰友的別賦。可我自私與流放的過往無從昇華，它就是一件卑劣行為的卑劣故事，再沒別的了。我緘默不語。

然後，就當我們要順其自然放棄交談時，以薩呆滯又遲鈍地抬起頭，說話了。

他起先要食物和水，但是我們什麼也沒有。然後緩緩地，他瞇起眼，開始像某種神祕的智慧生物般喃喃低語，用一種遙遠飄忽的悲慘語調，述說他見證的死亡。

他說起織蛛，那個跳舞瘋神，還有牠與魔蛾的惡戰以及燒毀的蟲卵。他說起我們那勝算渺茫又無法信賴的戰士是如何吟詠般念出詭異的宣示。以薩一字一字冰冷且清晰地告訴我們機械議會的真實能力，還有它的意圖與野心（彭吉芬奇絲聽見機械人聚集在城市垃圾場的事後震驚不已，她在喉嚨深處重重吞嚥口水，原本就已圓凸的眼珠如今更像是要掉出來似的。）

他說得欲罷不能。他談及計畫，聲音變得嚴厲。他體內有什麼停擺了；某種等待、某種柔軟的耐心已隨林恩而逝，並且深深掩埋。聽著他的話，我覺得自己彷彿變成了一顆石頭。他喚醒了我，我必須嚴以待己，我必須堅定意志。

他談起背叛和反背叛，談起數學、謊言與魔法，談起夢境與長著翅膀的生物。他解釋各種理論，向我說起飛行，那個我幾乎要遺忘的東西。我想再度擁有它；他一提起，我便又全心全意地渴望。

當太陽如滿頭大汗的男人爬上天空最高點，我們這些倖存者、我們這些殘渣，開始檢查武器與手邊殘存的工具，審視我們的筆記和經歷。

我們不知從何召喚出體力。在訝異中，我感覺我們像是恍恍惚惚地擬好了計畫。我將鞭子緊緊纏在手上，磨砥匕首。德克瀚清理她的火槍，對以薩喃喃不知說些什麼。彭吉芬奇絲倚回牆上，搖了搖頭。她不會留下，她這麼警告我們；她沒有任何留下的理由。她會小憩片刻，然後就與我們道別。

以薩聳聳肩，拿出藏在小屋垃圾堆中的幾具閥門小引擎，又從上衣中掏出一疊疊筆記。上面汗漬斑斑，字都暈了，難以辨識。

我們開始準備。以薩比誰都要熱切。他瘋狂地在紙上振筆疾書。

接下來的幾小時，他不是喃喃咒罵，就是高喊自己有所突破。然後，他抬起頭，說：我們做不到；

我們需要一個集中點。

又是一、兩個鐘頭過去，他再度抬頭。

我們必須這麼做，他說，不過我們還是需要一個集中點。

他告訴我們該怎麼做。

一陣默然。然後我們開始爭執，急促而焦躁地。我們列出一個個候選人，又一個個放棄。我們缺少一致的標準——該怎麼選？回天乏術的或欲除之而後快的？年老體弱的或十惡不赦的？我們怎麼評斷？心中那條道德的界線變得越來越模糊。

但是這一天已過了一大半，我們必須決定。

德克瀚的神情肅穆，但卻難掩悽慘。她正在做準備，那個卑鄙的任務最後派給了她。

我們僅剩的金錢，包括我最後的幾塊金子，全交給了她。她把在下水道沾染的一身髒汙再清理乾淨一些，稍微改變一下意外得到的偽裝，化身成一名卑賤的流浪漢，然後出門尋找我們所需。屋外，天光開始暗了，以薩仍馬不停蹄地工作。他僅有的寥寥幾張紙上寫滿密密麻麻的數字與方程式；任何一塊空白之處，不管多小，他都不放過。

濃烈的夕陽餘暉從下方映照著雲彩。天空因暮色而黯淡。

沒有人擔心即將降臨的闇夜噩夢。

第七部

危機

46

城市的街燈一盞盞熄滅，旭日自瘡河昇起，勾勒出一艘小駁船的輪廓。那艘駁船只比竹筏大上一些，在冰涼的河水中蕩漾。

新克洛布桑的雙河飄散著許多這樣的駁船，它只是其中之一。它們被留在河中，等待腐敗，老船的屍骸就這麼隨著流水載浮載沉，意興闌珊地拉扯被遺忘的繫船樁。這樣的船在新克洛布桑中心處處可見，街童們互下戰帖，看同伴敢不敢游到這些船上，或沿著這些毫無意義的老舊船繩攀爬。但有些船就連他們也避之唯恐不及，竊竊私語說是怪物的家。那些溺斃的亡魂即便屍身早已腐爛，仍不肯接受自己已死的事實，徘徊船邊，不肯離去。

這艘駁船上半掩著一塊硬化的古老油布，散發著油漬、腐敗與油脂的惡臭。河水從老舊的木板滲入船內。

以薩藏在油布的陰影下，仰望天上迅速飄移的雲朵。他靜靜躺在那兒，一絲不掛，動也不動。

他已經躺了一段時間，雅格哈瑞克跟著他來到河岸邊，兩人在動盪不安的城市中躲躲藏藏走了超過一個小時，穿過獾沼熟悉的街道，再往北橫越奇德，穿過鐵道橋，經過民兵塔，最後終於到達瘡河三角洲南緣。雖然此處離市中心不到兩英里，卻是截然不同的另一個世界。這兒地勢低平，街道靜謐，屋舍簡樸，還有狹小的公園、單調乏味的教堂和會所、掛羊頭賣狗肉的辦公間，以及各種風格低調雜亂的建築。

這兒隨處可見寬闊的大街，雖然不像亞斯皮克那兒榕樹成蔭，或雙桅荒原針葉大道上的古松壯觀林立，但瘡河三角洲外圍也矗立著一棵棵橡樹與黑木，遮掩殘破的建築。以薩與雅格哈瑞克——他又用繃帶纏住雙腳，鳥首藏在新偷來的斗篷中——很慶幸在前往河岸的路上有濃密的綠蔭替他們遮蔽行蹤。

瘡河兩岸並沒有大型的重工業聚集區。所有工廠、作坊、倉庫和碼頭都散落在水流較為遲緩的焦油河以及兩河匯聚後的大焦油河沿岸。瘡河這特立獨行的存在，只有到了最後一英里，在流經獾沼以及上千個工廠排放的廢水後，才變得惡臭撲鼻又危險可疑。

在城市北部的奇德、上環以及瘡河三角洲這兒，划船可能純粹是一項休閒活動，這對南方的居民來說是完全無法想像的。這兒的河上交通清閒靜謐，因此以薩才甘冒風險，聽從織蛛的指示來到此地。

兩人在兩排背對背的房舍之間找到一條小巷，那是一條狹窄的坡道，往下通往滾滾流逝的河水。雖然與工業區的河岸相比，這兒的船少了許多，但要找到一艘廢棄的船並不是什麼難事。

雅格哈瑞克留在岸邊，頭臉藏在破破爛爛的兜帽下，看上去就像個動也不動的流浪漢。以薩走下河岸，他與河水之間隔著雜草與黏稠的泥濘。他一面走，一面褪去身上衣物，夾在手臂下。當他到達瘡河時，沐浴在天光漸亮的黑暗中的他已一絲不掛。

他心意已決，毫不猶豫地走進河中。

河水冰冷。駁船停泊的地方並不遠，他游著，樂在其中，享受這感受。黑河將他滿身的下水道髒汙和累積了好幾天的汙垢統統沖洗乾淨。他任由衣物飄散身後，讓河水也洗滌它們。

他雙臂一撐，把自己拉上船側。晨風帶走身上的水珠，皮膚有些兒刺痛。雅格哈瑞克的身影模糊，他只是動也不動坐在那兒看著。以薩將衣物擱在身旁，拉過油布微微蓋在身上，藏身在陰影中。

他看著曙光浮現東方，微風襲來，吹得他一身雞皮疙瘩，忍不住簌簌打顫。

「我來了。」他喃喃道，「赤裸裸地如死人一般在曙光乍現的河上。像你要求的一樣。」

他不知道織蛛夢囈般的宣言——牠在溫室那可怕的一晚所吟誦的——究竟是不是一份邀約。但他想，若是他回應了，說不定就能成真；若是他回應了，就能改變世界織網的花樣，織成一幅能夠取悅織蛛的圖案，他這麼希望。

他必須見一見這雄偉的蜘蛛。他需要牠的幫助。

昨晚深夜之時，以薩和他的同伴察覺到那股緊繃的氣氛又出現，空氣中瀰漫著令人煩躁的不安，噩夢回來了。織蛛失敗了，一如牠自己所預料。魔蛾仍然活著。

以薩突然想到，魔蛾現在也知道了他的氣味，牠們會認出他就是消滅蟲卵的凶手。或許他該為此恐懼，嚇得魂飛魄散。但是他沒有。鐵路旁的小屋一夜平安。

或許牠們怕我。他想。

他在河中漂漂蕩蕩。一個鐘頭過去了，四周無形的城市聲響逐漸響亮。

河面傳來噗噗的冒泡聲，打斷以薩思緒。

他立刻回過神，小心翼翼地用手肘撐起上半身，視線越過船緣，向外窺探。

雅格哈瑞克依然坐在河岸上，姿態完全沒有改變，只是身後現在多了些路人。不過他們對藏在斗蓬之下、渾身散發臭味的他視若無睹。

駁船附近，有一區的河水如沸騰般浪潮翻湧，氣泡自河底滾滾往上冒，到了河面「噗」地炸開，泛起一圈圈直徑約三英尺寬的漣漪。以薩看得眼珠子都要掉出來了，因為那圈漣漪不只剛好是個**正圓形**，還有一定大小，只要到達邊界範圍，漣漪就會不可思議地停住，其他地方的河水完全不受擾動。

以薩稍稍退開些。就在此時，一道平滑的黑色弧線在幽暗中升起，打破河面。河水從高聳的身影滑落，只在那圈漣漪的範圍內濺起水花。

浮現以薩眼前的，是織蛛的臉。

他大吃一驚，往後一縮，心臟噗咚狂跳。織蛛抬眼看向以薩，牠只仰高了頭浮出水面，站立時會高聳過頭的巨大身軀仍藏在水下。

織蛛輕聲哼唱，低吟聲在以薩頭顱深處響起。

……你這顆小桃子啊你這顆小梅子如要求般像死人般一絲不掛你這個只有四肢的小小織蛛……牠滔滔不絕地輕快說著……河上曙光讓我想到赤裸裸的晃啊晃……牠的話語逐漸消散，變得朦朧難辨。以薩趁機開口。

「很高興見到你，織蛛。」他說：「我沒有忘記我們的約定。」他深呼吸了口氣，說：「我必須和你談談。」織蛛如咒文般喃喃念誦的低吟又開始了，以薩試著理解，試著將那優美如歌的胡言亂語翻譯成有意義的話語，並試著回應，試著讓蜘蛛聽進他的話。

這就像跟一個瘋子或說夢話的人交談一樣，困難又累人，但並非不可能。

上學的孩童走在一條切穿河岸草地的小徑上，從雅格哈瑞克身後經過。他聽著他們的交談聲漸漸遠去。

他的目光飛越河面。對岸，樹木與旗丘的寬闊白街自河邊往後延伸，緩緩向上。那兒的河岸也被粗韌的雜草環繞，但是沒有小徑，也沒有孩童。除了靜悄悄的房屋外什麼也沒有。

雅格哈瑞克微微將膝蓋縮進來些，用發臭的斗篷裹住身體。河岸四十英尺外，以薩的小船靜止得很不自然。幾分鐘前，以薩試探地伸出頭，現在仍微微凸出在老舊的船緣之外，背對雅格哈瑞克，看起來像正專注看著水面上某個漂浮殘骸。

雅格哈瑞克知道那一定是織蛛。他感到一股興奮湧現內心。

雅格哈瑞克豎耳凝聽，但微風沒有送來隻字片語。他只聽見河水的拍打聲，以及身後孩子冒冒失失的嬉鬧聲。他們粗魯無禮，動不動就大吼大叫。

分秒不停流逝，但太陽似乎在天上凍結。在他身後，上學的小男孩絡繹不絕地經過，人潮未見消散。雅格哈瑞克遠眺以薩與藏在河面之下的隱形蜘蛛，兩人不知道在爭執些什麼。他等著。

終於，破曉已過，在七點前的某一刻，以薩悄悄在船裡轉了個身，摸索著拾起衣物，有如一隻鬼鬼祟祟的醜陋水鼠般爬回瘡河。

以薩划動四肢，打散灑落河面的蒼白晨光，朝河岸游去。到了淺灘處，他像跳著什麼古怪的水舞般又跳又蹬，然後穿上衣服，拖著溼答答的沉重身軀，爬上岸邊的泥濘和草叢。

他倒在雅格哈瑞克身邊，氣喘吁吁。

學童吃吃竊笑，嘰嘰咕咕地低聲密語。

「我想……我想牠會來。」以薩說：「我想牠明白我們的計畫。」

他們回到鐵路旁的小屋時已過了八點。屋內又悶又熱，浮塵無精打采地在空中打轉。陽光穿過牆上的裂縫，映在垃圾和烤燙的木頭上，色彩顯得分外鮮明。

德克瀚尚未歸返。彭吉芬奇絲在角落睡覺（或假裝睡覺）。

以薩將中樞管線、閥門、引擎、電池和變壓器各種零件統統收到一只骯髒的布袋裡。他拿出筆記，飛快翻閱，重新檢查一遍，然後又塞回上衣底下。他留了張字條給德克瀚與彭吉芬奇絲，與雅格哈瑞克一同檢查、清理他們現有的武器，並清點他們少得可憐的彈藥。然後以薩看向破敗的窗外，眺望甦醒的城市。

他們現在開始必須步步為營。太陽重獲了它的力量，又是明亮的白晝。任何人都可能是民兵，而每一個民兵都看過他們的膠版照片。他們用斗蓬裹住身體，以薩遲疑了會兒，然後向雅格哈瑞克借了他的刀子，著手刮起鬍子，刮得自己滿臉是血。他忍住痛，任由鋒利的刀鋒劃過皮膚上的突疣——他留鬍子就是為此。他的動作冰冷迅速，不多久便垂著鬆垮垮的下巴站在雅格哈瑞克面前，鬍鬚像被狗啃過似的，下顎鮮血淋漓，布滿密密麻麻的鬍碴。

他看起來很嚇人，但至少換了張臉。以薩指了指滲血的皮膚，踏進晨光。

兩人擺出漠然的模樣經過店鋪和爭執的行人，哪裡有小巷就往哪裡鑽。這麼躲躲藏藏走了幾分鐘後，到了九點，兩人又回到葛里斯彎道的垃圾場。無情的酷暑在這些由廢五金堆積而成的峽谷更顯殘酷。以薩的下巴陣陣刺痛。

他們穿過垃圾場，朝迷宮的中心走去，進入機械議會的本營。

「一無所獲！」班森．路德高特擱在辦公桌上的雙手緊捏成拳。

「我們已經派飛船出去搜索兩晚了，但卻一無所獲。每一天早上都有新的屍體出現，晚上卻該死的什麼也沒發現。現在瑞斯邱死了，格寧紐布林行蹤不明，布魯黛也一樣……」他抬起充滿血絲的雙眼，看向桌子另一端的史丹佛秋；國安局長正輕輕吸著從菸斗吐出的嗆鼻煙霧。「事情很不樂觀。」他做出結論。

史丹佛秋緩緩頷首，沉吟片刻。

「兩件事。」她緩緩說：「顯然，我們需要受過特別訓練的軍隊；我跟你提過莫特利的再造人士兵。」路德高特頷首，不停揉著眼睛。「要做到像他那樣並不困難，我們簡簡單單就可以吩咐懲戒工廠製造一批特殊的再造人士兵，身上裝備有鏡子和向後發射的武器等等，但我們需要**時間**。有了人之後還得訓練，而訓練至少得花上三、四個月。而就在我們好整以暇準備的同時，魔蛾將繼續殘害市民，一天比一天茁壯。

「所以我們必須擬定戰略，設法掌控情勢。舉例來說：宵禁；雖然我們知道**魔蛾有辦法**進入住屋，但毫無疑問地，大多被害人是從街上被抓走。

「我們還必須阻止媒體妄自揣測。巴拜爾不是研究計畫中唯一的科學家。我們必須撲滅所有危險的煽動言論和行為，必須扣留所有牽涉此事的科學家。

「現在有半數民兵都投入追捕魔蛾的任務，這種時候不能再出現另一場罷工，或任何類似的事情，否則軍力很快就會癱瘓。我們必須終結所有不合理的訴求，這是我們的職責所在。基本上，市長，這是新克洛布桑從海盜戰爭以來面臨最大的一場危機。我想該宣布全國進入緊急狀態了。在這種時候，我們需要高於一切的權力。

「我們需要宣布戒嚴。」

路德高特微微抿起嘴，認真考慮。

「格寧紐布林。」傀儡說。議會本尊仍藏身於黑暗，只要它沒有坐起來，就無法從周圍成堆的垃圾和廢五金山中認出它。

連結到傀儡頭中的電纜在滿地金屬殘骸與石屑上浮現，它渾身散發著惡臭，皮膚上東一塊、西一塊霉斑。

「格寧紐布林，」它用令人坐立難安的顫抖聲音重複一遍，「你沒有回來。你留下的危機引擎並不完整。那些跟著你去溫室的分身在哪兒？魔蛾昨晚又出現在天際，你失敗了嗎？」

以薩舉起雙手，阻止議會的質問。

「別說了。」他強硬打斷，「我會解釋。」

以薩知道認為機械議會有情感是不正確的。他向傀儡描述那晚在仙人掌人溫室發生的駭人經歷——他們用可怕的代價換來了微薄的勝利——而以薩知道，讓它身體顫抖、臉孔不經意詭異抽搐的，並非憤怒或悲傷。

機械議會能夠思考，但是沒有感覺。它只是在吸收新得到的資訊，計算各種可能。僅此而已。

以薩告訴它，所有猴子機械人都被摧毀了。當這訊息沿著電纜傳回議會祕密的分析引擎，傀儡的身體抽搐得特別厲害。沒有那些機械人，議會就無法下載那些經驗，只能仰賴以薩的回報。

像上次一樣，以薩覺得自己看見有道人類身影在旁邊的垃圾堆中一閃而逝，但那幻影轉眼便消失無蹤。

以薩說到織蛛的干預，最後終於開始解釋他的計畫。機械議會當然是一聽就理解。傀儡頷首。議會的本尊開始移動，以薩覺得腳下的地面似乎傳來非常細微的搖晃。

「你明白我要你怎麼幫我嗎？」以薩問。

「當然。」機械議會透過傀儡尖細的聲音顫抖回答，「所以我會直接連結到危機引擎上？」

「對。」以薩回答，「這樣才有用。我把危機引擎留給你時忘了一些零件，所以它才不完整。不過沒差，因為我是看見那些零件才得到這靈感。不過聽好了，我需要你的幫助。如果想要這計畫成功，所有數學算式都必須**精確無誤**。我身上有之前在實驗室用的分析引擎，不過那不是什麼高階機型。但你呢，議會，你是一組他媽的複雜到不行的運算引擎網絡……對吧？所以我需要你幫我計算一些東西，寫些函式，印些程式卡，而且它們必須**完美無誤**，一點錯都不能有。你做得到嗎？」

「給我看看。」傀儡說。

以薩拿出兩張紙，走到傀儡前，遞了出去。在垃圾場的油臭味、化學霉菌和溫燙的金屬堆中，傀儡逐漸分解的肉身散發的屍臭特別驚人。以薩一陣反胃，皺起鼻子。但他不允許自己退縮，直挺挺站在逐漸腐爛、半死不活的屍體旁，向它解釋他大略訂立的函式。

「這一頁上頭是幾個我無法解決的方程式。看見了嗎？它們是要用來計算心理活動的數學模組。第二頁這裡比較棘手，是我需要的程式卡組。我已經盡量把每一個函式修改到完美、錯誤減到最低。拿這裡來說……」以薩粗短的手指沿著一列複雜的邏輯符號往下滑，「這是『從輸入一搜尋資料；將資料組成模型』。這裡也是相同的要求，但是是要給輸入二用的……還有這個……這個特別複雜：『比較原始資料』。接著這裡是建構和重組資料的函式。」

「看得懂嗎？」以薩問，向後退開，「你做得到嗎？」

傀儡接過紙張，小心翼翼地掃視。它臉上那雙死人的眼睛順著紙頁從左移到右，又從右移到左，一氣呵成，毫無停滯。然後它停下動作，身體開始抖動，將資料沿著電纜傳回議會隱藏的大腦。

一時間，本尊毫無動靜。然後傀儡開口：「沒有問題。」

以薩很是得意，粗魯地點了點頭。「這些東西……嗯……我們現在就要。越快越好。我可以等，你做得到嗎？」

「我會嘗試。當黑夜降臨、魔蛾歸來，你打開電源，與我連結——務必要把我連到你的危機引擎上。」

以薩頷首。

他在口袋一陣摸索，又掏出另一張紙，交給傀儡。

「這是我們需要的物品清單，」他說：「應該都可以在垃圾場裡找到或拼湊出來。你有沒有……呃……其他的小分身可以幫忙找？我還需要兩頂你之前幫我們打造的頭盔，靈術師用的那種。還有兩顆電池、一部小發電機等等。同樣地，這些東西我們現在就要；最需要的是纜線，又粗又長的導線，任何可以承載電流或魔法電流的東西。我們總共需要**兩英里半到三英里長**。顯然不可能是一條從頭連到底……可以分成好幾段，只要能輕易跟其他段連接起來就好。但是我們需要的長度**非常長**；必須將你和我們的……目標連結起來。」說到最後一句話時，以薩的音量突然安靜許多，神情也一臉肅穆。「纜線必須在入夜前準備好……六點前吧我想。」

以薩板著臉，語調無起伏，小心翼翼地看著傀儡。

「我們只有四個人，而且其中一個做不得數，」他接著說：「你可以聯絡你的……信徒嗎？」傀儡緩緩點頭，等待以薩解釋。「你不懂嗎？我們需要足夠的人手將電纜連結起來，橫越整座城市。」以薩抽走傀儡手中的清單，開始在背後草草畫起圖來，用一個歪七扭八、橫躺的Y代表兩條河，再用小叉叉標示出葛里斯彎道和鴉區，另外再圈出兩地間的獾沼和唾爐。他鉛筆一撇，連起兩個叉叉，抬頭看向傀儡。「你必須動員你的信徒，而且**要快**。我們需要他們在六點前**帶著電纜**就定位。」

「你為何不在此地執行你的計畫？」傀儡問。以薩含混地搖了搖頭。

「在這裡是不會成功的。這裡太偏僻，我們必須把能量傳到城市的中樞要點，到五條鐵路線匯聚的地方。

「我們必須去帕迪多街車站。」

47

以薩與雅格哈瑞克協力扛著一大袋圓鼓鼓的科技產品廢料，悄悄離開葛里斯彎道靜謐的街道，爬上蘇德線殘破的磚梯。他們像是兩名打扮與炎熱天氣格格不入的城市流浪漢，踩著搖搖晃晃的腳步，疲憊地穿過新克洛布桑的地平線，回到鐵路旁那棟搖搖欲墜的藏身小屋。疾駛的火車呼嘯而過，喇叭狀的煙囪生氣蓬勃地吐著黑煙。鐵軌燒燙，蒸騰的熱氣彷彿一堵搖搖晃晃的透明圍牆，等火車遠去後，他們才穿牆而過。

日正當中，空氣像加熱過的溼布般裹著他們。

以薩放下布袋，正要伸手去拉搖搖欲墜的門板，屋內的德克瀚便已推開門，穿過門縫站在他面前，將門半掩在她身後。以薩抬頭瞄去，看見有個忐忑不安的人影站在黑暗的角落中。

「找到人了，以薩。」德克瀚低聲說。她的聲音緊繃，蓬頭垢面，雙眼布滿血絲，彷彿淚水隨時都會潰堤。她飛快向身後的房間指了指。「我們等很久了。」

以薩必須去見議會；而雅格哈瑞克只會讓見到他的人心生敬畏和困惑，難以信賴，彭吉芬奇絲又不願去，所以在幾個鐘頭前，被迫進城去做那件可怕差事的人是德克瀚。她的心情糟到不能再糟。

起初，當她離開小屋，走進城裡，快步穿越填滿街道的漆黑夜晚時，她忍不住低聲呻吟了幾聲，舒緩腦中折磨人的壓力。她聳肩弓背，頭垂得低低的，知道那幾個疾步經過她眼前的身影都很有可能是民兵。

空氣中沉重的噩夢壓力令她筋疲力盡。

但等到旭日東升，黑夜緩緩沉入水溝，路途便變得輕鬆許多。她加快腳步，彷彿之前都是黑暗在組擋她，不讓她前進。

雖然她的任務沒有因此變得比較不可怕，但急迫的情勢沖淡了她的恐懼，漸漸淡化成一片不起眼的空白。她知道自己不能拖。

她心裡已經有了目的地。她必須穿過四英里多曲折複雜的貧民窟與倒塌的建築，前往敘利亞克井的慈善醫院。她不敢招計程車，怕司機會是民兵間諜，臥底在外，就等著逮捕像她一樣的通緝要犯。所以她在不引人疑心的程度下盡可能地加快腳步，藏在蘇德線的陰影下前進。離城市中心越遠，鐵路與屋頂間的距離也就越大。滴著水的磚造拱橋高高聳立在敘利亞克低矮的街道上。

到了敘利亞克高地站，德克瀚不再沿著鐵軌走。大焦油河的河面在她左方波浪起伏，她轉向踏上大河南岸的彎曲街道。

循著攤販和小鋪子的叫賣聲，很容易就能找到斑斕街的貧民區。這條又寬又髒的街道連結了敘利亞克、羅盤鎮和敘利亞克井。它就像一道不準確的回音，循著大焦油河走著走著便改了名字；先是變成懷尼恩街，然後又變成銀背街。

德克瀚繞著外圍走，避開大街上的爭執喧鬧，以及小路上的兩輪出租車與硬撐著不倒的腐朽建築。她像獵人般無聲無息地朝東北方前進，等到馬路拐了個彎，朝北急轉而去，她終於鼓起勇氣快步穿過街口，像個氣急敗壞的乞丐，板著臉直闖敘利亞克井中心，往斐洛靈醫院走去。

古老的醫院建築經過一次又一次雜亂無章地增建，隨處可見用各種磚塊和水泥鑲邊的角樓和裝飾。

神祇和惡魔在窗戶頂上遙遙相望，還有躍立的怪物雕像以奇怪的角度突出於高低不一的屋頂。三世紀前，這裡原是荒涼的郊區，蓋了一間豪華的療養院，專供精神失常的富人休養。但貧民窟如壞疽般迅速蔓延，吞沒了敘利亞克井。精神病院拆除了，變成貯藏廉價羊毛的倉庫；倉庫又因為公司破產而荒廢空置，先被小偷集團所占據，接著是一個失敗的魔法公會，最後由斐洛靈修道會買下，變回醫院。

又變回了當初的療癒之地，他們說。

醫院沒有基金，也沒有藥品，只有良心作祟的醫生和藥師趁閒暇時偶爾來當當志工，工作人員都是些虔誠卻沒有受過專業訓練的僧侶和修女；簡言之，斐洛靈醫院是給窮人等死的地方。

德克瀚走過門房面前，像聾子般對他的問話充耳不聞。門房提高音量，但沒有追上前。德克瀚上到二樓，朝三間有病人占據的病房走去。

在那裡……她開始尋找下手目標。

她記得自己悄悄穿梭在乾淨卻破舊的病床間，冰冷的光線從巨大的拱窗透過。她經過一個又一個氣喘吁吁、奄奄一息的身軀。一臉憂愁的僧侶匆匆走到她面前，問她有什麼事。她淚眼汪汪地說她命在旦夕的父親失蹤了——離家出走，獨自走進黑夜等死。她聽說他可能會在這裡，跟守護天使在一起。僧侶相信了，對自己的善心有些洋洋自得。他告訴德克瀚她可以留下來尋找父親。德克瀚再次淚眼濛濛地問病入膏肓的病人都安置在哪兒；因為——她解釋——她的父親就快不行了。

僧侶一語不發地指向大房間盡頭的雙開門。

德克瀚穿過大門，彷彿踏進地獄。在這裡，死亡肆無忌憚地伸出魔爪，唯一能平撫病痛和衰敗的安慰就是沒有床蝨的床單。年輕的修女輕手輕腳地穿梭病房內，眼前可怕的景象令她雙眼無時無刻都驚恐圓睜。她不時駐足查看夾在病床尾的病歷，確認他們的情況：沒錯，這病人快死了；不，他們還沒死。

德克瀚垂眼，翻開其中一張病歷，找到病人的診斷和處方。肺葉腐爛，她讀道，每三小時兩劑鴉片酊／止痛；接著又有另一個字跡寫著：鴉片酊缺貨。

下一張病床短缺的藥品是孢水，再下一張是鈣爾希克；如果德克瀚沒看錯，這個藥品可以在八次療程中治好病人的腸道分解。每一張床都一樣，整間病房內掛著一張又一張毫無意義的病歷，寫著可以終止病人痛苦的方法——無論是什麼方法。

德克瀚想起她來這裡目的，開始物色。

她搖身一變，化為獵人，而她的獵物就是這些命不久矣的病人。她用冷酷的目光檢視床上的病人，恍惚間，她還隱隱記得目標的標準：心智健全，至少還要能撐過一天。她對自己厭惡至極。修女看見她，從容不迫地好奇上前，詢問她有什麼事、要來找誰。

德克瀚沒理她，繼續那冷血又殘酷的評估。她走到房間盡頭，最後停在一名萎靡老人的病床旁，病歷上寫說他還有一星期。他沉沉昏睡，張開的嘴巴中流出些口水，在夢中緊皺著臉。

有那麼片刻，在那可怕的反省片刻，她發現自己開始用牽強而且根本站不住腳的道德標準來選擇她的獵物——這裡有誰是民兵的線人？她想大聲問：有誰是強暴犯？誰殺死過小孩？誰嚴刑拷打過別人？她甩開那些念頭。她不能那麼想，她很清楚，否則會把自己逼瘋。事態危急，沒有她選擇的餘地。

德克瀚轉身面向修女。她一路尾隨在後，嘴裡毫無意義的叨念沒有一刻斷過。德克瀚充耳不聞。她記得自己說過的話；彷彿它們從來不曾存在。

這個人快死了；她說。修女的嘮叨安靜下來，她點頭。他能走嗎？德克瀚問。可以慢慢走。修女回答。

他神智正常嗎？德克瀚問。正常。

我要帶他走。她說；我需要他。

修女開始連珠砲般表達她的震驚與憤怒。德克瀚苦苦壓抑的情緒霎時爆發，淚水用可怕的速度爬滿她臉頰，她感覺自己就要痛嚎出聲，所以閉上雙眼，像悲傷的野獸般無語喘息，直到修女閉嘴。德克瀚再次看向她，停止流淚。

德克瀚從斗蓬下掏出槍頂在修女腹部。修女低下頭，害怕地驚叫一聲。就在修女仍不可置信地瞪著那把槍時，德克瀚又用左手掏出一袋錢——以薩和雅格哈瑞克僅剩的錢。她高舉著，直到修女終於轉過視線。她會過意來，伸出手，德克瀚將紙鈔、碎金塊和破爛的錢幣倒進她掌心。

收下這些。她說，聲音顫抖而謹慎。她隨手朝病房一指，指向床上一個個翻來覆去的呻吟身影。替他買鴉片酊，替她買鈣爾希克；德克瀚說；把那個人治好，讓那人安睡，讓他、他、他、他、他活下去，讓他、他、他、他、他……我不知道還有誰能安詳嚥下最後一口氣。收下這些，盡妳所能改善這裡的情況，但這一個人我必須帶走。叫醒他，告訴他跟我走；告訴他我可以幫助他。

德克瀚激動地揮舞手槍，但槍口始終不離修女。她闔上修女的手指，讓她將錢握在掌心。她看著她皺起眼角，驚愕地瞪大雙眼。

在她內心深處、在那仍存有情感、無法完全封閉的地方，德克瀚感到一陣可悲的自我辯解，她尋找著脫罪的藉口——看到了嗎？她聽見自己這麼吶喊，我們帶走他，但我們因此救了其他人！

然而沒有任何道德藉口能減輕這行為的殘酷與可怕。她只能無視這些焦慮的辯解，熱切地深深望進修女雙眼，緊緊握住她的拳頭。

幫幫他們；她厲聲說。這可以幫助他們。妳可以幫助他們所有人，除了他之外。否則妳一個也幫不了。幫幫他們。

一陣漫長的沉默之後，修女先是用困惑的雙眼看著德克瀚，然後是髒兮兮的錢幣，然後是槍，然後是前後左右奄奄一息的病人。她用發抖的手將錢收進白袍裡，當她上前喚醒那位病人，德克瀚用一種可怕又怨毒的得意眼神看著她。

看到了嗎？德克瀚這麼想著，自我憎恨到了極點。不只是我！她也選擇這麼做！

那老人叫做安卓．謝爾朋奈克，今年六十五歲。某種毒菌正在吞噬他的內臟。他沉默寡言，病到連擔心的力氣也沒有。問了兩、三個問題後，他便默默跟著德克瀚走，甚至沒有一句牢騷。

她向他解釋了一些他們打算進行的療法，還希望能在他飽受摧殘的身體上實驗一些新的技術。他一聲不吭，甚至沒過問她骯髒的外表或任何事。他一定知道是怎麼回事！德克瀚暗忖；他厭倦了這樣的生活，不想為難我。但這是最卑劣的一種藉口，她不會如此自欺欺人。

不多久，德克瀚就知道他們不可能這樣走好幾英里路回葛里斯低地。她躊躇片刻，從口袋中拿出幾張破損的鈔票；沒辦法了，只能招輛出租車。她用斗蓬藏住面孔，緊張兮兮地壓低音量，用一種含混不清的低斥聲指示司機方向。

拉車的是一頭公牛，但原本的四條腿被改造成為兩條腿，好適應新克洛布桑曲折的巷道和狹窄的馬路，方便轉過窄小的街角，後退時也不怕卡著出不去。牠用向後彎曲的雙腿懶洋洋地走著，新步伐不舒服又詭異，牠還沒完全適應。德克瀚倒向椅背，閉上雙眼。當她再度抬起頭時，安卓已經睡著了。

一路上，他沒有出聲、沒有皺眉、沒有顯露任何煩惱的樣子，等到她命令他爬上蘇德線旁那道由泥土和水泥碎塊堆成的陡坡時，他才皺起五官，困惑地看向她。

德克瀚裝出輕快的口氣，說這裡是一所祕密實驗基地，設立在高處，可以直通火車。老人臉上浮現憂慮之色，搖了搖頭。他環顧四周，想伺機逃跑。在黑暗籠罩的鐵道橋下，德克瀚掏出火槍。雖然老人病入膏肓，他仍恐懼死亡。她用槍口指著他，逼他爬上陡坡。半途中，他開始苦苦哀求。德克瀚看著他，手裡的槍頂了頂，感覺所有情緒離自己好遙遠。她將內心的恐懼遠遠隔絕在外。

德克瀚靜靜等在積滿灰塵的小屋，聽見以薩與雅格哈瑞克歸返前，槍口沒有一刻離開安卓。德克瀚替兩人開門時，安卓開始嚎啕大哭，大聲求救；以這樣一個孱弱的老人來說，他的聲音大得驚人。

以薩正想問德克瀚她是怎麼跟安卓解釋，但一聽見哭喊他立刻衝上前要老人噤聲。在那麼半秒內，以薩張開嘴，彷彿想說些什麼平息老人的恐懼；他想向老人保證他不會受到任何傷害、他現在非常安全，被莫名其妙軟禁起來是有原因的。而安卓看著以薩，哭喊聲中斷了一陣，急切地等他開口。

但以薩只覺得好累。他無法思考，謊言不斷膨脹，他覺得自己快吐了。喃喃的叨念聲靜靜消散，以薩穿過房間，來到安卓面前，輕而易舉便制伏這名孱弱多病的老人，用塞嘴布阻止了他的啜泣。以薩用老舊的繩子綁住安卓，讓他盡可能舒服地倚靠牆上。瀕死的老人嚇得一把鼻涕一把眼淚，喘吁吁地不住吐氣。

以薩試著迎上老人的視線，喃喃道歉，說他很對不起。但安卓嚇壞了，一個字都聽不進去。以薩轉身離開，臉上寫滿驚駭。德克瀚與他四目交會，飛快抓住他的手，慶幸終於有人分享她的重擔。

還有許多工作等著他們。

以薩開始著手進行他最後的計算和準備。

安卓隔過塞嘴布拚命叫嚷。以薩絕望地抬頭向他看去。

他壓低音量，粗聲粗氣地向德克瀚與雅格哈瑞克解釋他在做什麼。

他望向屋內那些破破爛爛的引擎，那是他的分析工具。他瀏覽筆記，一遍又一遍檢查他的公式，拿它們與議會交給他的數字交叉比對。他取出危機引擎的核心，這個祕密零件他並沒有交給機械議會。那是一只不透光的盒子，一具由電纜、靜電和魔法電流組成的密閉式馬達。

他慢慢地清理，檢查其中的運轉零件。

一切準備就緒，包括他自己以及裝備。

先前不告而別的彭吉芬奇絲回來了，以薩飛快抬頭瞄了她一眼。她靜靜開口，拒絕迎上任何人的視線。她緩緩收拾自己的物品，檢查裝備，替弓箭上油，以免在水下受損。她問起沙得拉的武器，以薩說不知道；聽到這回答，她不滿地「嘖」了一聲。

「真可惜，那是把厲害的武器。」她心不在焉地說，別開頭，望向窗外，「施過魔法，威力強大。」

以薩打斷她，與德克瀚一起央求她離開前再幫忙最後一次。她轉身看向安卓，彷彿現在才發現屋裡多了一個人。她不理會以薩的懇求，質問這人他媽的在這裡做什麼？德克瀚把她拉到一旁，遠離安卓驚恐的喘息與以薩殘忍的計畫，向她解釋。

然後，德克瀚問彭吉芬奇絲願不願意再幫他們最後一次。她只能這樣哀求。

以薩心不在焉地聽著，但很快就對那些低聲的懇請充耳不聞。他全神貫注於手邊的工作，研究有關危機數學的複雜運算。

安卓在他身旁不停啜泣。

48

就要四點了，一行人準備離開。德克瀚輪流給了以薩與雅格哈瑞克一人一個大大的擁抱；她只遲疑了半秒鐘，便上前摟住鳥人。雅格哈瑞克沒有回應，但也沒有抗拒。

「在集合地點見了。」她喃喃說。

「妳知道自己該做什麼嗎？」以薩問。她點頭，把他推向門口。

現在，換以薩猶豫了；這是計畫中最困難的一部分。老人嚇傻了，整個人恍恍惚惚躺在地上。以薩望去，只見他目光呆滯，塞嘴布沾滿黏答答的口水與鼻涕。

他們必須帶他一起走，但又不能啟人疑竇。

他已經和雅格哈瑞克商量過。安卓只顧著害怕，根本沒注意到他們在竊竊私語。他們沒有藥物，以薩也不是生物魔法師，無法偷偷將手指伸進安卓的頭顱裡，把他的意識暫時關閉。沒辦法，他們只能借重雅格哈瑞克那較為野蠻的技巧。

鳥人回想過去在競技場上的廝殺，回想那些「奶戰」；這些拚鬥都是以一方投降認輸或昏迷不醒收場，而非死亡。他回想自己過去曾嫻熟精通的技巧，加以調整，準備使用在人類對手上。

「他年紀大了！」以薩厲聲交代，「而且命在旦夕，身體很虛弱……小力些……」

雅格哈瑞克貼著牆側身而行，悄悄靠近安卓。老人躺在地上，眼裡流露驚恐疲憊的不祥預感看著他。

雅格哈瑞克用野獸般的動作一眨眼來到安卓身後。他單膝跪地，左臂箍住老人的頭。安卓雙眼鼓出，瞪著以薩，口中的布條讓他無法出聲叫嚷。以薩嚇傻了，心裡充滿罪惡感，覺得自己無比卑劣；但他別無選擇，只能迎視他的目光。他看著安卓，曉得老人一定以為自己就要沒命。

雅格哈瑞克右肘一沉，揮出一道陡峭的弧線，用精準殘酷的手法擊向老人腦袋後方與脖頸相連之處。

安卓發出一聲急促的痛苦慘叫，聲音悶在布條後，聽起來就像嘔吐。他的眼神登時渙散，眼皮立刻垂下。

雅格哈瑞克沒放開安卓的頭，左手依舊使勁箍著，將他削瘦的手肘用力頂進柔軟的肉體裡，靜待數秒。

終於，他鬆開手，任由安卓垮落。

「他還會醒來。」他說：「或許二十分鐘，或許兩個小時，我必須看著他。我可以讓他再次昏睡，但是我們一定要小心——太多次他腦部會缺氧。」

他們隨便找了塊布裹住安卓動也不動的身軀，把他架在兩人中間，用肩膀撐著他。老人身形枯槁，這些年來內臟幾乎已被細菌吞噬殆盡，重量出奇地輕。

兩人一起移動，空出的手拎起一大袋裝備，小心翼翼地提著，彷彿裡頭裝的是什麼宗教聖物，某位聖人的遺骨之類的。

他們的身影仍藏在可笑又乏味的偽裝之下，像乞丐般彎腰駝背，蹣跚瘸行。在兜帽之下，以薩黝黑的臉上仍布滿粗暴剃鬍後留下的傷痂。雅格哈瑞克用腐朽的布條包住頭，就跟腳一樣，只在眼睛的地方留下一道窄縫，看上去就像一名密密包緊身上潰爛肌膚、失去面孔的痲瘋病患。

他們三人看起來就像一行嚇人的流浪漢，流離失所的漂泊旅人。

到了門邊，他們迅速回了一次頭，舉手向德克瀚道別。以薩看向彭吉芬奇絲，她也正看著他們，眼神平靜。遲疑幾秒後，他也對她揮揮手，詢問似的挑了挑眉——還會再見到妳嗎？他或許這麼問著；也或者是：妳會幫我們嗎？彭吉芬奇絲曖昧不明地舉起她蒲扇般的大手，別開目光。

以薩緊抿雙脣，轉身離去。

他與雅格哈瑞克踏上橫越城市的危險旅程。

他們沒有冒險直接走鐵路橋，以免火車呼嘯而過時憤怒的駕駛不只是大聲拉響汽笛，說不定還會盯著他們，認出他們的面孔；或在史萊站、口水市集站，甚至帕迪多街車站向上司呈報說有三名愚蠢的流浪漢不慎走上鐵軌，自尋死路。

被攔下來的話就太危險了。所以以薩與雅格哈瑞克反而爬下鐵路旁搖搖欲墜的石坡。當他們發現安卓就要滾落底下安靜的馬路，趕緊撐住他的身體。

豔陽高照，但並不毒辣，感覺反而像是一種缺席，彷彿整座城市少了些什麼；彷彿太陽蒼白無力，用陽光漂白了陰影和涼爽的幽暗處，讓建築物有了真實的存在感。熱氣悶住了聲音，整座城市聽起來虛幻飄忽。以薩汗流浹背，裹在惡臭的破布中靜靜咒罵。他覺得自己像正悄悄穿過某種隱約朦朧、半真半假的炎熱夢境。

以薩與雅格哈瑞克有如扶著一名喝劣酒喝到不省人事的朋友，將安卓架在中間，穿過大街、穿過小巷，往雞冠橋走去。

在這裡，他們就像不速之客。這裡並非狗沼、劣原或雙桅荒原的貧民窟，在那些地方，沒有人會留意他們。

他們忐忑不安地橫越大橋，被兩邊生氣勃勃的石塊包夾其中，周遭不斷投來店主與顧客鄙夷的視線與譏諷。

雅格哈瑞克一手仍悄悄按在安卓脖子一側的神經叢與動脈上，老人若有任何醒來的跡象，他就會立刻使力掐下去。以薩嘴裡不停咕噥，粗聲粗氣地胡亂咒罵，好似發了酒瘋：那也是他的偽裝——一部分來說。

他不停給自己打氣。

「來啊，狗娘養的。」他喃喃咒罵，語調低沉又緊繃，「來啊，有種就來啊，混帳王八蛋。你這下三濫、雜種。」他也不知道自己究竟在罵誰。

以薩與雅格哈瑞克緩緩走過石橋，扛著他們的同伴與珍貴的袋子。一看見他們，行人紛紛退避三舍，讓他們通過，並在身後留下譏諷。以薩與鳥人也只能忍氣吞聲，不讓叫罵升級成衝突。以免有閒得發慌的地痞流氓一時興起，決定找個乞丐玩玩來打發時間。那樣他們就糟了。

幸而他們平安無事地穿過雞冠大橋。在橋上，他們只覺得格格不入，好像暴露在光天化日之下，被陽光鏤出了輪廓，成為攻擊的標靶。現在，他們終於悄悄溜進小彎區。周遭的城市似乎關上了蓋子，將陽光阻擋在外。他們再次感到安全。

這裡還有其他乞丐。他們穿梭於當地貴族仕紳、戴著耳環的流氓、肥茲茲的高利貸業者，還有緊抿雙唇的女士之間。安卓微微動了一下，雅格哈瑞克手指迅速一捏，老人再次昏厥。

隱蔽的小巷隨處可見，以薩和雅格哈瑞克可以輕易避開大街，循著黑幽幽的巷子前行。又高又窄的街道兩側，陽臺正對著陽臺，中間拉著洗衣繩。他們從繩底下經過，身上只穿著襯衣的男人與女人閒倚在陽臺的圍牆與欄杆上，一面看著他們，一面和鄰居調情說笑。他們經過一堆堆垃圾和破損的下水道蓋。孩童在樓上探出身子，朝他們吐口水，或扔幾塊小石頭就跑，不過沒有實質的敵意，只是鬧著玩。

依循慣例，他們尋找著鐵路，最後找到了史萊站，通往薩勒克斯站的支線在這兒與蘇德線分道揚鑣。他們側身悄悄爬上通往拱橋的上坡，搖搖欲墜的橋身在唾爐的石子路上方蜿蜒而去。白晝漸漸轉為黃昏，在喧鬧人群之上的天色也逐漸轉紅。拱橋上散發油汙與煙灰的惡臭，長了一座由黴菌、苔蘚和頑強的藤蔓組成的小森林，裡頭爬滿藏在陰影處避暑的蜥蜴、昆蟲和獅龍。

用水泥與磚頭搭起的鐵軌地基旁有個死胡同，以薩與雅格哈瑞克躲了進去，在那裡休息片刻。頭頂上的都市叢林生氣蓬勃，不停傳來窸窣聲響。

安卓身子骨雖然單薄，但走久了似乎也開始變得沉重，彷彿每過去一秒他就變重一分。以薩與雅格哈瑞克舒展一下痠痛的臂膀，做了幾個深呼吸。幾英尺外，從車站湧現的人群蜂擁走出出口，朝他們小小的藏身處靠近。

休息一陣並重新調整好姿勢後，他們提起精神再度出發，重新鑽回巷內，藏身在蘇德線的陰影下，朝城市中心的塔樓前進。那些塔樓現在被周遭的房子遮蔽，幾英里內還看不見，但——他們很快就會看見針塔與帕迪多街車站。

以薩開口了，他告訴雅格哈瑞克今晚將會發生什麼事。

德克瀚穿過葛里斯彎道垃圾場的回收廢棄物，朝機械議會走去。

以薩已經跟那偉大的機械智慧說過她會來。她知道對方正等著她，而這念頭讓她忐忑不安。

就在快抵達議會所在的空地時，她覺得自己似乎聽見微弱的耳語。她全身一僵，立刻掏出手槍。她檢查過了，子彈已經上膛，火藥盆也是滿的。

德克瀚邁開腳步，躡手躡腳地謹慎前進，避免發出任何聲音。空地出現在垃圾山的溝道盡頭，有個人影迅速閃過她視野，她小心翼翼地潛上前。

另一個人影走過垃圾峽谷的盡頭。她看見那人身上穿著連身工作服，寬闊的肩膀上不知扛著什麼沉甸甸的東西，腳步有些蹣跚。原來是一大捆黑皮電纜如凶猛的蟒蛇般纏繞他身軀。

她微微挺起背脊。對方不是民兵。她大步走進機械議會的神殿。

德克瀚走進空地，一顆心七上八下。她舉目張望，確保頭頂上空沒有飛船徘徊後，才轉頭看向眼前的景象。信徒的數量看得她目瞪口呆。

四面八方有將近上百名男男女女，分別忙著各種意義不明的任務。大部分是人類，還有幾名蛙族人，甚至有兩個甲蟲人。所有人身上都穿著髒兮兮的廉價衣物，也幾乎所有人都扛著或蹲在一捆捆巨大的工業電纜前。

電纜的樣式五花八門，大部分是黑色，但也有棕、藍、紅和灰色的外皮。兩名魁梧的男人扛著一捆幾乎像男人大腿一樣粗的電纜，步履蹣跚。不過其他人身上的電纜直徑都不超過四英寸。

看見德克瀚出現，微弱的交談聲很快安靜下來，所有視線集中到她身上。瓦礫坑上擠滿了人影，德克瀚嚥了口口水，視線小心翼翼地穿過他們，看見傀儡拖著虛弱、躊躇的雙腿，搖搖晃晃朝她走來。

「德克瀚．布魯黛，」它靜靜地說：「我們準備好了。」

德克瀚和傀儡並肩而立了一會兒，仔細檢查一份手繪地圖。

傀儡頭上血淋淋的凹洞散發驚人的惡臭。在炎熱的空氣之中，半死不活的特殊臭味實在令人難以忍受。德克瀚盡可能憋住氣，必要時才用骯髒的斗蓬袖子掩住嘴鼻大口吸氣。

德克漢與議會商議時，其他信徒都畢恭畢敬地與他們保持一段距離。

「這幾乎是我擁有血肉之軀的所有信徒了。」傀儡說：「我派出機動的我送出緊急訊息。如妳所見，虔誠者都已聚集於此。」它停住片刻，十分不像人地「嘖」了一聲。「我們必須加快動作。」它說：「已經五點十七分了。」

德克瀚抬頭望向天空，天色正緩緩轉深，揭示黃昏的到來。她相信議會的時鐘——某個埋在垃圾場深處的時鐘——一定是分秒不差。她點頭。

在傀儡的命令之下，信徒紛紛離開垃圾場，肩上的重擔壓得他們步履蹣跚。離開前，每個人都轉身面向隱藏著機械議會的那面垃圾牆，駐足片刻，雙手虔誠比畫一個隱約像是環環交扣的輪子的手勢，若有必要，就先放下電纜。

「他們趕不及的。」她說：「電纜太重了。」

「很多人都駕了馬車來。」傀儡回答，「他們會輪班離開。」

「馬車……？」德克瀚問，「哪來的馬車？」

「有些是他們自己的，」傀儡說：「有些是在我今日下令後買或租來的；沒有一輛是用偷的，風險太高，怕會引人注意，被發現就不妙了。」

德克瀚別開目光，想到人類信徒對議會如此言聽計從，她心裡不禁一陣不安。

最後一名信徒離開垃圾場後，德克瀚與傀儡走到議會不動如山的頭部前。它側身而臥，隱身在一堆堆廢五金內。

大機械人面前躺著一捆又短又粗的電纜，斷口參差不齊，外層的厚橡膠已然碳化，裂開一英尺多，露出一團團糾結的電線，整齊的辮束也散得七零八落。

一名蛙族人還留在這片垃圾海灣中。德克瀚看見他站在幾英尺外，緊張地看著傀儡。她喚他上前，蛙族人便搖搖晃晃朝兩人走來，一下用四腳跳，一下用兩腳走，撐開長著蹼的大腳趾，好在崎嶇不平的地上保持平衡。他身上的連身服是用蛙族人時常使用的布料製成，質地輕薄，而且上過蠟，可以抗水，游泳時才不會吸水或變重。

「準備好了嗎？」德克瀚問。蛙族人飛快點了點頭。

德克瀚忍不住打量了他一番，不過她對蛙族人所知不多，一點也看不出他為什麼甘心獻身於這個古怪又嚴苛的教派，崇拜機械議會這種詭異的智慧。在她看來，議會顯然只是把將信徒當成可利用的棋子，他們的膜拜並不會帶給它任何滿足或歡愉，就只是……有點用處。

她無法理解、也沒辦法理解這座異端教堂究竟帶給它的信徒什麼樣的安慰或解脫。

「幫我把這個抬到河邊。」她說，一面搬起粗電纜的一端。電纜很重，德克瀚扛得搖搖晃晃。蛙族人趕緊上前幫忙。

西北方，在包圍機械議會的低矮垃圾山後高高矗立著一具閒置的起重機。傀儡動也不動，看著德克瀚與蛙族人離開，朝起重機走去。

電纜很重。德克瀚中途必須停下來好幾次，放下電纜，休息片刻再繼續。蛙族人面無表情地尾隨在後，跟著她停停走走。電纜越拉越長，身後的線圈也跟著越縮越小。

德克瀚領在前頭，彷彿探勘者般穿過一座座黑色小山，朝河邊走去。

「你知道這一切是為了什麼嗎？」她沒有抬頭，飛快問那蛙族人。他用銳利的目光瞥了她一眼，又回頭看向傀儡在垃圾堆中仍清晰可見的削瘦身影，搖了搖垂著雙下巴的頭。

「不知道。」他飛快回答，「我只聽說……機器議會需要我們，說今晚有工作要做。等到了這裡後才接到明確的指令。」他聽起來很正常，口氣雖然粗魯，但輕鬆隨性，聽不出有什麼狂熱的徵兆，反倒像是一名工人用冷靜的口吻抱怨經理命令他們無薪加班。

不過，當德克瀚氣喘吁吁地繼續追問——「你們多久聚會一次？」「它還要你們做些什麼？」——他的眼中開始顯露恐懼與猜疑，回答也從句子變成單字，又從單字變成點頭，沒多久就不再搭理她。

德克瀚恢復沉默，專心扛著沉重的電纜。

垃圾堆亂糟糟地一路延伸至河岸。在葛里斯彎道，所謂河堤不過是一堵矗立於黑水中的溼黏磚牆。水位高漲時，大約只有三英寸高的腐朽黏土可以防止洪水氾濫。不過其他時候，河堤的最高點與焦油河波浪起伏的河面距離有八英尺遠。

由鐵絲網、木板和水泥築成的圍牆直接搭在裂開的磚頭上，高約六英尺。是多年前垃圾場設立之初所蓋的，用以限制垃圾場範圍。但現在，累積多年的垃圾重量早已壓垮老舊的鐵絲網，岌岌可危地懸在河面之上。幾十年來，薄薄的牆面上有好幾處從水泥柱上爆開、迸裂，將垃圾傾吐到下方的河水中。圍牆不曾整修過，那些破損處現在只有被壓得密密實實的垃圾充作擋牆。

一塊又一塊被壓扁的垃圾磚以規律的速度傾洩至河中，彷彿油膩膩的火山熔渣。

用來讓垃圾船卸貨的起重機與垃圾場間原本隔著幾碼的荒涼地帶——一片低矮灌木叢和焦炙的泥土地——但在垃圾堆的蠶食侵略下，不多久便消失不見。現在，垃圾場工人和起重機操作員必須翻越這片火山渣，才能到達高高突出在垃圾場雜亂地形上的起重機。

彷彿這些垃圾能夠自我繁殖，誕育出雄偉的建築。

德克瀚和蛙族人繞過一座又一座垃圾堆，直到再也看不見議會的藏身處。他們身後拖著長長的電纜，電纜一落地便消失蹤影，隱身在一堆廢機械中，成為垃圾的一部分。

越接近焦油河，垃圾山就越是低平。前方，生鏽的圍牆突出於垃圾地表四英尺多。德克瀚稍微改變前進的方向，朝鐵絲網上一個寬闊的缺口走去。在那兒，垃圾場可直通焦油河。

德克瀚看見新克洛布桑矗立於汙濁的河水對岸。有那麼片刻，帕迪多街車站高低起伏的塔峰映入眼簾，完美地框在圍牆的缺口之中，遠遠凸出在城市上方。她可以看見鐵道穿梭在各座塔樓間，東一點、西一點突出在岩床外。民兵塔的柱塔醜陋地矗立於地平線上。

在她對面，唾爐圓鼓鼓地凸出於河岸。焦油河畔沒有綿延不絕的漫步步道，只有一段一段短短的馬路，通往私人花園、陡峭的倉庫圍牆和垃圾場。沒有人會看見德克瀚在做什麼。

距離河岸還有幾英尺時，德克瀚放下電纜，小心翼翼地朝圍籬的缺口走去。她用腳掌在地上摸索，確保地面不會突然往前坍塌，把她拋到底下七、八英尺的汙水中。她盡可能探出身子，掃視遲緩流動的河面。

太陽緩緩接近西方的屋頂，骯髒的黑水河面漆上了一層紅光。

「彭吉！」德克瀚啞聲問，「是妳嗎？」

不多久，一陣微弱的水花聲響起。河面上漂散著許多殘骸，其中一塊也不見有什麼特別之處，卻突然搖搖晃晃地朝她靠近，逆流而來。

彭吉芬奇絲緩緩從河中抬起頭。德克瀚嘴角揚起，在焦慮之中感到一陣說不上來的安心。

「好了，」彭吉芬奇絲說：「開始我最後一項工作吧。」

德克瀚點頭，心裡充滿一種荒謬難言的感激。

「她是來幫忙的。」德克瀚對另一名蛙族人說。他一臉猜疑，防備地看著彭吉芬奇絲。「這根電纜太粗又太重，你沒辦法自己搬的。你下水去，我把電纜慢慢放下給你們。」

蛙族人沉吟片刻，最後判定這名不速之客的來歷沒有手上的任務重要，於是又怒又懼地瞪著德克瀚，點了點頭。他迅速穿過鐵絲網的缺口，微一駐足，然後優雅地縱身一躍、潛入河中。他力道控制得極好，只濺起了小小的水花。

他踢水朝彭吉芬奇絲游去，女蛙人提防地看著他。

德克瀚朝四周飛快掃視一圈，發現一根比她大腿還粗的金屬圓管。金屬管極長，又出奇的重，但德克瀚不顧全身痠痛的肌肉，急忙搬起，一英寸一英寸拖過鐵絲網的缺口，硬推了出去。她伸長雙臂，肌肉痛得像快燒起來一樣，令她不禁縮了一縮。她跌跌撞撞跑回到電纜前，把它拉到河邊。

她將電纜放到水管上，用力地拉，交給等待的蛙族人。藏在垃圾場中央的電纜被她越拉越長，一寸寸放下河岸；終於，電纜放得夠長了，彭吉芬奇絲縱身一躍，幾乎跳出河面，抓住垂落的那端再沉入水下，順勢將好幾英尺長的電纜拉進水裡。垃圾山的邊緣顫巍巍地朝河水傾斜，但是電纜滑過平滑的水管，在圍籬兩端繃得又直又緊，骨碌碌地滾過表面。

彭吉芬奇絲又將手伸出河面，用力拖拉。她潛入水中，朝河底游去，遠離陷阱般的鉤子和河堤。電纜大段大段地下墜，粗暴地掠過垃圾堆，沒入水中。

德克瀚看著沒入河底的蛙族人屈起雙腿，奮力划水，原本蹣跚爬行的電纜突然往前猛竄。她嘴角勾起微笑，感到一陣短暫的小小勝利，然後疲憊地靠倒在破敗的水泥柱上。

從河面完全看不出水下在做上什麼。粗重的電纜快速滑進河堤旁的水流，以迅捷猛烈的衝勢沒入黑暗，垂直鑽入河面。德克瀚知道蛙族人一定是先將大段電纜拖進水裡，而不是直接拉著電纜末端，任其大剌剌地漂在河上，游到對岸。

終於，電纜停止不動。德克瀚靜靜看著，等待水面上出現有進展的跡象。

幾分鐘過去，河中央有東西浮現。

是一名蛙族人勝利地高舉手臂；也可能是在敬禮或打訊號。德克瀚也揮了揮手，瞇眼想看清楚是誰，還有對方是不是要傳達什麼訊息。

河水寬廣，身影又朦朧，但德克瀚旋即看見那隻手上舉著一把反曲弓，於是認出是彭吉芬奇絲。她現在看出來了，那粗魯揮舞的手臂是在跟她道別。她用更誇張的動作回應，眉心深蹙。

德克瀚突然想到，到了這最後關頭，他們其實不需要彭吉芬奇絲的幫忙。當然了，有她在事情會簡單許多，但就算沒有她，在機械議會其他蛙族人信徒的幫忙下他們也能完成。而如今看見她離去，她更不用感到不捨，即便那感覺並不強烈。她沒有必要祝彭吉芬奇絲好運，沒有必要依依不捨地揮手、感到隱隱的空虛。蛙族人傭兵要離開了，去尋找更賺錢、更安全的賞金任務。德克瀚什麼也不欠她，特別是感激和感情。

但這些日子的經歷使她對這名蛙族人產生了一股革命情感，如今見她離去，德克瀚心底不禁一陣失落。她也曾是這場混亂噩夢的一部分，小小一部分，德克瀚不會忘了她。

手臂和弓箭消失，彭吉芬奇絲又潛回水面下。

德克瀚轉身背過河岸，回頭踏進議會的迷宮。

她跟著腐朽的電纜穿過迂迴曲折的垃圾小徑，來到議會面前。傀儡站在變得小小一捆的橡膠電纜圈旁等待。

「電纜成功送到對岸了嗎？」傀儡一見到她便問。它跌跌撞撞地迎上前，從頭殼中冒出的電纜在身後啪答作響。德克瀚點頭。

「這裡也必須準備好。」她說：「輸出孔在哪兒？」

傀儡轉身，示意她跟上。它駐足片刻，搬起電纜另一端。沉重的電纜令它走起路來搖搖晃晃，但是它沒有抱怨，也沒有求助，德克瀚便默默跟在一旁，沒有幫忙的打算。

傀儡將粗重的絕緣電纜夾在手臂下，朝一堆廢五金走去。德克瀚認得那是機械議會的頭（一如童書中的錯覺圖片，眼一眨，墨水畫中妙齡女子的面孔就突然變成了老太婆）。它仍懶懶地側躺著，沒有一點生命跡象。

傀儡舉起手，伸向充作議會金屬牙齒的鐵格柵。在其中一盞大燈之後——德克瀚知道那是它的眼睛——一團糾結的電線、管線和垃圾爆出金屬殼外；殼內，一具複雜非常的分析引擎閥門正啪答啪答地運作。

這是顯示偉大的機械議會擁有意識的第一個跡象。德克瀚覺得自己彷彿看見議會巨大的眼中有燈光隱隱閃爍，忽明忽滅。

傀儡拉過電纜，放在議會的模擬大腦旁——它是組成議會獨特的機械意識的網絡之一。它解開電纜還有議會複雜的金屬腦袋中的幾根粗電線，無情的金屬在它手上留下猙獰的傷口，黏稠的灰白色血液緩慢又斷斷續續湧出，流過它腐爛的肌膚。但傀儡面容平靜，對這一切視若無睹。德克瀚別開目光，覺得一陣反胃。

它將電纜連接到議會身上，把手指粗的電線扭絞成一束電纜，末端插進插孔，朦朧的火花登時嗶剝四濺。議會頭部以及電纜的橡膠外皮之外爆出一堆堆似乎毫無用處的金屬與玻璃，傀儡仔細查看，這裡挑一些，那裡扭一扭，再把那部分丟掉，將零件組裝成一個複雜異常的裝置。

「剩下的就簡單了。」它低聲說：「只要在預定的連結地點把電線接上電線，電纜接上電纜就好，易如反掌。源頭這兒是唯一困難的部分，一定要連結正確，將意識傳導出去；這就像靈術師使用的頭盔，只是傳導的是另一種型態的意識。」

儘管困難，但當傀儡抬頭看向她，把傷痕累累的雙手在大腿上抹了抹，說完成了的時候，天色依舊明亮。

德克瀚敬畏地看著連結處爆出的火花和亮光，雖然隱隱透著一股不祥之感，但是很美，彷彿機械珠寶般閃閃發亮。

議會的頭——龐大無比而且依舊不動如山，宛如沉睡的魔鬼——透過一束連接組織連結到電纜上，彷彿一道電器或魔法留下的疤痕。德克瀚驚奇不已，最後終於抬起頭。

「好吧。」她遲疑地說：「我該離開了，我得去告訴以薩……說你準備好了。」

彭吉芬奇絲與同伴在汙水中奮力泅泳，踢水穿過焦油河漆黑的漩渦。

他們待在水底深處，河床還在兩英尺之下，勉強可見那一片高低起伏的黑暗。電纜原本在堤岸邊緣的河床底部堆成一大圈，如今緩緩解開。

電纜很重，他們緩緩拖著它穿過汙濁的河水。

這一段河流中只有他們兩人，沒有其他蛙族人。幾隻乾癟癟、看起來皮厚肉粗的小魚一察覺他們接近，便緊張地迅速游走。彭吉芬奇絲心想：嘖，好像我會想吃牠們一樣。

分秒流逝，祕密任務繼續。彭吉芬奇絲並沒有想到德克瀚，也不去想今晚將會發生什麼事——她沒有將她偷聽到的計畫放在心上，也不去評估成功的可能性有多高。這些統統不關她的事。

沙得拉和坦索都死了，現在，是她繼續前進的時候。

她在心底隱隱祝福德克瀚和其他人，祝福他們一切順利。雖然非常短暫，但他們曾是同伴。而且她依稀意識到這件事至關重大。新克洛布桑是個富有的城市，存在著上千名潛在金主，她也希望這城市平安無事。

在她前方，河堤滑溜溜的漆黑牆面越來越接近。彭吉芬奇絲放慢速度，在水中盤桓，拉起一段足夠延伸到河面的電纜，遲疑片刻後踢水往上游。她打了個手勢，示意雄蛙族人跟著她。她往上游過幽暗的河水，朝河面斷斷續續的光線前進。水面上，千絲萬縷的陽光自四面八方滲進微微起伏的波浪。

兩人一起衝出河面，踢水游過最後幾英尺，進入河堤的陰影。

生鏽的鐵環卡在磚牆中，充作通往上方河堤步道的簡陋梯子。出租車與行人的聲音沉墜至他們周圍。

彭吉芬奇絲微微調整弓箭的位置，好背得舒服些。她看向那名臉色陰沉的雄性同胞，用勒波克語跟他交談——東部的蛙族人大多使用這種多音節的喉音語言。他說的是城市中的方言，混雜了人類的瑞莫爾語，不過兩人還是能互相理解。

「你的同伴知道要來這裡找你嗎？」彭吉芬奇絲粗聲粗氣地問。他點頭（這是另一個被城市蛙族人沿用的人類動作）。「沒我的事了。」她說：「接下來你就自己處理吧。你可以等他們來。我要走了。」他看著她，依舊繃著一張臉，又點頭，舉起手揮了揮，可能是某種敬禮的手勢，彭吉芬奇絲覺得很有趣。「多子多孫。」她說。這是蛙族人傳統的道別詞。

她沒入焦油河中，使勁一蹬，踢水游開。

彭吉芬奇絲順著水流往東游去，心情平靜，但能感到一股興奮之意填滿胸臆。她沒有計畫、沒有羈絆。她突然好奇思忖，自己接下來該做什麼呢？

水流帶領她往史崔克島去，在那兒，焦油河將在混亂的水流中與瘡河交會，變成大焦油河。彭吉芬奇絲知道國會大樓的水下地基有蛙族民兵巡邏，因此與之保持距離，擺脫河水的拉力，一個急轉，朝西北方的上游游去，改道進入瘡河。

這裡的水流比焦油河強勁、冰涼。在進入嚴重汙染的廢水前，她開懷暢游了一小段時間。她知道眼前是從獾沼排放出來的廢水，因此迅速踢水，游過那片黑暗。當她靠近某些區域，皮膚會傳來水精熟悉的顫抖，這時她就會從旁邊繞開，選別的路線穿越魔法師區的濁流。她在這噁心的液體裡淺淺呼吸，彷彿這樣就能避免受到汙染。

終於，水似乎不那麼濃稠了。在兩河交會的上游一英里多外，瘡河突然變得清澈、純淨許多。

彭吉芬奇絲感到一種近似喜樂的寧靜。

她開始感覺到河中有其他蛙族人游過。她垂著腳踢水，到處都可以察覺從通道排出的輕柔水流。這些通道來自蛙族有錢人家的豪邸，它們可不像焦油河沿岸或李奇佛德、大彎區一帶的簡陋小屋。幾十年前，那些明顯流露人類設計風格、覆蓋著一層瀝青的黏膩建築就這麼直接蓋在河裡，然後又絲毫不顧衛生地坍倒河中，成為蛙族人的貧民窟。

而這裡呢，恰恰相反。自山頂流下的冰涼淨水會穿過精心開鑿在地表下的通道，流進完全由白色大理石堆砌而成的河畔豪宅。房屋外觀相當高雅，與兩旁的人類房屋沒有不同，但裡頭住的卻是蛙族人。空蕩蕩的門口直接通往水上與水下的寬闊房間，屋內鑿有運河水道，還有水閘每天替換新鮮的清水。

彭吉芬奇絲在水底下低低游過富裕的蛙族人家。離城市中心越遠，她就越開心、越放鬆，暢快地享受這自由的感覺。

她張開雙臂，透過感應傳送小小的訊信給水精。水精離開她的肌膚，穿過薄棉上衣的毛孔，溜到河中。在忍受許多天的乾燥、下水道汙水和廢水後，水精終於享受到乾淨的清水。她如波浪般在水中自由自在開心翻滾，彷彿奔騰河水中一股具有生命的水濤。

彭吉芬奇絲感覺到她向前游去，也嬉戲似的跟在後頭，伸手握住她。水精開心地蠕動。

我要往上游去，彭吉芬奇絲決定了，繞過山腳，穿過貝許亞克峰，或許再穿過蟲眼灌木林的邊陲。嗯，我要去冷爪海。有了這個突如其來的決定後，德克瀚與其他人在她心裡的位置立刻改變，變成一段歷史、一段過去、一段她將來有一天或許會講述的故事。

彭吉芬奇絲張開巨大的蛙嘴，暢飲瘡河水。她繼續向前游，穿過郊區，往上游游去，離開這座城市。

49

穿著骯髒連身服的男男女女自葛里斯彎道的垃圾場湧出。有人徒步行走，有人乘坐小馬車；有人獨行，也有兩人結伴或四五成群。他們用不會引人起疑的速度陸續分批走出，步行的人將大捆大捆的電纜扛在肩上，或者捆繞成圈，與同伴協力搬抬。有小馬車的人則將大捆大捆的磨損電纜放在後方的車廂，同伴就坐在隨車行顛簸的電線上。

在接下來的兩個多鐘頭，他們遵循機械議會發配的時間表離開，陸陸續續進入城市。間隔的時間不一，是議會特別計算過的。

一輛載有四名男人的小馬車出發，加入雞冠橋上的車流，朝北方的唾爐中心蜿蜒前進。他們不疾不徐地駕著馬車，轉上聖龍大道兩側種滿榕樹的寬闊街道。路面鋪著木板，他們跟著馬車無聲的顛簸左搖右晃。木板路是沃德邁爾市長留下的遺產，性情古怪的他非常討厭窗下傳來車輪碾過石子路的噪音。

駕駛在車陣中等待了一會兒，然後轉向左方，進入一塊小小的庭院。雖然已看不見聖龍大道，但是街聲仍密密包圍他們。馬車停在一面富麗的紅磚高牆前，牆後飄出忍冬細膩的香味。小叢小叢的藤蔓與西番蓮突出牆緣，高懸在頭頂上方，在微風中輕輕搖曳。那是凡奈吉恩塔克修道院的花園，由仙人掌異議人士與人類組成的花神僧侶共同照料。

四名男人從馬車上一躍而下，卸下工具和沉重的電纜。路人經過時飛快朝他們瞄了一眼，但過目即忘。

其中一人將電纜末端高高舉起，靠在修道院牆上。他的同伴拿起一只沉重的鐵架和槌子，迅速槌了三下，電纜的一端便固定在牆上離地約七英尺的地方。兩人又往西前進了八英尺左右，然後如法炮製，固定電纜，如此不斷快步沿著牆面前進。

他們的動作並不鬼祟，只是迅速、確實，而且低調。咚咚的搥打聲不過是城市樂曲中的一段間奏。兩名男人消失在磚牆的轉角，朝西方前進。他們拖著一大捆絕緣電纜，另外兩人留守原地，在固定好的這端等待。電纜內部的紅銅和合金如金屬花瓣般綻開。

第一組雙人小隊帶著電纜沿著拐彎的牆面前進。那面牆深入唓嚧，繞過餐廳的後門和精品服飾及木匠鋪的送貨口，朝紅燈區與新克洛布桑繁忙熙壤的中心──鴉區──而去。

電纜上上下下爬過磚牆與水泥地，繞過牆內的斑汙，加入其他曲折蜿蜒的水管、簷溝、排水管、瓦斯管、魔法導管、生鏽的水溝，以及被人遺忘、功用已模糊不明的電路。平凡無奇的電纜像隱形了一樣，它不過是城市中的一條神經，眾多電線的其中之一。

他們終究得要穿越街道。馬路在此與磚牆分道揚鑣，緩緩朝東蜿蜒而去。他們將電纜放到地上，靠近一條通連馬路兩側的溝槽附近。那是一條水溝，原先是為了排放糞汙，現在是排放雨水。六英寸寬的溝渠橫在鋪路板之間，廢水流過鐵格柵，在遠處的街尾進入地下城市。

他們把電纜鋪在溝槽內牢牢固定，很快就拉到馬路對面。偶爾有車流經過，他們就先退到一旁。不過這條街的交通並不繁忙，他們並沒有被打斷太多次。

依舊沒人對他們的行為起疑。到了對街後，他們又將電纜拉回牆上──這一次是一所學校的圍牆，窗內傳出四種方言的喊叫聲。不起眼的兩人經過另一群工人，他們正在馬路對面的轉角處挖路，更換碎裂的石板。他們抬頭看向經過的兩人，隨口咕噥打了聲招呼，便沒再理睬。

接近紅燈區時，機械議會的信徒拖著沉重的電纜，轉進一所院子裡。高過於頂的磚牆從三面包圍他們，大約有五層樓高。磚塊骯髒汙穢，長滿青苔，還有多年的煙塵和雨水在牆上留下斑斑蝕痕。窗戶與窗戶間的間隔不一，彷彿有人隨手從頂樓倒下，就這麼凌亂散落於屋頂和地面之間。

窗內傳出哭泣聲、咒罵聲、談笑聲，還有廚具的碰撞。一個看不出性別的漂亮小孩在三樓的窗戶看著他們。兩名男人緊張地對望一眼，掃視其他俯瞰街道的窗戶。不過除了小孩外沒看見其他面孔，他們的行動未曾暴露。

兩人放下電纜，其中一人抬頭與小孩四目相交，淘氣地眨眨眼，咧嘴一笑。另一人單膝跪下，院子的地上有個圓形的人孔蓋，他從蓋子的鐵條間望進去。

下方的黑暗之中傳來一聲粗魯的呼喊。一隻髒手伸出金屬蓋外。

男人拉了拉同伴的腿，低聲道：「他們到了……是這裡沒錯！」他抓起電纜粗糙的尾端，要塞進人孔蓋下。但是電纜太粗了，擠不進鐵條之間的空隙，他咒罵一聲，在工具箱裡找到鋼鋸，動手鋸起堅硬的鐵條。刺耳的金屬摩擦聲令他不禁瑟縮。

「快點。」底下的無形人影說：「有東西跟著我們。」

鐵條鋸斷了，院子裡的男人用力將電纜推進參差不齊的缺口。他的同伴垂眼看去，這緊張的畫面看起來就像顛倒的出生過程，既怪誕又詭異。

底下的男人抓住電纜，拉進黑暗的下水道。在密閉的寧靜庭院裡，好幾碼長的電纜線圈漸漸鬆開，進入城市的血管。

小孩好奇地看著底下情景，兩名男人在一旁等待，雙手在連身服上擦了擦。等到電纜拉緊、消失地底，並緊貼在小死巷的轉角後，兩人便迅速離開被陰影籠罩的下水道入口。

轉過街角後，其中一人抬起頭，又對小孩眨眨眼，然後繼續往前走，消失在小孩的視線範圍外。

主街上，兩名男人一語不發地分道揚鑣，在落日之下朝不同方向離開。

修道院內，兩名等待的男人抬頭仰望。

對街有棟水漬斑斑的水泥建築，三名男人出現在屋頂搖搖欲墜的圍牆後方，手裡拖著自己的電纜。他們一路從唾爐南方的角落來到此地，橫越一棟又一棟屋頂，在身後留下長長一道蛇行蜿蜒的電線，現在手上扛著的是最後的四十英尺。

電纜在屋頂上的違章建築間留下蜿蜒的形跡，加入在鴿寮間忽隱忽現的水管軍團。它們擠過塔樓的縫隙，像醜陋的寄生蟲般緊緊釘在石板上；還橫跨街道上空，微微垂落在連結對街兩頭建築的小橋旁，離地約二十、四十多英尺。若兩側建築間隔不到六英尺，男人便直接扛著電纜跳過空中。

電纜朝東南方消失，突然下墜，穿過黏答答的防洪排水溝，進入下水道。

男人走向屋子的防火逃生門，循著樓梯將粗電纜拖到二樓，低頭望向修道院的花園以及兩名在地上觀望的男人。

「準備好沒？」其中一名新來者喊道，朝底下的同伴做了個拋擲的動作。兩人抬頭看去，點點頭。防火逃生門邊的三人停頓片刻，數到三，將剩下的電纜拋下去。

電纜在空中蠕動，彷彿一頭會飛的蛇怪。一名男人跑上前，電纜「碰」的一聲重重落在他手臂上。他痛吼了一聲，但成功接住電纜，高高舉在頭頂上，盡可能地拉緊。

他把沉重的電纜靠在修道院的圍牆上，調整好位置，讓新電纜可以分毫不差地連到已經固定在修道院圍牆的那一條。他的同伴用鐵鎚將電纜釘好。

黑色電纜橫跨行人頭頂上空，然後以陡峭的角度下墜。防火逃生鐵門邊的三人探出上半身，觀看同伴進行瘋狂的連結工程。底下的一人將大捆大捆的電線扭絞成一束，連結電纜。他的動作很快，兩端赤裸裸的金屬電線沒多久便合而為一，出現一個醜陋卻實用的結。

那人打開工具箱，拿出兩只小瓶子，飛快搖了搖。他拔開其中一罐的瓶塞，將裡頭的液體迅速倒在電纜上。黏液滲入扭結，那人又把第二瓶也倒了下去。兩種液體混合，產生滋滋作響的化學反應。男人往後站開，伸長手臂繼續倒。溫度迅速變高的金屬開始飄出煙霧，男人閉上眼睛。兩種化學物質交會、混合、爆炸，散發毒煙，並迅速噴發出一股熱氣，溫度高到足夠讓兩條電纜牢牢焊緊。

熱氣退去後，兩名男人開始進行收尾工作。他們將破破爛爛的粗麻布條鋪在接合處，並在上頭塗上厚厚一層濃稠的瀝青塗料，蓋住赤裸的金屬，做為絕緣的防護層。防火逃生門旁的三名男人很滿意。他們轉身循來時路折返，回到屋頂上，身影迅速消失在城市之中，猶如風中輕煙般來去無蹤。

在葛里斯彎道和鴉區之間，同樣的工作也在進行。下水道中，大批男男女女偷偷摸摸穿過滴著水又嘶嘶作響的地底隧道。可以的話，隊伍便由對地底城市略有了解的人帶領——如下水道工人、工程師、小偷。他們身上都帶著地圖、火把、槍隻和嚴格的指令。十多個人影中有好幾個扛著沉重的電纜，沿著被分派到的路線前進。一段電纜拉到盡頭後，便接起新的一段，然後繼續前進。

有時候隊伍走散，盲目朝著危險的地區前進——水怪的巢穴或地下幫派的基地，使任務產生危險的延誤。幸而他們及時警覺，低聲求助，循著同伴的聲音返回原路。

終於，他們在隧道的主要中繼站——下水道的某個中型樞紐——與另一個隊伍的尾端會合。他們用化學藥劑、火把或祕密魔法將兩條巨大電纜的末端焊起來，然後固定在貫穿下水道的龐大水管動脈上。任務完成，眾人鳥獸散去，消失無蹤。

在不顯眼的地方——像是朝四面八方蔓延的後巷或一大片縱橫交錯的屋頂——電纜會從地底下探出頭來，被地上的工作隊伍接過。他們拉著電纜，越過倉庫後青苔叢生的小山，爬上潮溼的磚梯，穿過屋頂，沿著亂糟糟的街道前進；在那兒，工人隨處可見，完全不會有人注意到他們。

他們與其他同伴會合，連接電纜。完成後眾人便分道揚鑣，各自散去。

機械議會擔心有些隊伍可能會迷路，錯過集合點——特別是分派到地底城市的那些——因此一路上還特別派駐了支援小組。他們等在建築工地和運河旁，電纜像蛇一般蜷在腳邊，靜待通知，看是否有哪裡的任務沒有預期完成。

但這項任務似乎受到奇蹟庇佑。雖然難免有受阻或迷路的時候，浪費了些時間，導致短暫的驚慌，但是沒有任何一支隊伍失去消息或錯過集合點，支援小組沒有派上用場。

城內於是搭起了一組蜿蜒曲折的龐大電路，綿延超過兩英里。霧黑色的橡膠外皮鑽過糞泥，穿過苔蘚和腐爛的紙屑，橫越茂密的矮灌木叢與散落著磚頭的草地，驚擾野貓和街童，固定在房屋外牆上布滿一顆顆潮溼磚屑的溝槽內。

沒有任何東西可以阻擋電纜。它一路挺進，雖然不時需繞道而行，但總立即回到正軌，在炎熱的城市中畫出一條蜿蜒的路徑。它如同迴游的魚兒般意志堅定，奮力穿越高聳於新克洛布桑中心的巨大建築。

日落西山，勾勒出山稜雄偉恢弘的線條，但它們依舊比不上帕迪多街車站那片混亂的壯麗奇景。光影掠過它廣袤無邊、變幻莫測的地形，夕陽餘暉將火車映得耀眼生輝，一輛輛如獻祭般駛進車站深處。針塔如蓄勢待發的長矛般串起片片雲朵，氣勢懾人，但在車站旁依舊顯得微不足道。它不過是一座小小的水泥塔，攀附在聲名狼籍的巍峨建築上，耽溺於豐足的城市之海中心。電纜朝它蜿蜒而去，時而爬過地表，時而隱沒其下，不曾有一絲遲疑。

帕迪多街車站的西面通往畢爾山頓廣場。這個廣場人潮洶湧，美輪美奐。中央的公園四周，馬車與行人熙來攘往，好不熱鬧。青蔥的草地上，雜耍藝人、魔法師和攤販的吟誦聲與叫賣聲不絕於耳。快活的市民無視占據天空的巨大建築，只有餘暉映照其上，建築像萬花筒般閃耀生輝時才會注意到它。灰泥和上了油漆的木頭如玫瑰般綻放，磚頭如血珠般鮮紅，鐵梁璀璨奪目，令人驚喜難忘。

畢爾山頓街貫穿連接車站主棟大樓和針塔的巨大拱橋下。帕迪多街車站並非一棟獨立的建築，它沒有明確的邊界，低矮的塔樓從背面向外延伸，進入城市，逐漸變為簡陋住宅的屋頂。覆蓋其上的水泥石板向外蔓延，越來越低矮，但突然又變成醜陋的運河圍牆。五條鐵路線自中心展開，通過巨大的拱橋，經過一層又一層的屋頂。車站的磚牆支撐、包圍著鐵軌，阻斷街道。這座雄偉的車站就這麼一點一滴溢出它的邊界外。

帕迪多街本身是條又長又窄的通道，垂直突出於畢爾山頓街，朝東向奇德蜿蜒而去。如今已沒有人知道它當初有何重要，竟讓車站以它為名。它是一條石子路，兩旁的房子並不算骯髒，但確實已年久失修。它過去可能曾是車站的北界，但如今早已被超越。車站的建築蔓延而出，迅速突破這條小街。

車站的樓層不費吹灰之力躍過它頭頂，如霉菌般蔓延到後方的屋頂，改變畢爾山頓街北側的露臺景觀。在部分路段，帕迪多街的上空不受遮蔽；但大多地方，街道上方不是擋著裝飾有石像鬼的磚造拱頂，就是木格或鐵格柵。帕迪多街籠罩在車站的陰影中，永遠點著煤氣燈。

帕迪多街仍有人居住。家家戶戶每天在幽黑的人造天空下甦醒，穿過迂迴的街道出外工作，在陰影中來回進出。

街道上方時常傳來沉重的靴子走路聲。車站正面以及大部分屋頂都有警衛駐守：私人保全，外國傭兵和民兵；有些穿著制服，有些則是便衣。他們在車站以及用石板及黏土建構出的山陵地景間巡邏，護衛塞滿各樓層的銀行、店鋪、大使館與政府辦公處。他們如探險家般小心翼翼沿著規畫好的路線穿過塔樓與螺旋鐵梯，經過穹形窗戶，行經隱密的空中庭院，横越低矮處的屋頂，俯瞰底下的廣場、陰暗處與這座巨大的城市。

但在東方更遠處，車站後方散落著無數出入口與較小的建築，保全較為鬆散，也較為危險。高聳的建築在這兒幽暗許多，日落時分在地平面上投下巨大的陰影，籠罩大半個鴉區。

主要建築區外，德克斯右線的鐵軌穿過帕迪多街與奇德站間一棟多年前遭小火燒毀的老舊辦公室。火災並沒有傷及建築結構，但災情已足夠讓裡頭的公司破產倒閉。燒成炭的房間已清理乾淨，但燒焦味頑強異常，都要十年了仍未消散，不過流浪漢並不在意。

經過兩個多小時痛苦緩慢的移動，以薩與雅格哈瑞克終於抵達這棟燒毀的空殼，滿心感激地癱倒在地。他們放開安卓，重新綁好他的手腳，趁他醒來前將塞嘴布塞回去，然後開始吃起他們僅存的少量食物，靜靜地坐在地上等待。

儘管天色尚明，但他們的藏身處卻籠罩在車站的黑暗陰影之下。再一個多鐘頭太陽就要下山了，黑夜將緊接而至。

兩人低聲交談。安卓醒轉，又開始哼哼啊啊地叫嚷，可憐兮兮地環顧房內，哀求他們放他離開。以薩看向他，但他實在太疲憊也太哀傷，眼裡已透露不出一絲愧歉。

七點整，酷熱難耐的門外傳來窸窸窣窣的聲響，即便在鴉區嘈雜的大街仍清晰可聞。以薩掏出他的火槍，示意雅格哈瑞克噤聲。

是德克瀚。她一臉疲憊，而且全身髒得不像話，臉上又是泥土、又是油漬。她屏息穿過門口，關上門，靠著門板緩緩垮落，一面啜泣，一面吐出憋在胸中的空氣。她走上前，先握了握以薩的手，然後是雅格哈瑞克。兩人喃喃向她打了聲招呼。

「我想這裡被監視了。」德克瀚急忙說：「有個人站在對面菸草店的棚子下，身穿綠色斗蓬。看不見他的臉。」

以薩與雅格哈瑞克全身肌肉立刻緊繃。鳥人悄悄走到用木板封死的窗戶下，無聲無息地抬起鳥眼，湊到木板上的一個節孔前，掃視廢墟對面的街道。

「沒有人。」他木然道。德克瀚也湊上前，從洞中望出去。

「或許他沒要幹麼。」她最後終於說：「但是再往上一、兩層樓我會安心些；以免有人闖入。」

現在，以薩不用怕人看見，可以光明正大地用槍指著苦苦哭求的安卓，逼他自己走，行動起來容易多了。一行人爬上樓梯，在焦炭的表面留下足印。

頂樓的窗戶沒有任何玻璃或木板，他們的視線可以越過屋頂的石板，看見不遠處車站層層交錯的雄偉建築。他們等待天色轉暗，終於，在煤氣燈微弱的橘色火光下，雅格哈瑞克爬出窗戶，輕輕落在後方長滿青苔的牆頭。他悄悄前進五英尺，走到連結德克斯右線與帕迪多街車站的建築屋頂。車站恢弘的身影沉甸甸地盤據西方，凌亂的光影點綴其上，猶如地上的繁星。雅格哈瑞克昏暗的身影孤伶伶地佇立於高大的建築上。他掃視眼前的煙囪與傾斜的黏土屋頂。沒有人發現他。他轉頭看向漆黑的窗戶，示意其他人跟上。

安卓年老體衰，身子骨又僵硬，要他在他們找到的狹窄通道上行走實在是項艱鉅的任務。他沒辦法攀上跳下，以薩與德克瀚幫忙他，一人用槍指著他腦袋，一人扶著或緊緊抓牢他，好心卻又殘酷地領著他前進。

他們解開他四肢的束縛，讓他自己走，但塞嘴布必須留著，以防哭聲和哽咽聲傳開。

安卓帶著滿腹疑問，可憐兮兮地蹣跚前進。他就像在地獄之外遊蕩的靈魂，踩著痛苦的步伐，一步步接近那無法逃脫的終點。

四人穿過與德克斯右線平行的屋頂世界。來往的鐵火車吐著騰騰黑煙從他們身旁呼嘯而過，汽笛聲震耳欲聾，煤煙大口大口地咳進逐漸黯淡的天光之中。他們緩緩朝前方的車站前進。

沒多久，眼前的地貌改變了。從四面八方升起的建築取代了陡峭的石板，他們必須徒手攀爬，穿過被窗牆包圍的窄小水泥走道，躲在巨大的舷窗之下，爬上蜿蜒於矮塔間的短梯。隱藏的機器震得磚牆嗡嗡作響。帕迪多街車站的屋頂已不在他們的視線前方，他們如今得抬頭仰望。他們跨越了某道朦朧的邊界，由屋頂露臺交錯而成的街道已然到了盡頭，眼前展開的是車站如山陵般高聳起伏的建築。

他們盡量避免需要攀爬的路線，悄悄穿過如暴牙般突出的磚岬邊緣及小路。以薩環顧四周，一顆心如吊水桶般七上八下。右方低矮的屋頂與煙囪遮蔽視線，看不見下方的馬路。

「保持安靜，小心一點。」他低聲說：「可能會有警衛。」

東北方，車站巨大的陰影中出現一道半圓形的弧線；是一條街道，被周遭的建築物遮去了一大半。以薩指向它。

「那兒。」他低聲說：「帕迪多街。」

他的手指順著街道指去，前頭不遠處，帕迪多街與頭顱街交會。他們正是順著這條路前進。

「那兩條路的交會處，」他低聲說：「就是我們的交貨點。雅格……你可以幫忙跑一趟嗎？」

鳥人迅速離開，朝前方幾碼外的一棟高樓背面走去。那兒有條又髒又臭的生鏽簷溝一路朝地面傾斜，彷彿一道樓梯。

以薩與德克瀚緩緩前進，用槍輕輕頂著安卓往前走。抵達十字路口後，他們重重跌坐地上，等待鳥人的消息。以薩抬頭仰望天空，現在只剩高處的雲朵還留有一抹天光。他低下頭，看向安卓糾結的面孔，還有那雙悲慘又怨恨的眼神。城市四方，夜晚的聲音悄悄響起。

「噩夢還沒開始。」以薩喃喃道。他抬頭看向德克瀚，伸出手，掌心朝上，彷彿要感覺雨滴落下一樣。

「現在什麼都還感覺不到，牠們一定還沒出現。」

「或許牠們還在療傷，」她語氣中沒有半點歡欣，「或許牠們根本不會出現，而這一切——」她的視線飛快往安卓的方向一瞥，「——這一切都將白費。」

「牠們會來的。」以薩說：「我向妳保證。」他閉口不談若計畫生變該如何應對；他拒絕承認有這種可能。

以薩與德克瀚靜默了一陣，突然同時發現兩人都看著安卓。他的呼吸緩慢，眼珠子不停東張西望；

他的恐懼已經變成一種毫無存在感的背景雜音。我們可以拿掉他的塞嘴布，以薩心想，他不會尖叫……但是有可能會開口說話……於是他讓塞嘴布留在原位。

附近傳來一陣扒搔聲，以薩與德克瀚用冷靜的速度舉起手槍。雅格哈瑞克長滿羽毛的鳥頭自黏土牆後方浮現，兩人放下武器。鳥人翻過屋頂龜裂的突臺，悄悄潛進，肩上扛著一大捆電纜。

看見鳥人搖搖晃晃走來，以薩迎上前去。

「你拿到了！」他沉聲道：「他們已經在那兒等著了！」

「他們等得不耐煩了。」雅格哈瑞克說：「他們一個多小時前就已經從下水道上來，擔心我們是不是被抓或被殺了。這是最後一段電纜。」他將電纜扔在地上。這捆電纜比其他地方用的要來得細，連結處大約有四英寸寬，表面裹著一層薄薄的橡膠。剩下的電纜大約有六十英尺長，在他們腳踝邊緊蜷成圈。

以薩跪下來檢查。德克瀚的槍依舊指著簌簌發抖的安卓，她瞇眼看向電纜。

「它接起來了嗎？」她問：「可以用嗎？」

「我不知道。」以薩低聲說：「在我連上引擎、完成電路之前我們不會曉得。」他抬起電纜，扛到肩膀上。「沒有我想像中長。」他說：「所以我們無法太靠近帕迪多街車站的中心。」他緊抿雙脣，環顧四周。沒關係，他想，選在這裡只是要敷衍議會，遠離那個垃圾場、好在它過河拆橋以前……能有逃出生天的機會。但他發現自己內心原來期望著他們能夠在車站中心執行這項計畫，彷彿那些磚塊裡確實蘊藏著什麼神奇的力量。

他指向東南方不遠處，那兒上頭有幾座四面陡峭但表面平坦的小屋頂。那些屋頂如巨大的石板梯般向外延伸，旁邊聳立一面平坦骯髒的水泥巨牆。低矮的屋頂丘陵大約在他們上方四十英尺處結束，以薩希望那兒後方是片平坦的高起平面。L型的巨大水泥牆越過屋頂，繼續又上升了約六十英尺，從兩側包圍住它。

「那裡，」以薩緩緩說：「就是我們的目的地。」

50

爬上梯狀屋頂的半途中，以薩和他的同伴驚動了某人。

黑暗中突然傳來醉醺醺的鼓譟聲，以薩和德克瀚慌忙摸向手槍。一名酩酊大醉的乞丐以完全不像人類的怪異動作一躍而起，衝下坡；破爛的衣裳在他身後飄揚翻飛。

以薩漸漸能夠看見車站屋頂的居民。隱蔽的天井散落著微弱的火光，幽黑與飢餓的人影包圍橘紅色的焰芒，還有人蜷縮在古老尖塔的角落邊上沉睡。這裡存在的是另一種社會，衰圮、頹廢；一座居民以流浪與拾荒維生的小小山地部落，一個截然不同的生態環境。

屋頂上空，船身鼓脹的飛船高掛天際，在夜空中滑行而過。這些獵食者發出刺耳的噪音，骯髒的船身上光影交雜，在黑色的雲層間轟隆行進。

以薩鬆了口氣，眼前用層層石板堆砌而成的屋頂高臺一片平坦，面積約有十五平方英尺，容納他們三人綽綽有餘。他用手槍指了指，示意安卓坐下。老人聽命，動作倉促卻遲緩地癱坐在遠處角落，抱膝縮成一團。

「雅格，」以薩說：「把風的事就交給你了，老小子。」雅格哈瑞克扔下他扛上來的最後一段電纜，站在狹小的空地邊緣看哨，俯瞰屋頂巨大的坡面。以薩背著沉重的帆布袋，搖搖晃晃走到中央，放下袋子，拿出裡頭的裝備。

有三頂鏡盔，他戴上其中一頂，兩頂交給德克瀚，德克瀚再將其中一頂遞給雅格哈瑞克。除了鏡盔外，袋裡還有四具約莫大型打字機大小的分析引擎、兩顆大型化學魔法電池、一顆甲蟲人設計的變換發條電池、幾條連結電纜、兩頂靈術師用的大型頭盔——也就是之前機械議會誘捕第一隻魔蛾時強套在以薩頭上那種。此外還有幾根火把、黑色火藥、子彈、一疊程式卡，一堆變壓器和魔法轉換器、功用不明的紅銅電路板與白鑞電路板，以及幾具小型馬達和發電機。所有東西都破舊不堪，髒兮兮的表面布滿凹痕和裂口，看上去窮酸又淒涼。這些亂七八糟的東西能有什麼用？看起來就像一堆垃圾。

以薩蹲在旁邊，開始準備。

沉重的頭盔壓得他頭搖搖晃晃，他連接其中兩具分析引擎，組成一個強大的網絡。不過接下來才是真正困難的部分，他要用剩下的零件組成一個連通電路。

他將電線接上馬達，另一頭連到另一具更大的分析引擎上。他打開最後一具引擎，檢查內部的細部調節裝置。引擎的迴路經過他改造，裡頭的閥門不再只是簡單的二進制開關。經過小心翼翼的特別調整，它們可用來計算曖昧模糊的模型，也就是危機數學的灰色地帶。

他將小插頭插進接收器，並將危機引擎連上發電機和轉換器。轉換器可將形式不明的神祕能量轉換成另一種形式。不多久，一個井然有序的線路便在平坦的小屋頂上展開。

他最後拿出布袋並連結到那不斷擴增的機器上的，是一只用黑錫草草焊接、大約像鞋子一樣大的盒子。以薩拿起最後一段電纜——這項浩大的游擊工程足足蔓延超過兩英里，一路連結到藏於葛里斯彎道垃圾場中的巨大祕密智慧。以薩熟練地解開攤在地上的電線，連結到盒子上頭。他抬頭看向德克瀚，她也正看著他，槍口依舊對著安卓。

「這是斷路器，」他說：「是一枚閥門，只允許單向流動。我要靠這東西阻斷議會的連結。」他拍拍危機引擎的各個零件。德克瀚緩緩頷首。天色幾乎已經完全轉黑，以薩抬頭看著她，緊抿雙脣。

「我們不能讓那狗娘養的傢伙接觸到危機引擎。我們必須和它保持距離。」他一面連結五花八門的零件，一面解釋，「妳還記得它說過的話嗎——它說那具傀儡是從河裡打撈出來的屍體。聽它在屁！那是一個**活生生的人**……雖然已經沒有思考能力，這是當然的；但是心臟還在跳動，肺也仍在呼吸。機械議會必須趁他還**活著**時移除他的腦——這正是關鍵所在，否則身體很快就會腐爛。

「我也不知道……或許是有個瘋狂的信徒被當成供品獻給議會；或許他是自願的，也或許不是。不管怎樣，這代表議會視人命如草芥。無論是人類或其他種族，只要有……利用價值，它可以輕易殺了他們。它沒有同理心，更不受道德規範。」以薩接著說，手裡用力推著一塊不聽話的金屬，「它只是一個……懂得運算的智慧，腦中只有成本與利益。它嘗試……**把自己的功能最大化**。為了增強自己的力量，它會不擇手段——欺騙我們，甚至痛下殺手。」

以薩停頓片刻，抬頭看向德克瀚。

「現在妳知道了，」他輕聲說：「所以它才想要我的危機引擎。它一直逼我交出來，我才不得不開始思索背後的原因；於是我準備了這個玩意兒，」他拍拍那個斷路器，「如果直接與議會連結，那個大機械人或許會從危機引擎上得到反饋，進而掌控危機引擎。議會不知道我要用這個玩意兒，所以才那麼希望我連結。它不曉得該怎麼打造自己的引擎；妳可以拿聖主那老傢伙的屁股來賭，就是因為這樣它才這麼重視我們。

「小德，雅格，你們知道這具引擎能做什麼嗎？當然，它只是個原型……但如果它達到預期中的效果……如果再繼續深入研究、擬好藍圖，把它打造地更加完整，解決所有小毛病……你們知道它能做什麼嗎？

「**什麼都能做**。」他停頓片刻，但手裡依舊馬不停蹄地連結電線，「大氣中充滿了危機。如果這具引擎能夠偵測、轉換、傳導這些能量……世界上沒有它做不到的事。先前因為卡在數學問題上，所以我一直無法有所突破。你必須用數學的形式傳達你想要引擎做的事，這就是那些程式卡的功用。而議會的整副頭腦都以數學的形式運作；若那混蛋連結上引擎，它信徒相信的一切**就會變得一點都不瘋狂了**。

「因為，你們都知道他們將它稱做機械大神對吧？嗯……這個稱號將會變得名符其實。」

一時間，三人緘默無語。安卓轉動眼珠，他一個字也聽不懂。

以薩默默工作著。他想像一座受機械議會奴役的城市，想像它連上這具小小的危機引擎，不停打造越來越多具引擎，規模一天比一天壯大，並將它們全連結到它自己身上，用它自己的魔法、電力化學和蒸汽提供它的分身力量。巨大的閥門在垃圾場深處咚咚敲打，像織蛛吐絲般，輕而易舉便可扭曲、破壞現實，所有人都將臣服於它那冰冷浩瀚的智慧。而它的意識只是純粹的數學運算，如嬰兒般任性。

他手指撫過斷路器，輕輕搖了搖它，祈禱裡頭的零件與功能安然無恙。

以薩嘆了口氣，拿出議會給他的厚厚一疊程式卡，每一張卡上都印著議會那部老舊打字機的字跡。

以薩疑惑地抬起頭。

「現在還沒十點，對吧？」他問。德克瀚搖頭。「空中還是沒出現任何東西對吧？那些蛾還沒出現，我們要趕緊趁牠們現身前做好準備。」

他低下頭，扳動兩顆化學電池上的操控桿。電池內的反應物開始混合，隱約可以聽見滋滋冒泡的聲音。電流一釋放，閥門立刻噠噠噠響起，輸出孔也傳出轟隆隆的噪音。屋頂上的機器彷彿突然有了生命。危機引擎開始運轉。

「它現在只是在計算，」看見德克瀚與雅格哈瑞克的視線飄來，以薩緊張地解釋，「還沒真的開始處理資訊。我會再給它指令。」

以薩開始將程式卡小心翼翼地插進各具分析引擎中，大多是危機引擎，但也有少部分是插進用小圈電纜連結起來的輔助運算回路。每一張卡片以薩都先檢查一遍，與他的筆記交叉比對，並自己快速計算後才插入。

引擎內精密的棘輪滑過程式卡，發出喀答喀答的金屬碰撞聲，卡進小心翼翼打出的孔洞裡，將指令、命令和資訊下載至它們的類比大腦。以薩一張一張慢慢放，等到手裡感覺到「喀」的一下，訊號成功處理後，才抽出卡片，插進下一張。

他一面插卡，一面筆記，在破破爛爛的紙張底部寫下潦草難辨的註記，呼吸又淺又急。

突然間，下起雨了。大顆大顆的雨珠懶洋洋地墜落、迸裂，彷彿膿汁般濃稠而溫暖。黑夜將至，濃密的雨雲讓天空更像蒙上一層黑布般。以薩加快速度，突然覺得十指變得又笨又粗。

空氣中開始出現一種遲緩的拖拉感，一股沉甸甸的壓力開始拉扯心緒，骨頭也變得沉重。一種神祕、恐懼、祕密的感覺自體內湧現，心底深處捲起一大片翻騰澎湃的黑雲。

「以薩，」德克瀚顫聲催促，「快一點。牠們開始了。」

洶湧的噩夢感跟著雨水滴滴答答落在他們之間。

「牠們出現了。」德克瀚驚恐地說：「牠們出來獵食了。快點，你得趕快……」

以薩點頭，一語不發繼續手上的工作。他甩甩頭，彷彿這樣就能驅散籠罩全身的那股厭膩感和恐懼感。該死的織蛛死去哪兒了？他想。

「下頭有人監視我們。」雅格哈瑞克突然說：「某個還沒跑去躲起來的流浪漢。他動也沒動。」

以薩又抬頭瞄了一眼，隨即將注意力放回手上的工作。

「拿著我的槍。」他厲聲道，「如果他上來，就對他開槍示警；希望他會知難而退。」他雙手依舊忙著扭絞電線、連結零件、設定程式。他按下數字鍵，奮力將剪裁粗糙的卡片插入插槽。「快好了。」他喃喃道，「就快好了。」

那股來自暗夜的壓力、那種漂流在發酸的夢境中的感覺越來越強烈。

「以薩……」德克瀚急切催促。恐懼又疲憊的安卓陷入半夢半醒之間，他開始呻吟，劇烈扭動，雙眼恍恍惚惚地張開又閉上。

「好了！」以薩低喊，向後退開。

短暫的寂靜籠罩屋頂平臺，以薩的興奮之情轉眼間消散無蹤。

「我們需要織蛛！」他說：「牠應該……牠說牠會來的！沒有牠我們什麼也做不了……」

除了等，他們無計可施。

從扭曲夢境散發出來的惡臭越來越強烈。全城各地，受睡夢折磨的人或驚恐呻吟，或反抗咆哮，急促的尖叫聲此起彼落。雨越下越大，腳下的水泥地開始變得溼滑。以薩將油膩膩的布袋蓋在危機引擎各部位，但沒太大用處。他煩躁地來回踱步，努力不讓機器被雨水打溼。

雅格哈瑞克看著在雨中閃閃發亮的屋頂。他腦中充滿可怕的夢境，心裡越來越害怕，不知道自己會看到什麼。於是他轉過身，透過頭盔上的鏡子繼續監視底下靜止不動的昏暗人影。

以薩與德克瀚將安卓拖到危機引擎附近（他們再次用那溫柔又殘酷的方法哄誘他，好像真的很擔心他安危）。德克瀚用槍指著老人，以薩重新綁起他的手腳，並將其中一具靈術師用的頭盔緊緊繫在他頭上。自始至終，以薩都沒有看向他的臉。

頭盔已經過調整，頂端的喇叭狀出口也是。上頭共有三個插孔，一個連結到第二具頭盔，另一個則是透過好幾束電線，連結到危機引擎的計算中樞和發電器上。

以薩飛快擦了擦第三個連接孔，將骯髒的雨水抹乾淨，然後插進一根從黑色斷路器延伸而出的粗電線，這電線連結著一條巨大的電纜，一路延伸到焦油河南岸的機械議會那兒。電流將從議會的分析大腦流入，通過單向閥門，進入安卓的頭盔。

「好了。完成了。」以薩說，語調緊繃，「現在就只剩下該死的**織蛛**……」

又是半小時的雨水以及急遽增加的噩夢，接著屋頂上的空間開始泛起漣漪，劇烈擾動，織蛛低吟的獨白終於響起。

……正如你我所同意巨大的漏斗空間凝結在城市織網中央看見我們的談話……神祕又飄渺的聲音在眾人腦中響起，雄偉的織蛛從空氣的扭結之中輕盈踏出，踩著舞步走向他們，閃閃發亮的巨大身軀讓他們顯得如螻蟻般渺小。

以薩重重吁了口氣，發出一聲安心而急促的呻吟。看見織蛛他又是敬畏、又是恐懼，心裡不禁感到陣陣戰慄。

「織蛛！」他大喊，「快幫我們！」他遞出另一頂靈術師用的頭盔給那驚人的生物。

安卓抬起頭，嚇得魂飛魄散，縮起身子拚命躲竄。他的血壓一下飆高，眼珠子都凸了出來，開始在塞嘴布後乾嘔。他死命朝屋頂邊緣蠕動爬去，恐怖而異樣的恐懼驅策他的身體。

德克瀚緊緊拽住他。他無視她的槍，眼中現在只有聳立在他面前的怪物，那隻巨大的蜘蛛正用可怕的動作緩緩低頭看向他。德克瀚輕而易舉就制伏了老人，他逐漸腐爛的肌肉不停徒勞無功地扭動掙扎，她把他拖回原位，牢牢抓著不放。

以薩沒有理會他們，他哀求般將頭盔舉到織蛛面前。

「我們需要你戴上這頂頭盔。」他說：「現在立刻戴上！我們可以一舉殲滅牠們。你說過你會幫忙……幫忙我們修補蜘蛛網……求求你。」

雨水從織蛛堅硬的甲殼上濺開。每一秒，總有一、兩滴雨珠落在牠身上，發出猛烈的「滋」一聲，蒸發不見。織蛛一如往常地用一種以薩、德克瀚與雅格哈瑞克無法理解又聽不見的自言自語喃喃叨念。

牠伸出光滑的人類雙手，將頭盔戴在節狀的頭顱上。

以薩終於放下心中大石，筋疲力竭地閉上眼，隨即又睜開。

「不要拿下來！」他緊張吩咐，「牢牢綁緊了！」

織蛛如裁縫大師般優雅地移動手指，繫好頭盔。

……你手指動啊動……牠如夢囈般喃喃道……當涓涓思緒流過爛泥般的金屬混雜在泥沼之中我的怒火我的鏡子無數爆炸的沸騰腦波還有編織的計畫織啊織啊織不停我詭計多端的工匠大師……織蛛不停喃喃低吟艱深晦澀的夢囈。以薩看見牠在可怕的下頷繫緊最後一個扣鎖，於是打開開關，啟動安卓頭盔上的電路閥門，扳動一連串操縱桿，讓分析電腦和危機引擎開始全速運轉，然後向後退開。

驚人的電流在眼前的機器中飛竄而過。

時間彷彿靜止，連雨水都像停了下來。

連結處劈哩啪啦噴出五彩繽紛的火花。一道巨大的弧形電流「啪」地湧出，電得安卓全身緊繃。一陣閃爍的光芒暫時包圍了他，老人臉上籠罩著震驚與痛苦。

以薩、德克瀚與雅格哈瑞克看著他，呆若木雞。

電池將一波波充滿能量的粒子高速送過複雜的電路，電流與指令在複雜的反饋迴圈中交互作用，一場快到無法想像的反應在毫微世界中於焉展開。

靈能頭盔開始執行任務，它吸取安卓的心智汁液，增強放大成魔法分子與電波，再以光速穿過電路，送往頂端那只上下顛倒的漏斗，而漏斗本應將它們無聲地傳送至空氣中。

但現在卻送往別的地方。

它們經過各種迷你閥門與開關的處理、讀取，化為數學公式。

霎時間，又有兩股能量湧進電路。先是織蛛的意識從牠頭上的頭盔送出，緊接著是機械議會的電流從葛里斯彎道的垃圾場沿著粗糙的電纜，忽上忽下地竄過大街小巷，急遽衝過斷路器，湧入安卓的頭盔，進入電路系統。

以薩知道魔蛾連織蛛也不會放過，他看過牠們伸長舌頭，垂涎舔舐織蛛的身體；看過牠們如醉酒般暈眩，卻始終貪婪飢渴的模樣。

他明白，織蛛全身上下都散發著意識波，但牠的電波卻與其他智慧種族不同。魔蛾飢渴舔舐，大快朵頤……卻無法從中得到任何養分。

織蛛的思緒是一種綿延不斷、無法理解、洶湧翻騰的意識。牠的心智並沒有分成一層又一層的意識與潛意識，也沒有一個掌控低階功能的自我，更沒有動物的腦皮層來穩定各種紛雜的思緒。織蛛不會在夜裡做夢，心靈中也沒有任何祕密角落悄悄發送祕密訊息，腦中沒有需要清除的垃圾，要求意識必須井然有序。對織蛛而言，夢境與意識沒有分別，夢境就是意識，意識就是夢境，是一連串永無止境又無法理解的畫面、欲望、認知與情感。

在魔蛾眼中，那就像熱酒上的泡沫，令人醺然欲醉、喜難自抑，卻沒有一套組織的原則、沒有基礎，也沒有實體，沒有牠們維持生命所需的夢境。

織蛛的意識如驚天動地的暴風般沿著電纜湧進複雜的引擎中。

緊接在後的，是機械議會的電子湍流。

與織蛛那種無組織的感染性思緒湍流恰恰相反，機械議會的思緒冰冷、嚴謹而且精準。各種概念被簡化成形形色色的開關，一種沒有靈魂的唯我主義，不受晦澀不明的欲望與情感影響，只是單純地處理資訊。那是一股渴望存在與壯大的意志，不具備任何心理活動，只懂得冷酷地思考。

對魔蛾來說，那是一種隱形的、看不見的、沒有潛意識的思考；是一塊沒有味道也沒有氣味的肉，沒有一丁點思想熱量，不能當作養分，就像灰燼一樣。

議會的思想湧入機器——各個零件開始忙碌轉動，將指令從垃圾場一路送到銅製連接器。議會企圖將資訊倒吸回去，進而控制引擎，但是斷路器十分牢靠，電流粒子只能進、不能出。

電流被吸收、同化，穿過分析引擎。

一組參數滿足後，複雜的指令紛紛通過閥門。

在七分之一秒內，引擎開始迅速執行一連串的處理程序。

機器檢視第一項輸入——X——的形式，也就是安卓的心智特徵。兩組輔助的指令也同時沿著管線和電線傳輸。輸入Y的模型形式；其中一項指令說。於是引擎將織蛛的驚人意識波標誌出來。另一項指令說：輸入Z的模型形式。它們如法炮製，對機械議會龐雜且強大的腦波執行同樣的工作。分析引擎等比縮放兩項輸出的規模，將重點放在樣式與形狀上。

兩條程式接著結合成第三級指令：用輸入Y與輸入Z複製輸入X的波形。

這些指令複雜異常，若沒有機械議會提供的先進運算機器及精密的程式卡，根本不可能執行。心智活動的數學分析圖——儘管簡略又不盡完善，多少有些瑕疵，依舊成為樣版，拿來比對三者間的異同。

安卓的心智如同任何具備理性思考的智慧種族——人類、蛙族人、甲蟲人、仙人掌人，全都一樣，是意識與潛意識不停衝突辯證的合體、是夢境與欲望的壓抑與疏導、經過矛盾且善變的自我理智不停重新創造的思想。各個層級的意識相互影響，結合成一個反覆無常、不停自我更新的整體。

安卓的心智不像機械議會那種冰冷的推理性思考，也不像織蛛那種如詩如歌般的夢境意識。

引擎如此記錄：X不像Y，也不像Z。

但有了底層的結構以及潛意識流，再加上機械運算的理智與衝動的幻想、自我最佳化的分析與情感的爆發，分析引擎計算後得出：X等於Y加上Z。

那一具魔法—心靈引擎遵從指令，結合Y與Z以製造X的複製波形，再透過安卓頭盔上的輸出孔傳送出去。

從機械議會與織蛛兩方湧入頭盔中的充能粒子匯聚而成一股巨大的洪流，用混合了織蛛的夢境與議會運算的產物來模仿潛意識與意識，也就是正常人的心智。這組新的意識成分比安卓微弱的發散物強大無數倍，它去勢洶洶地竄過頭盔頂上的喇叭狀漏斗，強度絲毫沒有減退。

電路接通後又過了三分之一秒多，當Y加Z結合而成的巨大洪流朝安卓的意識湧去時，一組新的條件滿足了，危機引擎開始喀答喀答運作。

它使用危機數學的種類範疇進行計算，雖然這種分類並不穩定，但與客觀分類同樣深具說服力。它的演繹方法是全觀、綜合且多變的。

議會和織蛛散發的意識加入安卓的心智後，危機引擎獲得與原本處理器接受到的相同的資訊。它迅速評估已執行的運算，檢查新的意識流。經過驚人複雜的機械智慧檢視後，一個龐大的異常現象再清楚不過——但若換作其他引擎，就算函式再嚴密，也永遠不可能發現。

接受分析的資料流不僅僅是各組成部分的總和。

Y和Z合而為一，成為一個整體；更重要的是，X——也就是安卓的心智，整個模型的參考點——也不能排除在外。**要得到一個完備的整體，三者缺一不可**。

在X當中，層層意識相互依賴，就像是一具自給自足的意識馬達中各個環環相扣的零件。轉換成數學，意即：**整體**是理智**加上**夢境的總和，兩者不可獨立。

Y與Z並非X模組的兩半，它們在「質」上並不相同。

引擎將嚴謹的危機邏輯運用在原本的運算上。用數學指令製造出與三方來源完美相仿的原始碼，而這個仿造物與它模仿的目標既如出一轍又**截然不同**。

在電路開始運作的五分之三秒後，危機引擎同時得到兩個結論：X等於Y加Z，以及X不等於Y加

Z。

這個運算十分不穩定。它彼此相悖又無法維持，邏輯的使用會促使它自我毀滅。

根據危機分析的第一原則，這程序在建立模型的同時，也不停轉換模型，製造出無限危機。

浩大的危機能量立即噴發。危機的實現讓它得到釋放與處理：變換活塞開始擠壓、抽動，逐批送出不穩定的能量，高速穿過增強器和轉換器。輔助電路開始顫抖搖晃，危機馬達像發電機般嗡嗡運轉，因強大的能量劈啪作響，送出類電壓的複雜電荷。

最後的指令以二進位的形式竄過危機引擎內部，下令：傳導能量，並增強輸出。

電流穿過電纜和機器後不到一秒，那份不可思議、彼此矛盾、結合了織蛛與議會的組裝意識一下子猛烈膨脹，從安卓的頭盔中爆發而出。

安卓本身被轉向送出的意識在參考反饋的迴圈中擺盪不定，不停受到仿造的意識與危機引擎的檢驗，並拿來與Y加Z的意識流對照。由於沒有出口，它開始向四周滲漏，爆發一道道魔法電漿的獨特迷你電弧。無形的意識爬過安卓扭曲的臉孔，和織蛛／議會排放的洪流合而為一。

那股巨大又不穩定的人造意識從頭盔兩側汩汩湧現。越來越多意識波和粒子在車站上方轟然迸發，直衝天際。雖然看不見，但是以薩、德克瀚與雅格哈瑞克可以感覺到肌膚一陣刺痛，第六感和第七感傳來隱隱鈍響，彷彿心靈產生耳鳴。

安卓在能量的衝擊之下不停抽搐，嘴巴一張一闔。德克瀚別開目光，覺得又是愧疚又是噁心。織蛛踩著針尖般的腳翩然起舞，靜靜嘆詠，輕輕叩了叩牠的頭盔。

「誘餌……」雅格哈瑞克厲聲大喊，從爆發的能量前退開。

「還沒開始。」以薩在滂沱大雨中高聲回答。

危機引擎嗡嗡運轉，速度越來越快，通過越來越多的巨大能量。它將轉變中的電波沿著包裹厚厚一層絕緣橡膠的電纜朝安卓送去，老人屈起身子，在驚恐與痛苦中打滾痙攣。

引擎接收從動盪局面中吸取的能量，傳導出去，並且遵從指令，將改變過後的能量型態注入織蛛／議會的意識流，並提高它的高度、幅度和強度，然後再次增強。

反饋迴圈開始運轉，那股人造意識越來越強烈，彷彿一座巨大的城垛，蓋在搖搖欲墜的地基上，蓋得越高，就搖晃得越厲害。意識越強大，自相矛盾的存在就變得越不穩定，危機也變得越急迫。引擎轉變能量的功率呈指數增長，意識流得到越來越多能量，不停加深危機……

以薩感覺皮膚的刺痛越來越強烈，腦中似乎不停迴響著同一個音符。那是一種越來越尖銳的嗚咽聲，彷彿附近有什麼東西失去控制，越轉越快、越轉越快。

他不禁瑟縮。

……唉呀呀這傾流而出的泥水越來越強烈但此心智非彼心智……織蛛接著喃喃自語……一加一變成一行不通但是一又是二二就能成功多美好啊……

安卓在黑雨中痛苦翻滾，湧入他腦內並傳至空中的能量以可怕的幾何級數不斷增強，越來越猛烈。雖然無形，卻能感受得到。以薩、德克瀚與雅格哈瑞克退開，盡可能遠離老人蠕動的身軀。他們身上的毛孔開了又閉，起了一大片雞皮疙瘩，汗毛與羽毛都豎了起來。

危機迴圈繼續運轉，排放的意識越來越猛烈，最後甚至是肉眼可見。空中矗立起一根閃閃發光的氣柱，幾乎有兩百英尺高。光柱像無形的煉獄一樣高聳於城市上空，柱內與周圍的星光及氣流顫巍巍地傾斜、彎曲。

以薩覺得自己的牙齦正在腐爛，好像牙齒想逃離口腔。

織蛛依舊雀躍不已地跳著舞。

巨大的光柱如沖天烈焰般直入雲霄。這股驚人的能量急遽增強，它是一份假造的意識，不停膨脹，以可怕的成長曲線節節增強，成為一股不可思議的巨大存在，一個不存在的神祇顯現的神蹟。

整座新克洛布桑中，全城九百多名頂尖的靈術師與魔法師都突然暫停手上的工作，茫然看向鴉區的方向，心底湧現一股說不出的不安，面孔也扭曲糾結。其中最敏感的幾名甚至因這突如其來的痛苦抱頭呻吟。

兩百零七人開始胡言亂語，喃喃念著命理祕數與華美的詩文；一百五十五名鼻腔嚴重出血，其中兩名血流不止，不幸死亡。

十一名公務人員跌跌撞撞離開針塔頂層的辦公室，用手帕和面紙壓著鼻子與耳朵，但鮮血仍不停湧現。他們跑向亞莉莎．史丹佛秋的辦公室。

「帕迪多街車站！」他們只說得出這句話。這些人連珠砲地對國安局長與市長劈哩啪啦說了好一會兒，但怎樣也說不清楚，只能挫敗地抓著他們肩臂搖晃，嘴脣不停抽搐，想發出其他聲音，鮮血濺在上司無懈可擊的手工西裝上。

「帕迪多街車站！」這是他們唯一說得出來的六個字。

四個神祕複雜的身影，一個在高空俯瞰克奴姆寬闊冷清的大街，一個緩慢掠過焦油河三角洲上的廟塔，一個在嘷塚上空繞著河流遨翔，還有一個展翅飛過岩殼區窮困的貧民窟。

魔蛾懶洋洋地拍動翅膀，伸長垂涎的舌頭，尋找獵物。

牠們飢腸轆轆，一心只想飽餐一頓，把身體調養好，以期再次繁殖。

牠們必須獵食。

但突然間，四隻位於城市不同角落、彼此相隔數英里的飛翔魔蛾不約而同做出一模一樣的動作，同時猛抬起頭。

牠們拍動複雜的翅膀，放慢速度，最後幾乎停在空中。四根伸長的舌頭滴著口水，舔舐空氣。

遠方，地平線在汙濁的燈光下閃閃發亮。地平線後，就在城市中心外圍，一根光柱沖天而起。就在魔蛾舔舐、嘗嗅時，它仍繼續不停增強。一陣陣氣味飄送而來，牠們的翅膀瘋狂拍動，那東西不可思議的豐沛臭味在大氣中如漩渦般洶湧翻騰。

城市裡其他氣味和味道變得無足輕重。那猛烈的氣味以驚人的速度增強，充盈魔蛾全身，讓牠們陷入瘋狂。

一個接著一個，牠們發出驚奇、開心又貪婪的怪叫，腦子裡除了飢餓，再也容不下別的事物。

從城市的四個角落，羅盤上的四個方位，魔蛾瘋狂地拍動翅膀，朝中心匯聚。四個飢腸轆轆、欣喜若狂、擁有懾人力量的身軀開始從高空降落，準備大快朵頤。

小控制板上的燈光忽明忽滅。以薩俯低身子，躲在沖天光柱後悄悄爬上前，好像從安卓頭盔上傾洩而出的能量能掩護他一樣。老人癱躺在地上，不停抽搐。

以薩的視線小心翼翼地避開安卓平攤的身體，看向控制板，檢查三極管是否出了什麼問題。

「我想是機械議會。」他在單調的雨聲中說：「它正在傳送指令，想繞過防火牆，不過應該無法成功。這玩意兒太簡單了。」他拍拍斷路器，說：「沒有它可以控制的東西。」以薩想像電荷在極小的旁支電路中苦苦掙扎。

他抬頭仰望。

織蛛旁若無人地用小小的手指在溼滑的水泥上敲打，擊出複雜的節奏，嘴裡喃喃低吟，聽不出牠在說些什麼。

德克瀚疲憊又嫌惡地望向安卓。她的頭像被波浪拍打般微微晃動，雙脣掀動，但沒有發出聲音，不知在說些什麼。別死；以薩瘋狂祈禱。他看著奄奄一息的老人，詭異的反魄能量使他陣陣抽搐，蒼老的面孔糾結扭曲。你還不能死，你得撐住。

雅格哈瑞克站在一旁，突然指向天空遠處的角落。

「它們轉向了。」他厲聲疾呼。以薩抬頭，看向雅格哈瑞克手指的方向。

遠處，在城市的中心與邊緣之間，三艘飄浮空中的飛船轉了方向。它們只是夜空中的三個黑點，由航行燈隱約勾勒出輪廓，人類肉眼勉強可見。但顯然地，它們一改原先斷斷續續、漫無目的的移動方式，拖著笨重的船身朝帕迪多街車站聚集。

「衝著我們來的。」以薩說。他並不害怕，只覺得情緒緊繃，還有一股奇怪的哀傷。「它們要來了。該死的！在它們抵達之前我們大概還有十到十五分鐘。現在只能期望那些魔蛾動作快點。」

「不，不。」雅格哈瑞克激烈搖頭。他仰首望天，手臂快速揮動，要他們全安靜下來。以薩與德克瀚凍結原地，織蛛繼續牠那瘋狂的獨白，但是聲音細不可聞。以薩祈禱牠不會因為無聊就拍拍屁股閃人。若是如此，這些裝置、這些人造意識，還有危機能量全部都會瓦解。

不可思議的猛烈能量還是繼續不停增強，四周的空氣咻咻作響，像得了皮膚病的肌膚般開始龜裂。

雅格哈瑞克在雨聲中專注聆聽。

「有人來了。」他急切地說：「在屋頂對面。」他手腕一翻，立刻抽出腰帶上的長鞭。長刀像是自己跳進他左手般，轉眼便已穩穩拿在手中，在鈉燈折射的燈光下閃耀森然冷光。他再次搖身一變，化為一名戰士、一名獵人。

以薩起身，掏出火槍。他匆匆檢查一遍槍管有沒有塞住，在火藥盆中填滿火藥，努力不讓槍身被雨水打溼。他摸索身上小小的子彈袋和火藥筒，發現自己的心跳只微微加快了些。

他看見德克瀚也做好了迎敵準備，掏出她的兩把手槍檢查一遍，眼神寒若冰霜。

在屋頂高臺的下方四十英尺，出現一小隊黑色制服的人影。他們在建築的凸臺間疾奔，長矛與來福槍前後碰撞。對方總共約十二人，面孔藏在頭盔反射的鏡面後，完全看不見。盔甲不停啪搭啪搭拍打身體，精緻的徽章顯示出軍階。十二人分散開來，從不同方向爬上屋頂斜坡。

「喔，親愛的聖主啊！」以薩嚥了口口水，「我們完了。」

五分鐘。他絕望地想；我們只要五分鐘。那些該死的蛾無法抗拒這誘惑。牠們正朝這裡而來，你們就不能他媽的慢一點嗎？

飛船持續逼近，速度緩慢卻堅定。

民兵已經抵達坍塌的石板丘邊緣。他們開始往上爬，壓低身影，藏在煙囪和穹形窗戶之後。以薩退開屋頂邊緣，以免被他們看見。

織蛛用食指撫過屋頂上的水窪，在石頭上留下一道乾燥的焦痕。牠一面喃喃自語，一面畫著各式各樣的圖案和花朵。電流一波波衝擊安卓，他身體痙攣抽搐，視線不安晃動。

「幹！」以薩大聲咒罵，內心既憤怒又絕望。

「閉嘴，反擊就是了。」德克瀚厲斥。她趴倒在地，小心翼翼地從屋頂邊緣望出去。訓練精良的民兵距離已近得可怕。她瞄準，用左手扣下扳機。

雨聲似乎遮蔽了那「砰」的一聲巨響。最接近的一名士兵已經快爬到一半，但子彈擊中他胸膛上的盔甲，又反彈進黑暗。他踉蹌後退，在狹小的臺階邊緣搖晃片刻又重新站穩。他才安下心，準備再度邁開腳步時，德克瀚右手又扣下扳機。

士兵的面罩應聲粉碎，血淋淋的碎玻璃朝四面八方飛濺，後腦杓噴出一大股碎肉。在那彈指瞬間，士兵的臉露出來，震驚的臉上嵌著無數鏡面玻璃的碎片，鮮血自右眼下的彈孔汩汩湧出。他彷彿跳水冠軍般往後一躍，優雅地下墜二十英尺，「碰」的一聲重重摔在屋頂底部。

德克瀚發出勝利的嘶吼，歡呼旋即化為文字。「**去死吧你這頭豬！**」她尖聲咒罵。突然一陣「砰砰砰」的急響，子彈打進她頭頂與腳下的磚頭和石塊，她趕緊躲了回去，消失在民兵視野外。

以薩四肢著地，跪在她身旁，看著她。雖然大雨中看不真切，但他猜她正憤怒地哭泣。她從屋頂邊緣滾開，重新填彈，與以薩四目相接。

「**想想辦法！**」她大吼。

雅格哈瑞克站在屋頂邊緣後方，視線不停飛快掃視，靜待民兵進入他長鞭的範圍之內。以薩一個滾地，湊到前頭，從小平臺的邊緣望出去。民兵不斷逼近，現在動作更加謹慎，或高或低藏身在遮蔽物後，但移動速度依舊快得可怕。

以薩瞄準、開火。「砰」的一聲巨響，子彈在石板上炸開，粉塵灑了帶頭的士兵滿身。

「該死的！」他狠狠咒罵一聲，躲回去重新填彈。

他感到一股冰冷的絕望，很清楚這場仗他們是輸定了。敵眾我寡，而且對方攻勢來得極其迅速，民兵只要一到達屋頂，以薩一行人就再也無法防禦。而如果織蛛前來援助，他們就會失去誘餌，讓魔蛾從手中溜走。他們或許可以擊倒一到三名民兵，但想逃脫是絕無可能。

安卓仍倒在地上激烈抽搐，他蜷著身子，被繩索緊緊束縛。猛烈的能量仍在大氣間竄燒，以薩感覺到雙眼之間的神經嗚嗚嗡鳴。飛船現在更加逼近了。他面孔糾結，回頭望向高臺邊緣。在底下的殘破屋頂上，醉鬼和流浪漢紛紛驚醒，像受驚的動物般四處逃竄。

雅格哈瑞克發出烏鴉般的尖鳴，長刀指向前方。

被民兵拋棄在後的屋頂高臺上，一個穿著斗蓬的黑影從陰影中掠了出來，彷彿幽靈般憑空出現。捲起的斗蓬下方，一道深綠色的影子一閃而逝。

猛烈的火焰和巨響從那人伸出的手中迸發，一次、兩次、三次、四次、五次。以薩看見一名民兵在上坡的半途往後一跌，摔下屋頂，像醜陋的瀑布般一路往下滾。同時間又有兩人搖搖晃晃地倒下，一個死了，鮮血在他平攤的身體下積聚成窪，旋即被雨水沖散；另一名被撞飛到附近，面罩之後傳出淒厲的慘叫，雙手緊緊抓著他血流如注的胸肋。

以薩看得目瞪口呆。

「那該死的傢伙是誰？」他大聲吼問，「現在他媽的究竟是怎麼回事？」在他下方，全身籠罩在陰影中的救命恩人躲進一窪黑暗內，似乎忙著填裝火藥和子彈。

底下的民兵凍結原地，不敢輕舉妄動，大聲嘶吼著聽不懂的暗語命令；顯然他們也摸不著頭緒，心裡既困惑又害怕。

同樣大感震驚的德克瀚滿懷希望地看向黑暗。

「願主**保佑**你！」她朝石板下方的黑夜高喊，左手再度扣下扳機。可惜子彈發出巨響打進磚頭之中，敵軍毫髮無傷。

下方三十英尺，負傷的民兵依舊慘叫不斷，十指瘋狂扒抓，但就是無法脫下面罩。民兵的隊伍散開。一人躲在突出的磚牆下，高舉長槍，瞄準不速之客黑暗中的藏身處。剩下幾名士兵開始往下爬，打算圍剿新出現的敵人。其他人則用雙倍的快速繼續往上挺進。

兩支隊伍分別朝上下兩頭跨過溼滑的屋頂，黑影再度現身，開槍速度快的驚人。他的槍可以連續擊發；以薩震驚地想。這時候，在他下方不遠處又有兩名士兵一個倒栽蔥摔下屋頂，一面掙扎一面慘叫，東倒西撞地滾下坡，嚇了他一大跳。

以薩發現底下那人並沒有朝逼近自己的民兵開槍，而是集中火力保護他們所在的屋頂平臺。他用高超的槍法擊倒最接近的士兵，自己卻暴露在強大的火力攻擊下。

屋頂對面，民兵凍結在槍林彈雨之中，動也不敢動。但以薩往下查看時，發現第二組士兵已退至屋頂底部，正以不甚隱密的隊形朝幽靈刺客奔去。

以薩下方十英尺，民兵逐漸逼近。他又開了一槍，擊倒一人，但子彈沒有穿透他盔甲。德克瀚也扣下扳機，底下準備開槍的狙擊手淒厲地咒罵一聲，來福槍自手中墜落，乒乒乓乓地滑開。

以薩焦急地填裝子彈。他將視線轉向危機引擎，看見安卓蜷在牆下，簌簌發抖，口水流得滿臉都是。意識波的能量仍不斷增強，以薩的頭隨著那詭異的節奏陣陣抽痛。他抬頭仰望天空。快啊！他在心裡吶喊；快來啊！快！快！他又低下頭，重新填彈，試圖找出神祕援手的蹤跡。

四名身形魁梧的重裝民兵朝神祕客藏身的陰影奔去，以薩緊張得差點為那半隱半現的救命恩人失聲驚呼。

一道影子從黑暗中一閃而出，在陰影間奔騰縱躍，輕輕鬆鬆便躲過民兵的槍火，身手瀟灑至極。槍聲可憐兮兮地在空氣中迴響，四名民兵的來福槍空了，他們正單膝跪地，準備重新填彈時，斗蓬人影又從藏身的陰影處閃現，站在他們前方不遠處。

以薩躲在後方附近觀看，街燈點燃，突然射出冰冷寒光，照亮四周。那人背對以薩，面向民兵，身上的斗蓬破破爛爛，到處都是補丁。以薩只能看見他左手握著一把小槍。空白的玻璃面罩在寒光中閃閃發亮，那四名士兵一時間有如石化，呆立原地，動彈不得。那人的右手中伸出了某樣東西，以薩看不清楚。

他小心翼翼地瞇起眼，男人動了動，舉起手臂，袖子滑落，露出鋒利的鋸齒。

那是一把巨大的刀鋸，如邪惡的剪刀般一張一合。扭曲的甲殼從男人手肘處猙獰突出，向後彎曲的刀尖在如捕獸夾般的下頜前閃耀寒芒。

男人的右臂動過再造手術，換了一只巨大的螂臂。

就在那瞬間，以薩與德克瀚同時倒抽了口涼氣，高喊他的名字：「獨臂螳螂手傑克！」

獨臂螳螂手、逃脫者、自由再造人首領、螳螂人──怎麼稱呼都行──悄悄地朝四名民兵走去。

他們在槍上慌亂摸索，冷森森的刺刀拚命朝敵人戳捅。

獨臂螳螂手以旋舞般的速度往旁一閃，再造手臂「喀嚓」合上，然後瀟灑退開。其中一名士兵應聲倒地，鮮血從斷頸處汩汩湧出，灌滿他的面罩。

獨臂螳螂手傑克再度消失。他悄悄移動，身影倏忽。

一名士兵出現在下方五英尺的窗戶邊緣，以薩收回注意力，但他槍開得太快，失了準頭。同時間，有道影子像靈蛇般從他上方竄過，狠狠抽在男人的頭盔上。士兵後退倒地，但又立刻站起。雅格哈瑞克迅速揚起長鞭，準備再次出擊。

「快啊！**快啊！**」以薩朝天空大吼。

飛船巨大的陰影籠罩上空，緩緩下降，準備發動致命的突擊。獨臂螳螂手在他的敵人四周輕巧奔縱，一擊之後又消失在黑暗中，身影來去如風。德克瀚叱喝咆哮，一面開槍，一面反抗高叫。雅格哈瑞克不動如山，長鞭與匕首在他手中輕顫。民兵步步逼近，但步履緩慢，臉上寫滿驚恐，一心只期望援兵趕緊出現，解救他們。

緩緩地，織蛛的獨白越來越響亮，原本迴響在頭顱後方的低語，現在慢慢往前爬過腦漿與頭骨，充滿整個腦袋。

……這是不是是不是那些撒野的凶手那些傷害織紋的可惡吸血鬼血都流乾了牠們來了來了對這湍流歡呼這豐饒的饗宴不受看管沒有低語監視……牠這麼說著……豐盛的食物不安躺在味蕾之上……

以薩抬頭仰望，發出無聲的吶喊。他先是聽見一陣撲翅聲，接著一股混亂的氣流迎面襲來。那赤裸裸的標記、那猛烈的假造腦波依舊繼續增強，令他的脊椎在體內不住簌簌顫抖。有個聲音在逼近，在地面與大氣間瘋狂振盪。

一具閃閃發亮的甲殼穿過暖流，翅膀上的黑暗圖案左右完美對稱，錯綜複雜、瞬息萬變，猛烈地掠過天際。旋動的肢臂和多刺的骨鋸興奮地簌簌發抖。

第一隻飢腸轆轆、焦躁顫抖的魔蛾現身了。

沉甸甸的節狀身體盤旋而下，像雲霄飛車般緊貼著熊熊燃燒的光柱滑翔。魔蛾的舌頭貪婪舔舐，沉浸在令人醺然欲醉的腦汁當中。

以薩欣喜若狂，雙眼緊盯著夜空，看見另一個形體不斷靠近，接著又一個，黑夜中又出現兩道黑影。其中一隻魔蛾一個急轉，躲進緩緩飛行的巨大飛船正下方，高速朝猛烈的意識波撲去，在城市的建築間泛起陣陣漣漪。

不幸的是，列隊守在屋頂上的民兵偏偏揀在這個時候重新出擊，從德克瀚手槍散出的刺鼻硫磺味令以薩猛然驚醒，察覺眼前的危機。他環顧四周，看見雅格哈瑞克如野獸般伏著，長鞭像半野半馴的眼鏡蛇一樣「颯」地竄出，捲向把頭探出屋頂邊緣之外的士兵。鞭子纏上民兵頸間，雅格哈瑞克使勁一拽，男人的額頭便重重砸在溼滑的石板上。

窒息的士兵搖搖晃晃，終於不支倒地。雅格哈瑞克「啪」地一聲鬆開長鞭。

以薩在笨重的火槍上一陣摸索。他探身出去，看見兩名轉向攻擊獨臂螳螂手傑克的士兵倒在地上，奄奄一息，鮮血不停從身上巨大的傷口緩緩湧出。第三名士兵踉蹌退開，掌心緊壓著撕裂的大腿。獨臂螳螂手和第四人已消失不見。

低矮的屋頂上，民兵的呼喊聲此起彼落，他們又驚又懼，搞不清楚究竟發生了什麼事，士氣大潰，但在長官的催促下仍繼續前進。

「攔住他們。」以薩高喊，「魔蛾來了！」

三隻魔蛾從高空一路螺旋下飛，身影交錯，繞著彼此上下打轉，沿著從安卓頭盔猛烈湧出的巨大能量柱盤旋下降。地面上，織蛛輕輕踩著吉格舞步，但是魔蛾沒有看見牠。除了安卓痙攣的身體——那誘人氣味的來源——以及如噴泉般筆直竄入天際、甜美無比的豐沛意識外，牠們對周遭一切視若無睹。魔蛾已陷入瘋狂。

牠們一隻接著一隻劃破空氣，飛進燈火昏黃的城市。水塔與磚塔彷彿高舉的手掌，聳立四周。

魔蛾朝光柱俯衝而去，體內竄起陣陣隱約的焦躁。包圍四周的氣息有些不對勁——但它是如此濃烈、如此驚人地強大，牠們深深陶醉其中，身影歪斜顛躓，因貪婪的渴望興奮顫抖，根本無法抵抗這令人暈眩的誘惑。

以薩聽見德克瀚忿忿罵了一句難聽的髒話，雅格哈瑞克縱身一躍，趕到她身旁，嫻熟地揮舞長鞭。敵人被狠狠一抽，整個人便像陀螺般滴溜溜地打轉，摔了出去。以薩轉身，朝墜落的身影扣下扳機。子彈撕裂民兵肩上的肌肉，敵人痛苦哀嚎。

飛船如今幾乎已來到他們頭頂正上方。德克瀚退開，坐離邊緣遠一點，雙眼不住眨動；方才一枚子彈打進她身旁的磚牆，磚屑四濺，刺痛她雙眼。屋頂上大約還剩五名民兵，他們仍在靠近，身影緩慢而隱密。

最後一道蛾影從城市東南角掠來。牠在唾爐的空軌之下畫出一道長長的S型弧線，接著突然拔高，在炎熱的夜晚中乘著上升氣流朝車站逼近。

「全到齊了。」以薩低聲說。

他重新填裝子彈，笨手笨腳地灑了一地火藥，然後他抬頭仰望，雙眼突然大睜；第一隻魔蛾到了，先是他上方一百英尺、六十英尺，猛然間縮短為二十英尺、十英尺。以薩愣愣看著牠，眼中寫滿敬畏與震懾。時間彷彿被拉成一條細長的絲線，慢了下來，魔蛾的動作彷彿沒有一點速度。以薩可以看見牠那雙如人猿般緊握的掌爪、鋸齒狀的尾巴，巨大的嘴巴、咬得格格作響的牙板，還有突出於眼窩外、粗短如蛆的笨拙觸角。上百團擠壓皺折的肌肉用上百種神祕的方式運作，一下如長鞭般甩蕩、一下展開、一下挺直、一下又「啪」地閉合……還有那雙翅膀，那雙不可思議、詭譎難測，瞬息萬變的翅膀；一波波奇詭的顏色如潮水般潑濺，又如來去無蹤的暴風般轉眼消失無蹤。

他無視眼前的鏡子，直視魔蛾；牠沒時間理會他，彷彿他不存在。

以薩在原地凍結良久，可怕的記憶不斷湧現。

魔蛾從他身旁呼嘯而過，猛烈的氣流颳得他頭髮與外套獵獵翻飛。

魔蛾伸出多隻肢臂，緊捏掌爪，吐出巨大的舌頭，貪婪地吱吱怪叫，口沫橫飛。牠如厲鬼般降落在安卓身上，緊抓著他，一心要吸乾那甜美的汁液。

牠的舌頭迅速在安卓的竅孔中鑽進鑽出，舔得他全身厚厚一層柑橘味唾液。另一隻魔蛾乘著氣流斜飛而至，撞開第一隻魔蛾，想要搶奪安卓。

老人倒在地上不停扭動抽搐，身上的肌肉拚命想弄清楚席捲而來的怪東西到底是什麼。織蛛／議會的腦波從他頭顱內向外迸發，直沖天際。

屋頂上的引擎噠噠震動，活塞努力要控制住在危機引擎內流竄的強大能量。機體溫度現在高得危險，雨點一落下便「嘶」地蒸發。

第三隻魔蛾降落，死命要把舌頭塞進頭盔上的漏斗，偽造的意識仍源源不絕從安卓頭上傾洩而出。第一隻魔蛾煩躁地一揮，第二隻魔蛾向外摔開了幾英尺，留在那兒飢渴地舔舐安卓的後腦杓。

第二隻魔蛾將舌頭伸進安卓口水橫流的嘴巴裡，旋即又噁心地「啪答」一聲快速收回，尋找另一個入口。牠找到安卓頭盔上的小喇叭，不斷增強的猛烈意識就是從那兒傾洩而出。魔蛾將舌頭滑進開口，在各個次元的角落中進進出出。意識在眾多空間內竄流，魔蛾朝它捲起那根迂迴彎曲的舌頭。

牠開心地吱吱怪叫。

牠的頭顱巍巍顫動。一波又一波猛烈的人造電波灌進喉中，無形滴下嘴邊。濁熱、強烈又甜美的思想養分不停湧進魔蛾的肚子裡，比牠每天食用的心智還要強大、濃縮上千倍。一股無法控制的能量急速竄過魔蛾的腸道，幾秒內便塞滿牠腹腔。

魔蛾無法掙脫頭盔。牠被牢牢卡死，動彈不得，只能繼續大口吞嚥。牠感覺得出有危險，但卻無暇細顧。除了美味誘人的食物外，牠腦中再也容不下其他東西。牠已完全著了魔，像愚蠢的夜蟲般不斷衝撞破裂的玻璃，一心要撲向致命的火焰。

魔蛾將自己當作祭禮，沉浸在猛烈的能量意識之中。

牠的腹部鼓脹了起來，甲殼嘎嘎作響。終於，牠的身體再也無法容納如此大量的意識，這頭巨大又神祕的怪物抽搐了一下，伴隨「啪啪啪」幾聲溼濡的爆炸巨響，魔蛾的肚子和頭顱炸開了。

牠隨即往後彈開，噴出兩股膿水，皮膚如破布般四分五裂，內臟和腦漿從巨大的傷口噴發，尚未消化以及無法消化的心靈汁液汩汩滲出。牠死了。

魔蛾橫壓在神智不清的安卓身上，血肉模糊的屍體仍兀自陣陣抽搐。

德克瀚和雅格哈瑞克飛快轉頭，看向死去的魔蛾。

「**太好了！**」德克瀚欣喜若狂地大聲歡呼，雅格哈瑞克也發出獵人勝利的啼嚎。在他們下方，民兵以薩咆哮歡呼，又驚又喜地高聲嘶吼。在那瞬間，他完全忘記安卓的存在。

第二隻魔蛾爬到倒地不起的手足旁，伸長舌頭又舔又吸。危機引擎仍在嗡嗡運轉，安卓也仍在雨中凍結原地，面面相覷。他們看不見發生了什麼事，敵人突如其來的歡呼弄得他們手足無措。

痛苦蠕動，對周遭一切渾然不察。魔蛾飢渴搜尋不停從誘餌身上湧現的甜美汁液。

第三隻蛾也湊近，雨水從猛烈拍打的翅膀上飛濺而出。牠微一停頓，嘗嗅空氣中的死蛾氣味，但還是無法抵抗織蛛／議會那驚人電波傳出的濃烈氣味。牠爬過死蛾散落一地的黏溼內臟。

另一隻魔蛾捷足先登。牠找到頭盔上的排放管，將嘴猛塞進漏斗內，長舌彷彿吸血鬼的臍帶般嵌在裡頭。

牠狼吞虎嚥地大口吸吮，醺然忘我，飢渴的欲望熊熊燃燒。

牠心醉神迷，無法自拔。食物猛烈的力道在牠腹壁上燒穿一個缺口，但牠依舊無法抗拒。牠開始哀嚎、嘔吐，在變幻空間中竄流的意識波從食道逆流回湧，可牠又無法停止吞飲那如瓊漿玉飲般的甜美汁液，兩股洪流在牠喉嚨匯聚，悶得牠無法呼吸。魔蛾喉嚨上的柔軟肌膚開始膨脹、迸裂。

牠的氣管出現猙獰的裂口，生命隨著膿血汩汩湧出。但魔蛾依舊無法離開頭盔，拚命狼吞虎嚥，加速自己的死亡。那股能量遠非魔蛾所能承受，就像魔蛾天然的乳汁之於人類一樣，它以迅雷不及掩耳的速度殺死這頭怪物。魔蛾的心智像巨大的血泡，「碰」地一聲爆炸。

牠向後傾倒，舌頭像彈性疲乏的橡皮筋般緩緩縮回。

第三隻魔蛾踹開手足痙攣的屍體，上前搶食。以薩再次高聲歡呼。

民兵突破平臺前最後一堵高起的屋頂。雅格哈瑞克致命的身影倏忽不定，攻擊突然間變得凶殘凌厲，招招都是致死殺手。他甩動長鞭，民兵踉蹌跌開，躲到煙囪之後小心翼翼地移動。

一名民兵出現眼前，德克瀚再度舉槍，瞄準敵人面孔。不料槍管中的火藥沒有完全點燃，子彈沒擊發出去。她咒罵一聲，伸長手臂，把槍舉離身前，不讓士兵離開她槍口。民兵撲上前，火藥終於爆炸，子彈卻只是擦過他頭頂。士兵躲開了，但腳下一滑，摔倒在溼滑的屋頂上。

民兵掙扎著想要站起，但以薩已舉起手裡火槍，扣下扳機，子彈射進他後腦杓。男人身子一顫，頭重重撞在地上。以薩伸手摸向他的火藥筒，但又立刻收回。沒時間了，最後一批士兵排成一道半圓，左右包抄而來，等著他開槍。

「躲開，小德！」他大喊，從屋頂邊緣退開。

雅格哈瑞克狠狠一鞭抽在一名士兵腿上，敵人應聲倒他。但民兵不斷逼近，他不撤退不行。德克瀚、雅格哈瑞克與以薩從屋頂邊緣退開，絕望地環顧四周，尋找武器。

以薩被死蛾的一根殘肢絆倒。在他身後，第三隻魔蛾一面狼吞虎嚥，一面發出小小聲的貪婪怪叫；怪叫聲逐漸接串成長聲哭嚎，聽起來就像野獸的長嗥，卻分不清是喜是悲。

以薩聞聲回頭，結果被濺了一臉溼答答的肉泥。破碎的內臟彷彿背叛主人般啪答啪答滑下屋頂。

第三隻魔蛾也死了。

以薩看著那具垂垮的黑色形體，斑駁堅硬，體型約莫像熊一般大。牠大字形癱倒在地，肢臂和身體各部分呈放射狀向外炸開，液體從空蕩蕩的喉嚨滲出。織蛛像小孩般彎下腰，手指試探地戳了戳牠張開的甲殼。

安卓還在動，不過雙腿的踢踹變得斷斷續續。魔蛾喝的不是他的心智，而是從頭盔大量湧出的人造意識。他的心智仍在運作，只是困在危機引擎可怕的反饋迴圈中，恐懼又困惑。他的動作開始慢了下來，驚人的壓力使他全身虛脫，嘴巴大大張開，湧出透著腐敗味的黏稠唾液。

在他正上方，最後一隻魔蛾盤旋飛進從他頭盔湧出的能量光柱。牠的翅膀靜止不動，調整角度，控制自己的降落。牠像致命武器般從天而降，朝混亂的屠殺現場逼近。魔蛾飛向盛宴的來源，急切地伸長肢臂、手掌和鉤爪，瘋狂掠食。

民兵隊長在平臺邊緣的簷溝中微微站起，結結巴巴對手下士兵咆哮下令——「……正在……織蛛！」

——然後瘋狂地朝以薩開槍。以薩趕緊向旁一躍，發現自己毫髮無傷，忍不住飛快喃喃歡呼一聲。他腳邊堆著許多工具，他抓起一把扳手，朝敵人的鏡盔扔去。

周遭的空氣開始擾動。他的胃一緊，心跳加快，瘋狂地左右張望。

德克瀚從屋頂邊緣退開，五官緊揪，驚駭到叫不出一點聲音。她環顧四周，恐懼逐漸膨脹。雅格哈瑞克左手捧著頭，長刀顫巍巍地垂懸指間，右手與長鞭動也不動。

織蛛抬起頭，嘴裡念念有詞。

安卓胸口上出現一個小小的圓孔。他中槍了，一名民兵打中他。鮮血懶洋洋地湧出，流過腹部，浸溼骯髒的衣服。他雙眼緊閉，一臉慘白。

以薩大叫一聲，衝到他身旁，握住老人的手。

安卓的腦波變得斷斷續續。樣板和參考資料突然消散不見，用來結合織蛛和議會意識的引擎也開始跳針顫抖。

安卓很頑強。儘管他年邁體弱，身體飽受致命的疾病摧殘，心智也被凝結的夢境阻塞，變得僵硬不堪；但即便子彈卡在心臟下，肺葉出血，他還是拖了快十秒才斷氣。

以薩抱著安卓，鮮血從老人口鼻湧現，巨大的頭盔仍可笑地橫在他頭頂。以薩緊咬牙關，看著老人嚥下最後一口氣。或許是瀕死的神經一陣痙攣，臨死前，安卓繃起身子，抓住以薩，緊緊回抱他。以薩絕望地希望這是他表示原諒的方法。

對不起，我必須這麼做。真的很對不起。他這麼想著，只覺一陣天旋地轉。

以薩身後，織蛛仍在魔蛾的血泊上畫畫。民兵越過屋頂邊緣，雅格哈瑞克與德克瀚高聲呼喚以薩，對他尖叫示警。

一艘飛船正緩緩下降，最後懸浮於屋頂上方六、七十英尺處。它像隻膨脹的鯊魚般盤據夜空，一團糾結的繩索亂糟糟地傾洩至黑夜裡，朝廣大的石板屋頂垂落。

安卓的腦波彷彿壞掉的燈一般「啪」地熄滅。

混亂的資訊在分析引擎內翻湧流竄。

少了安卓的心智作參考樣板，織蛛和機械議會的組合電波登時變得零散雜亂，毫無意義。兩者間的比例傾斜失衡、顛躓搖擺，不再是任何東西的模型，只是一股亂糟糟、擺盪不定的粒子與電波。

危機消失了。濃稠混合的意識波現在不過是各項來源的總和，而且已經開始分崩離析。那份相互違背的矛盾與緊張的壓力都消失了，危機能量的巨大力場已消散無蹤。

危機引擎內灼熱的零件和馬達噗噗震動一陣後突然停止。

「砰」地一陣內爆，巨大的心智能量登時瓦解消散。

以薩、德克瀚、雅格哈瑞克和包圍在三十英尺外的民兵全都痛苦地大聲哀嚎，感覺自己就像雲那間從明亮的陽光走進黑暗之中，因為太過突然猛烈，頭顱受到強烈衝擊，眼睛後方傳來一陣悶痛。

以薩任由安卓的屍身緩緩跌落到潮溼的地板上。

最後一隻魔蛾在車站上方不遠處的潮溼熱氣中茫然盤旋。牠用複雜的動作朝四方拍打翅膀，氣流如漣漪般漾開。牠停在空中徘徊不去。

那豐盛的食物、那不可思議的意識湧泉消失了；催眠魔蛾的那份狂熱，那可怕又頑固的飢餓感也跟著消散無蹤。

牠伸長舌頭舔了舔，觸角顫抖。下方有好幾個意識，但魔蛾還沒發動攻擊就先察覺到織蛛滾水般的紊亂思緒。牠想起那場可怕的廝殺，又驚又懼，憤怒咆哮，朝敵人的方向扭長脖子，露出怪物般的獠牙。

這時候，同類的氣味飄了上來，絕不可能錯認。牠嘗到死去手足的氣味，一個、二個、三個。牠震驚地在原地打轉；所有親人都死透了，粉碎了，再也無法復生。

魔蛾陷入瘋狂的悲傷。牠發出超高頻的慟哭，在空中高速旋飛，輕聲呼喚同類，用回音搜尋其他魔蛾，觸角在層層交雜的知覺中摸索，追蹤相同的電波，尋找回應的跡象。

沒有。只剩牠了。

牠飛離帕迪多街車站的屋頂上空，遠離那片手足橫死的戰場、遠離那不可思議的氣味，驚恐地飛離鴉區、飛離織蛛的利爪以及跟蹤牠的巨大飛船，飛離針塔的陰影，朝兩河交會處掠去。

魔蛾倉皇逃竄，只想找一個安全的棲身之所。

51

狼狽的民兵鼓起勇氣，再次將頭探出屋頂邊緣，窺探德克瀚和雅格哈瑞克腳邊的情況。他們現在非常小心。

「砰、砰、砰」三枚子彈疾射而至。一名士兵還來不及叫就跌進屋頂旁的黑夜之中，撞碎底下四樓的一扇窗戶。另外兩枚子彈深深穿進磚頭和石塊裡，碎屑如毒霧般四濺。

以薩抬頭，看見一個昏暗的身影從上方二十英尺處的平臺探出身來。

「又是獨臂螳螂手！」以薩高喊，「他是怎麼上去**那裡**的？他想**幹麼**？」

「快！」德克瀚厲聲催促，「我們得走了。」

民兵仍畏畏縮縮地躲在他們下方。只要有人小心翼翼地挺起背、探頭窺視，獨臂螳螂手就對準他的腦袋開槍。民兵完全被他牽制，其中一、兩人嘗試開槍反擊，但也不過是隨隨便便掃射幾下。

在高聳的屋頂和窗戶之後，模糊的影子一道道從飛船船腹垂降而下，落在溼滑的地面。他們懸蕩在空中，似乎由盔甲的鉤子掛在繩索上。馬達流暢轉動，繩索跟著一寸寸放長。

「不知道為什麼，不過我想他在替我們爭取時間。」德克瀚焦急地說，跌跌撞撞跑向以薩，緊拽住他，「但是他的子彈很快就會用完。而這些士兵——」她隨手朝藏在底下的民兵一揮，「——只是在屋頂值勤的當地巡警。那些正從飛船下來的混蛋才是真正的軍隊。我們必須立刻**離開**。」

以薩低頭，跌跌撞撞朝邊緣走去。四面八方都可以看到彎腰弓背、躲在掩護物後的民兵。以薩只要一動，子彈便如雨點般打來。他驚慌慘叫，但隨即察覺是獨臂螳螂手試圖幫他殺開一條生路。

但是沒有用。民兵全都蹲著，靜待時機。

「**該死的！**」以薩忿忿咒罵。他彎下腰，拔掉安卓頭盔上的一個接頭，切斷與機械議會的聯繫；議會仍激烈嘗試著要繞過斷路器控制危機引擎。以薩扯掉電線，反饋中斷，電流一陣痙攣，能量轉向，沿著電纜竄回議會的大腦。

「收好這些鬼東西！」他指向散落屋頂一地、濺滿膿血與酸雨的引擎，厲聲吩咐雅格哈瑞克。鳥人單膝跪下，抄起布袋。「織蛛！」以薩急切呼喊，跌跌撞撞跑向那巨大的身影。

他一面跑，一面扭頭回望，就怕看見有哪個民兵突然大發神經，起身胡亂掃射一通。嘩啦啦的雨聲中，從屋頂下方傳來的沉重金屬奔跑聲越來越近。

「織蛛！」以薩在那驚人的生物面前拍了下手，吸引牠的注意。織蛛抬起牠的多顆眼睛，看向以薩。牠頭上仍戴著連結到安卓屍體上的頭盔，雙手也仍在魔蛾的內臟中戳來戳去。以薩飛快低頭瞄了一眼，瞥向那堆巨大的屍體。魔蛾的翅膀已褪成死氣沉沉、單調乏味的黃褐色，變幻莫測的圖案也消失不見。

「織蛛，我們得走了。」他低聲說。織蛛打斷他。

……髒兮兮的小東西我累了老了冷了……織蛛靜靜地說……你做得很好我讚賞但我的靈魂被吸取幻景使我滿心悲傷因為即便在這些殘暴凶猛的東西身上我也看見與生俱來的圖案或許我太過輕率長久以來的老練眼光出錯了改變了我再也無法確定……牠捧起一把閃閃發亮的內臟到以薩眼前，輕柔地一一撕開。

「相信我，織蛛，」以薩急切地說：「這是**正確的決定**。我們拯救了這座城市，讓你能夠繼續……

鑑賞、編織……我們做到了，但現在我們必須立刻離開……我們需要你的幫助，求求你……帶我們離開這裡……」

「以薩，」德克瀚厲聲催促，「我不知道這些圍上來的傢伙是誰，但是……但是他們不是民兵。」

以薩飛快瞄向屋頂後方，不可置信地睜大雙眼。

一批驚人的金屬士兵昂首闊步、筆直朝他們走來。光線打在他們身上又滑開，冰冷的寒芒隱隱勾勒出身軀的輪廓，全身上下打造得十分精細，四肢由巨大的水力帶動。他們逐漸逼近，可以聽見體內的活塞嘶嘶作響，後腦杓附近亮著幾點零星反光。

「這些**該死的**混蛋是哪裡冒出來的？」以薩的聲音彷彿卡在喉嚨。

織蛛打斷他。牠的聲音驟然又響亮了起來，牠果斷地說……你的好意說服了我……牠說……看看我們修復好的複雜紡線死蛾破壞的地方我們可以重新編織重新紡紗修補得美輪美奐……織蛛開心地蹦蹦跳跳，看向黑暗的天空。牠輕輕巧巧地拔去頭上的頭盔，隨手扔進黑夜裡。以薩沒有聽見頭盔落地的聲音……牠逃跑躲到藏身處……牠又說……牠尋找一個可以落腳的巢穴可憐的嚇壞的怪物我們必須像牠的兄弟一樣殲滅牠在牠咬破天空讓全城的色彩流走之前讓我們沿著世界織網上的長長裂縫下滑凶手逃去那裡找到巢穴……

牠踩著蹣跚的腳步上前，搖搖晃晃，彷彿隨時都會倒下。牠像一名慈愛的父母般對以薩張開手臂，輕輕鬆鬆抄起他。一被抱進織蛛詭異又冰涼的懷中，以薩便嚇得五官緊揪。不要傷害我，他瘋狂祈禱，不要把我開膛破肚！

民兵鬼鬼祟祟躲在屋頂後方偷看，被眼前景象嚇得魂飛魄散。雄偉的蜘蛛踮著腳尖走來走去，以薩像巨嬰般被牠夾在手臂下，模樣甚為可笑。

蜘蛛踩著穩健的腳步迅速移動，跨越溼答答的焦油和黏土。牠的身影忽隱忽現，飄渺無蹤，用快到看不見的速度在現世空間中進進出出。

牠出現在雅格哈瑞克面前。鳥人匆匆將地上的機械零件掃進布袋，甩到背上。雅格哈瑞克滿心感激地張開雙臂，投入跳舞瘋神的懷裡，緊緊抓住牠頭部與腹部間的平滑腰窩。……緊緊抓好了小人兒我們必須想辦法離開……蜘蛛低吟。

詭異的金屬軍團越來越逼近屋頂的高起處，機械身軀在高效的能量運轉下嘶嘶作響。他們從蜷成一團的民兵身旁橫掃而過，早已嚇得魂飛天外的菜鳥士兵駭然瞪著鋼鐵戰士的後腦杓；在那裡，一張張人類面孔正聚精會神地看著眼前的鏡子。

德克瀚環顧四周，瞪著眼前不斷迫近的人影。她嚥了口口水，快速走到織蛛面前。織蛛張開人類的雙臂，以薩與雅格哈瑞克窩在牠武器般的利刃臂彎上，雙腿在牠寬闊的背上亂踢亂扒，想找個可以站穩的立足點。

「別再傷害我了。」德克瀚低聲說，左手顫巍巍地摸向臉旁已結了痂的傷口。她收好火槍，投入織蛛搖籃般的可怕臂彎。

第二艘飛船抵達帕迪多街車站的屋頂上空，抛出繩索，放下士兵。莫特利的再造人軍團降落在高樓屋頂，毫不遲疑地圍攏。民兵抬頭看著他們，個個嚇得呆若木雞，不懂眼前究竟是怎麼回事。

再造人腳步不停，毅然踏過低矮的磚牆，只有看到屋頂古怪的景象時——織蛛神祕的巨大身影在牆邊跳過來又跳過去、三個人影在牠背上像洋娃娃般顛上顛下——才遲疑了那麼一會兒。

莫特利的軍隊緩緩朝邊緣撤退，雨水覆蓋他們木然的鋼鐵面孔。沉重的腳步踩扁散落一地的引擎殘骸。

軍隊靜觀其變，織蛛伸手撈起一名縮成一團的民兵；他被怪物從頭拎起，發出驚恐的哭嚎，手腳死命甩動掙扎。但織蛛揮開他雙臂，像抱嬰兒般把他摟在懷裡。

……該走了該去狩獵了我們退場吧……織蛛對在場眾人喃喃告別。牠側身走到屋頂邊緣，就這麼消失不見。

接下來的兩、三秒中，除了斷斷續續、令人沮喪的雨聲外，屋頂上鴉雀無聲。然後獨臂螳螂手在高處發動最後一輪掃射，聚集下方的民兵與再造人軍隊朝四方潰散。等到他們再次小心翼翼地探出頭，周遭已一片靜謐，再也沒有出現任何攻擊。獨臂螳螂手傑克消失了。

織蛛與牠的同伴沒有留下一絲可追循的蹤跡。

魔蛾撕裂氣流，陷入瘋狂的恐懼之中。

牠不時用各種聲波發出呼喚，卻沒有收到回應。現在的牠倉皇無依、不知所措。

儘管如此，酷刑般的飢餓感又再度升起，而且越來越強烈。對食物的渴望仍緊緊糾纏著牠。

下方瘡河蜿蜒而過，河上的駁船與遊舫宛如骯髒的光點般映在一片漆黑之上。魔蛾放慢速度，在空中盤旋飛舞。

一道髒兮兮的煙霧緩緩畫過新克洛布桑的臉龐，彷彿鉛筆在紙上留下炭痕。一輛德克斯右線的深夜火車往東駛去，經過奇德和酒客大橋，在河面上朝盧德法洛站和薩丁轉運站前去。

魔蛾掠過盧德米德上空，躲在大學教職員辦公大樓上低空飛行，然後在索博爾鵲鳥大教堂的屋頂上短暫停留片刻，隨後又在強烈的飢餓感與孤獨恐懼中飛掠而去。牠無法停歇，無法排遣對食物的貪婪渴望。

在空中飛行時，魔蛾認出下方的光影輪廓，牠突然感到一股拉力吸引著牠。在鐵路之後，巨肋高高聳立在骨鎮年久失修的殘破建築上，用雄偉的象牙弧線刺穿夜空。它們令魔蛾腦中的記憶滾滾湧現。牠想起那些古老骨骸具有某種詭異的影響力，把骨鎮變成一個可怕而且避之唯恐不及的地方。那裡的氣流詭譎難測，還有一波波毒浪汙染大氣。過去那些遙遠的日子浮現眼前，動也不動。

牠想起自己的乳汁被搾取，腺體被吸得乾乾淨淨，還有小小幼蟲吸吮牠乳頭時的暈眩感，但現在那裡什麼也沒有……記憶趕上了牠。

魔蛾甫受嚴重驚嚇，現在的牠渴求慰藉，想找一個避風港，一個能讓牠靜靜躺著不動、休養生息的地方。在那個熟悉的地方，牠可以照料自己，也被人照料。在淒楚的心情中，牠記起牠曾被囚禁在一個光線扭曲的地方。在骨鎮，曾有人小心翼翼地餵食牠、清理牠。那裡曾是牠的庇護所。

魔蛾又餓又怕，急切渴望安慰，這些讓牠克服了對骨鎮巨肋的恐懼。

牠往南飛行，伸長舌頭舔舐空氣，追尋已遺忘大半的路線。牠繞過高高突起的骨骸，尋找一棟藏在小巷子裡的黑色建築，那兒的屋頂不知為何鋪了瀝青，幾個星期之前，牠才從那裡爬出。

魔蛾在危險的城市上空不安盤旋。牠要回家了。

以薩覺得自己像是睡了好幾天，他悠閒地伸伸懶腰，感覺身體不甚舒服地前後滑動。

他聽見一聲淒厲的慘叫。

回憶如浪潮般湧回腦中，他想起自己置身何處，全身一僵，緊緊抓住織蛛手臂（他回想一切，身子不由自主地痙攣抽搐）。

織蛛輕盈地走在世界織網上，匆忙穿過串起時光的幻影細絲。以薩想起先前見到世界織網時，他的靈魂彷彿天旋地轉般虛浮飄盪。看到那不可思議的景象，令他體內升起一股自我崩毀、胸悶欲嘔的反胃感。他努力不要睜開眼睛。

他可以聽見雅格哈瑞克的胡言亂語和德克瀚的低聲咒罵；但他聽見的並非聲音，而像是有許多段飄渺、懸浮的細絲滑進他頭顱，突然變得清晰起來。除此之外還有另一個聲音，一條鮮豔的纖維，一種驚恐尖叫的刺耳噪音。

他好奇那會是誰。

織蛛沿著顛簸的細絲快速前進，這裡已被魔蛾扯出缺口，未來還可能再遭破壞。牠消失在一個洞裡，那是一只昏暗的漏斗，可以從它穿過這個複雜的空間，重新出現在城市之中。

以薩感到空氣拂過他的臉頰，腳下踩著木板。他醒來，睜開雙眼。

他頭痛欲裂，昂首仰望。察覺到頭上的重量，他甩甩脖子，原來頭盔依舊安安穩穩罩在他頭上，鏡子也奇蹟似的完好無缺。

他躺在一間積著厚厚灰塵的小閣樓內，身上映著一束月光。外頭的聲音透過木頭地板和牆壁傳了進來。

德克瀚與雅格哈瑞克謹慎、緩慢地撐著手肘坐起，兩人不約而同甩甩頭。以薩看見德克瀚飛快伸手輕輕摸向頭側，她剩下的那隻耳朵完好無缺。他也趕快確認自己的耳朵是否完好。

蜘蛛矗立在閣樓一角。牠微微上前幾步，以薩看見牠後方坐著一名民兵。他似乎嚇傻了，背貼牆而坐，一語不發，只是拚命發抖，光滑的面罩也歪了，從頭上掉了下來。以薩看見橫躺在他大腿上的來福槍，不禁瞪大雙眼。

是玻璃。一把完美無瑕又毫無用處的玻璃火槍。

……這裡就是那雙逃走的翅膀的家……織蛛喃喃低吟，聲音又變得細不可聞，彷彿牠的力量在穿越織網的旅途中衰退了……看看我的鏡子我的玩伴我的朋友……牠喁喁道……他應該和我一起等待一起玩這就是那吸血魔蛾的歇息地牠在這裡收起翅膀躲起來準備再度獵食我和我的玻璃槍手在這裡玩井字遊戲……

牠走回房間角落，突然曲腿坐下，其中一隻刀臂如電光般閃現，用驚人的高速「唰唰唰」揮了幾下，嚇傻的士兵面前立刻出現一個三乘三的棋盤方格。

織蛛在角落的一個方格中蝕刻出一個叉叉，然後靠倒等待，小小聲地自言自語。

以薩、德克瀚和雅格哈瑞克三人蹣跚走到房間中央。

「我以為牠會帶我們離開，」以薩咕噥，「結果牠居然跟著那隻該死的魔蛾跑來這裡……那可怕的怪物現在就藏在這裡的某個地方……」

「我們必須解決牠，」德克瀚一臉嚴峻，低聲說道：「我們差點就能把牠們一舉殲滅。現在，就讓我們把事情做個了結吧。」

「用**什麼**了結？」以薩忿忿地問，「我們只剩下那些該死的頭盔，沒別的了。我們沒有任何武器可以對抗那玩意兒……我們甚至不知道自己現在他媽的到底在什麼地方……」

「我們必須說服織蛛幫我們。」德克瀚說。

但是他們的努力完全是白費力氣。巨大的蜘蛛對周遭一切置若罔聞，只是靜靜地自言自語，聚精會神地等待，等著動也不動的民兵在井字上打圈。以薩與其他人苦苦哀求，拜託牠幫忙，但他們好像突然變成隱形人，最後只能氣餒離開。

「我們必須離開這裡。」德克瀚突然說。以薩迎上她的視線，緩緩點了點頭。他大步走到對面的窗戶前，望向窗外。

「我看不出來我們在哪兒。」觀察一會兒後他終於說：「我只看到一堆街道。」他伸長脖子左右張望，想找找看有沒有什麼地標。最後，他又回到房間中央，搖了搖頭。「妳說得對，小德。或許我們可以……找到些什麼……或許我們可以離開這裡。」

雅格哈瑞克靜悄悄地移動，無聲無息地離開小房間，踏上燈光昏暗的走廊。他小心翼翼地觀察廊道兩頭。

左方的牆壁順著屋頂的陡坡傾斜；在他右方，狹窄的走道上矗立著兩扇門。過了門之後，走道往右拐去，消失在陰影中。

雅格哈瑞克伏低身子，頭也不回地朝身後緩緩打了個手勢。德克瀚與以薩慢慢探出身子，手裡的火槍裡裝著最後一批受潮又不可靠的火藥，茫然地瞄準眼前的黑暗。

他們等雅格哈瑞克緩緩前進後也蹣跚跟上，腳步準備隨時迎接戰鬥。

雅格哈瑞克停在第一扇門前，長滿羽毛的鳥首平貼在門上。他等了一會兒，然後非常、非常緩慢地把門推開。德克瀚和以薩跟著上前，看向黑暗的儲藏室。

「裡頭有能用的東西嗎？」以薩沉聲問。但除了蒙塵的空瓶子以及腐朽的舊刷子外，架上空無一物。

抵達第二扇門時，雅格哈瑞克重複先前的動作，揮手示意以薩與德克瀚留在原地，自己隔著薄薄的木板豎耳凝聽；這次他停得比較久。門上了好幾個栓，構造簡單，雅格哈瑞克三兩下就全打開了。另外還有一只大掛鎖，但只是掛在其中一個門栓上，並沒有鎖上，彷彿已經棄置在那兒一段時間。雅格哈瑞克緩緩推開門，頭探進門縫中，身子一半在內、一半在外。他這麼站了好長一段時間，久到令人不安。

他把頭縮回，轉過身。

「以薩，」他靜靜地說：「你得進去看看。」

以薩皺眉上前，心臟在胸口跳得厲害。

怎麼了？他暗忖。發生什麼事？（但就在他思索的同時，心底深處已經有個聲音回答他。但他聽不清楚，也不肯聽清楚，就怕事與願違。）

他擠過雅格哈瑞克身邊，戰戰兢兢地走進房裡。

那是一間寬敞的方形閣樓，點著三盞油燈，還有幾道細細的燈火從街上穿過封得密不透風的骯髒窗戶鑽了進來。地上散落一堆金屬和垃圾，惡臭撲鼻。

但以薩對這一切毫無所覺。

在昏暗的角落，有個人影背對門口直挺挺地跪著，嘴巴盡責地嚼動，背部、頭和腺體靠在一具異常扭曲的雕像上。

是林恩。

以薩失聲驚呼。

那聲音彷彿野獸的哭嚎，越來越大。雅格哈瑞克要他安靜，但以薩充耳不聞。

林恩聽見聲音，嚇了一跳，轉身回望。一看見以薩，她立刻簌簌顫抖了起來。

他跌跌撞撞朝她飛奔而去。看見林恩、看見她紅色的肌膚和頭上顫抖的蟲殼，以薩不禁淚流滿面。等到靠近後，以薩又驚呼了一聲——但這次是痛苦的驚呼：因為他看見林恩這段日子以來受到什麼樣的待遇。

她全身上下青一塊、紫一塊，到處都是燒傷和抓傷的痕跡，還有揭示殘暴惡行的鞭痕。她背上傷痕累累，上衣破爛不堪。胸前細小的傷疤縱橫交錯，腹部和大腿處處可見大片大片的瘀青。

但最嚴重的是她的頭；那不斷顫抖抽搐的蟲頭讓以薩差點癱軟在地。

因為幸運蓋吉身上那封信，他知道她的翅膀已經被硬生生拔掉。但親眼看見小小的殘根焦躁拍打……連甲殼也被硬扳開來，往後彎折固定，露出下方柔軟的肉體，上頭同樣到處都是結痂和傷口。她的一隻複眼毀了，再也看不見；右方中間的蟲腿和左後腿被人硬生生從腿窩拔掉。

以薩撲上前，把林恩緊緊摟在懷裡，她是那麼瘦弱……那麼渺小、那麼殘破。她伸手觸摸他，無法遏制地顫抖，全身肌肉僵硬緊繃，像是無法相信他是真的，像是他下一秒就會被帶走，做為新的折磨。

以薩緊擁林恩，失聲痛哭，小心不要壓痛了她。她肌膚底下的骨頭是如此纖細、如此清晰。

「早知道我就**來了**。」他的嗚咽中夾雜著痛苦、哀傷和喜悅，「早知道我就**來了**。我以為妳**死了**……」

她把他微微推開一些——只有一些，好讓雙手有空間揮動。

想你，愛你。她倉皇地打著手語；幫我，救我，帶我走。他不讓我死，除非我完成這個……

進房以來，這是以薩第一次抬頭看向這座驚人的雕像。雕像高高聳立在林恩後方，上頭塗抹著甲蟲人的唾液。那是一個不可思議的彩色形體，一個可怕至極的萬花筒，由形形色色的噩夢拼湊而成；手、腳、眼睛、腿突出在各種奇怪的地方。雕像就快完成了，只剩下一個光滑的框架，顯然是頭顱的部分，還有一個空蕩蕩的地方，應該是肩膀。

以薩猛然倒抽了口涼氣，回頭看向她。

李謬爾說得沒錯。就戰略上的考量，莫特利沒有任何理由留林恩活口。今天換作是其他任何一名禁臠，他都不會這麼做。但是林恩非凡的傑作深深刺激了他的虛榮、他那難以理解的自我膨脹以及哲學幻想——李謬爾不可能知道這一點。

他不知道莫特利不可能忍受林恩沒有完成這座雕像。

德克瀚與雅格哈瑞克跟著走進房間。一看見林恩，德克瀚也和以薩一樣失聲驚呼。她跑上前，又哭又笑地伸手抱住相擁的兩人。

雅格哈瑞克一臉緊張地走向他們。

以薩抱著林恩低聲細語，一遍又一遍說他有多抱歉、說他以為她死了、說早知道他一定會來。

他不停逼我工作、打我……折磨我、羞辱我，林恩激動地打著手語，只覺得天旋地轉、筋疲力竭。

雅格哈瑞克正要開口，突然又猛扭過頭。

外頭走廊清楚傳來匆忙的腳步聲。

以薩攙扶林恩站起，依舊緊摟著她。德克瀚離開兩人身邊，掏出手槍，轉身面向門口。雅格哈瑞克將身子平貼在籠罩於雕像陰影內的牆壁，長鞭纏在手上，嚴陣以待。

門「碰」地推開，重重撞在牆上又反彈。

莫特利出現在眼前。

他只是一道黑暗的影子。以薩看見一個扭曲的輪廓映在走廊的黑牆上，身上長滿五八花門的肢體，一個會走會動、像補丁般拼湊而成的身軀。以薩驚訝得闔不攏嘴，看著眼前這個用羊腿、鳥爪、狗腳行走的生物，看著一根根緊蜷的觸手、一團團不知名的組織、各種人工合成的骨頭和皮膚。他這才知道，林恩的作品並非出於想像，**而是有活生生的依據**。

一看見他，恐懼和痛苦的回憶立時湧上心頭，林恩身子不由一軟。以薩感到自己開始被憤怒吞沒。

莫特利微微退開，轉頭看向來時的方向。

「**警衛！**」他其中一張模糊的嘴巴呼喝，「**立刻給我過來！**」他又走回房內。

「格寧紐布林，」他語調緊繃，說得飛快，「你終於來了。你沒收到我的訊息嗎？不小心忘了是不是？」莫特利走進房內微弱的燈光中。

德克瀚連開兩槍，子彈打進莫特利盔甲般的皮膚與斑駁的毛髮。他踩著各式各樣的獸腿踉蹌後退，痛苦嚎叫，但呼號隨即轉為邪惡的大笑。

「我體內有太多不同的臟器了，要傷害我沒那麼容易。妳這個沒用的賤貨。」他高聲道。德克瀚忿忿吐了口口水，退到牆邊。

以薩看見莫特利許多張嘴都露出咬牙切齒的表情。奔跑聲沿著走廊迅速逼近房間，沉重的腳步震得地板不住搖撼。

莫特利擋在門口，身後出現許多高舉武器揮舞的人影，茫然等著老闆下令。以薩的心一沉，這些人沒有臉，原本該有五官的地方只有一層光滑的肌膚一路緊拉過頭頂。這是哪門子的見鬼再造人？他暈眩地想。就在這時，他看見頭盔上架著往背面延伸的後照鏡。

以薩這才恍然大悟，震驚地瞪大雙眼。原來這些光頭再造人經過特別設計，頭向後轉了一百八十度，用來對付魔蛾再完美不過。他們壯碩的身體正對以薩，面孔朝後，等待老闆的命令。

莫特利其中一隻手——一個節肢狀、長有吸盤的醜陋玩意兒——突然舉起，指向林恩。

「滾回去完成妳那該死的**工作**，妳這個臭婊子，否則有妳受的了！」他大聲斥喝，蹣跚走向以薩與林恩。

以薩再也忍不住，發出一聲野獸般的咆哮，將林恩推到一旁。林恩身上噴發一股痛苦的化學物質，雙手扭曲，哀求以薩留在她身旁。但在罪惡感與怒火兩相痛苦夾擊之下，以薩已大步朝莫特利走去。

莫特利發出無意義的怒吼，毫無畏懼地迎接以薩的挑戰。

突然間，房內響起「砰」的一聲爆炸巨響，碎玻璃灑得整閣樓都是，鮮血四濺，咒罵聲此起彼落。奇變突生，以薩凍結在房間中央，莫特利凍結在他面前。保鑣慌忙摸索身上的武器，大吼出各種命令。以薩抬頭看向眼前的鏡子。

最後一隻魔蛾站在他後方，可怕的身影框在殘缺不齊的窗框中，碎玻璃從牠身上流洩，仿若毒液。

以薩狠狠倒抽一口涼氣。

魔蛾巨大的身影散發陰森至極的恐怖感。牠站在牆壁與破窗前方不遠處，身子微微半蹲，各種野蠻肢臂緊抓著地板，有如大猩猩般魁梧結實，身體堅硬得可怕，突出許多複雜的致命凶器。

牠展開那雙不可思議的翅膀，黑暗的圖案迸發，猶如底片上的煙火。

正面對著這頭巨獸的莫特利立刻被催眠，整排眼睛眨也不眨，只是呆呆凝視著翅膀。在他身後，再造人軍團不安鼓譟，高舉手中的武器。

雅格哈瑞克和德克瀚一直貼牆而立，以薩從鏡中看見他們站在魔蛾身後，看不見翅膀上的圖案，因此雖然震驚，但並沒有受到催眠。

林恩仍癱倒在魔蛾與以薩之間的滿地碎玻璃上。

「林恩！」以薩驚惶呼喊，「**不要轉身！不要看後面！過來我這裡！**」

他驚恐的語氣嚇得林恩凍結原地。以薩沒有轉身，林恩看見他用難看又笨拙的姿勢步步後退，遲疑地朝她走來。

她用非常、非常緩慢的速度朝以薩爬去。

在她身後，她聽見低沉的野獸咆哮聲。

凶惡焦躁的魔蛾佇立原地，牠嘗到各種意識在牠周圍移動，威脅卻又恐懼。

牠急躁不安，尚未從手足慘死的震驚與傷痛中恢復，其中一根針刺般的觸手如尾巴般在地板上抽打。

牠察覺得出前方有一個心智為牠所俘虜。可是牠明明張大了翅膀，卻只俘虜到一個……？牠大惑不解，只能面對大群敵人繼續拚命拍翅，企圖催眠他們，讓他們的夢境浮上表面。

但敵人依舊沒有屈服。

魔蛾開始恐慌了。

被莫特利擋在門外的保鑣挫敗不已，亂成一團；他們試圖從老闆身旁擠進去，但是他凍結在房門口，龐大的身軀動也不動，形形色色的獸腿像生根似的牢牢紮在地上。他呆呆看著魔蛾的翅膀，被強大的催眠力量所控制。

他身後有五名再造人。他們擺好陣勢，身上的裝備都是特別針對魔蛾設計，以防逃脫的情況發生。

除了短小的手臂外，身上還有三具火焰噴射器、一具腐蝕酸性微粒噴灑器，以及一把電子魔法刺槍。他們看見目標就在裡頭，無奈卻被老闆擋在門外。

莫特利的手下試圖從空隙中瞄準，但目標卻被老闆巨大的身軀擋住。再造人你一言我一語地大呼小叫，試圖擬出個戰術，卻一籌莫展。他們望向鏡子，從莫特利的手臂和腳下的空隙可以看見那隻巨大又凶惡的魔蛾。怪物般的景象看得他們毛骨悚然。

以薩往後伸長了手，摸尋林恩。

「來我這兒，林恩。」他厲聲吩咐，「**不要回頭。**」

以薩好像在跟她玩什麼可怕的兒童遊戲。

雅格哈瑞克和德克瀚在魔蛾身後悄悄移動，朝彼此靠近。魔蛾吱吱怪叫，抬頭察看動靜，但注意力還是集中在眼前的巨大身影上，沒有轉身。

林恩趴在地板上，爬爬停停地朝以薩背後和他伸長的手臂靠近。快到達時，她卻遲疑了。她看見莫特利出了神般動也不動，視線越過她與以薩，不知看什麼看到入迷。

她不曉得發生了什麼事，也不曉得在她身後的是什麼。

她對魔蛾一無所知。

以薩看見她臉上的遲疑，焦急地大吼催促，叫她不要停下來。

林恩是個藝術家，憑藉觸感與味覺創作實實在在的作品；她創作的是看得見、摸得著的雕像。色彩、光線、陰影、各種形狀與線條、正負空間的互動全都深深吸引著她。

她被囚禁在閣樓很長一段時間。

換作別人，或許會破壞莫特利那尊巨大的雕像。畢竟原本的委託案變成了一種懲罰。但林恩沒有這麼做，她沒有因此摧毀它或虛應敷衍。她竭盡所能，將所有受到壓抑、禁錮的創意能量灌注在那座雄偉又可怕的作品中。一如莫特利所料。

那是她唯一的出路，唯一能表達自我的方式。失去了世界上所有的光線、色彩與形狀，她將精神全集中在恐懼與痛苦上，不知不覺走火入魔。她必須自己創造一個存在，最好是能欺騙她自己的存在。

如今，這個狹小的閣樓世界裡闖進了一個驚人的東西。

她對魔蛾一無所知。「**不要回頭**」這句話並不陌生，常常會在寓言故事中聽見。它只是一種道德上的警示，或嚴厲的教訓。以薩的意思一定是動作快，或者不要懷疑我之類。只有把它想成一種情感上的訴求才有道理。

林恩是個藝術家。這段時間內，她飽受野蠻的凌虐，囚禁、痛苦與退化使她腦袋一片混亂，她現在只知道自己身後矗立著一幅驚人震撼的景象。好幾個星期以來，她被關在這枯燥乏味、沒有色彩、沒有形狀的牆壁陰影中，經過這段漫長痛苦的忍耐，她渴望任何驚奇的事物。所以她微微停下動作，飛快往後瞄去。

以薩與德克瀚不可置信地悚然尖叫，雅格哈瑞克也像被激怒的烏鴉般駭然驚呼。

林恩那隻碩果僅存的完好眼睛先是看見魔蛾驚人的形體，然後是牠翅膀上爆發的色彩。她滿心敬畏，大頷稍稍地打顫了一陣子，隨即安靜下來。她也被催眠了。

她蹲在地上，頭扭向左肩後，呆呆地看著那頭雄偉的野獸與牠翅膀上洶湧變幻的色彩。她與莫特利緊盯著魔蛾的翅膀，意識汩汩外湧。

以薩焦急狂吼，踉蹌後退，拚了命地伸長手臂。

魔蛾的觸手像蛇一般溜了出去，將林恩拉到面前。牠張開垂涎的巨嘴，彷彿地獄入口。帶有柑橘味的惡臭口水流過林恩臉龐。

以薩死瞪著鏡子，想抓住林恩的手。魔蛾的舌頭歪歪斜斜地爬出牠發臭的咽喉，舔了她的蟲頭一下。

以薩一遍又一遍聲嘶力竭地呼喊，卻無法阻止。

那條沾滿唾液、又溼又滑的長舌悄悄鑽進林恩垂垮的口器，竄入她頭裡。

聽到以薩驚恐的怒吼，兩名困在莫特利巨大身軀後的再造人伸長手臂，舉起火槍，盲目掃射。其中一人的子彈完全打空，但另一人射中魔蛾咽喉，濺出少少的膿血。魔蛾煩躁地嘶吼幾聲，但僅此而已。這不是對付魔蛾的適當武器。

開槍的兩名再造人對同伴呼喝，小批人馬開始小心翼翼、齊心協力推頂莫特利的身體。

以薩焦急地往林恩的手抓去。

魔蛾的喉嚨漲了又扁，扁了又漲，軟骨構成的喉嚨拚命狼吞虎嚥。

雅格哈瑞克垂手抄起直立在雕像腳邊的油燈，左手飛快舉起，右手同時揚起長鞭。

「抓住她，以薩。」鳥人一聲高喝。

魔蛾將林恩瘦弱的身軀緊箍在喉頭之前。以薩感覺他手指頭抓到林恩的手腕，立刻用力收攏，試圖要把她拉開，一面哭喊一面咒罵。

雅格哈瑞克將點燃的油燈狠狠砸向魔蛾的後腦杓。玻璃迸碎，幾滴熱油灑在魔蛾光滑的皮膚上，藍色火焰立刻竄過牠圓滑的頭頂。

魔蛾厲聲慘叫，吃痛之下猛扭回頭，肢臂瘋狂揮打，想要撲滅身上小的火焰。雅格哈瑞克當機立斷，毫不留情地甩出一鞭，狠狠砸在黑色的皮膚上，粗實的皮鞭瞬間纏上魔蛾頸間。

雅格哈瑞克隨即使出全身力氣，猛然一扯，站穩腳步，卯足勁拉緊長鞭。

火焰雖小，燒勢卻十分頑強，魔蛾痛苦掙扎。長鞭將魔蛾的脖子抽得皮開肉綻，牠現在既不能吞嚥，也無法呼吸。

魔蛾的頭在長頸上方掙扎轉動，發出微弱的窒息哭嚎。牠將腫脹的舌頭從林恩口中縮回，先前飲進的意識現在卡在喉頭，進退不得。驚恐的牠死命扒抓長鞭，瘋狂甩扭身體。

魔蛾急得團團亂轉，模樣猙獰至極。以薩死命抓緊林恩枯瘦的手腕，魔蛾終於放開抽搐的肢臂，抓向讓牠無法呼吸的皮鞭，卻怎麼樣也無法掙脫。以薩趁機拉過林恩，跌坐在地，連滾帶爬地逃離那暴跳如雷的怪物。

魔蛾在驚駭之中一個轉身，收起翅膀，背過門口。牠一轉身，莫特利的催眠立刻解除，意識逐漸回復。他那混亂交雜的身體一個踉蹌，往前摔倒在地。保鑣從他身旁擠進去，繞過他糾纏的獸腿，衝入房內。

魔蛾發了瘋般滿地打轉，情景十分駭人。雅格哈瑞克手中的長鞭被扯開，掌心上拖出一道血痕。他踉蹌後退，朝德克瀚靠近，遠離魔蛾旋舞的刀臂範圍。

莫特利站起，迅速退開，回到走廊上。

「給我殺了那該死的東西！」他尖聲怒吼。

瘋狂的魔蛾竄至房間中央。五名再造人嚴密包圍門口，透過鏡子瞄準目標。火焰噴射器噴出三股熊熊燃燒的瓦斯，火舌爬過怪物的皮膚，牠的翅膀與甲殼被火焰吞噬，開始脆裂。牠想尖叫，但鞭子讓牠叫不出聲。一大股酸性藥劑朝掙扎的魔蛾當頭灑落，短短幾秒內便摧毀牠皮膚中的蛋白質與複合物，溶化牠的外骨骼。

酸性藥劑與火舌迅速吞噬長鞭，殘骸從痛苦打轉的魔蛾身上甩了出去，牠終於能夠放聲尖叫與呼吸。新一波火焰和酸性物質再度襲來，魔蛾劇痛難耐，連聲慘叫，分不清東西南北的牠竟自己朝敵人的方向撲去。

黑暗的能量從第五名再造人的槍中爆發，擊向魔蛾。能量在牠皮膚上消散，沒有一點溫度，卻令魔蛾癱瘓，全身像著火般灼痛。牠又發出淒厲的慘叫，但仍繼續朝攻擊者撲去，像盲目的火球般揮舞著坑坑洞洞的骨頭，灑了滿牆滿地的酸性藥劑。

看見魔蛾搖搖晃晃瘋狂朝他們撲來，第五名再造人向後撤退，跟著莫特利退進走廊。魔蛾如熊熊燃燒的柴堆般橫衝直撞，跌跌撞撞朝門口撲去，牆壁登時燒了起來。

小小的走廊上，噴射火焰、酸性藥劑與電子魔法的嘈雜聲不絕於耳。

有好幾秒鐘的時間，德克瀚、雅格哈瑞克與以薩只是傻傻看著門口。魔蛾消失在視線範圍，但耳中仍可聽見牠的慘叫，門後的走廊上瀰漫著熊熊火光與熱氣。

以薩眨了眨眼，低頭看向林恩。她無力地軟倒在他懷裡。

他拚命呼喊她、搖她。

「林恩，」他低聲呼喚，「林恩……我們要走了。」

雅格哈瑞克迅速走到窗前，看向五樓底下的街道。窗戶旁，一小根磚柱從牆面向外延伸，突出於屋頂上，變成一根煙囪，旁邊還有一根排水管蛇行而上。他迅速爬上窗檻，伸手抓住上方簷溝，飛快拉了拉。很牢固。

「以薩，把她帶來這裡。」德克瀚焦急催促。以薩扶起林恩，發現她瘦得只剩幾兩重，忍不住緊咬下唇。他迅速將她攙扶到窗前，看著她，突然間，以薩的嘴角揚起難以置信、狂喜的笑容，眼淚立刻奪眶而出。

外頭的走廊傳來魔蛾微弱的嗚咽。

「小德，妳看！」以薩激動呼喚。他摟著林恩，她舉起雙手在身前胡亂揮舞。「她在打手語！她會沒事的。」

德克瀚回頭，讀著她的手語。以薩搖了搖頭。

「她還沒恢復意識，只是在胡言亂語。但是小德，那是手語……我們及時把她救出來了……」

德克瀚臉上也堆起笑容。她用力親了親以薩的臉頰，溫柔撫摸林恩傷痕累累的蟲頭。

「我們帶她離開吧。」她靜靜地說。以薩望向窗外，幾英尺之外，矮樓的轉角處突出了一小塊磚，雅格哈瑞克就站在那兒。

「把她交給我，你們跟緊了。」雅格哈瑞克說。他抬頭仰望，在屋頂東側盡頭，露臺長長的斜面與鄰街相接，那條街向南垂直突出於一排如階梯般下降的房屋之外。骨鎮的屋頂國度在頭頂上展開，包圍他們。這片景色高架空中，一座座矗立於危險長街上的石板孤島串串相連，在黑暗中綿延數英里，經過巨肋、經過摩格丘，一路向東而去。

即便被一波又一波火焰和酸性藥劑侵襲，即便被一股接著一股不明能量燒灼，最後一隻魔蛾還是有可能活下來。

牠是一種耐力驚人的生物，能夠用可怕的速度治癒自己。

如果牠現在是一個開放空間裡，牠大可縱身一竄，張開重傷的翅膀，消失地平線上。牠可以強迫自己不斷往上飛，無視痛苦、無視燒毀的片片皮膚與甲殼在牠周圍如爛布般翻飛；牠可以滾進潮溼的雲裡撲熄火焰，洗去那些酸性藥劑。

若牠的手足還活著、若牠自信能夠回到家人身邊，相信牠們將再次攜手獵食，牠或許就不會如此驚慌。若牠沒有親眼目睹同類慘遭屠殺，沒有看見那不可思議的毒氣誘惑牠們靠近，然後把牠們炸得粉身碎骨，牠不會因為恐懼和憤怒而失去理智、不會陷入瘋狂，盲目掙扎，最後把自己推入絕境。

可是，只剩牠了。牠被困在磚牆下，禁錮在一棟沒有出口的房子裡，翅膀也毀了，無處可逃。致命的猛烈攻擊不停從四面八方傳來，苦難彷彿永無止境。火焰一波波接踵而至，牠根本無暇自癒。

牠沿著莫特利基地的走廊跌跌撞撞前進，化身為一團白熾的火球，最後一次伸出殘破的利爪與尖針，想要獵殺敵人。牠倒在樓梯的頂端。

莫特利與再造人停在半途，震懾驚恐地瞪著牠，祈禱牠就這樣靜靜躺著，不再繼續爬過樓梯口，帶著滿身火焰朝他們撲來。

牠的確沒有。牠動也不動，就這麼死去。

確定魔蛾死了後，莫特利喝令手下，男女不論，迅速帶著浸溼的毛巾和毛毯上下往返樓梯，撲滅魔蛾留下的火焰。

二十分鐘後，火終於滅了。閣樓的梁柱和牆板斑斑龜裂，散發陣陣煙臭味。整條走廊上滿滿一地巨大的腳印、燒焦的木頭和起泡的油漆。魔蛾燒焦的屍體依舊躺在樓梯頂層，血肉模糊，身體被高溫扭曲成比生前更奇怪的形狀。

「格寧紐布林和他的混帳同黨都不見了。」莫特利說：「給我找到他們，查清楚他們的下落。盡一切力量追查，把他們給我搜出來。今晚就給我去找。現在就給我去找。」

他們一眼就可以看出囚犯是如何逃脫的：他們循著窗戶爬到屋頂上。但是上了屋頂後，他們可能往任何一個方向逃逸。莫特利的手下不安扭動，戰戰兢兢地交換眼色。

「給我動啊，你們這些再造廢物。」莫特利暴跳如雷，「現在就去給我找，搜出他們的下落，帶回我面前。」

一群群膽戰心驚的再造人——包括人類、仙人掌人和蛙族人——從莫特利的平臺屋頂出發，進城搜索。他們擬定毫無用處的計畫、比對紀錄，瘋狂跑至桑特、回音沼、盧德米德、凱爾崔利、摩格丘，甚至劣原；並跨河來到獾沼、西奇德、葛里斯低地、霧原及硝石區。

他們很有可能已和以薩與他的同伴擦肩而過了幾千次而不自知。新克洛布桑內有無數的孔洞，可以藏身的地方比需要藏身的人還要多。莫特利的軍隊一點機會也沒有。

在那樣的夜晚，當雨水與街燈複雜了城市的線條與邊緣——風中搖曳的樹木、建築、聲音；古老的廢墟、黑暗、地下通道、建築工地、旅館、荒地、燈光、酒吧和下水道；所有一切層層相疊——整座城市就會變成一個無邊無際、迂迴反覆、陰暗神祕的迷宮。

莫特利的手下只能帶著恐懼的心情，空手而歸。

莫特利一遍又一遍在那座彷彿正在嘲諷他的半成品前暴跳如雷。它是如此完美卻又如此殘缺。他的手下仔細搜索了整棟建築，就怕遺漏任何蛛絲馬跡。

在閣樓走廊的最後一個房間內，他們發現一名民兵，獨自一人傻傻靠牆坐著。一把詭異又精美的玻璃火槍橫躺在他大腿，腳邊的木頭地上刻著一盤井字遊戲。

三步內，叉叉贏了。

我們像過街老鼠般倉皇竄逃，但心情卻輕鬆而喜悅。

我們知道我們贏了。

以薩將林恩抱在懷裡，有時碰到崎嶇難行的地方，便歉然將她扛在肩上，繼續前進。我們東躲西逃，把自己當鬼魂一樣逃竄，筋疲力竭卻欣喜若狂。城市東方的破敗建築無法阻擋我們，我們翻過低矮的圍籬，闖進狹窄的後院及簡陋的花園，裡頭種著突變的蘋果樹和髒兮兮的黑刺莓，地上散落著可疑的堆肥、泥巴，還有壞掉的玩具。

有時候德克瀚臉上會閃過一抹陰影，然後開始喃喃自言自語，我知道她是想起了安卓。但是那一晚，心裡還惦記著罪惡感並不簡單，即便我們理應如此。有時陰鬱會緊緊包圍我們，但在溫暖的雨水，還有如野草般雜亂蓬生的城市燈火中，我們很難不在目光交會時會心一笑，或震驚輕嘆。

魔蛾死了。

我們付出非常、非常可怕的代價。可怕到難以想像。但今晚，當我們遠離空軌，在距鐵路和黑水站貧民窟北方不遠的針莢鎮屋頂小屋落腳時，我們只有勝利的喜悅。

早晨，報紙上充滿了迫切的警告。《辯論報》和《先驅報》都暗示政府即將採取嚴厲手段。

德克瀚睡了幾個小時，醒來後獨自坐在一旁，積壓心中的悲傷和罪惡感終於爆發。林恩時而清醒，時而昏迷，三不五時便會扭動一下。以薩只是打著盹兒，吃著我們偷來的食物。他沒有一刻放開過林恩，偶爾想起，便用驚嘆的語調談論獨臂螳螂手傑克。

他緊抿雙唇，不耐煩地在危機引擎七零八落、破破爛爛又壞掉的零件中翻找。他說他可以讓它重新運作，沒有問題。

聽到這句話，我再度帶著渴望重生。這是我最後的自由，我多想擁有啊，飛行。

他視線越過我肩頭，讀起偷來的報紙。

我們讀到，在這緊張的情勢中，民兵將被賦予無上權力，有可能恢復成原本公開的制服巡警。公民權或許會遭削減。政府討論宣布戒嚴的可能。

但在那驚心動魄的一天裡，魔蛾的糞便、骯髒的排泄物、夢境的毒藥緩緩自空中沉沒至地底。我躺在腐朽的木板下，想像自己能夠感受到它。它就在我身邊輕輕消散，被陽光給稀釋了。它彷彿骯髒的雪花，飄呀飄地穿過各種纏繞城市的平面，然後越過一層層物質，最後終於滲出我們的空間之外，消失不見。

黑夜降臨，噩夢不再出現。

彷彿有陣輕柔的啜泣，或者許許多多人安心又疲倦的嘆息在全城飄開。平靜的氣息從城市的黑暗之側、從西方，從高爾瑪奇、煙霧彎道吹拂而至，抵達大彎區、沙克、獾沼、盧德米德、摩格丘與平蕪。

城市在睡眠中淨化了。在溪畔鎮與貧民窟一堆堆尿溼的稻草上、在克奴姆蓬鬆的羽毛床上，無論是相互依偎或孤單一人，新克洛布桑的市民終於能酣然沉睡。

當然了，城市的運作並不因此止歇。碼頭的夜班工人仍得工作，大夜班的工人也一如往常走進磨坊與鑄造廠，熟悉的金屬敲擊聲照樣響起。刺耳的噪音劃破夜晚的寂靜，彷彿戰場上的廝殺。守夜人依然駐守在工廠前院，妓女也依然四處找地方拉客。犯罪行為沒有停止，暴力也沒有消失。

但無論是睡夢中或清醒，他們終於不再受幻影纏擾，若有恐懼，也只源於自己內心。

新克洛布桑就像一個動作遲緩、不可思議的巨人，在夢中移動自如。

我已忘了這般的夜晚是多麼令人愉悅。

我在日出時分甦醒，發現自己思緒清晰，沒有半點頭疼。

我們自由了。

這一次，所有報導都繞著「仲夏夜噩夢」——「睡疾」、「夢境詛咒」或其他記者自己發明的名字——的之終結打轉。

我們一面讀一面笑；德克瀚、以薩還有我。歡欣的氣氛瀰漫空中，伸手可觸。原本的城市回來了，但也改變了。

我們等待林恩醒轉，等待她恢復意識。

但是她沒有。

第一天，她只是睡。她的身體開始自我修復，她緊摟著以薩，不肯醒來。她自由了，而且擁有安心沉睡的自由。

但現在，她醒來了，慢吞吞地坐起，頭上的蟲腿微微輕顫，大頜忙著咀嚼；她很餓，我們在偷來的物資中找到水果，給她當作早餐。

她一面吃，一面不安地看向我，然後是德克瀚，然後是以薩。他環抱住她大腿，對她呢喃細語，聲音輕不可聞。她像小嬰兒一樣別開頭，不時會像中風般抽搐、顫抖。

她舉起手，對以薩打起手語。

他用熾熱的眼神注視她，但林恩笨拙又醜陋的嘗試讓他的心直沉谷底。以薩的臉孔痛苦得緊揪成一團。

德克瀚瞪大眼，讀著她的手語。

以薩搖搖頭，啞口無言。

早上……食物……溫暖；他結結巴巴地翻譯；昆蟲……旅程……快樂。

她無法自己進食。她外側的下頷不時痙攣，不是意外將水果切成兩半，就是突然放鬆，讓食物掉落。挫敗的她在一旁簌簌發抖，搖頭晃腦，噴出一股水霧。以薩說那是甲蟲人的眼淚。

他軟言安慰，替她拿著蘋果，方便她啃咬，如果有果汁和殘渣濺到身上，就替她抹去。害怕；她用手語說，以薩遲疑地翻譯。心好累洩漏，藝術莫特利！她突然發起抖來，驚恐地東張西望。以薩安慰她，讓她安靜下來。德克瀚絕望地看著這一切。孤單，林恩急切地打著手語，噴出一股我們無法解讀的化學訊息。怪物溫暖再造人……她環顧四周；蘋果，她用手語說；蘋果。

以薩將蘋果舉到她面前，慢慢餵她吃。她像小嬰兒一樣咯咯笑了。

夜暮低垂，她再度迅速進入夢鄉。以薩和德克瀚不知在說些什麼，以薩突然憤怒咆哮，哭了起來。

她會好起來的。他大吼；睡夢中的林恩在他懷裡動了動。她心力交瘁，還被人他媽的打個半死，難怪她會這樣，不知道自己在說什麼……

但是她沒有好起來。他心裡很清楚，她是不會好起來的。

我們從魔蛾手中救出她時，她的意識已被喝掉了一半。她一半的心智、一半的夢境已流進那頭吸血怪物的喉嚨之中，先是被牠的胃液，然後是莫特利手下噴射的火焰燃燒殆盡，再也找不回。

林恩醒來時很開心，與高采烈地揮舞雙手胡言亂語，搖搖晃晃地想站卻站不起來。她摔倒在地上，一下大哭，一下散發化學物質的大笑。大領格格打顫，像嬰兒一樣無法控制自己的大小便。

林恩帶著僅存的一半神智，搖搖晃晃走過我們的屋頂。她是如此無助、如此殘缺。現在的她是由童稚笑聲與成人的夢境拼湊而成的怪誕混合體，她的話總是詭異離奇，讓人摸不著頭緒，而且複雜難懂、粗暴又幼稚。

以薩的心都碎了。

我們沿著屋頂移動，無時無刻為了底下的聲響提心吊膽。路途中，林恩發了好大一頓脾氣。我們無法理解她奇奇怪怪的手語，把她氣得暴跳如雷。她在馬路上著惱跺步，用虛弱無力的雙手拍打以薩。她用手語罵出難聽的髒話，想把我們一腳踢開。

我們安撫她，緊緊抱住她，把她捆起來帶走。

我們總是在夜裡行動，就怕被民兵和莫特利的手下發現。我們也慎加提防所有機械人，因為它們可能會向議會回報。我們謹慎留意任何突然的動作和狐疑的目光，沒有任何鄰居能夠信任。我們必須待在荒涼昏暗的地方，孤立無援，只能相信自己。有需要的時候，我們便偷竊，或者跑到與落腳處相距數英里的深夜雜物鋪購買日用品。每一個斜睨的目光、每一次注視、每一聲大叫，每一個突然響起的蹄聲或靴聲、機械人的活塞撞擊與嘶洩聲都令我們恐懼。

我們是新克洛布桑的頭號通緝犯。這是一種榮耀，一種可疑的榮耀。

林恩想要彩莓。

以薩將她笨拙模仿咀嚼和鼓動腺體的動作（這個畫面讓人不禁聯想到性暗示，看了很不自在）翻譯出來。

德克瀚答應前往。她也深愛林恩。

他們花了好幾小時，用水、奶油、煙灰、破衣，鞋飾和剩下的染料替德克瀚易容喬裝。她換了個模樣，頭上頂著一頭如煤晶般閃耀生輝的烏亮黑髮，額頭橫過一條皺巴巴的痂疤，彎腰駝背，一臉陰沉。她離開後，以薩與我提心吊膽地等了好幾小時，兩人幾乎一句話也沒說。

林恩繼續用手語打著毫無意義的獨白。以薩試著回答，一面撫摸她，一面緩緩打著手語，把她當小孩一樣。但她不是；她還保有一半成人的意識，而他的態度激怒了她。她試圖跑開，手腳卻不聽話，摔倒在地。不聽使喚的身體嚇壞了她。以薩扶她坐起，餵她吃東西，替她按摩瘀痕累累、僵硬緊繃的肩膀。

德克瀚回來了，我們如釋重負，喃喃歡迎她。她買了幾塊黏土和一大把五彩繽紛的彩莓，色澤豐富又鮮豔。

我以為該死的議會發現我們了。她說；我以為我被機械人跟蹤，還繞路離開蟲人區，甩掉它們。但是沒有人知道她是不是真的被跟蹤。

林恩很興奮，觸角和蟲腿簌簌顫抖。她試著咀嚼一根白色黏土，卻無法控制地拚命發抖，黏土不斷撒出來。以薩很溫柔，他緩緩將黏土送入她口中，輕輕地、慢慢地，就像她是自己吃進去一樣。

蟲頭花了幾分鐘消化，送到腺體內。等待時，以薩拿起幾顆彩莓，舉到林恩面前搖了搖，直到看見她抽動，知道她想要哪一把後，便小心翼翼、溫柔謹慎地送進她嘴裡。

我們一語不發。林恩吃下彩莓，小心翼翼地嚼著。所有人的視線都集中在她身上。

幾分鐘過去，她的腺體開始膨脹。我們湊上前，期待看見她會做出什麼東西來。她張開腺脣，擠出一團溼濡的甲蟲人唾液。她興奮地手舞足蹈，唾液滴了出來，弄溼她身體，卻完全看不出任何形狀，像一團白色的糞便般結結實實砸落地上。

一條涓細的彩莓汁液跟著流出，灑在白糞上，替它染上顏色。

德克瀚別開頭，以薩嚎啕大哭；我從沒看過人類哭得如此悲切。

又髒又臭的小屋外，這座廣大的城市蹲踞在自由之中，再次恢復過去的厚顏無恥，膽大妄為。它忘恩負義，將我們拋諸腦後。這星期以來，天氣涼爽了些，無情的酷暑短暫消散了一陣子。強風自海岸、自大焦油河河口與鐵灣吹來，每一天都有大量船隻入港。它們朝東方列隊，等著裝卸貨物。其中有從可尼德與泰許來的商船、從火水海峽來的探勘隊伍、從邁爾沙克來的漂浮工廠，還有從費維迪索前來、奉公守法又備受尊崇的武裝民船，它們離開闊的大海是如此遙遠。雲朵像蜜蜂般掠過高掛天際的太陽，城市喧囂，它早已遺忘那些噩夢，只隱隱約約記得自己似乎曾有夜不安眠的日子；僅此而已。

我可以看見天空，幾縷光線從包圍我們四周的粗糙牆板透了進來。我好想遠離這一切。我可以想像被風吹拂的感覺，想像身下的空氣突然變得沉重。我想要低頭俯瞰這棟屋子和這條街，我希望沒有任何東西能把我禁錮於此，希望重力只是一個微不足道、我可以輕易忽略的阻礙。

林恩打起手語。黏黏的，恐懼，以薩注視她的雙手，低聲哽咽翻譯。尿尿和媽媽，食物，翅膀，開心。害怕。害怕。

第八部

審判

52

「我們得走了。」

德克瀚飛快丟出這麼一句。以薩抬起頭，呆呆看向她。他正在餵林恩吃東西，林恩在他懷裡彆扭蠕動，但也不確定自己想要做什麼。她對以薩打手語，一開始還有文字，後來只是單純地揮舞，比畫各種毫無意義的形狀。他拍去她衣服上的水果殘渣。

他頷首，又垂下頭。德克瀚再次開口，彷彿以薩方才駁斥了她，彷彿她必須說服他。

「只要一出門，我們就像驚弓之鳥。」她板著臉，飛快地說。恐懼、愧歉、欣喜、悲傷，各種情緒閃過她臉龐；她已心力交瘁。「一有機械人經過身邊，我們就以為是機械議會發現了我們。路上所有男男女女、大人小孩，人類也好，非人類也好，都會讓我們凍結原地。他是民兵嗎？還是莫特利的走狗？」

她在以薩面前跪下，「我沒辦法再這樣下去了，以薩。」她說，垂首望向林恩，緩緩、緩緩地揚起一抹微笑，閉上雙眼。「我們帶她走。」她輕聲說：「我們可以照顧她。這裡已經沒有什麼好留戀的了。我們很快就會被他們其中一方找到，我不要留在這裡，坐以待斃。」

以薩再度頷首。

「我……」他認真考慮，試圖釐清腦中的思緒，「我還有……別人託付我的事必須完成。」他靜靜地說。

他揉揉下巴底下的贅肉。鬍碴又冒了出來，竄出他粗糙的皮膚，弄得他好癢。風從窗外灌了進來，這棟高樓位於針莢鎮，隨處可見霉斑和垃圾。以薩、德克瀚與雅格哈瑞克占據最上面兩層，每一面牆上各有一扇窗戶，可以俯瞰底下的街道和破敗的小院子。雜草衝破髒兮兮的水泥地，彷彿長在皮下的腫瘤。

只要待在屋內，他們就會把門口擋起來；若需要出門，則喬裝之後再小心翼翼溜出去，大多是趁晚上摸黑離開。不過有時他們也會冒險在大白天外出，就像雅格哈瑞克現在一樣。他們總是有理由；說什麼出現了緊急狀況，不能等，但又無法清楚交代行程。其實說穿了，還不就是不想關在這密閉的房間。是他們解放了這座城市，沒道理他們不能出現在光天化日之下。

「我知道你那宗委託案。」德克瀚說。她望向那堆鬆散連接的危機引擎零件。以薩前一晚把它們清乾淨了，重新連結起來。

「雅格哈瑞克。」他說：「這是我欠他的。我向他承諾過。」

德克瀚低下頭，嚥了口口水，然後又轉頭看向以薩，點點頭。

「要多久？」她問。以薩抬頭望去，但隨即別開視線，飛快聳了聳肩。

「部分電線燒壞了。」他含糊回答。林恩靠在他胸膛，他把她換到一個比較舒服的姿勢，「反饋的量太大，把部分電路融化了。嗯……我今晚必須出去一趟，看能不能找來一些整流器……還要一部發電機。其他的我自己可以修好。」他說：「只是我得要有工具。問題是，我們每次出去偷東西，就給自己多添一分危險。」他緩緩聳聳肩。這件事他也無能為力，畢竟他們身無分文。「除此之外，我還需要乾電池等其他東西。不過最棘手的還是那些數學算式。把機器修好只是……技術層面的事。但就算我能讓引擎重新運作，寫出正確的算式……妳也知道，我們必須要以方程式的形式下達指令……而這點他媽的困難。上次這部分的工作是交給議會完成的。」他閉上雙眼，將頭靠在牆上。

「我得自己寫出指令。」他靜靜地說：「我得告訴它：飛，把雅格放到天上，讓他處於危機中。他會墜落，所以你必須轉換並且傳導這個能量，讓他停留在空中，保持飛行的狀態；你必須讓他一直處於危機，繼續轉換那能量等等。這是一個完美的循環。」他說：「我覺得應該會成功，只是那些算式實在——」

「多久？」德克瀚靜靜又問了一次。以薩皺眉。

「一個星期……還是兩個星期……大概吧。」他誠實回答，「或許更久。」

德克瀚搖頭，不置一詞。

「這是我欠他的，小德！」以薩繃著臉辯解，「我已經答應他很久了，而且是他……」

是他將魔蛾從林恩身上扯開。他本要這麼說，但腦中有什麼捷足先登，早一步質問：這真的是好事嗎；這個念頭讓以薩驚駭不已，支支吾吾地住了口。

這是幾世紀以來最重要的一門科學。他想，心裡突然冒起一把火；而我卻必須躲躲藏藏，見不得光；還必須……必須讓它神祕地消失。

他摸摸林恩頭上的蟲殼，她開始打起手語，提到魚、冷還有糖。

「我知道，以薩。」德克瀚平心靜氣地說，「我知道。這是他……應得的。但是我們等不了那麼久。我們必須離開。」

我會盡力，以薩承諾；但我必須幫他，我會盡快。

德克瀚不再爭辯。她別無選擇，她不可能離開他和林恩。她不怪以薩，她也希望他能實踐諾言，讓雅格哈瑞克如願以償。

她再也無法承受這潮溼小房間內的惡臭與悲傷。她喃喃說了什麼要去河邊探查情況之類的，便離開了。以薩對她虛與委蛇的藉口漠然一笑。

「小心。」他沒必要地叮囑了這麼一句，目送她離開。

他抱著林恩，背倚在散發臭味的牆上。

不多久，他感到林恩放鬆下來，沉沉進入夢鄉。他從她身後滑出去，走到窗前，眺望底下的喧囂與繁忙。

以薩不知道這條街叫什麼名字，只曉得它是一條寬闊的大街，兩旁種著樹苗，充滿無限的可能與希望。遠處盡頭，一輛馬車側身停放，刻意擋住路口。一名男人和蛙族人在車旁大聲爭執，兩頭拉車的膽小驢子垂著頭，生怕引人注目的模樣。一群小孩出現在靜止不動的車輪前，踢著一顆用破布紮成的球。他們蹦蹦跳跳，身上的衣服像無法飛翔的翅膀般獵獵拍打。

小朋友玩著玩著突然吵了起來。四個小男孩圍著團體中的兩個蛙族小孩欺負他們，胖胖的蛙人小男孩一面哭一面用四條腿跳著逃開。其中一個男孩扔了一塊石頭。但是爭執很快就被拋到腦後，蛙族小男孩只生了短短一會兒氣便又跳回遊戲中，把球偷了過來。

馬路更遠處，就在這棟高樓之後的幾扇門邊，一名年輕女子用粉筆在牆上畫了個符號。那個圖案有稜有角，認不出是什麼東西；可能是女巫的驅邪物。兩名老男人並肩坐在門廊上擲骰子，看到結果便放聲大笑。這裡的屋子都沾滿了鳥糞，骯髒不堪。柏油路上到處是積著水的窪洞。無數根煙囪噗噗吐著黑煙，烏鴉與鴿子穿煙而過。

斷斷續續的交談聲傳入以薩耳中。

「……所以他說**做什麼可以拿到一枚斯泰佛銅板**？……」

「……弄壞那個引擎，不過他向來都是個混蛋……」

「……守口如瓶……」

「……是碼頭日隔天……她拿到整整一顆水晶……」

「……野蠻，他媽的野蠻到了極點……」

「……紀念？紀念誰？」

安卓。這個名字毫無預警、毫無原因地躍入以薩腦中。他接著聽下去。

對話繼續。他聽見一些他聽不懂的語言，認出其中有派瑞克語、斐立語、下錫邁克一帶的複雜腔調，以及其他諸多方言。

他不想離開。

以薩嘆了口氣，轉身回房內。林恩在睡夢中蠕動了一下。

他望著她，看見她的乳房頂起撕爛的上衣，裙子捲到大腿上。以薩別開目光。

打從救回林恩後，有那麼兩次，他因為意識到是她倚著他，是她的體溫與重量，以及自己高昂挺立的陰莖而醒來。他揉著她渾圓的臀部，將手往下滑到她張開的雙腿。睡夢彷彿霧靄般朦朧他的意識，欲望越來越強烈，他必須睜眼看看她。她醒來後，他把她移到自己身下，忘了德克瀚與雅格哈瑞克就睡在附近。他在她耳邊喁喁細語，用愛憐的語氣解釋他想做什麼。但當她開始用手語比著胡言亂語，他便立刻想起她遭受的痛苦經歷，然後驚恐地縮回身子。

她挨在他身上磨磨蹭蹭，突然頓了一會兒，然後又開始親熱磨蹭（就像一隻性情反覆的狗。他曾如此駭然地聯想）。她飄忽不定的欲望和困惑一下變得清清楚楚。有部分的他情欲難耐想要繼續，但沉重的悲傷讓他的陰莖幾乎立刻縮了回去。

林恩似乎覺得很失望，而且受傷。但她突然又開心地抱住他，沒多久卻又絕望地蜷在一旁。以薩嘗到她散發在周圍空氣的分泌物，知道她哭著睡著。

以薩又望向窗外的天光。他想起路德高特與他的黨羽，想起冷血殘暴的莫特利先生，還有機械議會冰冷的分析；他想起自己如何欺騙了它，沒讓它得到它所渴望的引擎。他想像自己這星期以來引起的憤怒與爭執，以及那些為了他而發出與接受的命令。

以薩走到危機引擎旁，飛快評估了一下。他席地而坐，將紙放在大腿上折起，開始在上頭計算。

他並不擔心機械議會能自己仿造出一具引擎；它沒有這個能力，無法計算所需的參數。當初設計的靈感是像直覺般突然躍進他腦中，那想法是如此自然，他一直要到好幾小時後才發現它的存在。而機械議會並沒有產生「靈感」的能力。那些基本模型、引擎的概念基礎，他甚至連寫都不用寫下來；即便其他人看到他的筆記，也不會懂上面的內容。

以薩挪了挪位置，好在陽光底下工作。

灰色的飛船巡邏空中，這是它們每天的例行工作，但今天似乎顯得有些局促不安。

風和日麗。從海上吹拂而來的微風令天空煥然一新。

雅格哈瑞克與德克瀚，兩人分別在城市的兩地悄悄享受陽光，並試著不要招惹麻煩。他們避開爭執的人群，走在擁擠的街上。鳥兒和蝙蝠人在天上紛亂鼓譟。他們聚集在撐牆和塔樓間，擠在民兵塔微微傾斜的屋頂和支杆上，拉了一地白色鳥屎，還在雙桅荒原的塔樓和潑屎鎮的高樓空殼四周，飄忽不定地盤旋竄飛。

他們掠過鴉區上空，交錯的身影穿過帕迪多街車站上方的複雜氣流。嘈雜的寒鴉在一層層泥板上大聲叫嚷，飛翔的身影掠過車站破敗的背面，掠過石板和瀝青。開有窗戶的屋頂邊緣陡峭，上方是一片水泥高臺，他們就朝著那兒降飛而去。糞便灑落在最近才刷乾淨的建築表面，小團小團的白色排泄物映著黑色的汙斑，那是過去某種有毒液體大量溢灑所留下的痕跡。

針塔與國會大樓周遭擠滿小小的鳥類身軀。

在太陽的曝晒下，巨肋褪成了白色，裂痕一天比一天惡化。鳥兒停在雄偉的骨柱上，旋即又振翅高飛，到骨鎮他處尋找棲身之所，遨翔的身影掠過被廢煙熏黑的聯排屋屋頂。屋內，莫特利先生大發雷霆，對著那尊無時無刻散發惡意嘲諷的雕像半成品大聲咆哮。

銀鷗和鸛鳥跟著垃圾船與漁船，循大焦油河和焦油河往上游飛去，不時俯衝而下，叼走垃圾堆中的食物殘渣。牠們在天空拐了個彎，轉移陣地，改往劣原的腐肉堆與羅盤鎮的魚市場偷食。唾爐附近，牠們停在長滿水藻、探出河面的分岔電纜上歇腳。或在岩殼區的垃圾堆中尋寶，在葛里斯彎道垃圾場中叼拾遲緩爬行、奄奄一息的獵物。隱藏的電纜在惡臭的垃圾堆下嗡嗡作響，讓牠們下方的地面也跟著發出低沉的震顫聲。

一個比鳥類還大的身影從聖人塚的貧民窟間凌空飛起。它在城市西方的高空上展翅滑翔，下方的街道變成細小的卡其色與灰色雜點，彷彿某種奇特的黴菌。那影子輕巧地乘著微風飛翔，正午的太陽晒得它全身暖洋洋。它保持著穩定的速度朝東而去，穿越城市的細胞核。在那兒，五條鐵路線如盛開的花朵般綻放。

在沙克區的空中，一群群蝙蝠人在空中兜圈追逐，姿態難看又粗魯。飄移的身影悄悄經過他們身邊，沒有人發現它。

這道影子飛得很慢，翅膀懶懶拍動，顯示它輕輕鬆鬆便能在轉眼間將速度提高十倍。它越過瘡河，遠遠開始降落。它乘著火車排放的熱氣在德克斯右線的鐵軌上空穿進穿出，然後用無人可見的雄偉姿態朝東滑翔而去，朝大片大片的屋頂下降，悠然穿越從巨大煙囪和小屋通風管排放出的熱氣迷宮。

它朝著回音沼巨大的瓦斯管斜飛而去，輕盈的一個迴旋，滑到一層擾動的氣流之下，然後朝摩格站急遽俯衝，以驚人的高速穿過空軌底下，消失在針莢鎮的屋頂風光。

以薩並沒有迷失在數字裡。

他每隔幾分鐘就會抬頭查看林恩。她還睡著，在夢中挪了挪手臂，像無助的幼蟲般蠕動。以薩的雙眼黯淡無光，彷彿不曾亮過。

正午剛過不久，他工作了約一到一個半小時後，底下的院子突然傳來一聲輕響。半分鐘後，腳步聲在樓梯上響起。

以薩凍結原地，等待腳步聲停止，消失在其中一間被毒蟲占據的房間裡。但是它沒有。謹慎的腳步聲來到最後兩層樓，小心翼翼踩在嘎吱作響的樓梯上，停在他門外。

以薩文風不動，心跳警戒加快。他瘋狂環顧四周，要找他的槍。

「叩、叩」。以薩一聲不吭。

不久，那名不速之客又開始敲門，不大力，但是很堅持，保持一定的節奏，絲毫沒有放棄的意思。

以薩悄悄上前，盡量不出一點聲音。他看見林恩因敲門聲不安扭動。

門外傳來了聲音，一種古怪、粗啞卻又熟悉的聲音，高音刺耳，以薩無法分辨。但他猛然伸出手，帶著如臨大敵的緊張心情，準備迎接可能的衝突。如果是路德高特，他會派出一整支軍隊。他手握上門把，如此思忖；所以一定是毒蟲來討東西。雖然他自己也不信，但起碼他能肯定對方不是民兵或莫特利的走狗。

他打開門。

樓梯上昏暗無光，站在他面前的人身子微微前傾，光滑的頭上羽毛雜點斑斑，猶如枯葉。閃耀生輝的彎曲鳥喙彷彿來自異國的武器。

是一名鳥人。

但以薩一眼就看出他不是雅格哈瑞克。

他的翅膀猶如日冕般高高鼓起，巨大雄偉；羽毛是赭色與光滑的紅棕色。

以薩早已忘了一名正常鳥人該是什麼模樣。他忘了他們的氣勢多麼驚人、翅膀多麼壯觀。

幾乎在同一個當下，他腦袋裡彷彿響起「轟」的一聲巨響，思緒爆炸。他立刻明白是怎麼回事。猜疑、戒心、好奇，以及滿腹的疑問旋即洶湧而至。

「你他媽的是誰？」他低聲喝問，隨即又說：「你他媽的來這裡做什麼？你是怎麼找到我的……你有什麼……」但他心裡已經有了一半的答案。他迅速從門檻前退開，試著趕走那些念頭。

「格寧……紐……布林……」鳥人吃力地說出他的名字，聽起來就像一名從地獄被召喚而出的惡魔。以薩飛快對他擺了擺手，要他進房。關上門後，他將椅子頂回門前。

鳥人無聲無息走到房間中央，站在陽光底下。以薩提防地看著他，對方身上除了一件灰濛濛的纏腰布外什麼也沒穿。他的膚色較雅格哈瑞克深，頭上的羽毛也更顯斑駁；他的動作小而準確，一靜止便不動如山，十分省力。他偏過頭，打量房內景象。

他凝視林恩良久，直到聽見以薩的嘆氣聲，才終於抬眼看向他。

「你是誰？」以薩問，「你他媽的是怎麼找到我的？」他做了什麼？以薩想問，但是沒有說出口。告訴我。

兩人就這麼站在房間兩頭；一名身材削瘦、肌肉精實的鳥人，一名臃腫肥胖、體格粗壯的人類。鳥人的羽毛在陽光下閃耀生輝，以薩看著它們，突然覺得好累。一種終將來臨、完結的感覺伴隨鳥人而至，以薩為此對他心生怨恨。

「我是卡爾烏察。」鳥人說。他的口音比雅格哈瑞克的錫邁克腔更濃厚，很難聽懂。「卡爾烏察·蘇克圖—海克·瓦琴—奇—奇，一名非常、非常值得尊重的具體個體。」

以薩等著他說下去。

「你是怎麼**找到我**的？」見鳥人不再開口，他終於苦澀地問。

「我……遠從千里而來……格寧紐……布林，」卡爾烏察說：「我是個**雅哈爾**……我是個獵人。我已追蹤多日。在這裡，我用……黃金和紙鈔追蹤……我的獵物在所經之處留下傳言……和記憶。」

他做了什麼？

「我來自錫邁克。我一直在狩獵……從錫邁克便開始了。」

「我不敢相信你竟然能找到我們。」以薩突然緊張了起來。他的語調急促，痛恨那股瀰漫在空氣之中的末日感。他狠狠地無視它、驅趕它。「如果你能找到我們，代表那些該死的民兵一定也可以。如果他們可以……」他來回匆匆踱步，然後跪在林恩身旁，溫柔地摸摸她，吸了口氣，準備接著開口。

「我是為了公理正義而來。」卡爾烏察說。以薩啞口無言，只覺得窒息。

「申克爾，」卡爾烏察說：「米格海、邁爾沙克。」我聽過這些旅程，以薩憤怒地想，不用你來告訴我。卡爾烏察接著說：「我……跋涉千里，只為尋求公理正義。」

以薩怒火中燒，卻又滿心悲傷。他緩緩開口：「雅格哈瑞克是我的朋友。」

彷彿以薩不曾開口一般，卡爾烏察逕自又說：「審判……審判後，我們發現他失蹤了……他們派我來……」

「你打算怎樣？」以薩問，「你要對他做什麼？把他帶回去？然後怎樣……割掉他更多部位？」

「我不是來找雅格哈瑞克的。」卡爾烏察說：「我是來找你的。」

以薩茫然又慘兮兮地注視鳥人。

「這是你的決定……決定正義是否得以伸張……」

卡爾烏察十分堅定。以薩啞口無言。

他做了什麼？

「我第一次聽說你的名字是在邁爾沙克，」卡爾烏察說：「你的名字出現在一份名單上。然後到了這裡，在這座城市，你的名字一遍一遍被提及，直到……直到其他名字全部消失不見。我繼續追蹤。雅格哈瑞克和你……你們兩個的名字連在一起。人們竊竊私語……談論你的研究，說起會飛的怪物和魔法機器。我知道雅格哈瑞克已經找到他想要的。他跋涉千里，就是為了這個目的。但你這麼做將否決正義，格寧紐布林。我來此請求你……不要幫助他。

「事情已經結束了。他受到審判，得到應有的制裁，一切已畫下句點。我們沒想到……我們不知道他會……找到方法……**撤銷**正義。

「我來此請求你，不要幫助他重回天空。」

「雅格哈瑞克是我的朋友。」以薩堅決地說：「他來找我、雇用我，而且出手慷慨。當事情出了錯……變得複雜危險時……他表現得非常英勇，幫助了我──我們。他參與了一場……一場驚心動魄的冒險，而我欠他……欠他一條性命。」他看了林恩一眼，又別開目光，「這是我欠他的……你知道嗎？好幾次……他都準備好捨身赴死了。他真的會死，但他還是留了下來。如果沒有他……我想我現在也不能站在這裡。」

以薩靜靜地說，語調誠懇，教人動容。

他做了什麼？

「他做了什麼？」以薩挫敗地問。

「他有罪。」卡爾烏察靜靜地說：「二級選擇權竊奪罪……以及重度藐視罪。」

「那究竟他媽的是什麼意思？」以薩怒吼，「他到底做了什麼？那見鬼的選擇權竊奪罪究竟是什麼玩意兒？**我根本不知道那是什麼東西**。」

「那是我們鳥人中唯一的罪行，格寧紐布林。」卡爾烏察用刺耳的平板口氣回答，「奪走他人的選擇權……忘卻他們具體的存在，讓他們變得抽象虛幻。犯罪者忘記自己是母體中的一小部分，忘記自己的一言一行都有其後果。我們絕對不能奪取其他生命的選擇權。所謂社群，就是一個……讓我們所有個人能夠擁有……**自我選擇**的工具。」

卡爾烏察聳聳肩，隨手一揮，指向四周。「你們城市裡的制度……一遍又一遍地強調個人……但又用階級和層級壓迫他們……讓他們最後只剩下三種貧困的選擇。

「在沙漠，我們所能擁有的並不多。我們有時必須挨餓、忍渴，**但是擁有完全自由的選擇權**。除非有人忘記自己的身分，忘記同伴的存在，像是世上只有他們自己……所以才會偷竊食物，奪去其他人食用的選擇權；或對獵物的消息說謊，奪去其他人狩獵的選擇權；或毫無來由地大發雷霆、攻擊他人，奪去其他人不受傷害以及拒絕生活於恐懼中的選擇權。

「如果一個小孩偷走心愛的人的斗蓬，好在夜裡偷聞愛人的氣味……那麼，他就是奪走了穿那件斗蓬的選擇權，但心裡是懷有敬意的；不當的敬意。

「然而其他的竊奪罪行並不存有任何敬意，所以罪無可逭。

「而殺戮……我說的不是戰場上的殺戮或自我防衛，而只是單純的……**殺害**……就是一個人心懷不敬、極致藐視的表現；你奪去的不只是對方當下選擇生或死的權力……**還有往後日子裡的所有選擇權力**。選擇會帶來選擇……若他們能擁有活下去的選擇，他們或許會選擇在鹽水沼澤上捕魚，或者玩骰子、做日光浴、寫詩或者燉煮食物……但這一切選擇，卻統統在一場竊奪罪行中失去了。

「這就是**最嚴重**的選擇權竊奪罪。不過不只它，所有的選擇竊奪偷走的都不只有現在的選擇，還有未來的選擇。

「雅格哈瑞克犯下的是非常可怕……非常恐怖的遺忘罪；第二級的竊奪罪。」

「他到底做了**什麼事**？」以薩怒吼。林恩醒來了，雙手不安揮舞，緊張地抽搐了一下。卡爾烏察面無表情地回答：「你可以說是強暴。」

喔，我可以說是強暴，是嗎？以薩嘲諷地想，怒火中燒；但那忿恨難平的輕蔑並不足以淹沒他的驚恐。

我可以說是強暴。

那畫面不由自主立刻浮現以薩腦中。

不過當然了，在他腦中，那殘酷的行為本身只是一個模糊朦朧的影子（他有打她嗎？他有把她壓得無法動彈嗎？她那時人在哪裡？她有反擊、咒罵他嗎？）但在那轉眼，他看得最清楚的，是被雅格哈瑞克奪走的一切，所有未來可能擁有的選擇。在那瞬間，以薩看見對方失去的一切可能。

拒絕性交的選擇、不被傷害的選擇、拒絕冒險懷孕的選擇……如果她懷孕了怎麼辦？拒絕墮胎的選擇？不想擁有小孩的選擇？

心懷敬意對待雅格哈瑞克的選擇？

以薩的嘴唇掀動，但卡爾烏察又說：「選擇權被他奪走的人，是我。」

以薩花了幾秒鐘——一段長到滑稽的時間——才理解卡爾烏察的意思。他狠狠倒抽一口涼氣，瞪眼看著眼前之人，才發現她胸前那對微微鼓脹，但像天堂鳥的羽毛般沒有任何實質功用的乳房。他張口欲言，但又不知道自己究竟是什麼感受；他心裡五味雜陳，一個字也說不出。

他喃喃道歉、懇求，聽起來卻空泛得可怕。

「我以為妳是……鳥人的法官……或民兵之類的。」他說。

「我們沒有這些東西。」她回答。

「雅格……原來你是該死的強暴犯。」他氣憤地咒罵。她「嘖」了一聲。

「他竊奪我的選擇權。」她用平板的語氣糾正以薩。

「他**強暴**妳。」他說。卡爾烏察立刻又「嘖」了一聲。

「他竊奪我的選擇權。」她說。以薩恍然大悟，她並非嘗試補充解釋他的話，而是糾正他。「你不能用你們的概念去解讀它，格寧紐布林。」她說，似乎有些著惱。

以薩欲言又止，悲傷地搖搖頭。他看著她，腦中又浮現那樁可怕的罪行。

「你不能這麼**解讀**，格寧紐布林，」卡爾烏察重複道，「請停止這麼做。我可以在你身上看見……看見你們城市的律法觀念和道德規範，我曾在書中讀過。」她的語氣聽起來很木然，無論是停頓時流露的情感，或語調中的抑揚頓挫，皆晦澀難辨。

「我並沒有受到**侵犯**或**蹂躪**，格寧紐布林，我沒有被**虐待**、**玷汙**……**強姦**或者**傷害**。你可以將他的行為稱作強暴，但我不會這麼說，那對我一點意義也沒有。**他竊奪了我的選擇權**，所以才……接受審判。他受到非常嚴重、僅次於亟刑的制裁……和他所犯的竊奪罪相比，輕微些的罪行所在多有，更可怕的卻是鳳毛麟角……還有一些足以招致類似程度的刑罰……但卻是截然不同的罪行；其中有部分甚至完全不會被你們視為犯罪。

「罪行各有不同，但**罪名**……都是竊奪**選擇權**。你們的法官與法律……把所有行為都加以性別化、神聖化……在他們眼中，每個個體都是抽象的……群體的本質被棄置一旁……事情的來龍去脈只是會分散焦點的旁枝末節……他們永遠無法領略這點。

「不要把我看作受害者……還有，等雅格哈瑞克回來後……我請求你尊重我們的正義——雅格哈瑞克的正義——不要將你們的思維強加於我們之上。

「他竊奪他人的選擇權，而且是二級的竊奪罪。他已接受審判，部落也已投票做出裁量，事情就該到此結束。」

是嗎？以薩想；這樣就夠了嗎？事情該就此結束嗎？

以薩心裡天人交戰，卡爾烏察靜靜看著他。

林恩像動作遲緩的小孩般拍手呼喚以薩。他趕緊跪下，安撫她、對她說話。林恩不安地打著手語，他也用手語回應——好像他能夠懂她，好像兩人真的在交談。

她穩定下來，抱了抱以薩，緊張地抬起那隻完好的複眼，看向卡爾烏察。

「你願意尊重我們的審判結果嗎？」卡爾烏察靜靜地問。以薩飛快瞄了她一眼，忙著照料林恩。

卡爾烏察沉默許久。看見以薩沒有開口，她又重複一遍她的問題。以薩轉身面向她，搖了搖頭，但並非拒絕，而是因為茫然無措。

「我不知道，」他說：「求求妳……」

他回頭看向林恩，她又睡著了。他頹然倒在她身上，按揉太陽穴。

靜默幾分鐘後，卡爾烏察停下匆促的踱步，呼喚以薩。

他嚇了一跳，彷彿已經忘了她的存在。

「我要離開了。我再次請求你，請不要讓我們的正義淪為笑柄。請尊重我們的審判。」她搬開頂在門前的椅子，無聲無息地離開。下樓時，腳上的尖爪一步步刮在老舊的木頭上。

以薩坐在地上，一面撫摸林恩散發珍珠光澤的甲殼——現在因為裂痕和殘酷的痂疤變得像大理石一樣——一面想著雅格哈瑞克。

不要解讀。卡爾烏察這麼說。但他怎能不解讀？

他想像卡爾烏察被雅格哈瑞克強壯的雙臂箝制，翅膀氣憤顫抖的模樣——還是他用刀子威脅她？其他武器？一根他媽的長鞭？

我管你們去死。他看著危機引擎的零件，腦中冷不防湧現這個念頭。我何必尊敬你們的法律……「解放囚犯」，《叛報》向來都是這麼主張。

但是錫邁克鳥人的生活並不像新克洛布桑；以薩憶起他們並沒有法官、沒有法院、沒有懲戒工廠，也沒有擠滿再造人的採石場和垃圾場，更沒有民兵或政客。刑罰並非由表裡不一的掌權者所決定。至少他是這麼聽說的。他想起來了。部落已投票做出裁量；卡爾烏察如是說。

是真的嗎？這能改變什麼嗎？

在新克洛布桑，刑罰是為了某人執行，讓某種權益得到實踐。錫邁克不是這樣嗎？罪行會因此變得更加可怕嗎？

鳥人的強暴犯比人類的強暴犯更糟糕嗎？

我有什麼資格評斷！以薩心裡突然冒起一把火，他怒氣沖沖地朝引擎走去，拿起他的算式，準備重拾先前的計算。但就在這時，同一句話再次浮現心頭：我有什麼資格評斷？他心裡驟然湧現一陣空蕩蕩的不確定感，腳下的地面像是突然不見了一樣。他緩緩將紙放下。

他的視線不停回到林恩的大腿。瘀痕幾乎都已經褪了，但在他腦中仍像當初一樣張牙舞爪。他們連她下腹部與大腿內側都沒放過，那些位置代表了什麼不言自明。

林恩動了一下，悠悠醒轉。她伸手抱住他，但隨即又恐懼躲開。一想起她可能有過什麼遭遇，以薩不禁咬緊牙根。他想起卡爾烏察。

不，不是這樣。他想；她不是要你別這麼想嗎？她說這無關強暴……

但是這太困難了，以薩做不到。他一想到雅格哈瑞克，就想起卡爾烏察；而一想起卡爾烏察，他就想到林恩。

這一切全他媽反了。他想。

假若卡爾烏察說的都是真的，那麼他根本無法對雅格哈瑞克受到的制裁下任何評斷；他無法決定自己是否該尊重鳥人的公理正義，他對那件事一無所知，沒有他置喙的餘地。因此，想當然耳，最自然而且妥當的做法，就是從自己明確曉得的事實著手考量，除此之外也別無他法。而事實是什麼？一：他內心的疑慮；二：雅格哈瑞克是他朋友。那麼，難道他要因為姑且相信了一條自己毫無所知的律法，就讓他的朋友永遠困在地面？

他想起雅格哈瑞克爬上溫室的圓頂，想起兩人並肩對抗民兵。

他想起雅格哈瑞克的長鞭抽得魔蛾皮開肉綻，困住牠，救出林恩。

但是當他想起卡爾烏察、想起她的遭遇時，他腦中浮現的只有**強暴**。然後他想到了林恩，想到她可能經歷的一切；他覺得自己氣到快吐血。

他試著將自己抽離出來。

他試著從旁觀的角度看待這一切。他拚命告訴自己，拒絕幫助雅格哈瑞克並不意味他有所評判，也不代表他了解這一切。這只是一種表示「這超乎我所能決定，不關我的事」的說法；但他就是無法說服自己。

他頹然坐倒，發出一聲疲憊至極的悲嘆。以薩知道，假若自己背棄雅格哈瑞克，不論他怎麼說，都會覺得自己內心有所評斷，認為雅格哈瑞克沒有重獲飛行能力的資格。而以薩知道，在不確定事件來龍去脈的情況下，他的良心無法允許自己這麼做。

但另一個念頭接踵而至；反過來想呢？

假若拒絕幫忙，意味他無法做出負面評斷；那麼伸出援手、賦予雅格哈瑞克飛行的能力，不就代表雅格的作為是可以**被接受的**。

一念及此，以薩心裡只有鄙夷與憤怒，他冷冷下了決定：*他不會這麼做*。

他緩緩折起筆記，上頭有完成一半的方程式，滿滿都是潦草的數字與符號。他將它們收了起來。

德克瀚歸來時日已西斜，血色的雲彩染紅了天際。她用急促的節奏叩門，這是他們約定好的暗號。以薩替她開了門，她匆匆走進房內。

「今天棒極了。」她說，語調卻十分哀戚，「我到處悄悄打探，有了些頭緒和主意……」她轉身面向以薩，立刻閉上了嘴。

他黝黑的面孔上依舊傷痕累累，但神色完全不若以往，複雜的神情中有希望、有興奮，還有極度的悲傷。他似乎精力充沛，全身上下像爬了螞蟻般不停扭動。他穿著那件破破爛爛的長斗篷，門邊躺著一只圓鼓鼓的布袋，裡頭裝著許多沉甸甸的笨重物品。她發現危機引擎不見了，拆掉了，藏在布袋裡。少了滿地狼籍的金屬和電線，房間裡看起來好荒涼、好冷清。

德克瀚微微倒抽了口氣。她看見以薩用一條破爛的臭毯子裹著林恩，林恩似乎很緊張，一下抓著毯子，一下又放開，胡言亂語地對以薩打著手語。一看見德克瀚，她便開心地扭了扭。

「我們走吧。」以薩的聲音緊繃又空洞。

「你說什麼？」德克瀚氣沖沖地問，「什麼意思？雅格哈瑞克呢？你是怎麼了你？」

「小德，**求求妳了**……」以薩喃喃說，握住她的手。他倉皇的乞求嚇了德克瀚一跳。「雅格還沒回來。我會留封信給他。」以薩從口袋掏出一封信，緊張兮兮地扔到地板中央。德克瀚張開嘴，但被以薩攔在前頭，他一顆頭搖得像波浪鼓似的。

「我不能……我沒有辦法……我不替雅格工作了，小德……我要**終止我和他的合約**……我保證之後會**把一切解釋清楚**，但我們現在必須**離開**。妳說得對，我們已經拖太久了。」他指向窗外，夜晚的城市聽起來好熱鬧、好歡樂。「該死的**政府**還有這片大陸上最大的幫派都在追捕我們……還有……還有機械議會……」他輕輕地搖晃她。

「我們走吧，就……我們三個。我們一起離開這裡。」

「發生了**什麼事**，以薩？」她也抓著他肩膀搖撼質問，「我現在就要知道。」

他飛快別開目光，旋即又轉回她身上。

「剛才有人來造訪我們……」她瞪大雙眼，倒抽了口涼氣；但以薩緩緩搖頭，「小德……那訪客來自該死的**錫邁克**。」他直視她雙眼，嚥了口口水，說：「我知道雅格哈瑞克做了什麼事，小德。」他靜默不語，她的臉色逐漸恢復冷靜，冰若寒霜。「我知道他為什麼……被懲罰。

「這裡已經沒有什麼好留戀的了，小德。我會告訴妳一切來龍去脈——沒有半分隱瞞，我發誓——但是這裡已經沒有什麼好留戀了。等我們……上路後，我就會全盤托出。」

這些天來，以薩只覺得全身力氣都給抽乾了，危機數學占去了他大部分注意力，更不用說林恩的事讓他消沉、疲憊到了極點。但突然間，他終於又想起他們的處境是多麼急迫、情勢多麼危險。他終於領會德克瀚這段日子以來是多麼有耐心，他們真的非走不可了。

「該死的。」她沉聲說，「我知道你們認識不過幾個月，但是他……他是你的朋友，不是嗎？我們不能就這樣……我們可以這樣不告而別嗎？」她看著以薩，五官痛苦糾結，「究竟……究竟是怎麼回事？他犯的錯真有這麼嚴重嗎？糟糕到……足以抹煞一切？他真這麼罪不可赦？」以薩閉上雙眼。

「不對……對……事情沒有那麼簡單。我會在路上解釋。」

「**我不會幫他**，這是我最後的決定。我做不到，我真他媽的做不到，小德，我就是他媽沒辦法。而且我實在不知道該怎麼面對他，我不想見到他。**這裡再沒有**什麼好留戀，所以我們該離開了。

「我們真的該走了。」

德克瀚開口辯駁，但是疲軟無力，一點說服力也沒有，她沒多久便放棄，甚至嘴裡一面質疑手裡卻一面開始打包，收拾她寥寥無幾的衣物與小筆記本。以薩突如其來的覺醒感染了她，使她精神一振。

她沒有打開以薩的字條，直接在背後草草留言。祝好運。她飛快地寫：我們會再見面的。抱歉就這麼不告而別，你知道該怎麼離開這座城市，你可以照顧好自己的。她停頓良久，不曉得該怎麼結尾，最後只是寫下德克瀚三個字，將信放回原位。

她裹起圍巾，任由新染的黑髮如瀑布般披散肩上，摩娑著缺耳留下的痂疤。她看向窗外，天色隨著黑夜的降臨轉深。她轉身溫柔地摟住林恩，攙扶顛躓的她。

三人緩緩下樓。

「我在煙霧彎道那兒找到幾個人。」德克瀚說：「是駁船的船夫。他們可以帶我們去南方，什麼也不會多問。」

「見鬼，不行！」以薩厲聲反對，瞪大藏在兜帽底下的眼珠，睨了德克瀚一眼。

他們站在街底，這裡停著一輛馬車，幾小時前被小孩子當作球門在玩。傍晚溫暖的空氣中瀰漫著各種氣味，隔壁街道傳來大呼小叫的爭執聲和歇斯底里的笑聲。雜貨鋪老闆、家庭主婦、鑄鐵師傅和小混混聚在角落聊天。燈火在上百種不同的燃料和電流的刺激下劈啪作響，五顏六色的火焰在毛玻璃之後亮起。

「他媽的，不。」以薩又說：「不要往內陸去……我們往外走……我們去凱爾崔利。我們去碼頭。」

他們這古怪的三人隊伍朝西南方緩緩前進，從索博爾和摩格丘之間繞道而行，穿越忙碌的街道。一個是頭臉藏在陰影中、身材高大魁梧的乞丐，一個是頭髮烏亮如黑瀑的女人，還有一個頭首藏在兜帽下的瘸子；她走起來一面抽搐、一面搖晃，在同伴半扶半拉的支撐下蹣跚前進。

只要身邊一有蒸汽機械人經過，他們便會不安地轉開頭。以薩與德克瀚一路上垂首斂目，壓低音量，快速交談。經過空軌下方時，他們緊張兮兮地抬頭仰望，彷彿上頭川流不息的民兵能在高空嗅出他們的氣味。街角來往路人行色匆匆，他們避免與任何人視線交會。

感覺就像憋著氣般，這段旅程痛苦又漫長。體內腎上腺素激發，使他們忍不住簌簌顫抖。

他們一面走，一面左右張望，把眼睛當作照相機，細細觀察周遭情況。以薩看見牆上的歌劇海報捲了起來，歪七扭八的帶刺鐵絲網與水泥上嵌著碎玻璃，德克斯右線通往凱爾崔利的支線拱橋高懸於桑特與骨鎮之上。

以薩抬頭仰望巍峨聳立右方的巨肋，想牢牢記住它們的樣子。

每走一步，他們就離城市又遠了一分，也能感覺到它的拉力正漸漸減退。天地彷彿都在旋轉，淚水似乎下一秒就要奪眶而出。

雲朵下方，在看不見的高空遠處，一道影子懶懶徘徊在他們身後。等到確定他們行進的方向，那影子一個轉彎，旋飛而逝。倏忽的身影孤單單地疾速盤旋了一會兒，看到以薩、林恩與德克瀚繼續前進，它便不再徘徊，「颯」地飛掠而去，離開這座城市。

星星眨呀眨地出現了，以薩輕聲向各個地方道別：時鐘與小公雞、亞斯皮克市集、雙桅荒原，還有他的朋友們。

氣溫依舊溫暖，他們一路向南，跟著火車，走進工業區的開闊景色。雜草逃離空地，一寸一分進占人行道，絆倒夜晚城市中仍絡繹不絕的路人，氣得他們破口咒罵。以薩與德克瀚小心翼翼攙扶林恩，穿越回音沼和凱爾崔利的邊陲地帶，與火車並肩南行，朝河流前進。

大焦油河在霓虹燈與煤氣燈下閃爍美麗的光芒，亮晶晶的反光朦朧了河中的髒汙。碼頭上擠滿收起沉重船帆的高大船隻，蒸汽船將散發珍珠光澤的油汙排放至河裡，商船前的海龍無聊地嚼著轡頭，搖搖晃晃的工業貨船上滿滿一片起重機和蒸汽鎚。對這些船隻來說，新克洛布桑只是旅程中的一站。

在錫邁克，我們將月亮的小衛星叫做蚊子。在新克洛布桑，他們稱作月亮的女兒。房內，月亮與月之女的光芒洩了一地，除此之外空無一物。

我手裡握著以薩的信，已佇立原地好久、好久。

不一會兒，我就會再重讀一遍。

我在樓梯上就能聽見這棟朽屋的空洞。回音消逝得太慢，在觸碰門把之前，我就知道閣樓內已杳無人跡。

我離開了數小時，在城市中尋找虛假且斷續的自由。

我信步來到索貝克羅伊克斯的美麗花園，穿過一群群忙亂飛舞的昆蟲，經過人工湖中餵得肥茲茲的鴨子，最後找到修道院的廢墟。那小小的空殼傲然矗立在公園中心。浪漫卻沒公德心的人在古老的石頭上刻下愛人的名字，矮小的主樓早在新克洛布桑建立一千年前便已荒廢，裡頭供奉的神祇早就消逝。有些人會趁夜來此，膜拜這些神祇的鬼魂。那是多麼卑微又絕望的信仰啊。

我今天去了嗥塚。我造訪李奇佛德，站在巴瑞克罕的一面灰牆前，那是一座廢棄工廠搖搖欲墜的外皮，我把上面的塗鴉全看了一遍。

我真傻。這麼做很冒險，我並沒有謹慎隱藏自己的形跡。

那小小的自由幾乎令我醺然欲醉。我渴求更多。

所以，一直等到夜色深沉，我才終於甘心歸返，回到空蕩蕩的荒涼閣樓，回到以薩殘酷的背叛。

他怎能如此背信忘義。他怎能如此殘忍。

我再次打開信箋（無視德克瀚可悲的簡短安慰，那就像灑在毒藥上的糖粒）。他字裡行間透著濃濃的緊繃情緒，強烈到那些字似乎都扭曲了起來。我看得出來以薩寫信時思緒有多紛亂：胡言亂語的恫嚇、忿忿不平的怒火、斬釘截鐵的反對、真心流露的哀傷、持平理論的客觀，還提到什麼怪異的革命情感，以及幾句羞愧的道歉。

……今天來了一名訪客……我讀著**……在這種情況下……**

在這情況下，在這情況之下我必須離開你。我將離開你、評斷你，留下你面對自己的恥辱。我已看清了你。我將繼續往前走，而且我不會再幫助你。

……我不會問「你怎能下得了手？」我讀著，突然覺得力氣盡失，半點也不剩。那種感覺不像是快要昏倒或嘔吐，而是覺得自己就要死去。

我不禁放聲悲嚎。

我縱聲尖叫，無法停止這聲音，也不想停止。我一遍又一遍叫著，聲音越來越響亮，戰嚎的記憶回到腦中，我還記得部落是如何闖進獵場與戰場，還記得喪禮上的低吟與除魔時的尖嘯。但這什麼也不是。這只是我的痛苦，沒有組織、沒有文化、沒有規範、毫不正當。它只屬於我自己，它是我的苦難，我的孤獨，我的悲涼，我的罪孽。

她拒絕了我，在沙辛要了她的那個夏天。那年是他的豐收年。她答應了他，說要把自己當禮物獻給他，只與他歡好。

她說我這樣不對，說我應該立刻離開。我必須尊重她，展現敬意。她要我別再煩她。

那是一次醜陋又惡毒的結合。我只比她強壯不了多少，花了很久時間才壓制住她。她不停反抗，又抓又咬，狠狠攻擊我。但我打死不退。

我氣瘋了，心裡只有嫉妒與對她的渴望。我揍了她，趁她震驚倒地時進入她身體。

她的怒火彷彿沖天烈焰，令人害怕。我駭然驚醒，發現自己已鑄成大錯。

從那天開始，羞恥便如影隨形，緊緊糾纏我不放。悔恨接踵而至，它們聚集在我身旁，彷彿要取代我的翅膀。

投票結果一致通過。我並沒有爭辯（我承認，有那麼瞬間，那念頭曾閃過我腦中，而緊接而至的自我憎恨令我胸悶欲嘔）。

這判決一點疑義也沒有。

我非常清楚這是再正確不過的決定。當我走向部落推舉出的劊子手，我甚至應該展現一些尊嚴，一些微不足道的尊嚴。我身上綁著巨大沉重的沙袋，以防我展翅逃逸，所以我只能拖著腳慢慢走，卻不曾有過一絲猶豫或質疑。

只有在看見那根要把我固定在乾涸炙土上的木樁，我的步伐才開始踉蹌。

最後的二十尺路，他們必須架著我，把我拖到鬼河乾涸的河床中。我拚命掙扎，苦苦哀求我不應得的憐憫與慈悲。我們離營地只有半英里遠，我能肯定，我的每一聲尖叫，部落裡的人一定都聽得清清楚楚。

他們像釘十字架般拉開我的雙臂，把我壓在地上。我的腹部緊貼泥土，太陽在頭頂上方緩緩西移。我不停拉扯身上的繩索，直到雙手雙腳完全麻木。

兩側各有五人壓著我的翅膀。我死命掙扎，想拚盡全力用翅膀狠狠搧打他們的頭，但那雙雄偉的翅膀卻被他們緊緊抓住。我抬頭仰望，看見劊子手是我的表親，紅羽毛的珊傑哈爾。

泥土、黃沙、熱氣、穿過河溝的風，我都還記得。

我記得金屬的觸感，記得受人侵犯的驚駭感受，也記得鋸齒狀刀鋒在我背上進進出出的可怕動作。上頭沾滿我的鮮血與肉末，有許多次，珊傑哈爾甚至必須先把它抽出來清乾淨才能繼續。我記得炎熱的空氣湧入赤裸裸的組織與切斷的神經上那種驚人的感受。骨頭緩緩慢慢地無情斷裂。我記得我吐了，在嘴巴清乾淨前，我曾因此短暫停止尖叫。清理乾淨後，我深吸了口氣，繼續淒嚎。背上血如泉湧，他們帶走的我一隻翅膀。突如其來的失重感令我暈眩，殘破的骨根瑟瑟顫抖，血肉模糊的碎肉從傷口上滑開，乾淨的布和藥膏用力按在斷肢上，令我痛不欲生；珊傑哈爾在我頭旁緩緩踱步；而最可怕的是事實，那令人無法忍受的事實——我知道同樣的過程很快就要再重複一遍。

我罪有應得，對於這點我從未質疑；即便在我潛逃出境、尋求再次飛翔的機會時也一樣。因此，我的恥辱又多添了一樁：我先是因為竊奪他人選擇權而成為殘廢，再也不值得尊重，現在我又企圖推翻一場公正的審判。

我沒辦法這樣活著。我不能就此束縛於地面，這樣與死何異？

我將以薩的信收進襤褸的衣衫中，並沒有讀他那些無情又哀傷的道別。我無法肯定自己是否鄙棄他，也無法肯定換作是我，是否會跟他做出不一樣的決定。

我走出門外，循梯而下。

索博爾的幾條街外，一棟十五層樓高的摩天大樓矗立在城市東方。我知道前門不會上鎖。要翻過那扇原應阻擋外人進入的大門很容易。我曾爬到那棟大樓屋頂過。路程很短，我感覺自己像夢遊般走在街上，經過的路人無不側目相望。我沒有拉起兜帽，我看不出來還有這必要。

我爬上巍峨的高樓，沒人阻止我。我走過破敗的樓梯間，有兩層樓的門微微打開，盯著我直瞅的雙眼藏在黑暗中，看不清它們的主人。不過沒人找我麻煩，幾分鐘內，我就到了屋頂。

這棟樓有一百五十多英尺高。新克洛布桑有許多更高的建築，但是它就足以睥睨周遭的街道、石塊與磚頭，彷彿浮出水面的龐然大物。

我悄悄經過滿地的瓦礫堆、營火餘燼，以及入侵者與私占者留下的殘骸。今晚，夜空下只有我孑然一身。

環繞屋頂的磚牆有五英尺高。我倚在牆上，遠眺四方。

我認得眼前的景象。

我清楚知道自己身在何方。

兩座瓦斯塔之間有一抹骯髒燈光，是溫室圓頂上的反光。深紮於地上的巨肋只在一英里外，雄偉的身軀讓周遭的鐵路與矮房顯得微不足道。黝黑的樹林零星點綴城市。而那些燈火，那些璀璨繽紛的燈火，從四面八方包圍我。

我輕而易舉就爬到牆上，站在那兒。站在新克洛布桑之上。

它是如此巨大，如此廣闊的一個泥坑，在我腳底下蔓延展開，無所不納。

我可以看見那些河流。只要飛行六分鐘就能抵達瘡河。我張開雙臂。

夜風迎面襲來，雀躍地擊打我。空氣熱鬧喧騰，活力充沛。

我閉上雙眼。

我可以精準想像那種感覺；飛行的感覺。雙腿一蹬，感受翅膀攫住空氣，輕鬆地往下一推，彷彿船槳般劃開大把氣流，接著再費力飛到上升的熱氣流中，羽毛篷鬆鼓起，裡頭灌飽了空氣。我展開雙翅、自由自在地懸浮空中，往上螺旋滑翔，遠離底下的龐然巨獸。自高空俯瞰，它彷彿成了另外一座城市。隱密的花園成為令人愉悅的瑰麗奇景，黑色的磚頭是要從身上甩開的泥巴，每一棟建築都是一座巢。我再也無須尊重這座城市，只要興之所至，愛在哪兒落腳就在哪兒落腳，還可隨心所欲地在空中拉屎。

飛行時，從天上、從高空俯瞰，政府和民兵不過是一隻隻趾高氣昂的白蟻，貧民窟是該迅速飛離的黑暗地帶，一切在建築陰影中發生的骯髒事都與我無關。

我感到強風逼迫我張開手指，陣陣拍打我身軀。那感覺多麼誘人。翅骨殘破的斷面不自禁地伸展，我能感到它在抽搐。

我不會再這麼做了。我不要再忍受這個殘破的身軀，再當一隻被禁錮在地上的鳥。再也不了。

我帶著期盼的心情，結束這苟延殘喘的生命。

我想像最後的一場飛行，那畫面是如此栩栩如生：我迅捷的身影在空中畫出一道優雅的弧線，氣流彷彿失散已久的愛人般張開雙臂歡迎我。

讓風帶我走吧。

我站在牆頭，傾身向前，倚向腳下混亂的城市，擁抱天空。

時間停止了。我安然靜立。萬籟俱寂，城市和空氣也和我一樣，安然靜立。

我緩緩舉起手，用手指撫摸羽毛。羽毛一根根豎起，我將它們緩緩推到一旁，逆著生長方向無情搓揉。我睜開眼，十指收攏，緊緊抓住臉頰上僵硬的羽梗與油膩的纖維。我緊閉鳥喙，以免痛嚎出聲，然後，我開始拔扯羽毛。

良久，數小時過去，在夜色最深沉的時分，我循著漆黑的樓梯下樓，踏出這棟建築。荒涼的街道上，一輛馬車噠噠地快速駛過，之後便鴉雀無聲。石子路對面，米白色的燈光自忽明忽滅的煤氣燈中流洩而下。

暗處，有道黑影等著我。他走進小小的光暈中，佇立原地，陰影遮蔽臉孔。他緩緩朝我揮了揮手，在那瞬間，敵人的身影一個個湧入腦中，我猜想他是哪一個。然後我看見他招呼我的那隻手，是一隻巨大的螂臂。

我發現自己並不訝異。

獨臂螳螂手傑克再次伸出他那隻再造螂臂，用威嚴、緩慢的動作召喚我上前。

他邀請我加入，加入他的城市。

我走上前，也踏進那一小圈光暈。

當我走出陰影，出現在燈光下，他臉上絲毫沒有流露詫異之色。

我知道我現在的模樣一定很可怕。

我臉上血肉模糊，鮮血自無數失了羽毛的毛孔汩汩湧現。幾撮沒能拔乾淨的頑強殘根讓我看起來像長了鬍碴。我的雙眼嵌在光禿禿、血淋淋的粉紅皮膚上，眼珠病懨懨地鼓出，涓涓血流順著頭顱滑下。我的雙腳再次用骯髒的布條裹起，隱藏它們怪物般的形狀。連腳趾鱗片邊緣的羽毛也一樣拔得一乾二淨。我如履薄冰般小心翼翼走著，跨間的羽毛也在剛才拔得一根不剩，和頭臉一樣血淋淋。

我嘗試打斷鳥喙，但是沒有成功。

我帶著全新的軀體站在建築物之前。

獨臂螳螂手靜默片刻，但沒有太久。他的螂臂又懶懶一捋，重複一遍他的邀請。

這是個慷慨的提議，但我必須拒絕。

他提供我城市另外一半的世界，與他一起分享紛亂混沌的邊緣生活、夾縫中的城市、不明所以的聖戰與無政府的復仇；分享他對門的蔑視。

逃脫者也好，自由再造人也好，但他什麼都不是，他不屬於任何一方。他在與整個新克洛布桑搏鬥的過程中為這座城市創造出一張新的面孔；他奮戰不懈，只為了拯救它——從它自己手中。

如今，他看見另一名殘缺的怪物，另一具心神俱瘁的殘骸，認為或許可以說服他一起加入這場無法想像的戰爭。任何一個世界都沒有此人的容身之處，一個矛盾的存在，一隻無法飛行的鳥。所以他提供我一條出路，加入他的非集團、他的邊緣生活、他的混種城市；加入那個被他凶惡肆虐、暴力又高貴的國度。

他很慷慨，但我拒絕了。這不是我的城市，不是我的戰爭。

我必須獨身離開他那混雜的世界、他憤世嫉俗的古怪抗爭。我的世界簡單許多。

他誤會了。

我不在是被禁錮於地面的鳥人；那個人已經死了。這是一個新的生命。我不是怪物，不是一個失敗的四不像。

我拔掉那些會令人誤解的羽毛，讓皮膚變得光滑。除了對鳥類懷抱著特殊情感之外，我與我的市民同胞沒有任何分別。我可以坦然地生活其中。

我向他致謝、道別，然後轉身離開，走出昏暗的燈火，往東朝大學學區和盧德米德站前行，穿越屬於我的世界的磚頭、灰泥、焦油、市集和市場，以及點著硫磺燈的街道。夜色深沉，我必須盡快回到我的床鋪，必須盡快找到一張屬於自己的床鋪，在這座屬於我的城市中，過我坦然的生活。

我轉身離開，走進新克洛布桑的遼闊與浩瀚，走進這座充滿建築和歷史的雄偉國度，這個由金錢和貧困交織而成的複雜個體，這個由蒸汽驅動的世俗神祇。我轉身走進城市，走進我的家園。我不是鳥，不是鳥人，不是一個悲慘不幸的四不像。

我轉身走進我的家園，走進這座城市。孤身一人。

反英雄的不歸旅程

——伍薰

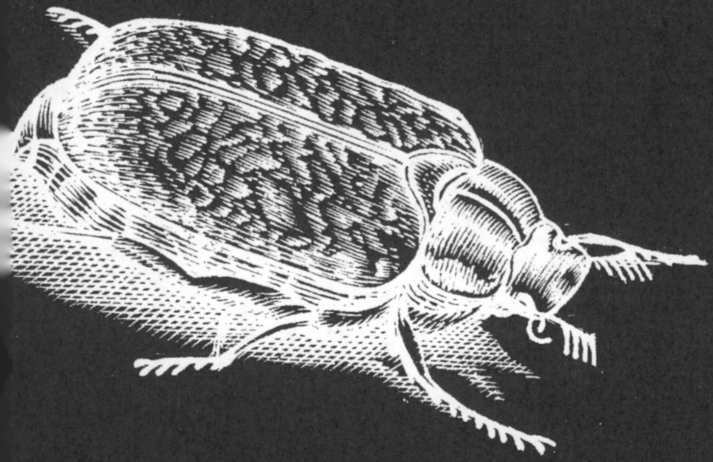

揭開一卷標榜「奇幻」的書頁前，閃過你腦海的，是什麼樣的印象？是肩負使命對抗邪惡勢力入侵的古典英雄？是人類遊俠、精靈弓箭手與矮人的經典組合？是謹循著萬物節律、悉心守護真名的巫師？又或者，是魔法學園裡備受矚目的高材生？

多元、奔放的創意，造就了始終引人入勝的「奇幻」文類，屏除部分濫竽充數的廉價作品之外，讀者多半能在字裡行間咀嚼出屬於作者的氣息，有清冽如甘露者，也有如《帕迪多街車站》這部著作般，像一杯可以酣然暢飲，卻後勁十足的長島冰茶。雖不盡然是放諸四海皆然的準則，舞臺、種族、與故事無疑是支撐奇幻文類的三大要素。當我們閱讀《帕迪多街車站》，便能從中深刻體驗作者結合這三大要素的雄心——以濃厚的寫實感，勾勒出一抹屬於蒸氣鍋與煤爐的時代風情，引領著讀者們的視野，躍入稱為巴斯—拉格（Bas-Lag）的異世舞臺。緊接著，登上舞臺的種族旋即吸引著讀者目光，姑且不論較少提及的其他族類，以本作前半女主角所屬的族類為例：古埃及神話中象徵清晨太陽的甲蟲神凱普力（Khepri）在作者別出心裁的設計下，脫胎換骨化為長著金龜子頭、女性人類身軀的甲蟲人，其言語、習俗與文化，都十分令人激賞！

驚豔於設定巧思的時刻，故事已藉著甲蟲人女主角與人類科學家間禁忌的跨種戀，在我們眼前開枝散葉：折翼鳥人、異種戀的狂熱科學家、甲蟲人女藝術家、闖蕩街頭的掮客、左派刊物領袖、操控水魔法的蛙人傭兵……浩大故事裡沒有傳統英雄、沒有正邪對抗的沉重使命，取而代之的，則是更貼近二十一世紀初時代精神的安排——眾多有血有肉的反英雄藉著獨白輪番登場，情感與性格刻畫絲絲入扣，他們的閱歷與觀點彼此碰撞，在充滿混沌氣息的蒸氣氛圍下，交織出一張巧妙的故事網，灰色絲線總隱隱反射著炫目的彩色光輝，吸引讀者深陷這張織蛛網裡，直到最後，所有絲線全都匯聚於故事核心——

「帕迪多街車站」，不僅為他們不歸的旅途標下註腳，也早已在無形中為這個奇特世界勾勒出清晰的輪廓。

以屬於蒸氣的灰做為基調的《帕迪多街車站》在綺麗異世風情下，藉由眾多反英雄對抗命運的掙扎，帶來一個生動的故事，就像梵谷濃烈的筆觸，輕而易舉地挑動我們潛在的思緒。

繆思系列 026

帛迪多街車站

帕迪多街車站

Perdido Street Station

作者	柴納・米耶維（China Mieville）
譯者	劉曉樺
社長	陳蕙慧
主編	張立雯
編輯	林立文
行銷	廖祿存
電腦排版	極翔企業有限公司

社長	郭重興
發行人兼出版總監	曾大福
出版	木馬文化事業股份有限公司
發行	遠足文化事業股份有限公司
	地址 231新北市新店區民權路108之4號8樓
	電話 02-2218-1417　傳真 02-8667-1065
	email: service@bookrep.com.tw
	郵撥帳號 19588272 木馬文化事業股份有限公司
	客服專線 0800221029
法律顧問	華洋國際專利商標事務所 蘇文生 律師
印刷	成陽印刷股份有限公司
初版	2018年10月
定價	新台幣499元

ISBN 978-986-359-572-4

國家圖書館出版品預行編目(CIP)資料

帕迪多街車站 / 柴納・米耶維(China Mieville)著；劉曉樺譯. -- 初版. -- 新北市：木馬文化出版：遠足文化發行, 2018.10
面；　公分. -- (繆思系列；26)
譯自：Perdido Street Station
ISBN 978-986-359-572-4(平裝)

873.57　　　107010951